U0691947

民国武侠小说典藏文库·赵焕亭卷

双剑奇侠传

赵焕亭 ◎ 著

（第二部）

中国文史出版社

目　　录

第　五　集

第 五 集

第一回

通州城投溷辱恶霸
尹善人置酒款嘉宾

且说玉林听得店院中有人喊动，向外张时，只见一个黑瘦细高的汉子，穿一身土布短衣，戴一顶卷檐破帽，掩到眼皮，背着只钱袋子，一溜歪斜直撞进来。一条脖儿长而且歪，便如骆驼之状。玉林料是什么来收规例的，正要出问之间，早见店婆子从厢房跑出，道："你来咧？且屋内坐吧。"那人一面四下乱瞅，一面道："你别说用不着，你那大妮子呢？叫她与我做中饭，也不用费事，烙肉饼，带个小炒肉，再来碗胡辣汤就得咧。俺是最会体谅人的，你看各家的规例都收齐，俺单单末了来收你这份。就这点儿意思，也该叫你大妮子好好地服侍俺。"说着，鼠眼一瞪，便要直奔正房。

店婆儿忙拦道："你今天可是来晚咧，俺那份规例被人收去咧。此人现在正房中，你去问他吧。"那人笑道："收去更好，省得俺脊梁压沉儿。这一定又是俺大头子派来的伙计。"说着，便叫道："伙计，你不对呀！我在院中吵，你怎么一声不哼？怪不得不见大妞儿，原来被你捉弄住咧。"说话间一抬头，只见从房内蹿出个威凛凛的壮士，顾盼间神威四射。

那人一瞧不是自己的人，但是见人家那番气概，哪里敢冒昧，因赔笑道："你老贵姓哪？想是新入帮的吗？这份规例您收去，您说明数目，俺回复大头子就是咧。"

壮士喝道："你休胡说！什么头儿脑儿呀，这规例，俺收倒是不错，你待怎样？"那人登时一愣道："怪呀，你是什么鸟儿，胆敢收俺们的规例！"壮士冷笑道："许你收取，就许俺收取。难道你等收取，是奉官文皇命吗？"那人一听壮士口气硬邦邦的，并且是一口南边话，因怒道："哈哈，你这块糟豆腐，可是要庄稼佬操班头，没事找事？你打听打听，俺大头子飞山虎霍大爷多么霸道，你愣敢拔他的逆毛儿。他捉住人，是割片片、挑脚筋、揉眼睛、打烂人下半截，都是平常。"说着一掀破帽，露出

3

澄亮的尖头顶，一面盘起小指粗细的小辫儿，一面砰啪一声，打个飞脚，喝道："休说是俺大头子，便是俺北霸天水骆驼，你也不知俺这手猴儿拳多么歹斗！来来来，你小子不要跑，咱爷儿俩干一家伙。"说着，一挺长脖，微微颤动，然而却不敢便上手。

原来，京通间混混们专练一副嘴头子，那不知就里的，真能叫他给唬住。当时玉林见那人神情儿，反招得扑哧一笑。那人道："你乐咧，准是想过滋味来咧。如此，快把规例交与俺，省俺动手。"说罢，凑向前刚一伸手，却被壮士一把搦住长脖儿，滴溜溜一个大转磨，然后向外一揉。那水骆驼大叫不好之间，一个倒栽葱，连滚带抢，直撞出店门之外，啪的一声，却跌在一个行路人的身上。于是两人一阵价乱骂乱滚，早已招了许多街众，都围拢来。

这时壮士早已大踏步赶出店外。那水骆驼跳将起来，指着壮士大叫道："你这小子，真损哪！幸亏俺脖筋有点儿搁头儿，不然，眼睛瞧了脊梁骨咧。俺叫你不要慌！"正要跑去间，忽见远远的窝棚内钻出两人，也都背着钱袋子，如飞地跑到水骆驼跟前。问知所以，齐叫道："这还了得！"说着四拳齐奋，便奔壮士。水骆驼趁势儿抓过他两人背的钱袋子，如飞便跑。这里壮士两臂一分，略作回旋，那两人一齐跌滚。

街中笑喊的当儿，只见一个青衣仆人模样的人，由人丛中挤入店，和店婆儿匆匆数语，又望望壮士，即便匆匆而去。这里两人从地下爬起来，一面跑，一面回头向壮士道："得咧，你是好些的，可不要跑哇！"壮士大怒赶去，却被街众劝住，道："你这客人，也就快些去吧。这干宝贝都是此地虎棍霍大眼手下的。如今你撩了马蜂窝，趁早避去为妙。"壮士拱手道："多承诸位好意，但俺今天单寻的就是霍大眼，诸位且瞧个哈哈儿。咱且向宽敞处等他们。"于是紧紧腰身，大踏步趱向粪场旁。街众跟去，乱噪道："你这客人莫逞拧性，强龙难斗地头蛇，快走你的清秋大路吧。"

一言未尽，只听岔道口上一阵大乱，便闻有人大喝道："什么南蛮子，就敢如此放肆？打打打！"声尽处，呼啦一声，趸到一群人，一色的短衣盘辫，掉臂而来。为首一人却敞披着青绸大衫儿。壮士望去，正是昨天所见的那个高颧骨、鲜眼睛的汉子，料是那个什么飞山虎霍大眼，因而微微冷笑，啪的声，一踏脚步，提拳而待。

对面众打手登时一阵拥挤，也有勒袖的，也有提鞋的，百忙中又有放下辫子重新再盘的，并乱噪道："吓，好骨架！看光景准是有两手。咱要被外路小子撅了尖，就不用在通州创字号咧。"有的道："老二呀，你先上一下子，老哥哥接着你的。再不然，咱大家齐上，压也压他个大跟头。"

4

其中又有一个，生得黑麻大脸，先冷不防站向高坡，却掮着膀子骂道："你们这班窝囊废，怎么揍的呢？还不动手，这若是叫你们吃白食，早都下了大把咧。"一言未尽，却被那鲜眼睛的汉子啪的声加脑一掌，黑麻的一个歪斜之间，鲜眼睛的汉子已大喝道："你们还不上手，还只管乱你娘的！"于是众打手一声喊，一拥齐上。

你想，这班泥腿晓得甚拳脚？一向创字号，无非仗着人多手众。如今忽撞到硬墙上，如何成功？那壮士放开拳脚，风团般一阵纵击，早已一个个东倒西歪，乱滚乱喊。那鲜眼睛的只气得连连跺脚，一甩大衫，正要闯上，便见那壮士一个箭步抓住一人，左手搭腰，顷刻高举过顶，从斜刺里一顺势，嗖一声抛向粪堆。只听扑哧一声，那半湿半干的粪渣儿溅得各处都是，那人急忙拱起脸儿，业已贴了一脸的大赤金。众观者鼓掌大笑之间，壮士兴起，早又嗖嗖嗖抛过三四个。其余打手发声喊，回头便跑。

正这当儿，那鲜眼睛的汉子早已大喝一声，风趋而上，一摆拳，向壮士使个旗鼓，满望人家必定抱拳道请，来个较拳的排场。哪知那壮士瞅都不瞅，还只是追打众人，顷刻间已离粪坑不远。原来，鲜眼睛的汉子是无佛处称尊，他那点儿狗刨的家数，哪里看在壮士眼里。当时鲜眼汉子气愤愤赶了去，忽地心生一计，趁壮士背面扑打，冷不防闯上去，从背后便是个黑虎掏心的式子。

说时迟，那时快，便见壮士身形一转，唰一声一矮身儿，鲜眼睛的汉子一下扑空。还亏他一矫身儿，收住脚步，彼此间各一退步，早已拳脚纷纭，打作一处。这一阵翻翻滚滚，倒也有声有色，招得街众们都暗替壮士捏一把汗。原来那壮士步步退让，只是虚为招架，堪堪地退到粪坑边，忽然足下略蹶，望后便倒。只一眨眼之间，鲜眼睛的大步赶上，方抬脚要跺，却见那壮士手足一拳，从斜刺里滚跃而起。那鲜眼睛的一脚跺空，因用力过猛，就势儿向前略探，未及转身，那壮士趋向他屁股后，便是兜裆一脚。这一来不打紧，只听扑通一声，鲜眼睛的便似个粪球儿，一径地跌落粪坑中。

要说北方这种野粪坑，十分深阔，为的是搀入灰土等物，制造一种肥料，俗名为"曹家粪"。阅者诸公，当此文明时代，是见不着当年京通间的习俗了。那时街坊上尽有一种背粪桶的老哥，大半是山东侉哥儿们。那粪桶粗如水桶，长及身半。背桶的一手拎着个大钱勺子，到了人家茅厕里收粪入桶，自不消说。便是道路上偶有遗秽，他也用勺挹注。这种粪桶队，便是供给那开大粪场的人，所以这班侉哥儿们走上街坊，任是何等大官府，都须退避三舍，也可见往日的都邑市政不修了。然而，当年都邑虽然臭煞人，所有商民都能安居乐业。今日都邑虽然大修市政，又讲卫生，休说是街上厕屎，便偶然溺了一滴尿，早有巡捕不答应咧。你看汽车呜呜，载着阔绰男女，男的是熏香傅粉，女的是竟体芳兰。再高兴，当夏令时，居然有不穿裤子的，大概是想散散她那种骚香，饱饱路人的嗅欲。这等光景也可谓香煞人咧。但是都邑中抢案迭出，四郊外绑架公行，商民欲求一夕之安，都不能够，看起来竟香不如臭了。今日想起背粪桶的老哥，安得不令人罜然高望呢？真是太平虽不得见，得见背粪桶者，斯可矣。

　　说到这里，便有人愀然道："作者先生，别发牢骚咧！一句话抄百总。老年人虽居臭地，心是香的，所以能安；如今人虽居香地，心是臭的，不但臭，并且黑烂得扒出来狗都不吃，所以心心相感召，竟无一日之安。你先生今天冷不防搁起个鲜眼睛的汉子，由他在粪坑中泡着，却发这段'粪论'！你瞧俺这解说怎么样呢？"作者听了，不由喟然而叹，低头一想，真个由那汉子在粪坑中泡着，也不像回事。于是揾泪援笔，书归正传。

　　且说那鲜眼睛的汉子一下子跌落粪坑，深几灭顶。众观者哈哈大笑，众打手抱头四窜，直闹得锅滚豆烂。那壮士拔步，正要回店，只见店婆儿慌慌张张地跑来道："客官快来吧，如今俺店中有个老爷模样的人，带了一群体面管家，一迭声地寻你哩。"壮士笑道："妈妈放心，饶那霍大眼手眼通天，便支使出官面上人来，俺邹玉林也怕不着他。"众观者一听，也认为是霍大眼党羽们串通了官中人，前来厮闹。大家怕事，呼一声纷纷各散，只剩个霍大眼在粪坑内浮拍自如。好在此种人宜享此味，不妨叫他多受用一会儿。至于他手下人救他不救，大可不必细述。

　　如今且说邹玉林，方一脚踏入店门，早见有三四健仆在院中垂手站定，其中一个清瘦老头儿，面容和善，穿一身朴素布衣，举动之间气象端肃。一面价负手徐踱，一面问众仆道："你等太疏于稽查，咱这安置流民，本是善举，有什么地棍搅扰，你等如何一向不告诉我，直待人家过客不平，和姓霍的打将起来……"正说着，一抬头望见玉林，连忙趋进，拱手道："尊客敢是姓邹？俺那会子听小价说起店婆儿所述足下的义举，好生使人钦敬。只是老夫疏于稽查，致使土棍横行，流民受累，端的可愧得紧！便请枉顾舍下，从容领教吧。"

　　玉林连忙拱手道："如此说，先生若非是此间人称的尹善人吗？"老者笑道："惶愧，惶愧！老夫尹实铭，昔年曾滥于仕途，归回后，没的事做，不过在桑梓间尽些人事，哪里敢称什么善人。如今霍某既被尊兄处置，俺还要禀明官中，办他一干党羽哩。"说着，回顾仆人道："快与邹爷拿起行装。"玉林忙谢道："小可赶路事忙，且容异日领教吧。"尹善人哪里肯听，不容分说，挽定玉林，正要拔步。只见那大妮子蝎蝎螫螫地趱来，瞅定玉林，却红着脸，欲语不语。玉林大笑，忙从腰囊中掏出些散碎银两把给她。尹善人见此光景，不由略怔。玉林瞧得大妮子业已转身跑入，便匆匆数语，尹善人大叹道："不想地棍逼人，至于如此。若非邹兄仗义服奸，俺这安置流民倒成了造孽之所了。"说着，与玉林斯趁便走。

不提这里店婆儿母女称赞玉林，自有一番光景。且说玉林跟定尹善人，趱过几道街坊，来至一片宽敞所在。抬头一望，好一所潭潭甲第，屋舍连延，围墙环绕。宅之左右却是梅林菜圃，青青郁郁，直接到城根西南角上，很有些野趣逸致。原来通州城内地大而广，那极僻静处，一般的桑麻蔚然，便似乡村一般，

当时尹善人肃客入宅，客厅落座。茶罢后，玉林先致询善人家世，方知他累代巨富。自他上辈便以慈善为事，是本地有名的贤绅。善人是乙榜出身，二十年前，曾在南省里做过两任县官。解组以后，便一径地优游田园。玉林听了，十分起敬。

那尹善人听玉林述罢姓氏，并游行之意，欣然道："君是壮士，合作壮游，甚妙，甚妙。"于是玉林又说起大妮子纸衣媚客，并霍大眼跌落粪坑等事，招得尹善人哈哈大笑。忽又攒眉道："如今官府们特煞地不管事，纵容得一班地棍们好生可恶。长此不治，地棍等怕不流为盗匪。便是前些日，南乡中居然有明火抢案，尚复成何事体？所以近日城中大户子弟们颇想办处武社，习习武功。然而文齐武不齐，大家吵了二日，也便抛在脑后。"玉林笑道："此间若有正当武社，地棍们定然敛迹哩。"

宾主闲谈半晌，十分款洽。须臾，摆上中饭。玉林也不客气，即便揖谢就座。传杯弄盏，饮至半酣，尹善人忽笑道："老夫往年时，曾忝任江西吉安。邹兄久住那里，可知有个驰名大侠诸岱云先生吗？说起此人，真是慕义如渴的好男子。俺在吉安，第一器重的就是他。俺两人不拘形迹，文酒谈燕是常有的。那是俺个素心好友，妙在俺不以宰官自居，他也不以学究自命。酒酣以往，他往往脱帽露顶，奋拳掀髯，畅论古今侠义节烈等事。说到起劲处，筋都迸起，声震屋瓦，那种豪爽之概，至今在俺目前。俺们一别已是二十来年，不知此人还在也无？"玉林听了，不由愀然站起，道："诸先生业已去世，他便是俺的生平恩师。"因草草将自己遇合岱云之事一说。尹善人及至听毕，早已老泪双抛，又惊且喜道："怪得邹兄如此表表，原来是俺老友的高弟。如此说，俺和邹兄虽是初会，却有渊源。老夫竟讨个大儿，呼你贤侄如何？"

这时，玉林见尹善人提起岱云，早已泪沾于睫，于是趁势儿离座，以

7

子侄之礼拜将下去。慌得尹善人搀扶不迭，并喜道："可喜俺老友生平武功得有传人，不知他那后人还能象贤吗？"于是玉林一面归座，一面略述一峰的大概，尹善人越发欢喜。当时宾主款洽，又多了一番情谊，不消说是一席酒尽欢方散。

次日，玉林欲去，尹善人如何肯依，连日价陪着玉林，遍游左近名胜之处，并邀玉林到各善堂中观览一切。尹善人的朋辈们知善人有此重客，便不约而同地轮流置酒相邀。这一来，闹得玉林困于酒食。转眼间，已过十余日。那尹善人忽得这等个体面老把侄，欢喜得要不得，未免就逢人说项，以至就有那慕名之人前来相访。大家见了玉林，恭维些不相干的话。这一来，玉林越发不耐，但是见尹善人十分忙碌，连日价往访宾客，似乎有什么要事。

玉林又耐了两日。一日会着尹善人，坚辞要去，却见他微微含笑，说出一片话来。正是：

　　　　不因投辖留宾意，怎显深宵捕盗能。

欲知后事如何，且听下回分解。

第二回

野酒店质衣乔装
玉皇观隐身觇盗

　　且说玉林见尹善人微笑道："贤侄且慢去，俺还有件事和你斟酌。如今此地有些大家子弟们，因闻得贤侄在南京地面教授武社，十分欣慕。他们近两日颇想立个武社，便请你屈就此事，连日价缠着我从中玉成。我因近日酬应忙碌，所以还不暇同你商量。我想此事甚为相宜，你何妨暂息游踪，一来可以成全一班少年，二来你我借此盘桓，岂不甚妙？"

　　玉林听了，难却尹善人殷殷之意，只得暂住。那尹善人果然时时地去寻那班少年，计议一切，这也不在话下。

　　且说玉林勾留在尹宅中，饭后多暇，除和尹善人闲谈外，无非是上街散步，或至郊外游瞩。一日出得北城，趸过二三里路。这时方在初秋之际，林蝉乱噪，草地下寒蛩微鸣，已飒然具有秋意，更兼阴云掩抑，向路左一望，却是一处败落的茔园。其中蓬蒿蔚然，趋着一列荒冢。玉林暗想道："真是南北气候不同，若在南省初秋时，还是炎热得很哩。"逡巡间，望望荒冢，又暗叹道："俺自别恩师之墓，已累易寒暑，不知近来一峰等是怎样个好法儿哩。"

　　沉吟间，趸至一处破石桥边。数株疏柳徐摇作态，恰好有个青吉了儿（蝉也）在横枝上捉住个青虫儿，只柳叶微拂之间，吉了儿背后早露个长脖螳螂，鼓须奋爪，跃跃欲试，那副伺抟的神情儿，好不酣足。那螳螂且前且却，早招得玉林脚步略停，暗笑道："说什么有什么。俺记得和徐玖在学塾读古文时，有'不知黄雀之在其后也'之语，不想今天眼见此景。"

　　正在仰面注视那吉了儿，替它着急，只见桥下深草中有个短衣汉子，猛然一探头儿，随即拨草，转入桥洞下。玉林以为是捕捉蟋蟀的闲汉，也没在意。过桥后，趸得不远，遥望前面林木深处，隐隐有一段剥落的红墙。

　　正在暗忖那所在，想是什么寺院，忽听身旁小岔路上有人喝道："喂，老兄借光咧。"玉林扭头一望，却见四五个彪形大汉，一色的短衣包头，

9

抬定一具柳木新棺，风也似由岔路趄来。距身数武，一径地奔向破桥。其中一人睁着骨碌碌的眼睛，望得玉林一眼，步下纷纭，那具棺只管乱晃。一人道："伙计，快走，咱先安置下这家伙，还有事哩。"玉林随他们脚踪望去，早见那桥下汉子一径跑出，和众汉子相视一笑，即便合在一处，用手指叩叩棺木，却笑道："真不含糊，咱晚上几时庙内见哪？"众汉喝道："你胡噪的是什么！"于是大家一拥过桥。

这里玉林贪尝野景，依然是信步前行。须臾，见得一卖熟食、粗茶的小棚儿。玉林趄去，吃了一碗茶，一面掏付茶钱，一面问棚主儿道："前面那红墙的庙，是什么古迹儿呀？还好逛吗？"不想那棚主儿是个实啪啪的聋子，只向玉林龇牙一笑。玉林转步之间，忽见道旁一株老柳根下，有许多大蚁儿正在摆阵相抟。一般地纷纭进退，甚是有趣。玉林本闲得没干，才来散步，当时便转向树后，蹲观良久。

正瞧得有些意思，忽觉树前面有两人驻步歇坐。一人道："如今诸事都停当咧，晚上便在庙聚……"一人喝道："你不会说官话吗？"那一人哈哈一笑，接着便滚着舌头，便如福建老哥打乡谈一般，说出一片奇怪话来。这一来，玉林大惊，赶忙悄悄从树后隐着草窠，探头望去，早又见两个汉子一径地把臂而起，直奔破桥。此时，玉林方悟一路所见，好不替尹善人暗捏一把汗。

原来，玉林虽是初涉江湖，当日那诸岱云却是个老阅历家，于江湖上诸般黑话无所不通。当日课书之暇，往往谈此，以为笑乐。所以，玉林听树前两人的黑话，登时了然。当时玉林略一沉吟，暗笑道："这班笨贼合该撞在俺手里。左右是闲得没干，今晚玩玩贼，消个遣儿，倒也不错。"

抬头一望，只见日色方西，恰望见道旁里把地外，从烟楼霏微中挑出个小小酒帘。玉林奔将去，只见那小小酒肆倒也干净，松棚外面还绕着一带短篱，上面豆花盛开，饶有野趣。篱下面有几只肥鸡子，厮趋着啄食虫蚁。正有个老店翁，背着身儿，向篱上采取豆荚儿，一面嘟念道："今天没的酒客，我老汉且烂煮新豆，闹一壶吧。"一回身，忽见玉林，便合着两只捧豆的手，笑道："客官敢是吃酒吗？你来得正好，且尝尝新豆荚儿，保管比大块儿肉还得味哩。"玉林笑道："老店翁，你辛苦种豆，不留着卖钱，舍得自己享用吗？"店翁笑道："俺如何舍得自己吃？方才说说，不过解解口馋就是咧。再者，近来地面上小偷儿甚多，老汉若不此时摘取，到夜里就没的咧。"说着，彼此一笑，引玉林进肆，临窗坐定。

那店翁捧着豆荚，想去端酒。玉林道："我且问你，你这里可有什么可口的菜品吗？"店翁道："俺这里是小野店儿，无非是煎豆腐、盐水豆，还有苦菜瓠皮的大杂烩。再整齐些，煮鸡子浇盐花儿，饭便是硬面烙单饼，卷大葱黄面酱。你老得意什么，只管吩咐。"玉林笑道："你说的那些菜品，兀的不叫人口中淡出鸟来。咱商量一下子，你把篱下的肥鸡子与俺杀两只，清煮炖烂，多加葱椒，连汤儿上。再来个爆炒新豆荚儿。饭呢，便来单饼。有好酒，先来三两壶。你道好吗？"店翁听了，登时满脸是笑，道："好敢是好。您老自己吃酒，就如此阔绰，只这只肥鸡，就须四五钱银子。我老汉不会事后敲人的竹杠，你老若不嫌贵，咱就这么办。"玉林笑道："不必多话，先来酒吧。"于是店翁兴冲冲趓去。

这里玉林推窗四望，远延野色，一面怙惙尹善人如此好善，也免不得歹人窥伺，并且近在国门，盗贼公然无忌，可见是天下方乱。北方虽没发匪，地面上也甚是不安。思忖间，忽闻篱下鸡声乱噪，又听店翁自语道："七只鸡只剩六个，哪一只呢？"玉林听了，也没理会。

不多时，店翁先端上酒和豆荚儿，却笑道："您老先慢慢喝着，肥鸡、单饼一会儿就得。"玉林道："不忙，不忙。店东，你也闹一盅吧。俺且问你，离此不远那所红墙的庙宇，其中有甚风景？还足以游逛吗？"店翁扑哧一笑，道："那是座多年败落的玉皇观，里面除了荒草破房外，便是许多寄置的空棺，一点儿瞧头也没有。近两日来，左近人家还听得鬼嗥狐叫，大天白日都没人敢去踏脚哩。"

玉林听了，微微点头一笑，便自斟自饮。一尝新豆荚儿，倒也别有风味，不由暗念道："此时若在南省，正是莼鲈风光，想诸、徐两人，有时把酒谈心，兴复不浅。不想俺邹玉林，却在此村醪独酌，尝个新豆荚儿。"正在好笑，只见店翁用一只大盘端上热腾腾香喷喷的肥鸡子，随后便是大葱、黄酱、单饼等，一齐取来，以外还有一碟儿红辣椒丝儿。玉林一瞧，绿的是葱，黄的是酱，红的是椒丝，白的是鸡脯。更衬着许多黑点儿，便是花椒。这一来，虽是平常怯吃儿，竟闹得五彩相宜，色香味一时都备。

玉林大悦，正要举箸之间，却见店翁吸溜声一收口涎，道："客官酒不够，只管唤俺。"玉林大笑，便撕了一只鸡腿儿，递与他道："老店翁，你也尝尝。"慌得店翁接过来，向口便吞，因笑道："客官请用，老汉今天可开了斋咧。"说着，勤勤趓去。

这里玉林酒菜、大饼一齐进，狼吞虎咽地吃罢，一瞧日色尚早，便向店翁道："你只管收拾你的，俺在此眈一霎儿，少时再算账。"说着，向靠壁草榻上一歪身，竟自酣然入梦。恍惚中，似闻店翁在篱下诧叹道："平白地丢一只鸡子，今天生意算是白做咧。"须臾，玉林醒来。只见一片残阳已挂高楼，那店翁正摘落酒帘，走将进来。那一手拎着个破包袱，却向玉林笑道："客官睡醒咧。您看好渴盅的人，真了不得。方才有位先生，拿着两件破衣裤，定要押两壶酒。您瞧瞧，值不值呢？"说着，抖开包袱，放在榻脚。

玉林一瞧，是两件稀破的短衣裤，还有一顶开花帽子，于是一笑站起，道："时光不早，俺要去咧，咱那饭账呢？"店翁笑道："我候了吧。有限的事，连酒带饭是四钱银子，两只鸡是家里喂的，少算些，算您八钱银子。还有一件，你须体谅俺小生意。这种年光，柴草也是贵的，您随意多开点儿茶水钱就是咧。又有点儿麻烦事，俺因与您捉鸡子，却惊跑了一只高腿芦花大公鸡。你老若过意不去，咱就多少算在账内。不然也不要紧，只要您多照顾俺两趟，也就有咧。可有一件，俺这里概不赊欠。"

玉林听他唠叨可笑，因笑道："俺一总儿与你二两银，你道好吗？"店翁听了，只乐得连连称谢。不想玉林向腰袋中一探手，登时不便伸出。原来袋中只剩了几个零钱，竟忘带碎银。当时店翁见玉林踌躇光景，只认是因那丢的鸡算在账内，忙笑道："你老请放心的，那丢的鸡，俺倘或寻着，一定与你送去。你住在哪里呀？"玉林笑道："俺并不为此，今天没别的，俺须赊一下子。老实说，忘了带银两咧。"店翁连连摆手道："使不得！俺这不赊的老例子，是破不得的。那么着，俺跟你去取吧。"

玉林沉吟一回，随即脱下长袍道："且将此衣暂押，明日俺将银来取如何？"说着，紧紧内衣，正要拔步，店翁却道："您这件布地儿哪里值二两银？您再将贴身衣裤都押下，还不离谱儿。"玉林听了，又气又笑，忽一沉吟，便拊掌大笑道："咱就这么办！谁叫我口馋来呢？但是俺光屁股趱去，却不像话，方才那破衣裤，你且借与我穿穿吧。并且一客不烦二主，你再找双破鞋来，俺索性连这脚上好鞋，都押与你。"

店翁听了了，这才欣然趱去。须臾，拿来一件七补八绽的肥大土布衫、一条半截露胫的破裤衩、一双打板张嘴的云头福履。玉林接过这几件破烂行头，不由好笑。便忙忙换下身上衣服，一件件扎括起来，又取了开花帽，顶在头上。一切都毕，就室中摇摆了几步，只觉那破衫宽肥得呼呼啦啦，便向店翁寻了根软草绳儿，紧在腰间，这一来，弄得上攒下爹，便似个莲蓬老儿。店翁笑道："您这一打扮，须得提防街坊上讨厌的狗哩。"

玉林听了，四下一瞅，恰见门后面矗着一根拨火细棒，棒头上业已烧得乌黑，因取来夹在肋下，一拱肩儿，向店翁道声再见，拔步便走。那店翁追送出来，夕阳影里，却见玉林如飞地奔向破庙，望得店翁愣了半晌，暗笑道："这不知哪里来的个憨大爷、半吊子，俺若早知他这样呆法，再多算他些银子，他也肯花哩。"

不提店翁自庆大竹杠敲得写意。且说玉林一径地奔向玉皇观，转过一带林木，抬头一看，那观门十分破落，虚掩着两扇东倒西歪的门。四外观墙残缺，处处可人。距墙不远有株白杨树，削去一段树皮，上面隐有字迹。玉林凑去一瞧，却是一行潦草歪写道："此庙不净，行人远避。"玉林暗想道："好笑贼徒，故闹玄虚，恐吓居民。他们却在此夜聚明散，放心做事。"思忖间，一回身，由墙缺处跳入庙，逐处审视一周。除荒墀乱草，瓦砾溃杂外，也没甚异样形迹。末后，踅到后殿西廊下，却见一片平地，独没草儿，靠廊阶有口半人来高的破钟，又有一堆圆滑滑的石子儿摆在地下，一连数去，却是十三个。不由暗想道："这堆石子却透着蹊跷。此庙既不净，左近儿童们断不敢在此戏耍。并且钟跌下土迹颇松，似乎有人常来移动。难道钟底下是寄顿赃物之所吗？"

一面想，一面踅近钟前，踏稳脚步，用右臂挽定钟纽，来了个连背带靠的式子，那钟歪掀起尺把来高，玉林趁势儿俯首一瞧，钟底下并无他物，只有个挺大的王八皮酒壶。于是将右足撑力，略起左足，将那皮酒壶钩将出来，然后轻轻放下钟，拔开壶塞一闻，竟是好体面的香冽白酒。玉林暗道："这干鸟贼倒会受用，可惜俺方才酒足，用不着咧。"随手一摇那壶，却只得半壶酒。

正这当儿，玉林忽然内急，放下皮酒壶，想要就阶下小解。忽暗笑道："我好发呆，这里有现成夜壶，岂不方便？又省得地有溺迹，被他们张见，许多不便。"于是拿过皮酒壶，将裤溺毕，依然安好壶塞儿，如前法掀起那钟，一脚蹴入，放下钟，方想到后殿内张张，不想廊檐上栖着一窝野鸽子，见有人来，扑啦啦一阵惊飞。其中一只老白鸽一矫翅膀，正捎在玉林脖儿上。玉林忙回身，一把没抓住，那白鸽却一个抢势，直颠飞到那堆石子跟前。正在作势欲飞之间，玉林就地下捡一粗石子，觑准打来，嗖一声，正中鸽足。那鸽忍痛一甩脚，急忙飞去。

这里玉林回身入殿，只见那玉皇爷和玉皇奶奶，两口儿交叉着靠向龛壁。那玉皇爷还撅着几根半段破胡儿，却缭绕在玉皇奶奶半个缺耳朵上。下面是个捧剑的宫女，横倒在他两口儿中间，云裳霞帔，久已剥落都尽，粉脸儿只剩半个。这三具偶像一堆置靠着龛壁，恰庋起个大洞儿。再向两壁下一望，仙官武卫早已都无，只剩得几段木桩儿，还直立立地插在泥座儿上，想是当年神像的胎桩。玉林见此光景，不由暗叹道："休说是人事无常，便是神仙大帝一般，也有时衰运败。"

正在徘徊太息，忽闻庙后墙外一阵步履走动，接着便有人道："大哥，今天咱总算顺适，俺就愁着那里皮子厚（谓墙也），恰好走便门的朋友（谓穴墙之盗）也到咧。今晚咱们暗进明出，省了多少手脚。"又一人道："正是，正是。少时咱大家商议，反正咱这里十三个人，他那里素来善道，又没的护院人众，咱们去了，一定得手。老三哪，你说对不对呀？"便闻有人哼了一声。

13

玉林听了，料是群贼来此聚齐。正想觇个究竟，设法料理，逡巡间，已闻一人先跳进墙。玉林百忙中没处躲避，一抬头，忽见那偶像支庋的大洞儿，急忙跳上破神案，一径地钻将进去，方才伏定，即闻许多脚步，杂沓都到，似已乱哄哄席地而坐。

一人道："真他妈巴子的撇扭！那会子，俺和冯大屁股向东庄上抬棺材。棺店主还不怎的，独那个精灵鬼似的店主婆儿，翻眼撩睛，只管打量俺，又刨根问底，问俺是家中谁死咧。咱索性今晚上捎带着她吧。"一人唾道："你别说丧话，咱这营生就忌讳采花！只要一干这档子，没有不犯案的。你忘咧，往年韩铁头在涿州犯案，说起来真也异样。他被捕役追得走投无路，钻在一家庄户后门外麦垛里。不想被那家一个媳妇子出来张见，登时大喊道：'韩铁头在这里哩。'于是捕役齐上，伏首就捕。那媳妇就是左近人家的女儿，从先韩铁头去采过花，不想冤家路窄，竟自相逢。"众人笑道："若依你这样说来，咱今晚竟不必去做事咧。像那尹善人如此行好，一定是门有门神、宅有宅神。巧咧，他行动之间，还有个白须覆面、拿小锤的小鬼保护。说不定，咱大家瞎闯去，就许闹了滚汤泼老鼠，一窝儿净。"众贼听了，都各一笑。

玉林悄悄由宫女像后向外一张，只见不多不少，恰是十三个长大贼徒。一色的粗布短衣，都扮作农人模样，正围坐了个栲栳圈儿，纷纷笑语，十分得意。向南一人，生得傻大黑粗，宽肩膀，肥屁股，仿佛压油墩一般，似是个头儿脑儿。玉林正暗笑这种笨货，居然想做高去高来的勾当，真透着有些不知好歹，忽一眼张见破橱扇旁，自己那根烧火棒好端端地倚在那里。原来是玉林入殿，随手所置。当时玉林暗道不妙，他等若见此棒，定然寻人。仔细一瞧，且喜那棒乌黑，与坏橱同色。

正怙惚间，只见那胖贼道："如今说是说，笑是笑。天色渐黑，咱一路上耽搁完了，及至混进城，也就不差什么咧。贪早不贪晚，大家小心，咱就办吧。"众贼听了，纷纷并起。一人道："俺且收起标记（指堆石）来。"说罢趋出。

这里众贼乱哄哄束腰提鞋，正在鸟乱，只听那贼失惊道："啊呀，可他娘的坏了醋咧！"一声未尽，众贼呼一声，一拥而出。正是：

秘地何来投石友，个中消息费疑猜。

欲知后事如何。且听下回分解。

第三回

做游戏点穴捕群偷
询行踪善人修荐札

　　且说玉林见群贼吃惊趋出，急忙倾耳，便闻众贼乱噪道："真是怪事，咱这标记中怎愣会多了个石子儿？要说是咱伙友又有来的，这粗石子儿却不像；要是新投伙的，他怎知咱这堆石子是标记呢？"正说着，忽一贼失声道："不妙！这准是有眼明手快的公人，觑破咱等机关，故此投石示警，要拉咱个朋友交儿。依我说，咱别装使不得咧，简直地散吧。"又一贼喝道："你这脓包货，真给人丢脸，就吓得这等猢狲样儿。理他是什么石子儿呢，咱且就庙中搜搜，看有什么鸟公人，就敢和咱弟兄甩大鞋、闹裂拉腔儿。"说着，众脚步纷纭四散，似乎是前后搜寻。

　　玉林见殿前都静，趁这当儿，方钻出半截身，想跳出去拿那火棍。说时迟，那时快，众贼呼一声又已到阶。玉林急缩身，不想后脚本一蹅，却将玉皇奶奶给蹅得横卧在玉皇爷胸前。你想，多年土偶，真是沾手就碎，何况玉林仓促中这么一脚，当时土皮簌簌。

　　众贼望见，喊一声："这里有人！"七手八脚，先闯上几人，早将玉林猱头狮子似的捉将出来。一瞧玉林破衣拉撒，便唾道："好嘛，你这等把戏，玩给哪个瞧？你分明是官中健役，来侦缉俺的，有你这样细皮白肉的花子吗？你不吐实话，登时就碎了你！"

　　玉林一瞧自己手臂，果然雪白，这才恍然漏了老大的破绽。好玉林，真有急智！你看他并不慌忙，略掀破帽，苦着脸子，痴呆呆瞧瞧众贼，忽然嘴儿一咧，哇一声，就要放声大哭。

　　众贼喝道："你这厮休来讨死！好汉爷们杀人放火，只如家常便饭。你这厮鬼鬼祟祟，藏在神龛内，弄得好乾坤。不说实话，马上叫你……"玉林一愕，愕了半晌。恰好那肥贼挤到跟前，玉林不容分说，猛跳起来，照肥脸砰啪两掌，然后一个虎势，扑上去，大叫道："俺被你们弄得这般光景，你们还来寻俺晦气，咱索性拼了命吧！"

众贼一听，居然愣住。早有两贼拉开玉林，那肥贼大怒，登时拔刀，架在玉林脖颈儿上。

玉林骂道："俺今天横竖是拼着一死，你们在前路上抢了俺的衣装银钱，俺一路乞讨，到得这里，你们还要赶尽杀绝。"众贼一听，反倒哈哈一笑，放下心来。料玉林是个被劫的行人，因噪道："喂，你这呆汉别说梦话，俺们何曾抢劫过你？如今你既遇见俺们，倒是你时气到咧。走走，咱大家发财去吧。"玉林道："干吗呀？若是打抢人，俺可不去。人家说来，凡是强盗，早晚都要掉脑袋的。你干你的，我干我的，咱们两便着吧。"说着，冷不防分开众贼，就榼扇旁取了烧火棒，拔步便走。

众贼一面东倒西歪，一面捉住玉林，并噪道："你这厮真还有些浑劲头儿。你若一定不去，对不住，只好先灭你这活口咧。"肥贼大怒道："哪有这些闲话向他说！"于是挺刀又上。

玉林踌躇道："你们既叫俺去，咱话须讲明，俺笨手怯脚，只好给你们瞭个风儿。"众贼笑道："就是吧！你新来乍到，又呆头傻脑，也不会干正活儿。朋友，你叫什么呀？快说来，咱通风透信的，也好呼唤。"玉林："俺叫毕怀世，小名叫范案头。"众贼唾道："丧气，丧气！你末了来的，就叫你毕老太吧。"玉林道："由你，由你。一个名儿，将来不过写犯招用得着罢了。"一贼笑道："你这朋友，属嚜嘴驴的，不值钱就在嘴上，怎单说丧话呢？"玉林道："如今趁着有嘴，不说两句，等脑袋掉了，想说还不成哩。"

众贼笑道："得咧！说凶是吉，今晚上咱准顺手。咱点点数儿，就拉出去吧。"玉林听了，登时就要解裤，招得众贼乱笑道："你这呆子，真怎么好！'拉出去'是句行话，便是出发，哪个叫你拉屎呀？"于是深信玉林是个憨呆穷客，并不留意。当时由肥贼率领众人，来至廊下大钟旁，分行站定，整整十四个人。便有四人合手掀钟，取出皮酒壶来。

玉林一见，忍不住扑哧一笑。众人也没理会。那肥贼抄起酒壶，先自嘴对嘴灌了一气，攒起眉头，咂咂嘴，还未说话，早有一贼劈手夺去，于是一气儿次第饮毕，不由都一个个龇牙咧嘴。末后一贼将酒壶递给玉林道："毕老太，你尝尝，这味道怎么样。"玉林忙道："俺可没福受用它，俺是在礼的朋友……"一言未尽，只见那肥贼一张大嘴，只管干呕，并摸着胸口道："奇怪，今天这福酒愣会有个外道味儿。并且冷酒变温，不消说，这是吉兆。"众贼都道："正是，正是，咱今天是一吉百顺，就此请吧！"玉林暗笑之间，众贼已抛下酒壶，纷纷走动。

玉林偎在后面，一路留神。不多时，过得那破石桥。又走了不远，便

16

直奔那座茔园。大家入去，由破坟洞中拉出一具柳棺。打开来，取出器械并钩绳、挖具之类。众贼各自动手，分藏衣底，肥贼踌躇道："毕老太，你那家伙须不成功，俺这里有把腿攘子，且把与你用用吧。"玉林道："快留着你攘吧！俺这烧火棒带着打狗，哪些不好？便是被人捆到官里去，也是个小偷罪名。"众贼喝道："少说丧气话！"于是肥贼当头，正要走动。玉林道："咱十四个人，便是压摞摞儿装棺材，也须七个白岔儿（谓棺也）。如今一具棺，谁用的是呀？"贼一听，连连大唾。

纷纭间趸出茔园，便奔北城。方趔至城门前，恰好一队城防巡缉夜巡方出。玉林喊道："喂，大头子，咱进城后，哪里先落脚呀？老实说，这档子事俺没干过，如今才到这里……"肥贼一听，只吓得手忙脚乱，狠命地一拉玉林，却喝道："你这呆子，吵什么？咱明天才去交尹善人的租银，自然先须落店哩。"巡卒一听，只认是尹家的一群佃户，便恶狠狠瞅了他们两眼，然后扬长而去。

这里玉林还要咕哝，早被两贼拖了便走，由北城根下直绕到西南角上，一径地来到一片草地里。玉林正在扬手舞脚，后面胖贼业已喘吁吁领众赶到，一把揪住玉林道："你是诚心搅哇！方才若不亏俺用话掩盖，还了得吗？"说着力搋玉林，却又搋不倒。玉林道："你不晓得，俺是远方人。俺们那里打杠子，都是明打明的，大声吆喝着，不像你们这里偷偷摸摸。既如此，咱就来闷腔儿。不怕俺瞭风时，有人杀将来，俺只闭了鸟嘴就是。"肥贼喝道："哪个用你瞭风？你不要慌，少时，俺自有用你处。"

众贼听了，连忙劝开。大家趁微月四外一张，便趋小径。这所在距尹善人宅后不远，玉林时常价在此散步，有什么不晓得的。他却故意价岔向别径，却被众贼掇将回来。及至尹宅墙外，那肥贼端相一回，便分拨三四人，四外瞭风。玉林蹲向一旁，通不作声。便见有两人各取出挖壁器械，一阵价四手齐奋，顷刻间，壁现一洞。

肥贼道："毕老太过来，这该用着你咧。你先钻入去，俺们随后就到。你到里面，便是瞭风儿，拍掌为号，俺等次第都入。"玉林听了，暗笑得肚痛，却故意逡巡道："俗语道，头难，头难。这个打头的，请你自家做吧。倘或里面有准备，先捉的就是我。你们在外面，蹬开兔子腿，呐喊一跑，就苦了我咧。"肥贼道："岂有此理，咱们是有福同享，你只管去吧。"玉林道："去虽去，但是你们进去，若全数儿被人捉住，却不要怨俺瞭风不好。"众贼道："少说丧话，你也拿出些儿精神来。"于是一个个蹲向壁洞前，只管催促。

玉林笑了笑，拿起柴棒，先向洞内一探。众贼低赞道："有门儿！瞧你不出，还是个惯家儿哩。"玉林拿出棒，一闻棒头道："这所在土气不佳，巧咧，挖到太岁头上了，咱再另挖吧。"众贼悄喝道："你又说丧话！"玉林随手一抻腕，将那火棒抻入，道："你们闪开，等我进去。"说着伏身于地，支着胳膊，向内便钻。众贼悄笑道："你这手儿却不高明。你不仰过来，如何成功？"一言未尽，玉林一翻身，两脚抻劲，嗖一声，业已钻入。

这里众贼互相耳语道："你别瞧这呆子，身段儿真不累赘。"大家正在倾耳，已闻里面轻拍掌。于是一贼钻入，却闻玉林道："你老哥先到的，就坐这第一把交椅。"声尽处，拍掌声动。一贼继入，却微闻咕咚一声。玉林道："你没吃酒，先醉咧。来来来，屈尊在第二座吧。"肥贼听了，莫名其妙。眼看着众贼都入，倾耳一听，一些儿动静都无。正在狐疑，里面掌声又起。肥贼暗想道："这事儿有些蹊跷，十三个人都到院内，无论怎样，不会如此静悄。不要管他，俺从高处张张再讲。"于是从身边取出钩绳，抛搭墙头，即便攀缘而上。到得墙头，一个翻鹞式，拉开架子，急忙忙向下张时，叫声苦，不知高低。只见满院中，愣塑了一堂站像，一个个伸腰拉胯，端足架儿，纹丝不动。

那肥贼料事不妙，只一眨眼之间，忽见毕老太在墙下哈哈地笑道："头儿老哥，快来吧，如今就候你坐全席咧。"说着，一竖火棒，嗖一声，点到肥贼肋下。那肥贼也真听话，便一张大嘴，倒抽一口凉气，顷刻间塑在墙头，和院中一干人高下相映，好不有趣。

正这当儿，恰好尹宅有个老仆人，这晚上该他领人值夜。大家因老仆新弄了后老伴儿，便取笑道："某大叔，你今晚破破悭囊，给俺们弄个酒吃，俺们替你值夜，由你和新大婶快活去，你道好吗？"那老仆难却面孔，只得备酒。其中有个叫乖毛的小厮，和内宅一个仆妇今晚在后院内有个约会。当时乖毛趁大家正在闹酒，便一溜烟儿，由前院箭道闪入后院。方一脚踏到，只见院中乱哄哄站定许多人，又有一人高踞墙头，下面一人还在徘徊回顾。于是乖毛大骇，两腿乱抖，想要大叫，只是不响。逡巡间，墙下那人业已扑向自己，乖毛骇极，拼命地失声大叫。

这一来，前院众仆闻声齐集，顷刻间提灯照耀，亮如白昼。却见乖毛被一个花子模样的人拖住。大家闯去，一瞧那花子，是邹玉林。再一瞧院中站定许多鸟大汉，大家摸头不着，只管乱噪。玉林笑道："如今一班贼徒，已被俺用点穴法定住，你等还害怕怎的？快请主人来，待俺细说分晓，送贼赴官为要。"于是一仆应声奔去。

这里众仆先举灯一照，只见众贼一个个龇牙瞪眼，大汗直冒。再仰望

18

墙头那肥贼，拿定了翻翅鹞子的架势，神情儿真不含糊。大家正在称奇道怪，明灯闪处，那仆人已引尹善人踉跄而至。于是玉林迎上，匆匆一述所以。从树后闻贼黑话说起，直至一棒点定那肥贼。众人听了，且惊且笑之间，尹善人早向玉林一躬到地道："不想俺尹某无德服人，致起盗心，若非贤侄有此非常本领，也就好险哩！但俺闻点穴位之法，被点者时光一久，便有性命之危，快请贤侄点转他们，咱再究问。"

玉林听了，便命众仆取到若干绳索，先从贼身上搜出器械，短刀、铁尺堆了一地，然后玉林施展手法，点转一个，众仆捆一个，横三竖四，又躺了一院子。有的淹搭搭，光眼乱望，有的呻吟成堆。正这当儿，忽闻后墙下扑通一声，大家赶过去张时，却是肥贼因时光过久，昏迷过去，竟自跌落，死蛤蟆一般，业已浑身冰凉。

尹善人慌且叹道："这便怎处？"玉林一笑，趱过去，先从肥项后啪的一掌，然后伸两指，向他前胸就胸乳之间轻轻一点。那肥贼登时长吁一口气，鼻翘微动，头额上汗出如沈。须臾，啊呀一声，猛睁眼望见玉林，不由怪叫道："好嘛，你这呆厮，可把俺们冤苦咧！"说着，想挣起去抓玉林，早被众仆几脚踢翻，就势儿捆缚停当。

尹善人听玉林述说，知肥贼是个盗魁，因太息道："俺尹某家居以来，一向不敢开罪乡里，今你无端行劫，却是何故？"肥贼冷笑道："你老也好笑得紧，你这不是向强盗讲道理吗？强盗若晓道理，一转面孔，就许做官，他还来做强盗吗？"

众人听了，不由都笑。尹善人又略问众贼几句，众贼叩首哀鸣，大概都说是饥寒所迫，初次行劫。尹善人慈心发动，因向玉林道："这班人既是初犯，也真可怜，咱竟免却送官，放掉他，令其改过自新如何？"玉林笑道："老伯善意未尝不好，但这班人野庙聚齐，棺藏器械，看他这等的周密布置，若说非积贼惯盗，哪个能信？老伯如今不忍他们，放掉一群虎狼，去咬好人，不是慈悲生祸害吗？"（言下憬然。可知赦非善政，古云：一家哭何如一路哭，除暴即是安良也。）

尹善人听了，这才恍然大悟，一面价令众仆监视群贼，俟天明即便报官，一面携玉林来至前厅。又询问玉林玩盗情形，不由哈哈大笑。妙在玉林，也得意忘形，竟穿了一身褴褛行头，对尹善人指手画脚。良久，彼此间方悟过来，又是一阵拊掌大笑。尹善人忙命人入内，拿出全套儿衣裤鞋帽，与玉林更换停当。直谈至夜深，方才各自安歇。

不提次日众仆将一群强盗连连串串，送到当官，按律治罪。且说玉林自用点穴法手捕群盗后，那武侠之名登时大震。不消说，慕名相访的日益加多。但是过得数日，和尹善人谈到本地武社之事，却是尚无眉目。原来那些富家子弟起初是趁高兴，要习武功，及至有和玉林会谈过的，方知武功一道，不是凑趣儿勾当，一切功夫之难还在其次，第一先须打熬身体，戒除酒色。你想酒色两字，既是他们的性命，再加上自在惯了的娇身体，一旦叫他起早睡晚，按时地跌打气力，仔细一想，未免觉得不成功。于是只管胡吵了多日，到这当儿，竟都淹淹地退了钩咧。当时玉林知得，付之一笑。过了两日，坚意告辞。

尹善人知玉林还要游历关外，因笑道："贤侄此去，俺关外地面倒有一个朋友。此人姓王名悦，慷慨好交，现拥有数十万的金资，在沈阳之东北兴龙峪地面开办了一处掘参商业，单是手下工人，不下千余。远近参客，都向他参场中采购货物。贤侄游踪倘到那里，此人大可做个东道主人。如今老夫也不客气，俟你荣行时，俺与你作封荐书如何?"

玉林一想，乍到生地，朋友是不厌其多，当时欣然称谢。依着尹善人，还要与玉林盛治衣装，选购马匹，玉林执意谢却。

又过得一两日，玉林启行有期。当日晚间，尹善人置酒欢饯。方在款洽之间，只见帘儿一启，趱进一人。正是：

对酒宾情方款款，赠金主意又殷殷。

欲知后事如何，且听下回分解。

第四回

题店壁壮士出雄关
宿荒村朴俗逗奇趣

且说玉林见帘儿启处，踅进一个仆人，手持一封银两，置在一旁几儿上。

尹善人便问道："那宗款子，你给邹爷存在某商号里了吗？"仆人道："都已存好。"说罢退出。这里玉林方在诧异，尹善人已笑向玉林道："你我彼此世交，竟不客气。老夫承贤侄一番周旋，也不敢说谢字，但俺忝为长者，今有所赐，谅老贤侄一定是不敢辞的了。"指着几儿上银封道，"这是百两碎银，为贤侄途中之用。另有两千银，现已与贤侄存向此地某商号中。你在外如有所需，只管来函，此款登时可以汇寄。"玉林听了，如何肯受，因起谢道："老伯见赐百金，盘费已足，所云存款，快请收回。"说罢，坚辞不已。尹善人略为沉吟，便笑道："小事一段，不足置念，咱且吃酒。"于是亲与玉林斟了一杯，忽笑道："老夫端的善忘，俺曾听你讲过南京金、施两位朋友，倒也都是伉爽人物。他两位的住址都在城内吗？"玉林不知尹善人有所用意，便将金、施的住址说明。尹善人点点头儿，只管劝酒，更不再提存款之事。

不提当晚酒罢，畅叙离悰，并次日尹善人殷殷送客之意。且说邹玉林负装起程，先抵北京，果然是皇都壮丽，气象非常，九陌红尘，摩肩击毂。好笑玉林装了一肚皮高兴，以为这燕市地面，固是昔日荆高把臂酣歌之地，回想当日，金台市骏，奇士如鲫，这等所在，其流风余韵，定有存者。哪知勾留数日，周览名区，在这十丈软红中，物色了个不得了，不但燕筑声沉，酒徒寥落，便连个朴实实的直性汉子都没半个。所见者无非骄侈脆弱之辈，并油腔滑调的五陵少年。

于是玉林嗒然兴尽，克日出都。经玉田，历卢龙，北望渔阳，东瞻榆塞，吊孤竹之垆，拜田塍之墓。长风淡淡，落日荒荒，塞草连天，黄云匝地。及至行抵山海关，登城一望，却又是一番气象。但见群山苍莽，都拱雄关，左带长城，右襟渤海。画角声凄，戍旗风卷，那一番雄壮苍凉之状，好不令人慷慨起舞。于是玉林兴致顿增，在旅店中村醪独酌，一时间心有所触，想要写写怀抱，却又苦于读书无多，没甚词句。沉吟一回，只好拔出短刀，就那黄泥壁上胡乱画道：

结客少年场，饮马长城窟。山海何苍茫，抚剑一踟蹰。

玉林题罢，又买了些羊牛熟肉，夹了硬面大胡饼，大嚼一饱，就那黄泥土炕上酣然一觉。夜间大风如潮，尘沙簌簌，却又闻得辽远村落中不断的火枪乱鸣，并远野中禽噪兽嗥。

次日醒来，结束上路，便问店家道："你这里一到夜间，为何这等的不安静？"店家笑道："可见您是南省人，享惯了安静福儿。俺这关外哪里像关内一般，休说是马贼成群，使人不安，便是虎狼猛兽，也往往撞入村墟。所以此方居民，都要有火枪器械等自卫。您一个单身客人，在路上也须小心，防打杠子的自不消说。您要过山爬岭，或走到深林草地、大漫洼里，第一须留神上面的老雕、下面的狼队。那座山雕一来，简直地遮了半壁天，像您这身个儿，它一爪抄下来，便似抓鸡子。那狼队更为霸道，牛犊子似的大青狼，只要有一个在草间张见行人，它据地一嗥，顷刻群狼四集。

"由此间到沈阳，还算极好走的道路，数十里远近，还能有个村落。若由沈阳再向东或北去，那道径儿，您瞧吧，举目一望，草树连天，除了山就是岭，亘古不化的雪，十来里地长的大树林。新陈相续的落叶堆在地下，就是尺把厚。再要遇着旷野里的大飓风，那更了不得咧。那飓风一来，黄漫漫，黑压压，小山一般，势如箭激，老远地便听得如春潮暴涨。及到跟前，说什么排山倒海，三四套的大笨车，简直地嗖一声就没影儿。若遇此风，急需趴在地下，抱牢大树根，或能幸免。不然，一下子吹上天，就能飞腾个百八十里地。还有那许多的奇鸟怪兽，也要处处留神方好。"

玉林笑道："你这样说，这道路还能走吗？"店家笑道："这不过大概如此，旅客们道上闹事故，十有八九都是遇劫。至于被鸟兽飓风所困，不过时气悖晦的，偶然一遇罢了。"玉林听了微微一笑，即便拔步上路。然因店家所言颇凶，便紧紧腰身，摸摸短刀，一路上逐处留神。

一出关门，说也奇怪，那气候并眼前景物登时立变，真有马后黄花、马前白雪之意。玉林遥瞻遐瞩，不由心旷神怡，暗念道："如此风物，可惜俺一人独赏，若得诸、徐同此壮游，何等有趣呢。"逡巡间，趱过一程，见了些庄村妇女骑驴跨马，所逢的来往旅客，都是成帮作队，带刀携棍，讲起话来南腔北调，橛声侉气，都是出关进关，或谋食或回乡之人。其中语音，以直隶、山东人为多。直隶是疆城毗连，山东是跨海而至。关外人稀土沃，遍地是钱，所以各省人都趋之如鹜。当时众旅客望见玉林独行踽踽，都各现诧异之色。玉林也不理会，午尖后，行了半日，只过得一处村落，人家三五，甚是荒凉，但是院宇高峻，围墙上枪堞炮楼，十分整齐，大概是准备防贼老哥的。

这日傍晚，玉林行抵一处村墟，遍寻旅店，只是没的，正在一家矮房门首负装徘徊，只听门内有老妈妈语音道："媳妇呀，你放下担水桶，做晚饭吧。这当儿鸡都入窝，你汉子不来，今晚剩咱娘儿俩，咱吃饱了，早些睡吧。"说着，狠狠地呵欠道："这两日只管闹贼，困得人昏头奔脑，今晚可要解解乏咧。"便闻有少妇语音笑道："你老爱瞎熬夜哩！有俺和孩子他爹两杆火枪，怕什么呀？你老今晚吃牛肉饼，咱烙个四五斤面，大约也就够咧。"老妈妈笑道："人老了真没出息。俺近来吃了饭，咳一口，便生屎搭味的。俺有三斤面的肉饼，也就够咧。"

玉林听了，方暗惊这家婆媳食量之壮，语气之雄，只见门儿一启，趱出个山汉似的白发婆婆，虽拿拐杖儿，却拖在屁股后头，一见玉林负装佩刀，便笑道："你这小哥是向哪里去呀？在俺门首望着什么呀？"玉林趁势儿长揖道："小可是行路的。今到此寻店不着，想就尊府借宿一宵，便求妈妈方便则个。"

老妈妈见状，更不回礼，却笑得呱呱的，便高唤道："媳妇快来，你瞧瞧这客人说话多么蹊跷，世界上只有银子钱讲借，哪里住个宿还讲借的！"声尽处，只见从门内咕咚咚地跑出个小媳妇子，生得明眉大眼，高高身量，张得玉林一眼，也便大笑道："哥呀，你到了门首怎还不进来？借呀借的，吵什么呀！"

玉林一听，登时暗诧道："难道她婆媳错认了人了，俺怎愣会成了这媳妇子的阿哥呢？"正在沉吟，那婆媳已双双趱进，由那婆婆一伸手，接过玉林所负的行装。那媳妇嘻嘻哈哈，一把拖住玉林的手儿，却笑道："哥，你难道是初到此地吗？怎么寻宿还说甚借呢？"说着，捻定玉林之手，神情儿十分亲热，但是眉目间一团和蔼，却又无丝毫邪气。玉林到此，只得谢了声，随她入内。

那媳妇又回头笑道："少时你吃什么饭？快说吧，莫要耽搁咱睡觉。"玉林听了，几乎失笑，便道："娘子赐饭，随便就好。"那媳妇一扭脖儿道："一个人说话再不要咬文嚼字，饭就是了，怎么又四饭、五饭的？"正说着，已到住房门，那媳妇猛将玉林一推，道："你自歇坐去吧，俺这就去关大门，做晚饭哩。"说罢，转身就跑。这里玉林跄跄踉踉撞入房内，随后那妈妈捎着行装，也便进来，啪一声，掷在炕头，却笑道："今晚俺娘儿俩正愁没伴儿，如今却好了。"说着由壁凹里取出油灯点好，即又匆匆跑出。

这里玉林趁空儿举目四望。只见房内什物渍杂，一无次序。靠窗一条大土炕就占了半间屋子，炕上卧具横七竖八。再望到东山墙下，木案还有镜奁等物，又有妇女旧鞋抛置在木案底下。玉林暗想道："看此光景，此是她婆媳的住房，一定还有客房儿在别处哩。"沉吟间，门帘儿一启。那媳妇提了一桶滚热的水，钻将进来。先取案上的大瓦壶，灌满了，蹾到玉林面前，然后笑道："哥洗澡呀！那浴盆便在外间，你就在炕上脱衣服吧。今且喝口热水儿，俺可没工夫与你斟上咧。"说着，皱起眉头，凑向玉林，却笑道，"今天可把俺忙坏咧，两只脚跑得发胀，连洗洗都没工夫。"正说着，那妈妈在后院灶下喊道："媳妇呀，你看烙十来斤面的饼，够吃不呢？"那媳妇低头道："你瞧俺娘，又在那里叫魂咧。"说罢，跑向外间，将桶水倾在浴盆，然后跑去。

这里玉林不由怙惚道："终是关外人粗野，愣将个陌生客人置在住房中，也不引向客人安置的所在。于是起身，到外间穿堂一望。只见前后院中，除草棚，便是柴房，更没的住室。一瞧对面房间，又锁得结结实实，蛛网尘封，不像能住人的。玉林徘徊一回，姑且蹔进室。解了佩刀，方背面朝里，斜坐在炕沿上发怔，忽觉脖子上哧溜一家伙，有个冰凉挺劲的物件舒将过来。急忙回望，却是那妈妈笑嘻嘻地举着根二尺多长的旱烟袋，来敬客人，道："你这小哥特煞腼腆，怎不上炕歪歇，或洗个澡儿呢？你尝尝俺们这关东烟，多么道地！"说着将烟袋先插入自己嘴内，扑嚓扑嚓，吸得烟腾腾的，然后掏出，一掉烟袋杆，向玉林嘴内便塞。慌得玉林摆着头，连道不吸。那妈妈笑道："你这腼腆法儿，可不像俺儿咧。俺儿那年娶媳妇，去拜他丈母娘时，连人家的烟袋都拐来咧。"

正说着，只听那媳妇在帘儿外吵道："咈，咈，好热！娘还不快接接儿，却只管抄□□烟袋！回头锅里饼烙煳了，娘又该乱骂咧。"老妈妈赶忙放下烟袋，笑道："这个小浪……她倒会排揎我。"于是一掀帘儿，接入一大盆羊肉杂面汤。外面媳妇道："你老人家先陪客吃吧，回头饼就得咧。"这里老妈妈置汤于案，又就墙角下撤起一张矮脚炕桌，放在炕上。正在布置之间，那媳妇业已用托盘端到肉饼，以外还有大葱、豆酱、咸菜

24

之类。慌得玉林甚是不安，正要致谢，那媳妇笑向玉林道："真是你们关里人会装客儿，你就不来帮个忙儿？"玉林听了，连忙来接，帮她将肉饼安置在炕桌上。那媳妇又从外间取到碗箸，不容分说，便撮着玉林肩膀，往里逊坐。玉林哪里便肯，只说："俺就在炕沿上吧。"老妈妈笑道："炕沿上不得劲儿，歪歪垮垮，腿也舒不开，又硌屁股。再说，汤子水子的，弄不清爽，就淌得沫沫渍渍。"

玉林听了正在好笑，只见那媳妇发急道："哥呀，人家舒眉展眼，掐把着腰子，就等着你上去来个痛快。你快上去，来个日攘（音 rìnǎng，北人谓吃也）吧，别叫人家难受咧。"于是推玉林坐在炕头，一毛腰，便掀腿子。玉林情知拗她不得，只好滚入炕里，坐了正面儿。那妈妈一骗腿儿，坐在左边。

媳妇子在右边方要上炕，忽攒眉道："你们先吃着。"说着一扭身跑将出去。这里玉林向老妈妈谢一声，方要拈箸，便闻窗外嘶嘶有声，少时哗哗响动，又接着噗噗两响。老妈妈道："你这孩子多么没人样，客在这里，你就……"玉林一听，赶忙忍笑抓饼，来堵住嘴。那媳妇早又两手紧裤，笑嘻嘻跑进来，向玉林一丢眼儿道："客便怎样？难道还管人撒尿放……"一个"屁"字未出口，招得玉林扑哧一笑，一口饼急咽不迭，却噎得面红筋涨。那媳妇赶忙爬上炕，斜着身儿，在玉林背上捶了两下，却笑道："俺早知你该饿咧，慢些儿吃吧。"说着偎坐在右，只管将大个饼布将过来，于是和老妈妈殷殷劝客，说说笑笑，便如一家人一般。

须臾吃罢，玉林和老妈妈先下炕去。那媳妇摸着肚皮，向老妈妈道："娘，你别吃饱了就墩膘儿，这次该你料理咧，俺歇歇儿，扫扫炕，给你们放下被窝不好吗？"说着一伸腿儿，方想蹭将下来，不想那炕席有块破岔儿，一下子兜碍住她的小鞋儿。只一蹬踢，鞋子脱落。恰巧玉林踱到炕前，那只鞋子啪嗒声正落在跟前。玉林等闲哪里见过这个，忙一转脸，那媳妇却伸着白袜脚儿，笑道："你这人多么发懒，你就毛毛腰，拾给俺不结了吗？"于是跳下炕，一面兜鞋，一面向老妈妈道："娘哪，今晚有客人，占去炕头，你老只好在炕脚咧。"老妈妈一壁敛具，一面笑道："那是自然，亏得俺儿今晚没回来，不然这炕上还觉窄巴巴的。"

玉林一听好不踌躇，因趁势儿道："您有间房儿，便借一宿，俺怎敢在你住房中同炕歇宿？"

老妈妈笑道："俺这里都是这样。若把客人丢在闲房中受清风，就把人笑掉大牙咧。"说着，敛具自去。这里，那媳妇便拉玉林对坐在炕上，东拉西扯。一会儿，又不错眼珠地瞧着玉林，笑道："你若是困了，就先睡吧。停会儿，俺才睡哩！"于是一笑趋出。

　　这里玉林笑诧之下，好生不得主意。瞅瞅炕上，炕桌未撤，以为那媳妇无论怎样，不至于来同榻而卧。老妈妈上了年纪的人，便在炕脚睡，也还说得下去。在室中正在怙惙，那老妈妈业已乜着眼趋进，道："时光不早，小哥也就安歇吧。"于是爬向炕脚，竟自解衣而卧。头才着枕，早已鼻息沉沉。

　　玉林逡巡一回，只得就炕头和衣卧倒。方合上眼，略为定神，却听得外间儿水声浪浪，揉搓得皮肉声喷喷怪响，即闻那媳妇自语道："洗个澡儿也别扭，刚搓了两把腿叉子，这壁灯又没油咧。"玉林不禁探头一望，恰值那媳妇跑进来，端那案上的油灯，白亮亮的一身妙态，都到眼底。玉林大骇，赶紧一闭眼，姑且装睡，还听得那媳妇自语道："他两个都睡咧，少时俺也睡去咧。"玉林听了，以为她一定是另有宿处，这才心下安然，奔驰疲乏，略为蒙眬，也就入梦，这当儿，月明如水，直透窗棂。

　　玉林正在神安梦稳，忽觉耳畔有人微鼾，并觉自己膝盖上热乎乎的，睁眼一望，不由一怔。只见炕中间矮桌早无，那媳妇仰八叉卧在中间，一条腿略为外撤，竟直抵到自己膝盖上。月光照处，简直地幽隐毕露。玉林到此，只好合了眼睛，悄悄地移开膝盖，想离她远些儿。无奈背后已是土壁，想下炕来，又恐惊醒她。只略一逡巡之间，那媳妇猛然一侧身，竟赤条条地挤到身边，一扬胳膊，却搭向自己前胸，忽地哧地一笑道："哥呀！"

　　这一来，玉林大骇，方要猛坐起，便见她模糊道："你饱了吗？"玉林知她呓语，心下少安。然而这等一个光腚媳妇子就在身旁，并且玉臂加胸，下面抵足，这段风光，玉林哪里受得。正想悄悄地拿开她那胳膊，再作道理，只听大门上有人啪啪地叩了两下，接着便喊道："娘哪，开门，开门。"玉林不便答应，只好倾耳，转眼间，又听得叫道："家里的，快着点儿呀！"一声未尽，已闻得人叫道："喂，是我回来咧。难道都死光了吗？"玉林这里正在着急，那媳妇业已惊醒，呼一声坐起来，方要下炕，恰好外面越发大叫，于是笑着高应道："来咧，来咧。你这天杀的，吓不煞人吗？"说着拖了鞋子，披衣便出。

　　这里玉林长出一口气，忙坐起向窗外偷瞅。便闻得启门、关门声，并媳妇笑道："你这会子才撞回来，俺就料你是被人拖住吃酒哩。"即有男子笑道："闲话少说，某家那新娘子，俺就瞅着前影儿、后影儿有些像你，瞅得人心内热辣辣。所以俺趁空儿跑回来咧。"说着喷的一声。玉林料是那老妈妈的儿子回来，听语气是向人家随喜礼去了。正在怙惙，便闻那媳妇唾道："好酒臭气，你别没人样，快挺尸去吧！今天咱家内还住下客了哩。"男子道："客人吃了饭不曾？如要睡下，俺就不惊动人家咧。"媳妇笑道："客人早就饭罢歇困，这会子正在炕头上打头觉哩。"说着两人踅入院中。

玉林悄望那男子十分雄壮，肩膀膊上搭着长衫，拉了那媳妇的手儿，直奔房门。这时玉林只好卧下装睡，免得麻烦人家，但是怙惙着这窄炕上，再加上个大汉子，更是笑话。正这当儿，偷瞅他两人业已双双进房。媳妇道："你就靠着娘睡吧，还喝水不呢？"男子在凳上一面脱衣，一面笑道："不说闲话，咱那点儿小勾当也该办着咧。"媳妇低笑道："别放屁咧。"说着脱了衣，依然卧向原处。这次是面背玉林，侧身而卧，竟将个白馥馥、软绵绵的臀儿直偎过来。吓得玉林不敢少动，且喜相距还有尺许远近。

正这当儿，便见那男子赤体登炕，和媳妇对面卧下。这一挤不打紧，那媳妇的屁股向后又一偎。不好了，玉林胯下登时便挤来个大棉团儿。闹得玉林动既不敢，只好潜气内转，暗凹肚皮，想离却她的皮肉，然后再悄悄地翻个身儿，便可一切由她咧。不想方提气凹起肚皮，那老妈妈也会凑趣，忽吆语道："你要掉蛋，俺就打煞你！"玉林猛闻，几乎失笑，气儿一松，肚皮猛鼓。便闻媳妇道："哟，你睡醒了吗？"正是：

　　触目尽饶淳朴气，直疑别有一山川。

欲知后事如何，且听下回分解。

第五回

十一郎闹店黄榆堡
邹玉林问樵双岔岭

　　且说玉林见媳妇来问他，哪里敢搭腔，只好少作鼾声，遮掩过去。亏得那男子倒头便睡，没有什么举动。那媳妇鼻鼾数转，也便沉酣。唯有玉林，一瞧他两口儿彼此价赤体而卧、合抱不交的样儿，不由暗想道："这段奇景，若非俺亲眼所见，无论是谁说，俺断不能信哩。"沉吟间，心下一模糊，居然睡去。

　　正在神魂栩栩，又仿佛在当年学塾，和诸、徐联床抵足，又仿佛负装登程，置身于平原旷野之间，忽微觉自己腿子似乎有人搓摩，玉林困极，依然沉酣。少时，竟觉得越摩越凶，并且耳畔一阵价哼哼唧唧。在睡梦中猛然醒来，哈哈，不醒时万事全休，这一醒，玉林又疑入梦。仔细一瞧，何尝是梦，月光射处，那媳妇子明明的玉股双分，金莲高耸。那男子却虎也似的踞在上面，正在那里如是云云。右边一条腿正挤着自己腿子，因那起落之势趯趯然，所以觉着搓摩。当时那媳妇云鬟堆枕，玉面朝天，一时间声容并茂，自不消说。正这当儿，那男子耸身作势，一气儿大起大落，那媳妇呻作一团，一歪脖儿，竟自将面孔斜滚到玉林枕边，一个髻儿业已将及玉林腮颔。更使人当不得的，便是那男子推得媳妇子头上乱发，时时地蹭到玉林颔下。这时玉林正仰面而卧，吓得不敢少动，两只眼哪里敢再睁开，只好平心静气地与人家默记度数。

　　于是，腿上奇触，耳边异响，既已不可思议，更难为情的，鼻孔中还有一种异臭。你想，一炕上四人共卧，那人气蒸腾，本就可想，何况那媳妇两口儿不顾命地一阵大闹，彼此间汗气发越，已不可当。那男子酒后胡闹，口中酒气喷勃，自不消说，便是腑脏中的酒肉气，也由汗毛孔中发作出来。再搭着两人下身这当儿没空整理，任其横溢，未免又加上些特殊的臭味，只闹得玉林五官并困，不知怎样才好，不由暗想道："这真是俺邹玉林出世以来第一磨难，恐怕比那霍大眼落粪坑时还难受哩。莫非这是俺

28

摆布人的报应吗？"正在好笑，已闻得他两口儿业已云收雨散。玉林身边一清爽，这才沉沉睡去。

及至次早醒来，一瞧躺炕上只剩自己，连忙下炕结束。那媳妇先端将面水来，向玉林笑道："哥呀，睡醒了吗？"玉林一瞧她乱乱的发儿，晕晕的眼圈儿，腮蛋儿上枕痕未褪，因笑道："俺放头直到醒来，就是睡梦中觉得你娘儿们似乎是起来捉臭虫哩。"媳妇大笑道："你哪里晓得，昨晚上是俺丈夫回来咧。他酒后困觉不安生，吃俺排揎了一顿，他才困咧。如今早饭已熟，吃了饭，再走不迟。"玉林笑道："不必费心。"

正说着，老妈妈也自踅来，道："小哥夜来安稳哪？你瞧俺儿那个慌张鬼，今早俺听媳妇说，他夜间转来，天还没亮，他又跑出去赶集去咧，通不晓得亲热客人。俺常说，俺们那孽障就晓得饿了吃，困了睡，其余事一概不知。那才是个老实人哩。"

玉林听了，不由微笑。于是匆匆净过面，即便告辞，随手由衣袋掏出些散碎银子，置在案上道："妈妈不要见笑，且收这房金去吧。"一句话不打紧，只见她婆媳顷刻间脸儿一沉，一言不发，也不取银，更不送客，竟自冷笑着踅向后院。玉林摸头不着，怔了会儿，只得拔步登程。一路上暗揣她婆媳最后光景，甚是不解。

这日午尖，偶和店家说起昨夜借宿之事，店家笑道："亏得她婆媳还不撅气，若是撅气的，她不但不理你，还要骂你一顿哩。这关外朴风不同内地，凡有客到，不问是张三李四，同食同住，男女大小都不避讳。十八九的大妞儿只管与客人同炕。你越不客气，他越欢喜，就是住个十天半月，他也不厌气你。甚而至于临走借点儿盘川，都成功。却有一件，你若临去，把与他谢意，那算是糟咧，他以为你瞧他是不够朋友。还有一事，更须当心，咱内地人的心眼儿多而且坏。就有那等下三烂，觉着人家妇女不避讳，三不知的，想趁势儿闹点儿俏事。这意思倘被人家觉察了，可了不得，他也不哼不哈，不打你，不骂你，只大家动手，将你捆作王八蛋样儿，一杠串起，如抬猪一般，将你抬向深山老涧，就这么一丢，死活由你。就有万金的行装，他也不要，也是随了你同丢将去哩。"玉林听了，这才恍然大悟。

饭后登程，一路上遥瞻远瞩，只见川平地迥，群山映带。正当秋高气爽，使人神健。所见景物，无非是大帮的骆驼、成群的大车。这时有贩马的客人，一队野马就是二三百匹。偶经山径，还见些采药捕貂的人们。

这日玉林将抵沈阳，所经镇聚虽渐热闹，但是无非五方商贩并许多的江湖杂技之流。玉林出关以来，本是十分高兴，以为本朝发祥之地，当年的费扬古、肃王等人，何等的武功神勇，便是今日，也定有磊落雄武之士，方足以称其山川。哪知逐处留神，无非碌碌之辈。于是玉林颇为兴尽，不得已还想做些行贩事儿。原来，玉林自在南京勾留之后，已暂止行贩之业咧。

这日傍晚，行抵一处寥落镇站，地名黄榆堡，是赴沈阳的一股僻道。玉林误打误撞，岔向此处。四下里群山合沓，甚是荒僻，堡中只有一处住大车的野店，四围群房，倒也宽敞。玉林入店，就西耳房置下行李。遥见正房敞间内，有十数个彪形大汉，一色的短衣缚袴，十分粗猛。也有横躺竖卧的，也有相聚说笑的，正在长案上堆着小山似的大酒大肉，并蒸饼大馍之类，又有几把明晃晃的尖刀子插在大块肉上。玉林见此光景，猜不出这班人是何角色，正在吃茶沉吟之间，恰好店人端进汤饭，玉林因道："伙计，且问你，那正房中一班客人是做什么的呀？"店伙一听，登时变色摇手道："爷台不必多问。您吃饱了，睡大觉，明天走路，比什么都强。就是夜间，他们翻过天来地闹，您也不必管他。俺这地面上奇怪人有的是哩。"说罢匆匆而去。

这里玉林听了，越发诧异，一面用饭，一面留神正房中。只见那班汉子不断地出出入入，趑向店门，就如延望等候什么人似的。有的在房门外徐踱沉吟，有的仰天画地，慨然太息，又有相与耳语、微露惨痛之声的，更有捻拳瞋目、躁得跌脚的。玉林见了，越发不解。须臾，饭罢，院中挂上竿灯、提灯，由正房直接店门，亮如白昼。这时众大汉出入愈勤。玉林悄望正房中，业已灯烛辉煌，摆好座位，长案后正中一坐，案前是两列长凳，并且大碗酒、大块肉都已摆列整齐。除尖刀外，不设箸儿，便似待客吃酒一般。

玉林暗想：这等席面倒也别致。思忖间，店伙来收饭具，毛眵眵地道："爷台少时便熄灯困觉，俺们店人也便都睡，你老千万别搭理他们。若闹出祸事来，俺可不管。"玉林趋势想问他，他又匆匆趑去。于是玉林虚掩室门，熄灯就卧。一时间辗转怙惚，只睡不去，便索性坐起来调匀气息，用些静功。

不多时，约到三鼓时分，忽闻远远地栖禽飞噪，微风吹处，隐闻得马蹄隆隆。须臾，忽闻有人坌息入报道："十一哥到咧。"便闻有一骑，泼刺刺已至店门，院中众大汉哄然趋出。玉林赶忙下榻，就门缝瞅时，早见众大汉两行列立，十分整肃，引进个白衣少年。

那少年约有十八九岁，腰中佩剑，生得玉面剑眉，十分英姣，顾盼间精神四射。忽顾众汉道："咱们的人都齐了吗？"众汉悚应道："兄弟辈早已都到，只是某兄弟尚且未至。"少年微笑道："不须想他，且由他去诀别妻子。咱且吃酒，商议正事吧。"于是大踏步径奔正房。

众人随后一拥之间，这里玉林早已悄悄推开一扇门儿，探头望去。只见那少年高踞正坐，饮酒御肉，甚是豪爽。又取酒遍斟碗中，忽扪腹大笑道："好没来由，今夜为他这件滥污事，倒令咱大家忙碌之至。俺已醉饱，诸位请随意用吧。"说罢，按剑而坐，气色凛然。更可怪的是两道炯炯目光，射到哪个脸上，哪个便登时伏首，便如鼠儿避猫一般。

玉林正深骇异，只见众大汉各自吃喝毕，撤去残剩，只留下豚肩斗酒。逡巡间，就长凳依次列坐，彼此相觑一回。其中一个长须大汉搔首半晌，忽起立躬身，向少年道："今日之事，某兄弟固然是罪无可逭，但他在帮中很立劳绩，可否念他……"少年微笑道："八丈怎如此糊涂？他犯规法，如何瞻徇得？好淫首戒，难道八丈不晓得？休说是某兄弟，便是八丈和俺犯了规法，也是按法处置的。"长髯汉听了，悚然归座之间。玉林不由暗想："这班人好生蹊跷，许多人都畏服这少年到如此地步。又说什么犯规法。俺在南省时，只知江湖间，青红两帮甚讲规法，莫非北方也有此等帮匪吗？"

正在沉吟，忽闻正房檐头上唰啦一声，便如飞鸟惊堕，登时一道黑影翻落院中，接着便哈哈大笑道："俺来迟一步，倒劳十一哥和诸位在此久候。来来来，先罚俺三碗酒。"玉林忙望，却是个黑衣大汉，结束劲健，背插一把明晃晃的钢刀。房内灯光射处，照着他一张青渗渗的凶脸子，双睛叠暴，短髯绕颊，软巾裹额，鬓边颤巍巍地还插一枝白纸花儿，向房内张得一眼，昂然便入。

于是众大汉悚然都起，只有那少年却昂然不动，但略为颔首道："某兄弟，今天是你成名之日，俺等已遍过喜酒，来来来，且待俺敬你一杯。"说着站起来，送过一碗酒。那黑衣汉也不答话，长啸一声，举碗一气儿灌将下去。灯光下纸花乱颤之间，只见众大汉一个个变貌变色，眼光都定。

正这当儿，便见那少年一整面孔，杀气森森，拍案道："某兄弟，少时咱在前面双岔岭见吧。你且宽饮，恕俺不陪咧。"黑衣汉狞笑道："就是，就是。十一哥，今天俺无别话，横竖俺的妻子就是你的妻子。"少年慨然道："不须吩咐。"说着挥手出房。

这里玉林略一眨眼，但觉嗖一声，急望少年时，早已影儿不见，只剩了众大汉拥定黑衣汉子，一阵价喊喊喳喳，并彼此叹息之声。那黑衣汉子更不理会，少时却大笑道："是时光咧，没的叫十一哥久候着。"于是众人纷纷并起，顷刻间熄了灯火，一拥而出，来至店门。却有个汉子高叫店家道：

"俺们去咧！所有的开发儿，业已留在案上咧。"那店人在柜房中颤颤地应了一声，外面众人已杂沓而去。张得玉林愣了半晌，只好胡乱困了一宵。

次日起来，忙向店人一述所见。那店人除摇手外，还是没话。

这日玉林起行，方趱出十来里路，却在一片分脊山岭旁树林中张见一个自刎的汉子。纸花、钢刀一股脑儿抛在身旁，却就是首级不见。玉林骇异之下，又趱了七八里，恰遇一个樵夫，因问道："方才俺过得那分脊山岭，叫什么地名哪？"樵夫张玉林两眼，却惊道："客官好大胆！你一个人儿愣敢走那里，那是有名的双岔岭。不要说是豺虎出没之区，并且是帮匪聚积之地。岭西一带山深处，便有匪巢。他们飘忽如风，不断地远近打劫，便是官兵都奈何他不得。其中有一匪首，绰号儿十一郎，虽然劫掠，亏得他还讲帮规，手下人若犯淫行，立杀不赦。前途新立村，今天早晨，忽见了他的号令，血淋淋的一颗首级，高挂在黄姓门首大树上咧。便是黄家有一守节寡媳，被他手下兄弟所污哩。"

玉林听了，好不骇然，因一述夜间所见。樵夫笑道："如此说，客官所见的那少年，定是十一郎无疑。他的规法严得很，远近间没人不知的。"玉林叹道："他这等公然劫掠，难道官中就不理吗？"樵夫冷笑道："官中人只求他不寻到自己头上，已是万幸，哪里敢去管他的账。"

正说着，呼啦啦长风陡起。对面一片灰黑云气，竟自遮天价盖将来。樵夫仰头大叫："不好！"放下柴担，不容分说，一把拖了玉林，跄踉便走。正是：

野店觇奇方诧客，深山遇险又惊人。

欲知后事如何，且听下回分解。

第六回

沈阳城侠女显奇踪
白塔寺玉林遭骗局

且说玉林被樵夫拖定，向道旁深草中一伏。便见天地晦暝，头顶上风声怒吼，似有一片玄云霍地刷将过去，方到里把地外，却闻啪嚓一声，其声甚厉。只余风吹拂之间，天气顿然开朗。樵夫喜道："好了，好了。幸亏没被这大家伙张见，不然咱也变作老雕粪咧。"于是和玉林忙忙站起。玉林遥见里把地外，忽然平添一座大土堆，和樵夫趔去一望，不由吃惊，原来是一泡雕粪。樵夫笑道："但看这粪，此雕还是中等个儿，若是那多年的老雕，一泡粪砸着人，便可以把你葬在里面哩。"玉林惊道："原来关外竟有这等可怕的飞禽。"樵夫道："你还没到那沈阳东北一带哩。可怕的飞走你且慢慢地瞧吧。"说着和玉林趔回伏处，取了柴担，扬长自去。

这里玉林拔步上路，暗叹像十一郎这等人，看他那来去飘忽的光景，一定是颇通剑术。可惜陷身贼盗，也就不值一笑了。

次日过午，行抵沈阳。陪京所在，果然气象不同。街市繁盛，士女扰攘，略如京师。只是人性粗犷，游民甚众，大约是各省人都有。原来关外地面，客民多于土著，上至仕官商贾，下至百流杂艺，都是客民占却大半。因关外土著既稀，智识又逊，久而久之，所以弄成喧宾夺主。当时玉林落在店内，无非是游览风景，访问风俗。沈阳少年也没有几处拳场。玉林瞧过两次，虽比关内的花拳绣腿强些儿，却也没甚奇处。

一日傍晚时分，玉林行经将军衙前，见有许多卫士们正在两个大石狮一旁空场上，大家举弄石锁儿玩耍，许多观者连连喝彩。玉林瞧了瞧，不由一笑。刚要趔去，只见一个长大卫士嗖一声将石锁抛将上去，趁下落之势，提抓锁钮，一翻健腕，一气儿连举数下，然后从容置锁，面不改色。众观者齐赞道："您看人家这才是真功实力哩！"

一声未尽，只听东辕门外吵铃儿哗哗乱响。须臾，趔来两个骑黑驴的女子。前面一个高髻劲装，丰容盛鬓，外罩一件百蝶攒花的短敝衫，下面是撒脚裤儿，锐屣如锥。后面那女子只有十六七岁，鹅蛋面盘，明眉皓齿，那一双剪水秋波，顾盼间十分秀媚。前垂刘海儿，发后拖一条大辫，浑身是红色衣装，下至带履，无一非红。两人趱到右边石狮前，翩然下驴，就狮子前爪上系好，彼此娇然一笑，俏生生便挤入人群中，看了一回耍石锁儿。

大家见了，都不顾看耍石锁，正在注目她两人。只见那红衣女子道："阿嫂，都是你闲得没干。咱在松花江多么自在，又有许多的大营生等咱去料理，你却海游没够，既看了泰山黄河，在北京玩得腻腻的，这会子又撞到这里来。我看这所在，除了这两个石狮子还不讨人嫌，其余的满街上臭男人，若依我性儿，就该个个……"说着笑嘻嘻一咬樱唇，两只耳登时乱摇。高髻女子笑道："阿姑，你就似你哥子那火燎毛脾气，到那里屁股没偎热，就吵着要走。这所在又有宫殿，又有将军，怎么不好玩呢？"红衣女子拍掌道："罢哟，宫殿还倒罢了，但是咱在里边逛了好些日，也没什么好看的咧。至于那有胳膊有腿的将军，和土木偶像差不多，咱与其看他玩，还不如回家去钓江鱼老鼋有趣儿哩。"说着，咯咯咯一阵笑。

大家听了，连卫士等正在相顾愕眙，只见高髻女子道："疯妮子，你懒怠玩，咱就去吧，没的在这里瞎三话四。"说着，两手一分，从人群中挤将出来。玉林觉得两女子十分奇特，因悄悄蹑趁于后。这时众观者早也远远地围将来。但见那红衣女子望望将军府前那面牙旗，低头一笑，方要解那驴子，高髻女子忽地一扬玉臂，微伸嫩腰道："阿姑，这两天俺被你吵得昏头奄脑，你解下驴子，且待俺活活筋骨。"说着紧紧腰身，袅娜而前。

红衣女子解下驴，站向一旁。恰好那驴儿一个前蹶，红衣女子笑骂道："瞎畜生！你不会闪闪场儿，难道就会呆看热闹吗？"一句话招得观者都笑的当儿，那高髻女子业已向石狮跟前，又开步法，踏稳两只小脚，双插玉臂，挽定石狮的蹲足空钮。只一摇摆，说也不信，那千余斤重的大石狮竟自离座。观者大骇之间，那高髻女子撒出双臂，顷刻间一换手法，纤腰略挫，猛地喝声："起！"竟将那石狮平掇起来。接着一努力，已至当胸。

这时，观者要喝彩都喝不出的当儿，忽见那高髻女子嫩脸泛红，赶忙放下石狮，却向那红衣女子道："不成功，俺真是越呆越糠咧。"红衣女子抿嘴一笑，却用指头自己划腮道："羞，羞！你还遮臊儿哩，你这会子想酸的吃，倒有劲儿。你瞧俺来来。"说着，将两驴缰绳递与高髻女子，笑吟吟双揎玉臂，两手托定石狮，便是个霸王举鼎的架势。这一来，玉林大惊，方要近觑仔细，只听訇的一声，石狮落地，两女子拍掌大笑之中，夹着众观者暴雷似一声喝彩。就这声里，两女子翩然跨驴，铃声响处，早由府门前向西而去。玉林不暇瞧众守卫失色之状，赶忙拔步趁去。无奈这当儿，西街上行人扰扰，一眨眼间，红尘起处，两女子竟失所在，闹得玉林目定口呆。

及至趱回寓店，业已上灯时分。因向店人一说所见，大家无不惊奇道异，其中一个老客人却愀然道："这等踪迹不测的人，在关外地面时时有之，大概是非侠即盗。俺往年曾在金州地面遇着个瞽目先生，他破衣拉撒，斯斯文文，单是两手爪就长可数寸。住在一所小店中，白日里背了三弦，拖了明杖，除串走街巷做生意外，便是在店静坐。你想这样一个废物，谁去理会他。不想有一天，十余个眼明手快的健捕，冷不防围了小店，便想捉他。可笑他那当儿，两只眼也不瞎咧，嗖一声跃上房，便如一道黑烟似的，在街坊连房上晃了两晃，竟自不见。原来是个捷疾大盗，不知怎的被健捕瞧出破绽，便故意地平捎了一根大竹竿，愣从他对面闯将来，他不禁不由一闪身儿，所以露了马脚。今天老兄所见的两女子，恐怕也不是正当人哩。"

又一客人笑道："'走关外，跑关东，一不小心连本扔。'这俗话儿再也不错。此地不但盗贼多，便是拐子、骗子也是多的哩。"当时大家说笑一回。

玉林忽想起兴龙峪来，因问道："请问诸位，这兴龙峪距此多远，道路上还好走吗？"一客笑道："你向那里有甚公干？"玉林道："没甚正事，不过玩玩逛逛，随便访看个朋友罢了。"

大家一听，都笑起来。那客道："老兄，莫怪我拦你这份高兴，依我说，你一个单身客人就不必去冒那种险。兴龙峪远倒不甚远，约莫距此四百多里路，只就是山路难行，盗贼出没。所经险路，有泥鳅背、鬼见愁、阎王峡等处。还有一条非走不可的险道，陡立石崖，中悬鸟道，除了攀萝附葛，你休想站住脚步。多年荒草一直地没到膝盖，稍不小心，登时粉身碎骨。更可怕的，有诸般野兽，无时无地不是性命交关。赴兴龙峪的，除了打洪围的猎人，再就是大帮客商，雇了保镖的武师，大家带了全副兵器，摇旗呐喊，方敢登程。您一个孤零零的人，只为游逛、看望人，何苦来冒这种险呢？再者，那所在除了大山老林，就是有一片大参场，其余也没什么可逛的哩。"

又一客笑道："喂，你也别这般说，那所在就有一桩招恋人儿，便是本地的妇女，不差什么，都细皮白肉，俊煞个人的。见了外来的客人，别提怎样的亲热写意咧。所以那些吃参场的老哥们儿，一到那里，就挂恋住。你这位老哥若好酒字底下那字儿，便破着性命去逛逛，也使得。"众人听了，都各大笑。

那老客却正色向玉林道："你老兄若没正经事，倒是不去的妥当。"玉林听了，不由暗笑。但是不便驳他们的话，只略询道径，当即各散。

又过得两日，玉林由沈阳取道东北，拔步登程。只行了半日光景，果见连山复岭，过了一层又一层，足下所经都是蚰蜒窄径，一处处长林映带，但觉得乌烟瘴气。那树木都是几围合抱，参天拔地，互相纠结。极茂密处，便似搭起黑绿大幕，从外向内望，便如古洞一般。地下是野花杂草，不可指名，远望去青青紫紫。再加上青黄落叶，就似地铺锦毯。

玉林行经长林，一面走一面怙惙道："像这等的长林正是盗贼的窟宅，无怪那些店客们说道路难行哩。"正趔过一株大树前，忽闻背后嗖的一声。玉林忙回望，却是个黑大山汉，凶实实的，手持一根粗枣木扁担，瞪起眼睛道："你走你的路吧，瞅俺怎的?"说着，一瞟玉林所佩的短刀，依旧闪入林内。便闻林内还有一人，和山汉喊喳数语。玉林暗笑道："这不消说，一定是那话儿来咧。你缩回去，真是你的造化哩。"

当晚宿在一处山民家。玉林这次记牢了来途借宿的情形，竟不客气，便如到了自己家中一般。那山民家果然大悦，但是玉林受的磨难可又不在小处。原来这山民家只有翁妪二人和一个十几岁孙儿，夜间翁妪睡不着，便咯咯嗽嗽地且叙家常。偏搭那孩子彻夜价乱说梦话，更讨厌的是屁如连珠，闹得玉林天色方亮，赶忙登程。

行了两日，一路所见险峻山径，果如店客们所语。逢人询途，知已将近兴龙峪地面。这日午尖后，行过一程，阴云忽生，少时萧萧飒飒，落了一阵细雨。关外气候一交秋令，便如内地冬初，少时秋风儿吹将起来，那雨蒙蒙的只管不止。玉林不由一个寒噤，望望前途，烟树微茫中，隐隐露出个塔尖儿，正有一道白茫茫的湿云气，如龙挂一般，由塔尖旁蜿蜒下垂，似乎像直接深涧。那蒙蒙雨势又稍紧一阵，尖风吹过，遍体生寒。玉林一面趋走，一面暗想道："真是南北气候不同。若在南省，这小雨儿只好洗洗行尘，这所在就这等的凉。道上既没邮亭，俺又没携雨具，活该今天浇个水鸭子似的咧。"正在思忖，只听背后有人道："啊呀，好凉渗雨儿! 前面老兄快些走吧，你瞧龙取水咧，说不定就有大雨哩。"

玉林回望，只见由背后岔道上趔来一个短小黑瘦的汉子，头戴大草笠，披着一块麻包皮，背定一个小小包裹，屁股后头还挂着一个槟榔瓢儿，一手持着药锄儿，如飞跑来。玉林因道："老兄何来? 怎的这般天气，还在山中采药呢?"那汉子笑道："彼此，彼此，怎的这落雨时光，老兄还在此赶路呢?"于是两人一笑,忙忙地一同拔步。玉林问知那汉子,是左近采药的山民,且喜同行可以破闷。那汉子却说说笑笑,十分和气,一面略瞟玉林的行装和短刀,因笑道:"怪道老兄居然敢独行山道,瞧您这雄状气概,敢是会些武功吧?"玉林听了,微笑道:"俺哪里敢说会甚武功。但是这当儿,若来一干盂贼,咱大概还怕不着他。"

正说着,噼里啪啦一阵急雨点儿,玉林身上淋淋漓漓。那汉忙解下麻包皮,递与玉林道:"老兄且挡挡雨势,俺有这大草帽儿,便不妨事。"玉林道:"萍水相逢,怎好打搅。"那汉子笑道:"你瞧瞧,你真是关里的人,就会客气。"说着给玉林披在身上,随手一触行装,道:"走哇,前途不远有个小酒店儿,咱且到那里闹壶老白干,煞煞水气吧!"说着向前一指。玉林望去,果见前面山坡丛卉旁,斜挑出个小酒帘儿。

于是两人疾趋一阵,及到那小店前,雨势却止,然而西风儿却越来越大。玉林觉得湿凉透骨,不禁不由酒思如潮,便和那汉步入店中。只见草房木案,收拾得倒也干净。两人落座后,各置行装,一旁晾着。又就店灶下烘了一会儿,方觉通体怡然。于是由玉林要了酒菜,两人且谈且饮。

玉林三杯落肚,说一回来途所见,不由慨然道:"俺久闻关外民风朴健,定多豪士,不想所见不逮所闻。"那汉子略笑道:"什么豪士,俺这所在,除了关东烟、老白干之外,倒也没甚出奇的。"说着与玉林斟上一杯,忽问道:"你老兄带着短刀,定懂得刀剑的好歹。俺曾见过一把剑,软得稀奇。扳着剑尖,便能屈个大弯儿,颤巍巍锋快得怕人。距那剑三五步,便觉冷气飕飕,这把剑好吗?"玉林欣然道:"如此说,这是一把宝剑了,你从哪里见过呢?"

那汉子扑哧一笑道:"若说起这藏剑的人来,简直地是个怪物。此人是个远来游方的先生。"因虚作指势道:"你在道上没见前面那塔尖儿吗?那是白塔寺,此人现在寺中开塾授徒。此人的古怪性儿一言难尽,整日价沉着脸子,攒着眉头,不苟言,不苟笑,有时狂走出三两日方回;有时静坐起来,无论谁来,一概不理。他来时,一囊一剑,如今那囊敝坏得要不得,他只把剑做了性命。上年时,他忽将那囊埋在寺后,每日趁空儿,总要到埋囊处徘徊太息一回,或至顿足流涕。从此那把剑越发和他寸步不离。

"俺有一次曾宿在那寺中。睡到半夜中,只觉院中呼呼风响,并一条条的电光纵横直射。少时间,木叶乱飞,栖鸟惊噪。俺以为要落暴雨,忙爬起来,向窗外一张。啊呀!你说怎么着?原来是那先生正在舞剑,满院中冷森森、白亮亮,都是剑光。俺瞧了半晌,方辨出他的身影儿。忽见他一掷那剑,直上半天。须臾,殿角上大震一声,却将胳膊粗的一枝横树枝儿斫将下来。俺当时不便惊动他。次日向他一问夜来所见，他却大怒道：'你是哪里来的梦话，俺会舞剑，还不在这里做猢狲王哩。'如今那先生穷得要命，很有人想买他那剑，他却死也不肯，你说不是怪物吗?"

几句话不打紧，正搔着玉林的痒筋，不由跃然大悦，并正色道："据俺看来，此人定是剑客侠士之流。他如此地韬晦遁迹，必有不得已之故。老兄，咱快些吃罢酒，你领俺去访访此人如何?"那汉子略作踌躇道："左右俺是随便采药，领你去望望也使得。既如此，咱就去。这当儿雨方止住，料想他定在寺中。"玉林大喜，匆匆价开过酒钱，负起行装，仍将那麻布包皮交还那汉。

两人拔步便走。方趱得三四里路，遥望那塔尖已在面前，并隐隐露出一段红墙。微风吹处，书声隐隐。玉林方在十分高兴，那汉忽道："老兄，咱且稍歇歇，担瓢泉水吃，那会子吃过酒，咽喉中只是发渴。"玉林奔驰得也觉口干舌燥，便相与就道旁石上歇坐下来。那汉子取了瓢儿趱将去。

这里玉林遥望塔寺，正在奇情郁勃，只见那汉子笑吟吟端到瓢水，道："俺们已遍饮了许多，你老兄快来吧!"玉林谢一声，接将过来，一气儿吃了半瓢。方觉得那泉水有些异味，只见那汉子拍手道："倒也，倒也!"一声未尽，玉林登时觉天旋地转，扑通声一跤栽倒，眼睁睁见那汉子一勒胳膊，恶狠狠抢将过来。正是：

　　方喜偕行访奇士，谁知遇骗落穷途。

欲知后事如何，且听下回分解。

第七回

宿古寺畅谈塞外风
走深山巧觇猩公酒

且说玉林大睁两眼，晕倒在地，心头虽清醒如常，却就是转动不得。这时，那汉子早抢过来，先由玉林背上解下行装，然后取了短刀，向玉林微笑道：“朋友，对不住，你吃过酒，且在这里困一觉儿，倒也罢了。”说罢，向深草中一转身，早已取别道扬长自去。这里玉林料是遇骗，没法儿，只得耐性且卧。

须臾，天色向晚，那雨过后的湿云，还只管一块块黑絮似的相与驰逐。且喜风势已止，少时间，四围暝色业已黑压压地聚积将来。倾耳远听，除风声、树声外，还隐隐有野兽嚎动。玉林暗念道：“这所在、这时光好不险绝，若有个野兽奔将来，怎的区处?”须臾，遥闻塔寺中暮钟冷然，一声声慢敲起来，余韵流空，掺入沉沉夜色。这时，玉林只好眙眼躺卧，幸得雨过天晴，煞是皎然。定了一回神，稍能转侧，细瞧四外，却见道左里把地外，影绰绰似有灯光。玉林暗想道：“那灯光所在或是村落，今夜没别的，只好去打搅人家咧。”逡巡间，挣扎着舒舒手臂，一摸衣袋中，且喜还有一小包散碎银两，并尹善人所赠那封荐书，也在里面。

这时玉林还是手足无力，刚勉强扶那石块想站起来，不想黑暗中被脚下草棵一绊，骨碌碌向后一倒，却滚到石后一处土凹儿内。偏那凹儿有半人来深，玉林急切间攀缘乱草，刚向凹儿沿上一冒头儿，只见那灯光闪处砰然一声，也不辨是火枪，是爆竹。这里玉林略为一愣，便见那灯光或高或下，左五右六，似乎是有人舞起，竟一直向自己奔来。玉林疑是那骗子还放自己不过，又来刷个二遍岔儿，大怒之下，想奔去料理。无奈乎足软得什么似的，逡巡间，只得伏身丛草后，且觇动静。便见那灯光越要越妙，越来越近，便如狐仙玩丹一般。须臾，来至那石块跟前，却顿然现出两人。玉林偷觇去，几乎失笑。

原来前面是一个拱肩缩背的男子，有四十多岁，生得长身耸项，干筋瘦骨，站在那里，便似人家丧事上的纸扎一般。青白面皮，死羊眼睛，偏配着两撇鼠须。一手提灯，那一只手里还提着一嘟噜熟猪蹄儿。后面是个中年妇人，生得团头大脸，短躯臃肿。两人就在旁置下提灯，那男子便道："咱就在这里完事吧。少时你回头，须将此物藏严密了。"说着，放下猪蹄儿，即由妇人手中接过一件短裤儿，又似孩子的尿垫子，即便笑吟吟铺在石上，却向妇人道："咱快趁此间没人，就完事吧！"

玉林见状，正在莫名其妙，以为他两人是幽期密约，但是男女一对儿怪模怪样，却又有些不像。正在沉吟之间，只见那妇人伏向石前，喃喃祷祝，那男子却耸身东望，一撮唇，便如长啸一般，登时发出一种幽曼凄厉的怪音，道："狗儿呀，家来吧，快找娘来吧！"玉林一听，这才恍然是向野地里叫魂儿的（北俗，小儿或被惊吓，则叫魂以禳之）。正在暗道晦气，只见那男子叫了几声，忽地向东一扑，急忙按向短裤，随手一折叠。那妇人也忙站起按牢，道："狗儿不怕，娘在这里，随娘家去吧！"那男子得意道："如今好了，你娘儿们快回去吧。这里离寺不远，俺摸黑转去就是。"说着，提起猪蹄儿，高视阔步地逡巡踅去。

这里妇人提灯置石，方要挟起那短裤，忽自语道："好孩子，你且等等，娘撒泡溺再去。"说着，转向石后，就土凹儿沿一褪裤儿，方要蹲身，下面玉林望得分明，赶忙一拉草棵，想要闪避的当儿，那妇人猛然一回头，只吓得提裤不迭，一面价山嚷怪叫。这一来，闹得玉林百忙中挣扎不起。

正这当儿，那男子业已闻声踅转，望见玉林尘头土脸，顶着许多乱草，从凹儿内爬出半截身儿，便顷刻略为退步，做出了禹步的架势，一手捏诀，一面价合了眼子，口内念念有词。玉林都不管他，趁这时精神已复，便嗖一声跳将上来。方才站稳，那男子却张目大喝道："你这饿鬼好生可恶！鬼神求食，不过受用馨气罢了，你却巴巴地真要吃个肥猪蹄儿。"说着，抡动猪蹄儿，方要打去，却被玉林一把捉牢，吓得那男子乱挣乱跳之间，这里玉林却哈哈一笑，匆匆价一说自己被骗情形。

那男子诧异之下，不由乱骂道："好你个骗子王八蛋，白塔寺有先生教书是不错，哪里有什么宝刀宝剑！你老兄就上他这等恶当。不瞒你说，俺便是寺里的教书先生，你老兄深夜无归，且到寺内一宿吧。"玉林听了，连忙致谢。那男子便向妇人道："某大嫂，快转去吧，若不是你们狗儿，这位老兄黑夜里可抓瞎咧。"

不提那妇人提灯挟裤，一路上唤着狗儿，自行踅去。且说玉林随那先生一径入寺，只见正殿上佛火微明，西厢中灯光耿然，书声断续。那先生肃客人室，却是三间的小小书塾，倒也十分干净。内中有几个七长八短的学生，一见客来，都站起来。

先生便道："你们都散去歇息吧。"说着，揖客就座，彼此间各问姓氏，略谈数语。玉林方知那先生姓安，便是方才那妇人同村的人，在寺中设个学塾。又多才多艺，能以画符治病，祝神禳鬼。说个俗话儿，就是百事通、土圣人的角色。所以那会子和那妇人深夜叫魂儿。

当时安先生也询知玉林游历行踪，因笑道："这关外地面，除了有些土产外，便是些山贼海盗，哪里有什么奇人剑客？你老兄一念好奇，却被骗子骗了。便是你说的那兴龙峪地面，若论山水风景，倒也罢了，那所在有圣灯之异、雪莲之奇。

"什么叫圣灯呢？便是山中岩谷间，每值风清月朗之夜，往往有无数的灯火儿，飞腾飘散，其圆如球，其赤似火。极大的赛如盆盂，极小的有如珠玑，辉映得岩谷草木便似罩了一层绛纱一般。那一片倏忽飞舞之趣，说什么元宵火彩，据土人说起来，圣灯现处，那左近必有瑰宝发现。也有说是灵狐赛丹的。这段奇景，倒也不可不看。

"那雪莲更为奇特，是在阴山背后亘古不化的积雪中，愣会生出青茎绿叶的大花朵儿。因花形似莲，故叫雪莲。若见此花，你若一声不响地去采，登时到手，只要你用手一指，或一声张，那花儿唰一声，顿缩入地。你便就那里掘几丈深，也没影儿。这雪莲不但是塞外奇景，并且是极贵重的物件。因生于极阴之中，性反极热，若把去做媚药用，再好没有，一茎足值千金。奇异风景虽然可观，但是那所在山深林密，猛兽毒蛇自不消说，还时有山魈野魔等物，横来嬲人。"说着栗然道，"老兄，你瞧俺这把糟骨头，还是从山魈窟中爬出来的哩。"

玉林悚然道："为何呢？如此说，先生到过兴龙峪了。那山魈可怕，一定是青脸红发、血盆大嘴的样儿。"

安先生笑道："你老兄没猜对，那山魈不但不丑恶，若论模样儿，竟是个扭扭捏捏的媳妇子。一般价簪花傅粉，用葛条联络厚树叶，围置脐下，胳膊腿儿且是洁白滑腻。只要她一见男子，便登时如飞扑抱，那力量甚是猛大。说起俺遭险之故，也是因贪财心盛。前五六年时，俺曾跟挖参的朋友到得那里。那当儿还没参场，不过大家联合个数十来人，分作散队。俺因财气不济，随队走了几天，一茎像模样的参枝儿也没得着。

"有一日，驻队在白场左近。怎么叫白场呢？就是那大山之后，有片苍莽坡陀，一望皓白，都是新陈相凝结的积雪，便似一片雪海一般，所以叫作白场。这所在参是不生，却有雪莲之异。队既驻定，俺便记定路标，一个人儿悄赴白场左右，想碰碰财气儿，或遇雪莲。不想趸至半途中，却遇山魈。那山魈长发四披，顺风而走，本来没张见俺。偏巧俺那时喉间作痒，只一咳嗽之间，那山魈拨发一瞅，早已跳向俺面前，抱起便走。一路上风也似的快，并且不断地低头瞅俺，咯咯怪笑。也是俺命不该绝，那山魈方转过一个高冈儿，不想从长林里一声怪笑。又抢出两个山魈，不容分说，跳过来，张臂便夺。抱俺的那山魈如何肯让，忙将俺向草地里一抛，三个物件登时掀打作一团。俺那时不敢怠慢，便索性地钻向深草中，趁它们死打不休，这才得了性命。从此俺再也不想发邪财咧。那所在既如此不测，如今虽说是设了参场，人烟稠密，你老兄若只为游逛，随便儿访访朋友，依俺看来，去也好，不去也好。"

玉林笑道："那所在虽然不测，但俺仗着略晓武功，还能去得。"安先生也笑道："老兄若不因通晓武功，还不至受人骗哩。"说话间，彼此一笑。安先生殷勤款客，便亲自烧了热汤水，就厨下寻出冷馍，又将他叫魂儿所得的福胙猪蹄儿，请玉林欣然一饱。直陪客谈至夜深，方才共榻歇息。玉林辗转之下，看了塾中的书灯乱帙，未免又想起当日和诸、徐在塾读书的光景，感触良久，方才入梦。

次日，玉林谢别起行，那先生直送出老远，方才转去。

不提先生回塾，自去做他的猢狲王。且说玉林踽踽行去，行装既尽，倒轻松了许多。短刀没的，只得就路上寻根柴棒，以做防身之器。落店时又买了一副旧包裹，把来荷向棒头，为的是算作行李，以免落店时主人不留。只趸过两日，那所余的碎银两如数用尽，玉林没法儿，只好每到村落，便卖回拳脚，胡乱赚几个钱。哪知村人们见玉林落拓形儿，只疑是江湖间没考究的朋友，非但没人多给些钱，便是玉林偶问起赴兴龙峪的路途，也没人肯说实话。因此玉林在途中盘盘旋旋，也不知走了若干的瞎道。

一日傍午时分，行抵一处巨涧之傍，地势平迥，歧径交错，四面都是长林丰草，映带着远近峰峦，便如一幅青绿山水的画图。玉林行得足倦，便就磐石上少为歇息。只见地下的碎石子颇为圆洁可爱，方拈起两枚来，细细玩弄，忽闻得酒香扑鼻。

玉林暗诧道："这所在哪里来的酒香？"逡巡间，向四外一望，却见距身旁数十步外，几株大杉树之前，有一片光滑滑的青石，那石上影影绰绰似有物件。玉林趸近一瞧，不由大悦，登时口涎拖下。原来那石上掇满了三五碗清洌白酒，还有一具大瓦酒壶。微风拂处，一阵阵酒香彻脑。你想玉林自被骗以来，何曾还尝到酒味？今忽见激滟金波，也难怪他酒怀若渴了。

当时玉林欣然之下，几乎要取酒来饮，又一思忖：此间置酒，或是有人来携酒游山，以助清兴。这盗饮人酒，却未免不是道理。正在对酒踌躇的当儿，忽闻树后有人道："喂，你这汉子不走路，只管端相俺的酒怎的？"声尽出，趖出两个毛茸茸的野人。

玉林定睛一瞧，却是两个猎户，各披着整个儿的兽皮，腰下佩着短刀，系着革囊。玉林便笑道："你二位在此置酒赏玩，倒也雅趣得紧。"猎人道："朋友休得取笑，俺们粗人知甚雅趣。俺这是下的猎饼，少时便见分晓。此间是那物来往之路，咱且向树后看个动静吧。"说着，引玉林同到树后，大家蹲向深草中。

两猎人略问玉林的来历，笑道："你赴兴龙峪，如何岔到这所在来？从此再寻合正道儿，怕不远得百十里。此地名为白石涧，素为野兽出没之所哩。"玉林唯唯，方问道："俺闻下置猎饼，都是食物，或径缚小猪，敲之使叫，诱致兽来。今猎饼却用白酒，是何取意呢？"一猎人笑道："你不晓得，兽类不同，所以猎饼亦异，少时你且瞧个稀罕儿，甚是有趣。"

正说着，那一猎人忽然耸耳，并摇手道："来咧。"玉林倾耳，也听得唰唰风响，赶忙和两猎人缩身伏定。由树隙偷看时，只见由青石东面一条狭道上，趖出两个类似猕猴的物件。通体氄氄然细毛滑亮，黑而且紫，一个有五尺来高，一个仅及三尺。那大的摇摇摆摆，高瞻远瞩，很挂些学究神气；那小些的，却跳钻钻地手舞足蹈，一面价倒退引路，一面价向大的上头扑脸。那大的通不理它，只管仰起脸子，迈得大步高高的。

须臾将近青石前，玉林望得仔细，几乎失笑。只见那两物虽是一张猴儿脸子，却比猴儿俊样许多，乍望去居然人面，不过多一层极韧软的细毛儿，并且都是明眉大眼，看光景十分慧黠。再望到大的脚下，还穿一双木底草鞋子。玉林正在十分诧异，便见那小的瞅见石上置酒，只喜得横蹿竖跳，不容分说，方要伸手去端酒碗，却被那大的一掌掴开。大的登时气吼吼奔向青石，就要掀翻酒具。忽一沉吟，却仰天怪笑，一面价注视酒具，向小的指指画画，一面价钩辀格磔，踩得那木底鞋子啪啪山响，似乎骂詈一般。少时奋然，竟扯了小的，掉臂径去。这里玉林望望两猎人正在凝神注视，方要张口，两猎入急忙摇手。

正这当儿，便见那两物又如飞地趖回来。这时小的只望着酒碗跳跃，大的却一旁价徘徊注视。少时低下头，闻闻酒香，又挟了小的奋然而去。如是者三四次。望得玉林诧异万分。

须臾，两物又自趖回。这次它们却不客气，一径地抢起酒碗，分头痛饮。又将那酒壶抱起，你一口我一口的，咽咽有声。须臾，小者乐极，一个胡旋舞，登时困倒。那大的高踞石上，方举起瓦壶乱摇之间，这里两猎人业已悄悄地拔出短刀，喝一声，纵步抢去。那大的望见人来，急欲逃走，无奈酒力发作，条腿子一慢，早被两猎人一把捉牢，明晃晃短刀一举之间，树后玉林也便飞步趸去。正是：

　　　　木客吟诗传自古，猩公好酒竟当前。

　　欲知后事如何，且听下回分解。

第八回

救灵猩力斩锦绦蛇
打酒坊巧遇王大胆

　　且说玉林猛见两猎人举起短刀，要伤那物，不由心下老大不忍，便慌忙赶去道："此物何名？你们活捉它去，哪些不好，不省得伤它性命吗？"那大物一见玉林手中没刀，便望着玉林吱吱乱叫，竟大有求救之意。正这当儿，一猎人向玉林道："俺们捕这物件，却不杀害它，你且稍停，看俺处置。"说着居然一滚舌头，也像那物叫唤似的，闹了两声。说也奇怪，那物竟自攒眉点点头儿，气愤愤伸出二指，又指着地下困倒的小的，也伸了一个指头。两猎人便笑道："如此却好，你两个有三斤血了，老伙计，说不得你须忍个痛儿咧。"于是，两人从腰间取下革囊，各自服侍一物，用刀尖儿刺破两物的腿肚子。顷刻间鲜血迸流，两人忙抽开革囊的口儿，接向创口，一面价力挤其股。须臾收拾毕，那两物叫得一声，也便颓然困倒，只睁着大眼睛，似乎是十分委顿。

　　玉林诧异之下，便问其故。两猎人一面系带刀囊，一面道："你不晓得，俺们猎取野物，无非是取它的皮毛齿角，把来换钱。唯有此物，通身上无所取材，只有它生的鲜血，用作染料，却十分贵重。这物名为猩猩，机警得很，你若硬去捉它，却不成功。总须似请馋嘴客人一般，用酒招它，因为它酷好喝一盅儿。但是它性儿机灵，乍一见酒，似乎便知是有人要诱它，所以痛骂趄去。无奈它好酒不过，还是上人圈套。此物生血多少，自家能知，经人询问，它便实说出来。若它说没的血，你便刺烂它，也休想一滴。它又好穿个木底鞋子，所以人便投其所好，来收拾它哩。"玉林听了，不由大笑道："它肯如此出血，倒像个慷慨朋友，但是为嘴伤身，毕竟不值。"两猎人也便哈哈一笑。正要去取壶碗的当儿，忽地唰啦啦吹起一阵腥风，三人吃惊望去，只见身旁一条岔道上，深草起伏，便如风推麦浪一般，一片飞卷，势如箭激。两猎人抓风一嗅，大叫："不好！"也顾不得再取壶碗，方要急奔树后，只听岔道上高亮亮一声怪叫，其声尖厉到绝顶，非禽非兽，竟不辨是何声音。

这里玉林脚步捷疾，忙越过两猎人，飞身登树。说时迟，那时快，便见深草开处，嗖嗖先蹿过十余条径丈的大蛇，便如白练平抛，烂锦飞掷，腥风过处，转眼间已各蹿过里把地外。下面两猎人仓皇失措，正各奔一株高树，向上乱爬。树上玉林临高视下，忽地眼光一眩，不由大骇。只见深草乱偃，早又赶到一条怪蛇，那蛇长可两丈余，圆扁如带，浑身是红黑花鳞，灿烂如锦。一颗头红如鲜血，凶睛唊唊，昂起丈把长的上身儿，如飞蹿到。这时，青石旁困卧的两个猩猩儿，只吓得抖作一团。那大猩竭力挣起，正拖扯那小猩之间，不想那怪蛇猛望见两猎人在两株合抱不交老树上，刚爬上丈把高，便忽地舍了猩猩儿，嗖一声直奔将去。

树上玉林暗道："不好！"忙向枝叶茂密处隐住身体之间，再一瞧那两猎人时，早被怪蛇缠得牢牢的。那怪蛇一矫上身，火焰似的探出毒芯，只就两猎人鼻吻间略一游走，两猎人一声惨叫，顷刻间血流如注。那怪蛇毒吻力吸，接连着一紧身儿，两猎人手足乱动。张得玉林既惊且怒，正在没那理会处，只见那两个猩猩儿好歹地挽扶跳起，战抖抖方要飞跑，那怪蛇眼光到处，早又哧一声甩脱两猎人，一个乌龙掉尾式，方要就树上平飞将去。哪知玉林大怒之下，急中生智，亏得那会子玩弄的两个石子儿还在手中，便振起精神，一声断喝。

玉林所登之树，本离两猎人不过十余步。那怪蛇猛见玉林，方撑起凶睛，又是一声怪叫。好玉林！觑准它的双睛，运足气力，嗖嗖两石子接连打去。那蛇一个猛摆头，尽力子就树上一阵缠绕，忽地唰啦一声，翻落树，便似烂锦堆地，痛得它纠结盘旋，滚出数步的当儿，树上玉林早已一跃而下，先抢起猎人所带的短刀，赶向怪蛇。恰好那蛇痛得猛一昂头，玉林一刀挥去，伶俐俐一颗蛇头业已甩出数步之外。但见那没头的蛇身突自在树下翻腾搅掷，吓得那两个猩猩儿重新一跤栽倒。玉林且不暇去顾它，先跑去一瞧地下的两猎人，已经面白如纸，双双死掉，鼻吻间血沸如糜，状甚可惨。

玉林提刀踌躇，十分太息。正怙悢这两尸身，不忍舍去，忽见那两猩猩儿勉强挣起，望着玉林吱吱了两声，似乎是惊喜异常。便相与趋拾蛇头，只乐得跳跃不已，便登时趋向玉林，左扯右拉，一面价指那蛇目都瞎，似乎是惊喜已极。玉林见状，忽然心有所触，便也指指两猎人的尸身，又将手儿比画出掩埋之势。两猩猩儿居然会意点头。玉林大悦，便抽取那把短刀，递与那大些的猩猩。那小猩更为灵慧，早跑向尸身旁，一阵扒掘。它那手爪颇利，不多时已将丛草拔净，于是玉林和大猩也凑去，用刀力掘。须臾，浅坎已成，便将两尸身掩埋停当。玉林慨然太息，便将那两柄短刀插在坎旁，做个标记，以备他猎友们万一相寻。

这时，两猩猩儿只围绕玉林俯仰曲踊，看光景似感激救它一般。玉林抬头瞧瞧日光，因笑道："你等既得生命，还不转去？俺也要上路咧。"说着挥手，方要去取磐石边倚的柴棒，只见那大猩忽然拔起一柄短刀，一面价指那蛇身，一面价来拉玉林。玉林不解其故，但是见它意态不恶，姑且跟去。那小猩早已跑向前面，便如拖绳一般，先将那蛇身放直，大猩趱去，用短刀割开蛇脊。玉林定睛一看，不由大诧。只见那脊皮翻处，竟自滚落许多大珠，一颗颗豪光四射，粗望去竟有三十多粒。那大猩收捡起来，玉林只认是它将去玩耍，正一笑转步之间，哪知它吱吱乱叫，竟两手捧珠，只管往自己怀内塞将来。

这一来，玉林顿悟是它报德之意，正在暗叹禽兽有知，又是感慨那两猎人饼诱歹毒，自己反遭蛇害之间，只见两猩猩儿略一退身，一齐地俯仰拜舞。须臾跳起，两个把臂跳跃，似有悲喜之意。及至玉林怔定，两猩猩儿早已风趋而去。

说到这里，诸公未免疑作者大发俚话，不知禽兽有知的事体，见于载籍者，指不胜屈。如雀能衔环、蛇能致珠、猛虎感仁政负子渡河、义犬招报主恩守醉待救等事，不一而足。何况猩猩儿之为物，本为最灵呢。

当时玉林叹诧一回，只得用手巾包起那珠，藏入贴身衣袋。拾起短刀，仍然插向原处，便去取了柴棒，觅路前进。方盘旋出数里远近，却遇着一队行山的樵夫。问知玉林从白石涧趱来，不由都愕然相顾，道："你这客人莫说瞎话，凭你孤单单一个人儿，就愣敢从那里走？那所在不但是猛兽往来，并且近些日有条锦缕蛇，时时伤人，便是左近的老手猎户，都不敢向那里踏脚哩。"

玉林听了，笑述所见，并自己杀蛇之事。

众樵夫相视大惊道："原来客官有如此本领，如今却好，白石涧旁可除了毒蛇之害了。那锦缕蛇一名响蛇，所以能鸣，这种东西据说来便是蛇王，所过之处，草木立枯，歹毒得紧。客官虽是杀掉它，恐怕也传染些毒气，急需觅人诊治方好。"玉林笑道："不要紧的，俺这时精神如常，并不怎样。请问诸位，由此间趱赴兴龙峪，对道不呢？"众樵夫道："由此赴兴龙峪，却迂远得多。"因遥指一处山头道，"你瞧那山头岔口上，影绰绰有座小庙儿，俗叫作孤庙岭。由那庙前趱向靠左之路，方是赴兴龙峪口的一条正路，不但道途平宽，并且庄村稍密，所有的来往客人，也多得多哩。"说罢一拱手，扬长自去。

玉林听了，方知那蛇之异。但觉自己精神照常，也没将传染毒气的话搁在心上。便依樵夫所示的路径，奔过孤庙岭，靠左行去。果然平坦许多。是夜借宿在山村中。玉林说起锦缘蛇来，大家无不称奇道怪。

　　次日，玉林登程，稍觉精神不爽，但是他殊不理会。次日又趱过一程，忽见前途川平野阔，迎面忽现一带大山，真个是苍苍莽莽，万峰飞舞，烟风开处，更不辨山脉来向。这时，道路上颇有行人，玉林就人一问询，方知那山就名为兴龙山，其下一带，便是兴龙峪，距足下远近也不过三四十里了。玉林听了，欣然前进。

　　须臾经过一处村墟，玉林觉得肚饥，望望村墟，只得数十户人家，十分寥落。料想此间卖不得拳脚，没奈何，只得一抹脸儿，暂为乞食。方逡巡趱进村头，恰好望见村庙台儿上站着个白须老者，方和两个蓬头小厮指画讲话。玉林趱近，方赔笑一拱手儿，道得一声："老丈方便，可能见赐一饭吗？"那老者注视玉林面目，顿然大惊，道："足下行路肚饥，却是小事，你如今神色有异，业已魂游墟墓。快随老夫来，道个仔细，再作道理。"

　　玉林听了，不由大骇，便一述锦缘蛇之异。老者惊道："怪道你神色如此。老夫粗解医理，便请到舍下，速速调理吧！"说着，引玉林行抵一处宽敞宅院，肃客入室。玉林忙施礼，请问姓氏。

　　老者道："老夫王廷珍，世居此村，因闲居多暇，粗习刀圭，所以见足下神色，知受了什么毒气。今且慢开谈，俺诊足下脉息，再作区处。"于是与玉林诊毕，却欣然道，"幸得你受毒未深，还不要紧。然而也须五六日的调理。"说罢，命那两个小厮备饭款客，自家却趱入别屋，料理药物。这里玉林怙惚之下，问起两个小厮，却是廷珍的孙儿。

　　当晚，玉林晚饭后自念行止，颇为彷徨，正要做些静功，以消寂寞，哪知真个不自在起来。初是心神怔忡，继而腹如刀绞，挣扎不得，竟自一头晕倒。这时廷珍药物都备，便殷勤调理起来，两小厮也忙碌侍客。闹得玉林十分感激。自家昏愦中，只觉大泄数次后，方才神识清爽，累致感谢之意，都被廷珍摇手止住，只嘱玉林且自静养。

　　那廷珍忙碌过两日，忽见玉林竟自坐起，面色大和。诧异之下，便又一诊脉息，不由大悦道："足下赋禀特厚，所受的毒气已尽。只消温养两日，便可大愈，更不须药物了。但是俺诊你脉息，有异常人，莫非曾习过运气的内功吗？"玉林惊道："老丈医理端的高明！"因略述自己所能的武功。廷珍听了，连连点头，又笑道："可惜小儿没在家下，不然，他倒可以请教一二。"玉林听了，正要动问，恰值一小厮来请廷珍料理家事，当即隔断话头。

又过了一日，玉林竟已大愈，便极谢廷珍，告辞欲去。廷珍笑道："俺连日忙碌，足下又在病中，竟不暇畅谈，稍尽东道之谊。少时俺赴邻居村，俟回时，咱且畅叙一回何如？"说着，命两小厮准备晚膳，竟自扶杖而去。这里玉林枯坐无聊，便自赴村外散步，试试步履，及至趱回，业已日落时分。

当晚廷珍置酒，和玉林谈叙起来。玉林称谢道："小可蒙老丈淳惠，真令人感激不尽。老丈既有如此医术，为何不向热闹城市悬壶济世，却隐居村中呢？"廷珍叹道："老夫虽有此意，争奈家境累人，使人出不得门。俺有个犬子，不耐家居，只管在外面想做事业。实说了是不守本分。他也曾习过拳棒，也曾做过生意，无奈都没干长久。抛了两个小厮在家，倒累老夫与他照应。所以俺只得家居。"

说话间，吃过两杯。廷珍询知玉林行踪，是将赴兴龙峪游历的，不由欣然道："如此却巧，老夫敢烦足下寄封家书去。便是俺那犬子，名叫王策，人因他性儿愣怔，又叫他王大胆。他便在兴龙峪地面和人挖参胡混。那所在参客甚多，所居住址往往流转，足下到那里，须向参场中探问，方知底细。因为参客得货，都向场中交易。所以各参客的住址，场中都知。"玉林道："如此却甚便当，小可正想赴参场去访朋友，便请老丈修书，交与俺吧。"因问道："老丈家既有人在兴龙峪，可知那里参场还兴旺吗？"廷珍道："这等碰运气的营生，哪里定得？参客们时气好的，真能马上发财；时气不好，丧掉命也是常事。因为那所在山深林密，有的是山精猛兽，越是参苗旺处，越有猛兽出没，就仿佛山灵惜宝，特地与人为难一般。所以俺说俺儿子不守本分，好弄此等没考究的营生哩。"

须臾酒罢。廷珍道声安置，自去修书。这里玉林又用了回跌坐静功，也便安歇。

次早玉林起来，结束方毕，那廷珍已笑吟吟持来一封家书。玉林接过，瞧那封面上写的是："敬烦吉便，带交兴龙峪参客王策手拆。"下面还注着"由安乐村缄"的字样。于是玉林揣起书信，即便称谢告辞。那廷珍殷殷然送至村外，又指明赴兴龙峪的道径，方才趱转。

且说玉林一路上感念廷珍多情，又遥觑兴龙山势，趱过一程，已近峪所。玉林以为定是一片镇聚。及至行抵其处，不由哑然失笑。只见山脚下依林傍涧，生开出一片广场。四外是皮幕错落，攒三聚五，迤逦高下，一望无际，便如一片乱坟一般。其中来往之人，都是粗粗犷犷，服色各殊，语言亦异。大概是五方之人都有，除正经参客外，便是些小贩并本处打闲的人等。广场靠北面，却有一处高大宽敞的宅舍，四外围墙上都有堞口炮楼，看光景气概十足。玉林就人一问询，方知那宅舍就是参场主人王悦的住处。

玉林瞧瞧天光方才过午，便就僻静处少为歇息，略整衣容。猛瞧见那根柴棒挂着扁扁的包裹，不由暗自笑道："俺这趟游历好生颓气。遇骗害病，竟弄得十分落拓，一个奇人异士也没见，这是哪里说起？如今尹伯伯一片雅意，特命俺去谒王悦。这王悦如是意气朋友，倒也可与他小作盘桓哩。"

思忖间，逡巡站起，掸掸尘土，荷了柴棒，一径地趄向大宅。只见门前却静悄悄的。须臾，有两个负钱袋的短衣汉子，垂头丧气地由内趄出，玉林趱进问询道："二位老兄是宅内人吗？在下姓邹，是特来拜访宅中主人，敢烦通禀一声。"一汉子瞥玉林一眼，冷笑便走，那一汉子却道："俺们不是他宅中人，却是此间参客，你老兄来见王爷，莫非是交易货物吗？"玉林道："俺非来交易，不过是慕名来拜访罢了。"那汉听了，便笑道："你却来得不巧，如今王爷事忙心烦，哪有心情接待人客。"玉林听了，正要动问所以，恰好从宅内又趄出个蓬头奤脑的少年，青衣便帽，似乎是仆人模样。那汉子因道："如今他宅中人出来，您自去进见吧！"说着，赶上前面那汉，自行趄去。

这里玉林趱向那少年，只见那少年瞪起两只眼睛，站在台阶上，一声不哼。及至玉林方要登阶，那少年却喝道："真也没有的事，你们这班饿不死的大花子，也不管人家心闲心烦，只管前来讨厌！如今属唱《牧羊卷》的，早饭已过，晚饭未到，你还不快去你的！"玉林听了，好不长气，但他毕竟是诸岱云的弟子，真有些养气派头儿。当时玉林并不动怒，又赔笑道："你莫误会，俺并非乞讨之辈。俺姓邹名玉林，特来拜访你家主人。"少年喝道："你玉林也罢，金林也罢，但俺家主人有话，是客不见。你便是想打抽丰，也该睁睁眼睛，怎单趁人心不顺时来呢？"

这一来招恼玉林，不由高声道："你这人好没道理。客人慕名来访，原是常事，你怎么单单地下眼看人，轻侮于俺呢？"那少年也大噪道："你不必多话，你就去你的吧！"

正这当儿，恰好从宅内又趄出个青衣老仆，也是愁眉苦脸，端相了玉林两眼，急忙喝住那少年，向玉林拱手，一问缘故。玉林道："俺邹玉林因慕名特来拜访此宅主人，叵耐这厮只疑俺是乞请之流。"老仆赔笑道："邹爷莫怪，俺主人实因事多心烦，不欲延宾客。"玉林不待他话毕，便大笑道："既如此，俺便转去，原没要紧，但是有人与我一封书札，嘱我面

50

交，如今且烦你转呈吧。"说着，从衣袋内掏出尹善人那封荐书，递与老仆，就要转身趱去。

那老仆略瞟函面上的字迹，登时足恭道："原来邹爷是从尹爷处来的，如此便请进内，且待俺主人回头相见如何？"说着，引玉林入去，直到一所客室中。玉林一瞧室内，铺设得十分草草，除木案草榻外，一无所有。那老仆略问玉林行踪，也便趱去。须臾，端到供客的饮食，也不过是粝饭菜汤。玉林问起主人王悦，老仆只说是出外勾当账目去了，并且言语间咳声叹气。玉林见此光景，也不便细问，暗想主人待客如此草草，定不是什么意气朋友，然而因尹善人既有荐书，只得待晤他一面，方是道理。于是姑且住下来。

那宅中院落既多，人役又众，并有数十护院的壮汉。玉林和他们闲谈说笑，倒也不患寂寞。只是众人都挂些不高兴的神气，玉林偶问起此间参业，大家便叹道："您不见近两日来，参客们影儿也见不到，一点儿交易都无。咱大家不过有一天混一天罢了。"玉林听了，莫名其妙。有时趱向各皮幕，和参客们谈谈，大家也都是愁眉苦脸。转眼间，过得三四日，主人王悦仍然未回，候得玉林十分焦躁。一日，忽然想起廷珍寄书之事，先就宅中人一问参客王策的住址，大家都道不知。又到各皮幕参客处遍问，也是没人晓得，并有人道："俺们参帮中姓王的倒有，却没有叫王策的。"

这日，玉林无聊散步，趱过一带皮幕，贪看山色，不觉已远。一路上秋林落叶，趁着辽空征雁，玉林趱过一所沙溪上的小桥，举目四望，但见深草长林，靠桥之右是条深涧，遥接一处峥嵘崇冈。向桥左一望，却是一条平沙窄径。丛薄掩映中，遥望去似有山家。于是玉林向左行去。随那溪岸曲折，约莫趱过三二里远近，忽望见溪岸上有两个山家妇女，对蹲在一块大溪石上，相与浣衣。玉林从树影中趱近，两人也不觉得。玉林瞧那两妇人，都有二十多岁，虽是乡姑模样，倒也生得妖妖娆娆。这时正揎起雪白的臂腕，一面笑语，一面洗浣。

玉林见此景状，忽想到南方风景，并触念到自己和诸、徐两人读书之暇，往往散步于小桥曲岸之间，所见的临水浣女，便与这光景仿佛。正在徘徊觇望，颇动怀人之感，只见一妇由衣篮中翻出一件中衣，刚将里面翻转来，要去下水，那一妇瞅得一眼，哧地一笑，便略撒嘴儿道："你真也罢了的。这样污烂中衣，亏你还拿出来，外边来洗哩。你瞧那裤里，污秽到什么似的。"那妇人便笑唾道："浪蹄子，你别说嘴咧。那一天，你那客人去后，也不知是哪个迭死忙活的，先洗小裤儿。咱干什么，说什么，不都是为二百钱吗？你就软得腿子似灌醋，也得活受人的摆布哩。"那一妇便笑道："你瞧你多么不识玩笑，这也急得脸儿鸡下蛋似的。我且问你，怎的近些日来，那班参客天杀的，都不大来显魂呢？便是有来的，也都蔫蔫奄奄，就像老头儿的那个似的。"那妇道："谁知道是怎么档子事呀，但是人家小酒店里那老婆，还仍然高兴得什么似的。昨天俺见个长大参客，由她店中踅出，也是俺嘴淡，俺悄悄问她，参客是哪个。她便遮遮掩掩，说了一大套没要紧，就仿佛谁要抢她的生意似的，气得我不去理她。"

玉林听了，正暗笑山村中居然也有私门娼妇，为参客等行乐之所，便见两妇相视一笑。忽一妇望见玉林衣影，便一阵价咯咯乱笑。玉林也不管她，依然沿溪岸行去。须臾，到得一山村。村中约有数十人家，临水结庐，更衬着山田高下，一处处疏篱第舍，映带于岚光云影之间。还有些自成蹊径的菜圃果树，一片价地下青黄。秋光点缀，更趁着树头果实，十分有趣。远近间鸡鸣犬吠，就仿佛另一世界一般。玉林一路瞻玩，不禁胸次豁然，将数日来的无聊闷闷为之一空。便信步踅入村头，想觅地小息。恰好前面不远，有一处短篱人家，从草房檐儿上斜挂出一面酒帘。那篱下正有一群鸡子啄夺虫儿，望见玉林，扑啦啦一阵惊飞。

玉林踅近，不由酒性发作，先摸摸衣袋中，幸得还有廷珍赠的碎银。正在篱外逡巡的当儿，恰好一个媳妇子从里面忙忙地跑出，一面骂道："你们这班猴儿小厮，也特煞淘气，等惊散了俺的鸡再说。"猛望见玉林，略为一怔，便笑道，"你这参客是哪帮上的呀？俺怎么一向没理会你这人呢？你若吃酒倒现成，你若……不为吃酒，便请向别家歇坐吧。"说着，唬地一笑。玉林瞧那媳妇子浪浪张张，不由会意，便笑道："俺正为吃酒，不为别的。"

小媳妇听了，便眉欢眼笑地打量了玉林两眼，却低笑道："客官，你不晓得，俺们住家娘儿们卖酒，不同那大号酒店，对客人总要和气些。也就因这点子，但有那不正经的人，进得店来，不说是老实吃酒，却只管胡说八道。其实呢，咱脚正不怕鞋歪，也搭不了什么，不过叫人家瞧着，不仿佛似的。你客官又是初次来照顾，俺不能不问问罢了。你老既为吃酒，便请进来吧。"说着俏生生转身前导。

玉林随后，听她响响亮亮一片话，不由暗笑。无聊之下，便故意戏问道："店大嫂哇，俺向你打听一个人。俺们帮客中有个朋友，向来脚漂，俺听说他常到你这里玩耍，不知他近些日还来不呢？"那媳妇一听，居然一愣，却回眸望望玉林，有意无意地道："俺酒店中吃酒的客人，每天总有个十来起子，谁问他谁是参客呀！你那朋友，姓什么呀？"

玉林做戏，不提防她这一问，当时竟闹了个张呐吧。然而因心下正怙

52

慨与王策寄书之事，便胡乱应道："俺那朋友姓王。"那媳妇又回头瞅瞅道："哦，那么你朋友什么样儿呢？"玉林听了，几乎失笑，只得道："俺那朋友，不高不矮的身量，不肥不瘦的面孔，敢也有俺这般年纪。"那媳妇听了，居然掉转身，愣着水灵灵的眼儿。玉林却又道："俺朋友若论模样，的确是个小白脸子。"那媳听至此，不由唾了一口道："你这客官原来是说笑话，俺酒店中却不曾见这个人。"

　　正说着，已到里面草厅。四五张白木案便是酒座。明窗四启，倒也十分宽敞。向后窗外一瞧，便是内院，院中有松棚明灶、煨酒治具之所。这时厅中恰无酒客，十分雅静，玉林就靠后窗坐下来。那媳妇笑嘻嘻搭过桌案，一手拾着抹布，向腰间一叉，一手抿着鬓角道："俺山村中却没的什么好酒，只有红粮高烧，先给您来一壶吧。"玉林一面点头，一面笑道："只要是酒，就能醉人，难道大嫂卖酒，还不晓得这个吗？酒便先来一壶，你店中有什么新鲜可口的菜蔬呢？"媳妇笑道："山村中有甚可口的东西，不过是瓜菜豆腐之类罢了。您要荤腥儿却没的。"玉林先攒眉道："俺这些日，口中淡得待滴水，总要荤荤地煞一下子才受用。你这大嫂既招客人来，总要使客人受用方是道理。"说着以指敲案，故做出轻薄神色。

　　你道玉林为何忽装起无赖来？原来玉林一路壮游，不见什么奇人异士，未免大扫其兴，又搭着耽搁在王悦宅中，十分闷气。今忽到山水清虚之地，对酒开怀，所以姑且游戏起来。其实呢，也是无聊至极。当时那媳妇抿嘴一笑，瞟了玉林一眼，道："客官不曾吃酒，怎只管说醉话，什么受用不受用呀？"玉林笑道："你说受用，自然有个道理。你篱下那群肥鸡子，怎不杀来供客呢？"媳妇笑道："你不晓得，这所在无非是村户酒客，谁肯舍得钱来吃鸡子？俺若预备了，保管是折本的买卖。俗语道，杀鸡问客。您只要肯出钱，吃鸡现成。"玉林道："好，好，你便捡那肥嫩的，与俺清煮一只，多加姜椒，方才得味。俺不怕花钱，只要受用。"那媳妇瞧着玉林神色，只笑得什么似的，因道："既如此，俺还须唤街坊家帮俺捉鸡，俺一个人儿却捉它不住。"玉林大笑道："难道俺不是人吗，何必舍近求远呢？索性俺再帮你整治起来，谁叫俺要受用呢！"

　　那媳妇这时只是微笑，便和玉林趋向篱下。两人掎角作势，须臾捉得一只鸡，由那媳妇提了，径至内院明灶下。有的是现成热汤水，便和玉林一阵价燖洗停当，放入锅内。那媳妇坐在灶下，只顾烧柴。玉林却东抓一把盐，西抓一把椒，一会儿掀掀锅盖，一会儿添添汤水，闹得那媳妇只管笑吵。一面价煨酒停当，又取了两碟菜蔬，先与玉林送入草厅。玉林就座，一面价斟酒慢饮，一面价瞧那媳妇子在灶下料理鸡子。须臾，只见她

53

掀开锅盖，尝尝汤汁，便从厨内取出一个青花盘，搽抹干净。

这里玉林三杯落肚，情知鸡子已熟，逡巡之间，忽又想起遍觅王策不得，正在心下有些发闷，只听草厅外脚步响动，便有人咳声叹气。须臾，趑进一个雄壮汉子，年可三十余岁，生得虎背熊腰，黑麻面孔，穿一身青布短衣，外罩一件盖膝的短袍。下面腿裹紧束，却穿着一双跑山的多耳麻鞋。进得厅来，直着两只大眼睛，略瞟玉林，一声不哼，径奔内院，并一迭声乱噪道："酒来，酒来！有什么饭，也快拿来，俺吃罢还要约人过涧去哩。"便闻那媳妇道："你且等一会儿，如今有酒客等菜下酒，且待俺料理毕，再打发你吃吧。"

这里玉林方怙愊那汉子不像酒客，忽又闻那媳妇吵道："你这是什么道理呢？你就是嘴害馋，也别抓人家的鸡吃呀！"那汉子道："什么道理不道理，俺吃了再说，左右那鸟酒客也闲得没干，你不会再与他杀一只吗？"玉林忙由后窗望去，早见那汉抢起大盘，由锅中捞盛了香喷喷的肥鸡子，不容分说，端了便走。

玉林一瞧，不由气往上撞，连忙拔步，抢向后院，方一脚踏出厅后门，恰好那汉正要进厅，彼此一眙眼儿之间，玉林笑道："你老兄怎的不讲道理？凡事有个先来后到。譬如……"那汉子擎了热盘，正烫得手指生痛，猛见玉林阻路，便骂道："什么先来后到，老子自吃鸡，干你鸟事！"说着，大拔步仍然前闯。玉林见他蛮得过分，想用个手法夺取那盘，方略抬手之间，不想那汉脚下慌张，吭哧声，自家跌倒。盘碎鸡滚还不算，偏偏又溅了一脸的热汤汁子，只气得他一个鲤鱼打挺跳起来，不管三七二十一，向玉林当胸一拳。

玉林略一闪身，忙叫道："你且住手。"那汉子哪里肯听，反登时左五右六，挥动两条健臂，只管向要害处攒打将来。虽是些七乱八糟的怯招数，但是拳脚到时，也十分有些蛮力。这一来，玉林怒气全消，一面招架，一面哈哈地笑道："你老兄有如此本领，怎的却抢人鸡子吃呢？咱不打不成相识，俺就做个东道，请你同饮一回如何？"

正说着，那媳妇子提了火棒，也便赶到。见玉林轻手轻脚，逗得那汉团团风转，因噪道："你这人真没有的，人家请你吃酒，吃酒也就是咧，你还只管要猴儿怎的？"说着举火棒一隔两人。不想那汉正一个饿虎扑食扑过来，油钵似的大拳头猛然一拄，却正挂在火棒上。那棒猛然一反，啪的声，却打在那媳妇额头角上。那媳妇啊呀一声，顷刻间额角坟起。这一来，玉林转怒，只搁开那汉来拳，略一进步，右脚起处，那汉往后便倒。玉林提拳，方要赶去，那汉一翻身，早跳起来。玉林不待他脚步站稳，趁势儿一甩左脚，又是个回风扫叶式，只踢得那汉跌出数步之外。

这里媳妇子忙叫别打的当儿，只见那汉奋然跳起，指着玉林大叫道："好嘛，你这厮不要走，等俺约人来，咱就打个样儿瞧瞧。俺王大胆在参帮中创了好些年，若叫你撅了尖儿，就不用说咧。"说着，气吼吼正要拔步，只见玉林拍掌大笑，道："得罪，得罪，原来你老兄就是王大胆呀！咱们闲话休提，俺问你，安乐村有位参客王策，莫非便是足下吗？"说着，笑吟吟拱手趋进。

那汉愣怔怔地道："兄台何人，怎晓得俺的贱名呢？"玉林笑道："这段事说起来话长，咱且进厅相叙吧！"彼此一拱手儿之间，那媳妇却光着眼儿、撇着嘴儿道："你两个到底是怎么回事呀？方才夺鸡打架，闹得吓煞人，如今却又嘻嘻哈哈，这不是诚心搅人吗？"那汉听了，忍不住扑哧一笑，便道："这都怨我嘴馋，你快捡起鸡子来，洗切了来过酒。"

不提那媳妇自去料理。且说玉林和那汉子一径入厅，相与落座。彼此对斟了一盅和气酒儿，然后由玉林一述自己的姓氏来历，并在衣袋内取出廷珍的家书。那汉一听，哈哈大笑。一面阅过家书，一面笑道："原来邹兄业已寻俺数日，若非今天厮打，竟要当面错过。不瞒您说，俺在这里，人只知俺叫王大胆，你只去寻王策，哪里会有？方才也是俺事忙嘴紧，一阵胡闹，却得罪得紧。"正说着，那媳妇乱着鬓发，额角上鼓起一个小包儿，端到鸡子，并又提了一壶热酒，恶狠狠瞟了王策一眼，方要趔去。不想王策猛然站起，一把拖住她，向怀中一扎，却笑道："今天咱们都是自己人，且一同吃酒，容俺与你消消气如何？"一言未尽，那媳妇呀一声，摔手便走。正是：

　　　　不因野店逢参客，怎向深山得异闻。

欲知后事如何，且听下回分解。

第九回

述洄溪侠士惊奇
贪杯斝酒从醉卧

　　且话玉林见王策拖抱那媳妇，正在心下好笑，只见那媳妇挣脱跑去，王策却拊掌大笑。玉林心下略为怙悯，料王策是豪爽一路人，大胆之名，定不虚传，因笑道："俺自到参场以来，所见的参客们都是蔫蔫奄奄，像王兄如此爽快的，却不多见。便是那场主王悦，俺远来相访，直候了这几日，也没的见他的金面，连他宅中仆人们也没些儿高兴气儿。难道参场中有甚不高兴的事体吗？"

　　王策笑道："若说不高兴的事体，诚然是有，但是那王悦和一群参客们，也特煞地遇事没抽展。只会大眼瞪小眼，咳声叹气，通不想个正经计较。所以俺赌气子，跑到此间驻脚，就为料理那桩不高兴的事体。且喜三两日来，已被俺略探出些形迹，却还不甚了然。那会子俺去约朋友，今夜再去窥探，却值那朋友没在家。所以俺忙忙跑回，急于用罢饭，再另去约人，不想倒和邹爷打将起来。"说着，与玉林斟满一杯，又唱个无理喏。

　　玉林道："王兄所料理的，想是为参业的事了，究竟是桩什么事体，就值得参主、参客都不高兴呢？"王策拍膝道："如今参业上生了绝大的阻碍，眼睁睁大家失业，你叫他怎的高兴呢？并且参客们业已死掉许多，死的情形更为可惨，也有尸骨无存的，也有践踏作肉饼的，也有剩些零肢断体的。起初，大家都猜疑着挖参之事，是乱掘地脉的营生，或者触怒山灵，致有凶祸；又疑是山盗潜伏，杀人夺货，便乱糟糟向山祭祷，带刀出发。只管闹得乌烟瘴气，但是通不相干，还是死人如故。参主王悦没货可收，所以连日价远出清理账目，大有歇业之势。众参客见此光景，越发地愁叹异常。正这当儿，又有三个参客死在那洄溪涧边。"

　　玉林笑道："原来如此。既这么说，那参场主人和参客全仗这参圈做生意了？"王策道："那何消说呢！当时俺见参客们如此摧伤，不由好奇心起，一定要探个实在，究竟是什么恶物肆虐。众参客便道：'王老哥，你素号大胆，你如果探明底细，咱设法除掉恶物，维持参业，俺大家一言为定，所得之参都分与你一半如何？'俺笑道：'众位若这般说，俺王大胆一条穷命却卖不着，咱都是客伙，何在乎什么酬谢呢。"玉林听了，连连点头。

王策道："那时俺话虽说出，心下也是怯惙，便带了防身器械，悄悄赴涧溪涧望一回。不知怎的，一到那涧旁，就觉着浑身起栗。白日里觇望两次，也不见什么动静。俺那时已在此店落脚。不怕邹爷见笑的话，有一天晚上，月明如昼，俺正在闷坐无聊，自家寻思，觇望一两日，通没动静，难保众参客不暗笑我没的胆量。正这当儿，恰好店婆儿踅来，笑道：'你这两天噘嘴沉脸，就像谁该你二百钱似的。如今有酒，咱且吃些解解闷吧。'俺一瞧店婆儿，扎括得光头净脸，并且眉欢眼笑。邹爷，你是闯山南走海北的人，外面玩笑场的事体，有什么不晓得？当时俺一瞧店婆儿骚骚儿的模样，便知她要起发客人。但是俺一想参业将歇，哪里会有高兴，不由低着脑袋，仍然沉吟。"

玉林听至此，便笑道："俺猜王兄不会总低着脑袋吧？"王策扑哧一笑道："邹兄真个一猜就着。今简断截说，当时俺既听有酒，又搭着店婆子那番模样，不由便登时鼓起兴致。俺原想酒后和店婆儿且自睡他娘的，哪知酒之为物，真能增人胆气。俺吃到半酣之后，想起俺'王大胆'三字的大名，想想就要塌台，不禁不由便引起俺那浑愣性儿，暗想：那涧溪旁虽白日里没甚动静，安知夜里也没动静呢？于是俺趁着酒兴，一气儿跑向涧旁。

"那时节已有夜半光景，一轮月色照得满山里清光皎皎。俺一向去觇时，总没敢过涧。这次俺都不管好歹，便一径地觅路过涧。那条涧虽是深涧，却是旱涧，没的水。当时俺攀萝附葛，既到涧那边，先伏在深草内，略为倾耳，但闻得风声树声，并间有老枭夜咯，其余也没甚动静。于是俺又转向赴参圈的道径上，想察个仔细。这条道在往常本是俺参客们往来必经之路，因为防备落雨天气，便在那道上盖有三四处避雨的小茅亭儿。当时俺一路留神，方到一所茅亭边，不由便吃一惊。

"只见那茅亭平铺地碎在地下，非烧非折，便如有千军万马践毁的一般。再仔细一瞧，那片坏亭下，还有一片破皮囊也搋在里面。此类皮囊，俺一入眼，便知是参客的。当时，俺骇叹之下，还想往前觇望。忽闻远远的参圈方向，似乎是青豹子一般，狠狠地吼了两声。不瞒邹爷说，俺少年时光什么都好习，走贩打猎，都曾干过。所以俺一闻远远吼声，便知是豹子。

"当时俺凝神倾耳，正在思量参圈所在，定有恶物，便又隐隐闻得一阵哞哞怪吼之声。这次，俺细察声音，却再也辨不出是甚物件来。但是接连着叫吼越凶，竟似乎许多猛兽驰逐厮斗。俺那时酒仗了胆，方要赶将去觇个究竟，猛一抬头，就见前路半里外，似乎是拥来一片绝大的黑云。月光下尘头飘起，便似蒙蒙浅雾，并且万蹄蹴踏，其声如雷，堪堪地就奔坏亭。"

玉林听至此，不由神耸，恰值那媳妇来换热酒，随手与玉林斟送一杯，玉林不暇瞧是谁，便一把捏住那媳妇的手儿，道："王兄不要客气，你快说底下吧！"只捏得那媳妇哟了一声。玉林猛悟，不由释手大笑。那媳妇却向王策笑唾道："你这套胡诌乱嗙，昨晚吵得人觉都睡不着，如今又向人家说相声咧。"于是大家都笑。

王策接说道："当时俺见此光景，不知奔来的是魔是怪，或是什么恶兽，慌忙之下，只好且寻躲避之处。亏得坏亭之旁有几株大橡树，于是俺忙爬将上去。方在树枝上隐住身体，只见那片黑云似的东西，离坏亭还有数十步之遥，却忽地轰一声，岔向别路。这时俺觇得稍为分明，原来那片黑云却是许多兽类，拥挤作队，便似挤热羊一般。为首一物，庞然特大，隐隐矗起两只怪角，非鹿非马，还没转眼之间，业已引了那群物儿风驰而去。俺神定良久，下得树来，就那岔路上觇望一回，但见深草都平，竟辨不清什么去迹。话虽如此说，但是俺经此一觇，确晓得洄溪涧边，并参圈所在，定是什么猛兽为患。他们有猜疑是魔怪的，却通不相干。

"自此后，俺便连日价想约朋友，各携带火枪等物，先向洄溪涧去料理一番。哪知俺白跑了两日，朋友们都没在家。那会子，俺又想起两个朋友来，急欲去约他们今晚去，不想却巧遇邹兄。"说着，匆匆站起道，"俺今天所欲约的朋友，都有胆量，并且手脚也来得，俺这就去知会他们。邹兄且自慢饮，吃醉了，便和店婆儿睡大觉。你等俺料理事毕，咱再同回参场吧。"

玉林笑道："王兄且慢。依我说，你可不必去约贵友咧。今晚上，俺陪你玩一趟如何？"王策沉吟道："您若去，可不是玩的呀！俺看那群黑物件十分凶实，邹兄没在猎场子里玩过，倘到那里，有个心惊胆怯，倒不得劲儿咧。"玉林一听，不由双眉轩动，哈哈大笑道："王兄不必多虑，俺一路到此，也见过毒恶之物，何惧那不知名的兽类呢？"因将斩掉锦绦蛇之事一说。

王策听了，大悦道："邹兄有如此本领，咱还怕他甚鸟！邹兄连日闷着寻俺，俺为寻朋友不着，也心头闷了大疙瘩，如今咱可要痛饮一回咧。"

说着，与玉林斟满一杯，如飞跑去。玉林只当他是自去取酒，不想后院灶下，那媳妇一阵乱笑。玉林望去，只见王策拦腰抱起那媳妇，一手托背，一手托定腿弯儿，竟自向草厅跑来。那媳妇仰起脸儿，笑得头发都乱，一面价脚儿乱蹬。王策都不管她，将入厅门，却狠狠向那媳妇腮上香了一口，随即一个悠式，嗖一声，抛向玉林怀中，他却跌脚大笑道："俺这些日只管发闷，今天总须痛快一下子哩。"

这时，玉林正略扶那媳妇，一面含笑，那媳妇尽力子一拄玉林膝盖，跳起来，指着王策唾道："你作死，也不拣好日子！俺可没福分陪你们吃酒，白不赤的，什么样儿呢？"说着哧地一笑，方要跑去，却被王策一把按住旁坐。这次王策真个地开怀痛饮，那媳妇偏会使促狭，便暗地里一蹴玉林的脚尖儿，登时眉欢眼笑，只顾用大杯去灌王策。

玉林不便拦阻，只得含笑默饮。但见王策揎拳勒袖，酒到杯干，吃两杯，憨笑一阵。不多时东摇西晃，舌头都硬，却忽地苦着脸子，拍案道："邹大哥，你别看俺王大胆毛包似的，就是走到哪里，都有个人缘儿。你不信，待俺说两件事你听。俺年轻时，你当俺那脸子就这个样儿吗？吓，就别提多么漂亮咧，真是碧青的头皮，粉嫩的脸蛋，一笑俩酒窝，一口的糯米牙儿。有一天，俺和同学朋友吃酒。人家都散了，那个大学长就是不放俺走，只管赶着俺摸摸索索，又叫俺什么'小把弟子'。"

那媳妇听至此，只笑得前仰后合，赶忙又斟上一杯。玉林含了一口酒，几乎笑呛出，却忙喷在地下。王策端起酒，向嘴去灌，却由嘴角上淋了下来。他却接说道："邹大爷，真是俗语说得不错，人是不经一事，不长一智。当时俺模模糊糊，辞别了大学长，也没理会，后来俺酒醒，只管不懂这'小把弟子'是怎么档子事。到如今，俺却早明白过来咧，原来是那么档子事。喂，邹老爷，你瞧那事儿，虽不体面，但是俺总算有人缘儿吧？"说着屈指道："这是一件了。"玉林此时只管忍笑，便道："王兄快醒咧，少用酒吧，咱今晚还有正事哩。"

王策一咧嘴儿道："不打紧，这几盅酒不过湿湿嗓子罢了。得咧，我的邹大哥，咱哥儿俩不错呀，你别拦我话头儿。"于是向那媳妇一龇牙儿，道："邹朋友，您瞧俺这个妈，真是一百个不含糊。要说俺王大胆，论长相儿，像个猪八戒，论钱财儿，像个穷光蛋。"说着，啪啪地拍胸道："咱凭良心说，就凭俺王大胆，瞅个冷子撞到这里来，俺这个妈居然是欢天喜地，亲亲热热，陪着我吃，陪着我喝，陪着我说说笑笑，末后又脱出细皮白肉来，由着我……哟，好快活！"

玉林瞧他神色，正在拊掌大笑，那媳妇却猛从王策脑后啪的一掌。王策一缩脖儿，道："喂，邹爷，今天请你说句公道话，俺这个妈待俺这件事，您说俺是有人缘儿没有？什么话呢，在外边胡混的人就难得个不讨厌，有人缘儿呀！"说着，往后一仰，几乎连椅便倒。玉林见他酒多，方道得一声："王兄说得是，咱且罢酒用饭吧。"那媳妇听了，向玉林一挤眼儿。

玉林正在忍笑，只见王策忽地拍案道："哈哈，可是这个话又说回来咧，什么他娘的人缘儿狗缘儿，说实了，俺王大胆是个苦小子，七八岁上，俺便死掉亲娘，一直地长到这么大，还没说上个老婆。在外边东游西撞，苦力气也卖过，大钱钞也花过，却就是一个朋友也没交下。更可恼的，是俺好喝两盅，好和娘儿们打个哈哈儿。这并非为非作歹呀，偏他娘的有群多嘴淡舌的人，背地里只管啾唧俺王大胆。不够朋友！"说着，跳起顿足道，"我×你娘！哪个劝我戒酒戒嫖，我就马上拿他当小把弟子。啊呀！苦哇，可叹俺王大胆这一辈子人，怎么一个好王八蛋也没遇着呢！"说着，当的声酒杯落案，大嘴一撇，竟要抽抽搭搭。张得玉林又惊又笑，正要去扶他醉卧，只见王策哇的声放声大哭，接着便腿子一软，连椅栽倒。

玉林顾不得笑，忙去搀扶，只见王策业已醉得烂泥一般。那媳妇却笑道："我叫你只会摆布人，如今俺也摆布你一下子。"因向玉林道："你老不必理他，停会子，他自醒的。"于是与玉林一齐动手，扶起王策，直至后院一处静室内，由那媳妇将王策放置在榻。玉林瞧那室内，宽榻长案，靠北壁还有衾具之类。西间内似是空屋，门儿虚掩，看光景似是寝室，但是那穿堂壁上却挂着一口短剑，靠壁角又竖着一杆明晃晃三棱起脊的标枪。

玉林见状，正暗忖短剑、标枪定是王策所用的兵器，只见那媳妇笑嘻嘻瞅定自己，却向西间一努嘴儿，道："你老若害酒困，也向那屋内歇歇吧。你若好静悄，待我去摘落酒帘，关了店门，咱索性都歇一霎儿。可是你说得好来，既招进客来，就须叫客人受用。"说着抿嘴一笑。玉林忙道："店大嫂，俺谢谢你。如今王客人已受用得这般模样，俺却不想受用咧。老实说，俺还须用饭去哩。"说着，匆匆趋出。不想那媳妇随后跟来，忙碌碌伺候玉林用饭。

且说玉林一面用罢饭，一面思忖王策在洄溪涧边所见之物。瞧瞧日影，方才转西，一看王策，兀自醉得鼾声如雷。料他一时醒不转，便信步趋出店门，沿溪岸徘徊一回，又到那小桥上望望赴洄溪涧的路径。只见那径上草莱丛杂，枝木甚茂，一处处高下长林直接到偏北一条蜿蜒曲径。那曲径隐隐绰绰，越前越低，似乎是直接涧脚，可以过涧。

　　这当儿，长林中群鸦乱噪，一片斜阳返照入林，更有许多的山禽野鸟，如逞娇咙，十分得意。玉林信步转上高阜，正望得有趣，忽遥闻溪那边汹汹然隐隐有声，便如春潮突起。玉林方暗诧道："王策说此涧系是旱涧，怎的似有涧水奔注呢？"正要下高阜，去望个仔细，忽觉眼前一黑，便有一大片玄云似的东西，其疾如箭，唰一声，竟由涧那边直拥过来。玉林见状，不由大惊。正是：

　　　莫谓深山逢不若，且从天际识惊鸦。

　　欲知后事如何，且听下回分解。

第十回

勇侠士独探泂溪
莽竹牛群坑坎阱

且说玉林猛然见那一大片黑物，只认是王策所说的什么兽类。正要隐身觇个仔细，哪知那大片黑物既唰过涧来，便呼啦声，纷投林际。玉林定睛一瞧，不禁一笑，当即转步。原来那大片黑物，却是一大队乌鸦。当时，玉林慢步踅转，思忖着群鸦忽惊，涧那边定然有异。

须臾到店，一瞧王策，还依然睡得死狗一般。玉林不由暗忖道："这个人模模糊糊，怪不得他老子说他没考究。他那会子一片话，哪里便信得，俺只管在此呆等作甚？"沉吟间，只见那媳妇来送灯烛，问知玉林要去，便笑道："他方才醒来，要茶吃，只怕一会儿就许醒酒的。"玉林听了，只得就草厅上暂为等候。那媳妇又泡上茶来，便和玉林闲谈些没要紧。

须臾，村析敲起，月色大明，堪堪已交二鼓时分。那媳妇去瞧王策三两次，却依然酣睡不醒。躁得玉林什么似的，沉吟一回，便向那媳妇道："少时王爷醒来，你只说俺已赴泂溪涧便了。"于是草草结束，自去取了穿堂内那杆标枪，一瞧王策，正在睡得扎手舞脚，满屋中酒臭扑人。

不提那媳妇送出玉林，自去关门静候。且说玉林放开脚步，趁着一天月色，沿溪行去。不多时，过得小桥，直奔那涧。一路上倾耳凝眸，处处留神。但见月照高林，一处处筛银簸玉，那由柯叶上穿漏的碎光，映到草头，便如莹莹晓露一般。再望到远近沙径，皓皓一白，微风过处，似浪纹蹙动。玉林不暇细玩夜景，便按着白日所觇的道径，向偏北那条蜿蜒曲径逡巡行去。果然是越行越低，其中草葛纠结，碎石碍足。

玉林一面走，一面用标枪拨路。须臾，抵一陡峻斜坡儿，两旁都是岌嶪土冈。那斜坡长可百数十步，矗峻非常，直抵涧底。玉林驻足，向涧底略为窥探，只见黑漆漆不辨深浅。这时夜风徐起，又听得涧底呼呼乱响，又似风声，又似水声。玉林虽记牢王策旱涧之语，但是白日里不曾到涧边看清，此时哪敢冒昧。于是略为沉吟，先拾一鸡卵石子，顺斜坡投将下去，倾耳听听，却没动静。玉林料那石子定是为草葛所阻碍，于是置下标枪，索性由径旁掇起一块石砧大的圆石，顺坡儿推将下去，但听蠢隆隆一阵响，借着山音儿，浑似雷鸣。

这一来，树上栖禽纷纷惊噪。玉林倾耳之间，便听得那圆石一气儿滚到洞底，砰的一声，十分迟重。玉林知是旱洞，这才放下心来，便提起标枪，当作了瞎先生的明杖，一步步试探下坡。趄过数十步，倒还罢了，又趄了十来步，只觉脚下滑韧。玉林一步踏歪，几乎跌倒，赶忙用标枪支住身体。趁月光细瞧那径上，却生了坚滑纤冗的野草，一片纠结，不堪驻足。玉林见此光景，只得凝神静气，施展出轻身内功，索性地倒拖标枪，以趁趋势。便一气儿放开脚步，俨如飞行一般，一径地直刷下来。

哪知人凡有所恃，就会失险。当时玉林跑得来虽然痛快，不想将到洞底，却有一处悬崖似的大石嵯峨，偏那上面丑枝横生，硬柯攫拿。其中有一枝森森怒撑，便似鬼臂。玉林一不仔细，只顾了凝神稳步，预作住势，不想后面那标枪三不知向上一颠，恰巧羼入那横枝丫槎上。玉林不知就理，恰又当驻足不得，百忙中，向后尽力子一拉那标枪，原想趁着势力脱而出，哪知用力过猛，枪虽顿然立脱，却闪得玉林一个踉跄。玉林急忙又脚作势，想稳身体，嗖一声，左脚迈出，方暗道不好，身儿一歪，竟自骨碌碌顺势而下。

原来玉林驻足之所，只有尺许宽窄，所以一下子竟自迈空，滚身而下。且喜玉林腿脚便利，只抵洞底之间，早已跃然而起。但是只觉足下虚软异常，定睛一看，不由大惊。便赶忙提气，略拄标枪，唰一声跃离本处。就那坎沿向下一瞅，便如到了无底洞边一般。原来，玉林滚落之所却是石壁上平伸的一片短松，因枝柯繁密纠结，又有历年的壁土落叶，经雨糜烂，渐凝渐多，竟自浑成一片，就像个极大的鸟巢一般。下面便是一处数亩大的深坑，在洞底竟如深潭。

此等所在，乍听来似乎稀奇，其实深山老峪中，洞穴坎陷，千形百状，横穴竖坎，尽有出人意外的哩。作者若要细说，还须另来一部山水游记。但是未免耽搁诸公急欲听热闹下文咧。

当时玉林就坎沿下视一番，瞑不见底，四外边沿大约数亩。且喜非过洞正路，且自由他。于是玉林就坎旁略为坐息，依然提枪起行。这次是由下而上。那坡道不但宽阔，并且十分平坦。须臾，过得洞来。只见静荡荡好一片敞豁地势。玉林踌躇一回，约略依王策所语，姑且向赴参圈之路觑觑光景。

不多时，果见一处坏亭平铺狼藉。玉林心思偶动，想从那堆烂茅断木中查查形迹，便用标枪拨寻良久。忽见月光照处，有一物黑荧荧的，拾起一瞧，却似乎是半段牛角。那一端裂作斜岔儿，似乎是奋斗触折的一般。但是那牛角不同寻常，角体宽扁，有如刀式，并且生有锯齿，十分锋利。虽是半段，已有六七寸长短。玉林端相一回，虽不解是甚兽角，但是回想王策所语，知此间定有兽类出没。于是索性地也登亭旁之树，候觇动静。却用那标枪支起遮目柯叶，目不转睛地静觇良久。

说也好笑，慢说是通没动静，便连个风吹草响都没的，但见一轮大月，照彻满山。玉林猴在树上，望见自己的身影儿，不由忽地好笑起来，暗想道："我好发呆！这倒应了古语儿，守株待兔。只管待在这里，岂非笑话？"于是跳落树，方要循道前觇，忽闻涧南方向，隐隐地狼嗥大作，其声奋急，并且挟奔号之势，似乎是群狼大哄。

说时迟，那时快，就这狼嗥声里，忽地山风暴起，四山草木萧飒有声。须臾，狼嗥声渐闻渐近，并闻得汹汹轰轰，势如春潮暴涨，竟一片价着地卷来。玉林急向声来处望去，但见月色蒙蒙中，晕簇起一团风色，高似浮屠，势如箭激。

正这当儿，群狼嗥声越凶，接着又哞哞地数声怪吼。这一来，玉林大诧，急切间，只得仍然上树。方就横权间隐住身体，便见十来只大青狼，没命地竖尾跑来，一阵价纵横奔突。这里玉林眼光一眩，便见紧跟狼后面，早又卷到数十只奇怪的兽类，浑身乌黑，头耸双角，体格臃肿，有似牦牛，腿细且长，又类麋鹿。独有那一张大嘴更为骇人，非虎非猪。但见锯牙巉巉。其中一物体格独大，吼一声似发号令。还没转瞬当儿，那群青狼早一个个被余物噬踏起来。于是彼此价和声大叫，砰訇奔逐，夜静山空，声闻远近。饶是玉林，也未免心惊胆悸。

正在骇视之间，只见群狼已个个麋碎在地，只剩了那群物儿，欢跃戏逐，十分得意。少时，更互为抵触，散开来任意游行。但是那大物儿所在，众必趋之，或如众星拱斗，或如群鸦随风。有时拥挤不堪，惹得那大物儿暴吼猛触。众物虽惶然奔避，但是不转瞬间，依然拥挤上去，更互相跳踉追随，就是不离这个大头子。（吾思今之当道者，往往为其党类所包围，不禁哑然。）张得个树上的玉林且惊且笑，暗想道："果然王策之话不虚，此间真有这般怪东西。但是这班非驴非马的物儿，居然搅得众人失业。它还自鸣得意的，死命价盘踞地盘，看它行径，和方才死掉的狼崽子们也差不了许多。这等以暴易暴的东西，也就可恶得紧。但是凶如虎豹，它到底还有个真面目，像这班凶物儿，黑魆魆，腌臜臜，臭烘烘的，虽摆足大架子，抖起十分威风，究竟是个什么物儿呢？"

怙惕间，恰好有一物儿慢条斯理地踅至树下，望望月光，却又摇摇头儿，一低两只角，向树蹭触。看光景，很透暇逸。这时玉林望得分明，方晓得这班物儿竟是牛类，不过是嘴角腿蹄稍有异样，并且后胯上都作旋毛，直至蹄胫，那毛纹却隐起竹节样儿。不消几触，那株树叶已梢头晃动。上面玉林一面暗做准备，一面想趁空跳下，先刺杀这一物儿再说。

　　正这当儿，便见那最大之物儿猛地趋风，在这一片广场中团团大转，引得众物儿和树下之物儿一阵价都奔去。顷刻间蹄声雷动，都跟那大物儿旋转起来。偏那大物儿又前趋后退，左盘右旋，后面众物儿也便亦步亦趋。顷刻间风声大作，直闹得月色无光。树上玉林不由暗惊它们蹴踏凶势。正在怙惕怎的去刺杀那个大头子，忽见众物儿呼一声，齐奔岔道，前排后蹴，个个争先。玉林只认是又有狼来，仔细一看，却是那个最大之物儿先奔岔道，所以众物儿都随将去。

　　于是玉林趁空儿一跃而下。方就树后略为定神，倒拖标枪，正要飞步赶去，猛然见岔路道上众物儿倏地一分，说时迟，那时快，吼声起处，那最大之物儿竟自风也似反奔将来，两只凶睛奇光发越。玉林不暇他顾，用一个健鹘摩空式，一拄标枪，腾身两丈余，从斜刺一顺标枪，躲过那物儿猛扑之势，喝声："着！"向那物儿后尻便刺。只听嗤的一声，如中石块，倒闪得玉林扑地一跤。急忙爬起，还不暇端稳标枪，那大物儿猛一转身，距玉林业已咫尺。

　　好玉林，用一个倒翻鲸浪式，托地翻向后数步开外。两足方才落地，那大物儿双角一低，哞一声，贴地便触。玉林忙一摆标枪，尽力价踊身刺去。哪知忙中有错，因方才急于翻跳，以避其锋，不知怎的，那标枪却枪锋朝后。这当儿再想掉转，业已不及。偏搭着两下力猛，那大物儿负痛大吼，乱摆头尾，只双角一绞之间，玉林急待抽枪，倒牵得自己前撞两步。原来那双角交逗，弯弯的似两个半圆形儿，尖儿不合处只有寸许，所以一时间竟绞住那枪，急切间抽拔不出。

　　当时玉林大怒，奋起神威，便趁那绞住之势，在双角中一阵乱搅。原想搅翻那大物儿，再作道理，不想那大物儿野性大发，四蹄乱刨，吼一声，竟趁着玉林搅势，忽地人立起来。这一来，玉林越惊，被它角钩标枪，只为和它对面相持。但是一瞬之间，玉林又望见那大物儿颔脖儿下，却有一处月光形的白毛儿，时时地呼吸凹凸，看光景，皮肤甚薄。

　　玉林心思来得快，登时想起刺它后尻，枪却不入，一定是此物通身皮肤甚坚，这白毛所在或者就是此物的要害之处。正在力抽标枪，想趁势儿刺它额下，那大物儿尽力一吼，猛一摆头，但听咔嚓嚓一声响亮，不但那物双角立折，便连玉林标枪也登时折为两段。一个反跌式，却将玉林甩出数步之外。

65

玉林大骇，手持那半段枪，忙掉转枪锋，一跃而起。方要踊身再进，不好了，只见那大物儿负痛盘旋，顷刻间，据地大吼。这一来，众物儿齐吼，风也似都向玉林。好玉林！真是急中生智，回头一看，亏得已距洞不远，便一拧身，嗖嗖连跃。原想是奔赴洞底，再作区处。哪知方到洞边，不及驻脚之间，那大物儿业已扑到身后。玉林大骇，从斜刺里急忙一闪，那大物儿奔势收煞不住，一道黑烟似的，正现在玉林面前的当儿，玉林猛然得计，忙飞右脚，向那物儿肋下便是个蹬倒泰山式。只听轰的一声，那大物儿四足朝天，一个翻滚式，恰好撞到下洞的斜坡儿。玉林赶去，尽力子又是一脚，这一下儿用力过猛，不但那大物儿登时跌入洞，玉林脚势收煞不得，一个马前枪，便相随而下。原来那兽类奔跌，都是竖劲儿，你若迎头抵御，是万万不成，玉林从横下着力，所以得手。

当时玉林猛然跌入洞，且不暇去顾那大物儿，赶忙手足攒力，收住急滚之势。一伸手，抓住一丛藤蔓，还未站将起来，便听洞上面众物儿奔吼如雷。顷刻间，数道黑影便如流水就壑一般，一阵价相继投下。但闻洞底乱吼乱撞，闹了个天崩地塌。这一来，倒将玉林怔住，只好拎着半段枪，伏在藤蔓边静观其变。向下望望，但见黑影乱搅，怪吼连连，那一片腾踏之声好不凶实。直闹了两个更次，这才声息稍静。再瞧黑影儿，一些儿也没咧，却是还闻有吼声，似乎是有气没力。

玉林揣测良久，通没作理会处。不多时，晓风拂拂，天光渐亮，那深洞之中却起了层蒙蒙晨气，便如云堆雾卷。玉林向下张时，恍似絮海一般，哪里能辨得一物。

须臾，旭日渐升，晨气渐敛，玉林辨得坡径，方一步步踅将下去。始而防洞底必有隐伏的众物儿，及至行抵其处，却一个物儿也没得。但见一片蹄迹，重重叠叠，直至那处深坎沿边，越发的纵横交错。玉林四顾之下，不由大疑，暗想道："这群物儿分明都投向洞底，洞四面峻坂陡坡，难道那样蠢笨的物儿，就能会上洞跑去不成？"怙惚间，踅近坎沿，向下一瞅。只见深草沮洳中，有一堆黑压压的东西。仔细一望，蹄角赫然，竟是那群物儿，都已枕藉死掉。

这一来，玉林大悦。沉吟回料理之法，只得且寻王策，再作道理。便一径上洞，方从那来的路踅过不远，只听对面树林里，王策喊道："喂，邹兄，你这手儿可不对呀！你这一高兴不打紧，却叫俺跑了半夜。"玉林望去，早见王策短衣仗剑，秃着头儿，领了三四个彪形大汉，一色的刀棒簇簇，如飞奔来。原来王策半夜酒醒，由那媳妇子告诉他玉林自赴洄溪洞的话。王策大骇，恐怕玉林有失，赶忙就左近村落，约寻了三四个壮健庄汉，匆匆赶来。你想，他半夜三更，就各村中敲门打户，村户们疑有盗警，哪里便敢开门。及至问明缘故，又彼此地寻庄汉、抄家伙。大家匆忙之下，又未免议论回探望的路径。有的主张直向涧溪涧，有的便主张先向溪沿左近喊唤一回。这一耽延，早已五更时分。偏搭着王策宿醒未尽，一路上跄跄踉踉，山嶂怪叫，实咔咔的大跃跌了无数。偶望见立石枯树，似个人影儿，他也就大呼邹兄，奔去瞧瞧。因此之故，直至这时光才遇着玉林。

当时彼此厮见，玉林不暇笑王策模样狼狈，便匆匆一述自己所见。众庄汉听了，都各骇然。王策拍掌道："怎么样，可见俺所见不虚。咱快瞧瞧那群黑物儿，究竟是什么兽类，再作道理。"玉林道："咱不如唤集左近的庄众，大家设法儿去料理那群物儿，开剥来，取它的皮角肉，岂不甚好？"众庄汉道："有理，有理。既如此，你二位先去瞧看，俺便转去唤人，索性地连绳杆应用之物都带来，您道好吗？"

不提众庄汉如飞趱转，且说玉林、王策循道趱回，一径地匆匆下涧，直至坎边。王策弯倒腰，向下一瞅，只惊得舌挢不下，因向玉林道："邹爷真好本领，你看那锋快的怪角，不就似钢刀吗？"玉林笑道："这也是俺侥幸罢了。俺看此物儿有些呆气，那大物儿经俺踹下涧，其余的便纷纷投入。但是它那凶猛力量，也委实可惊。"说着，将那半段枪与王策一看。

王策越发骇然，便和玉林循斜坡趱上涧那边，就那坏亭下徘徊一回。这时，不但王策骇诧，便连玉林也有些后怕起来。只见坏亭旁那片广场，便如有千军万马践踏过一般。蹄痕深印，细石都碎，数亩大的地面，恍如翻了个儿。两人一面观览，一面就亭旁石块上小坐歇息。

王策沉吟一会子，忽愕然道："据邹兄方才所说，这群物儿的声势响动，只怕俺那夜里所闻参圈方向的动静，就是这干东西作怪，无怪乎参客们死掉许多。但是俺那夜里，还闻得参圈方向夹杂着豹子吼声，如今猜测来，莫非那参圈所在还有豹子，一时间相遇厮斗吗？"玉林道："王兄猜得不错，你但看这群牛也似的东西，只以腾践觚触逞凶，似乎不至于夹生地吃人。俺闻得死掉的参客，都是尸骨无存，便是零星肢体也没的。由此看来，只怕那参圈左右，许别有猛兽哩。但恐未必便是什么豹子。"王策一梗脖儿道："不会错的，俺往年跟人家出猎时，很辨得豹子叫吼哩。"

正说着，忽闻隔涧人声喧哗，两人跑向涧边仔细一看，不由哈哈大笑。正是：

搏兽探山看勇士，解牛度幕突村人。

欲知后事如何，且听下回分解。

第十一回

述异事九客失踪
赴参圈两友探险

　　且说玉林等隔涧望去，只见黑压压一簇庄汉，各捎着绳杠钩竿，并有负锅捐席的，便如一群赶庙会的小贩一般，纷纷攘攘，好不热闹。后面还有三五父老，也拖着拐杖，挺起腰板，兴冲冲地趄来。一哄价都到对岸，望见玉林等，即便招手。那负锅捐席的，忙置物于地，争先恐后地一阵乱挤。便见那三五父老略做指挥，先趄回唤人的那两个庄汉，即便头前引路，由持绳杠等人扶掖了众父老，其余人都簇在后面，便循那条蜿蜒曲径，徐徐而下。

　　这里玉林、王策也由斜坡儿便赴涧底。不多时，大家对头，众父老一瞧玉林，凛凛一表。彼此厮见之下，大家询过玉林所见的情形，不由相顾惊叹道："如今好咧，亏得邹壮士，给俺这地方除却患害。自从涧溪涧往往闹事以来，不但参客们受害停业，便俺们这一带村人，也不敢过涧樵牧。大家又不晓得是什么恶兽，只好彻夜价不敢安睡，提防恶物儿万一侵入村落。饶是如此，前两日，还闻得那参圈左近的人家，愣会不见了个大闺女，坑得一家人待死待活。大家都疑着是恶物儿吃嚼入肚，如今却好了。"

　　又一庄汉道："不错的，近来那参圈左右，比先时越发不安。先时的，只是参客去掘参，就没影儿，如今便连那所在一带山村都不得安生。有的听得似乎是豹子怪狼，又有真望见青郁郁很高大的影儿，行走如风，类似人熊。俺外甥便在那一带山村中住家儿，说起来才玄哩。有一天晚上，俺外甥媳妇就篱笆下去撒溺，方解裤蹲下去，却见篱外有个高大影儿，似乎是攀篱向内张望。吓得俺外甥媳妇直声大叫。亏得那影儿忽然不见。便是前日，俺外甥等吃不起吓，一家儿都搬向俺家来咧。"

　　大家一阵讲话之间，那王策业已掉臂前行，于是大家齐赴坎沿。向下一望，不由都大惊小怪。这时，初日已高，望得分明，其中一父老谛观良久，忽惊道："此等凶物儿名为竹牛，每出时，都是成群，铁角钢蹄，厉害无比。其性团结，便如蜂之随王，不怕那大头儿遇敌斗死，其余的便都自己触煞。但是此等物儿只是践踏田禾，折损树木为患，却不闻它遇人便噬。此物儿除皮角珍贵外，便是其肉甚美，缕如红丝，干腊了可以售远，并能熬油。此物儿生产出没之所，向来都在极东北大长白山一带，不想忽然奔逸到这里。"

又一父老道："不错的，俺往年曾随木客（伐木工也）向大长白山去过一趟，果有此种竹牛。但是大家都说它不喜伤人，你不犯它，它不害你。如今这泂溪泂既是此物儿，怎的参客们遇泂掘参，都无踪影呢？由此看来，还是那参圈左右，必有蹊跷。"

众人听了，都各一阵发怔。王策便噪道："如今且慢闲谈，快动手料理这干物儿吧！"众父老笑道："王兄不要忙，俺等虽有个料理法，但是这群竹牛开剥售卖来，足值千数百金。你和邹兄既得此物儿，便是主人咧。不知俺们料理之法，能合尊意不能？"玉林听了，方在逊谢，王策大笑道："什么主人不主人，今天咱是大家有份儿，快动手吧！说实了，这群竹牛都应归邹兄，俺醉卧了大半夜，如何能做这现成主人呢？"众人听了，都为一笑。

众父老便指挥庄众道："你们别都挤在这里，咱须是各执其事，且留多半人拖拽竹牛上泂，其余的都随我上泂料理。"因向玉林道："这群竹牛料理毕，就须一两日的耽搁，倒也是个热闹儿，邹兄便随我去瞧吧。"众人听了，即便分头忙碌。

不提王策在泂内督视众人，拖拽竹牛。且说玉林随众父老及少数庄汉等一径上泂。自有两父老陪玉林席地而坐，款款闲谈，其余父老便指挥庄汉等忙碌起来。皮幕的皮幕，搭灶的搭灶，大家嘻嘻哈哈，正忙得不可开交，便又见一群庄汉远远而来，及至近前，其中还有参客三两人在内。原来玉林在泂溪泂大获恶兽之事，自经两庄汉回头唤人，早已喧传得到处皆知。所以参客中胆大的，便赶来瞧望。

当时新来庄汉既到，便纷纷地各释所负。玉林望去，只见大锅刀斧并盐豉米粮之类，一概俱全，便如一队厨厮一般。玉林正在好笑，那三两参客早趱近来，询玉林一切情形。大家听了，无不骇然称奇。这当儿，泂内是吆吆喝喝，不断地齐声喝号，泂上是大家奔走，忙碌幕灶。不多时，幕灶都毕，又分人去斫柴汲水。玉林遥望去，一片广场中，幕灶十数，星罗棋布，人众奔走，十分热闹，就似开了一片会场一般。

正在好笑之间，泂岸上一声喝号，由三两庄汉早已拖拽上一只竹牛。

就岸上解绳方毕，后来的又陆续而上，于是此来彼往，更番上下。日色过午，方才拖拖都毕。唯有那只最大的竹牛，特煞庞然，自头至尾，就有一丈五六尺长短，这当儿已如泥母猪一般。原来，那坎陷是洞底收蓄山潦沮洳之处，那大竹牛自己跌下，还可挣扎，及至余物都相随投下，大家一阵压挤践踏，所以便一齐死掉。当时洞上的众庄汉也便一齐动手，三三五五，将那一只只的"黑老官"拽置当场。随后，王策也便上得洞来。

玉林和两父老并参客等趑向广场，数了数所得竹牛，竟有四十三只。众父老喜道："邹、王两兄真好彩兴儿！今天没别的，咱大家须饱尝异味。邹兄等且进幕歇息，此间且由俺们料理吧。"玉林听了，还未答语，王策却道："邹兄也真该歇歇咧，劳碌一夜，一定是疲倦的。"玉林听了，真个招起倦意，便道："既如此，俺且歇一霎儿。"

不提玉林自入一处席幕，竟自盹睡。且说王策和众父老指挥庄汉，一面价开剥竹牛，取存皮角，一面价煮肉炊饭。百忙中，更分数人烧起大锅来，专熬膏油。一时间众灶升烟，香雨远近。这当儿，异事哄传，好事者来者更多，便大家动手帮忙，相与料理起来。俗语云，人多办事爽。不消日西时分，四十三只大竹牛业已料理停当。除留用的鲜肉外，其余便都如法烘焙，堆置幕中，竟闹得肉如山集。

须臾，日色向晚，早又有人来送到火燎灯烛。众父老巡视一番，便命大家歇工用饭，自和参客、王策等方要去瞧玉林，恰好玉林睡醒趑来。一瞧大家攒三聚五，只管流水似向各锅中大碗大盆地盛取牛肉。那牛肉鲜如红玉，奇香四溢。又搭着大家高兴，便如争强赌胜一般，嘻嘻哈哈，都由玉林面前经过。有的便道："俺们都托邹爷的福气，不但解了老辈子的馋，并且从此可以过洞营生哩。"

玉林见状，也自欢喜，便同众父老等趑人一处席幕，只见里面业已铺设停当。大家团团地坐下来，仿佛古人坐席一般，十分有趣。须臾，有人来掌上灯烛，送进饭肉碗筷。那王策不管好歹，先伸筷取肉，只一大嚼之间，不由跌脚道："妙，妙！有这等好肉，岂可无酒？大家抓了一天的瞎，却把要紧的酒忘带来咧。"父老笑道："王兄说得不错，你今晚再醉睡一回，说不定，邹爷还许得一群竹牛哩。"众人听了，都各大笑，便一面进饭御肉，一面闲谈。

众父老又向参客等细询前数日参客失踪遇害的情形。参客叹道："这也只好说是人的命了，至于详细情状，俺们也不得而知。因为他们凡赴参圈的，愣都没了影儿。如今细算来，已有九个参客一去不回。这九个人都有些牛拖不转的脾气，谁要拦他不要去，防有猛兽，他算是去定咧。说起初次失踪的两个参客，更为可叹，他是兄弟两人，一个叫李全，一个叫李信，都生得高高大大，好体面骨骼相貌。不但对人和气，并且很为慷慨，凡帮客们或有缓急，他没有不援手的。他两个更会拳棒，俺们虽是不懂什么，但有时见他两人耍起防身的佩刀，嗖嗖风响，想来必是不错。"玉林听至此，不由倾耳。

参客道："他兄弟俩自到参帮中，为日不久，凡参客们无不敬爱。他兄弟同居一处皮幕，除兄弟同出外，便和参客们吃酒说笑，过得个把月的光景，大家甚是相得。也是合当有事。忽一日，李信自己踅赴参圈。不多时，却慌慌张张地跑回，向他哥子说是参圈左右出了两只青花豹子，就有牛犊大小，特地跑回，约他哥子共去杀豹。大家听了，都不甚信，以为前两日参圈所在还安安稳稳，如何会就有豹子呢？参客中有好事的，便商量大家伙儿结队持械，且去觇觇动静。李信兄弟俩都不肯听，竟自到自己皮幕中，各打叠起一个包裹，提了佩刀，双双踅去。

"当时大家苦劝再三，万不可冒险，并道：'既去杀豹，还带这包裹，岂不累赘？'李全道：'俺这一去，就须在参圈左右踏勘几天，夜间山宿，须有衣装哩。'大家没法儿，眼睁睁见他兄弟踅去。这一去不打紧，直过了四五天，通不回头。众参客未免心下怙惚起来，其中胆大的便陆陆续续前去探望。说也不信，一个个都似泥牛入海，连李全兄弟算上，就是九个参客无踪。"

王策笑道："俺就因他们九个没得实在古怪，所以俺定要探个究竟。如今邹兄既在这里杀却竹牛，咱好歹也要向参圈左右，寻寻豹子去哩。"

玉林沉吟道："这李全兄弟，既连包裹都携去，或者便从哪里径自走掉，也未可知。"

参客道："这一层俺们也曾想到，因为帮中参客们本是来去无定，只要不欠参场主人的款项，说走就走。但是携带包裹，也不仅李全兄弟，那七个参客，去的时节也都带个小小包裹。因为参帮中人多手乱，什么角色都有，参客们照例地是货不离身。每逢去挖参，无论道路近远，都将未交场主的散货带在身边。若说李全兄弟由哪里走掉，难道那七人也都走掉吗？"

玉林听了，还在沉吟。众父老道："这节事总还是兽类为害，俟消停些，咱大家多集壮众，便烦邹、王两兄率领了，到参圈搜寻一番，定知分晓。"王策噪道："还消停什么？人多瞎捣乱，也不用齐集壮众，少时饭罢，俺就和邹兄去一下子。好在今天没酒吃，正好办正事，若消停时，俺吃醉了，又去不成咧。"大家听了，又复都笑。须臾饭罢，那参客索性也住下，帮着众父老连夜忙碌。

且说王策，本是个粗莽好胜的人，既见玉林独力获得许多竹牛，自己因昨晚酒醉误事，这当儿不由逗起豪性，定要拉玉林同赴参圈，一来觇个究竟，二来转转面孔。玉林却他不得，便笑道："咱去是去，却有一件，到得那里，你须听我指挥。不然，你毛手毛脚，乱撞一气，大夜里深山中，俺哪里寻你去呀？再者，定法不是法。野兽出没，本是无定。咱这一去，总须探个水落石出，便耽搁个三两日，都说不定。你或是性急起来，或忽然想酒吃，却不成功。"王策笑道："我的邹兄，你真把俺王大胆冤苦咧！如今俺百样依你就是。"

　　于是彼此一笑。一面知会了众父老，一面结束伶俐。王策带了短刀，百忙中又寻了火种等应用之物。正在瞎抓成一片，只见玉林紧紧腰身，忽笑道："去不成咧，那杆标枪剩了半段，没的兵器用怎处？"王策笑道："邹兄真罢了的，你这光景，死了屠户，就须连毛吃猪咧。"于是匆匆跑去，须臾，从众壮汉处寻到一把短柄利斧。玉林接过一瞧，锋利照眼，掂了掂，十分趁手。忽抬头望见庋幕的横木上，有四五个挂衣用的大蘑菇头铁钉，便举斧一削，众钉都落。王策方笑道："你瞧这柄斧多么快，准配你用。"这里玉林早拾起断钉，揣入怀中，便和王策匆匆拔步。

　　不提众父老随在后面，送了几步，道声珍重，既便趱回忙碌。且说玉林等趁着皓月东升，一径地过得涧溪洞。回头一望，隔涧上是庋幕云连，灯火辉煌，夹着人声喧闹，倒也十分有趣。王策因跃然道："邹兄你瞧着，咱这一去，再捉得豹子来，才越发写意。咱这一去定然成功。"玉林笑道："王兄怎便这样地拿得准呢？"王策道："您不晓得，俺有个贱毛病的显兆儿。凡应该得彩兴，俺这屁股蛋子先要作痒。如今俺这屁股又痒刷刷的，所以知定然成功。"玉林失笑道："那么王兄走好运，都在屁股上吗？又焉知这一去，不叫豹子啃了屁股呢！"王策唾道："丧气，丧气！"两人笑语之间，业已趱过那片坏亭，便由王策引路，一径地奔赴参圈。

　　玉林是初经此处，随路留神。经过两处高冈，那地势忽然平迥，四面价峰峦回合，草树连天，时或有远村灯火隐隐约约。微风过处，又隐闻村柝之声。玉林极目前望，从夜色漫漫中忽见前面影绰绰，似有个旗杆样儿的东西。因笑指道："王兄，你瞧那所在，莫非还有庙宇吗？"

　　王策道："如此穷山中，哪里来的庙宇？那旗杆样儿的，便是参圈所在插植的大木标志。那木标修筑的就似个塔形儿，一般的有梯磴可上。往时没闹事故，那所在都有人看守。白日是插面红旗儿，夜间标顶上排许多气死风的灯笼。因为参客来往，怕的是走迷方向。"玉林道："如此说，参圈离这里不甚远咧，咱快些儿赶一程如何？"说着略一挫身，举步如风。

这一来，累得王策一面紧跟，一面乱嗓道："邹兄，你这可不是玩法。若这样跑到参圈，俺怕不跑脱气，真个叫豹子啃屁股吗？"说着，喘吁吁拖住玉林，向前一指道："拖您过得那片小村落，还有四五里路，才是参圈哩。那小村中，俺还有个酒友儿叶五。咱过村时，到他那里吃杯茶，顺便问问他参圈近日的情形，你道好吗？"玉林随口道："也使得，但是从人探问，不过听些风影之谈罢了。"

两人且说且走，不多时，已到小村旁。依着玉林，不必耽搁，当不得王策定要少息，于是两人放慢脚步，一径进村，怕的是惊起犬吠，逢人费话。玉林趁月色瞧这村坊，曲曲折折，人家儿东丢西跨，通不成什么聚落，并且静悄悄，连个灯火都无。王策一面走，一面嘟念道："他妈巴子的，今晚这村中怎的如此颓气？俺记得往时过此，各区街窗户上都灯影明亮，也有斗牌声，也有纺线声，也有孩子嬉笑声，还有两口子吵嘴声。今晚就这般静悄。"

玉林笑道："王兄偶然经此，就听得诸般声息，如此仔细，连人家两口儿吵嘴你都听着了。"王策低头笑道："俺岂但听人家两口儿吵嘴，俺还见过人家两口儿那么着玩把戏哩！便是那夜里，俺听见一家儿两口吵嘴，起先是男的起劲，横虎似的乱嚷。那女的通不着急，只略为还嘴。后来不知怎的，女的忽唬地一笑，却闻那男子喝道：'去，去！我就是不耐看人的浪样儿。'但是从这一喝之后，那男子却再也整不起响腔儿咧。但闻那女的连吵带骂，一张嘴便似爆豆一般。

"少时，那男子忽嘻嘻地笑道：'就算我吵不过你，这也没有什么稀罕，咱吵了一遭儿，干脆，还须办点儿正经事。'说着，便闻脚步响动。又听得那女的笑唾道：'呸！'俺正要听个下回分解，哪知屋内登时价变吵为笑，并且咯吱吱地床榻有声，似乎是男女两人一阵乱滚。

"邹兄，你说走夜道儿的朋友，哪里有什么准四至呀，当时俺略一耸身，手扳临街的窗沿儿，向内一瞅。哈哈……"玉林失笑道："你别哈哈咧，若惊起人家的狗来，一般也会啃屁股哩！"

正说着已到街尾。王策略不踌躇，竟向靠野地一家门首奔去，玉林随后跟去。只见双扉紧闭，方见王策举手要叩门，却听里面一阵呜咽之声。正是：

何人忽饮中宵泣，有客堪称不速来。

欲知后事如何，且听下回分解。

第十二回

三台冈侠友侦青豹
土崖洞难女说凶徒

　　且说玉林见王策正要叩门，忽闻里面呜呜咽咽，似乎是妇人悲泣，又夹着些唠叨数落。玉林便道："王兄，咱去吧，人家家中准是有操心的事，你不闻哭声吗？"王策略为倾耳，低笑道："您快闪向一旁，您瞧俺玩个把戏。这哭的便是叶老五的老婆。这老婆可恶得很，一个儿子在外边学生意，丢下个二十多岁的媳妇子在家，这婆娘使驴子似的使人家，甚而至于汲水拣柴。一个小妇人家，却叫她满山乱跑。更可恨的是每逢俺来和叶老五吃酒，她登时苦得一张脸子待滴水，不是在灶下刮得锅山响，便是在窗外指桑骂槐。俺和叶五好好的一场酒，往往被她一阵搅散。如今大约是又和她媳妇置气，浪号起来。你且听我取个笑儿。"说着，啪啪地连叩两下。

　　这里玉林暗笑，只得闪向门前一株树后。便闻里面哭声顿住，须臾，有妇人隔门问道："谁呀？你是对门毛头吗，或是隔壁的阿大呢？你没见俺那个醉王八爬向哪里去吗？真叫人恨得牙痒痒。"王策忽地尽力子一阵大嗽，接着便发出一种闷闷昏昏的语音，道："贼婆娘，什么毛头、阿大的呀，难道我来了，你都不晓得。"说着，啪啪的又是两下。树后玉林正张得暗笑不已，便闻那妇人恶狠狠骂道："你这天杀的，也有回来的时光，咱是……"

　　一言未尽，门儿大启，登时由里面闯出个莽熊似的妇人。这里王策忙叫："是我呀！"但是已被那妇人一把揪牢，一面价大哭大叫，一面骂道："俺等的就是你哩，咱是怎么说吧？如今媳妇子都丢掉，你这天杀的就似没事人一般。"说着尽力一推，王策不提防，往后便倒。那妇人一个虎势扑上去，不容分说，一叉两腿，跨在王策肚皮上，一阵价连撕带掠。张得玉林且惊且笑，正要趱去拉劝，忽觉背上扑的声被人抱牢，便有一阵酒臭气直冲过来，接着有人骂道："怪道俺们家愣会丢了媳妇，原来是你们这班歹人作怪。如今你们还放不过俺老婆，又来这里作闹。来来来，咱便拼个你死我活吧！"说罢，由后面一插腿，拦腰一甩，就是一个绊子脚。

你想玉林是何等身架，当时玉林略晃两膀，一面劈开他的双手，只左足略起，背后那人登时便倒。方想回身觇望之间，只听王策大叫道："叶嫂儿，你真个不懂是俺的语音吗？你蹾屁股还不打紧，你瞧瞧你握的是什么物儿，还不放手！"

这一声不打紧，玉林身后那人也乱噪道："喂，王兄吗？俺叶老五在这里呢。今天糊里糊涂，到底是怎么回事呀？你到这里，不找老哥哥先闹一壶，怎和你嫂子滚蛋玩呢？闲话休说，你快来帮我打这鸟大汉是正经。"说着，哇的一声，呕吐狼藉，便有一股子酸腻腻的臭酒气，热烘烘，由玉林身后直喷过来，熏得玉林连忙紧退几步。方要回身觇望时，恰好那妇人被王策推下身来，就地一滚，正滚到玉林脚下。玉林急跳，已被妇人抱住一条腿。玉林忙喊放手之间，亏得王策一步赶到，喘吁吁拉开妇人，却大叫道："俺王大胆在这里，你没听见叶老哥又醉得呕吐卧街，却只管胡闹怎的？"

这一来，妇人听清语音，不由闪向一旁，只管发怔，少时却又呜咽起来。王策也不理她，忙过去扶起叶五。叶五一溜歪斜地道："那位老哥想是你的朋友吗？既到俺这里，怎不里向歇坐呢？"王策道："闲话少叙，咱且里面细谈吧！"于是由王策扶了叶五，引玉林向内便走。那妇人跟在后面，还是呜咽。

须臾，入内坐定。王策先匆匆一说自己的来意，并略述玉林怎的本领，便问道："方才俺老嫂直吵丢了媳妇子，是怎么句话呢？"妇人听了，越发地涕泪纷纷，便不待叶五开口，早悲悲切切说出一席话来。

原来叶五的儿媳妇孟氏，虽是小家女儿，却有几分姿色，并且性儿孝顺。因见叶五是个酒鬼，婆母又是个戴牛角（俗谓泼悍之意）的角色，公婆俩时常争吵，孟氏因叶五年迈好酒，便常劝婆母须要退让些儿。哪知她婆母是个越扶越醉的性儿，不但和叶五越发地争吵起劲，并且连孟氏也犯恶起来，便终日价苦役孟氏，借此出气。叶五心下不忍，偶然劝说老婆两句，便赛如火上浇油。

前两日，那妇人偶听得人说，参圈左近坡陀上面，生了一种野菜，晾干了足为御冬之用，便吩咐孟氏道："你这小老婆，只知吃饱了，坐着蹾膁儿。如今靠参圈坡儿上许多好菜，人家邻舍娘儿们都大筐小篮地去收割。你就怕跑大了脚，娘娘似的坐在家，和我摆浪样儿，难道你就不会去收割吗？"正说着，恰好叶五从外面吃酒踅转，觍着红扑扑的脸膛儿，一步跨入，见那孟氏低了头儿，有些为难光景，便不问情由，向他老婆噪道："你这婆娘真没有的，你从先也做过媳妇，咱娘待你是怎样光景？咱这媳妇从早到晚驴儿似的做活，依我看也罢了的，你这会子又瞪着眼，鸡精似的，和她吵什么呀？"妇人唾道："不用你狗拿耗子多管闲事！俺吵的都是过日子的正经事，不像你，只会灌黄汤子。"因将孟氏去挑野菜之事一说。

叶五惊道："你这婆娘可是要作死？近些日参圈左近失踪了许多参客，又听得豹子怪吼，你叫媳妇愣到那里去，不是自寻晦气吗？"妇人听了，越发地非叫孟氏去不可。老两口越说越拧，登时揪打起来。末后，气得那妇人拍着屁股噪道："你这老王八是要诚心气煞我，去了我这眼目，你和这小老婆快活受用哪。"叶五一听，抢上便打。

那孟氏见婆婆说得不像话，只得好歹地劝开公婆，自携了荆篮儿镰刀，径去挑菜。当时，叶五气得一阵风抢将出去，无非是以酒解闷。两天后，趔回家来一瞧，他老婆正在哭天号地。原来，孟氏真个的一去不回。

叶五顾不得和老婆怄气，忙集合邻众，赶向参圈左近，且寻且唤。闹了个不亦乐乎，哪里还有孟氏影儿？只见她携去的荆篮儿却丢在深草中。那叶五气吼吼地跑回，原想不依他老婆，不想反被他老婆倒打一耙，只说他耽酒误事，不用心去寻媳妇，所以，气得叶五也便就跤儿一跌，连日价大游醉乡。每晚回头，定要和老婆大打其架哩。

当时，妇人述罢丢掉媳妇之故，越发哭得直抹涕泪。玉林方在诧异，只见叶五跳起来，指着妇人骂道："你还淌你的浪水子哩！不是你逼迫，媳妇怎会丢掉？这不消说，一定是被豹子啃嚼咧。"说着，脚步跄踉，向前一凑。恰好那妇人正捏了一大把鼻涕，便觑准叶五面门一甩，只听嗒的一声，叶五面上业已一塌糊涂。

两人方要动手，却被王策好歹地劝开，道："你老夫妻不必着急，俺和邹爷正要赴参圈所在，探个分晓。倘遇着你家媳妇，也说不定，也未见得准是被什么豹子啃嚼了。既如此，俺们也不打搅你咧。"妇人道："论起你那会子装猴相，俺就不理你。如今这位邹爷新来乍到，怎不吃杯茶再去呢？"说着，便去泡茶。

这里玉林心有所触，便道："俺听说参圈子左近，有人丢了个大闺女，如今叶兄这里又丢了媳妇，那豹子专寻妇女的晦气，也是异事。叶兄瞧见那丢抛的荆篮儿，是在什么所在呢？"叶五道："就在进参圈百余步远近，一片短林右边草丛中。"王策道："那短林右边，不是还有一处笔架形的连冈吗？冈上下草树极旺，青荡荡很有气势。"叶五道："不错。俺瞧见那荆篮，就离那冈不远儿的。"王策道："啊呀！如此说，你媳妇就有些不妙

76

咧。那连冈俗呼为三台冈，正是野兽出没之所。往日参圈安静时，狼貛之类是常见的，如今更不消说咧。”玉林沉吟道：“那也未见得便不妙，少时咱到那里，先向三台冈踏踏再说。”

正说着，那妇人端进茶来。因见叶五坐得高高的，便道：“难道你屁股上坠了千金闸咧，就不会接过茶去？”又叹道：“假如俺媳妇在家里，还用俺自去泡茶吗？”说着，声音又咽。王策等劝默数语，匆匆茶罢，即便起行。

不提叶五送客踅转，自和老婆咳声叹气。且说玉林和王策举步如飞，玉林只顾了诧异叶媳失踪，那王策却东瞅西顾，防有豹子奔来。须臾，渐近参圈，那道径却颇为平旷。原来产参所在，不一定便是崎岖山环儿，又搭着参客来往，并左近采樵的都来涉足，所以道径上反不似那荆榛充塞的样儿。

这当儿，将交二鼓，月色大明。玉林四顾峰峦静悄，如沉睡于一片银幕之下，倾耳听听，万籁俱寂，因笑向王策道：“你瞧这所在多么安静，怎偏会出尴尬事呢？今晚咱若瞧不见什么豹子，咱便索性地明天白昼搜寻，你道好吗？”王策道：“正是，正是。反正叶五是咱的东道，咱破着工夫干哪。”

两人说着，径入参圈。里面是碧草如毡，分外的茂盛滋润。平川映带，远望去，就有十来里宽广的地面。玉林等不暇细玩，便一径地先奔三台冈。玉林一瞧那冈势，果然的树木蔚然，深窈幽曲。两人就冈下察看一番，各极耳目之力，一些儿声响形迹也没的，便又取道登冈。

这时王策手握刀柄，拿出了猎人的形相儿，一会儿东趋趋，一会儿西趁趁。恰好听得丛草中嗖的一声，却把王策吓得一哆嗦，仔细一瞧，却是个挺大的鼯鼠，向王策咈地一吹气，竟自钻入土穴。于是玉林笑道：“咱两个别这样没算计，只管挤在一处，哪里便巧遇豹子？如今须就这冈上面，你东我西地分途寻觅。少时，咱还在这里聚齐儿。如遇有警，彼此价呼哨为号，即便奔赴如何？”王策笑道：“就是吧！但是真有豹子撞来，邹兄须爽利些，来帮我呀！不然，真叫豹子啃了屁股，却不是耍处。”说着，抽出短刀，雄赳赳地即便踅向东路。

这里玉林略为踌躇，记明方向，也便沿冈坡儿迤逦向西。下得那坡儿，忽见前面百十步外丛薄（谓茂密草丛）中，似乎是灯影一闪。玉林暗诧道：“这等荒山大野，难道还有人家儿不成？”怙惙间，欲穷其异，即便拔步奔去。方到那里，不想那灯影儿又闪出百十步外。这一来，玉林越诧。正在略为驻足，延项前望，只听嘣的一声，便如那元宵放的焰火一般，登时有个拳大的火球儿，径由身旁平飞向前，还没转瞬工夫，已到了百十步外，倏地如陨石般地径投草地。这里玉林方在怔望，忽隐闻火球儿落处，爆然有声。登时，又有十余个火球儿连珠上升，一道道异彩荧荧，便如金蛇乱窜。偏那上升的火球儿并不遽落，只在半空中飞腾驰逐，或如雁字横空，或如乱泉涌地，刹那之间，状态万变，那片奇光也便越来越亮。

正这当儿，玉林向四外一望，不由怔得木偶一般。只见四外山凹树际之间，一片光明，逼昏月色，竟有无数的小火球儿，俨似流萤万点，一时价飘舞空中，竟和那串大火球儿，作了个众星拱斗之势。飘瞥倏忽，不可方物，张得个玉林直呆了一个更次的时光。倏见山风起处，众火球冉冉飘散，依旧现出了青天大月。玉林定神良久，一面前行觇探，一面暗念道："难道这火球儿，就是那教书先生说的什么圣灯吗？倒也奇怪得紧。"

约横趱过一二里路，只见西去道径甚是平坦。玉林暗忖：在冈上张望时，偏南一路上树木最多，或为兽类隐伏之所。不如再会着王策，向偏南路上踏踏，再作区处，于是匆匆返步。到冈上约会的所在一瞧，王策还没趱回。玉林就地小憩，举头望着月，不由悠然思潮，续续而起。想一回自己的一路游踪，又想一回诸、徐两人，不知近来是怎样个好法。沉吟间，取斧拄地，忽觉背后似乎有人影一闪。玉林忙跳起回望，却是老鸹上戴巢的斜柯因风一动，玉林失笑之下，忽闻远村牛鸣，知时届夜半。

待了一会儿，王策还不见趱回，玉林暗笑道："俺只管在此呆候他作甚？不如先向偏南路上探探，回头再来，他一定也该趱回咧。"于是纵步下冈，直奔偏南。但见一处处坡垞回互，草树交萦，那陡壁土崖之下，更有历年参客们挖的土洞儿，黑魆魆的，也有完整的，也有颓塌的。里把地远近，便有一洞。原来那土洞，便是参客们躲避风雪之所，也时或夜宿在内。

玉林一面纵步，一面留神，约趱过四五里地，经过一条深草狭沟，那道旁的土崖越陡。玉林正在仰望崖上的一痕月色斜度林表，忽见靠崖沿隐隐地拱起一物。玉林赶忙伏身觇去，但见那物拖着条长尾巴，矫首向北，倏地微叫一声，风驰北去。

玉林听得是狼叫，不由暗自懊丧道："这偏南路上，居然还有狼，一定是没的豹子的。不如去会着王策，径向北路觇觇吧。"主意已定，逡巡站起。方要回步，忽见前数十步土崖下，又是灯影一闪。玉林急忙注目，方暗诧道："难道这又是圣灯吗？"逡巡间，趱得几步，却又见那灯影倏地一亮，竟似有人置弄篝灯一般。这一来，玉林越诧，便提轻脚步，一气儿奔到那里。

仔细一瞧，哪里有什么灯影，只见土崖下高耸耸的一处土洞儿，半边洞口都已堵塞，那半边洞口前却横不榔子卧着一块长石，似乎也是堵洞口的。玉林略为徘徊，业已踅过两步。忽地飒然吹起一阵微风儿，刮得树叶儿簌簌乱响。就这声里，忽闻那洞内悲切切一声长叹。

这一来，玉林大惊，不由得毛发倒竖。这深山穷谷中，又当深夜，诸公莫笑玉林胆怯，便是作者写到此间，正当月落灯昏，窗外是盘云如墨，也有些毛胂胂的哩。

当时玉林急忙踅回，先就洞口再一张望，随即倾耳之间，便闻洞里有女人急促促地道："叶大嫂，你真是没紧没慢，这是什么所在，什么时光，你还记紧了女儿经，夜深不敢独自走，唤着丫鬟点上灯哩！俺不叫你点那火燎，你却偏要点着照道儿。如今被风吹灭了，你又赌气子不逃走咧。"

玉林听得"叶大嫂"三字，不由猛想起叶家媳妇。正在大诧，只听又一妇人哭道："反正咱逃出去也免不掉是个死，遇着那两个强盗，自不消说，便是幸而遇不着他，这深山黑夜的，可向哪里去呢？"那女人着急道："你瞧瞧，挺明白的一个人，你怎发昏呢？今晚上趁那两强盗堵洞不严，咱两个费了半夜的事，好歹推开长石，不趁此快逃，以后还想出路吗？你没听他们说害死参客，就是七个吗？咱两个被他置在洞里，你还想活不成？咱好歹逃出去，再作道理呀！"说着窸窣有声。

玉林诧极，赶忙蹲身洞口右边丛草之中。正这当儿，早见有两个女人由洞内扳爬而出。一个是长细身段，一个是身量稍矮，还乱蓬蓬地梳着个大髻髻。两人慌张张，足方落地，正要牵挽便跑，这里玉林却阔然跳起，一个箭步，早已挡在两人前面。吓得两人倒退两步，啊呀一声，战抖抖一齐跌倒。玉林忙喝道："你等不必害怕，俺非歹人，是特来捕杀恶豹的。你等为何这般光景？快向俺说个明白，俺好救你。你们两人中，可有叶家的媳妇孟氏吗？俺方从叶五家到此哩。"

一句话不打紧，只见那长细身段的女人登时站起，直抢过来，向玉林略一端相，便泣道："你这位爷莫非姓邹吗？便是你那伙伴，也被两强人捉获。如今强人早已去搜寻于你，这便怎处？"玉林一听，不由大骇。便细细问知所以，登时大怒道："好你个李全兄弟！竟敢行此狡谋，劫货害客，假装豹子，并且劫藏妇女。俺伙伴王策现在哪个土洞儿中？你两人便引俺前去，先救出他，藏起你们，待俺再寻那李全兄弟。"

这时，那一女人早怔怔地偎在孟氏身后，听玉林说罢，便转向前，向前一指道："那土洞儿离此不远，就在前面。"说着，拖了孟氏，正要引玉林奔去之间，忽闻背后远远的一声豹吼。孟氏等一听，登时颤作一团，道："邹爷，这便怎处？那强人们像是从咱背后道上趸回来咧。"

玉林这时更不答话，向四外望望，却见道左边有一片矮土冈，连忙拥孟氏等隐身冈后，自己却跑向洞口外，一蹲身，仍伏草际。一面向外偷觇，一面准备停当。

不多时，足音橐橐，将临切进，便闻一人道："兄弟，今晚咱寻不到姓邹的，只好灭了王策这厮的口。咱连夜收拾，便远走高飞吧。"玉林急忙注目，不由一怔。正是：

　　　　皮骨妍媸浑莫辨，是人是兽待分明。

欲知后事如何，且听下回分解。

本集上海大星书局 1928 年 3 月出版，估计即为初版。

第 六 集

第一回

邹玉林奋勇劈假豹
靠山王被缚吐真情

且说玉林听得那人喊兄弟说话，料是那个李全，急向外张时，便见两个毛茸茸的东西大踏步厮趁将来，手内都提着明晃晃的短刀。前一个身材高大，后一个生得短胖臃肿，每人背后背着假面具。

后一个便笑道："大哥，你怎的胆怯？那王大胆，咱和他同住参场，你还不晓得他会吹唠嘹哨吗？你别听他冒大气，说得那个什么姓邹的本领了得，便如天神一般，那是他吓吓咱，好饶他一命哪。咱兄弟当年在沈阳一带，叫响儿时又怕过谁来？今晚活该姓邹的有运气，俺若遇着他，早把他奏了酱（俗谓碟杀也）咧。"

前一个道："话虽如此说，这参圈既有人敢来窥探，终究有些不妥当咧。左右咱宰掉七个参客，彩兴儿也算不错，看光景，老实参客必都不敢来，咱还恋恋此处怎的？"

后一个道："咱去也可以，只是还有两个雌儿哩。"前一个笑道："兄弟，我劝你做点儿好事吧！你这条绝户计，业已害了七个参客，少时还须搭上王大胆。凭良心说，那两个雌儿也被咱摆布得足够受咧，咱既走掉，便放了她们，死活由她吧！"

玉林方暗笑道："这小子还稍为有些人气儿哩。"忙举手作势之间，便见后一个闯然向前，道："那叶家媳妇子可恶得紧！她虽拼着死不从咱，俺毕竟放她不过。如今咱既要去，咱也顾不得许多，大哥你不要管，少时你只管携着货物先走一步。"说着一挺短刀道："那媳妇子好便好，她再若和俺撇手拗脚时，俺这一下子，单戳她要紧所在！"

玉林听了不由怒从心起，手起处，一物飞出，那短胖汉啊呀一声，一个蹦蹿，斜抢出数步之外。正在大叫"有警"之间，后面那高大汉猛怔之下，登时撤步，一摆刀护住面门，方叫道："兄弟怎……"一言未尽，忽见眼前草丛中黑影一闪，便有条白亮亮光彩夹脑直下。高大汉叫声："不好!"忙举短刀当一声挡住光彩,随手一翻健腕,用一个拨草寻蛇式,竟向那光彩回处猛力一揸,但听铿的一声,火星乱爆。

这里高大汉未及进步的当儿,早见对面现出个雄赳赳的大汉,手拈短斧,大喝道:"你这厮残害多人,又劫污良家妇女,不须你们去寻俺,俺姓邹的还正要杀掉你等哩!"说着挥动短斧,嗖嗖地直取要害。那高大汉一面挥刀迎斗,一面也便放出浑身解数,一柄刀上下翻飞,更趁着矫捷步势,疾似风旋。但见他猛格巧取之间,那手眼身法步,招招老到,委实是受过大家指点。

这一来,倒闹得玉林出其不意,略一思忖,顷刻间斧法一变,猛地拨开刀光,喝声:"着!"将斧头就地一旋,一挫身,步法如雨,便是一路回风扫叶的式子。那片斧光团团地泼开来,俨似劈云削月,并且上下倏忽,项、腰、足三处要害,简直地围了一道白光。这便是玉林本领迥异寻常,随便价用一器械,都能以剑术出之。诸公不信,但看古来越女和猿公较剑的故事,那越女只持一树枝梢儿,便能显剑术之用,取胜猿公,何况玉林居然用柄斧头呢。

当时,那高大汉一气儿闪战腾挪,短刀招架处,只顾了大叫风紧。正这当儿,那短胖汉嘶声怪叫,伛着身儿,连打了两个旋转,猛从斜刺里一跳丈把高,两手举刀,便奔玉林。这里高大汉趁势儿虚斫,一刀跳出圈子,跄踉踉足方站稳,便见玉林一卷斧光,便如一条闪电一般,倏地猛迎来刀。那短胖汉大嘶大叫,乱劈乱斫,势如疯癫,并且一个身子俨如失舵之舟,前撞后撞,通没步法。

高大汉不由大惊,料得他是已中暗器,便狠狠地一挫牙,方要去夹攻玉林,便见玉林足下略蹶,跄踉踉往后一仰。说时迟,那时快,短胖汉长嘶一声,两手挺刀,大喝揸去。哪知刀虽揸出,却扑个空,只闪得他向前一栽之间,这里高大汉大叫不好,便见玉林嗖一声,巨跃而起,趁跃势上仰斧锋,竟自从那短胖汉胯下尽力子向上一挑。这一来不打紧,那短胖汉不但屁股开了瓢,便连个作孽的淫根也就此中分为二。这大概就是他要戳人家要紧所在的报应哩。

且不提短胖汉惨叫跌倒,就此了账。且说那高大汉见此光景,心胆俱裂,情知不敌,一回身方要跑掉,说也奇怪,早见玉林又已拦住去路。这次,高大汉心慌眼眩,哪里还招架得来,只三晃两摆之间,早被玉林横旋一斧,斫中腿胫,扑通声跌翻于地。玉林进步,先踢掉他手中短刀,然后一脚踏稳,就他脚后核桃骨啪啪的又是两下。那高大汉痛极大叫,竟自晕去。

玉林也不管他，便由土冈后唤出孟氏等，先去一瞧那短胖汉，业已血淋淋，死已多时，连披的一领豹皮，都滚得血污狼藉。孟氏见状，只吓得连连倒退，那一女人却噪道："阿弥陀佛，这厮也有今日。"说着恶狠狠方要去踹，不想风吹豹皮，那死尸恰又仰面朝天，逡巡之间，却似乎足趾略动，吓得那女人失声忙闪，却和玉林撞个满怀。

玉林道："他已死掉，何必怕他？这厮们还有余党也无？"那女人道："俺被他们困在此已经多日，却没见还有别个。"玉林道："既如此，你等快引俺去救俺伙伴要紧。"那女人道："如今土洞儿内还有篝灯，咱掌上亮儿，去救您伙伴，不更便当吗？"玉林道："如此更好。"

于是三人趄向那洞中。玉林随手儿推开长石，便由那女人引路，一径地伛偻而入。只进得数步之遥，已能直身，却苦于土气侵人，冥黑如漆。但觉足下细沙平软，玉林以为此等土洞儿强煞了，只如破窑，不想前面那女人敲着火种，篝灯一亮，倒将玉林怔了一下。只见那洞内甚是宽敞，竟有两间屋大小，不但地上草铺整齐，并且壁上挂得包裹累累，还有些干馍水壶之类，也一股脑儿庋置壁间。更有两物，越发使玉林诧视不已，原来竟是两瓶白酒、一肘豚蹄。

当时玉林骇笑道："这两个死强盗真会享用，这深山中怎竟致来酒肉呢？"那女人发狠道："您不晓得那厮们，除了装豹子作恶，其余时他依然扮作参客模样，圈外的左近村落，有的是酒肉可买。"因指那豚蹄道："只这物儿，便是他们那日傍晚时，撺弄了叶大嫂来，一高兴出去买的。他们本想填搡（喂吃物也）够了，就不做人事，不想倒被俺叶大嫂劈脸两把，将他们挠得花瓜一般。俺当时直替叶大嫂捏把凉汗，哪知那两个贼坯子，反倒哈哈大笑。但是经俺叶大嫂一阵大哭大叫，他们也自没兴头填搡咧，所以这物儿还庋在那里。"说着一指壁上的包裹道："便是这些包裹，他们也不知是从哪里劫来的。"

玉林道："此等强盗如何会没赃物，少时咱再仔细检点。"说着由那女人提灯前行，出得洞，前行数十步，果然又得一小小土洞儿，看光景只比獾钻的窟窿稍大。玉林方到洞口，已闻得洞内喘息有声，于是那女人提灯一照，玉林眼光到处，不由又惊又笑。只见王策正被缚得馄饨一般，手拳足抱，作一团价丢在那里。偏偏那洞口下又是个深凹儿，那王策正在竭力挣扎，球儿也似的乱滚。玉林连忙叫道："王兄莫着急，俺邹玉林在这里呢！"

王策猛闻，尽力一仰脖儿，恰好玉林跃登洞口，一蹲身，当胸一把，早将王策单手提起，一拧身跳落洞外，却摔得王策吭哧一声，只好光着眼乱望。于是孟氏趋进，先将他口中的塞物掏出，这里玉林轻运斧锋，便将缚绳割断。那王策啊呀一声，竟自困卧于地。经孟氏捶唤一阵，方才突地跳起来，一言不发，便抢玉林手中短斧，道："俺王大胆可叫这李全兄弟给整治苦咧！邹兄随我来，咱先寻这两个狗强盗，斫他个稀糊脑儿烂再说。"

玉林笑道："你真是气颠倒咧，李全兄弟不死，俺和这两个娘儿如何能从容容前来寻你呢！"于是匆匆地一述自己巧遇孟氏等之故，并诛掉李全兄弟之状。这一来王策大悦，忽地向玉林一竖大指，也不顾述说自己被缚之故，由那女人手中抢过提灯，拔脚便跑。玉林只得跟去，只见他奔到那死尸跟前，尽力踢了两脚，便骂道："这个东西就是李信，比他哥子还凶得紧，依着他，就要先杀掉俺咧。"

正说着，忽闻李全呻吟，于是大家赶将去，只见李全业已醒转，却痛得就地乱滚。王策大怒，抢上去便是两脚，李全却瞪起凶睛，大喝道："王朋友，你不必如此，俺李全一番行藏败在你等手中，想是此间参业还有旺运，今天俺便结识你等就是。"于是不打自招地说出一席话。

原来，李全兄弟却是关东著名的大盗，李全诨号儿"靠山王"，兄弟李信诨号儿"巡山太岁"。他兄弟本是猎户出身，射飞逐走，艺冠侪辈。那关东猎队不同他处，至少着也有四五十人，并且都稍习武功。那李全兄弟起初在猎队中也没人理会，也是合该叫响儿，有一日猎队入山，大家各持警哨，就四外埋伏定，放开一片围场。其中有三个人伏伺良久，等得有些不耐烦，便相与离却埋伏所在，想就场外僻道上觇觇兽踪。但是猎队中的规矩，如自己所守的防地逸出兽去，这场入山的猎费就须自己都赔出。

当时那三人方离防地，忽闻一处警哨大鸣，三个人正在张皇四顾，便闻远林里震天价一声吼。山风起处，早有一只浅黄色的吊睛白额虎如飞奔来，三个人匆忙之下，方抄火枪，前一人就地一伏，枪还来不及发之间，那虎一个猛跃势，已到面前，懒龙似的大尾巴啪啦一掉，早将那人扫出多远。其余两人一时吓昏，竟将火枪去拄那虎。那虎吼一声，奋爪扑去，只一转眼间，两人都倒。正在危急，恰好李全兄弟双双赶到，喝一声，两只标枪一齐上，一阵价将虎搋翻，这才救得三人。

事后大家聚议，这只虎既已奔出围场，由李全兄弟杀掉，自然是应归他兄弟，猎众们不得分彩。那三人擅离防地，致虎逸出，也应按规矩赔出猎费。众议既定，便大家酿酒，来贺李全兄弟。酒至半酣，大家吃得兴高采烈，大说大笑，又群赞李全兄弟的本领。唯有那三人低头而饮，好不颓气，李全瞧在眼里，也没言语。及至酒罢，李全却慨然道："俺兄弟虽侥幸得围外之虎，终是大家合围的力量。俺今有个处置法儿，这只虎仍归大家匀分彩兴儿，也便免了他三个的赔费如何？"

此语一发，大家不觉掌声雷动。那猎人们大半是粗直汉子，哪晓得李全别有作用。从此李全兄弟颇为众论所许，不禁不由地凡有猎事，大家便赶着他兄弟听些吩咐。久而久之，李全便隐然成了猎队的头脑。

也是合当有事。有一日，李全率队又去出猎，刚放好一片围场，只见别的猎队中有个叫许大的趱来道："喂，李兄今天有些对不住，这片场子俺们已先占咧。您不信，您瞧那西南场角上，俺们业已埋下药弩咧。"李全和许大趱去一瞧，果有埋弩，但是土痕甚新，似乎是方埋不久。李全队中人如何肯让场，亏得李全作好作歹，调处下众人，便就那围场之旁又作一场。

可笑许大虽争得围场，干等了两天，连个兽毛也没见，却只管听得李全围场中不断地警哨时鸣时鸣，火枪乱响，料是李全得兽已多，气得个许大干瞪大眼，且羡且妒。好容易自己场子中也居然警哨一鸣，便有两只香獐子狂窜而入，前面一只业已带了弩箭。许大率众一阵捕捉住，先一瞧那支弩箭，赶忙拔下毁掉。

正在兴冲冲抬昇两獐之间，不想李全队中早已赶来两人，大呼道："那是俺们方才射中的，你们如何抬走呢？"许大怒道："这明明在俺围场中捉获的，你们如何厮赖得？"那两人道："许老哥，你不必胡搅毛，那两獐中已有一只中了俺队中的弩箭，箭有记号，你还赖到哪里去不成？"许大越怒道："岂有此理！没的你来说胡话。獐在这里，你看可有你的弩箭吗？"那两人趱去一瞧，不由也怒，因指着这獐身箭创道："这弩箭明系你拔去毁掉咧。"许大一听，抢过去便是一掌，那两人大骂之下，正要还手之间，许大喝声："打！"手下人一拥齐上，登时将那两人打了个落花流水。

这一来，李全队众如何肯罢，喊一声，各抄标枪，正要奔去，恰好李全一步赶到，便止住众人道："俗语云，有理讲倒人。他不说理，咱自有说理的所在。"

于是李全出名，竟自赴县去告许大恃强夺兽之事。他手下队众以为是满情满理的事，那许大定然输却官司。哪知为时不久，那李全却一步一拐地呻吟回来，单是屁股上就被责得血淋淋的。原来那许大在县中颇有手眼，他有个靠山儿，便是城中豪绅刘某。许大到城中，在刘某面前一下请托，刘某登时赴衙门，只轻轻几句话，便做成了李全一顿杖责。于是李信大怒，也不和哥子商量，他侦知许大还在刘某家中，便趁夜混入城中，直

87

入刘宅，一气儿杀死刘某和许大，竟自越城而出。

这当儿，李全猎众因李全反受杖责，正都集在李全家七嘴八舌地议论，通没作理会处。忽见李信杀气腾腾地趱来，向大家一说杀掉刘某、许大之事，大家听了，只吓得张口结舌。

那李全初闻大惊，少时却慨然道："兄弟，你既鲁莽至此，这两条命案，官中一定疑及咱们。慢说你须速逃，便连众位猎友也就速速散去吧，且待俺挺身投案就是。"

那李信如何肯依，兄弟正在争欲投案，只见猎众们愤然道："此事都因许大那厮欺咱猎队，便是李信连杀二命，也是为咱大家出口恶气，怎好叫李兄独自投案呢！为今之计，咱索性给他个一不做二不休，便去杀掉许大全家，大家都去落草如何？"说着一声喊，就要去各抄器械。吓得李全东拦西阻，好容易将一班毛苞稳住。

他沉吟一回，便向众人道："诸位说落草的话，也未尝非权宜之计，但是蛇无头不行，好在今天大家都集，咱先公举出个首领来，方不致漫无约束。"此语一发，大家齐声道："李兄说得是，但是这个首领除李兄外，料无别人哩。"李全听了，连忙推逊。当不得众人欢呼围定，顷刻间罗拜下去。

从此李全率众据山为盗，不断地打家劫舍，"靠山王"三字大名，大播于辽沈之间，直闹了三四年的光景，方被官军入山剿灭。然而李全兄弟仗了一身本领，依然免脱，便一变面目，又干些飞檐走壁的营生。富商、显官家失窃累累，自不消说，后来竟胆子越大，居然夜入沈阳将军的衙署，窃取金珠宝玩而出。这一来，将军大怒，下令所属限期捕盗。那执事的捕役，明知是李全兄弟所为，料得硬捉是不成功，只好备礼物，拿面子去靠李全，请他暂避风头，一面捕捉他盗，胡乱应将军之命。所以李全兄弟离却沈阳，在他处混了多日，忽然异想天开地竟混入参客帮中，要从中大取彩头，便假扮豹子，诱劫了七个参客，又掠了参圈近村的一个孙姓闺女，并叶五的儿媳孟氏。那所披的豹皮并豹头假面具，都系李信预为准备的。他兄弟是猎人出身，所以都会学各种兽吼哩。

当时玉林听罢，正要问他杀害的七客尸身所在，只见李全啊呀一声，又复痛昏过去。王策恨道："这厮好歹毒，扮这种怪模样。俺那会子一遇见他们，只当真是豹子，所以被他们做了手脚。那李信尤其可恨，若不是俺吵出邹兄来，他们只顾了先去寻邹兄，俺当时早已交待咧！咱且剥下他这豹皮再说。"玉林笑道："你只管吵没要紧，这种怪贼须留与大家开开眼睛，咱且缚牢他，洞内歇息，并且保你有酒吃，你道好吗？"

一句话招得孟氏等都笑，于是王策提灯寻着了缚自己的绳儿，从新结好。玉林动手，将李全捆缚停当。王策还恐李信死得不实在，又趱去举灯一瞧。只见李信左肩上，还钉着蘑菇头的大钉子，知是玉林所发的暗器，不由又称赞一番。

这时天光将近四鼓，大家便都入土洞儿，挂灯于壁，一阵价歇坐下来。王策望望孟氏，便说道："俺那会子被李全等捉掇入洞，做梦也没想到你也在这里。因俺和邹爷方从你家闻知你失踪之信哩。"于是手舞足蹈，方要述自己被李全等捉住之故，玉林却笑道："王兄慢着，如今李全等既与咱备了整齐东道，咱为甚不把酒细谈呢？"说着向壁上一指，王策望去，登时哈哈大笑。正是：

漫诩诛凶除异盗，且从土窟乐衔杯。

欲知后事如何，且听下回分解。

第二回

壮士豪情宿土洞
村民牛酒闹泂溪

　　且说王策望见酒瓶、豚蹄，不由大笑道："还是邹兄想得周到，这活该咱们享用。"于是由壁上取将下来。玉林接过豚蹄，便用斧头一阵斋切。这时孟氏和那孙姓闺女惊恐既去，也便笑逐颜开，早将壁上皮置的干馍、水壶等类都取下来，一股脑儿置向草铺之前。大家一笑围坐下来，随意价取来便吞，倒也十分有趣。只是两瓶酒没的酒杯。那孙女却会想主意，便劈开一枚干馒头，掏出里面的面实，就如两个小瓢儿似的，把来注酒。那王策一气儿饮过两瓢，便一述自己遭捉之故。

　　原来王策自那土冈上向东行去，那道儿越走越崎岖，只趱了三四里远近，已跌了几个大跤，气得他吭吭喝喝，闹得树林里栖禽乱噪。又趱了几步，忽望见一片沙溪，潺潺然向南直注。溪那边望去虽颇平旷，却一处处都是乱坟。王策驻足细望，不由唾道："好丧气，俺怎的撞到这所在来呢？这所在若找死鬼，却够坐几桌，哪里来的豹子呢？"

　　原来沙溪那边，却是老年间参客们共置的一块义田。凡帮中人或有死亡，便埋其处，并相传那所在往往有鬼哭，真有听见鬼声飂飂，居然隔溪唤人道："大哥，大哥，你归家去，好歹地携我一把吧！"这传说虽然无稽，然而大家习闻来，未免心头坐个影儿，都以为是旅魂思归之故。

　　当时王策掉转头，便寻归路，想寻玉林再作商议。哪知方走数步，忽地眼前一黑，便有一堵墙似的一个大黑影儿，横不榔子正挡前路。王策以为是岔向短林之路，便略取斜道，想要躲开。说也不信，前面那黑影儿竟跟着王策移动起来，左挡右阻，就是不离王策面前。这一来，王策只觉铮的一声，浑身汗毛根根倒竖，暗想道："糟咧，这光景真遇着鬼打墙咧！亏得俺还晓得破它之法，不然这一夜只好在此转磨哩。"于是一拍脑门，先响亮亮大喝一声，然后掀衣解裤，便如儿童顽皮赌射尿一般，尽力子一鼓肚，哗哗地一面溺着，竟自直冲过去。

只见微风起处，树叶乱飞，那黑影儿真个不见。抬头四望，依旧是星明月皎，闹得个王策毛毛呫呫，一气儿奔到约会之处。定神良久，却不见玉林莛回。向偏南岔路上望望，便见树木丛杂，不由暗自沉吟道："凡兽类出没，离不了林木深邃的所在。少时和邹兄向偏南道上觇觇，也是一法。"于是就地坐下来，少为歇息。呆了半晌，玉林还不见到。王策一来等得不耐烦，二来因昨晚自己酒醉误事，这时忽想转转面孔，便不待玉林，竟自莛向偏南的路径。

那知莛过一里来地，方行近一带丛薄，忽由里面跳出一只青花豹子，竟自直立立迎面扑来，并且单爪独奋，刀光闪动。王策仔细一瞧，大骇之下，一摆短刀，大喝道："你这厮是人是兽？"一言未尽，便闻背后暴雷也似的喝道："好你个王策，你竟敢擅窥俺的行踪，俺方才见你莛过，就晓得是你这厮哩。"王策忙回望，早见又一个人立豹子，举刀斫来。

你想，王策武功本是稀松，哪里敌得李全兄弟，不消说，三晃两晃，已被人家一刀背磕翻。这时他双拳难敌四手，只好被李全兄弟推拥着，径入土洞儿。王策却乱噪道："李朋友，咱们哥儿们素常不错呀！俺是来挖参，不干你们的事哩。"李信喝道："你这厮近些日只在洞溪涧一带侦望，俺早就留意你哩。你今来得，去不得，莫怪俺翻脸无情。"王策听了，急愤之下，不由连嚷带骂，并大笑道："你等莫要太高兴了，少时俺伙伴邹玉林寻将来，叫你们死都不迭哩。"于是将玉林本领大夸一阵。

李全听了，真个有些不得主意。李信却怒道："你伙伴少不得也是瓮中之鳖，今先结果了你再说。"李全道："兄弟且慢，今不如且置这厮，先去捉获姓邹的，以免咱风声外泄为是。"这里王策还在乱骂，早被李信一脚踹翻。随即堵了嘴，捆缚停当，一径地提出土洞儿，另置在一处小土洞儿中。当时王策被摔得昏头奔脑，及被玉林提出洞外，方才少为清醒哩。

当时王策且说且笑，不知不觉一瓶酒业已入肚，一伸手儿又来取玉林的酒瓶，却被玉林按住道："王兄少用吧，你只顾吃酒，就忘了此间是什么所在咧。"一句话招得孟氏、孙女都笑。玉林摇摇酒瓶，酒已无多，便斟了两瓢儿，命孟氏、孙女饮尽，大家这才略用干馍。玉林摘下壁上所挂的皮囊，逐个地打开检点，里面除散碎银两外，便是绝好的参枝，粗估去竟值两千多金。玉林等知是七个参客的随身货物，甚为叹息。于是两人又斟酌一回明日邀众报官之事，即便就草铺上拥挤着，草草歇睡。

孟氏等没法儿，只好和孙女都偎在壁角间，半歪半坐。然而四人睡相都各个不同，玉林是一梦酣然，王策是呓语中夹着笑骂；孟氏是自幸没被人污，想起落难一场，睡梦中时时吁气，又时或咻地一笑；唯有那孙女罢梦连连，芳心辗转，一眶儿冤屈眼泪只管流个不住，直至天色将明，方才沉沉睡去，却忽见李信凶神似的提刀踅来，不容分说，拖了自己便走。孙女大惊，尽力子挣扎之下，一脚方迈出，却听王策笑道："时光不早，大家快起吧。"孙女睁眼一瞧，自己一颗头紧偎在孟氏胸前，一只脚儿竟踹入玉林胯下，玉林也还在睡得鼾鼾的哩。

原来玉林连夜奔驰，疲乏已极，所以只管酣睡起来。当时大家被王策闹醒，各自起身，出土洞儿一瞧，业已天光将午。玉林笑道："咱只顾贪睡，竟已这般时候，如今王兄快过洞去，邀集庄众父老，商量送盗报官之事，并顺路知会叶五，叫他快来领人。这个孙姓女子，便先同到叶五家，然后再送她回家，俺便在此候你如何？"王策听了，唯唯跑去。

这里玉林命孟氏等入洞等候，自己却去瞧瞧李全，只见他业已醒转。玉林也不理他，便就土洞儿左近散步一回，一面暗想："自己出关游历以来，虽没有什么奇人异士，倒也见了些奇景异事。便如这雄丽山川和锦绣蛇、竹牛之类，南方是见不到的。倘若这当儿得有诸、徐同游，岂不越发有趣？光阴真快，回想诸、徐与俺饯饮之时，便如在目前哩。"思忖间，信着步儿，也便踅向王策奔去之路。方踅过里把地，只听王策遥唤道："邹兄快转去吧，恰好洞那边的庄众因放心不下，业已寻咱来咧。"玉林迎面望去，早见王策引了一行庄众飞奔而来。

原来王策踅去不远，正遇着隔洞两个父老，率着四五个壮健庄众来寻玉林等。当时王策略述自己和玉林夜来一段事，众人听了，无不骇然称奇。两父老便一面遣人去知会该管的地保，一面引余人正要跟王策奔向土洞儿，恰好那叶五因吃老婆逼吵不过，也捎着杆看家的花枪，由岔道上踅来。王策急忙喊住，先没头没脑地一说孟氏被李全等掠在土洞儿中之故，然后又将夜来的事略述一遍。惊喜得个叶五张口不得，便大家合在一处，直奔将来。当时玉林方迎上去，还未言语，两父老早欣然拱手道："邹兄端的好本领，为寻豹子，却除了这等诡盗，又救了两家妇女，不但参客们拜惠之至，便连这左近村落，从此也可安生了。"

玉林听了，正要逊谢，只听扑通一声，那叶五已扑翻身，向自己纳头便拜。便连庄众们也都拥上，都光着眼乱望玉林，就像不认识的一般。这里大家只顾鸟乱，一瞧王策，业已踅出数步，于是大家跟去。

须臾，到得那土洞儿外，先一瞧李信死尸并半活的李全。大家见那种毛茸茸的怪样子，正在称奇道怪，那叶五怒从心起，登时端起花枪，哧一声扎向李全的屁股，却骂道："你这厮若是掠俺那泼货老婆，还情有可原，因为她惯搅俺吃酒，该受点儿折磨。俺好端端的孝顺媳妇，你就伤天害理地掠将来，可知你现有天报哩。"众人听了，不由都笑。

正这当儿，洞内孟氏等闻声钻出。孟氏一见叶五，自然是悲喜交集，那孙女拖了孟氏，也泪惜惜地凑上来。玉林便向叶五道："如今叶兄便领尊媳家去，也免得令正悬望。这位孙姑娘也便同去，叶兄抽空儿再送她家去如何？"叶五听了，连声唯唯。

不提那孙姓闺女自随叶五等趱去，后来到得家中，一家儿感念玉林不置。且说两父老和玉林等到得土洞儿内觇望一番，啧啧诧异之下，便取过包裹，一一检点，未免又叹息回七个参客死于非命。一父老便道："这些参枝合该是邹、王两兄的彩头儿，依我看，竟不必随盗呈官。即便呈官，也是便宜了官人们。"那一父老道："正是，正是。这是邹、王两兄冒险所得，应该如此办法。"玉林道："不可，不可。依俺看，此项参枝总宜归七个参客的家属才是道理。呈官一节倒可不必。"此语一出，两父老不由痛赞，便命王策将所有参枝收拾到一个包裹，藏向别处，以备到参场中交七客的家属领取。却仍将所余包裹并散碎银两置在洞中，以备呈官。料理已毕，大家趱出洞外。不多时，该管地保等闻信赶到，细细地问知情形，只惊得吐舌不迭。

且不提地保解盗赴官，一切忙碌。且说玉林等趱过洄溪涧，涧那边的父老庄众等业已都知玉林夜来的一段事，便呼一声拥将上来。真是目有视，视玉林；耳有听，听玉林。又一面啧啧称赞，纷纷乱问。大家乱过一阵，玉林一瞧料理的竹牛尚在未完，便向王策道："王兄且在此耽搁，俺连日没回参场，今要转去。如再见不着场主王悦，俺便当起程归去。"王策道："邹兄别忙，此间料理，再有半日光景也就完毕，咱瞧完热闹儿，一同回参场不好吗？"众父老都道："邹爷如何便去？如今，这左近村人深感邹爷与地方上除去恶兽，都商量着来献牛酒，少表谢意。邹爷若此时离去，俺们口头便没的沾光咧。"

众人听了，都各大笑，便有一庄汉忽然远望指道："邹爷请看，兀的不是酒肉来了？"

大家望去，果见四五人提筐挈榼，由涧旁小道上于于而来。须臾近前，却是五里村的庄众。向玉林致过谢意，便将所携的酒肉交与众父老，就要转去。玉林逊谢之下，忙留住且同吃酒。

正这当儿，登丰坞的庄众又到，却抬了一大筐的馍饼酒肉，还有菜蔬之类。大家七手八脚，正在安置，接着又到了两处庄众，所异的是整坛的酒、整腔的羊，并且羊、酒上各系红彩，招得大家都笑道："这红花花的，远望去不像是娶媳妇来下定礼吗？"一人便笑道："这所在管保连个媳妇毛儿都没的哩。"这时王策只乐得如开索狮狲一般，听得此话，便扭头折颈地一连来了几个俏步，忽地一掩短胡嘴巴，道："嗬，他们来娶媳妇儿，俺就替他去，先给他个打三拳，踹三脚。"（见京剧《李逵装新妇》）

大家见了，正在拊掌欢笑，只见从前面短林中，又蹅来七长八短的四五个，是两个老头儿共舁了一桶水饭，两个蓬头小厮各提了两只老草鸡。大家见是阮家峪的村人，便笑道："你瞧，真难为他们，阮家峪通没的多少人家，如今连老弱残兵都打发了来咧。一会儿只怕还有来的哩。"

玉林听了，正在深抱不安，只听短林中有人喊道："喂，你这俩小蛋子，只管跟了老王八们跑你娘的什么？就不等等老娘，俺只撒了一泡溺，提上裤子还没偎热屁股的工夫，就都没影儿咧。如今邹爷在哪里？等俺快去谢谢他。"声尽处，奔马似的跑来个三十来岁的妇人。瞧那模样儿真还俏丽，却就是扎手舞脚，疯婆子一般。一只手里提了一篮煎饼，那一只手却揣在腰襟底下。大家一见，登时拍掌道："说着媳妇，媳妇便到。喂，阮大嫂哇，这里来，咱们先那么着……"妇人听了，连连笑唾。

正乱着，只见王策摆出一副正经面孔，一步三摇地蹅近那妇人跟前，忽地冷不防，挽住脖儿，便是个大乖乖。那妇人一只手揣在襟底，没法抵挡，便笑着一阵乱唾。原来，这阮大嫂便是阮家峪的头脑儿，能说会道，外挂着好玩好笑，因此左近村人们见了她，都有个小吸溜儿。王策是久在参帮，向各村时时踏脚，因此彼此价颇颇厮熟。当时王策嘻着嘴道："阮大嫂，你那只手握着什么呀？不消说，你两口儿太也高兴……"

妇人唾道："你少胡说！高兴不高兴，俺还怕你不成？如今邹爷在哪里？俺这只手是给他握的体己吃物儿。"王策道："妙，妙！好大嫂，你快赏我个把尝尝。这物儿在你腰襟底下，保管是又嫩又软，不干不湿，滑滑腻腻，一捏一股水的喷香透鲜。俺猜，至不济也有鼓馒头大小哩。"

众人听了，正在围着乱笑，恰好玉林一步蹅近，众人便指示给妇人道："只这位便是邹爷，你有什么体己吃物儿，快些儿献出，俺们虽没福受用，便开开眼睛也是好的。"妇人听了，向玉林细一端相，便笑道："俺这体己物儿，不瞒你们说，有一天，俺将它藏在裤兜内，偏俺那汉子半夜里睡醒咧，却来摸索吃。俺一脚踹了他个大面朝天。但是俺这物儿咕唧一下子，弄了一裤兜腻滑滑。如今却好，都是囫囵没缝的哩。"说着，从腰襟底掏出个小小布包，打开一瞧，却是十个滚热的鸡子，不容分说，向玉林怀内便塞，道："邹爷，你且得一个儿，俺一个贫妇人，没的什么谢你的呀！"

众人见了，不由哈哈大笑。玉林正在含笑逊谢，那妇人早置包于地，倒身便拜。方一头磕将下去，哪知王策眼捷手快，瞅了冷子，抓起布包，拔脚便跑。那妇人哟了一声，顾不得再拜，跳起来方一迈腿儿，只听砰的一声，众人不由拍掌大笑。正是：

　　　　既诧雄威观壮士，又从淳朴见乡风。

　　欲知后事如何，且听下回分解。

第三回

住参场贤主款嘉宾
溯归程售珠歌得宝

　　且说那妇人猛见王策抓去鸡子，跳起来撒脚便赶。恰好有个吉姓父老，在一旁收点了村众的礼物，听得这里喧笑成堆，又夹着妇人吱喳，吉老儿本有个老骚性儿，于是他便眯齐着眼，捻着白胡儿，笑嘻嘻地蹭将来。方唰一声，闪过王策，吉老儿身还没站稳，后面那妇人业已莽熊似撞过来。两下里没躲闪，砰一声，撞个正着。吉老儿一张嘴正揾在妇人腮下，未免借事为由的，一时间不肯便罢。正咻咻地嗅得起劲，不想妇人一只脚，也正叉入吉老儿两腿中。这当儿，急欲摆脱他那鬃刷子似的臭嘴，便上面两手一推，下面猛一抬膝盖，那妇人之意是急想撤出腿，哪知这一抬，正碰到吉老儿的所以然上，于是啊呀一声，向后便倒。妇人猛地一扑空，不但整个儿跌在吉老儿身上，并且因跌得势猛，一叉腿，恰好将吉老儿一颗木瓜脑袋夹入裆中。只一宛转之间，吉老儿登时大呕大唾。

　　这一来，众人大笑，赶忙扶起他两人，一个是气急败坏，直抹胡子，一个是吱吱喳喳，乱跺两脚。再瞧王策，却没事人似的，坐在前边土坡上，将那十来个鸡子弄丸似的颠簸，道："喂，赶热呀赶热，你们都来尝尝阮大嫂裤兜里的体己物儿呀！"这一来，在场人众哄然大笑，招得幕灶下执事人们，虽不知所以然，也便跟着且拾淡笑，顷刻间一片欢声远彻山谷。

　　那王策收起鸡子，交与执事人，却又笑道："今天阮大嫂来得正好，凡各村送礼物的都留吃酒，咱们是敞开了乐一下子。少时，咱两个一处坐，且是有趣。你瞧那位吉大爷，还只向你飞眼儿，咱们是老交老靠，你却不许理他呀！"众人听了，回瞧吉老儿，又是一阵笑。

　　于是纷纷地各提酒肉食物，就各灶上分头整理起来。阮大嫂更不闲着，登时紧紧腰，揎露双臂，一面操作，一面和众人斗口诙笑。登时闹得荒崖冷谷间，平添一段活泼生气。

玉林、王策随意徜徉，或就众父老闲话一回。堪堪地日色过午，那各灶上的酒香炙馥，也便一阵阵扑鼻冲来。玉林、王策趱至阮大嫂灶前，恰见她劈了一块鸡脯儿，正要窝切，王策从她背后一把抓过来，咽的声业已入肚。阮大嫂笑骂道："抢食的花子！这会子似馋狗，少时又该装醉猫咧。"

正这当儿，忽闻远远地马蹄响动。这关外所在不同他处，专有一种骑马强盗，俗又呼为"红胡子"，所到之处杀人放火，往往成队价出没山中。当时王策急肘玉林，百忙中抢起阮大嫂的拨火棒。玉林不知就里，方在发怔，只见林影开处，泼剌剌三骑闯来。为首一人身材高大，头戴毡帽，身着长袍，外罩一件挖云倭绒高褂，脚着鹿皮长鞋，一张脸油而且亮，衬着浓眉大眼，广额阔口，一部疏髯根根见肉，顾盼间十分精神。后面马上两人一色的青衣小帽，却是仆人模样。

既到面前，三人翻身下马。这里王策方哟了一声，只见为首那人满面春风，急忙拱手向玉林道："邹兄辱临多日，诸多慢待，望祈见恕。小弟昨日由外回场，方才见着尹翁手札，正要请兄回场相叙时，此间的参客回头，说起邹兄除掉悍牛、诛擒李全兄弟许多事，好生令人钦佩。这不但小弟参场蒙惠，便是地方上许多村众，也都受赐不浅了。便请邹兄到敝场相叙如何？"说着，扑翻身，拜将下去。

玉林料是参场主人王悦，赶忙还礼不迭的当儿，王策却噪道："王老东，这节事论起理来，你该谢谢俺王大胆才对。若不是俺误撞着邹爷，邹兄哪知此间和参圈那里有些蹊跷呢！"王悦笑道："正是，正是，俺一定都有重谢的。"正说着，众父老也便趱来，大家厮见。

玉林向王悦先致过尹善人问候之意，然后笑道："小可垂兴遨游至此，理当拜谒。如今无意中做些游戏，倒劳见誉，未免令人惶愧之至。"那王悦方要致答，却被王策拖住道："如今老东来得正好，俺就替邹兄权做主人，咱且痛饮一场是正经，只管客气怎的？"于是将各村众都送酒肉之事一说。王悦听了，十分欢喜。那阮大嫂一面望王悦，一面听话出神，不提防王策猛地将她推入王悦怀中，大笑道："老东，今天咱们是有花有酒，尽力子乐，这等好会场，你算是来着咧！"

阮大嫂笑着去赶打之间，王策早已先行入幕。于是众父老拥了玉林、王悦，相让入幕，随意落座。大家谈笑起来，十分款洽。王悦见玉林气概凛凛，谈吐豪爽，不由越发起敬。因问知玉林游历之意，不由笑道："如今关东地面，除了白酒、旱烟差强人意外，哪里有什么奇人异士，倒是此间山水颇颇可观，邹兄且盘桓些时，慢慢赏玩吧！"于是大家又谈回李全兄弟诡装肆恶之事。王悦诧叹之下，未免又向玉林深致谢意。

须臾，酒饭都熟，众庄汉一齐动手，各自分曹选偶，就平阳所在安置下，席地而坐。一时间酒炙纷罗，欢呼拇战。举目一望，到处都是酒场，那大碗价酒、大块价肉，大家只管随意地吃尽再盛。这当儿，却忙坏了个阮大嫂，这个来掐脖儿，硬灌一盅，那个来夹块肉，向嘴便塞。弄得她连笑带骂，东唾西打，忽起忽坐，一个身儿只管乱扭，那一片哗笑之声好不热闹。正这当儿，王策大踏步跑来，不容分说，撮了阮大嫂肩头便走。

原来众父老席幕中也便摆上酒饭，大家业已团团坐定，只空了两个座儿，一见王策撮得阮大嫂来，大家都笑。那王策更不客气，竟将阮大嫂按坐在自己肩下。于是大家随意饮啖，一面价说说笑笑，不消说，都拿阮大嫂下酒儿。哪知阮大嫂不但谈笑风生，并且很好的酒量。玉林等人自然是安详吃酒，唯有王策和阮大嫂搅作一团。

正这当儿，忽闻幕外叮叮当当，一阵瓦缶乱响，接着便有人呜呜地唱将起来。原来庄众们都已半醉，虽是些自在腔儿，倒也十分有趣。这一来王策大悦，因涎着脸向阮大嫂道："你瞧人家唱得多么快活，大嫂子你唱段《纺棉花》，俺就一气儿吃三杯。"说着端起酒杯，一仰脖儿，不想被阮大嫂兜脑一掌，呛得王策登时喷酒满案。于是大家一笑，匆匆饭罢。出幕一望，只见众庄汉七横八竖，颇有醉倒的。

王悦瞧瞧天色，日将转西，便向玉林、王策道："此间自有众庄友料理一切，咱便同回参场吧。"众父老都道："既如此，俺们迟日定去奉候。"说着，从席幕中取出那个参枝包裹，交与王悦，并代述玉林主张分还七参客家属之意。王悦听了，称赞之下，那两名仆人早已带过三骑马来，由仆人接过参包，装入马褡，即便旋踵前趋。这里王悦等向众父老拱手告别，即便扳鞍上马。

不提众父老送了几步，且自踅转，忙碌一切。且说王悦一行人众，趁着四围山色，缓着归鞭，不消日落时分，已抵参场。这次玉林举目一望，却与自己初来投书拜访时大不相同。只见众参客夹道纵观，由广场直抵宅门，围了个风雨不透。宅门外健仆如林，垂手鹄立，一见王悦等马到，有的旋踵传呼，有的趋上带马。于是大家下马，由主人肃客入内。转过两层院落，方抵一高敞大厅，里面的铺设齐整，自不消说。

当晚大家谈叙，又开小宴。玉林方知王悦从先原是个无赖角色，铁桶似家业，被他一阵交朋结友、吃喝玩乐，抢得精光。亲友们见了他，不但避道而行，并且背后讥笑道："这小子，早晚是下街喂狗的材料。"王悦到此地步，未免自觉在乡里间没滋味，倒不如出门混混，或者有旺运重整门庭，亦未可知。主意既定，便去将自己主意遍告亲友，不消说小有乞贷。众亲友一听，有的高觑脸儿，有的嗤然一笑，还有不加可否，扬扬躲开的。凡穷朋友尝到这种被人挨薄的滋味，是比什么都难受。

当时王悦塑在那里，又羞又愤，只觉胳膊腿搁在哪里都不合适，一面价偷瞅人家神色，一面暗暗自愤道："只要俺这次得少有凭借，俺一定出门创业，做个样儿叫他们瞧瞧。世界上遍地是钱，哪不是人挣的呀！留得青山在，不愁没柴烧。难道俺这么个大汉子，就如此罢了不成？"

王悦一股土鳖火，虽然冒得要破肚皮，但是一瞧众亲友彼此价你哼我哈了一阵，即便逡巡溜掉。王悦没奈何，叹口寡气，以为是没指望咧。不想过了两日，有一位亲友承头，居然与他敛醵了数十金。王悦忽得此项，不由大喜，便发誓分文不动，留作出门发展的正用。

初念之坚，本来不错。哪知他一向是自在惯了的，忽想出门，及一细想道路辛苦，谋事之难，虽没到三心二意的地步，但是那初念奋迈之气，未免就越来越挫。因循之间，已是个把月。他虽发誓的分文不动，无奈有了银子，他便自己会向自己解说，始而动个吊儿八百钱，以为无碍于事，继而三吊五吊地动起来，也未见得就立时穷煞人。他自己越解说得熨帖，那钱也就仿佛唤着名儿，叫他非动不可似的。

果然，王悦禁不得钱兄开玩笑，一来二去，数十金随手而尽，他的出门壮游始终也没行寸步。众亲友知得了，越发瞧王悦不复成人。街坊上偶遇见他，都是掉头便走。于是王悦越发地落拓下来，只好夹尾巴狗似的在街坊上胡混，有一顿没一顿，自不必说，久而久之，竟闹得衣裳褴褛。还亏他有个表嫂单氏，为人慈祥，有时见王悦蹭来起腻，便背着他表兄唐大眼，偷给他个百十文钱，又狠狠地数落他一顿。哪知王悦否运到极处，为日不久，连这点儿接济也没的咧。

原来，唐大眼的性儿是钩割不舍，一文钱恨不得穿在脊骨上。忽查知单氏私给王悦钱用，不由登时眼中冒火，便和老婆吵打一场。从此，见了王悦的影儿，就横大眼。王悦至此，委实没有着落。

夏月一日，困卧于野庙阶下，历历然思想前尘，正在伤感，忽闻破墙后有两个乞儿闲谈起来。一个道："刻下南乡里很好讨要，凡是去的，都是笑哈哈地回来，俺听说崔鼻涕也去咧，他必然得意吧？"一个笑道："别提咧，那种没成头的人只好挨饿，是他的本分。他又嫌南乡道远，又嫌路不好走，又嫌到那里人情不熟，又怕跑一趟白搭辛苦，嫌怕了一大堆，归根儿屁股也没动。依他意思，就须天上掉下馅饼来，还须恰恰地掉到他嘴里才好哩。你想，这种人他会不挨饿吗？"那一个道："正是，正是，人若没股子横劲儿，便趁人屁吃，也趁不着热的，别说是讨要咧。"

几句话不打紧，王悦猛闻，竟赛如轰雷掣电，顷刻间蹶然坐起，扶头沉吟。这当儿，便如木鸡一般。少时双眸豁启，只见天空地阔，那熙来攘往的人众，哪一个不走得头头是道，怎独自己就插不下脚呢？如此一想，不由大笑而起，便一径地去寻他表嫂。

这次，就仿佛有了什么大仗恃一般，一口气奔到唐家。方要闯入，忽想起唐大眼那张苦瓜脸子有些难看，正在门首略为逡巡，恰好单氏由邻舍家碾米出来，一见王悦顶着囚犯似的乱发，破裤褂，打板鞋子，胳肢窝下夹着巴掌大的破布包儿，不由便挫着牙道："你这个人，真怎么好，就是不长点儿志气？俺吃你表兄吵闹一顿，至今他还不断地啾唧，你这会子三不知又撞来作甚？"说着四外望望，便道："你快拿布包儿，俺倒与你升把米，赶快去吧！少时你表兄趑回来，见了你又是麻烦。"

王悦慨然道："这次俺再求表嫂一回，真个便出门谋事去咧。"单氏叹道："罢哟！你那嘴头上的回头学好，也听得人不耐烦咧。"王悦正色道："嫂嫂但洗净了眼瞧着，俺王悦此次出门，总要对得起嫂嫂。不是俺夸句大话，将来俺接嫂嫂享福的日子还有哩。"单氏笑且叹道："谁不想你回头转运大发迹呀！你只要自己约束自己，就成功。可巧你表兄没在家，你便吃过午饭去吧。"于是让入王悦，一面价端正饭食，一面取了二两多碎银，与王悦塞入布包中，又谆谆劝诫一番。

那王悦唯唯之下，十分感激，便揖别单氏，匆匆趑出。经过前室，忽见唐大眼所穿的一件蓝布大褂挂在壁上，王悦暗想道："这件长衣俺正用得着，俺且把来穿穿，难道他真没个表兄情面吗？"于是趑进室，取了长衫，折叠了夹在胁下，匆匆便走。方离城里把地，正在道旁少为歇坐，踌躇去路，不想后面唐大眼业已如飞赶到，一言不发，夺过长衫就走。王悦不肯便罢，拉拽之间，却被唐大眼摔了一跤。及至爬起，唐大眼业已去远，并隐隐地恨道："你这种人若有成头，除非是日头从西出。"

当时王悦直愕了好半晌，不由汪然泣下，跺跺脚，直奔大路。从此才流转四方，受尽了艰难困苦，方晓得人生"衣食"两字绝非容易，便立志价创起业来。直至到兴龙峪创立偌大的参场，他业已离家二十多年。这当儿，唐大眼早已死掉，王悦每年价总要派人带着千把两银，去存问单氏，以报其惠哩。

当时玉林听王悦述罢生平，知他是富于阅历，赤手创业人物，谈叙之下，十分款洽。当晚，玉林宿于客室，那一切供张之盛，自不消说。

次日，王悦大集参客，并设盛筵。又引玉林巡视回参场的规模，只那场中执事人等，就有二百余众。

话休烦絮，玉林在王宅一住数日，除了和王悦谈燕外，便是漫游山水。王策事忙，又是个瞎抓性儿，有时来寻玉林，有时便影儿不见，因此玉林颇苦寂寞，便向王悦告辞欲去。王悦哪里肯依，便道："邹兄别忙，且少缓数日，俟俺少收外间的账目，再去不迟。"玉林听了，也没在意。

过了两日，玉林坚辞要去。王悦道："迟两日，待有位北京大参客到此起货，你二位搭伴同行，岂不方便？"玉林听了，只得暂待。但是那王悦言语之间，提起玉林安靖参圈之事，便没口子称谢道："此间参业多亏邹兄，不但参客感佩，俺亦定有重谢。"话虽如此说，玉林偷瞧他只是酬酢之语，不由暗笑道："人若经商多年，总沾三分市气，俺邹玉林岂是望报之流呢！"

不几日，北京参客果然到来，仆马纷纭，十分阔绰。忙得个王悦款待交易，也没暇和玉林周旋，至于馈贶一节，更不再提。这时玉林未免稍作怙慢，因自己自被骗以来，服装都无，这会子陪阔客同行，未免诸多不便。想寻王策作个计较，偏偏他又不知撞到哪里去咧。正这当儿，恰好料理竹牛的众父老派人来问候玉林，并送到竹牛的售价数百金。玉林这当儿正用得着，也便欣然收下，即自取一半儿，余者留给王策。

转眼间行期已届，王悦置酒饮饯一番，却向玉林道："邹兄一路所需，只管向俺这位京友取用，俺还有些小意思，但是也不值得提在话下。"玉林把酒略逊道："俺已盘费足用，王兄不必费心咧。"王悦道："如此更好，俺也就不再客气。"那京客听了，只是微微而笑，玉林却不理会。当晚酒罢，恰好王策踅转，便坚辞那留给的银两，玉林哪里肯依。

不提王悦等次日临歧送客。且说玉林随了那京客直返北京，一路之上，更不暇再玩风景。及至京中，玉林本想落店再作归计，那京客笑道："岂有此理！邹兄无论怎样，且到敝店屈尊数日，俺还有些小事交代。"玉林推却不得，只好暂住他参店之中。

那京客盛礼款待，自不消说。过得数日，却向玉林道："邹兄现有五千金存在敝店，如欲荣行，便请携去，此款便是敝友王悦略致菲敬。"

玉林一听，不由愕然。京客笑道："邹兄莫怪，敝友本欲面赠此项，却恐邹兄坚意推辞，所以托俺由此拨付。邹兄若再推辞，倒显得不诚实了。再者，邹兄此游，虽是游历，俺闻尊意也想做些商贩之事，如今有这注资本，何妨在京稍作经营呢？便是俺这敝参业中，也就是很好的利息。"

玉林沉吟一回，料是推辞不得，忽又想起自己所得的蛇珠，须是北京地面方好出脱，便取出来与京客一瞧。

京客吃惊道："不想邹兄身边还藏有这等宝物，此项蛇珠若得识货的善价出售，怕不要到万余金。"玉林一听，不由失笑。正是：

　　不贪偏遇金银气，得宝能增壮士颜。

欲知后事如何，且听下回分解。

第四回

北京城喜发归装
怀人驲惊闻噩耗

　　且说玉林听京客说珠值万余金，不由笑道："你老兄说得倒好，区区之物，哪里便值如此多金？"京客正色道："邹兄，你不晓得，此等货物须卖在筋节儿上，方得善价。俺说万金之价，并不出奇，但是你若急欲出脱，交到珠宝市去售，顶好了不过三四千金。依俺之意，邹兄不如暂缓归程，一来就俺店中经营那五千金，二来徐售此珠，定得善价。明年开春，这北京隆福寺中便是很热闹的大庙会，各珠宝客人全仗这庙会赚大钱。因为那蒙古王公的妇女，专嗜珠宝，只要他相中此货，价值之高，他都不理会哩。"

　　玉林听了，怙悢着如得善价，倒可归去赎取诸氏的义田，也了却一桩正事。于是便依京客的话，就他参店中淹留下来。及至蛇珠售出，果得万余金，便索性地都交参店中代为经营。

　　玉林多暇，除纵游左近山水外，便是默习静功。料得京都十丈软红中，无非是名利之辈，自己那片访求奇士的壮心，也便渐渐地淡下来。过得数月，倒也十分自在。又于暇想起自己勾留南京时，金、施两人一番情谊，便通函问候，并略述自己游历的情形。不想没多日，金、施的回书到来，寒暄问候之外，却述说曾接到玉林汇寄的两千金，是由北通州尹宅代寄来的。玉林一想，知是尹善人一番淳意，也只得驰书致谢。

　　光阴迅速，玉林在京又是一年有余。那参店中经营之资，又已生发出二三千金。玉林综计此行所得，竟有两万数千金，不但诸氏义田稳稳赎取，便是一峰家境并自己贩业，也不愁什么了。又想到旋里后把握诸、徐之乐，欣然之下，不由浩然顿起归思。那京客挽留不得，便连日价收束玉林入款的账目，起了吉安的汇票，交付清楚，一时间置酒为别，不必细表。若说玉林巨金在腰，应该是略饰装马，哪知玉林依然是布衣徒步，只弄柄短刀佩在身边。

　　不提那京客殷殷送别，自行转去。且说玉林拽开大步，趄离国门，回头一望，不由且欣且笑。笑的是北游一番，屡易寒暑，一个奇士也没见，空添得峥嵘岁月；喜的是归囊丰富，可以赎取义田，以了恩师生平心愿。

当日便抵通州，恰值尹善人因事远出，玉林也不耽搁，便留书尹宅，深致谢意。依然起行，不几日渡过大江，直抵金陵。

玉林久涸北方黄尘中，忽又到江南地面，不由心神一快。去寻着金、施两人，相见之下，彼此大悦。叙谈间，玉林要去，金、施两人哪里肯依，便坚留玉林于商号中，连日价置酒款洽。金、施问知玉林急欲旋里，因笑道："邹兄贵处业已泡得水鸭子一般，你忙着回府待怎的？"玉林听了，不解所谓，于是金、施一述其故。

原来金、施商友中，新有人从吉安一带贸易回头。那吉安一带近来因淫雨为灾，引起江啸，淹没了田庐人畜，不计其数。刻下灾民嗷嗷，甚是可怜哩。玉林听了，叹息之下，未免又挂念诸、徐，暗想道："一峰还罢了，虽遇荒年，料他还能设法抽展，唯有徐玖只会读书，却靠哥子接济过日，值此水灾，却怎好呢？"如此一想，越发地归心似箭。便索性地烦金、施两人将自己所存款项，也起了吉安的汇票，带在身边。金施两人挽留不得，只得送客起程。

不提金、施踅转。且说玉林一路上饥食渴饮，水陆兼行。这当儿又是暮春，正是杂花生树，群莺乱飞。江南三月，艳阳的天气，玉林不知怎的，故乡及到，反切怀人之感，恨不得一脚踏到吉安，和诸、徐握手欢笑才好。眼前的许多景物，反倒触目怅然。这日，宿在吉安界中，果然见有褴褛男女，一个个面有菜色。玉林问起他们来，真个的水灾不虚。

当晚，玉林宿在店中，只觉心烦神疲。以为是连日奔走所致，便早早地困卧下来。不想翻来覆去，再也睡不去。直至街柝三记，玉林方觉蒙眬，忽见灯影下仿佛是人影一晃。接着似闻耳畔徐玖的声音长叹一声。玉林急待睁眼时，又闻毕剥一响。这一来，玉林猛然惊觉。只见案上那穗孤灯，结了个颤巍巍、紫漆漆、鬼眼似的大花儿，窗外微风一阵价沙沙作响。玉林暗念道："古语云，梦是心头想，此话再也不错，俺胡梦颠倒间，竟梦着徐老弟咧。光阴真快，当日和他在夕阳亭下分手时，他同王禄儴徉踅去的光景，便如在目前哩。"逡巡间，神思一倦，也便睡去。

次晨起行，一路上乡音悦耳，好不写意。但是道途间褴褛男女越来越多，有的还担挑家具，居然流民光景。玉林沿途询问，方知吉安地面不但水灾为患，并且历年来盗匪甚炽，所以灾民们不断地谋食他方。玉林听了，好生诧异，暗想自己在吉安时，那盗匪等慑于自己和一峰的威名，地面上甚是安静。今自己虽出门三四年，一峰却端端地在家，那盗匪竟公然猖獗，难道一峰也出门游历去了不成？

一路上胡思乱想，午尖时分，忽抵一片大大镇聚。人户虽多，那光景却甚荒凉。街坊上淤沙破屋，更不复成个片段，那水淹的样儿还处处可见。玉林趷过一条街坊，忽望见一处石坊，不由猛醒道："这片镇聚不就是怀人驲吗？当时俺和张小酉趷寻店道，就是此街，怎三四年间，便荒凉至此呢？"暗叹间，就行人询问店道，那行人笑道："而今这镇上还有什么正经店道，三四年前，这条街上就是两个大店。"说着向东头数间草房一指道："刻下只有那里是住家儿，挂着开店哩。"

玉林随指望去，果见草房棚儿前挂着个店招儿，正有两个小厮在那里顽皮厮打。玉林趷去，瞧那临街房内清锅冷灶，也没人儿，因向那小厮道："小哥，你是这店中人吗？且引俺进去歇息。"两小厮一听，一个是撒脚便跑，那一个光着眼端相玉林一阵，却猛喊道："喂，张大婶呀，你的客来咧。"说着也便跑去。

玉林等了一霎，见没动静，只得逡巡趱入。一面就在穿堂破案上放下行装，一面向后院一瞧，却是柴草连天，通不像个店道。靠东墙还拴着一头瘦毛驴儿，饿得啃破槽，一见玉林，瞪起大眼睛，直耸长耳。那正房窗下，悬绳儿上还晒着一片片、一块块洗濯的旧衣片子，中有一条长长的折叠蓝布，两端都系着白绳儿。招得玉林几乎失笑，暗想道："怪道人说这里是住家挂开店，店婆儿的这宗物件都摆出来咧。"

正要声唤之间，便闻室内咕咕唧唧没好的水响，即有一男子模糊糊地骂道："你这该坐木驴子的老婆呀，俺刚要打个盹儿，你却浪搓你娘的什么？这会子就显你精神咧。"便有妇人唾道："谁像你似的整天价挺不够尸，就像个出了那个的那个，老娘活倒运，吃你骗，跟你受罢了。你瞧，你多没打算，弄头毛驴子，也不赶集，也不行贩，却叫它给你摆样子。"男子笑道："有你给我摆样儿就得咧，连你那月布子都摆将出去，怪道这两天黄狗不溺门，连个客人毛儿也没的，原来都是你妨的。"

妇人唾道："没的你胡嚼蛆，这长天大日的，你不说是在门首招揽客人，倒说是老娘妨的。"男子叹道："唉，俺自从在城里见过那桩可叹的事，觉着人生在世真没味儿。人家那文有文才、武有武才的人，都落得家败人亡，一无结果，像俺这样草料，还苦挣苦拽的是什么？所以俺老是打不起精神来。你瞧俺三四年前，可是这个样儿？"妇人道："你别说遮臊的话咧！你只顾慨叹人家，还当了你穿衣吃饭不成？方才外边小厮们喊有客来，俺这里占着手，你还不快瞧瞧去。"男子模糊道："理他呢！街坊小厮们逗你玩罢了，俺还找补俺那半截觉是正经。"正说着，忽闻咕唧一响，接着男子高声道："你这老婆只管冒你那口水，却溅了俺一脸蛋子。"

玉林听那声音似乎厮熟，正在穿堂后门边，逡巡要唤店家的当儿，只见有妇人髻影就破窗前一晃，便发急道："你瞧客人都进来咧，你还死长虫似的挺尸！"便闻男子呵欠道："真的吗？"于是履声橐橐，玉林望去，早见由正房内低着脑袋踅出一人。秃着头儿，拖着一条赶毡似的小辫，穿一件补缀蓝色长衫，只搭到膝盖。这时玉林一扭脸儿，只顾了照应破案上的行装，不想那人忽地紧走几步，尽着力子喊道："喂，邹爷吗？好巧，好巧！你怎么这时才转来呀？咱们那年在此分手，转眼间三四年咧。啊呀，我的邹爷，你若早来一年多么好哇！"

玉林回望那人，却是张小酉，一张脸子业已苍老了许多。正在欣诧之下，那室内妇人也便挓挲着两只洗衣的手，跑将出来。玉林望去，便是那年所见的那个店婆儿。正在暗诧张小酉怎的改了生业，又和店婆儿搭在一处之间，那小酉早已抢到跟前，握紧了玉林的手，张了大嘴，似乎是笑。玉林欣然道："今天便这般巧，俺来寻店，却巧遇张兄。这所店是你开的吗？我且问你，诸爷、徐爷都好哇？"

小酉一听，连似乎的笑容都无，却只管咧那大嘴，刚一顿足之间，那妇人却噪道："邹爷来到，你快上街买些现成饭食去，有话慢慢谈吧。"小酉道："便是如此，你服侍邹爷安置吧。"妇人道："快去你的，这里不用你吩咐。"

那小酉应声跑去。这里妇人替玉林提了行装，一面引入正房东间儿，一面笑道："不瞒邹爷说，您看如今的怀人驿是什么光景，俺那片旧店面，俺一个人撑不起咧，所以搭了张小酉，在这里胡混。他也是不走运气，连年地行贩赔本，所以也改了生业。俺们这瞎驴对破磨的勾当，您老不要见笑。"玉林笑道："如此说，俺还没给张大嫂贺喜哩。"妇人笑道："罢哟，俺自和他搭伙生意，也没见他个高兴。方才若不是俺吵着，他早又盹睡着咧。本来也是呀，地方上水灾、强盗闹得什么似的，偏他娘的地面上不出好人，所作所为都是叫人听了气破肚的事，怎的叫人过日子有兴头呢。"

正说着，小酉提了食榼踅转。妇人道："你且向灶下煨熟饭食，俺也去烧个热汤水，这冰凉的东西，怎的叫邹爷用呢。"于是两人匆匆价便去料理，却闻小酉向妇人叹道："如今邹爷可转来咧。"但是妇人道："你少说用不着的，且叫人家安稳稳吃顿饭吧！"

玉林听了，也没在意，就椅上少为坐歇，只见壁上还挂着那年所见的那幅《王文窥浴》的图儿，那王文脑袋上却扎着许多大针。玉林暗想道："那年张小酉摘取那幅《庄生说剑图》，说是回头送与一峰，不知他究竟送了没有？看小酉刻下光景十分落拓，真是人事无常。却不知诸、徐两人现在是怎样个好法呀。"

沉吟间，小酉来送热茶，玉林因道："张兄且坐，咱多年不见，快细谈谈，有老嫂忙碌就得咧。我且问你，诸爷、徐爷一向都好哇？"小酉听了一咧嘴，方呵呵有声，偏巧那妇人又唤道："如今饭食都备，你还不一股脑儿都端去，真是没紧没慢！"小酉一听，抽身便跑，却回头苦着脸子道："好，好，他们一个个都……"言未尽，门限儿绊了一个趔趄，便三步两脚跑向后院，却闻妇人喊喳道："你就是不睁眼睛，有话不会慢慢谈，你当是报什么喜信吗，就慌得你这个样儿。快请邹爷用饭是正经。"

玉林这里方饮过两杯茶，只见小酉端到酒饭，玉林道："张兄快来，难得今天咱们巧遇，且吃个喜相逢的酒儿，细谈谈吧。"小酉听了，不由略望那幅出浴图，即便长长地出了一口气，逡巡就座，先与玉林斟满一杯，然后自饮一杯，却咧着嘴道："今天咱们久别乍遇，话是多的。咱们谈起来须分个段落。俺先谈俺的光景，然后邹爷谈你出门的光景，然后咱们再谈别的，你道好吗？"玉林一瞧小酉磨磨唧唧的样儿，不由暗笑道："张小酉原是个爽快人，怎的三四年不见，他连性格儿都变咧？想是境遇落拓，把个人挤迫坏咧。"因笑道："好，好，张兄快谈咱相别之后，你怎的得意。"

小酉笑道："得咧，俺的邹爷，说起俺来，也怨俺自己没主意。"因向后院一指道："那个老婆，俺明明晓得她是个妨家货，谁要弄她做老婆，真要倒霉。俺就因没主意，上了当咧。自邹爷从此走后，为日不久，俺生意很不错，手中有几个钱，便支使得我不是我咧。我每逢到这镇上，就住在她店中。后来俺两个越来越热，偏偏有个挤事的王八蛋，他也暗含着趁上来咧。有一天落小雨，俺挑了货担趸回她店中，恰遇那个王八蛋和她正关门儿。俺隔门听了听，当时那股火头儿简直地就大咧，被我放下挑担，大喝一声，三拳两脚……"

玉林听了，方在哈哈一笑，只听后院中那妇人道："酒又热咧，可要换换吗？"小酉赶忙吐舌，并跺脚道："今天俺的脚后跟只管发痒，想是酒串皮咧，家里的酒不用换哩。"妇人道："你这些时没摸着酒，还不整个儿泡在酒壶里吗？你说你通身串皮，俺还信些。"

小酉听了，只好望着玉林一皱眉头，又侧耳听听，方接说道："当时俺打进房去，他两个光溜溜的方想跑，早被我一把抓住。那个王八蛋，不想他很是倔强，俺两人登时扭出房外，打了个七佛勿出世，都滚得泥母猪一般。经人劝开了，俺便火杂杂地要搬店。您说那老婆怎么着呀？她倒理直气壮地道：'姓张的，你别装使不得咧！俺要一年价整靠你，只好喝西北风去。你要娶俺做老婆，俺就属你管辖，只怕你没娶老婆的本钱，哈哈！'邹爷，她这话若说到这当儿，俺也瞪瞪眼，没事一大堆咧。但那时的张小酉，有几个钱在腰里，岂肯听她这片敲磕的话？于是俺一上倒劲，真个把那妖家货娶过来咧！

"这一来，东干东不着，西干西不着，出门逢落雨，坐船遇顶风。你想烧香，那老佛爷子愣会掉屁股。一句话抄百总，那撒扭劲儿就大咧。因此俺的生意一天不如一天，又搭着俺又起了个疑心病儿，总觉着俺若日日去行贩，丢这老婆在家中，说不定就有人送顶绿帽儿给戴戴。所以俺由城内搬到这里，胡乱开小店度日，又弄头毛驴子胡乱放放脚。俺的光景便是如此。邹爷，俺瞧你满面红光，比出门时颜色还新鲜，想是发了大财了吧？"

玉林笑道："不瞒张兄说，俺这趟出游，财便发些儿。我且问你，怎知大嫂便是妖家货呢？依我看，还是你运气蹭蹬。"小酉这时正拈起个馒头要咬，因唾道："邹爷，你是不晓得，"于是一扬馒头道，"她那个光溜溜的，就似这个。俗语说得好，女人白虎，新房掉土。"

一言未尽，恰好那妇人进来换酒，便恶狠狠瞟了小酉一眼，招得玉林几乎失笑。再瞧小酉时，只缩了脖儿饮酒，一杯复一杯，就像多日没饮酒似的。

玉林贪赶进城，不敢多饮，便一面用饭，一面述说自己这三四年中的情形。听得个小酉愣怔怔的，又惊又喜，只顾大杯价吃将起来。及至玉林饭毕述罢，他已醉态可掬。末后，听玉林说到此次归庄，有两万数千金，先打算赎取诸氏的义田，小酉却一言不发，登时酒气扑扑，只望望玉林连点头儿。忽地抢起酒壶，向嘴就灌，却被玉林按住道："张兄想是替俺快活极咧，你且慢吃，快说诸爷、徐爷他两人，到底是怎样个好法？"小酉道："不，俺还是先吃些受用。"于是拾起壶来，咕嘟嘟灌了一气。

玉林偷瞧他两眼都瞪，并且变貌变色，一张脸子就像血灌猪头一般。方在诧异之下，只见他啪的声一撒酒壶，大嘴一咧，那眼泪就有黄豆大小直滚下来。这一来，玉林惊道："张兄怎的？"小酉顿足道："怎的不怎的，邹爷你先须想开了，朋友们生死聚散，都有一定的，你这当儿再要见诸爷、徐爷，就比登天还难了。"玉林听了，直惊诧得言语不得。那小酉便滔滔汨汨，说出一席话来，正是：

契阔未能晤良友，风波忽尔得惊闻。

欲知后事如何，且听下回分解。

第五回

阴氏女戏叔逗风怀
徐二官扶柩回故里

原来那徐玖自那日在夕阳亭下别过玉林，到家一瞧河南来的家信，却是嫂嫂阴氏写的，说徐珮病势甚重，急盼徐玖前去省视。徐玖手足情重，登时忙作一团，便走别一峰，又料理了些薄薄行装，嘱咐王禄看家。方要登程，那秦大圭业已得知消息，不但饮饯徐玖，并且送到赆仪，亏得徐玖牢记玉林临别的言语，便原封璧回。大圭虽然不悦，仍然送走徐玖，方才转去。

不提诸一峰一时间良友都去，非常寂寞。且说徐玖一路上晓行夜宿，奔到河南。一瞧他哥子，却是虚痨之症，虽然瘦得人腊一般，一时还不打紧。兄弟情话，自然是欢悦异常，那阴氏也妖妖娆娆的，和徐玖谈长说短。一面价安置徐玖，问寒问暖，倒也像个老嫂子的样儿。徐玖细瞧阴氏，有二十四五岁的光景，一张俏脸吹弹得破，身个儿不高不矮，神情儿柔媚伶俐。未曾说话，先牙儿龇；未曾行步，先瞅脚儿。水灵灵两只眼稍带眯齐，细弯弯两道眉时或蹙挑。更活动的是脖儿、腰儿，行动起来，说什么花枝乱颤。饶是徐珮病得待死待活，她还是扎括得花鹁鸽一般，并且诗词歌赋、书画琴棋，她也件件来得。

当时徐玖不由暗想道："怪道俺哥子得这痨症，这把斧头哪里当得？"但是瞧阴氏料理家事，服侍病人，并待自己十分亲热，别的样样当心，又真像个做家娘儿。徐玖本是个书呆子，也便放下心来，只顾了忙碌医药，调理哥子的病症。偏偏阴氏也有个胃脘痛的病根儿，犯将起来就须吃药，还须用人按摩。转眼过得个把月，徐珮病势居然似减，喜得个阴氏什么似的。

一日，徐珮听了兄弟的话，忽要独睡。阴氏觉得，便笑吟吟瞟了徐玖一眼，当时也没说什么。及至晚间，徐玖方在独坐，忽闻背后哧地一笑道："兄弟，还是你会劝哥子，俺……"一言未尽，早有一只绵软软的手儿抚向肩头。徐玖忙回望，却是阴氏。乱绾乌云，嫩颊上淡淡的还有枕痕，似乎瞌睡初醒的光景。徐玖忙站起道："嫂嫂请坐，还没安歇吗？"

阴氏一捏徐玖肩头，微笑道："俺刚才歪下，只是睡不去。忽想起兄弟你来，连日劳碌中，还想得事事精细。"说着，脸儿略晕，低笑道："俺早就吵着和你哥子分房，无奈你哥子只是虚阳鼓动。我呢，又不好十分拗他的意思。兄弟，你不是外人，俺一个嫂嫂，也不避讳你，你哥子逗起兴儿，真叫人没处藏、没处躲，又是着急又是难受。偏有那些浪仆妇们，借着在外间伺候汤水，倒招得她们歪声歪气地亡魂落魄。次日早晨见了我，都抿着嘴笑。

"有一夜里，俺裤都没穿，只披衣跑躲了。哪知就受了夜凉，直过了三四日，小肚下还是木酥酥地发痛。如今亏了兄弟一番话，不但你哥子安神保养，便是俺也少受些……"说着，抬起一只尖尖脚儿道："兄弟，你瞧，自你哥子病中胡闹，管得俺连个新鞋儿都不敢穿。饶是如此，背地里还有人嚼舌根哩。"说着，笑嘻嘻坐向徐玖对面，顺手将徐玖喝的半碗茶一吸而尽，却眉欢眼笑地瞅定徐玖。

徐玖虽觉阴氏说话放荡，却以为她述说哥子的病情，当时也没在意。过得个把月，徐珮又病势转重，那虚痨病象时时转变，原是如此。徐玖忙碌医药，那阴氏只顾忙碌徐玖饮膳衣服等类，十分当心。又怕徐玖闷倦，趁空儿与徐玖谈谈诗词，或两人手谈一局。徐珮知得了，倒甚是欢喜。

一日，徐玖偶染风寒，正在蒙被取汗，蒙眬间忽觉肌香触吻。忙睁眼，却是阴氏，正爬在榻沿前，伸长玉臂，与他掩右肩上的被角，一张嫩脸直偎到自己嘴颊之间。见自己醒来，却咮地一笑，那甜甜的口脂香气直冲过来。徐玖方道不消，那阴氏已掩置妥帖，又回手按按徐玖脐腹之间道："取汗盖不严实，若受了被窝风还了得吗？"说着一笑而去。徐玖见此光景，稍为怙悢，但是他毕竟是读书人，以为嫂嫂爱护叔子也是正理。

哪知当这晚上，阴氏又命仆妇与自己送过一床夹被来，四叠了压在脚下。徐玖脱了衣服，静卧一回，只觉腰脊间凉飕飕的，便坐起取那被，抖开来想盖腰身，只一振拂之间，忽地从被内落下一物，花绿绿的耀入眼中。拈起一瞧，赶忙放手不迭。原来却是一只尖瘦的软底睡鞋子，水红缎鞋帮儿，上扎细花，衬着藕褪缥带，好不鲜艳。徐玖当时一怔，又以为或是仆妇不仔细，夹得阴氏的换鞋来。逡巡间，又恐人撞来，不好看相。这一急，倒闹得满头是汗，通体爽然，不由拈起那鞋来，方想姑且藏在褥底，只听阴氏在窗外咯咯地笑道："兄弟，你快把与俺吧！这些丢三夹四的老婆子们真可恨，送床被就夹得人的鞋子来。你快偷偷地给我吧，省得她们知得了，不定是胡呲些什么哩。"说着慌蝴蝶似的跑进榻前。

徐玖见她晚妆都卸，只松松地绾个懒云髻儿，披一件藕色短褂，对襟大氅，露着白馥馥酥胸乳峰，下着洒花短绸裤，趿着一双鸦青色小鞋儿。这时，徐玖手拈那只鞋，藏也不好，放下也不好，只得趁她语气道："那老婆子们真也糊涂，俺方抖出这只鞋，嫂嫂快拿去吧。"说着递过那鞋。

哪知阴氏且不接鞋，却微饧星眸道："兄弟，你且拿一会儿那鞋儿，俺只穿过一两遭，污不了你的手，脏不了你的眼。左右这会子没人来，俺且暖暖手儿。"说着一歪身，坐向榻沿，用一臂钩定徐玖的脖儿，那一只手竟自探向被底。慌得徐玖抛却那鞋，急忙按被的当儿，恰好院中有人走动，那阴氏方取了鞋儿，笑嘻嘻一溜烟跑掉。从此，徐玖略知阴氏有些没正经，但是也还想不到别的上去。

光阴转瞬，那徐珮一病半年，堪堪地吃重起来，医药无灵，一命呜呼。徐玖痛哭尽礼，自不必说。连日价和阴氏忙碌丧事，偷瞧阴氏，倒也哭泣尽哀，处分家事甚有条理，徐玖放下心来。这当儿，一问阴氏哥子的宦囊，不由心头又添了一层愁闷。原来徐珮积蓄竟没多少，又因医药耗费之故，徐玖没法儿，只得且和阴氏商量归程。

这时的仆人、仆妇，不消主人去遣散，早已个个溜掉。依着徐玖，还想留个仆人，途中应用，阴氏却赌气子都遣去，竟打起精神，和徐玖料理一切。又折变些金珠头面，又预计到家后过日月等事，和徐玖计议起来，居然是嫂嫂模样。徐玖这时越发放心，开过吊后，综计所得宾客的奠仪赆礼，也有两千余金。徐玖心慰之下，便都交嫂嫂收藏。

阴氏却笑道："俺一个妇人家，哪里会经管钱财，将来抵家后，俺还不是靠你过日月吗？兄弟，你收藏着就是咧。你哥子做官一场，只剩这点儿生计，也就可叹得紧哩。"说着掉下泪来。徐玖见阴氏伤感，不由也自落泪。阴氏却笑道："你别来引我伤心咧！这迢迢路程，就仗你金山似的，你哭坏了，不越发坑煞人吗？"于是拾起汗巾儿，竟与徐玖拭泪。徐玖这时只顾了悲恸忙碌，哪晓得阴氏的挑逗情怀。

不多日，择日起程。叔嫂两人扶了徐珮的灵柩，又雇了驮骑驮轿，即便匆匆上路。那脚夫们本是无罪就该杀的货，今见个大闺女似的书呆子和个年轻妇人的主道儿，如何不任意价捣蛋。不是这个说脚肿须慢走，便是那个说道难，须加酒钱，急得徐玖没法摆布，只是跺脚。不想阴氏却偏能侃侃论理，几句话便说得脚夫们唯唯而退，因此徐玖又深服阴氏的才能。

这日行过河南地界，便是水路，势须换船。两人落在一处镇聚中，地名枫浦。先忙碌着开发过脚夫，然后雇船。偏偏这枫浦是个小码头，行船无定，徐玖没奈何，只得暂候。

这路中蹲店本是闷人，可巧又落起蒙蒙细雨，一连两日还不放晴，徐玖除和阴氏偶然谈谈外，瞧着哥子那口灵柩，好不心焦。偏那店院中又没的别客，店翁伙计只顾钻在临街柜房中、后院中，厢房里只有小店东两口儿，一时偌大院落，竟十分静悄。那一点一滴的愁霖苦雨敲入徐玖心坎，不由得触起身世之感，逡巡间，又想起一峰、玉林，越发地怅触无聊。

正这当儿，却闻阴氏在东间里咻咻地笑，又咴咴地唾了两声。徐玖听了，也没在意，正对那淅沥雨声，想要吟诗破闷，只见帘儿一启，那阴氏笑吟吟地踅入，两片嫩腮红晕得便如海棠花瓣一般，却颤着声儿道："兄弟，俺听你长吁搭气的，没的闷坏了。俺方才寻出棋局在东间内，趁这静悄悄人芽儿狗芽儿都没的，咱且下一盘玩玩吧。"说着咬唇一笑，便来想拉徐玖的手儿。

徐玖连忙敛手。因正在寂闷当儿，便跟了阴氏踅入东间。哪知两脚方踏入，还没瞧见棋盘在哪里，只见阴氏一转身儿，早已抄向自己背后，一面扬臂插住房门，一面向后窗间一努嘴儿道："兄弟，你听听后院厢房中，他们小两口儿干什么玩呀？"这时徐玖还不曾理会，只一倾耳之间，早闻得一阵零云断雨之声，热辣辣地由厢房中送将来。

原来，那会子阴氏偶就后窗台上搁置物件，忽听得小店东两口儿喊喳嬉笑，始而阴氏还没在意，后来竟越听越妙，一时间欲念大炽，这次竟决意要勾徐玖入港哩。当时徐玖这才恍然大悟，不由一沉面孔，转身便走。阴氏这当儿已是箭在弦上之势，于是一扭身儿，竟自扑抱过来。那徐玖大怒之下，还顾及阴氏面孔，便忙借拉拖之势，将阴氏推向椅上，自己却正色道："嫂嫂尊重！咱这样闷居旅店，为何还有心情儿戏起来，无端听人家声息作甚？如今雨势渐小，俺且去探探行船要紧。"说着拂袖而出。

那阴氏何等伶俐，知不是路，登时就跌一跤，道："兄弟，你莫误会，俺因这没正经的店道，住久了不甚仿佛，所以拉你听听他们。咱或是搬店，或是赶紧去寻船哩。"徐玖遥应道："嫂嫂说得是。"于是竟自冒雨而去，丢得个阴氏软洋洋坐在椅上，呆了半晌，只将那小指甲儿咬来咬去，也不知思量的是什么。一会儿就后窗下侧侧耳朵，一会儿就穿堂后门望望雨势，直至那厢房中呀的声开了门儿，方没精打采转回东间。

且说徐玖冒雨出店，一路上怙慑阴氏，好不烦闷。又想到抵家后，处长日月，怎生是好？正在低头乱撞之间，只听迎头有人唤道："徐先生向码头去望船吗？便请转去吧。方才船到，俺已与你雇妥咧，到地交价，酒钱随意赏，你道好吗？如今张艄公跟俺来望望客载哩。"

徐玖望去，却是店伙领着个四十多岁的朴实船家，便是张艄公。于是彼此厮见，即便回店。那张艄公甚是和气，交代过几句生意话，望望行装，知有女眷，便笑道："娘娘们坐俺这船倒甚相宜，因俺也有家眷随船，方便得多哩。"

　　徐玖听了，甚为合意，俟张艄公去后，便去告知阴氏。因明日灵柩登船，当晚便祭奠一番。这次阴氏却放声大哭，也不知是痛念丈夫，或是别有不如意的委曲，经徐玖劝慰，良久方罢。

　　次日，先命店伙等押了行装下船，徐玖等觅了抬夫起灵，即便随后登舟。忙碌都毕，打鼓开帆。一路上自有艄婆伴着阴氏，徐玖自在前舱伴灵。行个两日，倒也安稳，徐玖方才心下稍安。哪知阴氏这当儿又是一番情态，见了徐玖一些儿笑容儿都无，不是无端地哭泣，便是对着灵柩数落个尽兴，只说是死人坑煞了她。

　　有一晚上，泊在某处。阴氏和艄婆都已脱光睡稳，偏巧那艄公由船舷踅到舱窗外，来寻艄婆，喊喳了几句话，阴氏便以为人家两口儿，商量什么体己事儿，便一定要问个明白。登时问得艄婆很觉着不好意思的，不由得讪讪的，脸儿只顾发笑。阴氏见了，越发得意，便东一把西一把地揣捏那艄婆的一身胖肉，道："你不告诉我体己话儿，咱谁也不用安生困觉。"弄得艄婆乱笑不迭，又见阴氏那浪荡样儿，便笑道："也没见你一个寡妇人家，只管胡问的是什么？难道你熬不得吗？"

　　一句话不打紧，登时招恼阴氏，便光溜溜地爬起来，去扳舱窗，想要投河。慌得艄婆也精光地爬起来，乱拉乱吵。这一来惊动徐玖和艄公，只当是后舱内出了什么事体，两人奔去一瞧，不由怔了一对儿。只见阴氏和艄婆都一丝不挂的，正拖拉在一处，末后还是艄婆道："俺方才不该和娘娘说了句玩话，她就恼起来，要跳河哩。"当时，艄公胡乱吆喝了艄婆两句，大家各散。那艄婆妇人家如何盛得住话，趁空儿向徐玖一说阴氏恼的缘故，徐玖方知阴氏又有些泼辣性儿，只好自己心中闷闷。

　　不一日，船抵吉安。那老仆王禄因早接到徐玖起程之信，便时时在码头觇望，当时上船拜见过徐玖，也不暇细问一切，便跪倒主人灵前，叩头大哭。又去叩见过主母阴氏，便忙碌着下船进城，不必细表。

　　且说徐玖和阴氏既到家中，连日安置，粗粗就绪。因丧葬的事很想一峰来帮个忙儿，问起王禄，方知一峰从上月里被邻邑一个豪家请去，与子弟们随意讲说些入门的武功，时来时往，这当儿正没在家。徐玖听了，正拟自家料理，哪知那秦大圭早已盛服来吊，照例地干哭两声。徐玖陪他来到客室，那大圭有意没意地问过几句路中光景，并将来丧葬等事，也便淡淡的就要去咧。

正这当儿，忽闻后院中娇滴滴地唤道："王禄哇，你瞧你只顾乱跑，灵前灰土也不扫除，污了人家吊客的衣服，什么样儿呢?"本来这小骚音儿娇嫩到十二分，何况大圭那只鸟耳朵，专能赏鉴个女娘儿的腔调，当时大圭猛闻，不由兔子似的两耳一耸，微微一笑。正是：

　　　　无端娇语一声堕，掀起情波十丈高。

　　欲知后事如何，且听下回分解。

第六回

秦大圭贪淫敦友谊
诸一峰遇仆悉奸谋

　　且说秦大圭猛闻后院娇语，料是阴氏，不由暗想道："妇人有此语音，便有一半儿可取，但不知她模样儿毕竟怎的。"于是向徐玖道："老弟，你看我一瞧见令兄的灵枢，我只顾难受，就糊涂得要死，连令嫂我都忘了请见咧。便请老弟领我到内吧。"徐玖听了，连忙力辞，大圭笑道："你我交谊，便如兄弟一般，你的嫂嫂，也就是我的嫂嫂，将来俺还要请到舍下，叫贱内等都拜见，何况我呢！"说着整整衣冠，直站起来。

　　徐玖没法推辞，恰好又有吊客到来，徐玖正要借此脱身，不想王禄一步趱进，大圭便道："老弟，你且去陪吊客，俺自和尊仆进内吧。"这里徐玖方咕噜一声，大圭竟已前行。王禄瞧瞧徐玖，也只得跟将进去。

　　及至徐玖陪客吊罢，又茶话一回，送得客去，那大圭已满面是笑地同王禄从内出来。这时却神情迥异，一面走一面向王禄道："你主人料理丧葬，有什么想不到的，你一个老人儿切要提掇他，无论缺短什么，都有我哩。你只劝慰你主母，不要着急发闷才是。"因又向徐玖道："老弟也太煞的客气，方才若不是令嫂谈到宦囊无多，俺还不晓得哩。如今又丧葬在即，哪里不用钱，寻常朋友都有通财之谊，何况咱们文字性命之交呢！"徐玖忙道："家嫂随便谈话罢了，其实宦囊虽无多，也尽足丧葬并家用哩。"大圭笑道："你的性儿俺是晓得的，就不会说个穷字，你不用管，俺自有道理。"说着低着头儿，笑眯眯竟自趱去。

　　徐玖还只认他是一片酬酢话，不想次日大圭绝早趱来，不但帮着忙碌，并送到二百银的奠仪。徐玖哪里肯收，当不得大圭自送入内，徐玖见阴氏不甚固辞，自己也只得罢咧，但是大圭连日价竟不离门，凡丧事上所用各档，他也不和徐玖商量什么，竟自作主张，务要档档风光。不多日，葬期将届，一峰恰好来家，吊奠之下，和徐玖谈叙起来，知得大圭厚致奠仪等事，却甚是不悦，但是因自家事忙，也不俟亲自送葬，即便转去。

不多日，徐玳的丧事办过，徐玖方要开销各档之费，大圭却笑道：
"不劳老弟挂念，所有各档，俺都已开销过咧。"徐玖虽然要如数还大圭，
当不得阴氏爱小，不但不肯，反还将交给徐玖的两千余金都拘到自己手
中，一切家事都须问她。又嗔那王禄老迈偏性，要撵掉他，亏得徐玖好说
歹说方罢。从此，徐玖主仆竟如寄食，那大圭不时地踅来闲坐，阴氏知
得，往往以闲谈家务为名，出来瞎三话四。徐玖虽然不悦，只好自家肚里
发闷。

　　有话即长，无话即短。转眼间过得年余，其间一峰回家时，和徐玖深
谈起来，知他叔嫂间甚是相安，也便放下心来。哪知徐玖不肯将家事外
扬，其实他这时处境业已十分苦恼。原来那阴氏早已发作泼悍之性，视徐
玖主仆如眼中钉、肉中刺一般，不时价指桑骂槐，只噪徐玖坐食无用，不
但徐玖的一切用度她都不问，便连徐玖饮膳，只命他和王禄同用草具，阴
氏却自享甘美。王禄有时倔强起来，和阴氏分证道理，徐玖便连忙拦阻
他。这时良朋都去，家事又烦，除日夜发愤读书外，只盼一峰来慰寂寞。

　　哪知又过得半年余，一峰忽来相别道："俺因在邻县有朋辈相约，去
远游一趟，大约须数月方回。老弟如在家闷倦，何妨同去玩玩呢？"徐玖
叹道："俺因家事牵缠，却不能去，但是诸兄一去，俺越发寂寞了。"说着
神态凄然。那一峰不知怎的，也只觉恋恋难别。两人在客室款谈回琐话
儿，又念诵回玉林行踪，不知不觉业已日色渐西，徐玖便坚留一峰便饭，
匆匆价跑将进去。一峰也没在意。正在闲阅徐玖的文艺之间，忽闻内院中
阴氏吱喳了两声，似乎和人拌嘴。一会儿却见王禄噘着嘴，提了篮儿，篮
儿中只有百十文钱，一面嘟念道："百十文钱就要买四五样菜蔬，还嗔人
询问，怎的昨天送秦家礼物就那么丰盛呢？"说着由窗外匆匆过去，一峰
见了，还没在意。

　　须臾，徐玖踅来，一峰便道："你又费事怎的？又因我麻烦令嫂，真
个的哩，俺听说令嫂过日子甚是仔细，却怎的好与秦大圭女眷们来往，一
切酬酢，哪里不繁费呢？再者，令嫂待你还不错吗？"徐玖忙道："待我好
的，那秦宅女眷们先来看望，所以家嫂也只得略为酬酢。"说着，却仰望
屋梁，愣了一会儿。

　　正这当儿，王禄踅转，方到内院里面，阴氏又吱喳起来，这次还带着
拍台打凳。那王禄也隐隐地欍声欍气，慌得徐玖跑入内，良久方出，却向
一峰干笑道："王禄这厮天生牛性，所以家嫂吵他两句。"一峰忙道："我
没说吗，为甚又麻烦令嫂？"徐玖红着脸儿道："家嫂是急性些罢了。"两
人又闲话良久，那天色已渐渐地黑将来，所谓便饭，只是不见到。徐玖跑

进去一次，又搭趁着自去掌上灯烛。说也凑巧，那一峰肚内只管骨碌碌乱响起来。这一来，徐玖更稳不住屁股，便又穿梭价跑了两次，方见王禄苦着脸子，端到便饭。是一碟卤豆、一碟豆腐皮、一碟盐花粉苦菜、一碟凉粉条儿，上顶几丝儿肉皮，还有苦酒一壶、漂汤儿黄菜一碗、脱粟之饭，一股脑儿摆在案上。

在一峰原不注意饮食，欣然就饭，无奈徐玖见此光景，十分不安。偏搭着斟过几杯酒，酒又告罄，正想唤王禄取酒，却又听得阴氏在内院中吵道："这会子还有什么可口的菜蔬，你只和你二爷说去，没来由混我作甚？"徐玖一听，登时将酒壶慢慢搁下，正偷眼去瞅一峰，不想一峰眼光亦到，彼此价急闪开，姑且用饭。须臾饭毕，一峰正色道："老弟一向不与我谈家事，但是吾辈至交，岂同恒泛？你一向说令嫂待你不错，今日看来，怕有些不然吧？"徐玖听了，不禁面红过耳，这才细述阴氏性气，并待遇自己之状。一峰听罢，甚为慨然，只得劝慰数语，即便告辞。

这时徐玖唯有执手恋恋，不知怎的，忽然凄然泪下。一峰笑道："你我小别，何必如此？玉林兄去已经年，或者不久也该转来咧，那时咱三人依然欢聚，好不快活哩！"徐玖听了，这才破涕为笑，但是还不肯放一峰去，又坚留小坐，却又没甚话说。一峰闲翻书堆，见一卷书中夹着大圭请酒的帖儿，因皱眉道："这大圭还常与老弟往来吗？此等人总宜远他为是。那年玉林兄走后不多日子，张小酉迁转，却赠了俺一幅旧画，因为画的是说剑图，剥落得只剩两个剑士，却有些像俺和玉林兄。不知怎的，这点点琐事也被大圭晓得，三番两次地寻俺瞧画，俺只是不理他。此等人讨厌得很哩。"徐玖唯唯之下，一峰也便长揖起行。

不提徐玖惘然送客后，对着一穗书灯，怔怔的若有所失，为日不久，竟罹杀身之祸。

如今且说一峰，随了邻县的朋友漫游各处。豪杰相聚，不但游兴颇浓，又搭着一峰大名无人不知，因此游踪所到，自有一班游侠角色挽骖投辖。不知不觉，已是半年光景。其间一峰的结交游览的情形，也就不必细叙。直至腊尽春回，方才迤回邻县。又在那豪家勾留些日，已是夹衣初试的时光，无意中听得有人谈论起吉安县官儿，十分颠顸糊涂，和一个通医道的富户秀才十分要好，言听计从，那秀才在县中竟有二知县之目，终日价调词架讼，其门如市。大家还传说着这秀才和县官太太有些勾搭。因为那太太常延秀才治病，便从三指（喻人的腰部）下通得情愫。那太太又和秀才的女眷结作干姊妹，时常往还。凡是那秀才有所关说，都是太太的索线。那官儿既怕老婆，又兼糊涂，所以一听秀才所为，竟不管青红皂白哩。一峰听了，便料那富户秀才定是大圭。及一询谈论的那人，果然不错，不由得暗笑道："秦大圭邪淫阴险，俺早料定他不是东西。今他如此，原不足怪。"

过得数日，无端地惦念徐玖，便别过豪家，匆匆回里，这时正当仲春时光，一路上景物芳菲。一峰拽开大步，对景触怀，暗念和玉林相别，业已累易寒暑，不知这时他的游踪是何光景。忽又想到徐玖功名迍遭，又逢悍嫂，真是人生际遇，委实无常。想得没头没脑，只觉一阵阵心烦意躁，就镇市上打过午尖，依然起行，只觉一步懒一步。逡巡间残阳转西，抬头一望前面，青郁郁一片高林，正有一群野雀儿在那里飞来噪去。一峰仔细一望，便是那年和玉林分手之处的夕阳亭。但是风景不殊，岁月已非。这时一峰不由顿触前尘，便仿佛如见玉林行縢毡笠，踽踽于黄尘官道之中，又恍见徐玖那年洒泪踯躅的光景。

怙怅间，已到林外。一峰本拟入林少息，徘徊一回以寄遐思，及至林外，不知不觉地反不敢东瞅西望，径自俯首而过。方趑过林十来步的光景，只听背后有人有气没力地唤道："喂，诸爷吗？你老人家怎的这时才转来？可苦煞老奴咧。"一峰忙回望，只见一个破衣褴褛的老乞儿，手持粘竿并饭篮儿，没命地从林中跑来。一头苍白乱发，趁着一张髑髅瘦脸，乍望去便如怪鬼一般。一见一峰，纳头便拜，接着便放声大哭。

这一来一峰大怔，仔细一瞧，却是徐玖的老仆王禄。于是一面拉起他，一面急问道："王禄，你为何落得这般光景？难道你已被你家主母撵掉了吗？"王禄听了，悲痛满面，越发哭得哽不成声，便拉住一峰道："诸爷可晓得，俺家主人惨遭横祸，竟被那歹毒禽兽秦大圭设计杀害吗？"一句话不打紧，一峰耳朵内如闻霹雳，只道一声："你说什么？"再瞧王禄时，业已晕绝于地。于是一峰连忙唤醒他，相与步入林中，就那夕阳亭上细询所以。

那王禄略为定神，方才呜呜咽咽说出一片话。听得个一峰剑眉倒竖，杀气横飞，猛地抽出佩刀，斫向亭栏，抛却王禄，就要如飞奔去，亏得王禄一把拖住。

原来，那秦大圭有意调逗阴氏已非一日，自己虽不断地向徐家踏脚，却苦于无隙可乘，阴氏虽也有意，未免又碍着徐玖、王禄的耳目。阴氏虽有时趄向秦宅，无奈大圭的姬妾们个个似狐狸精似的，早瞧出阴氏风骚的样儿，如何肯使她来夺了自己的宠爱？于是每当阴氏到来，便监视得大圭如犯人一般，那大圭想和阴氏说个风情话儿都不能够。其中一妾名叫爱儿，生得骚媚入骨，偏她提防得大圭更是厉害。有此种种阻碍，彼此虽早蓄情怀，却未得手。

那阴氏欲撺王禄并薄待徐玖，便是欲逼迫徐玖出门，去掉耳目之意。无奈徐玖一味忍耐读书，阴氏没法儿，欲念越炽，越恨徐玖。及至一峰远游，走别徐玖的当儿，那阴氏待遇徐玖，越发地不成模样。

为日不久，合当孽缘凑合。那徐玖偶抱微恙，偏偏凑巧，那阴氏也犯起胃脘痛的病根儿来，于是延请大圭前来诊治。大圭草草地诊徐玖，便入内室。只见阴氏粉黛不施，便如病西施一般，颦眉而待。一见大圭，忙盈盈站起，只横波一溜之间，大圭不由笑嘻嘻哈着腰儿道："嫂嫂不必劳动。"眼光向下一瞟，早望见阴氏一对莲钩，着双素色小鞋儿，端的是勾魂摄魄。于是两人就临窗案前对坐下来，那阴氏故意含羞，只伸出玉腕，却别转头去。大圭一面价三指按腕，只觉滑嫩有趣，一面端相着阴氏偏弹的云鬟，并领略丝丝的发气，便笑道："嫂嫂这症就在心郁不舒，只要心窝儿一开化，那浑身自然通泰。休说是胃脘快活，便连四肢百节，根根寒毛儿，都要快活的哩。"

阴氏听了，不禁回眸一笑，却又软洋洋微吁口气。正这当儿，却闻大圭道："嫂嫂转转面孔，医家是望字当先，不察气色，如何用药？"说着狠狠地一按玉腕，阴氏哧地一笑。只一转面之间，秦大圭登时现出了一团福相，眼儿直着，鼻儿耸着，腰儿探着，气儿促着，尽力子瞧了阴氏半晌。又命阴氏吐出细舌儿，他却站起，半身凑去瞧，吸溜一声，口涎拖下，便笑道："嫂嫂这症说实了，药都不必吃，只消俺……"这里阴氏方在凝眸微笑，下面大圭的脚早略为一伸，将她的金莲儿蹴了一下。

正这当儿，恰好那不作美的仆妇送进茶来，大圭没奈何，胡乱谈了两句病源，即便兴辞。过得一日，又去诊视，两人正借病为由，调得一团火热。不想徐玖病已霍然，便陪了大圭趑出趑入。那阴氏恨得徐玖牙痒痒，自不消说。

哪知大圭火腾腾的欲念不遂，本是给人去治病，这会子反倒自家啾唧起来，一连两日偎在爱儿房中，也不高兴拨云撩雨，只顾了长吁短叹，又时时呵斥众姬妾都是蠢材。爱儿明知他葫芦中卖的甚药，也不理他。

一晚上，大圭仰卧于榻，那爱儿卸却残妆，便坐向榻头，束抹莲钩。大圭便喝道："你这蹄子，真是拙得向人溺，臭烘烘的脚就不会背着人整理！"爱儿冷笑道："人要臭了，脚一定臭，这会子若是徐家那老婆在此裹脚，保管你香个不迭，恨不得舔舔人家脚底的泥哩。你这猫鼻抹腥勾当，谁还不晓得不成？但是老娘眼里却揉不下沙子去，你要好情好意的，咱倒有个商量，你若这样儿，且叫你想空了心吧！"

说着，赌气子就要跑去之间，那大圭猛然坐起，便从背后将爱儿一把抱牢，不容分说，附了她耳朵一阵喊喊。但见爱儿时而摇头，继而点头，末后却咬着指甲咻咻地笑。忽然伸出纤指，向大圭额上尽力子一戳，道："恨杀人的！你这是用着人家咧，便许愿似的许了人一大堆，又是绸子咧，缎子咧，黄的咧，白的咧。若是你两个捣弄够了，劲儿泄了，你那冷脸子一耷拉，俺和谁算账去呀？乖乖儿，你想跳出老娘手心去，还早哩！你要一定和那老婆在俺屋内那么着，咱们是现钱现货，不赊不欠，你许俺的物，先交还不算，外挂着你先要在俺这税口上纳了税去，方许你沾那老婆。不然，你那一大堆甜蜜话就算白说。"大圭笑道："依你，依你。"于是两人一笑安歇。

过了两日，阴氏病愈，便亲来致谢。这次，爱儿自不消说。是与人方便，自己方便。至于大圭、阴氏一番苟合，并爱儿掺在其中，三个人曲尽淫乐的光景，也就不必细表。

话虽如此说，但是这男女暧昧之事，是纸包不住火的勾当，不消几日，秦宅妇女都知。那爱儿虽作方便，当不得众人不肯，不但对了阴氏冷嘲热笑，便对了大圭，也是有意为难。单趁他两人快活当儿，不是这个踅近窗下使个声儿，便是那个闯入院中骂鸡打狗。阴氏虽然淫荡，然而人的面皮总是有的，因此和大圭颠倒之间，未免提心吊胆，便有十二分风情，只好放出少许了事。

俗语云，斋僧不饱，不如活埋。两人正在深以为苦，不想有一日，事有凑巧，秦宅妇女值有贺人喜庆之事，将午时光，都扎括得花蝴蝶似的去咧。大圭有事在怀，便向爱儿笑道："你看人家都去外面风光一天，你只钻在家里做什么？俺今天要静静地养养神儿，你还不放心吗？"爱儿笑道："你要会养神儿，那狗也就不吃屎哩。你不要和我含着骨头露着肉的，你这些日被那干浪蹄子搅得也怪可怜儿的，今天俺豁免你的纳税，你只和那阴家老婆放心大胆地弄耍吧。"大圭听了，不由喜出望外，连忙命人请过阴氏。

三人厮见了，也不客气，爱儿便闪向里间内，外间两人便登时脱去衣服，叮当声帐钩一响，即便相抱登榻。爱儿闪在里间，本想践言，无奈外间的微妙声息，渐渐地越来越妙，时而还不过是两人笑语，并杂些吁喘之声，继而竟床摇钩动，十分热闹。听得个爱儿脸如火烘，心头乱跳，不禁不由略掀帘儿一瞅，不由登时通身软颤，即便笑一声，飞步而出。正是：

欲知无限风情意，尽在凝眸一笑中。

欲知后事如何，且听下回分解。

第七回

挂双头侠徒报良友
散黄金壮士走天涯

　　且说那爱儿听得床摇钩动，并夹着阴氏哧哧然笑语断续，不由暗笑道："今天他两个想是命都不要咧，俺且偷瞅瞅再讲。"于是掀帘儿望去，恰见那绡帐深垂，簌簌地动。正这当儿，便闻阴氏哟了一声，帐门蹙处，登时高伸出一段欺霜赛雪小腿儿，只一摆动之间，重复缩入，只剩只尖跷跷脚儿高扬在帐门之外。这一来，逗得爱儿更耐不得，含笑跑出，也便解衣登榻。

　　这时，阴氏正当吃紧时光，自然是一百个不高兴，然究竟是借的人家地盘儿，没奈何，只得暂时宣告下野，偎在榻里面，看人家登场作戏。偏那爱儿，因那会子听瞅得兴致甚浓，这会子大柄入握，自然先扎实实的，宣布个大政进行的方针。于是和大圭一搭上手，便认定了中央重心，不紧不慢地作将起来。瞅得个阴氏百忙中没处把挠，好容易爱儿兴尽，自己方要登场，不想大圭啊呀一声，竟要曳兵而走。

　　那阴氏正在没法摆布之间，不好了，只听院中一阵莺娇燕姹，唧唧呱呱直哄进来，这个道"你碰了我的花儿咧"，那个道"你踏了我的鞋儿咧"，有的就窗下唾一口，有的推推门，笑着乱跑。原来，众妇女业已趑回。这时大圭经此一哄，越发的郎郎当当。阴氏赌气子，这才相与整衣而起。

　　从此阴氏气愤起来，一连数日，绝迹秦宅。大圭虽觉没趣，但是还不敢贸然做那逾墙相从的行为。因为徐玖这当儿已然瞧科，徒以丑名所关，不便怎的，但是已和大圭绝交，并且力加防范。他虽没甚能为，但是从中碍手脚还绰绰有余。那王禄更为讨厌，自不必说，只要望见大圭的影子，登时便胡骂乱卷。因他主仆这一来，大圭、阴氏竟自隔绝了月余光景。

　　你想，阴氏如何耐得？先寻岔儿撵掉王禄，又密函大圭，设法儿害掉徐玖。原来他两人竟已盟山誓海，不可开交。徐玖若在，两人如何能嫁娶如愿呢。当时大圭得函，只略一沉念，便向县衙中趓了两趟。

这日，徐玖方在前室枯坐，只听大门外有人唤道："徐先生在吗？"徐玖趓出一望，却是两个恶模恶样的公人，一个手持朱签，那一个提着黑索。徐玖诧异道："头翁等到此何事呢？"两公人冷笑道："徐先生，你自家做事，自家知道，如今老爷就传你问话哩。"说着一抖黑索，套了徐玖便走。张得巷中人十分诧异，便有好事的跟去探听。

原来是有一起明火大盗，供出徐玖是个主谋，并分有赃物。大家正在骇诧，那官中人业已领了那扳供之盗，向徐宅前来起赃。说也不信，竟从徐玖书箱中搜出纹银二百多两。这其中筋节儿，也不须作者交代，自然是阴氏、大圭内外合谋的圈套了。当时徐玖虽就公堂上叫起撞天屈来，无奈证赃凿凿，不消说是银铛被体，下入囹牢。

便是这日晚上，大圭悄悄地去寻那牢头，两人也不知喊喳的是什么。但见那牢头笑道："秦爷，你是明白人，你只要不亏了俺们，要那酸小子性命，还不吹灰似的吗？"大圭道："如此很好。事成之后，俺定有大大的重谢。如今你老兄且买杯茶吃吧。"说着从怀中掏出个沉甸甸纸包儿。牢头笑道："得咧，我的秦爷，咱们自己人，还过这个吗？"一面说，一面接过。两人又附耳数语，方才各散。

徐玖这节事传说满城。有的人不知就里，真疑是徐玖人心难测，有的人可惜徐玖的才情儿，未免谈论起，大家叹息。

这当儿，却惊痛煞个逐仆王禄。原来王禄被逐后贫苦无依，只在一个相识处寄居度日，每天出捡垃圾堆儿，聊以糊口。这日忽闻徐玖一段事，惊痛之下，早已瞧科三分。老头儿义愤填胸，便逐日价留心探访。不消数日，大圭等一番阴计，早已被他打听得明明白白。于是王禄大怒，一径地跑向大圭门首，俯仰叫骂，并疯癫也似的逢人便诉大圭、阴氏的一番奸计，招得街坊上人众喧闹。大圭大怒，便买嘱当地公人，将王禄作为疯子撵出城去。

王禄没奈何，只好在附近村落中乞讨度日。又粘捉野雀儿，卖个数十文钱，几次价想进城去探牢狱，望望主人，却被公人们吆喝出来。只过得月余光景，竟闻得徐玖业已糊里糊涂瘐毙狱底。这一来，不但王禄痛恨欲死，便连吉安秀才们也都动了公愤，正在火杂杂要给县官儿和大圭大张揭帖的当儿，不想那县官儿调任去了。秦大圭且是知窍，便趁这机会，拣那磨牙的秀才头脑儿跟前，用那白花花的东西稍为点缀。你想，那秀才们不过是一时激于意气，今见头脑儿都泄了劲，于是大家也便淹淹而退。

那徐玖瘐毙，距王禄哭诉时，正好月把光景哩。当时一峰被王禄拖住，略作沉吟，却叹道："你主人竟遭此横祸，也是他命该如此，俺倒要去痛哭他一番。"说着，由衣袋中取出数锭碎银，抛给王禄，匆匆便走。怔得个王禄什么似的，暗叹道："真是人在人情在，俺主人和诸爷那样交谊，如今他听了俺主人被害，也不过付之一叹。看起来，如今世界是没的交道的了。"

不提王禄拾金，太息自去。且说一峰大踏步撞进城去，早有一班好事的街众，争向一峰诉说徐玖被害之事，并私议论道："吉安城中，谁不知诸一峰、邹玉林是义气如山的好汉子。如今这个主儿蹅回，合该那奸夫淫妇不得安生咧。"

哪知过得数日，通没动静。一峰扬扬然出入闾里，就如没事人一般。连那徐玖埋葬之所，都没去哭奠一场，又一面吩咐家中仆人等去习商贩，终日价纵酒高歌，更有时出入妓院。那金刚、韦陀两派中的子弟有时相访，一峰是一概不见。有人谈及徐玖之事的，一峰只付之一笑。这一来，众人不但诧异，并互相窃笑道："响当当的个诸一峰，原来不过如此。"因此一峰声名顿时大落。那大圭和阴氏知得一峰如此光景，不由心头一块石落地，便越发地公然无忌。不是阴氏去就大圭，便是大圭直宿徐宅。那诸一峰就在徐家隔壁，依然是纵酒高歌他的。

不提吉安人众诧叹不已。且说那吉安新县官儿，一日夜时分，正在秉烛独坐，料理案牍，忽地烛光一闪，凉风飒然，突地由帘外蹅进一个短衣壮士，手持匕首，满面杀气。向县官儿叉手，朗然道："小人诸一峰，今有要事来禀老爷。老爷虽接任不久，想县中徐玖那桩冤狱，料也闻得。今小人不胜义愤，已擅将那狗彘男女双双杀掉。老爷若不察此情，无端连累他人，却莫怪小人鲁莽性儿。"说着白光一闪，咔嚓声，一柄匕首插在书案之上。但闻檐际覆瓦微响，再瞧那壮士，早已影儿不见，惊得个新县官儿呆了半晌，方能呼唤仆从，就署中大索一阵，闹得人仰马翻。

天色甫明，方要遣健捕去捉拿一峰，那秦、徐两家的凶案业已报来。原来大圭、阴氏一对儿剖腹屠肠死掉，两颗首级却交挽着，挂在徐玖葬所树枝之上。惊得个新县官儿冷汗直下，一面派人去拿一峰，一面就去相过验。不多时，去拿一峰的人回禀道："诸家房舍空虚，连仆人等都跑掉咧。"官儿听了，只躁得跺脚。他虽知得徐玖冤狱，却不晓得一峰为人，还忙碌着多遣健捕，四出捉拿。亏得有人说与他一峰的为人，县官儿听了，只吓得吐舌不迭。又想起书案上那把锋快的匕首，只得弄张通缉一峰的告示，贴在县前，就算了事。

这桩事传开来，吉安人众方晓得一峰仗义报友的一番作用，却不晓得他鸿飞冥冥，遁踪何处。

那张小酉为人热性，自经过诸、徐两人这番变故，他便没兴头做生意，直至和那妇人搭了伙计，开小店还是落落拓拓哩。且说小酉和着两只泪眼子，滔滔述罢，却不闻玉林的声息，睁眼一瞧，只见玉林挺然高坐，纹丝儿不动，仰面向天，蹙紧了两道浓眉，目光灿灿，射定他半晌不瞬。小酉呆望一回，竟有些怕将起来，方逡巡道："邹爷不必惊痛，反正人都是命运罢了。"一言未尽，只见玉林竟自拍案狂笑，哈哈的俨如龙吟虎啸。那案上的盘儿、碗儿、碟儿、杯儿也跟着叮当乱撞。

正这当儿，恰好那妇人来捡器具，玉林一个虎势扑上去，一手拖住她，一面捏起油钵似的大拳头，劈面一晃，道："小酉哥，你这话是真是假？你若是戏耍于俺，咱须开交不得。"这一来，妇人大惊，便见玉林颜色惨变，猛一放手，仍是挺然而坐。吓得张小酉忙跑来，连连捶唤。妇人便噪道："都是做这浅碟子嘴，好容易盼个客人来，如今再惊煞一口子，这才好哩！"小酉道："不打紧，这是他一时气迷，停会子就好的。"

正说着，玉林唯的声，吐出一口稠痰，虎目一张，那两点英雄热泪早已滚将下来，便慨然向小酉道："俺出游三四年，不想徐爷、诸爷竟遭如此变故。张兄可略知得诸爷的行踪吗？"小酉道："自变故之后，诸爷即行遁迹。当时城中金刚、韦陀两派的朋友，个个都留心访问，至今年余光景，却一些儿踪影也没的。大家还猜疑着诸爷去寻邹爷哩。"

玉林听了，好不怅然，沉吟一回，便向小酉道："俺如今索性地便住你这里，明日咱们进城去，了些事体再说。"张小酉唯唯之下，那妇人业已闻得，便暗地里向小酉道："我看，你别跟邹爷进城去吧？他和诸爷是一辈朋友，那诸爷一气杀掉两条命跑掉，他一气若再杀上几条，是玩的吗？"小酉道："你放一百个心，邹爷岂是那等没分晓的人。"

不提这里两口儿背地啾唧，且说玉林次日和小酉一径进城，先就客店中安置下来，玉林便整备了香楮祭品，命小酉担了，到徐玖葬所哭奠一番。这一来，轰动吉安人众，都知得大侠邹玉林今日趲回去哭好友，便不约而同地跟了许多人，去瞧光景。那诸族人众未免因此想起一峰，感慨之下，也便跟去几位。

那徐家茔地就在西城之外，当时大家凑向那里，对着墓草芊芊，徘徊太息。有的便叹道："可惜徐玖先生那肚子文学，如今咱吉安便没的这样才子了。"一人便道："若讲文才，就是那万恶的秦大圭也不含糊，可就是有才没向正处用，反自取杀身之祸。"又有一人道："我看秦大圭谋杀徐玖，虽因奸淫，一半儿也因往年徐玖曾面讥他赌买功名之事。可见人言语

124

不慎，也能招祸。"

大家正胡拉八扯，早见张小酉挑了香楮祭品，由岔道上远远而来。随后玉林是一身素服，视端形寂，那一番感痛颜色，早望得大家立止喧哗。

须臾，到得徐玖墓前，小酉方在摆设祭品，玉林那两行热泪早已被面而下。便亲燃瓣香，插向墓所，只叫得一声徐老弟，这里小酉急忙焚楮奠酒的当儿，那玉林业已顿足踯躅，尽情大哭起来。一时间悲风肃肃，林鸟惊起。说也奇怪，只见一缕楮烟盘旋而上，就玉林身上绕过一匝，然后冉冉地落向墓所。望得大家无不悚然称奇，直望得玉林等携具转去，大家方才太息而散。

不提众人都赞玉林朋友情重，且说那诸族人众，次日聚谈起玉林哭奠徐玖之事，正在感叹一峰，只见张小酉匆匆趱来，是每人一份红请柬。大家一瞧柬上的言辞，是："明日恭祭师墓，敬请观礼，并请诸族父老代邀那承种诸氏义田的田主，携当年诸氏的典契到场。有要事相商。"下面写着"邹玉林拜访"的字样。大家见了，一阵发愣，问起张小酉是何缘故，小酉也自不知。大家揣测了一会子，因玉林信士，必有缘故，且喜那田主就在城内，便一面遣人去知会他，一面准备去赴玉林之约。

次日，大家聚齐，已至将午时分。正要举步的当儿，只见一位朋友趱来。此人姓管名得宽，是县中一个吃混饭的秀才，专以吃了自己清水老米饭，去探听些没要紧的事。一来以为谈助，二来为的是钻刺着混摸油水。他一天总要串八家子门儿，却是没头没脑乱谈几句，屁股没偎热就走，因此大家恭送他个徽号，叫作"无事忙"。当时管先生闷闷浑浑一脚跨入，见大家都整冠束带，像煞有介事，及问知缘故，便笑道："亏得我来得巧，不然你们到茔地里可受清风去吧。这当儿，邹爷刚忙着接待了本县官儿，又有些绅衿们挤破门似的前去拜望，据我看，他天西时能到茔地便不错，你们这会子便赶去作甚呢？"

大家诧异道："不对吧，邹玉林为人哪个不知？一来他不好结交官府，二来他行贩为业，官绅们也没人理会他哩。"管先生大笑道："你们这班呆鸟，成日价在家守着婆子，外边的事便都不知。你以为如今的邹玉林，还是当年苦力行贩的邹玉林吗？真是隔门缝看人，把人家瞧扁咧。吓，人家这次发财回头，若说起来，保管吓你们一大跤哩。如今人家慨然捐了万余金，倡办本县的灾赈，昨天晚上业已交与县官儿，所以这会子官绅们都去拜望。咱闲话休提，俺这就要趱向户房先生处，探个仔细，好歹也要插一胳膊，落点油水哩。"

大家听了，正在似信不信，那管先生径自趱去。大家望了一会子，只得姑且到茔地中去觇觇。刚转过两条街坊，果然听得人谈论玉林捐赈之事。须臾，到得城外岱云墓所，只见张小酉业已领了一班执事人众，在那里准备整齐，不但祭筵、香楮一切停当，并搭有一处高棚，为大家落座之所。当时大家入棚，随意歇坐。问起张小酉来，方知玉林真个的慨捐万余金，以赈灾民。

正这当儿，恰好玉林踅来，大家厮见过，未免就提起捐赈义举来，交口赞叹。玉林慨然道："俺这次出游，托赖诸位福庇，薄有所获。本想与诸位共乐安闲之岁月，不意良朋变故，使人痛心。玉林不久便当远逝，这区区赈款聊作俺的纪念。"说着向诸族父老道，"俺今天特邀诸位，一来是大家观礼，聚谈一回；二来玉林还有区区鄙意。因俺岱云恩师，生平以不曾赎回族中那项义田为憾。俺今幸有余资，便拟赎取此田，归还族中，也了俺恩师一生的心愿。"

此语一发，大家不由都直立起来，止要交口痛赞之间，只见那田主毛咕咕地道："嗯呀，使不得！那田地俺刚插好秧苗儿，休说是人工粪土，俺刚搭了许多本钱，便是俺婆子下水插秧，小肚儿泡胀多粗，淤泥里的泥鳅恨不得去钻那个。俺们费了偌大的事，你们愣要赎田，真是岂有此理！便是俺容得，俺婆子还容不得哩。"说着，气吼吼就要站起。

原来这田主是个黏皮带骨的角色，你若和他正经交代事，他一定没个爽快，就须硬掐脖儿，狠狠地剜他，他便成了顺溜排骨咧，俗名为"牵着不走打着走"，这种贱毛病大概也是从胎里带来的哩。

当时玉林听了，方在微微一笑，只见诸族中抢起一个浑愣儿少年，一抡胳膊，伸出小萝卜粗细的手指道："你说什么？你婆子泡胀腿，被泥鳅钻了裆，那算是活该！你不容赎田固然好办，她不容赎，俺也有法儿治她。"说着一挺手指道："俺就是这个指头，弄得你两口儿都叫了妈好吗？凭你这东西，就霸田挡赎？"于是抢上前，一把按住那田主，就要剜臀。亏得大家连忙笑劝开。这时玉林也踅过来，向田主长揖致恳。

但是，诸族人见玉林话虽说出，却不见赎田之款在哪里，正在怙惚之间，只见玉林一回手，从衣袋掏出一纸万金的汇票，便交给那诸族值年的父老道："这是一万银两，除却赎田，余者便留作祭扫此墓之用。俺玉林以一流落苦儿，蒙恩师教养一场，今当远去，不过略尽寸心罢了。"说罢，凄然泪下。

这一来，不但大家欲赞无词，便连那田主也慨然道："邹爷义气，古今少有！既如此，俺婆子腿泡胀、泥鳅钻了那个都算白搭，咱就地归原主吧。"大家听了，不由都笑。那田主便取出典契，交与值年父老，约期领价，自行趄去。这里玉林接过典契，不由面上越添悲痛之色，便同了大家直赴祭筵。玉林肃拜已毕，伏地大哭。诸父老忙相挽慰之间，玉林手儿一挥，那一纸典契早随了楮火化灰而去。

这一来，玉林义声震动远近，那当地人众正争相趄赴客店，一接谈笑，哪知玉林业已飘然而去。原来。玉林因徐玖、一峰变故之事，竟闹得万念灰冷，决意价漫游各处，寻访一峰。当时在城事毕，只又大集金刚、韦陀两派中的游侠子弟，纵饮两日，便一径地和小酉趄赴怀人驲，留金为别，仍结束作商贩模样，径自长行去了。

凡各处的名山胜水，以及偏僻的琳宫梵宇，玉林唯恐一峰混迹其间，脚踪所到，无不处处留意。不要说是风尘憔悴，便是那当儿发逆之乱处处滋蔓，玉林漫游之下，也不知经过多少险阻，做了多少行侠仗义之事。转眼间，六七年的光景，但是一峰踪迹就好比泥牛入海，永无消息。

这日，玉林贩得些枣子，行抵浙江诸暨包村地面，偶因拉取猪龙，却得遇伯高兄弟。

当时玉林娓娓述罢，伯高兄弟不由惊喜异常，连忙站起，与合座斟满一杯道："有幸，有幸！俺久闻南中有两位绝世大侠，人家称道起来，都说邹、诸。今日若非邹兄巧拉猪龙，竟自当面错过。来来来，咱们且吃杯喜酒再讲。"昭达大笑道："今天喜酒是不消说，更难得的是当此时光，邹兄到此，真是咱包村天大的喜事。如今发匪虽退，他一定衔恨再来。依我说，邹兄便留此助理一切，再好没有。"

伯高听了，方在含笑点头，仲明已噪道："正是，正是！如今外圩成后，还须添募乡壮，这教练之事，若单靠蒋兄，未免也太劳苦。邹兄留此，真是天助咱包村哩。"说着满斟一杯，竟奉玉林道："邹兄，您不必踌躇，咱就是这么办吧。"世兴见状，不由拈须微笑。唯有璧城却一声不哼，逡巡间，却用脚略蹴伯高。

正这当儿，玉林却慨然道："俺有何能为，便劳诸位如此见爱。"因顾伯高道："包兄昆仲大名，俺亦久经仰慕，使俺在此听候指挥，亦所深愿。但俺自游行以来，趄寻俺良友诸一峰。此愿未遂，未免耿耿此心。方才诸位一番见爱，只好异日再供驱策了。"

璧城听了，登时大赞道："邹兄交友之情真正难得，既这样诚心寻访，怕不就旦夕遇之吗？若得同贵友都临敝处，那就越发妙了。"说着，自饮一杯，只管沉吟。

这时，昭达瞟得璧城一眼，方要发话，仲明便笑道："蒋兄真是得陇望蜀，哪里有那么巧的事，就旦夕遇着诸一峰兄同临咱村？咱只先求邹兄

127

不弃便了。"

玉林听了，正在谦逊，昭达偷眼瞅去，却见璧城向伯高一使眼色，即便托故起席。于是世兴笑道："邹兄行止且慢慢商量，今且吃酒。但是依俺看来，邹兄寻访贵友原没定向，今留此相助为理，一面价再留心物色，也未为不可。"仲明道："正是，正是，且容邹兄细细思量。"

昭达大笑道："思量什么？俺猜邹兄一定是留此咧。俗语云，惺惺惜惺惺，好汉惜好汉。在座的除去俺，邹兄瞧哪个不够交儿呢？"大家听了，不由都笑。于是彼此价酒到杯干，又畅谈回武功，并发逆扰乱各处等事。大家各述所闻见，十分款洽。

须臾，又谈及杀跑黄衣怪之事，只见玉林眉头一蹙，却说出一片话来。正是：

　　杯酒订交方款洽，雄谈惊尘又纷纭。

欲知后事如何，且听下回分解。

第八回

探包村乔装蓝大炮
谈发匪演说小青娘

且说玉林听得黄衣怪来打包村之事，不由蹙眉道："如今发匪嚣张，愈出愈奇，都因那洪秀全自号太平天国后，便附会些天父天母等语，以资诱惑，所以那各股匪中变本如厉。其中很有恃弄邪术，以济凶焰的。又有所谓'孩儿军'，都是十五岁以上的狡悍童子。每逢临阵，都打扮得红孩妖一般，头绾丫髻，浑身红衣，每人一柄长刀，跳跃如飞。又有所谓'天魔队'，都是长大姣好的大脚蛮婆，各披彩绣之衣，善舞刀牌。每当对敌，矫健异常。闻这天魔队就隶在秀全之妹洪宣娇麾下。俺游踪所至，异闻甚多，如孩儿军、天魔队，不过是发匪胡闹，以资点缀，但是据道路所传闻，各股匪中真有弄邪术的，此类妖匪倒也不可不防。"

伯高听了，不由拊掌大笑道："妖匪如果到此，却正合俺的性儿。俟俺弄回把戏，倒也有趣。"玉林方在愕然，那仲明已手舞足蹈，将伯高深明阴阳孤虚等事说了一遍。玉林大悦道："包兄真是旷世异才，佩服，佩服。"世兴正色道："战阵之道，总以部勒武功为主功，略通阴阳孤虚，不过是相辅为用罢了。"说话间，大家饭罢，业已二鼓时分，于是伯高肃客另入前室。

大家方在相陪茗谈，只见一仆人来，回伯高道："方才蒋爷遣人来请主人，到团局内有事相商。"伯高尚在未语，昭达一拉仲明，先自站起，便道："时光不早，邹兄且自歇息，咱明日细细谈叙。有这一夜的工夫，邹兄行止便可思量决定咧。"说着，和伯高等道声安置，一同退出。

不提这里玉林忽遇这般意气相投的东道主人，方寸之间，自有一番辗转，且说昭达等一行人踅离包宅，行至岔路，伯高、世兴一径地同赴团局。仲明方要向村庙有所勾当，却被昭达拖住道："那会子蒋璧城神色之间，很觉蹀躞，大概是恐邹兄留此，就显不着他咧。如今他请伯高兄，定没好话来讲，你何妨悄去听听，咱无论怎样，别错主意，总要留下邹兄方好。"仲明道："你这话未免过虑，难道蒋兄他不愿多添个硬帮手吗？"昭达笑道："你不要管，那会子大家请留邹兄，俺见璧城暗蹴伯高兄一脚，所以启疑。"仲明沉吟道："或者他另有什么见解，也未可知。如此说，俺便张张去。"

不提昭达喜得玉林，兴冲冲自行趄去。且说仲明趄赴团局，守门人见是仲明，忙要通报，仲明挥手止住他，悄悄入去。刚一脚踏入里院，便听得璧城娓娓而谈，并伯高略作踌躇之声道："蒋兄所见亦颇中理，但俺看……"璧城拍膝道："包兄不必迟疑，明日趁早重谢他，遣去为是。如今发匪中的能人、间谍神出鬼没，况咱新近结怨发匪，焉知不是他特遣此人，来趁机会，想于中取事呢？并且他说的来历也觉离奇，世界上哪里有为了个朋友便游行四方，寻访数年之久的哩？邹玉林虽是南省著名大侠，但是咱们都不识其面，不知此人是真是假。伯高兄渴意求贤，固是正理，但是也须仔细一二。"

伯高听了，又略作踌躇。世兴便道："依我看，此人气概决是正人，蒋兄所虑虽亦近理，但咱们正在用人之际，若都这等猜疑起来，如何还有能人相助呢？"璧城听了，却略为冷笑。伯高便道："蒋兄所说这番话，俺且留意，好在这位邹兄还须在这里盘桓几日，咱大家细为审察，再作区处吧。"说着窗上人影一晃，似乎是站将起来。仲明连忙闪向庭树之后，便见璧城送得伯高等去后，自己又在院中搔首沉吟，来回大踱了两次，方才逡巡入室。

这里仲明也便悄悄趄出，一路上暗想昭达所见不差，又思璧城或亦是仔细之意。次日晨起，去寻昭达，方经过村庙门外，只见长明攒着眉头，由庙中出来，后面还跟个小沙弥，挟着袈裟木鱼。仲明便笑道："和尚哪里去？难道大清早晨就向人家去做佛事吗？"长明道："麻烦得紧，俺这去给人家念倒头经去。提起这个宝贝来，吃喝玩乐了一辈子，如今穷得叮叮当当，携了小婆子，避乱咱村中。不想祸不单行，偏偏他又在昨夜五更头时死掉了。俺既当和尚，人家前来请经，不能不去。他就在杜家豆腐店内赁居。二爷向哪里去？若顺路，咱就一同走吧。您瞧瞧那个新寡的小婆子，好体面个俊人儿哩。"仲明一问死者为谁，方知就是杨大全，一向和金钱花赁居在杜家。于是仲明笑道："你这秃厮，若不为去瞧瞧俊人儿，只怕还不肯给穷户念倒头经哩。"长明一缩脖儿道："二爷真把人冤苦咧，出家人方便第一，论什么穷户、富户。"于是一笑分手。

不提长明自去念经，且说仲明一径地寻见昭达，具述夜来所闻。昭达拍手道："如何？蒋璧城的度量就是这样。"正说着，恰好伯高遣人来请两人趑去，伯高便一述夜来璧城的话，并笑道："俺看蒋兄殊为多虑，你二人意见怎样呢？"

仲明听了，方笑望昭达，正要开口，昭达笑道："一人不过二人智，今咱三人且闹个哑谜，试观所见略同否。"于是笑述数语。仲明拍掌称妙，登时命人取过笔砚，各在掌中写了一字，方要一齐开看之间，恰好世兴一步趑内，问知所以，也便取笔书掌。四人相视一笑，手掌齐开的当儿，昭达大笑，一跳丈把高，道："伯高兄不必犹疑，且准备今天吃喜酒吧。"

原来，四人掌中都恰恰写的是个"留"字。于是伯高喜动颜色道："既如此，咱就去坚留邹兄。"

大家正要举步，只见一个仆人匆匆趑入，向伯高垂手禀道："方才蒋爷遣人来请主人，说是团丁在村外捉住一个游方的老道，恐是贼中的奸细，现正在打着询问，就请主人速赴团局哩。"昭达道："贼中细作是难免的，且由老蒋去问，咱还是先留住邹兄要紧。"世兴道："贼中细作也非小事，咱还是先赴团局吧。"

于是四人起行，方入庙门，已闻得棒掠声响，啪啪的如击败革，并闻敞厅上璧城喝道："你这厮擅敢在俺村外探头探脑，明是奸细，快实说来，饶你不死。你羽党多少？现奉了哪股发匪之命，到此窥探？便是昨日，你有同党到俺村中吗？"昭达听了，目视仲明一笑。便见厅阶下团丁一闪，现出个形容古怪的老道，生得长躯大干，十分凶实。一张蓝恹恹的堕腮脸子，疙瘩眉毛，堆鼻尖嘴，面皮上茸茸地起层细毛，两只圆彪彪眼睛一转，便如夜猫子一般。穿一件蓝布道袍，下衬净袜云鞋，跌坐在阶下，身旁置着他的渔鼓简板。

这当儿的团丁马棒，只管抡圆了向他背上打，他依然扬扬不睬，却冷笑道："俺一个云水道人，怎便认俺作奸细呢？俺孤身一人，有什么党羽？"璧城喝道："俺不问你别个，俺就问你昨日曾遣人来俺村中不曾？"老道道："这话奇唎，俺今早方到这村外，你这没头没脑的话别向我说。"

璧城大怒，正要喝令重打，伯高等业已一齐趑入，于是大家厮见。伯高略问捉获老道之故，便向老道研问数语，却向璧城道："此人言语坦然，略无破绽。如今发匪肆扰，便是外方人也不安生，他或者真是游方募化之辈，也未可知。依我之意，竟放掉他吧。"璧城听了，也自无语。于是众团丁拉起老道，便向外推。那老道一面振衣，一面嘟念道："这是哪里说起？愣将人作奸细看待，好大气势的包村团局呀！"璧城听了，就要亲自赶去，却被伯高拉住。众团丁便悄语道："道爷少说一句吧，快去是正经。"老道回顾道："俺白挨顿好打，不走，还等人给赔礼吗？但是俺的渔鼓简板，你们竟夺去不成？"

璧城怒道："这厮好生倔强。他既如此说，咱偏不给他！"伯高笑道："蒋兄和他置气作甚？"于是亲取那渔鼓简板，方要递与老道，只一举手之间，铿然一响，却由渔鼓筒中掉落一把锋利的匕首。这一来，团丁都惊呼一声，重新将老道捉住。璧城跳起来，得意道："如何？俺瞧这贼道就有些诧异，果然他身边带有器械。况且这两日，咱村中只管来面生的人，怎能不仔细呢？诸位且自随便，俟俺慢慢地拷问他。"

昭达听了，情知璧城想借事为由，牵疑上玉林，方在暗笑，只见伯高道："蒋兄且自拷问，但是如此乱世，游行人偶带器械防身，亦所难免。蒋兄仔细，咱总要别冤屈好人。"说着，和昭达等一齐踅出。方出得庙门，业已闻得璧城大呼小叫，一面价马棒声动，仍是啪啪的如击破革。那道人并且礚礚大笑，声达庙外，竟似乎不畏捶楚。

仲明便道："这老道真也异样，等我再张张去。"却被昭达拉住道："那里自有蒋兄料理，咱大家将邹兄白丢在宅中，可是道理？"大家一笑举步。世兴道："这老道两只凶眼很挂邪气，若果是发匪的奸谍，就怕邹兄说的股匪中很有恃弄邪术的话，不为虚妄了。"说话间踅回包宅，同到前室，只见玉林正在独坐拭剑。

大家厮见过，相与落座。谈过两句闲话，那昭达不待伯高开口，便贸然道："邹兄昨夜思量了一夜，行止想已决定，如今还用说吗？便请屈留此间，不然您是瞧不起俺包大哥哩。"

玉林方在逡巡，当不得伯高等也便恳留，玉林至此，无可推逊。又因久访一峰不遇，虽然是万念灰冷，然而那烈士壮心如何能铲除净尽？今见伯高等如此意气，未免又动见猎心喜之念，于是慨然道："俺玉林湖海萍踪，本没定向。今遇包兄等，想亦是一段缘法，既承不弃，俺便敬听驱策罢了。"大家听了，相顾色喜，唯有昭达只喜得手舞足蹈，便向伯高道："包兄且准备喜筵，俺且瞧瞧那细作老道去。"说着，拉了仲明匆匆便走。这里玉林问知那老道一段事，也是十分诧异。

不提伯高等一面价陪玉林谈叙，一面价准备酒筵。且说昭达和仲明直赴团局，一路上只是哈哈地笑。仲明便道："你这呆子喜的是什么？咱虽留得邹兄，如今眼睁睁捉得贼中细作，恐不久就须厮杀，你当是只叫你陪邹兄吃酒吗？"昭达道："厮杀就厮杀，咱怕他甚鸟？你不知，俺闷了多日的鸟气，如今留得邹兄，真个痛快。不用说别的，先须消消蒋璧城兄那股子气焰，不然，他那种俯视一切之概还了得吗？"仲明笑道："你说得也不错，但是俺瞧璧城兄神色之间，不甚佩服邹兄。"昭达道："那还用说吗，有了月亮，不显明星，可知他一百个不如意哩。"

仲明笑道："且莫谈没要紧，你瞧他两人，毕竟本领谁胜呢？"说着微微一笑。昭达略一沉吟，忽大笑道："得咧，你就打开板壁说亮话吧，我知你是想瞧瞧他两人本领高下，打算叫我从中唱个小花脸儿。但是这出戏，俺一个人儿跳独脚却不成功，咱两个须得一吹一唱，方能撮起两边的劲儿。你只要能撮弄璧城兄，邹兄那一面都交给我如何？少时午筵前正是机会。"仲明笑道："咱就是这么办，且去望望璧城兄，再作道理。"昭达笑道："定法不是法，但是俺看来，你撮弄璧城兄还容易，因他正在不服邹兄，容易起劲。俺去撮弄邹兄，未免烦难些，因邹兄一来是新来乍到，二来他意态间十分谦执，却与璧城兄大不相同哩。"

说话间，进得团局，只见璧城正在整理衣冠，匆匆欲出。一见仲明等，便笑道："你二位来得正好，且在此替俺料理，俺去寻伯高兄商议些事。如今那贼道经俺拷问，只是不认奸细。再者还有一件事，俺也要和伯高兄斟酌。"

仲明听了，料他是注意玉林，因索性道："什么要紧的事？少时咱去吃喜酒，一同去吧。"璧城愕然道："什么喜酒？"仲明道："原来蒋兄还自不知，如今咱团中又添了一位簇新的教师，便是那位著名大侠邹玉林兄。人家真是名不虚传，说起武功来，真是原原本本。然而，俺总觉得他似乎是有点儿吹大气。当时俺一想，咱包村团丁既由蒋兄教练出来，那是没的可议的咧，不想人家别有见解。当时他只微微一笑，居然发出许多议论。俺也记不得许多，少时他又问知是蒋兄所教练的，这才略为点头，却也没说什么。但是俺听他谈论武功，甚有道理。可惜蒋兄没在那里，少时您去听听，管保你两人相见恨晚哩。"说着一整面孔，略瞟昭达，却尽力子咳嗽了一声。

昭达从不曾见仲明如此装作，几乎失笑，连忙忍住。便见璧城眉梢一挑道："伯高兄总是直快性儿，三言两语便请得一位教师，端的可喜。俺蒋璧城本领既平平，又没的教练之材，自然被邹兄见笑了。但是真正本领也不都在口头上。"说着面色一沉，却喝那左右的团丁道："那个贼道，你们须要缚牢看守好了，稍有疏虞，我是敲断你们狗腿的。"昭达见状，不由暗笑道："有因儿，这一头火头既挑动，便该我去上场咧。"因望望日影道："如今时光还早，咱们老早地去了等吃酒，不显得嘴老馋吗？仲明兄，你和蒋兄且自闲谈，俺到外边疏散疏散。"说着向仲明一使眼色，径自踅出。

不提这里仲明会意，绊住璧城，于言谈之间又微露玉林轻藐璧城之意。且说昭达低着脑袋一径出庙，暗想道："邹玉林意态谦挹，又是新到之客，若要逗起他性儿，和人比较，却也是段难事。这个由头儿怎样开场呢？"沉吟间，恰好听得两个村人行且语道："如今咱村中越发好了，包爷又请得一位新教师，俺听说此人本领还在蒋教师之上哩。"一人道："那是自然，人家拉取猪龙是何等力量呢！"

昭达听了，猛有所触，登时得计，便一径地趱赴包宅。恰值伯高等正陪玉林雄谈得起劲，但见伯高道："邹兄遨游南北，真是闻多见广，如方才所谈的贼中杨秀清、萧朝贵等人，此辈篝狐伎俩，竟闹得糜烂半天下。但是贼中小些的首领，如今狼奔豕突，到处是攻城掠郡，不知其中都是些什么角色？"

玉林道："那小些的股匪，无非都是椎埋出身，渐渐地便啸聚起来。据俺所闻，其中只有两股的首领，那出身却有些不同。一个是徐州人，人称'大毛先生'，此人生有异相，黄面长眉，远望去便如一尊神道一般。性好结纳，黠诈机警。他本是当地一名邪僻秀才，平日价武断乡曲，名闻官府。他却有一宗好处，就是疏财慷慨，因此当地的贫薄少年甚是服他。其时，徐州还有一个走动官府的劣绅，姓毛名锡九。因他生得不满三尺，满腹机诈，大家便顺口儿称他是'小毛先生'。这小毛先生专以包揽词讼啃嚼地面，更把些不义之财去接交官府。地面上有这大小毛先生，已就闹得不像模样。不想他两个互相讥笑，一日竟哄将起来。原来，小毛先生笑大毛先生是浑愣地痞，大毛先生每当酒后，也便骂小毛先生是奸坏讼棍。两家党羽又从中一加挑拨，于是两人暗含着越来越拧。

"也是合当有事。一日，大毛先生因与朋友办了一件牙行的事，不知怎的却被小毛先生到县衙中一使手眼，居然被他夺过去咧。于是大毛先生大怒，便支使出一班无赖，单等小毛先生由牙行中料理回头，正走到闹市上时，众无赖一声喊，蜂拥而上。不容分说，由两人按翻小毛先生，另有数人早将准备的六支头的大蜡取将出来。地下小毛先生白亮亮尊臀一现之间，众无赖拍掌大笑，即便一哄而散。坊众们扶起小毛先生，先给他婉转抽拔，取出那蜡。亏得小毛先生真能遮羞，便笑骂道：'你们这干猴儿，等着我开玩笑，也没有这般混闹的！'说着，面不改色，从容而去。

"当时小毛先生探知是大毛先生所为，并不发作。过了年把，适值朝廷命各具办理团练，以御游匪，并且催促成立，十分紧急。大毛先生得此机会，他手下党羽又多，由大家一推举，居然当起威实实的团总。这等人乍穿新鞋，岂有不高脚之理？于是借清乡为名，大肆纷扰，但是也不过苛索供给，人家有好些东西，就随手儿捞两件。因此闹得声名甚劣，街坊上风言风语，都说他通贼。

"正这当儿，恰好来了个愣性县官儿。抵任以后，大毛先生领了十余卫队，骑了高头大马，气昂昂入署进见。那言语之间未免地庞然自大。方离县衙，便带队一阵风似的卷出城。县官儿见此光景，本就有些怙懾大毛先生，为日不久，那小毛先生却暗向县官道：'那毛团总久已通贼，十分可虑。今趁有官军驻境，正好拿办此人，不然一旦有警，还了得吗？'那官儿听了，也不细为察访，本来这当儿各县团总颇有不法行为，竟有盘踞通贼，连官军都奈何他不得的。当时那县官儿去拜那驻境的营官，即便议捕大毛先生。他还没回头的当儿，大毛先生业已得知消息，便登时率团哗变，一径地加入贼伙。这大毛先生善用一根浑铁枪，在各股匪中甚是了得。

"还有一股悍贼，那首领却是个卖解的妓女出身，人呼为'小青娘'。因她生得娇小矫捷，喜着青衣，每当临阵，舞起一柄雁翎长刀，挥挥霍霍，便如一团乌云中时掣闪电一般。她又善用十二口柳叶飞刀，能一气儿连珠发出。二十余岁上流转江湖，所得金资委实地不在少处。但是她生性妖淫，每有所获，都为所欢持去。一日，流转至沂州地面，竟自困病起来，少有资装，渐渐用尽。

"这当儿，她所携的男伙友，一来见她财尽，生意做不得，二来见她病势沉重，蓬头垢面，鬼也似的趴在病榻上，往日姿色一些儿也没的咧，并且呻吟呼叱，只管向人发咆噪，责令将养她。众男伙一想，这等个将死的烂污女人，还恋她作甚？于是不约而同地都陆续走掉。只剩下一个脸子极丑的男伙，名叫邬大，居然没去。这邬大生得闷闷浑浑，一向在解戏班中做个三等的配手，小青娘眼角里也不曾瞧见他。至于枕席之欢，更是没份儿咧。当时，青娘见众伙都去，气恨之下，那病势越发加剧。百忙中资装告罄，堪堪就支持不得。那小青娘歪在榻上，越想越气。她本是享用惯了的人，这时光深秋天气，只穿件薄薄单衣，偎着床旧夹被，吃的是粗饭菜汤，一咽一瞪眼，哪里会有好气。于是见了邬大那副丑脸子，便茄子黄瓜地乱骂一大堆。那邬大只是赔笑，依然是昼夜服侍。

"一日，小青娘忽见被褥一新，饭食间居然可口，便是那店东也不来啾唧房钱。问起邬大来，他却道：'娘子只管养病就是，俺暂从街坊上挪借来。只要你病好了，做场生意，登时就还清咧。'小青娘听了，也便信以为真。过了个把月，病势渐好，但是一切服用却不如前。那邬大又早出暮归，也不知他干吗去，只抛小青娘在店中。偶然问起他，他又支支吾吾。

"这时，小青娘虽瞧邬大不错，还没注意。一日偶和店东闲谈起来，小青娘便叹道：'你这贵处的街坊都算淳道，就肯借给俺钱用。自邬大说与俺知，俺感激得贵街坊什么似的。'店翁笑道：'你真是妇人家不明世路，凭邬大一个外乡汉子，哪里能从此地赊借？你这数个月的费用，都是邬大自己的积蓄。近些日他积蓄用完，便悄悄地去佣工挣钱。你没见他早出晚归，累得王八蛋样儿？你这服用，一切菲薄，也就是他佣资无多的缘故哩。'"

玉林说至此，世兴不由一笑。正是：

　　　　闲谈贼将分明数，再犯村墟指顾中。

欲知后事如何，且听下回分解。

第九回

结孽缘蓝道称雄
较拳棒昭达作祟

　　且说世兴笑道："邹兄说的这小青娘，俺也约略闻得。人家都说她投身发匪之故，是因一个邪僻道士，不知此话信否？"这时，昭达业已在旁座上呆听良久，便笑道："啊呀，了不得！今天咱局里就捉住个奸细老道哩。"

　　玉林问知所以，也没在意，便道："世兴先生说得不错，后来这小青娘果然嫁了个姓蓝的道士。当时小青娘听得那店东一番话，不由十分感激邹大。说也奇怪，从先望见邹大那副丑脸子，便发恶心，这当儿竟越瞧越爱起来。及至小青娘病体大愈，丰姿如故，那邹大居然拥有小青娘，结为夫妇。那溜掉的许多伙友又渐次聚拢来，一来想吃旧锅粥，二来还望小青娘重叙前欢，却都被小青娘一概谢绝，只和邹大流转四方，逢场作戏，索性地去掉那解戏的排场，便如一对儿乡间夫妇一般。

　　"这时，小青娘已有二十六七岁的光景，风尘厌倦，大有和邹大倚靠终身之志。不想世事无常，一月流转到河南颍川地面，那邹大竟自暴病死掉。小青娘哀痛之下，誓不再嫁。寓在旅店中，一面将邹大埋葬过，一面踌躇归计。自她初到颍川，那色艺之盛，早已轰动许多豪华少年。但因小青娘既有丈夫，又不卖身，大家也便不敢作非分之想咧。这当儿，邹大既死掉，众少年又见小青娘旅况单寒，以为一个江湖妇人家，岂有挑动不得之理。于是你来我往，不约而同，不但丑态百出，日来嬲戏，并且争出重金，便烦那店主人为之牵拉，搅得小青娘不胜其烦。

　　"一日早晨，小青娘倦眼初醒，忽闻得院中有四五个少年，只管踢天跳地，也不知鸟乱的是什么。少时，却闻砰然一声，似乎有件极重的东西抛到房门之外，接着便闻他们嬉笑而去。小青娘也没理会，慢慢起来结束，去开房门。不想外面却顶得牢牢的，从窗中探头一瞅，不由暗笑。原来房门外顶着一块拴马的石桩，五尺多高，粗估去就有数百斤重。当时小青娘料是少年等以力威胁之意，略一沉吟，反倒登时得计，便唤集店人移去石桩，却单手儿将石桩提置店门前，揭帖其上道：'有能单手提此石，移置店内者，情愿以身事之。'这一来喜坏众少年，一个个揎拳捋袖，争来提石。却如蜻蜓撼石柱一般，不由都废然而退。

"小青娘本没嫁意，不过设此法去挡这班少年。过得数日，果然眼前清净。一日，小青娘携了香楮，到邬大葬所痛哭一番。正在掩泪回头，行经一所道观之前，只听身后松林内有人唤道：'娘子到敝处已经多日，怎也不到敝观中随喜随喜呢？便请进内奉茶何如？'小青娘回望去，却是个长大道士，由林中含笑趱来，举步之间甚是矫健，披一件粗布大道袍，神色间颇带戏侮之态。小青娘闻他呼唤，已觉鹘突，这时便怫然道：'不劳道爷费心，俺一个寡妇人家，到观中随喜作甚？'那道士大笑道：'且去，且去，少时俺到你店中再细谈吧。'

"小青娘一听，一路怯慑着：道士定是个歪邪货儿。但是众少年都移那石桩不动，谅一道士有甚能为呢？及至趱近店门，不由一怔，只见正围拢了许多人拍掌喝彩，一见小青娘到来，越发地掌声雷动。

"原来那道士正雄赳赳地单手提石，砰的声抛入店院。观者一声喝好，声动街坊。急得那店东只是跺脚道：'众位散吧，如此乱哄，没的闹出事来。'正乱着，那道士拉了店东径向旁室。小青娘惊怔之下，到得自己室内。想起邬大一番情意，不忍改嫁，但是眼睁睁那道士又提进石桩，自己的揭帖既发出，安能说了不算呢？正在为难之间，那店东已攒眉趱进，道：'娘子，您瞧这档子事怎么办呢？方才那道爷说咧，今晚上他便来求娘子践言，并且就在小店圆个房儿哩。'小青娘怒道：'岂有此理！他一个出家人怎还如此胡闹，俺践的什么言？难道他就不怕人家议论吗？'店东笑道：'他怕人议论，也就不来逞能提石桩咧。'小青娘越怒道：'主人家，你不要管，他来时不胡闹便罢，若不守清规胡闹时，待俺一顿拳头打跑他便了。'

"店东吐舌道：'娘子莫逞性儿，那道爷十分了得，便是此地的著名恶霸，手下党羽甚多。他俗家姓蓝，人都称他蓝大炮。他不但武功非常，并且颇通邪法，又用百炼精钢锻成了雌雄双剑，真是吹毛可断。他仗此身手并利器，所以在此独霸一方。他本是徽州混元教门中的一个首领，因行为不法，被官中缉捕紧急，方才隐迹这里。俗语云，强龙难压地头蛇。娘子虽然了得，还是从好处委婉此事方妙，千万地莫逞性儿。'正说着，有人来唤，店东趱去。

"这里小青娘沉吟良久，毕竟地不肯负却邬大，又自恃能为，眉头略皱，也便得计。于是晚饭之后，反倒兴冲冲整理晚装，明烛而待。不多时，蓝大炮果然蹚来，并命人抬一席喜筵。小青娘主意既定，且乐得自在享用，于是笑吟吟殷勤款待，竟和蓝大炮偎倚着并坐下来。一时间酒泛金波，互相酬酢。小青娘三杯落肚，媚脸烘霞，早引得个蓝大炮邪眉歪眼，动手动脚，但是引手抚摸之际，只觉触处里硬如石块。蓝大炮料是小青娘故示内功，但是自恃能为，也不在意。

"须臾酒罢，就着明烛光中，两人携手登榻。那小青娘更不客气，只回眸一笑之间，早已轻褪衣裙，略无羞惧之色，竟自公然仰卧。那一段写意风光，蓝大炮哪里当得，于是兴冲冲解衣欲上。不想，小青娘两条腿儿便赛如铜浇铁铸，紧绷得一毫隙缝也没的，任那蓝大炮用尽平生气力，休想分开。大炮兴起，要想翻转她，乘间取事，无奈小青娘身儿着席，便似生成，推拨良久，倒累得自己躁汗雨下。

"蓝大炮羞愤之下，便又用温柔家数，于是和小青娘并枕歪倒，献尽丑态。始而小青娘还微微含笑，继而竟自鼾声大作，闹得个蓝大炮通没着落。直到天色将明，蓝大炮那股无明火直彻脑门。正这当儿，小青娘跃然而起，正色道：'你的伎俩如此无用，你还妄想的是什么？你如有本领服得俺，俺便践言从你，不然只管来讨厌怎的？'蓝大炮亦愤然道：'好，好，既如此，咱们今天在观前且自见个高下。'说着匆匆结束，径自拂袖而去。

"这一来惊动店东，便劝小青娘道：'娘子不如速去。蓝大炮本领既高，又有雌雄利剑，娘子虽然英武，恐怕不是他的对手哩。'小青娘慨然道：'主人家这番好意，俺自晓得。俺千不合万不合，不该恃能揭帖，惹出这番孽缘。俺都因不忍负却亡人，所以拒他。此去幸胜固然是好，不然也只好践却前言，了此一段孽缘罢了。'说着凄然泪下，便去拜邬大之墓。回得店来，早饭罢，便结束伶俐，背负飞刀，提了两柄雁翎长刀，径自蹚赴观前。

"这当儿，早轰动邻近人众，都知蓝大炮约定小青娘，在观前比武，便流水似都赶将来。只见观东偏软草地上，早放出一片艺场，并有一溜儿梅花桩列在场旁，共是十二根，每根有碗口粗细，下半截埋在地下。原来这所在便是大炮习练武功之处，大炮兼善腿工，每日早晚总要踢拔那梅花桩两次哩。

"当时大家一望蓝大炮结束劲健，威风凛凛，另有个小道士捧定那双雌雄剑，站在一旁，不由都替小青娘暗捏一把汗。正这当儿，忽见场旁第一梅桩上飞落一朵乌云。稍一回旋之间，便如蜻蜓点水一般，一气儿从各桩头直刷过去，来回两周，然后卓立居中的桩头上，衣带飘拂的当儿，却现出一个娇怯怯的小青娘。浑身纯青，青帕罩髻，背囊中平插十二口柳叶飞刀，一手合抱两柄雁翎刀，向众人微微一笑，然后翩然跳落。

"于是蓝大炮大怒，霍地一翻身，用一个健鹘翻山式，嗖一声跃近桩旁，右腿一甩，啪啪啪，向排头蹴去，那桩儿顷刻便拔。末后一桩儿，蓝大炮运足气力，左足略蹴，接着右腿抡开，踊身大呼，便是个'鸳鸯拐子脚'。但见嗖的一声，那梅桩从斜刺里平拔出三丈以外，砰的声，桩头触地，深入寸余。

"这一来，大家喝彩雷动。便见小青娘倒提双刀，一路价莲步趋风，直奔上场。猛地一矫身段，使个旗鼓。这里蓝大炮哈哈大笑，也便从小道手中接过双剑，方撒开脚步，一分两剑，做出个二龙出水的式子，一个'请'字还未出口，但见小青娘双刀一并，右手便开，猛地喝声：'着！'便有一柄飞刀明晃晃直奔咽喉。蓝大炮躲闪不迭，忙低头儿，趁势儿挺剑前趋的当儿，只听哧一声，一顶道冠削去半个。

"这一来，大炮略怔，急挥双剑，霍地倒退数步。方急运力之间，说时迟，那时快，小青娘玉手连挑五六柄飞刀，连珠价直刷过来，照得众人眼花缭乱。便见大炮一阵价蹿耸闪跃，舞剑如风，两团白气中却夹着叮叮当当一阵响。须臾，五六柄飞刀都落于地，却化作十来片雪叶儿似铺在场中。原来，大炮那双雌雄剑犀利异常，休说薄薄的数寸长的飞刀，便是长枪大戟，一般价斫到便折哩。当时小青娘见此光景，好不踌躇。知大炮难以力敌，一摆双刀，方想以巧胜人，那大炮剑光起处，早已卷到面前。

"两人这一交手，却将众人看呆，但见白光闪闪，剑化蛟龙，冷气森森，刀翻日月，倏分倏合，进作一片寒云，若即若离，翻动两团杀气。一个是盘旋点逗，力避锋芒；一个是劈剁钩拦，直窥要害。倏尔飞腾驰逐，满场中流水行云，忽然架格推移，顿时间山凝壁立。正是刀去剑来没止息，人旋影转不分明。两人这番拼命苦斗，各旋展生平本领。但是，小青娘究竟是妇人家，一来气力欠佳些，二来又提防大炮剑来削刀，来来往往，只顾用些轻巧家数，分明觑见敌人的漏洞，因不敢轻撄其锋，只略一迟缓之间，早已登时错过。要知这较艺之事，是时争分寸、比竞毫芒的，小青娘累失机会，未免心中着忙。那蓝大炮也是惯家，见此光景，已知就里，便以己之长攻人之短，登时喝一声，两膊一振，双剑纵横，没头没脑地力斫下来。

"小青娘虽然着忙，还想以巧胜敌，便虚晃一刀，回头便走。忽地脚下一蹶，仰面栽倒，猛可地一抛双刀，原是诱敌之计。原来，小青娘练就一手儿败中取胜的家数，名为'双挑明月'。她穿双铁尖小鞋儿，其利如锥，单等敌人俯身低头、要做手脚时，她便双足一绷，猛一个鲤鱼打挺式跃将起来，那鞋尖不偏不倚，正踢中敌人的双睛。

"当时蓝大炮见小青娘忽然抛刀，不由心中一动，以为小青娘又要来那飞刀的把戏，因喝道：'你既抛刀，俺也弃剑，俺若不空手擒你，你心中还是不服。'说着，目注小青娘背上的飞刀插囊，撒手扔剑，大踏步方要去捉。不想小青娘猛地一个悬空巨跃，明亮亮鞋尖儿已到面门。那大炮只注意敌人的飞刀，这一来却出其不意。还亏他身形捷疾，赶忙一挫身。那小青娘双足蹬空，一拧纤腰，方想翻落于地之间，哪知大炮更不怠慢，只就下挫之势，猛然一长身形。说也凑巧，恰值小青娘俯身折落，一个肚皮业已擦着大炮的头顶。众观者哈哈一笑的当儿，但见大炮铁臂双撑，两手托定小青娘，业已高举过顶。于是，小青娘嫣然一笑，示意心服。从此便归大炮。

"但是大炮那当儿毕竟还算出家人，只好把小青娘做个外室。后来发匪乱作，大炮那干旧党便怂恿大炮投入匪中。大炮、小青娘都是健者，又搭着大炮颇通邪法，因此，所到之处攻无不克。蓝大炮和大毛先生，这两股贼匪都甚是了得哩。俺在游行道途中，颇闻蓝大炮亦入浙境哩。"

玉林说罢，昭达正要插嘴，伯高却笑道："那厮们慢说是撞入浙境，便是撞到这里，咱也怕他不着。有邹兄拉取猪龙的本领，哪惧他十个蓝大炮呢！"

昭达便笑道："如今说起拉猪龙来咧，看起来这武功一道，真是各人有各人的见解。像邹兄拉取猪龙是何等力量，偏有人说邹兄是因巧取势，不算什么真正武功，满不在这上面。"伯高笑道："说此话的人准是个门外汉，他连一巧胜百力的俗语儿都不懂得吗？"昭达微笑道："你这话却没说对，便是那会子蒋璧城兄说的，可见这武功一道是各有见解，难道蒋兄也是门外汉不成？"说着偷眼瞅去。只见玉林略为沉吟，便笑道："蒋兄此话见教得未尝没理，这游戏逞巧原不算什么。便是这武功中巧字诀儿也颇为重要。若说这巧字，不足概武功全体则可，若竟说满不在这上面，蒋兄此话真是另有高见咧。"

昭达听了，正要再挑拨两句，恰好仲明、璧城一齐踅到，大家厮见过，略谈数语。伯高向璧城一问那奸细老道，知尚在捆押。昭达趁势儿道："蒋兄只顾了和那老道打交道，却晚来一步，没听着邹兄谈老道热闹得紧哩。"因将蓝大炮一段事草草略述。璧城按膝高坐，眼望屋梁，却微笑道："邹兄真是见闻多广。那蓝大炮既撞入浙境，将来如果扰及此间，有邹兄在这里，怕不像拉猪龙似的一拉便得吗？"说着一瞟仲明道，"以后有事，若单仗着咱这稀松团练，是不成功的。"

伯高听了，只当是璧城客气的话，仲明、昭达却彼此会意一笑，偷瞧玉林，还是神色湛然，却和璧城款谈起来。须臾论及武功，璧城是雄辩滔滔，顾盼自得；玉林是含笑静听，偶发一二语，便是筋节儿。伯高是喜得奇士，只顾了欣然点头。唯有仲明、昭达，却彼此一使眼色，逡巡起出，就背地里喊喳数语，便一面吩咐厨下暂缓开筵，一面重复踅入。

少时，璧城起去更衣，仲明便跟去道："蒋兄，咱的团丁本练得不错，怎的玉林兄总似乎不以为然呢？俺想来，空口说白话总不算数，蒋兄何不与邹兄比回拳棒，取个笑儿呢？"璧城冷笑道："这位邹兄既是贵昆仲赏识留得的，一定是本领高强，俺怎好唐突他。他胜了还倒罢了，若他败了，俺怎对你昆仲呢？"仲明道："不打紧的，自家人一时高兴取笑儿，谁还芥蒂谁不成？"璧城道："既如此，俺就奉陪。"仲明见撮起火头儿，心中暗喜。

正这当儿，恰好玉林也来更衣，璧城张得玉林一眼，便和仲明踅向室内。方至室门外，早见昭达迈步撩衣，由内跑出，仲明便道："你真是瞧人解手儿，自己肚子便发胀哩。"昭达一笑，一径地趁问玉林道："喂，邹兄，那会子蒋兄在团局内，有句话托俺向您透个消息，俺还没得暇向您说哩。他因您拉取猪龙，十分佩服，想和您比试回拳棒，领教真的巧妙招数哩。"

玉林失笑道："惶愧得紧！俺有甚巧招数？蒋兄于武功既别有见解，不消比试，俺一定是输败的。"昭达见撮不起火头儿，心下着忙，略一沉吟，却笑道："如此说，却被蒋兄料着咧。他料邹兄拉取猪龙，是全仗巧劲得手，未必便敢真比拳棒哩。既如此，俺便悄悄地去回复他，请他少时在筵前别提这比试的话，不然一下子僵住你老兄，不显得大家没趣吗？"玉林一听，不由眉头略挑道："且自由他，若蒋兄一定见教，俺也只好奉陪玩玩。"

这一来，昭达大悦。两人踅回室内，恰值伯高从内踅出，要赴内院，刚走至二门前，只听背后有人唤道："伯高兄慢走。"正是：

> 未向筵前分主客，且从棒下较雌雄。

欲知后事如何，且听下回分解。

第十回

赌酒座璧城拜下风
逗闲情伯高卜吉兆

且说伯高听得呼唤，回望时，却是昭达趁了来，笑道："如今酒筵都齐备，业已摆在大厅上咧。少时让座时，却有个为难题目。论理说，邹兄是新来远客，应该首座，但是蒋兄又是教师之位，未便屈尊。您瞧是怎么办好呢？"伯高是直性人，哪知昭达、仲明做的鬼崇，当时听了，真个一阵沉吟。昭达便笑道："如今俺倒想了个好法儿，一来热闹，可助酒兴，二来咱趁势儿瞧瞧，邹兄本领毕竟怎样。少时让座时，他二人推逊起来，您只需如此这般，左不过自家人凑个趣儿。你道好吗？"

伯高笑道："这法儿虽也使得，但恐他两人新交乍会的，不肯动手。"昭达笑道："您不必管他两人，定是肯的。"说着匆匆趱回前室，便如没事人一般。偷眼瞧璧城，是十分矜持，玉林却谈笑自如。

正这当儿，伯高趱转，随后仆人来请入席。大家纷然站起之间，那昭达一瞟仲明，便拉玉林道："邹兄是新来远客，理当发行首座。咱爽快快的，就不必闹家气咧。"玉林听了，连声谦逊。仲明便问璧城道："那么还是蒋兄前行，邹兄从谦，是不肯僭蒋兄师位的。"璧城听了，自然也是照例谦逊。大家相向良久，通没作理会处。这当儿，却暗笑煞个包世兴。原来他已暗含着听得仲明说与他撮弄蒋、邹比较之事咧。

于是伯高笑道："蒋兄和邹兄只管谦让，咱今天何妨凑个热闹，你二位较回拳棒，以定座次呢？"昭达听了，先自拍掌称妙道："还是伯高兄会想好法儿！这一较量，保管大家都多吃些酒哩。"仲明道："正是，正是！"说着，便命仆人去取杆棒。这时玉林总是踌躇，无奈璧城哈哈一笑，业已大踏步趱向院中。玉林没奈何，只得随大家一齐步出。

登时就大厅前列开一片艺场。须臾，仆人取到两根杆棒。那璧城更不谦逊，便揎拳捋袖，扎拽伶俐，霍地由仆人手中抢过一条棒。随手一抖，接着一正身，撒开脚步，使个旗鼓，真透着精神抖擞，却微微一笑道：

143

"邹兄神力，非同小可，俺今天奉陪玩耍，还请您见让一二。"

这时玉林还想推辞，当不得昭达、仲明一个便去接棒递过，一个便拖了玉林直奔上场。玉林忙笑道："使不得，俺如何便僭蒋兄的场位？"昭达顿足道："我的邹兄，你快爽爽些吧，好歹地取个笑儿，咱快吃酒是正经。你当是下教场抢状元吗？"一句话招得大家都笑，唯有璧城卓然山立，端足了开场的架儿，一些儿笑容敢也没的。

玉林至此，倒提杆棒，只将前襟儿略为拽起，随步移形，信手儿一摆那棒，道："蒋兄请啊。"一言未尽，璧城喝一声，早已风趋而上。两人方一交手，伯高不由鼓掌喝彩。原来璧城决意取胜，一上手便是一套滚龙棒法，这套棒法变化多端，中藏许多致命的解数。

相传这棒法是当年宋太祖路过华山，偶遇一酒家，老妪正在灶下用柴根拨火。太祖那时正走得饥渴，便一拉手中杆棒，大喝道："老人家，有酒肉快他娘的将出来，俺吃罢还赶路哩。"那老妪略瞟太祖，却一声不哼，依然烧她的火。太祖怒道："你这老婆儿敢是聋子！"说着趄近，一脚踢那柴棒。不想那老妪随手一拨，太祖便是个趔趄，便笑道："你这少年好生无礼。你想酒肉吃，却须胜得俺这条柴棒。"太祖越怒，即便和她交手。你想，宋太祖本是一条杆棒等身齐，打得四百座军州都姓赵的英雄，他那棒法岂同寻常？不想未及十来回合，已被那老妪打得筋斗连连。太祖情知是遇异人，连忙拜倒请教。从此得传这套滚龙棒法哩。

当时玉林见璧城一条棒风雨般劈将来，只从容容丢开解数，办得招架，然而却气沉力匀。须臾，略纵手法，那棒的光影直飞及寻丈以外，便如静水涵空，略无边际。伯高但见璧城一条棒自在玉林棒的光影中上下翻飞，棒所及处，便似分风擘流，然而却总被玉林笼罩住。伯高见状，正在暗暗喝彩，昭达的眼界究竟差些儿。玉林慢腾腾地略不还手纵击，便急得他在玉林身后东张西望，两只眼注定璧城的棒势，一面乱吵，一面揎拳扼腕，就仿佛替玉林用力一般。大家观斗正酣，也无暇去笑他。

正这当儿，璧城棒势一揽，喝声："着！"用一个渴骥奔泉式，直点向玉林胁下。这里伯高一个"好"字未出口，但见玉林略一歪身，让开来棒，健腕一挺，用一个玉女投壶，唰一声，手中棒便擦着来棒直揸过来。只离璧城右胁分寸之间，却忽地回擎，就璧城手腕间轻轻一揽。璧城大呼，顷刻间杆棒脱手。就这声里，玉林也便投棒于地，却笑道："蒋兄端的好棒法！咱只管做此儿戏，没的却耽搁吃酒。"

璧城听了，不由面红过耳。伯高便道："你二位这番比较，可称功力悉敌。但是邹兄这棒法是从四平枪法中脱化出来，故能以静待动。方才那

144

一揸若不回掣，端的险煞。但是蒋兄这套滚龙棒法，若非邹兄神妙的家数，也就难逃公道了。游戏既罢，咱还是吃酒是正经。"仲明、昭达听了，只顾了拍掌欢笑。这时，璧城见玉林本领如此，不觉深为佩服。

于是由伯高肃客入厅，相逊一回，仍推玉林坐了首席。一时间兰羞蜜醴堆满春台，大家一面酬酢，一面谈笑。豪侠相逢，一席酒吃得好不痛快。

酒至半酣，大家又谈起添练团丁之事。世兴沉吟道："如今咱村中避乱来的住户已有数百家，随后来者尚在接踵，团丁一节不愁没人，唯有器械马匹却不敷用。长矛长刀等须购办自不消说，俺的意思，还想添练数百斫刀队，专以耸跃奋斫制胜敌人。"伯高道："马匹倒不难购办。如今江北做军警中生意的马客甚多，只需派人去购买就妥。唯有这大宗器械，须自家觅匠打造才好。但是左近间都遭贼扰，一时间哪里去寻许多匠人呢？"

璧城听了，也为踌躇。昭达却笑道："依我看，器械一节一些儿也不难，漫说是刀矛枪剑等，便是铸几尊开山大炮也成功。包兄难道忘记了许矮子了吗？"

原来许矮子是诸暨县城中的一名铁匠。其人技艺精巧，要算左近匠人的一个首领。但是好酒及色，性儿古怪。虽以技艺为生，若遇他吃酒兴起，或是恋住娘儿们，你便拿银子去请他打造，那算一百个不中用。他若高起兴来，那平常的匠人经他一指挥，所成的器械无不精实异常。昭达渔队中所用的飞叉便都是他监造的哩。

时伯高失笑道："你看，我忘性好大，如何便忘掉此人？他如今现在哪里？"昭达道："自县中贼扰之后，俺听说他便移居在余姚万泉山中，距咱这里也不过百数十里。停些日，咱先置购铁料，等我去将他撮来就是。"

须臾酒罢，大家仍到前室款谈。这时璧城忽想起那奸细老道，正要转回团局，重为拷问，只见一仆人匆匆入报道："方才团局人来报，那奸细老道一转眼间，竟自绳索自脱，影儿不见。便请蒋爷和主人等前去察看哩。"大家听了，不由大诧，便邀同玉林齐赴团局。

只见那押所内一团绳索堆置于地，结扣处依然如故，旁有破碎水杯，余沈犹在。于是璧城大怒，便唤过那看守的团丁，将加拷问。吓得那团丁战抖抖地跪泣道："小人原是谨慎看守，他自被缚后，便合着两眼如睡去一般。那会子忽然睁眼，要讨口冷水吃。小人以为无碍，便舀了一杯水，送到他嘴边。不想他含水一噗，登时间满屋中白气充塞。小人迷惘中，但闻得拨啦一声，及至白气散尽，只剩了一堆绳。"

大家听了，越发相视骇异。昭达便噪道："这不须说啊，这个老道定是贼中奸细。咱近日风闻得贼中悍股蓝大炮等已入浙境，这贼道或就是大炮乔扮，亦未可知。"大家听了，没作理会处，只得派人四处搜寻，哪里还有老道的影儿。

次日，伯高等会在一处，一面派人去购选马匹，一面派精细探子去探贼踪。须臾议及整饬村防之事，大家七言八语，乱过一阵。当由玉林建议，于内圩中间添设警楼一座，以资瞭望，并为全团之耳目。警楼上设有很高的斗竿，斗内可藏伏十余人，悉选目力充足、手脚矫捷的团丁，专司其事。白昼挂红旗一面，夜晚挂红灯一盏，若遇有警，便以起火为号，视竿上旗灯所指，以明贼来的方向。又于圩之四门添设望楼，多置强弓劲弩。至于水圩门、河堤一带，便命昭达专守其处，并于外圩卡间酌设游哨，以防细作窥探。大家见玉林计划井井，颇合兵略，无不佩服，便连日价分头布置起来。那璧城加紧操练团丁，越发忙碌，自不消说。

过得数日，那赴江北一带购买马匹的使人转来，伯高大悦，便携了玉林等同去瞧马。只见数百匹生马驹子，身格骨相都各甚好。其中有一匹昂首长鸣，颇具腾踔千里之势。大家细瞧那马，生得兰筋龙项，喷沫生风，霜蹄如碗，十分雄骏。通体毛色浑如紫玉，却隐含九点黑花。那购马的人指点道："包爷请看，此马名为紫花虬，端的脚力甚好。只就是劣蹶异常，小人自得此马，特意调驯了十来日，如今还近它不得哩。"

伯高听了，正在含笑点头，只见昭达一个箭步蹿过去，一按马背，方想来个张飞骗马的架势，那马嘶一声，后蹄一蹶，只这么略一败倒，早将昭达闪了个实胚胚的后坐儿。

这一来，仲明大笑，猛地如飞跑过去，径从马尻后一跃而上，两膝一夹，方探身一揽辔头，哪知那马长嘶一声，登时倒退十余步，势欲人立。仲明大怒，喝一声，裆中用力，猛地一紧辔头。原想趁势儿跑去，以懈其力，不想名马具龙性，当时那马吃仲明骑紧，不得驰纵，便顷刻四蹄齐奋，风也似转起磨来。这里仲明极力驾驶之间，那马猛地前蹄双举，脊背高竖，唰的一声，仲明已由尻后溜跌。

伯高大笑，正一掖前襟，要去下场，只见村众观者齐声喝彩。再瞧那马，已被一人控住嚼环，健臂一撑，一任那马咆哮奋掷。须臾，人骑如飞，就场中驰骋数匝。马既腾骧，人尤矫捷，直望得大家目不及瞬，但见满场中一团尘色，滚滚飞腾。须臾，尘影开处，一声大喝，人马势如电逝，直出广场，只一眨眼间，业已小如黑子。大家这里正在相顾错愕，便见那黑子徐徐转来。须臾，蹄声动地，马到广场。

这里昭达拍手喝好之间，马上那人业已翩然而下，从容控马而立。大

146

家定睛一望，却是玉林。于是大家趋进，一瞧那马，早已汗出如浴，劣性全消。原来玉林是先任其咆哮驰立，以疲其力，然后跃登其上，大施控辔之能，所以生龙似的劣性，竟能贴然就范哩。

当时伯高问知所以，鼓掌称善，便立将那紫花虬赠予玉林，方命人带过一旁，检阅其余马匹。恰好璧城在团局忙碌事毕，也自趱来，一见那紫花虬，好生羡慕。既问知为玉林所得，不由顷刻间脸色一沉，少时却拊掌道："妙，妙，此马归之玉林兄，可谓物得其主了。"玉林知趣，连忙将马转赠。璧城如何肯受，却从马群中选了一匹赭白斑的马，一试脚力，也自不坏。

不提大家当时各散，且说玉林当晚在自己室中静坐一回，忽想起璧城因一马之故，不悦之状竟自现于颜色，毕竟是个褊心狭度的人。此等人常和共事，殊没意思。偏搭着伯高谊厚，贼讯日亟，自己又不能脱然便去。怙悯之间，不由又念及一峰行踪究在何处，自己却无端淹留于此，想至此，慨然长叹。便起身出室，就中院闲踱半晌。

正仰望那一痕深月，颇切怀人之感，只听背后有人笑道："邹兄好雅致！莫非是望月吟诗吗？"玉林回望，却是昭达和伯高厮趱来。玉林笑道："俺一个粗鲁汉子，哪里晓得吟诗？不过对此月色，想起良友诸一峰罢了。"伯高道："良朋会合，亦自有时，邹兄何必耿耿？并且聚散缘法亦自有定，即如邹兄苦寻良友，偏偏不遇，却无意中在此间结识了许多新相知。由此看来，朋友离合间亦有定数。邹兄只管耿耿作甚？"

于是大家一笑，相与入室，随意坐定。仆人献上茶来，彼此闲谈数语。因话及话，玉林不觉又说起累年寻觅一峰之状，言下十分郁郁。伯高方暗叹玉林义气如山，只见昭达忽地正色道："邹兄，你好糊涂！诸一峰兄寻着寻不着，咱这里现有位活神仙，你怎的不问他呢？"大家听了，不由一怔。正是：

月下怀人方怅怅，灯前卜卦又匆匆。

欲知后事如何，且听下回分解。

第十一回

逞邪法迷药闹团丁
得警闻血光逗兵气

　　且说昭达笑指伯高，向玉林道："包大兄卜卦，真赛如活神仙一般。上次这里捻匪来搅，伯高兄占着定胜，果然将群贼杀退。如今邹兄何不请伯高兄占一卦，便可知能遇一峰不能遇了？"

　　玉林听了，还未答语，伯高笑道："孔兄且别乱，俺的占卦灵气儿有在有不在，一高兴就不灵验的。"玉林忙笑道："俗语云，心诚则灵。俺这里诚心求卜，你再加以灵心妙断，或能得些什么朕兆，亦未可知。"

　　伯高听了，推辞不得，便登时正襟危坐，存想一回。命玉林随口报一时辰，即时袖占一课，取过笔墨，写出几句爻词道：

　　　　双龙排空，隐现莫测。剑化延津，终当会合。

　　玉林看罢，方在沉吟，伯高大笑道："这卦词甚好，但瞧这'终当会合'四字，可见这位诸一峰兄或就能旦夕遇之哩。"昭达噪道："正是，正是，果然能寻着一峰兄，咱大家都聚会在这里，这个乐子可就大咧！"

　　玉林听了，不由欣然。于是三人又谈论村防之事。伯高道："如今马匹已到，挑练新团丁业已次第着手，就差着打造兵器咧。那么孔兄过两日便辛苦一趟，寻那许矮子去吧。"昭达道："是的，事不宜迟。况且许矮子那宝贝是个没把的流星，快去寻他倒是上策。等俺将手下渔队稍为检阅，即便前去如何？"说话间，和伯高各自歇去。

　　一宿晚景休提。次日午饭后，伯高等一班人正在团局内检阅了几班新团丁，相与谈论近来的发匪消息，只见一个看守东外圩门的团丁慌慌张张地报道："今有圩外泛卡上的两名团丁，无端地死斗不解，便是队长都喝他不住。小人特来报闻，请令定夺。"伯高喝道："寻常厮打，什么大事，你只去传语队长，拿下他两个，每人重打二十棍就是。"

148

吩咐才毕，那团丁唯唯之间，还未转身，忽闻局门外微微喧动。须臾，又有两个团丁气急败坏地入报道："如今那两名团丁不但死斗不解，并且持刀狂斫，形同疯癫。业已斫伤了两人，余人近他不得。小人等来时，圩门已闭，正乱得没入脚处哩。"

伯高听了，甚是诧异，因命仲明等在局料理，自同玉林竟赴外东圩门。相距数十步，已闻得圩外喊成一片。再瞧圩上，业已团丁站满，并乱噪道："这还了得，这两人准是撞着邪祟咧。"说话间，伯高、玉林一径登圩，向下一望，也自骇然。只见圩门外正有两个壮大团丁，乱发四披，面如吃血，赤膊舞刀，跳得山摇地动。两只眼睛都瞪得牛卵一般，直勾勾的。一团丁奋力劈圩门，那一团丁挥刀如风，凶神似觅人厮斗。见其余团丁都在老远地持矛狂喊，他便吼一声，奔到劈门的团丁屁股后面，不容分说，嗖的一刀。团丁屁股上登时溅了一片红雨，于是大怒之下，回身转斫。两人顷刻杀在一处。其余团丁不敢近前，只好大家狂喊。

伯高因顾玉林道："邹兄，你瞧这两团丁神色有异，咱且捉下他再说。"玉林道："包兄少待，俺便去捉他来。"说着由圩上团丁手中接过一条杆棒，耸身一跃，早已飘落圩外。

那两个团丁正互杀得彼此血人儿一般，眼睛都红，一见玉林，双刀齐举，火杂杂奔将来。玉林略侧身，让过来势，先随便飞起一脚，当头的那团丁撒手扔刀，往后便倒。后来的那团丁收不住脚，扑哧声，却被先倒的绊了个大跟头，正要爬起之间，玉林杆棒又已点到他手腕，健腕一翻，唰一声，缴脱他手中的刀。于是众团丁一声喊，蜂拥而上，先将那两团丁一阵缚牢，然后圩门大启。

伯高趱下来一瞧，那两团丁甚是可惨，业已互斫得遍体鳞伤，一个是哈哈狂笑，一个是光着眼乱望，口角下白沫横流。伯高问其所以，一对儿不哼不哈。玉林沉吟道："看这两人光景，真似乎中邪。"因将他同伴卡兵唤过来，一问闹事的情形。

那卡兵道："这事说也奇怪。便是那会子，有个小贩模样的人，提了食货篮儿趱经卡下，歇息了半晌，略问咱村中防备的光景。后来他说向野地里去出恭，将篮儿置在那里，烦小人们照个眼儿。也是这两人口头馋之过，见篮中有很整齐的胡饼，两人便摸索着吃了几个。当时小人们还笑他们没出息，不该如此。不料一霎的工夫，两人便神色不对，胡言乱语，竟自持刀大闹起来。可惜那篮儿食货当哄乱之时，已被大家践踏无存。不然，倒可以验验内中有邪药没有。"

伯高道："可惜你们当时疏忽。那小贩既探问村中防备，便形迹可疑。

如今贼匪中颇有会弄邪法的，那小贩定是奸细无疑。"于是命人一面价用安神的药灌治那两团丁，一面价吩咐卡兵们，再遇有形迹可疑之人，即时盘拿。便同玉林一路谈笑，寻步蹀转。只见许多的新移居来的庄户望见伯高等，一个个致敬为礼。更有些妇孺们望着伯高嬉笑指点。原来伯高是个疏阔性儿，平素是嘻嘻哈哈，绝不矜持仪节，所以妇孺们都不怕他。

　　当时伯高闹得一路哈腰，很不自在，便一拉玉林，捡僻路蹀入内圩。须臾，行抵一处空旷所在。疏落落几户人家，槿篱茅檐，望衡对宇。靠南边有一带竹林，透接着一片菜圃，地势旷朗，颇具野趣。两人举目四瞩，正蹀近一家门首，忽见竹林中人影一闪。玉林道："喂，包兄你瞧，那不是璧城兄吗？"伯高望去，那人影早转入竹林深处。伯高便道："或者是蒋兄局中事务罢，在此散步消遣。"

　　两人一面说话，一面蹀过那家门首。方行得十来步，却闻后面有人笑道："哟，包爷和邹爷吗？难得您二位从这里走，怎不歇歇，吃杯茶再去呢？"伯高驻足回望，却是那开腐店的殷氏。扎括得光头净脸，肩头上搭着一条浴布，勒着胳膊，端了一小盆水向街上泼。

　　伯高素来好说笑，便道："殷大嫂，你正忙碌碌地洗过澡儿，俺不去打搅咧。"殷氏笑道："包爷说的，俺就这等的干净俊样！俺这是替人家落忙哩。"说着，手提小盆儿，笑嘻嘻只管请进。

　　这时，伯高正觉有些口燥，便和玉林信步蹀回，喜得那殷氏如飞前导。进得篱门，只见南北下里还有一道长篱，似乎是隔作两院，隐见篱那边炊烟蔚然，并有妇女的脚步声响。当时三人进得正房，那殷氏先蝎蝎螫螫地将小盆儿放入榻底，然后请伯高等随意坐定。这里伯高还未开口，那殷氏早扭头折项的，不容分说，便是一个万福。

　　伯高笑道："殷大嫂好生多礼！咱虽好些时没见面，难道还是生客吗？"殷氏道："不是的呀，俺久想到您宅内，一来谢谢您，二来望望娘子们，无奈就是穷忙没空儿。今天好容易太阳爷照到俺家里，所以俺趁热谢谢您。"伯高笑道："你这婆子，说话也颠倒无端的，谢俺什么？"

　　殷氏合掌道："阿弥陀佛，您还说不该谢哩！上次那长毛天杀的火杂杂杀到咱村，若不亏了你老人家，还了得吗？"说着拍手道："你说呀。那当儿，差点儿没把俺吓煞。俺左藏也不好，右躲也不是，又恐在家被贼们万一撞了来，一下子堵住。俺无论什么样儿，到底是个妇人家，倘被贼们掐把住，那还了得！末后，俺听得村外杀声越近，俺可真着了老辈子急咧！俺这后门外有片旱苇塘，俺当时三脚两步跑下塘去，方向里一钻，你说那时真令人哭笑不得，不想里面大叫：'慢来！'只见俺对门儿李老爷子也毛团似的藏在那里，俺两人说不得挤在那里，已觉好笑。不想呆了一会儿，忽有两个愣小伙子团丁，瞅个冷子巡到那里。说也奇怪，他两个竟像知得塘内有人，故意价使促狭一般，不管三七二十一，跑到塘边解裤。"

说着瞧瞧玉林，忽笑道："邹爷在这里，俺可不便细说。当时便如两股激筒一般，淋了俺和李老爷子一头一脸。俺不怕您二位见笑的话，当时俺气恼之下，管他什么该不该。被俺跳上塘来，一把攥住一根，只这么手劲一紧，敢情那山汉似的愣小伙子，一般也杀猪似的叫将起来。您说人急了，真是什么笑话都有哩！"

伯高听了，哈哈大笑，便道："殷大嫂，你叫俺们吃茶，如今茶在哪里，快些将来。"殷氏失笑道："真个的呀！俺只顾说话，就忘了泡茶咧。"说着，重新由榻下提出小盆儿，一径地从穿堂后门儿转入后院内的长篱角门儿，便叽叽呱呱，有娇滴滴的妇女笑语之声。这里伯高略为倾耳，却向玉林道："邹兄且坐，俺且到后院解个物儿。"

不提玉林独坐，一面价仰视屋梁，一面怙惴团丁哄闹之事十分蹊跷。且说伯高听得妇女笑语，未免有些稳不住屁股，以为长篱那边定是新移来的庄户。就篱下小解罢，便趁势儿由篱缝向那边一张。这一张不打紧，登时将个金刚似的包伯高给呆在那里。原来，隔篱那妇人正是金钱花。穿了一身家常便衣，一面在院内明灶下炊饭，一面向殷氏一瞟俊眼道："你这蹄子倒会来趁现成！俺这里水才烧滚，你就来泡茶。"

殷氏笑道："俺不待揭你的短罢了！你方才打发了他去，弄些烂污水子，叫俺去给你泼。如今俺借点儿滚水用用，你就这等声噪。"妇人唾道："悄没声的！如今包爷在那边，什么意思呢？"殷氏道："人家是正神，不管邪事。"说着，就矮灶前便去泡茶。

这时，妇人正舒着两条腿儿，坐在灶前。伯高望见她尖翘翘小脚上，穿双宝蓝色褪旧小鞋儿，正在目不转睛，只见殷氏泡茶稍急，哗的一声溅出几点热水，正落在妇人小腿上，妇人道："啊哟，我的妈，你烫坏我，咱再说！"于是向上一勒那撒脚裤，登时露出一段赛雪欺霜的小腿儿。

不提这里伯高越发瞧得有趣，且说玉林在室独坐良久，不见伯高转来，便起身到穿堂后门旁一望。只见伯高扳着篱缝，哈着腰儿，正向那边偷瞧得起劲，于是暗笑趋转，怙惴道："怪不得昭达说伯高好色，今看此光景，真有些儿。"正在负手徐踱，只听背后哧地一笑。玉林回望，却是伯高笑吟吟地道："邹兄怎不瞧瞧去，篱那边有个才俊的小媳妇哩！"

正说着，殷氏端茶趑入。伯高且不吃茶，忙笑道："殷大嫂，你家这赁居的妇人，不就是金钱花吗？俺只闻得她丈夫死掉，却不知她就住在你这里。若知得时，怎的也多来两趟。"殷氏笑道："包爷倒会说笑话！人家规规矩矩的娘儿们，您可别这么说。但是她自丈夫死后，孤穷无依，将来再端个门儿，却说不定。"伯高欣然道："若果她有再嫁之意，你给我撮合一下子如何?"殷氏一听，只笑得前仰后合，道："怎么你们金刚似的好汉子，都如这档子事呢?"

玉林听了，正在扑哧一笑，伯高道："殷大嫂，这桩事俺就托付你吧。"说着，拖了玉林，匆匆便走。殷氏笑道："包爷，您怎么提起这个来，连茶都不吃了呢?"一句话提醒伯高，不由大笑，便胡乱和玉林各吃一杯茶，匆匆趱出，及到团局，便闻得人来报说，哄闹的两团丁业已治好，那置篮儿的小贩却遍寻无迹。大家揣测一番，便在局中用过晚饭。

那天色已将近掌灯时分，伯高正和昭达谈到寻许矮子之事，只见那将暗的纸窗上，忽地红澄澄映起一种异光，便闻院中仆人们乱噪道："怪事，怪事！"伯高等趱出一望，都各吃惊。正是：

　　方拟山中寻巧匠，忽从天际见兵氛。

欲知后事如何，且听下回分解。

第十二回

焦知县殉难诸暨
长发匪二打包村

　　且说伯高等抬头一望，只见东北方面奇光陡起，从灰败尘气中透出一片绛惜惜的风色，硁磤磤得怕人。那道气势如长虹，由偏东直到正北，便如雨后暴晴的日脚，直笼罩下去。大家径觇那笼罩之处，约莫着正当诸暨县城，昭达拍手道："妙，妙！好奇怪景致，这是怎么回事？"

　　玉林见了，也没作道理处，却见伯高大惊道："此气不妙，没的将有贼警吗？此等败气，在古书上说的，名为血光。光所罩处，主有刀兵，人畜灭绝。正北面正当县城，今见此气，殊非佳兆。但是近些日，咱所发探子并没以贼警来告，却不知何故。"玉林道："贼踪飘忽，这也难说。如今县官儿焦铭勋接任未久，不知此公人性若何，并保卫地方之事有所准备否。包兄似宜遣人，去晋谒一番。一来陈明咱村中团练的情形，二来在城中探探贼警的消息，官府方面的消息总能灵通些儿。"

　　于是大家趑回室内。伯高道："俺久想派人进城，晋谒新官儿，只因这些日忙碌得紧。明天咱便烦仲明弟去一趟。"因顾昭达道："孔兄去寻许矮子，也不可再缓咧。"昭达笑道："包兄别忙，俺看方才那股乌气，不过是偶然的风色罢了。若说准不久就有贼警，恐未必然。"璧城微笑道："孔兄此话倒合道理。便以那道气起落处说罢，正北是县城，刻下好端端的没事。偏东上，约略其处是邻县禹王河的所在。那禹王河穷僻得很，虽是水路的要途，只有百十家鱼盐小贩的穷户，并非繁富之区。自来贼锋所指，都趋名城大镇，难道那穷避所在会有贼跑去喝西北风吗？"伯高道："不然，贼踪出没，原无一定。"

　　正说着，恰好东路的探子匆匆来报道："今有大股发匪，可数千人，为首的悍目一名蓝大炮，一名小青娘。一路大掠，现已将到禹王河地面。小人来时，贼中前锋混天星领一队人马，已到禹王河，声言先打包村，后扑县城。"

153

大家听了，方各一怔，昭达噪道："如此看来，那个奸细老道定是蓝大炮无疑，不然怎会弄玄灵呢？依我之见，咱给他个冷不防，简直地向禹王河截杀他们。"玉林、璧城一齐道："不可，咱的力量只可保护本村。便是县城有警，也须斟酌赴援，何能与贼角逐呢？"伯高道："正是，正是。为今之计，咱就连夜警备吧。"

于是打发探子，再探回报。一面价鸣号集众，分登内外圩，彻夜巡望，一面命仲明连夜价飞马赴城，去见县官，请即时缮治城守，与包村取掎角之势。当时，全村传呼，火燎飞腾，闹了个人仰马翻。直至天晓，方才略为歇息。当日，大家防备加严，却也没动静，只稍有从禹王河逃难来的男女，说是蓝大炮等虽在那里歇马，却四下里抓觅乡导，有趋扰余姚之势。少时探子来报，也是如此说法。玉林道："此等老匪狡贼，惯用声东击西之法，乘人不备。咱总以严备为是。"

这时，昭达检拨渔队，防守水圩门并河堤，却抽空儿向玉林道："这光景，县城怕不妙。今天有人从城中来买鱼，说这位新县官儿虽然不错，只是到任未久，还没暇整理防守。那城中只有数百老弱的城防兵丁，济得甚事呢？"玉林道："且待仲明回头，便知端的，但愿城中没事才好。"

说话间，又已入夜。伯高、璧城、世兴等和村中父老，自在团局料理一切。玉林是严装佩剑，在圩上巡视良久，信步儿转向河堤。这时已是三鼓大后，玉林抬头一望，微月不明，白黯黯地笼罩着一团风气。倾耳远听，除河流汤汤外，却微闻老远的夜禽乱噪，由北而南。

玉林正远瞩县城方向，怙惄仲明怎的还未回头，只听背后叉环一响，昭达笑道："邹兄，你发愣怎的？俺瞧县城有些不妥，今夜间就许有扰乱。你不见许多夜鸟儿向南直飞吗？"说着，转到面前。玉林瞧他青布包头，手执钢叉，雄赳赳的样儿，颇觉好笑。于是两人席地而坐，谈笑良久。

此时夜静，万籁无声，忽地又有一大队鸟雀儿唰的声，向南而逝。两人忙凝神倾耳，这次真有些不妙咧，居然隐闻得县城方面便如市声远浮一般，喧动异常。于是玉林拉昭达伏地一听，大惊道："不妙！今夜城中定有变故，咱快告知伯高兄，速发急探才是。"说着两人站起来，便赴团局。

距团局数步之远，早见局外火燎如昼，有许多队长等出出入入。两人趋入，一眼便望见伯高、璧城正在那里忙碌料理。伯高望见玉林，急语道："邹兄晓得吗？方才探子来报，匪首蓝大炮夜袭县城，已于三鼓以前领众攻入，恐不久便扰咱村哩。"玉林惊道："那么仲明兄可曾转来？"伯高道："探子只知仲明被县官儿留住，协助城守。如今合陷，仲明和县官儿尚未知下落哩。"玉林道："如此，事不宜迟，咱须即刻整备村防才是。"

伯高点头，登时传令警备。好在包村团丁都系久练之众，当时纷纷登圩，各守防地，不必细表。

且说伯高等分派就绪，业已天光大亮。略事歇息，用过早饭，便和玉林等登圩巡望。只见满圩上旌旗飘动，矛剑如林，远望去十分气概。伯高心下欢喜，便对众勉励一番。没多时光，早见那县城来路上尘头渐起。须臾，隐闻男女哭号之声。少时越来越近，却是许多的逃难男女。伯高只得命世兴领父老等前去安插。抢攘之间，已及将午时分。

正这当儿，探子来报道："蓝大炮刻下在县城盘踞，一面分众四乡大掠，一面散布妖言，说是祭炼什么六甲神兵，来打包村。小人来时，却又有先遣混天星和小青娘来扰包村之说。"

伯高听了，不由剑眉轩动，冷笑道："无端草寇，安敢张我！"因顾玉林道，"只是仲明这当儿还没回头，倒令人放心不下。"

正说着，只见昭达延项北望，忽地拍手道："你瞧，这骑马来得慌张，莫非便是仲明吗？"大家望去，果见县城来路上，一骑马绝尘而驰，须臾抵圩外，谁说不是仲明呢。业已杀得血污满身，那骑马也没鞍辔，便这等骣骑将来。于是众皆大骇，便火速地传令启门，放入仲明。大家齐集团局。那仲明略为喘息，便一述县城陷落之状。可怜一位正气堂堂新县官儿，竟自殉城而死。

原来，仲明到得县城，那禹王河贼众扑攻县城之信，业已十分紧急。急得新官儿焦铭勋空张两手，正没作理会处，忽见仲明，不由喜出望外。原来包村乡团的声望，铭勋早已闻得。当时铭勋欣然道："仲明兄来得正好，俺正想去面见贵昆仲，酌拨乡团，来帮守城池。如今仲明兄且助俺整理城守为要。"仲明道："县尊既如此说，俺便急速回村，和家兄商酌，便拨乡团来如何？"铭勋道："啊呀，仲明兄，你如何去得？咱还是先料理城守，迟一两天再去请贵村乡团，料也不至误事哩。"仲明无奈，只得帮他料理。当由铭勋率领同城官僚并士绅等，防备一切。但城防兵总算来不过三百余人，偌大城池，哪里能够分配。

次日，仲明坚请回村，无奈铭勋见了仲明，便如得了主心骨一般，又搭着书生性儿，不识缓急，只不肯放仲明便去。

逡巡之间，一日已过。且喜贼众并无动静，铭勋少为心安。当晚和仲明登城巡视一番，回得衙内，命酒小酌。因连日价不暇和仲明款洽，这时彼此间谈笑起来，甚是投机。不知不觉，已是三鼓大后，铭勋正把酒慨然道："国家不幸，贼势披猖至此。如各县都有义士，像君家兄弟一般，那跳梁小丑便不足为虑了。"

155

仲明正在逊谢，忽隐闻城外微微喧动。那铭勋对酒开怀，竟不闻得。仲明忙道："县尊，你听城外颇有喧动之声，咱还是巡望为是。"一言未尽，只听附近处一声号炮，接着喊杀连天。这一来，仲明、铭勋都各站起之间，早有仆人飞步入报道："不好了！如今城有内应斫开东门，匪首蓝大炮业已率众杀进来了。"

正说着，已闻得满城鼎沸，杀声震天，一处处火光腾起，直彻衙内。于是仲明大怒，拔刀在手。那铭勋也便脱帽大呼，就座旁抄起一杆长枪。两人拔步，方跑至县前街，正要转赴东门，瞧个底细，只见火光腾发，早撞过一队悍贼，势如潮涌。为首一人，头裹黄巾，身披黄布虎纹的短衣裤，手持两把拨风刀，火杂杂直杀过来。仲明大怒，方大喝摆刀之间，那悍贼一跳丈把高，后面贼众就势一拥。仲明急瞧铭勋，早已不知去向。于是仲明转怒，顷刻间踹入贼队，大杀一气。无奈贼来愈众，仲明情知城保不得，欲寻铭勋到包村暂住，直在贼人乱队中出入数次，却在东城根下寻着铭勋尸身，早已自刎毕命咧，所以仲明一径地夺马冲出。

当时伯高等听了，正在顿足太息，只见急报入报道："今有小青娘和混天星率大股匪众，直奔咱村，相距已二十多里了。"大家听了，登时一怔。正是：

方闻城邑遭兵燹，又见村墟扰贼氛。

欲知后事如何，且听下回分解。

本集上海大星书局 1928 年 6 月出版。估计即为初版。

第 七 集

第一回

小青娘飞橄显身手
混天星跃马逞英雄

且说包仲明述罢诸暨陷落，并焦铭勋殉难、蓝大炮雄踞城中的情形，大家听了，正在愤怒，只见探子匆匆入报道："今有贼中悍目小青娘、混天星，率领大股贼众，来犯包村。小人来时，混天星前锋已至黄扬渡地面，距此只有四十来里了。"

伯高闻报，不由剑眉剔起，尚未发话之间，璧城忙道："如今事不宜迟，咱便当速派健队，埋伏在卧牛塘地面，乘贼队半过，突出截击，先挫他一阵锐气再讲。"昭达笑道："依我看，此计不妥，那卧牛塘地势，蒋兄你是没仔细审察。一来渺沏平衍，虽芦苇间稍可伏兵，却容不得许多人；二来蓝大炮大队在后，一闻警信，定来飞速策应，咱的队众岂不被人打了加馅吗？依俺之见，咱还是以逸待劳，据圩杀贼是正经。"玉林道："孔兄此话有理，咱包村地势甚好，自保有余，倒不必先取攻击之势。"璧城听了，不由怫然，便喝退探子，再探回报。

当时由伯高发令，全村警备，便在那团局内做了个军事中枢，一般地鸣鼓吹角，大集众团队，慷慨诚励了一番，纷纷拨遣了。即时登内外两圩，划地而守，又放出巡逻队去，以防贼徒混入。仲明换了衣服，和昭达自去防备水圩门并河堤一带。这里伯高、世兴料理粗毕，便和玉林、璧城分赴内外圩，巡视一番。只见一处处鼓角旌旗，十分严整，及至踅回团局，业已月色平西。

大家正在晚饭毕，相与揣度来贼的动静，并议论夜间加意警备的事，只见坐城的暗探来报道："小人探得贼首蓝大炮，既拨遣小青娘等来打咱村之后，又在县署后园内，高搭一座法坛，说是祭炼什么'六甲神兵'，又搜取精壮妇女二三百人，说是要摆什么'纯阴阵式'，拟备攻村之用。还有一节，更是厉害，说是要祭炼什么符咒，准备着摄取包爷的生魂哩。"伯高听了，大笑之下，却勃然道："无端鼠辈，且自由他，他若真个来弄玄虚时，俺自有道理。"

正说着，忽闻局外微微喧动，须臾，那前探飞步入报道："贼人前锋已过卧牛塘地面，距此间只有数里之遥，看光景似要扎营。"大家一听，方在略为沉吟，恰好昭达匆匆趱入，业已换了一身伶俐结束，问知情由，便大叫道："如今趁敌人扎营未就，咱何不便去杀他一场，先给他个下马威，再作道理。"因顾璧城道，"蒋兄，就是咱两人去，你道好吗？"

璧城微笑道："那蓝大炮大队在后，倘被人打了加馅，如何使得？"说着，略瞟玉林道："可是邹兄说得好来，咱还是自保有余，方为千妥万当哩。"昭达听了，情知璧城是语言报复，正在干瞪两眼，没作理会处，亏得玉林知趣，忙笑道："敌人扎住哪里还不一定，咱且去觇望一回，再作道理。"

于是一行人趱出团局，便登外圩。这当儿，残阳在树，余光闪动旌旗，只见那卧牛塘来路上，果然是尘头大起，便如许多人旋风，接头续尾，漫山遍野价直冲将来。那惨厉厉的海螺儿，业已隐隐吹动，瞧那光景，就如有千军万马一般。但是尘气杂乱，又像争先恐后，又像旁滋侧扰，便这等乱糟糟飞驰而前。

当时圩上众团丁见敌猛且多，未免相顾动色。伯高便道："吾众不必畏惧，若他如此出队，便是乌合之众。那尘头虽盛，恐也是栾枝曳柴之故智哩。他既这等虚张声势，咱索性给他个故示不测。俺料贼众必不敢贸然前进，便是今夜里，咱也省许多担心。"说罢，发下号令，即命外圩上，一色地偃旗息鼓，只准备暗中瞭望。

这一来，登时外圩上静荡荡的，不见一人。伯高等再望那尘头时，果然倏地驻在三五里外，一阵价鼓角号过，从一片野色苍茫中现出许多的囤积东西，便如远观荒冢，大家料是行幕之类。贼队都驻，正在指点之间，早又见万灶升烟，滃然而起，晚风吹处，群马骄嘶，那一片隐隐军声，倒也十分威风。这当儿，天色已暮，遥觇贼驻处，已渐次张起灯火。大家瞧了一会子，又吩咐团丁们，小心瞭望。伯高等因局中事多，便和璧城逡巡下圩。昭达和玉林又骋望一回，也自去守瞭河堤一带。

不提当夜包村，大众警备十分仔细，且说玉林，独自在圩上巡视一周，业已二鼓大后。近听村众并防守的内外团丁，静悄悄声息都无，唯闻警柝断续，间以锣声，不由暗叹伯高布置，颇合兵法中静以制动之道。再瞧那贼驻处，早已灯火错落，密如繁星，作一个长蛇式子，横亘在一片星光之中。须臾，一阵风过，中挟鼓吹欢呼，那男女悲啼之声，也隐隐掺在里面。玉林料是群贼作乐，不禁抚剑太息。抬头一望，只见斜月皎然，笼罩着一带长圩，不由暗叹道："好一片所在，明天怕不作一片战场！人生踪迹，真个无定，俺本访求一峰兄，不想却留滞于此。"沉吟间，忽又想起璧城当大家议论时怫然之状，暗念璧城气量端的狭隘，前因不得那紫花虬，便十分不悦，为今因一语，却又这般地掂斤播两。看来此人不可长与之处，俟事体少定，还以漫游寻访一峰为是。

不提这里玉林巡视外圩，直至四鼓大后，见贼驻处没甚动作，方才下圩歇息。且说伯高等一面在团局料理事体，一面价通宵警备。乱过一夜，且喜安然无惊。次日，大家聚齐了，方商议破贼之策，早有左右匆匆入报道："如今贼众业已在村外四里外扎下营垒，方才有数骑直抵圩外探哨，却被圩上乱箭射回。刻下贼营中鸣鼓吹角，似有来搦战之势哩。"

伯高听了，不由霍地站起，一摆手挥退左右，便和玉林等匆匆结束，直赴外圩。凭高一望，也自骇然。只见那贼营壁垒俨然，哨翼都具，结扎得十分得法，营外更有严装贼众，并游弋的骑贼，一队队、一簇簇，列成个两翼的阵式，似乎将要待令出发一般。那营门前却静悄悄的，只有两列卫卒执戈鹄立，并一面司命大旗，迎风飘拂。伯高见状，正在笑顾众人道："鼠辈伎俩，居然如此张致，咱且看他怎的。"

说话间，忽闻贼营中军乐大作，于弦管悠扬之中又夹着数声画鼓，那音调靡曼婉转，不似军歌，招得昭达伸脖倾耳，咧开大嘴，正在笑望。玉林便闻娇滴滴歌声顿起，就如一群娇鸟啼花一般，一片清音上遏行云。这一来，不但昭达越发呆望，便连伯高等也相顾愕然起来。

仲明忙道："这歌声，不像是行军对敌，好生蹊跷。俺闻贼人们惯弄玄虚，咱倒要小心一二。"

正说着，便见营外贼众震天价一声呐喊，倏地一变行列，两翼一卷，化为一字长蛇势。那营门开处，早飞出一片小青旗儿，便如乌鸦乱飓一般，接着便是两小队玲珑川马，遥望马上人，都丢丢秀秀，各建彩幡。随后是一杆长方形的青纛，飞簇而出，纛下一人，远望去，甚是绰约。便见她按辔指挥，一径地徐驱而来，那一片娇歌音乐，也便越来越近。

须臾，一行人直抵圩外，依然地鼓吹游行。这时，伯高等望得分明，不由且诧且笑，却先聆其歌词道：

> 粉黛英雄，谁言男儿惯长征？
> 俺剑锋儿划断长江水，鞋尖儿踢倒太山平。
> 麽麽包村作麽生，顷刻粉碎又虚空，那时天国现太平。

一片娇歌，和着笙箫细乐，又搭着一行人衣装奇丽，旗幡招展，瞧得圩上人便如看什么香会社火一般。原来那一队背插小青旗儿的，都是十五六岁的壮健狡童，一色的熏香傅粉，彩衣绣裤。或头绾双髻，或短发披肩，扮作仙童模样，手中各拎提炉，内焚沉檀百合，所过处氤氲香气，四溢衢路。那两队川马上，都是十八九的好女子，或梳高髻，或作矮鬟，粉黛不施，各逞玉面，一色的长袖翩跹，缨络被体，每队前后是四面彩幡，其中是奏乐之女。

再望到那面长方坐纛，是青缎绣金，周围是飞火烈焰纹，纛脚下流苏四垂，满缀金铃，微风一吹，琅琅作响，上绣"天魔女小青娘"六个大字。纛下是一骑乌骓马，雕鞍丝辔，喷沫生风。马上面端坐着一个二十四五岁的俏丽妇人，生得脸赛芙蓉，神同秋水，眉梢眼角，流动出万种风情，浅笑轻颦，浑含着半天丰韵，于顾盼之间，颇露英姣之气。梳一个灵蛇高髻，穿一身百蝶锦衣，利屣如锥，斜撬金镫，外披一件攒花短敞衣，左佩宝剑，右挎镖囊。便这等笑盈盈仰望圩上，忽地娇咤一声，前队立驻，一时繁音大作，越发地高唱入云。

那马上众女子都望着圩上人，咧开了一点樱唇，只管嬉笑，看光景，真个是目无包村。正这当儿，后面贼队，也便摇旗呐喊，火杂杂地涌将来，即就圩门外宽敞之处，列成一座阵式。阵旗合处，一阵价鼓角怒号。伯高等见此光景，知是小青娘意在示武卖弄。

伯高正回顾玉林，冷笑之间，只见昭达大怒，霍地由背上拔一短叉，觑准小青娘白嫩咽喉，嗖的声摽将去。便见小青娘，略低头儿，随手接叉，却掂弄着那短叉，咯咯咯一阵娇笑。这里昭达越怒，方要拔叉再摽，却被玉林止住，道："孔兄不必如此，你瞧这贼妇，还示暇逸之致，难道咱们反不能示以暇逸吗？且看她怎样张致再处。"正说着，只见圩下，乐声悠扬，一径地从容入阵，坐纛飞扬，也便直赴阵中。再瞧小青娘时，只剩了一人一骑，她却稳跨雕鞍，仰起一张俏脸儿，只管向圩上从容觇望。这时昭达无意中一瞧璧城，不由心下暗笑。原来璧城俯视青娘，眼神都定，那口角间一缕口涎，竟自直拖下来。

正这当儿，便见小青娘憨憨地望着伯高，笑道："喂，你这个大汉子，不就是什么包伯高吗？俺久已闻你大名，今日看来，倒也有些好模样儿。俺今到此，好意价来对你说，你想俺兵锋所到，哪个能挡？坏却多少名城大郡，杀过多少妖官妖兵（当时发匪谓官兵曰妖），何况你这小小包村，区区团众。俺只须鼓鼓肚儿，大大地撒泡溺，哪怕不淹煞你们！"说着，又抿嘴一笑道："依我说，你就跟我去，咱是大碗价喝，大块价吃，论套

162

穿衣服，上秤分金银。这样儿快活腻烦了，咱还有那样儿快活法。咱两个厮混久了，大约你不会有亏吃的。"说着眼风一瞟，甚是妖冶。这一来，招得圩上人几乎失笑，却被伯高目摄止住。便见小青娘又憨憨地道："你若听俺的话，咱今天好里好面，不然，俺一怒杀进村去……"

一言未尽，昭达忍不住怒喊道："你这妖妇，休得逞口！"说着，唰的一短叉，又摽将去。圩上人众，大呼助势之间，便见小青娘立甩双镫，倐地在马上一仰香躯，那尖翘翘莲钩双举，恰好将来叉夹个正着。只这么左足微钩，用右足一蹴那叉柄，登时嗖一声，回奔圩上。这里昭达连忙急闪，却噌的声，贴耳刷过，明晃晃叉锋一摆，却斜插在圩门楼上。

于是圩上人各吃一惊，便见小青娘斜起身儿，一扭纤腰，突地放辔跑去。那马泼剌剌四蹄翻动，便如飞铙撒盏一般，一气儿就圩下驰骋数回，然后笑吟吟按辔立定，却指着包伯高道："你这鸟大汉，就似个倔强巴棍子，谅俺那一番话，你不入耳，今有俺蓝总管谕降的檄文，你且去仔细思量，勿得自误。"说着，由怀中取出一纸，缠在她先时所接短叉之柄，用一个健鹞翻身式，一抖手儿，那柄叉早又明闪闪正中圩楼。

于是由昭达取下那叉，解下那纸字儿，和伯高等大家观看，只见上面的词儿道：

> 太平天国天王麾下，经略江浙路一等总管蓝，为招抚晓谕事，照得包村包伯高等，据弹丸之地，聚乌合之众，辄思抗命负隅，奋其螳臂。本总管不忍不教而诛，特晓谕尔村众知悉，檄文到处，速即解甲待命。不然，天戈所指，玉石俱焚。勿谓言之不预也，切切此谕。

伯高看罢，哈哈大笑，随手一撕，那檄文已为蝴蝶乱舞，于是圩上团丁一齐喊杀。再瞧小青娘时，早已飞马入阵，阵旗合处，里面又弦管嗷嘈，一阵价细吹细打起来。

昭达噪道："哈哈，这婆娘真个会抖飘儿，且待俺捉住她时再讲，俺总要先割她的屁股。"璧城听了，不由哼了一声，因笑道："咱不虑捉不得她，先须虑处置得法。贼中人众，不一定都是怙恶老贼，咱便捉得她们，应当询其做贼缘由，酌量处置，岂可但以杀戮为快呢？"

说话间，但闻贼阵中乐声又换了一阕音节，忽然间铜琶铁板，夹以大吹大擂。须臾，战鼓咚咚，其声洞心。阵中贼众忽地震天价一声喊，阵旗开处，便见泼风似银光一闪，突地一骑马飞临阵前。玉林一见，先不暇理会马上之人，却失声喝彩道："端的好马！"

璧城等一见，也不由目光齐注。只见那马兰筋龙项，蹄如覆碗，通体雪白，绝无一根杂毛儿。更奇的是毛作涡旋，结为珠裘，头项之间，银鬃披拂，都卷作狮毛形状，卓立那里，一阵价昂首嘶风，好不俊样得紧！原来，此马名为"雪窟玉狮子"，是贼中掠得的第一好马。

当时大家目光一移，这才瞧向马上之人，只见那人形容丑怪，跨在马上，便如山精野人一般。生得长躯疏干，面黑如漆，亮晶晶一双圆眼，碌碌两道浓眉，蒜头鼻，鼻孔上掀，蛤蟆嘴，嘴角下咧，腮颊上虬髯乱磔，挤得面孔上几无隙地，更连及两耳根两撮怪毛儿，更丑的是獠牙森豁，其白如雪，衬着血红的唇皮子，倒也鲜艳异常。戴一顶一把抓的乾红钻天巾，额抹黄绸，颤秃秃斜插一枝野花儿。穿一身虎纹黄衣裤，腰围一袭流云鳖浪的短裙，下面是棉布裹胫，牛皮短靴，倒提一柄开山大斧，就阵前驰骋数回，却向圩上大叫道："包伯高，你是男子，快来和俺混天星大战三百合。"

呼声未绝，贼阵中一声呐喊，青旗翻处，先是十二骑细马女卒，分燕翼按辔而出，一色的青帕包发，全身劲装，各提一杆烂银枪，就左右压住阵脚。随后是小青娘，纵马而出，结束如前，只是背上横束绣囊，内插一十二口柳叶飞刀，左右手内，却提了两柄雁翎长刀，冷森森光如沃雪。便见她举刀一挥，女卒后退，登时间压住阵式，却向圩上娇喝道："包伯高，你这等不知进退，这却难怪俺屠你村坊咧。"

伯高大怒，正喝左右拉马伺候之间，只见一人雄赳赳来至面前，便是一躬。正是：

　　未向战场来破敌，先看健目欲称雄。

欲知后事如何，且听下回分解。

第二回

猛搊战青娘压阵
巧擒贼玉林夺马

且说伯高，见混天星等耀武扬威，只管搊战，大怒之下，正要出马，只见一人躬身声喏，道："队下不才，愿取混天星首级，致之麾下。"大家一瞧，却是左翼队长王得禄。此人生得浑头愣脑，善用一柄双手带的大马刀，还是个武举出身。当年在试场时，能举出号的制石，绰号儿"大力王"，叫过好体面的响儿。当时伯高略为颔首，吩咐仔细，得禄大悦，即便匆匆下圩。

须臾，圩门开处，得禄率队，一骑马飞过吊桥。彼此间两阵对圆，喊声大起。圩上伯高等望得分明，但见得禄更不答话，一径地飞马舞刀，直杀过去。混天星接战之下，叱咤如雷。不多时，两马盘旋，搅作一团。妙在两人既都是浑劲蛮干，又恰好是大刀阔斧。这一阵横劈竖剁，叮叮当当，火星乱爆，便如两个章丘侉老哥打铁一般，大片价刀斧光影，闪闪霍霍，顷刻间大战十余合，不分胜败。

但是得禄刀势虽凶，却有些手法散乱。恰好混天星虚晃一斧，一兜马跳出圈子，方才拨转马头，后面得禄业已大呼赶到，正两手举刀就要劈下，哪知混天星一磕马腹，从斜刺霍地一闪，那得禄一刀劈空，又搭着马势难收，只这么向前一撞之间，混天星大喝一声，斧势平旋。圩上昭达大叫不好的当儿，可怜王得禄业已血溅战场，尸横马下。这一来，圩众大惊，便见自己阵上众团丁，一阵价箭似飞蝗，射住阵脚。

这里伯高大怒，正要率玉林等匆匆下圩，只见圩门下，鼓声起处，早有一骑飞出。大家一瞧，却是团中队目郝金钊，跨一匹红鬃烈马，使一杆浑铁长枪，不容分说，向混天星分心便刺。原来这郝金钊是一镖师出身，善用一条浑铁枪，据说颇得着浙中王镇南的枪法，很有些变化妙招儿。那王镇南是浙西一带的著名武师，曾和余杭延寿寺僧众们较量过枪法。

延寿寺僧众武功十分了得，世有真传，便如嵩山少林一般。初起于明末时，寺中僧侠昭觉大师曾率百余僧众，杀退沿海入犯之倭兵千余之众。因此那延寿寺世传武功。当时镇南较艺罢，虽没胜得僧众，却也不相上下。那郝金钊颇自负独得真传。他本是邻县之人，自匪乱后，方移居包村，伯高瞧他为人语言夸大，所以只命他做个队目。

当时混天星一举大斧，挡住来枪，却喝道："你这厮又是什么人，何必枉自送死？快叫包伯高前来纳命，岂不爽快！"金钊大怒，飞马挺枪，踊跃而上。混天星哈哈一笑，斧起处，丢开解数，嗖嗖嗖银光乱飐。这里金钊也便施展出生平本领，一条枪钩、挑、磕、刺，矫若游龙，端的是神出鬼没。一个是大力有余，巨刃横挥；一个是灵巧无方，奇锋独出。这一阵纵横驰逐，往往来来，但见马蹄到处阵云翻，叱咤声中杀气卷。

须臾，两人大战数十回合。圩上伯高方暗诧金钊端的是枪法不坏，忽见他虚晃一枪，拨回马向本阵便走，并回头大喝道："郝爷今天不耐烦杀你，且便宜你多活一日。"说着斜身掣肘，一隐枪锋，泼剌剌放马便走。玉林见状大悦，料金钊是要用回马枪法，以巧胜人。但是未及转瞬之间，不由却一声惊呼，再瞧金钊时，业已血殷右髁，身形一晃，险些落马，亏得阵上众团丁一声喊，长矛齐上，方才挡住那混天星追逐的马势。

原来那匹雪窟玉狮子驰立如风，金钊藏好枪势，未及回马之间，混天星马到斧起，业已直奔金钊的后脑。还亏得金钊灵便，赶先磕马，从斜刺一闪身，脑背间虽是躲过，那斧锋已剁及右髁。咮一声，连裤带肉，竟去了尺余长一大片哩。当时两阵上齐声呐喊，声如雷震，金钊伏鞍方闯入本阵，便闻小青娘咯咯咯一阵长笑。

不提圩上伯高等一齐大怒，便命昭达和世兴巡视圩上，大家匆匆地径自下圩。且说那混天星连胜两阵，好不得意。正在本阵前，驻马秽骂，耀武扬威，只见对阵上鼓声起处，一字儿排开四骑，马上人一色的结束威严，精神抖擞。居中两人，一个提槊，一个抱剑。靠右一人倒提一杆至胜金钱画戟，靠左一人斜拖一支蛇头长矛。四壮士从容按辔，微微冷笑之间，这里混天星早已一目了然，知得四壮士便是包村群雄。原来那蓝大炮乔扮老道，到包村暗探虚实时，早已记清伯高一班人的面目，回到队中，便转语混天星等，将来对敌时须小心在意哩。

当时混天星连胜之下，哪里在意，喝一声，飞马摇斧，便奔伯高。伯高大怒，方要纵马，早见仲明画戟起处，飞马而出，大喝道："你这丑厮，休得猖狂！"混天星亦大喝道："包仲明，你是在城中幸逃的游魂野鬼，如何又自来送死？"仲明大怒，用一个游龙掣空的式子，唰一声，飞起长矛，向敌人咽喉便刺。混天星举斧搁开，趁势儿来了个蟾宫斫柱的式子，巨斧横挥，也向仲明拦腰截来。于是两马交驰，斧戟并举，征尘荡处，杀气弥空，顷刻间杀作一团，难分难解。

两阵上喊声大举，鼓声如雷，真有虎豹辟易、屋瓦皆飞之势。漫说玉林等都神凝目注，便连那伯高、小青娘，一个是电眸怪闪，一个是樱口呆张，都不由据鞍作势，恨不得替自己的人助点儿气力才好。

要说仲明戟法，端的是灵妙异常，无奈混天星气力有余，这点颇占胜招。俗语云：一力降百巧。仲明至此，未免稍见支吾。这当儿，璧城、玉林瞧得分明，正在心下怙惙，相顾一笑。只见仲明一戟刺去，混天星略一歪身，那戟刺空，累得仲明向前略探身儿，急要收戟。

说时迟，那时快，便见混天星长啸一声，唰一声转舒右手，早将那戟杆抓牢，只尽力子这么一拉，马上仲明不由身形乱晃。玉林大惊，忙叫道："仲明兄，快些放手！"一声未尽，混天星右手举斧，当头便斫。仲明喊一声，放手退马，挫后数步，直勒得那马几乎人立起来。两阵上齐喊之间，就见仲明马额上勒的红缨纷纷坠地。原来只稍差分寸，那斧锋便斫却马头。当时仲明抹抹额汗，奔回本阵。

这里璧城大怒，方要挺矛杀出，却听得昭达在圩上大呼道："玉林兄，快杀这丑厮，他这张臭屁股竟坐这样马，你杀掉他，夺这马来，给紫花虬配对儿，哪些不好？"璧城听了，略一逡巡，玉林当时忽然心有所触，因笑向璧城道："蒋兄且住，且让俺建此微功。"说着，甩镫离鞍，嗖一声跳下马来，左右人带过紫花虬，向旁一闪。这里玉林略紧腰身，他本是一身劲装短衣，十分伶俐，果然是剑客身法，与众不同。便见他双足撒动，俨同流水，一径地奔向混天星马前。只相距数步之遥，忽地一摆剑，使个旗鼓，屹然山立，便如一尊塑像一般，突地两眸中神光发越，形同斗鸡将搏，却偏又神闲气定，只待敌人先发杀机。

看官须知，凡内功剑术家，纯讲是以静制动，以柔克刚，又道是守如处女，出如脱兔，再没有急燎暴跳，哇呀呀喊叫如雷，先去抓挠人的。兵法云"后起者胜"，也是这个道理。您别瞧他不哼不哈，不慌不忙，其实他暗含着的全是筋节儿、步骤儿，单瞧敌人的出手如何，他便能相机制胜。何况混天星连战多时，纯乎是猛锐从事，这一点儿，虽是混天星的长处，也就是他的短处。玉林瞧透这节儿，当未临阵时，便已成竹在胸咧。

当时混天星望见敌人提剑步战，越发地不放在心上，便骤马举斧，来了个五丁开山式，明晃晃大斧头，向玉林头顶直劈下来。哪知玉林偏不急闪，直待那斧锋将到顶门，却忽地一挫身，疾如闪电，那斧势一下落空，未及掣回之间，便见玉林剑锋已霍地滚向混天星马旁，从斜刺里踊身挺剑，便是个白蛇吐芯的式子。

　　混天星赶忙一歪身，略低头儿，玉林健腕一翻，又是个风旋落叶。只听扑簌一声，野花乱落，连一片掌大的抹额黄绸都被玉林削将下来。这一来，贼众大骇，不但混天星勒马后退，冷汗直淋，便连小青娘也吓得失声惊呼、花容变色。

　　这里伯高、璧城正在相视点头之间，早见两阵前，征尘荡起，一个是横截竖斫，驰马如龙，一个是匿影藏形，跃耸取势。这一阵步马相交，滚成一片，搅作一团。但见两团霍霍白光，横飞猛掣，只来往数十回合。

　　这期间，却累坏了个混天星。原来他马上对步下，本就吃力，何况玉林捷疾如风，一柄剑神出鬼入，忽向马前，忽到马后，闹得混天星左兜马，右抖辔，只管如蚁儿转磨一般。百忙中大斧低挥，还须照顾到自己的两条大腿。恨得他几次价纵马猛斫，一直冲去，原想以决荡之势制服玉林，无奈玉林剑法展开，简直地行不留影。

　　混天星一冲一个空，正累得浑身浴汗，暴叫如雷，忽见玉林哈哈一笑，顷刻间剑法又变，白光飞舞，人影都无。闹得混天星耳鸣目眩，但觉左也是玉林，右也是玉林，马头前玉林方无，马尾后玉林又到。这一来，混天星手忙脚乱，顷刻间牛性发作，便霹雳似一声怪吼，不管三七二十一，尽力两手举斧，乒乒乒乒，一阵乱剁。

　　要说这当儿，玉林想杀混天星，有一百个也交待咧。一来玉林自到包村，便见璧城一团骄气，这时未免要显显自己的手段；二来想夺取那匹玉狮子，唯恐剑锋所及，或伤名马，所以只暂取回旋引逗之势，以待敌人力竭时，自有妙法擒他。

　　果然那混天星不出所料，一时间力竭劲疲，反气得他牛性发作。当时玉林暗瞧他丑脸都红，目眦欲裂，大斧直劈，一阵价不要老命，便知敌人是外强中干，机会已到。于是一挫剑锋，拨开斧影，喝声："着！"手腕一挺，哧一声，正中混天星的左髁。混天星怪叫一声，霍地兜转马，纵辔便跑。

　　果然是名马，脚力不同寻常。只见那马泼刺刺放开四蹄，便如云催露趱一般。也是他自恃名马，料想玉林断乎赶他不上，因那左髁上鲜血流溢，痛彻心髓，正一手提斧，一手去抚摸那血创的当儿，忽觉身后人影一闪，混天星急忙回望，正是玉林，业已从后面揪住马尾，嗖一声，跃登马尻。

　　混天星一声"不好"未喊出，那冰凉挺硬的剑锋儿，早已被人家搁在后脖颈儿上。百忙中，他那长柄大斧哪里回旋得来。于是玉林大喝："驻马!"这当儿，混天星这小子好不听说，赶忙一勒辔头，那马立驻。玉林微笑道："你这厮手中兵器还不弃掉，难道还等俺费话吗？"说着剑锋一压，混天星急缩脖儿，登时弃斧，抖战中，便如人害硬项病一般，哪里敢稍稍回顾。玉林笑道："朋友，俺瞧你也是一条汉子，所以俺将来邀你的大驾，但是俺借骑你的马，却是不恭。"

这时混天星自知是身同面剂，圆扁随人，便索性慨然旋辔，直奔圩门。这段奇情奇景，自来战场中也就少有。如此地擒获敌人，真可称不动声色，极从容谈笑之致了。

当时小青娘望得分明，顷刻间一朵红云，飞上两颊，舞动双刀，放马来抢。那伯高、璧城，早已两下齐出，两下里喊声大举之间，玉林已一把揪定混天星，跳落马下，便有团丁拥上，急忙捆缚停当，一行人拉马拥闪，径自入圩。张得个小青娘又急又气，便抢开两口雁翎刀，力战包、蒋。

一时间战鼓如雷，两阵上呐喊连天。小青娘自知胜敌不得，只得暂退，再作道理。当时向璧城虚晃一刀，卖个解数，拨回马便奔本阵。

璧城大呼赶去，不想小青娘暗做准备，一扭纤腰，唰一声，便是一柳叶飞刀。璧城急闪，只听扑哧一声，便有一人翻身栽倒。顷刻间，红光崩现。正是：

明枪暗箭交施处，猛士妖姬酣战时。

欲知后事如何，且听下回分解。

第三回

蓝总管助打包村
蒋教师酣战魔女

　　且说蒋璧城见玉林擒敌夺马，十分写意，他怄气之下，正没岔儿卖弄自己的手段，今见小青娘，俏生生地一马杀到，不由正中下怀，便打算一鼓擒之。这个乐儿也就不在小处，或者还在得马之上，所以他急急赶去。当时虽闪过飞刀，不想那刀却戳在一个随马的团丁肩上。这一来璧城略怔，再瞧小青娘，早已闪入本阵，一阵价飞石劲弩，打住阵脚。

　　不提小青娘从容撤阵，率众回营，一面价坚闭营垒，一面价遣人飞报蓝大炮，请他自来接应破圩。且说伯高等，因本村防守事重，不便乘胜踹阵，便和璧城领众，匆匆回圩，先吩咐各队长小心守望，然后一行人直赴团局。一路上剑戟森森，马蹄响动，早有团丁们牵了那匹玉狮子，并反剪了混天星的双手，一步一棍地打将来。

　　道旁是村众纵观，无不欢呼额手，并有许多妇女们遮遮掩掩，闪在门缝篱角，瞧着玉林等，便互相轻语道："你瞧这个带宝剑的，便是那位拉猪龙的邹教师，错非有这股子劲儿，怎会活捉得山精似的悍贼呢？"有的便撇嘴笑道："罢哟！你这会子，又觉得这股子、那股子的浪劲儿咧。不是那会子听得圩外厮杀，吓得你顺裤脚流水儿的时光咧。"又有笑的道："你也别说，漫说某大嫂，长得标标致致，怕贼来背了走，便是俺这丑八怪似的模样儿，那会子，还吓得俺各处乱钻哩。俺听说臭贼们捉住女人，没好的没人样，你说那是玩的吗？"

　　正说着，恰好璧城踅过，一妇便道："你瞧这位蒋教师，也自不弱。"其中一个中年妇人忽低笑道："你晓得什么，这蒋教师可不如人家邹教师体面。前些日，俺向豆腐店殷大嫂家串门儿去，却见他从金钱花院子内笑眯眯地踅出，后面金钱花不跟着歪声浪气？俺向殷大嫂一询问，原来他两个竟自有那么回事由儿咧。"

　　众妇听了，不由一阵掩口匿笑。不想前面混天星猛地一跳丈把高，破

170

口大骂。其时有个肥胖婆娘正从篱角上露出半个大白脸，张得起劲。这一来，咕咚一声，跌向篱内。众妇女赶忙笑扶之间，街上伯高等业已滔滔而过。

须臾，大家到局，先分头派人去料理王禄、郝金钊的死伤，然后略点团队，歇息讲话。大家还不怎的，却喜得个昭达手舞足蹈，一面略瞟璧城，却向玉林笑道："邹兄，真有你的！活捉那丑厮不足为奇，难得的是那么妙相，又得了一匹千里名驹。你既有紫花虬，不消说，这匹好马该是伯高兄的咧。真是有千里人，就有千里马来当坐骑。但看这点子，咱包村便该兴旺。"璧城听了，不由哼了一声。

玉林忙道："孔兄莫乱，如今许多事还没发落，如何只叫没要紧。"正说着，只见厅外团丁按刀列立，便有人大笑道："包伯高，你休得摆弄排场，今日俺混天星交给你一颗脑袋就是。"声尽处，刀斧交叉，便有四五团丁拥定混天星，直到阶下。这里伯高想就他口中探探贼中的虚实，方要起身趋就阶前，哪知混天星冷不防地飞起右脚，登时踢倒两个团丁，不容分说，向厅内便闯。亏得其余团丁刀斧齐上，那混天星负伤倒地，还只管破口大骂。于是伯高大怒，立命斩讫，将其首悬示圩门。

这时世兴早命人准备好庆功酒筵，不一时，就便厅上调开桌椅，大家落座。伯高站起，与玉林等巡酒一回，然后笑道："今天这场厮杀，亏得玉林兄，给大家提提气势，不然几乎被那丑厮挫了锐气。不要说王、郝两个，便是仲明弟，也就险得很哩。"仲明听了，连饮数杯，却笑道："混天星这丑厮真有把子蛮气力，俺想若非邹兄，真还没人能制伏他。"说话间，一瞟璧城，不由又笑道，"若蒋兄出马时……"

仲明之意，本是周旋璧城，遮掩自己的语失，不想一时间竟抓不住话的下岔儿。仲明为人本是疏爽，他更不理会，他将那半句话寄放在那里，没事人似的，又自大杯价斟起酒来，招得昭达甚是好笑，便道："仲明兄，你一句话没说完，如何只顾吃酒？"

仲明这时正鲸吸了一大杯，扑哧一笑，喷酒满地，却捶着胸口，笑指昭达道："你这促狭鬼，专以会寻人的话茬儿。蒋兄若出马，自然也是手到擒来，这何须说得呢？"昭达听了，不由哈哈大笑。

玉林唯恐璧城有些不是意思，忙笑道："俺好歹地捉一鼠辈，何劳两兄如此挂齿！倒是俺夺得一匹好马，却令人心下痛快。"说罢，命人带过那匹雪窟玉狮子，大家站起，出得便厅，只见那马卓立院中，骨相神奇，真有群空冀北之概。喜得个昭达撩衣迈步，飞身便上。不想那马咴咴咴一阵长鸣，一个劣蹶，却将昭达闪跌于地。伯高等哈哈一笑之间，昭达却爬起来，便噪道："哈哈，看起来俺没福分骑这鸟马，不消说，还是伯高兄和邹兄来吧。"

伯高听了，正在含笑，只见玉林拱手向璧城道："俺今天抢行出阵，便为夺取此马，奉赠蒋兄，便请蒋兄收去，聊以代步如何？"璧城听了，连忙谦逊，却又略瞟昭达，微微笑道："可是孔兄说得好来，有千里马，还须千里人来乘坐。俺看此马还是归之伯高兄为是。"玉林听了，略作沉吟，伯高忙道："蒋兄不必谦逊，我等意气相交，肝胆头颅，都可互借，何况一马之微呢！"说着，命人将那马与璧城带过一旁。一行人重复入席，这才欢呼畅饮。那璧城这时也便谈笑风生，高兴异常，直吃到天色傍晓，方才各散。

不提当夜包村依然地彻夜警备，且说那蓝大炮，当日晚上祭炼了些玄虚勾当，便拥了一群美妇，在室中饮酒作乐。这小子是天生的淫毒物儿，和妇人淫乐已罢，总须按人穴道，吸入些阴气，据说是以阴补阳，便是什么"填脑还元"的大法。他吸取之法，是用一支箸儿粗细的银管儿，轻轻插在穴道上，提气一吸，那被吸之人顷刻便神色憔悴。当时蓝大炮将众妇卧于榻上，横峰侧岭，仰天俯地，这个白馥可爱，那个又娇嫩得有趣。大炮从容其间，一面赏玩摩挲，一面用银管儿按准一妇的穴道，正嘻开臭嘴，提气要吸之间，不想警闻报到，混天星被人捉获，小青娘守营待命。

大炮闻报，大吃一惊，便顾不得淫乐胡闹，略为沉吟，先拨遣两名悍目，去助青娘。那两名悍目，一个叫吕兆祥，一个叫何大钧，都是贼中健者，粤西的老弟兄，当年曾在洪宣娇部下，甚是了得。大炮既遣两目，还恐小青娘轻敌出战，于是亲笔作书，派人飞递，命青娘且坚守营壁，不得出战。一面价分布部众，小心守城；一面价日夜加工，匆匆祭炼。这且慢表。

如今再说伯高等，连日价见小青娘坚守不出，颇为疑虑。这日傍晚，登圩瞭望，忽见贼营中人喧马嘶，杀气甚盛。及至夜晚，遥闻贼营中大吹大擂，似乎是开筵作乐。这时世兴正准备了数尊土炮，又指示团丁们推转开放之法，以备守御时摧陷贼众之用。当晚和伯高等指示炮法已毕，大家聚在团局内，议论回小青娘坚守不出，必有缘故。又谈回蓝大炮，惯用邪法，诡计多端。昭达便噪道："依我说，咱简直地用釜底抽薪之法，愣掏他老窝去。咱悄悄分队，去攻县城，宰掉那蓝大炮，狗娘养的，还怕这贼婆娘不逃之不迭吗？"

伯高道："此计虽亦可行，但是总非慎重之道，城中贼众甚多，哪里能攻之必克？没的倒分弱了咱守村的力量。近日远探来报，说是官军逐贼，不久便到。俟那时，咱有声援，方好出而击贼，如今只宜固守咱村为是。俺料那蓝大炮不久地必来助打咱村，他虽善弄邪法，好在俺能制他。只是那小青娘马上武功，看光景颇颇不弱，将来咱先擒杀她。至于那蓝大炮，更不足虑。"大家听了，都各点头。

那昭达不管好歹，又噪道："这不消说，一客不烦二主，邹兄既连马捉得混天星，再一出手，一定还连马捉得小青娘。但是小青娘胯下那匹马，巧咧，就许是个布马儿（谓月布也）哩。"大家听了，正在拊掌大笑，只见璧城面色微沉，搭趁着勉为一笑，即便逡巡起出。这里玉林方狠狠瞪了昭达一眼，恰值有一队长，来请伯高处分事体，伯高趂出。

玉林便道："孔兄说话真是疏略！你无端只管推重我，却惹得蒋兄不悦。"昭达一瞪眼道："他不悦，算活该，俺就是如此说法。"玉林笑道："话不是这等讲，蒋兄为人，性儿少些含糊，小过节儿颇不放过。前些时，因不得那紫花虬，业已面色怫然，所以俺夺取得玉狮子，以释其意。但是俺抢捉混天星，又似乎自显能为似的，所以俺打定主意，将来战取小青娘，定让蒋兄成功，方是朋友和美之道。"

昭达笑道："人都像你这柔和性儿，世界上便没架打咧。但是故意价让他成功，这筋节儿，却怎的拿法呢？"玉林笑道："俺自有道理，咱索性地大家让蒋兄欢喜一下子，岂不甚妙？自家人和美为上，小过节儿，不算什么。"于是如此这般，一说所以。

大家听了，正在相视而笑，只听门外有人笑道："玉林兄，你的度量端的令人佩服。俺也因蒋兄近些日有些不悦颜色，却不知如此底细。如今此法，真是朋友和美之道。"声尽处，霍地跳入一人，却是伯高。原来伯高，业已潜听好久咧。于是大家会意，互相一笑，唯有昭达，却摸着肚皮不语。伯高便道："今闲话休提，咱且早早安歇，明天准备厮杀吧。方才探子来报，蓝大炮那厮业已亲来助打咱村，怪道傍晚时，贼营中气象有异哩。探子并道，蓝贼来时，车中载着许多青年妇女，此贼无状至此，真正可恨。"

不提大家听了，轮替歇卧，通宵警备。且说伯高，次日和大家聚在团局内，一面价添派团队，加意守圩，一面价匆匆饭罢，正要登圩瞭望贼营动静，只听圩外战鼓如雷，喊声大举。须臾，人来飞报道："小青娘率领悍目，前来搦战。"大家听了，一齐目视璧城，哪知璧城一语不发。伯高便笑道："谅这泼贼妇，只须遣咱左队长李长兴，便能取胜。少时，咱大家去战蓝大炮，一鼓擒之，岂不痛快。"说罢，发下令去。

须臾，圩门外喊杀连天。闹过一阵，人来报道："李长兴险中飞刀，大败而回。"伯高诧异道："贼妇如此猖獗，须遣中队长杨化宇去。"语尽处，阶前一大汉，声喏如雷，大叫道："谅此贼妇，小人定能擒她，便请包爷差遣。"大家一看，却是伯高的卫队长左元亮，此人在团中颇有勇名。于是伯高一举袖儿，微笑道："你既敢去，须要小心。"元亮听了，匆匆便走。

不多时，圩外杀声，越发闹得天崩地塌。伯高这里正在欣然色喜，恰人来飞报，左元亮微伤左臂，又复败回。这一来，伯高大怒，霍地站起，便命左右备马，却招得仲明也怒道："区区贼妇，何劳大哥动手，待俺去擒她就是。"说着，一望昭达，赶忙一掩嘴儿，当即各飞趋出。这时璧城依然是一语不发，昭达是嘻开一张嘴，眼望屋梁，却自家嘟念道："一个小老婆子便如此厉害，少时待俺老孔去捉她来，且叫她服侍俺睡一觉儿，多少也是快活的。可不知人家小心眼内，稀罕俺这副小白脸不哩。"

正在胡噪之间，圩门外鼓声又作，少时銮铃响处，马到局门。这里玉林一望昭达，欣然站起道："这准是仲明兄得胜转来咧。"一言未尽，仲明已大呼而入，道："不成功，不成功！这贼妇端的了得！蒋、邹两兄，快去出马，给大家提提锐气吧。"伯高沉吟道："小青娘为贼中前锋，业已这般厉害，那蓝大炮为贼中首领，想越发的十分了得。蒋、邹两兄且留待战那蓝大炮，准能权操必胜，待俺去会会这贼妇，仗着蒋、邹两兄的威风，或能幸胜，亦未可知。"

这时璧城见众人屡败，已然颇为技痒，但是还故为矜持，不动声色，今见伯高这般说，便道："包兄为军中之主，岂可轻出，那么还是邹兄去辛苦一趟吧。"玉林趁势儿道："俺今天左臂受风，有些不便，待俺与蒋兄瞭阵，看蒋兄马到擒贼如何？"伯高忙道："正是，正是！如此，咱大家都去瞭阵，倘乘胜再捉得蓝大炮，岂不有兴？"说着，与璧城等匆匆出局，一阵价纷纷上马。

这时大家一色的全身劲装，威风凛凛。唯有璧城、玉林，一个是稳跨雪窟玉狮子，提一杆蛇头长矛，一个是紧控紫花虬，拎一杆三棱起脊的枭锋长枪。壮士名驹，这一辉映，越显得气象不凡。

不提大家按辔徐驱，直奔外圩。且说小青娘，连胜数人，正在阵前，盘马舞刀，十分得意。本阵门下，竖一杆七星皂旗，左有昌兆祥，右有何大钧，都结束得黄巾力士一般，各持一柄明晃晃的大斫刀。居中是两列大脚蛮婆，一色的披发跣足，执刀拥盾，短衣宽裤，雪白的臂腿上，都御金环，乍望去便如一队苗姑一般。更奇的是，正当胸各贴一道朱符，都舒眉展眼地两翼排开，拥定一人。那人生得身长九尺，面如蟹壳，一抹子钩刀

174

眉，两眶子夜猫眼，猬髯如戟，上连颧颊，唇吻翕张，嘈沓有声。虽非饿狼，亦同病虎，目光闪处，有似碧磷。戴一顶空梁碧玉束发道冠，披一件云雷日月八卦法衣，腰系逍遥黄绦，足踹飞云朱履，背负雌雄双剑，手执驱山铜铎，虽无道骨仙风，却有邪腔妖气。你看他稳坐马上，顾盼飞扬，大有气吞包村之概。此人便是蓝大炮。

当时小青娘飞马往来，正在吱喳。只见鼓声起处，一声喊，圩门大启，即有数骑率众而出，顷刻就圩前一字排开，列成阵式。小青娘本认得伯高等人，于是一声娇叱，飞马便出，却用刀指定伯高，喝道："包伯高，你是男子，便自己来厮杀，如何只弄些饭桶来，当场献丑？如今老娘杀得不耐烦，须寻那硬硬的头儿玩玩哩。"说着，纤足磕马，从斜刺里一道电光似的便奔伯高。只刀光一眩之间，这里璧城抖动蛇矛，大喝便出。

小青娘霍地一带马，放开地势，一瞧璧城，端然骑定玉狮子，不由气得她蛾眉倒竖，咬牙切齿，便喝道："方才许多人都被俺个个杀败，何况你这个饿不煞的穷花子，也来人前卖弄。"在小青娘本是随口乱骂，哪知一句话，恰说出璧城初到包村的丑态。于是璧城大怒，喝一声，纵马挺矛，向小青娘当心便刺。

小青娘嘤咛一声，纤腰款摆，登时张开两片刀，便是玉蟹舒钳的式子。唰一声，夹住矛头，方要略为摆晃，顺杆直削。璧城这里一翻健腕，下按矛头，又是个游蛇寻穴的式子，明闪闪矛头，直抵向青娘脐腹之间。好青娘急摆身法，霍地闪开。

两骑马奔势难收，倏然地各易方向，只彼此价急拨马转之间，早已刀矛齐举，一阵价冲锋大战。但见翻翻滚滚，往往来来，一个是伸缩扶荡，着意价直捣中坚，一个是翕辟切错，仔细价张开外垒。矛到处，龙头乱点，刀过时，凤翅双飞，十分游戏。高取处一肢撑天，万种风情，低御时双峰压地。一个惯觅缝铰头刺要害，哪管人汗下淫淫；一个会茹柔吐刚逗精神，偏叫你魂销冉冉。娇音款吐，叱开万里愁云；铁骑交驰，荡起一天杀气。正是决定雌雄在顷刻，这双男女不寻常！

两人这一番交锋大战，各逞能为，直将两阵上人都看得呆了。璧城一条矛，翻飞上下，便如神龙怪蟒一般，裹住小青娘，哪里肯放半点松。这时小青娘也便施展开生平本领，两柄雁翎长刀，挥挥霍霍，直然地雪片似盖将下来。须臾已是百十回合，两骑马搅作一团。

伯高等一面瞭阵，一面瞧那蓝大炮的怪模怪样，倒还不曾理会璧城的一切杀法。唯有玉林瞧得分明，只见小青娘虽然勇悍，究竟不是璧城的对手。璧城的手法，若取沉着老当，有十来个小青娘，也就了账咧。但是璧

175

城却取轻倩之势，有几次价矛锋已到要害，他却倏地掣回，瞧得玉林十分纳罕，不由暗想道："璧城这人，真个是忮性好胜，他准是见俺生擒混天星，也思量捉个活的来显显手段，但是这婆娘十分狡狯，恐怕未易生擒哩。"

怙惚间，急望阵上两人，正在杀得难解难分，忽见璧城盘马旋矛，倏地用一个游龙戏空的式子，一仰矛头，直奔小青娘的咽喉。那里小青娘急闪低头的当儿，只听嚓的一声，红光一曜，两阵上登时大喊。正是：

划开香帕情何极，散却乌云态更妍。

欲知后事如何，且听下回分解。

第四回

御蓝道剑反妖风
闹包村夜征鬼趣

且说璧城一矛刺去，小青娘急闪低头，虽然躲过咽喉，却将罩髻的猩红首帕登时被矛尖挑落，接着便髻鬟都散，披拂了万缕香云。小青娘大骇之下，一磕马跳出圈子，跄踉踉倒退数十步。这里璧城大呼纵辔，方要赶去，只见小青娘恶狠狠地一抖手，唰一声，便是一飞刀摽来。这里璧城方才用矛格落，说时迟，那时快，小青娘玉手频挥，五六柄柳叶刀，竟自联珠价雪片般刷过。饶是璧城手疾眼快，舞矛格落，末后一刀，还铮的声正中那落鞍的护桥。

这里璧城略一逡巡，小青娘拨转马头，向本阵便跑。于是吕兆祥、何大钧大呼，飞马接应，两柄大斫刀，交叉齐上，原想暂且截住璧城，再作道理。哪知璧城人勇马快，蛇矛起处，尽力子一搅两刀，那吕兆祥虽是倒退，还可支持，但是那何大钧竟啊呀一声，弃刀落马。原来璧城顺势儿一摆矛锋，竟自点伤大钧的左肩。

当时璧城纵马如飞，一道闪电似直奔小青娘，眼睁睁两骑马头尾相接，璧城长啸一声，猛可地单手持矛，左手一探，业已抓住青娘的后衣一角。好青娘人急智生，便一摆身儿，单刀后揿，趁势儿向前一挣。只听哧啦一声，衣断马窜。后面璧城略为少怔，闪得那马略顿前蹄的当儿，急望小青娘时，早已没命地撞入本阵。于是压阵蛮婆大呼齐上，一阵价舞刀扬盾，跳跃如飞，竟将璧城困在垓心。

这里伯高等遥觇那蛮婆来势，便觉有异，果见璧城一矛刺去，正中一个蛮婆胸乳之间，但是那蛮婆绝不理会，反越发地踊跃而上。玉林见状，尚在怙悷，但是伯高忙瞧那蓝大炮，这时是一手仗剑，一手持铎，更加着唇吻略动，似乎是念念有词。于是伯高心下恍然，一面价急命鸣金，一面价大呼："吾众且退！"

璧城闻令，方奋力冲开众蛮婆，拨转马头，只见蓝大炮举铎一摇，顷刻间狂风大作，走石飞沙，直向包阵上雨点似打将来。并且空中訇訇有声，恍如万鼓骇震，又似有无数铁骑，随风杀到。于是包阵上登时大乱。亏得伯高等大家齐出，会合了璧城来骑，领两队团众挡住了追来贼众之势，彼此混杀一场，方才撤阵入圩。那里蓝大炮也便领众归营。这一阵包村团众颇有伤亡，正当那风势之冲的，大半是破头烂额。

当时伯高回到局内，一面检阅团众，一面笑道："俺今天疏于准备，竟被那贼道驱使邪风，弄了手脚去。少时他一定来攻，俺自有道理。"正说着璧城趱入，面色发扬，甚是得意。大家说到交战情形，伯高便道："可惜蒋兄手慢些儿，不然那贼妇定然被擒。"璧城听了，却笑而不语，于是玉林极赞璧城之勇。璧城听了，得意之下，正在连连谦逊，那昭达却大笑道："人无论干什么，总须先长个俊脸子，是不会有亏吃的。你看蒋兄，便不忍伤那贼婆娘，定要活捉她，所以才被她跑掉。那贼婆娘若长得像俺这脸子，恐怕早就被矛头扎烂咧。"

大家听了，哈哈一笑，璧城因昭达诙谐素惯，也只得一笑了之。玉林心细，想拿话岔开，便道："孔兄且莫笑谈，倒是那通河堤的要路，旋沙冈地面，不知孔兄曾遣人去防备不曾？"昭达笑道："那所在一片荒草，道径复杂，虽是贼人未必晓得是通河堤的要路，却也不可不备，俺早就人去防守咧。"

说话间，大家用过中饭，伯高自去到静室内检阅了一回秘籍，及至回到局内，业已日色平西。大家谈论回今夜警备，更须小心。那蓝大炮既弄邪风，岂知夜间不来掉弄玄虚呢？正说话间，忽闻圩外喊声又作，接着便风声猎猎，便有人喘息入报道："那蓝大炮倚仗邪法，现又率领了大队贼众，直扑咱圩。"伯高听了，微微冷笑，便拔剑在手，向玉林、璧城匆匆数语，两人领了命去讫。这里伯高只留仲明、世兴在局料理，便和昭达领了数十名卫队，一径地直赴外圩。

这时已风声怒吼，日色无光，刮得个偌大包村竟似一只小船儿，沉浮于惊涛骇浪之中。那圩外杀声也便越发切近。伯高领众上得外圩一望，只见蓝大炮跨马仗剑，督队在后，趁着狂风沙石之势，业已火杂杂扑近圩门。贼众如潮，分数道踊跃仰攻。那风势越刮越凶，卷得尘埃沙石翻翻滚滚，便如数座铁浮屠直冲将来。这时圩内外团丁大乱，呼喊乱窜，幸得队长等极力约束，然而也就危急得很。

于是伯高大怒，登时仗剑禹步，向巽地上吸气一口，向来风头上突地一喷，随即举剑纵横虚斫，便听得刮剌剌一声响亮，那风头顷刻便住，却一阵价訇訇怒卷，沙石蔽天。须臾，便如一座环山，只管在圩下旋转起来。

这一来，大炮大惊，急命且退。说时迟，那时快，这里伯高又复举剑一挥，便见那风头立转，哗的声，便似排山倒海，一径地反冲贼队。于是鼓声起处，圩门大启，玉林、璧城双双率众杀出，人借风威，势如怒潮忽到。

这一阵大杀大斫，直弄得群贼自相排蹂，哭喊连天，躲过锋刃就是石块，更加着后有弓弩手，一阵价箭似飞蝗。这时群贼只好怨爹娘给自己少生了两条腿，这个大苦头，小子们总算是歹（俗谓吃也）上咧。当时贼众尸仆如麻，死伤无数，直至距本营不远，才亏得小青娘领吕、何等率众杀出，接应进去。蓝大炮狼狈入营，怒气冲天，单等夜间，再弄玄虚。

且说玉林等杀贼尽兴而回，见了伯高等，都各拊掌欢笑。昭达便噪道："包兄，俺早知你有这一手儿，俺也出去杀他个痛快，俺为甚猴在圩上，空落个眼馋肚皮饥呢！"伯高笑道："你不须眼馋，今夜那贼道还定来弄邪作闹，好乘咱圩中惊乱之际，于中取事。你且小心河堤水门一带，却是正经。少时俺自有准备。方才俺摧败贼众，是用'返风扑敌'之法，可笑那蓝大炮只弄法术，妄想取胜，可见他是没甚能为了。"

璧城道："虽如此说，咱总须小心为是。还有今天那干贼中蛮婆，也是可怪，俺分明刺中她，却不能伤。"伯高道："此是符咒的禁力，过得一两时，禁力一销，还如常人。总之此等法术勾当，不过是偶一用之，以补战力之不足则可，若专以此求胜，则不可。"大家听了，都各点头。

须臾，大家晚饭毕，又是掌灯时候，于是伯高传令村中，并全团团丁，各在胸口上朱书一个"正"字，然后用浓朱涂圆，形如太阳。并命各队长申谕团丁，今夜间无论见何等怪异，切不可心惊扰乱。那所涂日光，名为"太乙真符"，不但能去百邪，并且增人正气，诸凡阴邪自不能侵。

昭达笑道："包兄既有此妙法，何不令咱们的人天天涂个日光儿，管保上阵时也不怕那贼道弄邪法咧。"伯高笑道："你又混说咧，凡法术之类都是禁力，并且有时刻局限。这还不算，还须这施术之人暗地里有精神作用，方能有放。若常常施法，俺哪里有偌大精神？俺少时便当自居静室，夜间之警备巡瞭，只好有劳诸兄咧。"

不提这里伯高等分头准备。且说这晚上，包村各户既闻伯高所传之令，便登时惊惊诧诧，乱蛆似搅将起来。那村中半吊子少年等偏又彼此传说，添枝加叶。有的说，蓝大炮将遣十万恶鬼，来吸取人的生魂。有的说，今夜间不是水没全村，便是雷火下焚全圩。又有的道："那贼道惯会驱山缩地，今夜里不是来座大山，轰隆一家伙，将咱们斫作肉泥，便是冷

179

不防地将咱村缩到东洋大海中，骨碌碌冒个大泡儿，便一事毕，万事了咧。"又有的皱眉道："咱们死倒不怕，就怕是死后咱这干冤屈鬼都做了蓝大炮手下的阴兵，冲锋打仗，一般地还会死上一回。到那时，做了鬼中之鬼，这个苦头儿可就大咧。"

大家如此地信口胡说，各户人等越发惊诧。那男人们只不过忙碌着互画日光，唯有一班妇女们，早已哭天抹泪地瞎抓乱撞。这时都将害羞收起，先脱出白嫩嫩的胸肚儿，请人来画日光。那村中稍能执笔的老先生们，也便大开眼界，偃着腰子，眵着眼子，撅起几根鼠胡儿，赏鉴了李大嫂的玉乳胸酥，又去点染那张二姐的白皮嫩肉。遇着得意的娇娆，便楷书正字，铁画银钩；望到讨烦的太婆，便混涂日光，大抹一阵。饶是如此，那一身鸡骨瘦身架，还几乎被人拉散。

众妇女好歹地画妥日光，便又吱喳起怎的藏躲。有的道："俺向茅厕，那臭气是避邪的。"有的道："俺向柴垛，柴垛下住着大仙，也一定能保护俺。"有的道："俺只藏在灶房内便妥当。真个的咧，俺一年四季价给灶王两口儿烧香拨火，那黑脸的老爷子（指灶王），或者脸硬，不理会俺，难道那白脸的老奶奶（指灶王奶奶）慈眉善眼的，就好意思不保佑俺吗？"

又有一妇道："你们想的藏躲之处，都不如俺想的妙。这是俺隔壁，住着一位古怪先生，此人没时没运，偃蹇一生，少为贵公子，绝少纨绔之风，壮为穷书生，饱尝世味之苦，两眸子忧时热泪，一肚皮感遇愁肠，文不能定邦，武不能定国，生平碌碌，略无寸长。却有一桩奇处，就是当年罗雨峰先生那支画鬼之笔，不知怎的，却被他老先生捉入手中，他又不去点染丹青，偏用以涂抹文字，凡混世的许多鬼魔，只要入到他笔下，便穷形尽相地和盘托出，一丝儿不会差的。那鬼魔的磨牙吮血、杀人如麻之状，好不令人可怕可羞！俺想那鬼魔虽是凶恶，毕竟也晓得羞臊的，他怕那古怪先生给它画下真形来，传留后世，受人唾骂，一定是躲避不迭的。俺到那先生家去藏躲，真个再好没有咧。"

便有人道："罢哟，你说的那个古怪先生，不是文绉绉、酸溜溜，见了人一笑两龇牙，连个响亮话也没的，专以仗着胡诌小说，卖钱混饭吃的吗？你想他少年时，蜚声文坛，同辈敛衽，人家同辈一个个一抹鬼脸，都去混鬼，果然是十分得意，步步登高。鬼跳跃了许多年，都升官发财，脱尽了寒酸鬼面目，一时价肥马轻裘，好不写意。偏是他老先生，牛性可笑，不去混鬼，偏去画鬼，做了许多的嬉笑怒骂的文字，休说是鬼见愁，便是人见了也不喜。到如今，两鬓俱斑，穷愁欲死，左顾椎髻之妻，右对蓬头之子，室无隔宿之春，门有呼逋之客。俺时常见他钻在斗室内，对着一盏秋灯，手操三寸毛锥，写些个鬼话连篇，自以为名山著作。你想这种没用的老怪物，他自己都鬼倒运了一辈子，如何还能镇吓住鬼呢！你若藏在他那里，巧咧，他便将你描写到文字中，倒做成他一段鬼文料哩。"

其中有一个骚骚的媳妇子，一扭头儿道："依我说，你们都是瞎说一大堆。俺有个顶好老主意，无论怎样凶实的邪法恶鬼，他都怕冲怕撞。好在咱大家都有个硬实实的老头子，咱今天晚上，只须脱得光溜溜，一人抱个老头子，说个粗话儿，那咕咕唧唧，冲天冲地的勾当，便是正神正道都须退避，何况那驴球马蛋的邪鬼呢！"说着，随手儿向一个胖婆娘嘴上一抹，道，"你瞧俺胖大嫂，先咧开小嘴咧，准是俺这主意投了她的小心缝咧。"

众人听了，不由都笑。那胖婆娘便笑骂道："小蹄子，你就这样混嚼蛆，咱们便算每人有个老头子，难道人家……"说着向一个闺女并一个老太婆身上一瞧，那闺女登时脸儿通红，别转头去。老太婆却笑骂道："我老人家一向口净，不好骂你们的。俺老头子死掉十来年，这当儿若钻出来，可是笑话！"一妇笑道："不打紧的，你老人家若一定用老头子，俺就借与你半个，你等俺两个磨砖对缝弄停当时，你就偎在他屁股后头。一来样儿冠冕，二来一般避邪，这就叫一使两用，你道好吗？"众人听了，不由越笑。

不提各家妇女顷刻间乱成一片，关门堵窗，惊惊诧诧。且说包村，这夜里三更敲过，果然地狂风大作，惨雾愁云中，但见鬼影憧憧，鬼声飁飁，直闹到晨鸡一鸣，方才万众都杳。于是满街男女，奔走相告，各征鬼趣。有的说："见无数的鬼兵，只在空中打旋儿。"有的道："瞧见个矗天矗地的大魌魋，略欠屁股，便坐在圩墙上。"有的道："活脱地有个穿白戴白的媳妇子，两眼是血，舌头吐多长，哭到这家，又向那家。"有的吐舌道："我的妈，你们见的全不稀奇，哪个王八蛋才撒谎，俺眼睁睁瞧见个背着算盘的刻薄鬼，一面向俺招手，一面向俺龇牙儿，吓得俺回头就跑。你说那家伙，多么损，他咴的一声，还愣核了俺一下子哩。"大家听了，便笑道："真是说什么有什么，你老兄真就挨了算盘鬼的核咧。"

正在笑语之间，忽见一人惊望道："鬼来……来来……"大家随他指势望去，不由大惊。正是：

　　人理绝时即鬼道，何须真假苦分明。

欲知后事如何，且听下回分解。

第五回

真无赖乔扮假无常
集纯阳冲破纯阴阵

　　且说街坊上众男女随那人指势望去，只见四个壮汉，用门板抬定一个无常大鬼，如飞而来。及至近前，仔细一看，大家都诧异得言语不得。原来那无常鬼却是村中某少年所扮，只见业已神痴魂丧，卧在门板上，直挺挺的两眼上翻，口流白沫，十停已经死了九停咧。后面数步之外，却跟定个中年妇人，一面走一面念佛，并且颜色骇阻，遥呼壮汉等道："你们慢些跑，他一丝两气的，还禁得住颠顿吗？"大家瞧那妇人，便是少年的近邻舍马娘子。

　　这马娘子是孤身孀居，吃斋念佛，大家素来知道的。今见她跟在少年后面，料她定知那少年是怎么档子事，于是拥上一问所以。那马娘子一面念佛，一面说出缘故，大家听了，不由吐舌不迭。

　　原来那少年素行无赖，专好钻头觅缝地渔色无厌。傍晚时光，站在门首，瞧街坊上男女纷纷，互述画日光去邪之事，他听了，正在暗笑伯高捣鬼，只见马娘子捐个小被卷，慌慌张张，从家中出来，回手儿反锁了门，似乎要向哪里去一般。少年便道："马大娘，这时光不闭门家中坐，还向哪里去呢？况且今夜就要闹鬼，你在街坊上一个人儿乱跑，是玩的吗？"马娘子道："正是哩，俺何尝不发恐，只是村北头，俺干女儿杨爱姐，她丈夫既没在家，住的所在又孤单，今天夜里，怕不把她活吓煞！所以俺想去和她做个伴儿，好歹也壮壮气儿。"少年随口道："既如此，俺送你去，不省得你发恐吗？"说着举步同行。

　　须臾，便到村北头，只见疏落落几户人家，左有高林，右临旷地。这当儿晚鸦乱噪，各家都双扉紧闭，果然是十分荒僻。马娘子四下一望，随口道："俺这干女儿，人儿虽小，胆儿就算大，这才不几日，这片林地里就吊煞了个无名男子。这所在，若是俺一个人儿，可不敢住哩。"

　　说话间，趄至一家门首，几间草房儿，及肩的短垣。由马娘子啪啪一叩门，便闻里面娇滴滴地应道："来咧，来咧，敢是你回来了吗？谢天地，俺正愁着今夜里没法过哩。你瞧俺干娘，没事的嘴似拌蜜，说起疼俺来，蝎螫狗咬，恨不得搂过俺去啃两口。如今眼睁睁今晚闹鬼，她就不来傍个影儿，只会夹着她那老□，藏在家里。看起来，咱们永不理那老劈叉才是。如今晚饭才熟，咱快吃了，早些儿暖和和睡觉吧。"

这时，那少年趁向马娘子前面，马娘子是跑得既喘且笑，一时间应声不得，少年是乍闻这套软腻腻的娇音，只觉浑身起刺，便探着脑袋，目注门缝。

正这当儿，哗啦一声，门启处，提灯一闪，少年眼光先到就地，便见光迈出只尖生生的小脚儿，随即俏影一扭，登时趸出个绝俊的小媳妇子，不容分说，用手儿向少年肩上一拍，道："恨煞人的你……"一言未尽，一瞧是个陌生的少年，并且背后影绰绰，还站定一人。

那媳妇惊诧之下，举灯一照，先望见马娘子，揹着小被卷，又喘又笑，于是她红了脸儿，忙笑道："俺方才正念诵你老人家，真是活人为念诵，正说着，您就来咧。"马娘子也笑道："俺就惦着来与你做伴儿，只因街坊上天晚发恐。"因顾少年道："这不是，亏得人家邻舍家送俺到此，哪里晓得你就念诵俺这老劈……"那媳妇忙道："哟！娘快别说咧，快让您贵邻舍进来歇歇吧。"

这时少年一双饿眼滚上翻下，早将那媳妇浑身端相一遍。只见她漆黑的发儿，雪白脸儿，长弯弯眉儿，水灵灵眼儿，端正正鼻儿，红绽绽嘴儿，再衬着高鼓鼓乳儿，瘦掏掏腰儿，嫩生生手儿，尖翘翘脚儿，一言抄百总，简直地浑身堆俏。

当时少年，咽咽地暗咽馋唾，并怙惝道："不想马娘子的干女杨爱姐，却如此标致。"正在眼饧模糊之间，忽闻爱姐让进，少年大悦，方要奔步，只见马娘子道："哟！爱儿呀，你可不要客气。俺们是老邻旧舍，通没讲究。"因向少年道："如今趁天色还早，您就请回吧。"说着和爱姐厮趸而入，吱扭一家伙，双扉紧闭，闪得个少年愣了半晌，略为沉吟，不由喜得心窝怪痒，暗笑道："不想今夜间包伯高一番捣鬼，却做成了俺的好事。"于是一路歌呼，匆匆趸回。

不提这里马娘子和杨爱姐，自有一番酬酢谈话。且说少年回到家下，赶紧地打面糊，买桑皮白纸，寻麻绳，和红色，找木棒，乱过一阵，一切都备。听了听天方二鼓，以为时光还早些儿，不像喜神爷出没之时，于是沽酒市脯，自饮自庆。一面吃，一面思量那杨爱姐的小模样儿。左右她家内也没男子，少时她们被俺吓昏，不消说，是任俺摆布，那时节儿俺将她乐够了，呒的一声，走他娘的，这个大黑锅，没别的，只好请喜神爷替俺去背咧。想得得意，一阵价举杯连连，手舞足蹈。

正这当儿，窗外飕飕飗飗风儿吹过，接着便灯焰微摇，细簌簌一阵沙土，打在窗上。这一来，闹得小子毛毰毰的，暗想道："这事不妙，那喜神老爷子原来孝子出身，生前时为人方正，所以才死而为神。如今俺打着他的旗号，去偷摸娘儿们，他一定不会欢喜的。"想到这里，只管发愣，再瞧瞧准备的一套行头，好生不得主意。但是刹那之间，忽又想到杨爱姐的小模样儿，便暗笑道："我好发呆，如今的大人大物，专是以借正经名儿做坏事，人家都安富尊荣，老健不死，弄得小百姓怨气冲天，哭声遍地，也没见谁给他个没兴头。难道俺偷个把娘儿们，那喜神爷便马上见过，跑来不依不成？"想到这里，胆气立壮，于是匆匆罢酒，一件件扎括起来。是头戴高白纸帽，竖写"利见大人"四字，抹上半吊眉，衔了红纸舌，披上白孝衣，腰系粗麻绳，手执哭丧棒。扎括停当，对镜一照，倒将自己吓了一跳。

正这当儿，忽闻对门儿某妇人叩门唤道："某大哥在家吗？俺今晚缺了灯油，您快借与俺些。"这一来，少年大骇，忙应道："某大嫂快别进来，俺这里正赤条精光地洗澡儿哩，不便与你开门，你快别家去借吧。"说着，噗一口，先吹灭灯。待了一霎儿，听得没动静，知是某妇已去，他这才从大门旁墙上一跃而出。

这时三鼓敲过，街坊上人影都无，这小子随路上还使促狭，不断地学着鬼叫，直奔将去。须臾，到得杨家，先爬上墙头向内一张，只见正房东间儿尚自灯光明亮。于是他轻轻跳落地，向前趁了几步，却闻东间内振衣之声，并爱姐儿自语道："人若上了年纪，说话便胡拉八扯。俺干娘来给俺壮胆儿，倒凶实实地说了些没要紧，反正是人正气就壮，脚正不怕鞋子歪，闹鬼不闹鬼，俺怕它怎的。它若真来了，俺就是咔嚓一剪子。"说着剪音戛然，似乎剪裁什么。

正这当儿，便闻马娘子一阵鼾声。于是少年趋就室门，轻轻一推，可巧是虚掩的，便就东间帘缝儿先悄悄一张，不由登时魂销天外。只见里面榻上，马娘子业已和衣睡熟，却敞着衣襟，露着胸前的日光。那爱姐儿正乱绾乌云，敞披一件短衫儿，穿一件撒脚短裤，却弯起一条雪白的小腿儿，在那榻头灯光下束抹莲钩，一只罗袜却置向剪刀之间，看光景是剪甲方毕。

这时爱姐儿睡发低垂，倦眼惺忪，本已是春色撩人。那少年正暗张得心头乱跳之间，忽见爱姐玉臂双伸，软洋洋一个呵欠，接着阿嚏一声，自笑道："哟，这会子谁念诵我呀？莫非是俺那口子吗？"于是衣襟一扬，正露出雪白酥胸，上画着鲜妍妍一个日光。

这一来，少年大悦，便呒的一声，一毛腰子，先钻进那尺余来长大白高帽，方要趋抱爱姐的当儿，说也不信，只见爱姐胸上那日光，登时赫然发出阳光，辉映满室。这时爱姐大惊，急推醒马娘子的当儿，那少年早已神痴跌倒。

当时马娘子愣怔怔乱抖之下，细瞧那位喜神爷，却是送她的那位高邻。再听闻爱姐一述说，方才少年闯进扑抱之时，并日光之异，不由心下恍然，念佛不迭。两人没法儿，只得守定地下那个假喜神爷，待至天明，方唤觅了左近壮汉，由马娘子送他家去。

当时马娘子匆匆述罢，自行赶去，大家便互相诧异道："这事奇怪，那太乙神符能治鬼邪，如何也能治人呢？"其中有位老头儿，便正色道："那少年既如此存心淫邪，已经是入了鬼道，所以那神符一般地能治他，什么叫人鬼？心正便是人，心邪便是鬼，人鬼关头，不过在人存心邪正罢了。"

不提人家听了纷纷各散，哄传少年这桩事，当作奇闻。且说伯高次日会合了玉林等，仍在团局。少时各团队长次第价来报说昨夜警备情形，并言有鬼物中还夹杂些纸剪人马，一经神符光照，便纷纷堕地。伯高笑向大家道："那蓝大炮学得些白莲伎俩，不过如此，俺料他今天还定以此等伎俩前来胡闹。咱索性不必出战，且坚守两日，徐观其变，再作道理。"说罢，传下令去，命炮队团丁小心准备，贼若来攻，但先以土炮轰击。

说话间，只见昭达蹦跳而入，大笑道："伯高兄，真有你的，你那日光儿真好耍子。昨夜里俺领渔队，在河堤上放了半夜的火彩，大家胸前日光儿一条条照入河中，便如金蛇乱窜，就别提多么有趣咧。逼得河中堤外许多的黑影儿，啾啾有声，旋风似的飞退不迭。末后堤边有片水涡，只管晃动，俺的日光儿照去，它竟不理会，反倒水纹越动，似乎要上跃一般。俺暗想，这个水鬼居然不避日光儿，一定凶实。俺便不管好歹，觑准水动处，嗖地一叉，原来不相干，却是他娘的这么大个乌龟。"

大家听了，正在哈哈大笑，忽闻外圩上喊声大举，接着便炮声訇然，恍如雷震。须臾便静，即有人来飞报道："方才贼众大队来攻，已被发炮击退。"伯高听了，先命世兴、仲明登圩巡望，一面价和玉林等匆匆用罢饭。方要登圩，只听外圩间又复喊声大举，但是炮声寂然。

须臾，人来飞报道："世兴爷便请包爷等急速登圩，如今那贼道不知弄甚邪法，却驱出一队赤体妇人，向圩叫骂，咱圩上炮便不燃。"玉林等听了，颇为诧异，伯高却笑道："可见贼道伎俩已穷，弄此魇胜之法，济得甚事！"于是传下令去，就村中挑选百余名十来岁的顽童，即刻齐集听用。并传语各家父母，休得惊惶，顽童们绝无危害。此令一下，那有顽童的各家未免吃惊打怪，然因信得及伯高，也就帖然听命。

不一时，众顽童由伯高卫队带领，都到局内。伯高见了，都命换上伶俐短衣，又含笑嘱咐一番。众顽童都是淘气精，有这般好玩的勾当，无不跳跃听命。于是由伯高等率领了，一径地直奔外圩。只见圩上团丁们正在竭力抵御，矢石交投，圩外贼众是喊杀连天，十分踊跃。百忙中，却见世兴老头儿气得脸儿通红，胡儿乱颤，正在揎拳捋袖地指挥着炮卒们极力点炮。说也奇怪，那火光儿只在炮门边哧哧乱射，却就是寂然不响。

伯高等向圩下一望，不由大怒。只见贼众如潮之中，却簇拥了百数十名妇女，一个个蓬头披发，都脱得一丝不挂，白羊一般，一字儿排列开，向圩上指画叫骂。并且后面贼众，刀斧森森，有那稍为羞性，不肯叉腿抻肚的，后面贼众刀斧立举。于是百数十张嘴，胡骂乱卷的当儿，那下面的条条玉股，也便纷纭乱叉，便如临潼斗宝一般，顷刻间，许多妙物儿轩豁呈露。圩上人众等闲哪里见过这样俏皮阵仗，正在纷纭掩面，这里伯高一声号令，众顽童立分两排，风趋而前，夹炮立定，各自一手儿掀起短衣。伯高又是一声令，急命炮卒立移炮口，直向贼众最多之处，躲开那干赤体妇女。这里众顽童一声喊，齐捋短裤，顷刻间森森嫩笋各自挺出。其中有那胆大顽皮的，竟自一股尿线射将去。

这一来不打紧，圩下妇女一齐跌倒之间，但闻訇隆隆连声响亮，圩上面数尊土炮，如震雷骇电一般，直扫将去。炮火过处，贼仆如麻，遥闻贼阵上金声乱鸣，登时收队，并有贼众，将赤体妇女都揿挽将去。望得昭达哈哈大笑道："这阴阳魇制之理，却也作怪，这么大的土炮，竟不如儿童胯下之物。"伯高听了微微一笑，一面命卫队领下群童，各自送转，一面在圩上瞭望良久。见贼营中没的动静，便吩咐各队长小心巡备，和玉林等从容回局。

便是这一日，贼营中安静异常。伯高等怙悇一番，却也不解其故。当晚上，大家饭罢聚谈，璧城便道："蓝大炮邪法技穷，小青娘似又战怯。"因顾玉林道："依俺鄙见，咱今夜径去劫营，多少也扰乱他一番，邹兄，你看如何？"玉林沉吟，尚未答语，伯高道："慢着！俺看贼道，深闭不出，又有诡计，咱不可妄动，中他诡计。"

正说着，忽见左右人你入我出地交头接耳，只管喊喳，并且面现惊惶之色。伯高喝问其故，左右道："好叫包爷得知，便是方才有守门的团丁，在局门前拾得一纸黄笺，并有数字的朱印，上有数字，十分凶实，小人们不敢呈进。"伯高等听了，十分诧异，急命取黄笺一瞧，果有蓝大炮的朱印，上有六个大字道："七日包伯高死。""死"字上面，画着个符篆似的朱标"敕"字。

玉林等见了，正在相视一怔，伯高却大笑道："如何？俺料贼人还弄玄虚，且自由他，咱只小心警备就是。"于是焚掉那黄笺，吩咐左右不必惊扰。话虽如此说，但是村人们知得此事，早又惊惊诧诧地乱过一夜。唯有那伯高的两个姬妾，妇人家越发惊惶，便一面在家焚香拜佛，一面打发仆人，不断地到局内探问伯高的起居。原来自众贼困圩，伯高便已住宿局内咧。

说也奇怪，次日午饭后，伯高和玉林等巡望一回，回到局内，真个觉得体微不适。大家以为是连日劳碌之过，便请伯高自就静室内歇卧一回，吃了剂养神清解之药。大家退出后，伯高便沉沉睡去。且喜贼营中也没动静，大家这里一面替包伯高料理事务，一面轮替巡瞭。直至日色平西，一瞧伯高，还是沉睡如故。

昭达便道："这事儿透着蹊跷，伯高兄素日精健，从没有如此沉睡过，且待俺唤他醒来。"世兴道："人过于劳顿，睡就长酣，且不必惊动他，待他睡足神旺，自会醒的。"于是大家仍然退出，只命个仆人在外间坐候动静。

不多时，用过晚饭，掌上灯烛，大家正在大厅内相与闲谈，并揣测贼众不出之故，忽见那仆人飞步人报道："诸位爷台，快瞧瞧去吧，俺家主人真个有些蹊跷哩。"

大家听了，登时一怔，正是：

　　方以纯阳散阴气，又达奇术摄生魂。

欲知后事如何，且听下回分解。

第六回

大炮逞法摄生魂
玉林探营穷密帐

　　且说玉林等闻仆人来报，各自一怔之下，忙忙去瞧。只见伯高紧闭双眸，仰卧于榻，面色微白，气息急促，竟似乎是失神光景。当由世兴趋进，一面按抚他胸口，一面轻轻呼唤。这时玉林等只默然静观，唯有昭达，已燥得额汗淫淫，张着两只大眼睛，乱噪道："这若真是那贼道弄的诡，就是俺老孔一个人儿，便和他干上！"正乱着，只见伯高长呼一口气，似乎是闷促之至，双眸略启，旋复紧闭。玉林等也便趋上呼唤，那伯高只是不醒。

　　这里世兴正在按摩胸次，侧头沉吟，只见厅外，提灯一闪，便有人娇滴滴带着哭声道："你们这班人，都是木头！你家主人，既这样儿，怎不快报知与俺，却由他睡在这里。"这时璧城眼光瞟处，早见伯高的两姜，俏生生地趱将进来，不容分说，奔到伯高榻前，一个是一掩小嘴，登时价呜呜咽咽，一个却颤笃笃地数落道："看起来，俺就不该来理你，你那倔性法，真叫人没法说。你只知整日夜价打熬气力，如今索性地打熬成这种形儿。俺昨晚劝你回家中歇卧，养养神儿，你却拿人好心，当作驴肝肺，也不管人家当着许多的丫头老婆子，脸上发臊，就荤的素的，说了那么一大套。难道这兵荒马乱的时光，谁还有闲心想那……"说着一摸伯高头额道，"我的妈，这硬邦邦，干刺刺，热烘烘，连点儿滋润气儿都没的，这可叫人怎么受哇！"说着，纤手拍棉，就要大哭。原来伯高住宅，距团局不远，那伺候的仆人，早去飞报咧。

　　璧城见这两个娇滴小娘儿，不由暗笑道："光阴真快，俺还是处初此村时，曾在那庙前望见她两人一次，如今却越发的标致了，但是还不及俺那人儿。"正在怙悗，便见世兴道："你两位姨娘，且莫乱，方才俺摸他胸口，气息温和，不过稍为急促些儿，或是劳乏过度之故，且由他酣睡，不必惊慌，你二人且自退去吧。"

两妾一齐道："你这老头儿，说得好轻松话儿。人都这种形儿，难道还丢他在此吗？"于是立命仆人等将伯高连榻抬入宅中。说也不信，那伯高在榻上，经大家按腿捉手，一顿颠顿，他依然是沉酣不醒。

　　不提当时两妾回到宅内，彻夜守侍。且谈玉林等见伯高忽然如此光景，好生诧异。唯有仲明，更是焦躁异常，因顾昭达道："看俺哥子忽然沉睡不醒，怕不是贼道那厮作怪。依我看来，速遣精细探子，去探贼道的动作才是。"世兴道："咱明天瞧瞧光景，再作道理。古人有酣眠七日，梦至帝居，得闻天乐的。可见这忽然沉睡之事，自古有之。今伯高虽不必定有异梦，亦未必便是贼道作祟。凡遇事体，端宜镇静，便是昨天所见的黄笺妖语，焉知不是贼道故意地惑乱人心呢！"大家听了都各默然。这夜里加意警备，自不消说。

　　次日，大家晨起聚集，方要去探问伯高，只见左右又惊惶惶呈上一纸黄笺道："此笺又是早晨时光，在局门首所拾。"大家一瞧，越发地相顾诧异。原来那黄笺如前，只换了一字道："六日包伯高死。"

　　当时世兴强为镇定，和大家去望伯高，依然是沉睡不醒。那两妾猱头撒脚，都熬得两只俏眼红桃儿一般，正守在榻头哭天抹泪。此时大家不暇回避，彼此问答之间，倒叫璧城大饱眼福。

　　于是大家退回局内，互相纳罕。便是世兴老头儿也稳不住屁股咧，又以为伯高或染奇疾，于是一面价飞请医生，去诊脉息，一面价遣两名精细探子，去探蓝大炮的动作，如有所闻见，急速回报。少时，医生来述伯高脉息无疾，只是略见微弱。大家听了，略为放心，且幸贼众依然不出。转眼间混过一日。

　　次日玉林等方才起身，只见昭达大嗓而入道："真他娘的怪事。"说着，由袖中取一黄笺，掷在案上道："这又是团丁们早晨时在局门首所得，这贼道如此作怪，俺今天非自去探探不可。"玉林等一瞧那笺，又换了一字，却是"五日包伯高死"。

　　那昭达乱嗓之下，真个登时要去侦察。世兴因河堤守望，不可无人，好歹地将他劝住。大家到包宅一瞧伯高，依然是沉睡如故。只见那两妾正没好气，呵斥一个仆人道："你们真正没用，唤一个人都唤不到。"仆人道："非是唤不到，他家中人说，头三日前有一个很体面的人，去请他到某处算命，至今未回。他家中人正愁得什么似的，还揣度着被贼裹去哩。"

　　世兴一问所以，原来是两妾命仆人，去唤常在包宅走动的史瞎子，想给伯高算算命运。当时世兴等只好安慰两妾数语，逡巡而出。一时间，大家面面相觑，通没作理会处。

便是这日，两探次第来报，只说贼营内外，通没什么动作，除饮酒歌呼，更无别事。那小青娘还偶然地巡视内外，至于蓝大炮，更没影儿。贼众传说，也有说蓝大炮回向城中，有所勾当的，也有说他亲去勾引别股贼众，助打咱村的。大家听了，越发莫测其故。

话休烦絮，便是如此光景，伯高沉睡，日日如故，那作怪的黄笺，也便日日一来，直到第六日早晨，那黄笺上竟大书道："一日包伯高死。"这一来，轰动全村，团丁们惶遽出入，一望贼营中出入的贼众，都各个喜形于色，十分得意。大家见了，未免心慌。亏得玉林、仲明等极力镇定团丁等，方才少安。

唯有昭达连日价没好气，只拿酒煞气。这日，瞧望伯高回头，便又大呼小叫地在局置酒。大家一来难却其意，二来也是借酒破闷。便大家坐下来，没精打采地吃过数杯。昭达见状，十分气闷，便拉仲明道："来来来，咱们别学人婆子气，且痛吃两杯，反正据那贼道黄笺上的话，伯高兄还有一天的活头儿。今天俺是老主意打定咧，待至今晚，俺便去寻那贼道，不是他，便是我，总有一个断气的哩。"说着，举起大杯，一吸而尽，向仲明喊个"干"字。那仲明浓眉一挑，也斟起一大杯，咕嘟嘟灌将下去，向昭达一伸大指道："你这主意，倒也不错，今天晚上，俺和你去。"

两个酒茅苞正在撒起酒疯，不想璧城瞧得有趣，便笑道："如今伯高兄如此光景，你两个只以酒煞气，济得甚事？那无聊拼命，更是笑话。再者，伯高兄便睡上个一年半载，也不打紧，咱包村定然无恙。因为上次贼来打村，亏得伯高兄将贼杀退，如今伯高兄虽不能睡着出马，却有玉林兄本领惊人，一定是保得咱村，安如磐石，你二人何必着忙呢！"说罢，停杯微笑，很露得意之状。

玉林听了，知璧城虽是笑谈，却有自矜之意，并藐视自己之意。正在略为沉吟，哪知昭达正在没好气，又是个直铳性儿，便啪的声，一跷酒杯道："蒋兄，你这痒痒腔儿，倒不必这般说！你简直地说俺等都没用，就结咧。却有一件，你须明白，你别觉着许多人都被小青娘杀败，末后是你得胜。今天是打开板壁说亮话，那是人家故意地装败跑回，好叫你去显显能，舒舒你那掂斤播两的心肠。你如不信，只管问玉林、仲明兄，难道是俺撒谎不成？你说拼命是无聊，俺今晚非寻贼道去拼命不可！"

璧城一听，正在面红过耳，玉林忙道："孔兄真个拿酒煞气咧！自家人，快别犯嘴犯舌。蒋兄说的未尝不对，这包村有俺邹玉林，就算是安如磐石哩。"说罢哈哈大笑。于是世兴也趁势儿道："正是，正是。咱包村有邹、蒋两兄，万无一失。今天虽是闷酒，也要吃了畅快，如何只管逗起笑儿来咧。"说着，起身与大家各斟一杯。璧城见状，也不便说什么，只得一笑了之。须臾酒罢，那昭达一言不发，气吼吼地掉臂自去。世兴、仲明惦念伯高，又赴包宅。玉林和璧城就外圩上，巡视半日，也便各回己室。

须臾，晚饭毕，起更时分，玉林正在灯下怙惙，打算着夜探贼营，毕竟觇个分晓。忽见昭达闯然而入，业已换了一身夜行衣装，不容分说，向玉林纳头便拜，并且扑簌簌落下两点眼泪。慌得玉林扶挽不迭，道："孔兄这是怎的？"昭达道："邹兄，你不晓得吗？那会子俺又去瞧伯高兄，不但沉睡如故，并且面白如纸，微有呼吸，俺这便去和那贼道拼命。咱两个相交一场，所以俺来别过你。"说着，一转虎躯，就要拔步。

玉林不由且骇且笑，便道："孔兄慢着，我看来，你去不如我去，咱自家人，不怕你怪的话，你那高去高来的手脚，委实地不如我便当。况且既赴贼营，就须探个水落石出，先救包兄的性命要紧，只和贼道拼命，何济于事呢？方才俺正想去探贼营，便是俺去如何？"

昭达欣然道："邹兄肯去，越发妙咧，咱就同行吧。"玉林道："这侦探之事，人多了倒不便，孔兄还是在村防守河堤为是，你可知越是伯高兄性命危殆，那贼人越会乘乱来攻，此层不可不虑。"昭达听了，甚是有理。

不提他唯唯之下，噘了大嘴，逡巡趔去，一面价去知会世兴等。且说玉林，送得昭达去后，即便结束停当，换了一身纯青的夜行衣靠，佩了宝剑，带了百宝囊，一径地直奔外圩。更不去惊动门卒，便从圩上轻轻跳落。数里远近，不消顷刻，早已趱近贼营的前卡。正有几个卡贼，分伏在卡左右草地里，手持长矛，探头探脑。玉林故意微嗽一声，一紧步法，风驰便过，闻得背后众卡贼哈的一声，似乎是长矛齐奋。

一人便道："怪呀，分明似个人影，并且咳嗽，怎么没的呢？难道是闹鬼吗？"便又有一人笑道："得咧！王第八的，你真是秃子跟着月亮走，屎壳郎随着屁嗡嗡！你见咱蓝爷弄鬼儿，整治包伯高，你也就晓得什么鬼呀怪的咧。"那王第八的道："真个的呀，那会子咱们头儿说，咱蓝爷业已暗传下令来，说是包伯高今夜五更时分准死无疑，要趁着包村惊乱，天明时分，就去攻打哩。"

玉林听了，料得是蓝大炮逞邪无疑，却又不晓得他是弄什么邪法，竟致伯高失魂落魄的，沉睡不醒。暗惊之下，一路飞行，斯须之间，已到贼营外垒。但闻里面口号时呼，逻铃响亮，倒也防备得十分严密。

玉林略伏暗处，稍听动静，便由外垒一跃而过。细一定神，辨准方向，料那营前后防备较严，于是猫儿似轻步疾趋，直奔营右。方趑至中间儿，正要越过外排的鹿角，恰好有两个吃醉的巡贼，各拖长刀，由对面跑跟而来。玉林赶忙伏身，向草地内一闪。前面一贼马虎虎的似乎张见黑影，便登时一摆长刀，道："老二，你瞧是什么撞过去咧？莫非是包村的奸细吗？"后面一贼笑道："包村人，这当儿准备哭老包还不迭，哪里还愿来做奸细？你动不动便要鸟刀，方才你和李大鼻争那小娘儿，若不是我拉着你，不闹出一条人命吗？"

前一贼道："若不是你来多手儿，俺一定先削他那鼻头，然后削他那大物儿。一来省得他自恃能为，独霸那小娘儿，二来也叫他知道俺毕老毛的八宝护腚刀，不是好惹的哩。"说着，一路嘻哈，踢踏而过。

这里玉林方要起出，却闻营内偏后一阵欢呼畅饮之声。玉林以为是蓝大炮等饮酒作乐，便悄悄趱近鹿角，遥忖那中帐方向，一跃而过，仔细一瞧，却见那中帐左右有护卒的值宿帐幕，有的灯火已熄，有的里面还有人谈笑。那欢呼之声，却从中帐左边一处很高大的帐房中传出，倾耳听去，还夹着妇女笑语。于是玉林施展开轻巧步法，先趱向中帐。只见帐前静悄悄的，帘幞未落，里面是灯烛辉煌，高座大案，那光景是蓝大炮料理事务之所。案旁地毡上，却有四五个长大护卒，横躺竖卧，业已烂睡得死狗一般。再瞧那旁边矮几上，还有饮具、博具之类，想是方才饮博倦卧。

玉林不由暗叹道："像此等乌合鼠辈，居然能豕突狼奔，蹂躏全国，看来也是劫运了。"逡巡间，拔步进帐，悄悄细览一周，却没的蓝大炮的影儿，于是转身趱出，直奔那左边的高大帐房。

那帘幞虽已深垂，却从帘缝中射出灯光。这时，帐里面男女笑语之声十分真切，便听啧的一声，似乎是做了个嘴儿，即有一女子笑唾道："你快躲开这里，不害臊的货！你昨天伺候娘娘，自家没本事，却会出主意，叫俺们从背后推你的屁股。今晚又不该你的班儿，却又来觍着脸子鬼混。你瞧人家该班的，还那么安安静静的哩。"便闻一男子笑道："反正娘娘出去巡营，回来还早哩。你只扎实实地叫我乐一下子，我马上就去。"说着一阵撕扭，并女子咯咯乱笑之声。

玉林由帘缝一张，几乎失笑，只见里面几榻整洁，铺陈华丽，并有镜奁之类。榻上是流苏高揭，衾枕灿然，看光景大概是小青娘的卧帐。这时，榻沿上有一女卒，正被一华衣狡童揿倒，彼此价撕笑作一团。那榻右边还有一青衣狡童，却和一女卒挽颈倾头，相抱低语。

须臾，那被揿的女卒挽尽力子挣起来，向华衣狡童额上一戳，道："害邪的，你有这种本事，怎昨天不在娘娘跟前献勤儿，却无端地来掐把人。今夜蓝爷在营后密帐中施法，就要成功，明天便是大大的一场厮杀。你还不快去养神儿，准备随队，只管在此胡闹。"说着一绷脸儿，却又咮地一笑。

那华衣狡童毛着腰子，凑近她跟前，笑道："你说得也是，你既不待价理我，我且去，由你三个捣搡吧。但是昨晚俺做了一梦，似乎不妙。俺梦见一个老鹞鹰，咔嚓一把，抓了俺一家伙，你且听俺细说来。"

那女卒信以为实，方向前略倾耳儿，不想冷不防，被那华衣狡童抱住脖儿，狠狠地香了一口，回头便跑。这里玉林登时得计，赶忙向黑影处一闪身，那狡童业已手舞足蹈，出得帐来，一径地便奔帐后。忽闻身旁唰的一声，他便骂道："干鸟吗？真是跟着巫婆跳假神，俺蓝爷咒神捣鬼，招得他们也撒风吹雨。这不定是哪个崽子，使促狭来吓吓人，等我查着再说。"说话间，脚下一绊，扑哧跌倒。刚要爬起来，便见电光似剑光一闪，早被一个威凛凛壮士一把按牢。

那狡童吓得口噤，正在倒抽凉气，忽觉脖儿上冰凉挺硬的扁剑片儿，老实不客气地只管来回乱蹭。那壮士便低喝道："你这厮只要一嚷，俺便一剑。俺且问你，如今蓝大炮现在哪里？他是用什么邪术，暗害好人？都要你从实说来。你若虚言，俺便……"说着剑势一按。

那狡童忙道："我说，我说。但是有一件，若说起俺蓝爷的法术来，真有点儿损阴害德，你老听了未免生气，您若一生气，手腕上一活动，没别的，我小子肉长的脖子，却有些架不了。咱这么办，您老放我起来，咱说个详详细细，你道好吗？"

玉林料他逃脱不得，便放他起来，索性地拉他向僻静黑影中，就一块大石跟前站定。那狡童见玉林虽是威实，却满面和气，不由暗道："你瞧这鸟大汉，只管笑面虎似的瞅人脸子，不消说，他准是好那档子，怪不得俺梦见被鹰抓哩。如今说不得，小命要紧，且讨人个欢喜吧。"于是撩起后衣襟，便褪花裤，正在弯腰据石，尊臀高耸。玉林从后面清脆脆便是一掌，喝道："什么样子！"

狡童见状，方知这一沟子没溜着，于是转身系裤道："俺家蓝爷用的摄魂大法，要取包伯高的性命，是将本人的生辰八字写在一个纸人身上，每晚上诵咒作法。在那纸人七窍上，日加一枚吸魂神针，旁有收魂法瓶。七日之间，那被摄的人准死无疑。今晚正是第末日，俺家蓝爷正在那里作法，所以俺们趁空儿散散心，打个哈哈儿。你老人家，可听明白了？也就放俺去吧。"说着，瞅个冷子，方要撒步，早被玉林一把捉牢，右手举剑一晃道："你这厮，好生狡狯，那贼道现在何处？"

狡童忙道："你老别着急。"说着，举手向营后一指道："你老瞧那盏绿荧荧的竿灯，竿后面，便是俺家蓝爷的密帐。咱是有一句，说一句，那密帐中什么样儿，俺可没见过。因为他一来不许人窥探，二来那所在也阴气森森得怕人。如今话都说明，朋友你再不放俺去，那就透着不够交儿咧。"

玉林喝道："少说闲话。"于是提鸡子似的，一把放翻，便割他腰带。捆缚停当，来了个寒鸭浮水式，安置已毕，又掬土堵牢了嘴，却笑道："如今夜风凉，若冻着你，也不好的。"说着，取起大石道："俺且给你盖床硬被吧。"那狡童暗道："好阴功，这样受用的被儿，还不如不盖哩。"

不提狡童这里，拿足功架，驮定大石块，单盼人经过解放。且说玉林，依狡童之语，直奔那竿灯所在。仔细一瞧，却是营后面一片空阔之地。竿灯后面，数十步之遥，果有一处严实实的密帐。遥望去，里面灯烛明亮，人影往来，似有人禹步作法。那帐外左右却有几株高树，交枝翳叶，颇可藏身。

玉林心思仔细，恐近帐门前或有藏机暗械之类，于是悄悄地缘树而上，就柯叶茂密处隐住身体，向帐中仔细一张，不由大惊。正是：

　　豪情会破奸人术，邪法偏惊壮士心。

欲知后事如何，且听下回分解。

第七回

修罗阵蓝道肆凶邪
地藏庵阮卒觇秘密

且说邹玉林伏身高树，由上望下，瞧得分明。只见密帐内有座矮坛，那坛前地下，仿佛北斗样儿，点着七盏明灯，其光荧荧，黯而且绿。七灯之间，铺着一幅径丈的白纸，上画一个赤体披发的大人儿，按着穴道，业已插有六枚钢针。那蓝大炮披发跣足，身御青衣，一手仗剑，一手叠诀，正在矮坛上喃喃然默诵邪咒。矮坛上设有高几，上面有朱符、灯烛之类，居中有一木盘，内置一个三寸多高瓷瓶儿，用红绒绳绊牢在盘。仔细望去，瓶颈上还隐隐画着符箓。便见蓝大炮诵咒毕，禹步回旋，连连大叱，即取一朱符，就烛一焚。这里玉林眼光一瞬之间，忽见密帐内烛光顿暗，阴气飒然，凉风吹处，地下那七盏灯儿光焰遥遥，倏地六灯俱灭，只剩一灯，光如曙星。

正这当儿，只见蓝大炮瞑目大叱，这一来，玉林几乎惊呆，就见那瓶儿似乎微动，逡巡之间，仿佛有一团烟气直罩瓶儿。急瞧那地下一盏灯时，业已光缩为豆。于是玉林大怒，情知伯高危在顷刻，那瓶儿定是收摄生魂之用。百忙中，先不暇跳落去杀蓝大炮，便急回手儿，由囊中掏出石子，觑准那瓶儿，嗖的声打将去。清脆脆一声响，瓶儿立碎，就有一股浓烟似的怪气，哧然有声，破帐而去。一时间地下七灯，忽然复明。

那蓝大炮猛受此惊，正在披发狂跳，大叫不好的当儿，便见眼前剑光一闪，一个威凛凛的壮士，已自大踏步杀进帐来。

大炮认得是玉林，不由转怒，便一挫身形，用一个投石探海的式子，撮起高几，向玉林当头便掷。玉林急闪之间，大炮嗖一声，青衣翩翩，业已跃出帐外，还未及转身，大炮闻脑后，喇一声，便是个金刀劈风。好大炮，并不回顾，只略侧身形，反手一剑，但听当啷一声，火星乱迸。后面玉林，百忙中知大炮是用的雌雄名剑，赶忙地一变剑法，但用轻妙之势，以避其锋。于是彼此价剑光霍霍，翻飞上下。

玉林见大炮剑势勇猛有余，神变不足，正要一变手法，因以制胜，忽闻脑后娇叱一声，刀光闪处，小青娘猛斫而入，接着中帐前贼众大喊，一阵价火燎照耀，数十名长大悍贼，各持刀矛，如飞地奔将来。原来小青娘带队巡营，方至中帐，恰值大炮和玉林交手，所以便领众直赶将来。

当时玉林一柄剑风鸣电闪，力敌两人，全不在意，更施展耸跃能为，引得大炮和小青娘东扑西撞，目不及瞬，更以余力，挥霍贼众，剑锋所及，当者便倒。展眼间将近中帐，玉林惦念伯高，急欲转去，正要觑个破绽，跳出圈子，只见中帐左边一声喊，登时又撞出一队弓弩手，不容分说，弓弦乱响，箭似飞蝗，直望玉林丛射将来。

好玉林，剑光泼开，人影都无，霹里啪啦一阵响，将来箭纷纷格落之间，这里玉林业已向小青娘虚晃一刀，急转身形，用一个平地升雷式，嗖一声，跃登中帐。于是大炮大呼，跃起赶去，只两足刚及帐顶横木，却闻啪的一声，蓝大炮应声跌落。下面小青娘忙望，玉林便如一团风气一般，便就中帐上，沿着靠营右的一列幕上，飞行而去。小青娘情知玉林难敌，也便不赶。于是贼众们集拢来，先扶起大炮，一瞧左额角上，却被玉林飞石所伤，肿起个茄大的紫苞，并且长血直流。

不提蓝大炮一番逞邪被玉林所破，当时便怒气冲天，一计不成，再生二计。且说那昭达，自玉林去后，更不去知会璧城，只同了世兴、仲明，在伯高卧榻前觑候动静。这时两妾因连日夜地伺候伯高，早已闹得蓬头垢面，都哭天抹泪地坐在榻前矮凳上。大家一瞧伯高，一张青怔怔的脸，一点儿血华都无，双睛紧闭，气如游丝，只剩了胸口上微微跳动。

大家见状，正在心下难受，一妾便呜咽着向世兴道："你老人家到底拿个主意才好，看此光景，包爷是早晚的人了，身后之事都没预备，他一口气不来，难道叫他光着走吗？"世兴等一听，不由心如刀割。

那昭达更耐不得，便张牙舞爪地向两妾一说玉林现赴贼营之事。两妾道："阿弥陀佛，但愿邹爷此去，救得包爷，俺两个见了邹爷，定要给他磕顿响头，谢谢他哩。"说话间，业已将交四鼓，大家一面觑望伯高，一面盼望玉林转来，正都急得热锅上蚂蚁一般，忽见伯高身形略抖，接着两目一翻，甚是难看。世兴急伸手一试，他的鼻息竟堪堪地有入无出。

这一来，昭达大跳，仲明是抚膺长叹。那两妾更不消说，只剩了呜呜对泣。还亏得世兴镇静，便道："大家且莫乱，俺看这样儿，伯高似有转机。往时鼻息虽略大，却是冷气，如今虽略小些，却觉阳和，莫非玉林在贼营已自得手吗？这当儿他阳气太弱，须得阴气调剂，接他一口气才好。"昭达噪道："这事现成。"便向两妾道，"你二位不拘是谁，快去接他一口气要紧。"

两妾听了，连急带羞，正哭得越发起劲，忽见伯高极力地一抖身体，接着长长地吁了一口气，忽地双目一张，蹶然坐起。那两妾出其不意，只惊得跌跌撞撞，唯有昭达，只喜得心花大放，便跑向前去，道："伯高兄，你可睡醒咧，刻下觉得怎样呢？"不想伯高呆呆怔望，竟似乎不识昭达一般。于是大家又是一怔，世兴道："这不打紧，这是他神气遽复，未能清醒之故。且令他安卧一霎，恢复原状，自会好的。且待玉林转来，便知分晓。"于是两妾扶伯高卧倒，两张小嘴儿，业已次第绽裂，挂了笑容儿，便是室内外伺候人等，也都渐次价舒眉展眼。

那昭达心头便似撤去一块大甓一般，一时间望着仲明，一面竖大指，称赞玉林，一面咧开大嘴憨笑道："喂，仲明兄，明天别的且莫说，咱先须大大地喝一场子，这五六天真把人憋坏咧。"

正这当儿，伯高神气已复，不须人扶，便自坐起。于是世兴等先述说伯高沉睡之异，并玉林赴探贼营之事。伯高愤然道："如此说来，这定是那贼道弄的玄虚！且待邹兄回头，定知分晓。俺这六日中，恍恍惚惚，无闻无见，便如中酒一般，又如被人禁锢于暝黑室内，方才忽觉大地光明，俺也便顿然醒来哩。"

大家听了，都各称奇，于是伯高命左右传出话去，言自己已愈，村众不必惊惶。忽抬头望见两妾的小模样儿，便笑道："都是为我，连你两个都累得这般样儿，如今却不必惊惶了。"说着，略瞅复室，两妾会意，自趄向复室，复施妆梳。这里世兴命左右准备了益元汤，与伯高用罢，大家也随意用些茶点，人人高兴，竟不觉倦。

堪堪地五更敲过，还不见玉林到来，大家正在怙惚，只见室外仆人入报道："邹兄转来咧。"一言未尽，只见玉林含笑而入。这时昭达等哄然起迎，急欲问所探的光景。玉林见伯高已愈，也惊喜非常，彼此价争欲讲话之间，只见复室帘儿一启，两妾趄出，不容分说，向玉林纳头便拜，慌得玉林逊避不迭。这时大家没暇理会两妾，妙在两妾也忘其所以，便夹杂着大家落座。

正这当儿，人报璧城到来。原来这夜里，璧城又到金钱花处寻欢。五更后趄回团局，却闻得左右人报，说伯高已清醒如常，并玉林去探贼营之事，所以他赶来觇望。当时璧城趄入，伯高果然好端端的，也自欣然。先由世兴一述伯高醒转的情形，玉林听了，连连点头，便道："好歹毒贼道，便暗下这般辣手。"于是滔滔汩汩，一述此行的情形。

大家听了，好不骇然，吓得两妾只呆呆地坐在伯高榻脚。伯高沉吟道："那贼道用这摄魂之术，须先得被摄的生辰八字。俺的八字不知他怎的得知，这也可怪。再者，他用此术，端的也很费精气，如今为邹兄所破，他岂肯甘心，一定还来弄什么玄虚。等那时，待俺相机行事，就此破贼，也未可知。"大家听了，都各点头。

那昭达坐在仲明身旁，正要开言，忽见璧城只管偷瞧两妾。昭达随他望去，不由好笑。原来那两妾正在复室内妆梳未毕，忽闻玉林到来，百忙中忘其所以，便跑出叩谢。一个是云鬟乱绾，脂粉薄施，尚未抹匀，竟似个小丑面儿；一个是衣衫未扣，酥胸半露，再望到脚下，越发有趣。只右脚上穿着水红鞋子，那只左脚，还缠帛半拖，直拉扯到就地。

当时昭达忍笑，便悄悄地一肘仲明，仲明会意，搭趁着踅进榻前，向两妾一使眼色。两妾猛悟，便哟了一声，飞红了脸儿，跑入复室。

不提这里大家欢笑，一面请伯高将养精神，一面加意村防，静候贼中动静。且说蓝大炮，自家法术被破，大怒之下，次日本想急攻包村，无奈因连日价逞邪作法，颇耗精神。过了两日精神方复，正想施展阵法，与伯高一决胜负，恰值探子来报，某股官军转战各处，颇有开向诸暨之信。大炮听了转怒，一面命探子且探确信，一面和小青娘暗暗计议一番，定了个一鼓而下包村之计，便暗暗地抽调城中悍队，都到本营。自己检阅了出阵的贼众，嘱咐小青娘在营准备，只待自己摆阵，困住伯高，即便乘势领众，袭取包村。计议已定，便命人去下战书，并觇觇伯高动静。这且慢表。

且说伯高，连日将养，精神大复，见蓝大炮连日不出，料他又想弄诡道，便时时地披览秘籍，准备应用。一日，忽闻某股官军有剿贼开向诸暨之信，正和玉林等聚在团局，谈论此事，并思量趁势儿破贼之策，只见左右来报道："今圩外有一贼目，声称是来下战书，并言须面见包爷，请令定夺。"

伯高听了，因笑顾玉林道："这贼道不知又弄甚诡法，他并且疑我精神未复，所以令来人面见，俺今故示之弱，亦是使他不测之法。"于是立命左右去带来人，自己也便换下长袍缓带，凭几而待。玉林等一旁列坐，也都是假作颓唐之状。

大家一阵价装模作样，正在相视而笑，只见左右进报道："来人带到。"声尽处，昂然踅进一个长大贼目。头裹黄巾，身穿一件绣花袄，红缎裤，仅及膝盖，露着黑森森的半段毛腿。腿肚上还有涅青小龙儿，下面却踹一双多耳麻鞋。进得门来，山精似站在那里，骨碌碌眼睛一转，早已瞟向伯高，却大笑道："俺小青龙奉命来此下书，你们怎的连个犒使酒儿都没的？"

昭达听了，气往上撞，方要捏拳跳起，伯高却慢条斯理地和颜道："你要吃酒，现成得很，战书在哪里？且拿来俺瞧。"小青龙一面瞧望大家的颜色，颇现欣喜之状，一面道："俺猴急得很，且吃过酒，再呈书未迟。"伯高听了，懒懒地一望左右，左右会意，便登时就厅中设了矮儿矮座，命小青龙落座。顷刻端到大碗的酒、大块的肉。那小青龙也不客气，一面价手舞足蹈，一面价狼吞虎咽，但是眼光灼灼，只管端相伯高的面色。伯高见状，索性地凭几假寐，招得昭达又气又笑。

正这当儿，小青龙业已吃罢，却跄跄踉踉狂笑站起，由怀中掏出书札，方要去亲呈伯高，早被昭达劈手夺过，即便递与伯高。大家集拢来一瞧，书上言辞只得寥寥数字道："诘朝相见，列阵以待，请与君一角法术，无为徒苦士众。若慑于吾阵者，则请举村以降。大总管蓝示。"伯高阅罢，哈哈大笑，便命左右取笔，亲批四字道："敬待周旋。"一径地掷还小青龙，喝命又出。

这里大家又复鼓掌大笑。玉林稍为沉吟，便道："这贼道不知又弄甚阵式，依俺之意，咱正好趁势儿破取贼营，只待这里伯高兄和他斗阵方酣，便另遣人，直捣贼营。如此一来，使他前后不能相顾。此间贼众既破，不但村围立解，便是那城中余孽，也定然不击自溃哩。"

伯高大悦道："邹兄所见，正合吾意，俺想那贼营留守，不过是小青娘和几个悍目，便烦蒋兄和仲明去，足以了之。邹兄便可助俺破阵擒贼，防守本村，只好有劳孔兄了。"说着，一望昭达，却没影儿。仲明笑道："老孔就像个没把的流星，眼丝不见，就不知溜到哪里去咧。"

一言未尽，却听得昭达在窗外笑道："俺巴巴地去割只龙耳朵，与大家玩玩，你如何讲说俺呢？"说着，笑吟吟地进来，啪嗒一声，掷下个鲜血未干大耳朵。原来昭达气那小青龙不过，竟自悄悄跟去，硬掐脖割掉一只耳朵。当时大家问知所以，又是一阵大笑。

不提这里大家计议停当，摩拳擦掌，单等次日，分头杀贼。且说那小青龙掩着割创，一径地跑回贼营，见了蓝大炮哭诉所以，一面价呈上原书，并言伯高等委顿之状。大炮大怒，挥退小青龙，却向小青娘笑道："合该伯高命尽，他如今既精气未复，明日一定难挡俺修罗阵法的。"小青娘道："何为修罗阵法呢？"大炮道："此阵以五阴为主，东西南北中，都有恶魂强煞，并且门户转变，不易认定。只待敌人入阵，俺便作起法来，实有无穷的奥妙，便名为'修罗五阴混元阵'。"

小青娘道："俺闻包伯高也自颇明法术，设此凶险，他那时如何便肯入阵呢？"大炮笑道："你不晓得此阵，不起作用时，外面上只如寻常阵式，料伯高不会识得。他虽略通法术，要破俺这修罗大阵，只恐不易哩。"于是兴冲冲和小青娘连夜安排，分头准备，倒和伯高那里不约而同，一般摩拳擦掌的，专待明日攻下包村。

且说伯高，次日点派了精健团丁，分作两队，和玉林各领一队，都画了太乙神符。因恐玉林在阵，或迷方向，便挑选了两名健卒，专随自己马足，各执红旗一面，以做本队的标识。玉林队里，却用两面白旗，以为两队分合的耳目。部署已毕，列队圩中，正要命人去觇大炮的动静，只听外圩前鼓角喧天，喊声大作。须臾，人来飞报道："蓝大炮现已列阵圩外，亲来搦战。"伯高大怒，便命昭达等登圩巡瞭，自和玉林执械上马，率两队滔滔遂发。

圩门启处，一声呐喊，红白旗飞舞而出。伯高等抬头一望，早见蓝大炮就圩外平阳之地，摆好一座阵式。那阵头尾相顾，势如长蛇，四面价门户井然，遥望去层次甚密，杀气隐隐。外面却静荡荡，阵卒列立，一色的刀矛晃曜。但闻阵内鼓角怒号，并剑戟相磨之声。伯高因顾玉林道："俺道蓝贼摆什么阵式，原来却是寻常一字长蛇阵，总有变化，亦没甚奇特之处。但是蓝贼诡法多端，也须小心一二。欲冲此阵，须从中入，邹兄但瞧俺红旗所到，紧紧跟随便了。"

玉林唯唯之间，早见蓝大炮手舞雌雄双剑，飞马出阵，望见伯高，便大喝道："包伯高，你是俺手中逃脱的游魂，还敢入俺此阵吗？"伯高怒喝道："贼道不羞，你那山鬼伎俩，将奈我何！"说罢，飞马舞槊，直取大炮。大炮接战，只得四五合，虚晃一剑，回马便走，一径地撞入本阵。

不提伯高、玉林两骑马率众如飞，直陷阵中。且说小青娘，见大炮去后，便率领了吕兆祥、何大钧悄悄地离营，驻队静候消息。须臾，人来报伯高被困于阵，十分危急。小青娘大悦，便策马督众，风驰而前。原欲取间道，出其不意，一径直攻包村村后。不想正趄至一片高冈茂林跟前，忽地冈后一声鼓起，登时转出一标军马，不容分说，一字儿横截去路。前面吕、何大呼"吾众且驻"的当儿，早有两骑纵辔而出，大喝一声，矛戟并举，登时和吕、何杀在一处。

书中交代，你道这标军马是哪里来的？这不消说，是璧城、仲明两人了。原来璧城等见伯高、玉林入阵，初时节阵势虽凶，但是一转瞬间却见阵势动摇，大有崩溃之势。璧城等情知伯高得手，所以领众直袭贼营。恰好小青娘也来袭村，彼此价恰恰地在此相遇。

当时小青娘一瞧敌人是璧城、仲明，大惊之下，却又摸头不着，正要飞马助战的当儿，只见璧城喝声："着！"长矛起处，大钩落马。小青娘大怒，一摆雁翎刀，方要纵辔，不想璧城马快如风，唰一声，长矛已到。这里小青娘急忙接战，两骑马略一盘旋，早已风团儿似的撞离茂林。于是两军大呼，彼此混战。

且按下仲明这里，盘住吕兆祥，大杀大斫。且说璧城，抖动蛇矛，便似一条怪蟒一般，盘住小青娘，哪里肯放松半点儿。小青娘虽竭力支持，但因往日和璧城对敌时，曾尝过蛇矛的滋味，这当儿未免有些心慌手乱。不消十余回合，早已被弄得香汗淫淫，娇喘细细。偏那璧城大展手段，忽地一击矛，来了个乱点至穴的式子，端的是长虫刺猬牛，又扎又顶又出溜。

这一来，闹得小青娘手忙眼花，拼命价张开双刀，左格右拒，转眼间两骑驰逐，离那片茂林已有半里之遥。小青娘一面抵挡，一面遥望自家队伍，已被包村团众裹入重围。正这当儿，忽又隐闻那大炮列阵的方向，喧呼震天，倏地烽烟似冲起数道尘头，有的落荒飞驰，有的乱糟糟便奔本营的来路。

小青娘见状，不由大惊，暗想若是大炮得手，一定领众直取包村。如今四散的四散，回跑的回跑，这事儿却是不妙。想到这里，一阵心慌意乱，料得难敌璧城，便虚晃一刀，拨转马头，落荒便走。后面璧城哪里肯舍，便挺矛纵马，飞也似赶将来。两骑马放开辔头，便似流星赶月，不消顷刻，已是数里之遥。

小青娘百忙中张皇四顾，只见道旁陡起一座崇冈，冈上下草树连天，十分茂密，四外歧路纵横，加以沮洳，似乎是一片低洼水地。再向前路一望，却是一片茫茫大野，四外价连个村舍都没的。

这时小青娘业已跑得辔珥都落，更没有厮杀的心肠，只想得一藏身之处，暂躲危急。正逡巡间，后面璧城一马赶到，小青娘转怒，便兜回马。刚要再战，哪知那马业已力尽筋疲，一个后坐儿跄踉式子，竟将小青娘闪落于地。亏得正当一片深草，小青娘人急智生，趁势儿一滚身儿，掩入深草。急向外张时，便见蒋璧城一跃下马，匆匆价系马于树，略一沉吟，径自来拨深草。

不提里面小青娘恨得银牙乱挫，摆定刀锋，专待应敌，如今且说那崇冈，你道是什么所在？便是昭达所说的旋沙冈，是通河堤的一处要路。昭达早就此间埋伏了得力的渔队，以备不虞。大家都分伏在冈左右一带，守候了数日，倒也一无所事。队卒们长日无聊，只好携三聚五地赌个小博儿，以资消遣。其时队卒中有个姓阮的，大家因他性儿嘻嘻哈哈，又挂些颠颠顼顼，便叫他作"阮老蛋"。

这日大家又在作局，偏偏阮老蛋时气撒扭，上局后，不大工夫，腰包便干。众人便笑道："老蛋哪，你这徽号可以改作倒霉蛋咧。"阮姓听了，揉着两只熬夜的烂桃眼睛，笑骂道："屁话，屁话！实告诉你们说吧，俺就知上局准输的。因俺早晨时去向庄户人家寻个针线，方一推那篱笆后门儿，不想正有个胖婆娘，褪出白亮亮的肥屁股在那里撒尿。你想，大清早晨，谁要瞧见那家伙，怎会不倒霉呢！"众人听了，哈哈一笑。

阮姓瞅了一会子，脖颈儿颇觉盹倦，无奈众人赌兴方酣，喧呼杂作。阮姓迟了一霎儿，只管睡不去，便赌气子信步踅出。逡巡间，上得崇冈，四外价眺望良久，抬头一望，已到地藏庵跟前。

原来这地藏庵是孤单单的一所野庙，其先本有住持，却是不守清规，倚仗着薄有庙产，他便吃酒赌钱养婆娘，无所不为。一日夜间出外钻弄，却被当地尤赖们捆了对儿。于是会众们将他撵掉，便索性地不招住持，只用了个佃人，名叫老杜的，一面种庙田，一面看庙。这老杜嘻嘻哈哈，除也好赌之外，并且好喝一盅儿，素常价很和阮姓对劲儿。两人每逢赌输，必要将酒排闷，这也不在话下。

当时阮姓信马由缰地踅进庵，转过前殿，直奔后院东厢室，一面乱喊道："杜老哥在吗？咱今天又叫人家给毁咧。明明的一个花十五，却转了他娘的一个血鼻子，你说不是野岔儿吗！"说着一瞧室门，却已锁着。

那阮姓素知老杜藏钥匙的所在，于是从上门楣横窗上伸进手，取出钥匙，开门入室。一径地就榻歪倒，呵欠连连地自语道："啊呀，好困！这当儿不响不夜，老杜这家伙向哪里去呢？不消说，又是给他小妈儿进贡去咧。"说话间，忽闻殿前一阵价脚步响动。

阮姓以为是老杜转来，登时跳下榻，方想喊唤，只就窗外张望之间，不由大骇。只见小青娘气急败坏，手提一柄雁翎刀，乱踹金莲的，业已抢过殿角，眉梢眼角，一团的杀气森森，并且张望东厢室，似欲抢入。这一来，只吓得阮姓索索乱抖，暗想道："这可糟咧！这婆娘杀人不眨眼，凭我这脑袋，还不值她一紧刀把儿哩。"仓皇中，忽望见当室门东墙下有个盛米粮的大空囤，上有破席乱草掩盖，于是他急匆匆跳将进去。盖好席草，正想从囤席缝儿再觇动静，便闻得小青娘猛地娇喝道："不是你，便是我。"声尽处，刀声铿然，一阵价踢跳乱响。

这里阮姓急向外瞅，又是一惊。只见小青娘业已和一个彪形大汉杀在一处。那汉手中也是一柄雁翎刀，腾踔如风，招招进逼。仔细一瞧，却是蒋璧城。阮姓一见，登时气壮，方想跳出去召唤渔队，共捉小青娘。忽一沉吟道："且慢，这蒋教师却不像邹教师似的度量宽绰。他是属狗脸的，说变就变，俺离却防地的本队，钻在野庙内耍子，若叫他叱责两句，却有些合不着。不如等他捉得小青娘去后，俺再悄悄溜之大吉哩。"

正在怙惚，只见璧城追逐小青娘，业已绕院三匝。青娘是汗喘交加，刀势慢腾腾，十分难支。忽地一刀窥隙刺去，累得俏身儿向前一探之间，那璧城哈哈一笑，用一个大鹏展翅式，霍地一闪，趁势儿斜飞右足，唰的一声，竟将小青娘的刀踢飞起丈把高。小青娘哟了一声，一捧手便奔后殿，随后璧城大步赶去。

这里阮姓再想张望，无奈已非目光所及。只闻后殿内奔腾驰逐，少时便静。一会儿，却闻得璧城喊喳数语，小青娘微微一叹，却又嗤然一笑，道："你这话可作得准？不然，你还是把我……"一言未尽，便闻得啧啧两声。这里阮姓方暗诧此种声息，非所宜闻，便听得小青娘咯咯一笑，却唾道："你瞧这是什么所在？神前像下的，你就……"璧城忙道："不要耽搁，咱稍为歇息，也该转去咧。且去关了庙门，再作道理。"说话间，阮姓这里稍为一怔，便见璧城挽定小青娘，径自由室门前趄过。

阮姓暗想道："不想今天蒋教师却在这里捉获小青娘，他两个怎都哈哈地撞在野庙中，莫非是贼营已破，蒋教师追逐到此吗？"怙惚之间，正要逡巡出囤，只见璧城又挽了小青娘，笑嘻嘻地转来，一径地双双入室。

那小青娘是攒着眉头，似嗔似喜，一屁股坐在那靠窗椅上，瞅着璧城，呆呆发怔。璧城却笑着向榻上，一努嘴儿。这时阮姓不由恍然大悟，急由囤缝极力瞅去，只见璧城拉定小青娘，一径就榻。那榻和囤本是平列的，阮姓眼光没法转弯追望，只好倾起耳朵，听个隔壁象声。顷刻之间，听得个颠颠预预的阮老蛋便似雪狮子向火一般，只管替人家浑身酥融，心痒难抓起来。

正这当儿，只听小青娘颤笃笃地哟了一声，接着老杜那张草榻咯吱吱一阵乱响。这里阮姓偏着脑袋，由囤缝再向外张时，不由赶忙地掩住嘴儿，正是：

　　　　方在战场决胜负，又从衽席逞雌雄。

欲知后事如何，且听下回分解。

第八回

伯高破阵走大炮
璧城得趣获青娘

　　且说阮姓偏着脑袋向外一瞅，虽说是全豹难窥，却也一斑略见。早望着小青娘尖翘翘两只小脚，耸向半天，还不住地微微晃动。那璧城的两只靴子脚，也便分岔着紧抵榻沿。一时间，两人声息真个是越来越妙。

　　少时两人事毕，相携离榻。阮姓眼光又复完全。只见小青娘抿抿乱发，带着娇嗔样儿，斜瞅了璧城一眼，道："如今你既如意，可能保住俺……"璧城忙道："不必多虑，俺蒋某堂堂男子，岂能失信于你？俟稍消停，咱还能长久快乐，岂但这时能保你不死呢！"于是携了小青娘，就院中取了两柄雁翎刀，径自欣然趋去。

　　书中交代，你道璧城、小青娘怎的急到此庙？原来那小青娘在草地中和璧城厮斗一番，三晃两晃，被璧城踢脱一柄刀。璧城因长矛步战，不甚得力，便索性地弃矛于地，去拾那刀。只这点儿工夫，小青娘又已钻入深草，趁璧城四外寻望的当儿，她便用个游蛇贴地的式子，轻轻爬出草地。悄悄一望，正见那地藏庵，不过距足下百步之遥。她情急之下，便如飞地闪入暂避。哪知璧城早张见草头晃动，便随后提刀赶来。仔细一寻，却不见小青娘的影儿，他料是小青娘入庙藏躲，所以一下子捉个正着。

　　且说这里阮姓，待至璧城等去远，方爬出囤来。细一思量，不由暗笑道："好个蒋教师，在村中威威武武，金山似的人，不想暗地里却这等没行止。无怪俺今天赌运不佳，今晨间既瞧人的光屁股，如今又听这好体面的俏象声！"

　　不提他为老杜锁好室门，逡巡趔去。且说当时伯高、玉林纵马如飞，领两队直陷贼阵。阵中贼众一声喊，倏地一变阵式，急望蓝大炮业已影儿不见。但见阵内戈戟簇簇，门户层层，每一门前都有一队鬼怪似的长大健贼，结束奇诡，十分好笑。

　　伯高定睛一看，便回顾左右道："不必惊惶，此不过变的是寻常八卦阵式，贼道技穷，故作鬼怪装束，意在震人耳目。咱只从震门杀去，此阵立破。"说罢，策马当先，左右人红旗一展，随后是玉林，领众紧紧跟随，一声呐喊，势如潮涌。方抢至震门前，正要奋斫，只听一声鼓起，全阵贼众倏地如波分浪裂，翻翻滚滚，顷刻间各移方位，并且一声号炮，飞上半天。再瞧阵容，地式拓大，竟变作五簇部队，一色的玄色旗帜。居中一队，一色的青衣披发，怪模怪样，却拥定蓝大炮，驻马而立。

那大炮结束如前，仗剑持铎，正在那里指画作态。玉林大怒，忙纵马向伯高道："俺看此阵变相，似乎是五岳阵法。宜直捣中坚，余方自乱。"伯高笑道："不然。邹兄你瞧，此阵中阴气甚盛，大概是仿效修罗五阴混元的阵形儿。贼道既设此阵，一定是意在逞邪，好在吾众各佩神符，足以御之。邹兄所云直捣中坚，颇为有理，如今咱便分队为四，各攻一方。你我只率二百精锐，足制贼道之死命。但是那贼道诡计多端，大家须小心在意。"说罢，传令队众，一声喊，各攻一方。伯高、玉林也便率领了二百精锐，奋斫如雷，直向蓝大炮杀来。

不提这里全阵混战，彼此价白刃交横，尸翻血溅。且说伯高、玉林两骑马直捣中坚，便如生龙活虎，槊到处血雨纷纷，剑起时头颅滚滚，接着便四方杀喊，声震里余。那包村团丁无不踊跃纵横，勇气百倍。

这时贼众也便拼命相搏。玉林眼快，遥望那蓝大炮仗剑指挥，正要飞马去刺取其首，只见他举铎一摇，顷刻间狂风大作。这次却沙石都无，但见许多的毒虫猛兽，张牙舞爪，随风而至。于是伯高大呼，亲擎起一面小红旗儿，顺风一展，登时间风势立敛，却化作个绝大的旋风儿，汹汹訇訇，扶摇直上，将许多的毒虫猛兽如卷落叶败草一般，一径地卷上半天，飘飘然随风四散。于是团丁大呼，勇气愈壮。

正这当儿，只见蓝大炮大喝一声，用剑向地下一指，顷刻间轰然一声，平地分裂，横三竖四，便如深壕重堑。其中有的便赤焰赫然，有的便黑水直涌，更怕人的是，从里面涌出许多的奇形恶魔，一个个张牙舞爪，争来搏人。这一来，众团丁不由大骇，登时哗噪。伯高忙大声谕众道："吾众不必惊乱，此名'陷地鬼户'，本是障眼惑人之术，何况咱各佩神符，万无一失，只宜向前冲去就是。"说着，纵马当先，一径地向裂处便闯。说也不信，那所现诸相，一切都无，依然是绝好的平地。于是团丁踊跃，呼声动天。

伯高命马前旗卒挥动红旗，和玉林横槊舞剑，领二百名精锐团丁直奔大炮。那一队披发贼众，未及列定行伍之间，伯高、玉林分率手下，便如两条狞龙一般，一径地卷入贼队，大杀大斫，接着便各方团丁一齐大呼道："杀杀杀，休走了蓝大炮哇！"于是大炮大怒，举剑四挥，铎声大振，顷刻间，阴云四合，日色无光。少时却暝黑如漆，只觉天低如笠，黑压压地直盖下来，并且四外价尸臭熏天，鬼声大作。

伯高等耳目所接、身形所触，俨如置身瘴山烟海之中，真个是昏天黑地。休说是辨别方向，上前冲杀，便是想指挥集合所领部队，暂且冲出此阵，也是势比登天。

正在危急之间，大炮铎声又起。于暝黑如漆之中，那四面鬼哭神嚎，也便越逼越紧，一阵阵尸臭血臭，越发使人顷刻难当。于是众团丁东磕西撞，自相践踏，眼睁睁全队大乱。还亏得玉林，百忙中嘱众勿动，只大家以背互向，锋刃外露，退却百十步，胡乱结成一个小小的方阵式。但是这等地暗中摸索，哪里能喧哗不乱？并且四外价贼众刀矛，业已风拥而至。众团丁大睁两眼，通没奈何，只得拿定了"人来一拳，我便一脚"的老主意，更不管你是张三李四木头六，只给他个乱杀一气。

这时伯高骤马冲突，情知大炮是用的五阴绝阵，并加以野鬼尸光，一面价叱众勿动，一面价默诵"天女吉祥辟邪神咒"。要说这吉祥神咒，出自密宗释典，称得起法力无边，能去百祟，但是伯高颠三倒四价念过数遍，不但阵中昏暝如故，并且那尸血臭气越来越浓，只觉自家手下人颠仆狼藉，东哇一声，西呕一阵，一时间响得好不热闹。

伯高大怒之下，略一沉吟，恍然得计，忙轻嚼舌尖，心存神咒，兀的含血向空噀去，接着便大喝一声。这一来不打紧，只听空中割然有声，便如裂帛，疾风起处，阴霾都开。这时众团丁忽见光明，真是精神百倍。玉林急望蓝大炮时，业已策马领众，意欲弃阵而遁。原来这时小青娘的败耗，并包仲明力斩了吕兆祥，即率队直袭贼营的信息，已有随路的贼探急报与大炮得知咧。

当时玉林见贼阵已破，正要飞马去捉大炮，只见红旗飞处，伯高一骑马早已直奔大炮，彼此价更不答话，剑槊纵横，即便交战。玉林料伯高捉了大炮，便索性地挥动队众，且杀群贼。这时群贼早被众团丁冲杀得哭喊连天，自相践踏，又加着玉林马到，便如迅风扫落叶一般，顷刻间被杀得七零八落、尸仆如麻，便喊一声，突围而走。腿快的纷纷四散，腿慢的只好弃械投降。还没转眼之间，数千人的一座凶阵，竟自一扫而平。只剩了蓝大炮和十余骑凶悍贼目，还和伯高拼命相持。于是玉林长啸一声，飞马助战。

这时蓝大炮咬牙切齿，已自拼掉性命，两柄雌雄剑挥挥霍霍，化作一片奇光，端的是金精闪闪，不同凡铁。望得玉林不由暗羡道："绝好两柄

206

名剑，可惜落在贼道手中。斩却此贼，得此名剑，倒也是一桩快事。"正要挺剑夹攻之间，只见伯高一槊横扫去，那大炮急用个镫里藏身式，向马肚下，一晃身形。这里伯高趁势儿回槊，直击马腹，那马咴的一声，顷刻仆地。说也不信，急觅蓝大炮时，却影儿也无。

当时伯高情知大炮是作法遁去，只好且了结群贼，再作道理。你想那十余骑贼目，哪里还挣扎得，不消片刻，纷纷死掉，只剩了三两人，没命地撞出跑掉。

这当儿，圩上昭达见伯高等大获全胜，只喜得心花大放，也便率众出圩，接应一切。见那投降的贼众，圈猪子似的被团丁们圈在那里，连连串串，大缚特缚，他便赶过去，乱踢一阵，招得大家都笑。

正这当儿，那壁城追逐小青娘，并仲明直袭贼营的信息，业已报到。伯高大悦之下，便向玉林道："邹兄可速去接应仲明，恐那蓝贼遁回营去，便费手脚。"玉林唯唯，率众去了。伯高和昭达一面价检点本团死伤，一面价指挥队下安插降贼。总计这场大战，团丁死伤三百余人，杀死贼众将近千人，遍地下血溅尸横，十分狼藉。当时包村父老，分头价领人掩埋死众，医治伤丁，这都不必细表。

且说伯高等料理粗毕，整队入圩，一时间凯歌齐唱，旌旗招展。那一番雄壮气概，望得村中万众无不额手称庆。不一时，到得团局，众团丁纷纷报功后，即便归队各退。伯高、昭达稍为歇息，业已日色平西，正和世兴商议再拨队去助仲明等，只见人来飞报道："仲明、玉林业已袭得贼营，斩获贼众甚多，余者各自溃散，并获得马匹器械辎重无算。刻下包爷、邹爷须据营料理，大约明日方能回村。"

伯高欣然，忙问道："那蓝大炮可曾遁回贼营？"来人道："不曾哩！小人想来，邹爷到那里时，包爷已堪堪将营攻破。谅那蓝大炮不敢回营，或者是遁入城中，也未可知。"

正说着，恰好城中的坐探也便到来。那蓝大炮果然地遁回城中，并且坚闭城门，意在坚守。贼众纷传，也有说大炮只在城中略为布置，还想去勾引他股发匪，必来复仇的。昭达听了，便跃然道："今趁贼势已蹙，咱何不连夜去攻入城中，擒杀那贼道，便一天鸟事完毕，不省得他勾引贼众，再来胡闹吗？"伯高笑道："不须忙，那厮羽党都尽，已成瓮中之鳖。近几日来，某处官军颇有不日就到的信息。俟那时，咱只助官军，克复县城就是。如今咱只宜料理咱村。"

说话间，天色已晚，由伯高传下令去，大犒全村团丁。一时间，全村人众欢声雷动，便顷刻杀猪宰羊，挑米担酒。东一攒，西一簇，各队幕里灯火辉煌，喧闹杂沓，乱哄哄地闹将起来。

须臾，各幕里大家用膳，真是有酒如淮，有肉如陵。大家吃到高兴处，有的便谈回贼阵之凶，有的便谈回伯高等之勇，又有怙惬蒋璧城，追逐小青娘，还没回头的。一时间笑语如潮，欢声匝地，比那全村警备时的严冷气象却大不相同了。

其时某幕中有个名叫徐得标的团丁，现当着监押所的小头目。因他为人好酒，浑浑闷闷的，好说好笑，大家群呼以"标头儿"。这标头儿正横着膊子，低着脑袋，大吃大喝。刚用劲抄起一块精肥适中的透鲜的肉，却因有人一问他话，一展眼间，已被别人抄去，咽的声吞下肚，却笑道："标头儿，不要客气布菜，等俺自己来吧。"标头儿干瞪两眼，有些不大高兴。

正这当儿，只见一人匆匆闯入，眼张失落地望见标头儿，不容分说，奔上前，撮定他肩头，便想撮走，并乱噪道："如今有点儿要事，就等着你哩。"标头儿愕怔之下，一望来人，却是璧城的随身护卒，名叫马坎的。原来这马坎是璧城的得意心腹，大家都认识的。

当时大家略欠屁股，正欲让他吃酒，只见标头儿尽力子一晃膊子，险些将马坎抢个后坐儿，却眈起眼睛道："干鸟吗，你有甚要事？老子正在吃酒，没空陪你呼幺喝六（谓赌也），并钻窟窿去（谓嫖也）。都是你这瞎撞鬼跑得来，叫你妨得俺连块好肉都没吃成。"

马坎发急道："快走，快走，真个的有要事哩。"说着向前一扳标头儿。不想标头儿正端起一碗酒向嘴直灌，这一来，呛得他喽喽一声，喷酒满案，登时跳起来道："马老坎，你这不是诚心搅吗！什么要事，你又不说，只管在此胡闹。如今蒋爷没回头，你就似开锁猢狲一般咧，俺偏不跟你去。"马坎道："你真不去吗？"标头儿道："那还用说吗？"马坎一听，沉着脸，径自趱去。

大家觉得两人弄僵，有的便道："老标哇，你不如瞧瞧去。马坎这小子也和蒋教师性儿似的，小过节儿挑挑剔剔，并且翻脸不认人，咱大家都和气些，哪些不好？"

不提标头儿听了，只得依言趱去，且寻马坎。且说伯高等在局内用过晚膳，大家又谈论回今天战事。昭达便道："这蓝贼真也歹毒，俺在圩上瞭那阵内，便如黑窟洞一般，那股腥秽之气，直然地扑到圩上。后来忽地訇然一声，豁然开朗，那贼众便纷纷乱窜起来。但是那阵内究竟是什么样儿呢？"于是伯高一述阵中情状，并自己破阵之故。

昭达等听了，好不骇然。世兴道："如此说来，那蓝贼无能为矣。他屡次逞弄邪法，如今又摆这等纯阴穷恶之阵，你想一人精气，能有几何？凡作法术，先须耗本人之真精元气。那蓝贼一定是疲悴不堪，定顾不得再来无状。只是传说他将去勾贼，此层却不可不虑。"因顾伯高道："我瞧你面上气色，也须静养几日才是。因你被咒未久，今天又噀血破邪，未免有伤真气，所以这法术之事，无论邪正，不可轻用。"

说话间，初更敲过，却还不见璧城趱回。大家正在谈论璧城，互相怙惚，只见左右人进报道："蒋教师现已活捉小青娘，同骑而归，并且亲送至监押所，吩咐所中头目小心看守。赶好事毕后，便到局中。"伯高听了，大悦之下尚未开口，昭达却噪道："蒋兄做事，总挂些蝎蝎螫螫。既捉得那贼婆娘，直到这里来，大家问她个三言两语，拖出去斩首示众，不结了吗？还那么大工夫监押她哩。"

伯高道："或是蒋兄想从贼妇口中探探贼中股众的情形，别有用意，亦未可知。"昭达拊掌道："他别有用意，莫非瞧那小娘儿模样漂亮，舍不得把来杀掉吗？"伯高笑道："岂有此理，孔兄虽是笑谈，也不该如此失言，蒋兄岂是那样人？"

正说着，人报璧城到来。须臾，趱入厅，满面得意之色，业已换了一身便衣。于是大家起迎，彼此落座。璧城先向伯高称贺过，然后一述自己捉获小青娘的情形，却是追赶小青娘，足有三十余里之遥，在一片密松林内大战良久，方才捉住，便急急地放马归村，距离数里，已闻得道路哄传大炮的两处营阵一时俱破。

伯高闻了，先一述自己全胜，并刻下仲明、玉林方据贼营料理一切，又说回蓝大炮遁去，在城坚守之事，然后笑道："像这小青娘，也是怙恶的泼妇，依我意不须监押，明日便斩首示众何如？"昭达道："对，对！此等泼辣歪货儿，哪里留得。"

璧城忙道："话不是这等讲。如今暂押此妇，一来可以探问贼中情形，二来，此妇亦是贼中悍目，咱俟擒得蓝贼时，一并解向官中。咱虽不贪什么官赏叙功，但是咱这包村团练的名声一定要震动一时，不比悄悄地杀掉她强得多吗？"

伯高、世兴一听，颇颇有理。昭达毕竟直性，哪里晓得璧城的用意？于是大家点头称善，由伯高传令那监押所的小头目徐得标，仔细监守。大家又谈论回某队官军将到诸暨之事，即便排膳夜饮，直到将交三鼓，大家又出去分头巡视一回，方才各自安歇。

不表这里伯高等次日起来，忙碌着酌给资斧，发遣一班降贼。且说仲明、玉林当日间既破贼营，便连夜价料理一切，真个是器械如林，米粮如山，并获战马数百匹。至于贼众所弃的金珠细软，更是不计其数。却有一桩难处置，便是贼众所掠的随营妇女，花花绿绿，足有二百余人，一个个哭哭啼啼，好不可怜。玉林见状，十分太息，细阅一过，其中真有端丽异常的，依着玉林，想姑且将她们带回包村，慢慢地详问其籍贯，然后再设法发遣。哪知仲明却晓得阿哥会在女人身上着眼儿，便道："这班妇女没什么异样口音，大概是从左近地面掠来的，咱便就此遣掉她们，岂不省事？"玉林唯唯，于是两人就帐高坐，命左右准备簿籍银两伺候。先登记了所获的一切品物，然后命人带上那班妇女。

须臾，红烛光中环肥燕瘦，一个个低鬟障袖而立。有的愁眉泪睫，念切家山；有的憨不知愁，轻颦浅笑。玉林等一一问过，且喜除本地人外，便是左近邻县的人，经贼众一路掳掠，所以至此。于是命左右分路登记，按名价酌发资斧。更派出老成团丁十余人，准备明日分头护送。众妇女见了，不由都一个个咧开小嘴，其中也有自伤遭难，并感极而泣的。

正在纷纷罗拜，吱吱喳喳之间，只见一个媳妇子，年可二十余岁，生得丢丢秀秀，忽地掩面呜咽，向前泣拜道："小妇人惨遭贼祸，全家都烬，今已无家可归，便求带俺同去包村，愿为奴婢，以报大德。"说罢，泪落如雨。玉林听了，不由目视仲明。一问那媳妇姓氏，却叫姚玉珰，细叙起来，她丈夫某甲，也是个意气少年，还和仲明兄弟见过两面。

仲明一想，也只好携她回村，再作区处。当时慨然应允，发落都毕。次日又忙碌了半日遣散俘虏的事。好在贼营中有的是牲畜车辆，便命人装载了所获品物，并另备一马，驮了姚玉珰，这才整队回村。一时间人骑纷纷，车辆络绎，好不兴头有趣。

早有前队报入包村，伯高大悦，便领了昭达等迎出内圩。早望见玉林、仲明并媵价率众而来。这时昭达立在伯高身旁，只乐得手舞足蹈。璧城因人多拥簇，却立得老远的，猛见玉林等背后，还有一骑，上面却羞怯怯地跨着个俊媳妇子，乍望去，面貌体态很有几分像金钱花的模样。

璧城心下正在怗惚，只见玉林等翻然下马，那媳妇子也急忙下得马来。这时伯高等含笑迎上，随带着眼光一转，早已瞟了那媳妇子一下。招得璧城正在暗笑，即见仲明跑进，和伯高娓娓数语，又复一笑。这里璧城急忙倾耳，却苦于人骑正喧，一字不闻，但见伯高含笑，点点头儿，又向那媳妇一望，回顾左右，吩咐数语。左右唯唯，便有一人趋到那媳妇跟前，仍命她上得马去，便带拢了那马，一径地先行进圩。望得璧城甚是怗惚，却是没暇质问所以。

当时趋进，大家厮见，由伯高先略述大炮遁入城中并小青娘现在监押等事。仲明等也略述袭得贼营，并所料理的一切之事。彼此听了，都各大悦，于是大家转步，率众进圩。这一来，车如流水，马似游龙，鼓角喧喧，凯歌迭唱，直然地轰动全村。

须臾，到得团局外，团丁们除死亡不计外，余各回队。所获品物，自有世兴并村中父老，领人众分头料理。总计这场战胜，那细软金资、马匹不必算数，单是所获的米粮，便足给全村数月之用。

不提这里村众欢腾，热闹异常。且说伯高等入到局内，大家落座，又彼此互谈回杀贼之事。玉林说起小青娘来，也道不如斩却为是，璧城睖然之下，便又一说自己之意。玉林听了，也就不便再问。

当日晚间，又复大犒团众，因村围既解，那昭达所派出防备旋沙冈地面的渔队，也便即时撤回。一时间，满村各户互相称庆，妇女儿童迎门嬉笑，顿然有太平景象。更有那归功神佛之辈，争持香烟，群往社庙，倒忙得个住持秃厮，接应不暇。

伯高等在局置酒，大家一面说笑，一面酒到杯干。正在款洽之间，昭达却笑道："今天这酒儿，唯有俺吃得却是寡嘴，一点儿功劳也没的。你们杀贼的杀贼，捉小娘的捉小娘儿，多么写意呀！"

仲明便笑道："真个的哩。方才俺由贼营中带来的那妇人，名叫姚玉珰，她正在无家可归，你瞧那模样儿，着实不错，那么俺与你拉拢一下子，不是一双两好吗？"昭达大笑道："慢着，慢着。俺老孔生平，就是不好这档子，俺好端端的人，为甚自寻苦恼呢！"大家听了，哈哈大笑。璧城趁势儿想问那姚玉珰作何安置，哪知仲明连日价滴酒没尝，这时对酒开怀，早和昭达喧呶拇战起来。这一来，便将璧城话头拦回。

须臾席散，伯高兄弟自赴宅中。璧城酒后出局散步，仰望着微微月色，不由暗笑道："好笑这包仲明，往往自矜不好女色，如今却带得个姚玉珰来。不消说，是早已送入包宅咧。"想到这里，颇涉遐想。正要去瞧瞧小青娘，恰好昭达由局内跄踉趔出，于是璧城凑去，搭趁着同行数步，笑道："那会子，咱出迎邹兄等的当儿，你和伯高兄立在一处，你可曾听说那姚玉珰作何安置吗？"

昭达听了，一睁醉眼，不由扑哧一笑。正是：

　　酒气醺醺方作态，色心滟滟又生波。

欲知后事如何，且听下回分解。

第九回

憨老蛋闲谈泄密事
莽昭达倚醉掷人头

且说昭达，见蒋璧城突如其来地忽问那姚玉珰作何安置，不由心下暗笑道："真是俗语说得好来：好酒的，见了糟堆，口便流涎；好色的，见了女人裤子，身便发痒。如今他见了姚玉珰，居然便注意起来。且待俺哄他两句，取个笑儿。"想罢，便笑道："蒋兄，这件事你若不提起来，俺也不便说。这姚玉珰，依着仲明兄的意思，原想赠予玉林兄，以伴客中寂寞。因玉林兄不受，仲明又想到你老兄身上。那会子，仲明率队初到时，便将此意向他阿哥一说。论说伯高兄这件事却不该。果然你老兄也和玉林兄似的，坚辞不受，再将玉珰收入宅中，也未为晚。哪知伯高兄只说是他的姨奶奶们正在乏人伺候，所以一径地便安置到宅内去咧。"说罢，哈哈一笑，径自趄去。

这里璧城不由越发地暗笑道："据昭达这话，那姚玉珰定是伯高有意收取。他自家既收取掳妇，便不能禁止他人。如此看来，这倒是俺收取小青娘的机会。且过几日，再作道理。"想得高兴，便到监押所，支出那标头儿，和小青娘肉麻一番，方才趄转。

次日，大家齐集团局，正商议着去攻县城，捉杀大炮。恰好坐探来报道："如今蓝大炮探得某队官军，克日价前来追剿，自知孤立难据，现已定期他窜，并且取道某处。刻下正遣人搜刮四乡，十分凶实哩。"

伯高大怒道："蓝贼如此肆暴，哪里容得！"说罢，便欲急去攻城。玉林略一沉吟道："攻取县城，未免多伤人众，今只须如此如此，却是事逸功倍，并且出其不意，便能捉获大炮，亦未可知。"伯高等听了，都各称善。

不提这里分头布置，兴冲冲专等杀贼。且说那蓝大炮，丢盔卸甲，仗了障眼邪法儿，遁入县城。青娘被捉，羽翼都尽，检点贼众，十停中已去了八停。当时气愤之下，直将包村恨得牙痒痒，正想率众他去，一面价勾引别股，大举复仇，三打包村。恰好人来报，某队官军克日便到。于是大炮去志益决，便连日价派队四出，就各乡中大抢大掠，并连连串串，裹胁了许多的小男妇女。

这日率众出城，又复纵火大掠。于全城鼎沸、哭声震天之中，那大炮领了贼众，便如一阵蝗虫一般，一径地撞出城来，直奔那禹王河的方向。刚离城二十余里，趱至一片土冈长林之间，只听冈后一声鼓起，登时抢出一标军马，大旗舞处，早现出"包村团练"四字。大炮大惊，急命前队且退的当儿，后队中一声喊，顷刻间纷纷乱窜。便见一队敌兵，势如风雨，兀的从背后包抄将来。为首两骑马，正是玉林、璧城。

这一来前后夹攻，贼众乱窜。那玉林、璧城，跃马如龙，便奔大炮。大炮一见，心胆俱落，没奈何，硬着头皮，领心腹悍目数十人，仓皇接战。还没展眼之间，邹、蒋两人剑矛飞处，悍目数十人，业已纷纷仆地。于是大炮骇急，情知难以抵挡，只得弃却全队，且逃性命，便拼命价撞出重围，急用一个障眼法儿，竟自落荒逃走。这里玉林等大杀贼众，掳获一切。

且说蓝大炮单人独马，一气儿跑出十来里，回头望望，且喜后无追兵。一瞧眼前所在，径路交错，草树连天。道旁左右，一边是积潦纵横，一边是乱坟荒草，只有前面是一片平沙，似乎是淤出的河荡一般。这时蓝大炮没精打采，马上咨嗟，逡巡间趱过那片平沙，抬头一望，叫声苦，不知高低。只见眼前白茫茫一道河流，波浪滔滔，正自拦住去路，两岸上芦苇战风，萧萧飒飒。

正这当儿，却又隐闻后面似有喊杀之声。于是大炮急甚，思量逞法术，且自渡河，却又舍不得这匹久乘之马。正在立马岸边，踌躇四顾，只听对岸边一声欸乃，却由芦丛中摇出一只小船儿。船上面一个壮年艄公，披蓑戴笠，手持一根苦竹篙，点动船儿，颇颇的容与自得，并且一手遮阳，望望天色，口中作歌道：

> 天不拘兮地不囿，浪花深处放扁舟；
> 漫言水上无生计，自有鱼儿来上钩。

一片歌声，十分遒烈。须臾，船至中流，却忽地容与不进。

大炮着忙，便下马招手道："喂！你这艄公，快向这里来，渡俺过去，俺多把酒钱与你。"那艄公听了，却把笠儿按向眉际，便笑道："巧咧，今天渡你过去，却不成功。俺这是打鱼船儿，一来不载渡客，二来，包村方

213

面，早有令下，说是在这两日中，就要毁那蓝大炮一干狗娘养的，唯恐他们擅自脱逃，所以知会俺们，不许擅渡面生的客人。你这位客人，带剑跨马，却有些不仿佛。"大炮忙道："俺是行路过客，你渡过不妨事的。"艄公道："既如此，你便下船。"说着，摇船抵岸。

那大炮惶忙之下，一手拉马，向船便跳，嘣的一声，船儿乱晃。艄公忙道："你这人，好生鲁莽！亏得这是岸边，俺一篙抵住，不然还了得吗？"大炮只得赔笑道："艄公不要多话，快开船就是。"艄公道："开船忙什么，还须待个一小会儿。不瞒你说，都因蓝大炮那狗头，搅得地面上七乱八糟，连俺这打鱼生意也没法做。所以俺今天在此，等个伙伴儿，想和他借些钱钞用用。偏俺那伙伴儿，是个钩割不舍，攮一锥子也不肯出血的角色，非在这里硬等着，掐他脖儿，是不成功的。"大炮忙道："你只快渡过俺去，俺多与你酒钱，不省得你在此呆等借贷吗？"

艄公笑道："你不晓得，这便叫呆等傻雁。你别瞧俺像个瞎猫，巧咧，也许等着死耗子哩。你既肯多出酒钱，咱便开船，可是有一件，你不要空口说白话呀！"大炮听了，甚是长气，便道："俺岂肯说过不算，一定多把与酒钱的。"说罢置马船头，方背着脸儿，料理缰绳，忽听艄公大喝道："好你个蓝大炮，挨千刀的呀！"这一来，大炮大惊，急忙按剑反顾。那艄公却笑道："客官，你说那贼徒搅得人连生意都做不得，该骂不呢？"大炮听了，只好从鼻孔里哼了一声。便见他一点竹篙，拨转船头，从大宽转里徐奔彼岸。大炮心急，便噪道："你这人，好生拙笨，一直地渡过去不结了吗？"艄公听了，只微微一笑。

须臾，船至中流，却忽地点住船儿，一伸左手道："喂，客官拿来吧！"大炮道："什么呀？"艄公笑道："你老真不晓得吗？酒钱罢了。俺这里有句口号是：若过杀狗渡，渡钱先来付。不然两开交，剥皮吃狗肉。来来来，莫要耽搁，快将酒钱来。"大炮道："你这人好生小气，俺抵那岸后，一定是多与你的。"艄公摇头道："不必多话，咱们是现钱不赊。"

大炮自知身旁没的钱钞，又见艄公不过是个打鱼的汉子，料他有甚能为，便暗想道："好笑这厮，如此可恶，俺且哄他渡过，再夺剑杀他就是。"于是慨然解下雌雄宝剑，连鞘递过道："你瞧，这是千金名剑，今且暂押于你，你大概不怕俺骗你的渡钱咧。"艄公接剑，哈哈大笑，忽地一仰笠儿，大喝道："蓝大炮，你瞧爷爷，却是哪个！"大炮定睛一看，也便猛喝道："不是你，便是我！"刚挫身飞步，一把抓去，那艄公一个蚱蜢，哧一声跳下河去。

这里小船儿滴溜溜一阵旋转之间，早见艄公冒起半身，一手持剑，一

214

手一扳船舷，却笑道："小子，快下来洗个澡儿吧！"声尽处，船底朝天，恶人落水。正这当儿，对岸芦丛中一声呼哨，又抢来十来只小船儿，上面都是精壮渔队，各执钢叉，乱纷纷跳落水中，便去捉人。

看官，你道这艄公是哪个？不消说是孔昭达了。这便是玉林暗定的计策，命昭达埋伏在此。地名杀狗渡，便是禹王河下流的河汊。当时昭达并渔队，就河中大索蓝大炮，几乎闹得河底朝天，哪里有大炮的影儿，情知大炮或又是逞术遁去，昭达又自向河下稍搜索一番，只得率众回村。只见玉林等早已趱转，大家正在检点截获的器械马匹。当时大家厮见，各述截杀的情形。

昭达顿足道："可惜那蓝贼竟自跑掉，大约又是弄的什么邪法儿哩。"伯高道："此贼既跑脱，将来官兵到来，咱只好单将小青娘去献俘了。"璧城忙道："那且待届时斟酌，刻下哪里定得？俺累次探问她贼中情形，并询她陷身贼党之故，她言辞之下，泣悔万状。一个妇人家，无知从贼，端的也可怜得很。"

大家听了，也没在意。直忙碌到晚饭以后，却有城中使人到来，并赍来城中绅耆的一封公函，特呈伯高。书函大意是：因贼中大乱之后，新官未到，城防堪虞，今已公推某绅，暂摄县事，并请伯高酌带团丁，迅速来城，以资震慑等语。伯高见函，谊无可辞，便和大家斟酌一番，先作允诺的复函，命原使赍回。然后挑选了一队团丁，自家领了，连夜价且赴县城慢表。

且说次日，世兴、仲明等一面价料理诸务，犒赏团丁，一面价通知全村，即时撤防。这一来，包村大名，轰动远近，大家谈说起伯高一班人，便如天人一般。那避乱移居此间的，越发地陆续不断。那包村连日价置酒犒众，互相过从，热闹高兴，自不消说，就中更乐煞昭达、仲明两人，每日总须吃得眼儿乜斜方罢。

这日世兴又在团局置酒。因时光尚早，璧城出外散步未回，昭达和玉林等闲谈一回，也便逡巡踅出，信步儿转向河堤一带，正在徘徊瞻眺，只听背后有人笑道："孔爷今天闲暇呀！怎么放着局中的庆功酒不吃，一个人儿在此闲望呢？"昭达回头一瞧，却是渔队队卒阮老蛋，一手提了只酒瓶，那一手提了两个荷叶包儿，里面是炸虾、熏肉之类，笑哈哈地立在树荫之下。

昭达性儿通脱，和渔户们是说笑素惯的，当时便笑道："阮老哥，不是俺多嘴说你，你近些日连得犒赐钱，也应该掭些，零碎奉养你的老娘才是。你却属猴儿撒尿的，给她个紧抖擞，如今又打酒买肴，这不消说，不是和伙伴去吃平付（俗谓醵饮也），便是悄悄地去孝敬小妈儿哩。"

老蛋笑道："您老倒会说！今天这酒肴是俺自己用。俺自那天从旋沙冈回头，一向也没暇去瞧望您老。"说着一晃酒瓶道："您瞧这酒，是新煮熟的玉乳香，好体面的味道儿，并且是嫩潮潮的颜色。您老没事，且闹一盅儿吧！"说着，蹲身树下，置下肴酒。

凡好酒的人，禁不得三邀两让，于是昭达真个就凑将去。两人相对坐定，昭达斟酒一尝，果然香洌异常，因诧异道："这种酒，俺倒没吃过，你从哪里得的呢？"

老蛋笑道："好叫孔爷得知，此酒是旋沙冈地面一个村户家自酿自吃的。便是那日，俺们在那里出防时，因吃着酒好，却从那村户家买得两瓶。"昭达笑道："你们那天去出防，虽没张见小青娘的影儿，却得了两瓶好酒，总算没白跑一趟。"老蛋道："您这话倒蹊跷，那天蒋爷就从那里捉得小青娘，俺钻到一个空囤内，还听了绝妙象声儿。"说着，两指交叠，哈哈地笑道："您怎说没见小青娘的影儿呢！"

昭达听了，又一想璧城庇护小青娘之状，料其中必有暧昧，于是急问所以。老蛋沉吟道："这事不说罢，您老一张嘴，浅碟子一般，倘若传到蒋爷耳朵中，俺可搪不起他。"昭达道："不打紧的，俺只自家知道就是。"

老蛋听了，这才绘影绘声，将自己在囤内的所闻所见细细说出。听得个昭达双眉立挑，连连大唾，便如拿酒煞气一般，擒起酒瓶，嘴对嘴，咕嘟嘟便是一气。老蛋一瞧那酒，业已剩了半瓶儿，正在思量怎的别叫昭达都吃去的当儿，恰好有局内仆人来寻昭达入座吃酒。

不提阮老蛋趁势儿别过昭达，携了肴酒，自行趔去。且说昭达，既闻璧城之秘，一路上心头怙悷，道："可笑老蒋，终天价装模作样，自觉像个朋友一般，如今却越发没行止，竟暗自与贼妇苟合。怪道他一力主张暂且监押，原来是这么回事呀！且等伯高兄回头，先杀掉小青娘，难道你还有法儿护庇她不成！"沉吟间，趔进局内，早已听得璧城在大厅内刮刮而谈。当时大家厮见过，即便随意落座。

昭达偷瞧璧城，依然是趾高气扬的神气，不由又气又笑。须臾，摆上酒筵，由世兴斟过一巡，大家且饮且谈，十分款洽。那昭达却连饮数杯，哈哈大笑道："俺今有一件绝好的下酒东西，却是由那日截杀贼人，得的点儿便宜俏货。"说着，一瞟璧城，向大家道："不知诸位杀贼，也得着俏货不曾？"大家听了，不解其意，便笑道："杀贼就杀贼罢了，还得什么俏货呢？"昭达笑道："俺这份俏货，你们见了，管保比见了十七八的大闺女还要喜爱。"说着，回顾仆人道："你快给我飞了去，吩咐你孔大娘，将清姐儿、宁姐儿都扎括齐整，由你带来。"

仆人听了，不由呆呆发怔，昭达大笑道："好蠢材，你只依俺的话去说就是。"大家见昭达胡拉八扯，以为他又要发作酒兴，正在含笑相视，那仆人已匆匆趑去。这里仲明却笑道："喂，孔老兄好不害臊，你家中只有俺大嫂，又哪里来的清姐儿、宁姐儿呢？"

昭达一眙眼儿道："这可难说，俺外面上虽是打熬气力，响当当好朋友，暗地里，也许好摸索这档子事哩。"大家听了，哈哈一笑，即便又吃过两巡酒。

不多时，那仆人手持一具七宝镶鞘的宝剑趑来。玉林等一见，这才心下恍然，便都站起来，争着取视。当由昭达接剑在手，嗖一声，抽出两柄雌雄剑来，顷刻间，冷气森森，光照满座。璧城不由失声喝彩，那昭达也不理他，便大笑道："你们瞧，俺这两个美人儿如何？"大家仔细瞧那柄剑上，一刻"倚清"，一刻"斫宁"两字，端的是奇光岳岳，稀世名剑。大家知是蓝大炮所用之剑，正在啧啧赞赏。昭达却匣剑于鞘，一转身，递向玉林道："俺这两只要大叉的手，却不配用此宝剑，没别的，邹兄你就笑纳了吧！"

玉林听了，急忙推逊，昭达早命人将那剑送入玉林室中。张得个蒋璧城十分羡慕。仲明却拊掌道："咱这场杀贼，真也算十分兴头。邹兄得了混天星的名马，孔兄又得了蓝大炮的名剑。"因顾璧城道："只有俺和蒋兄晦气，不过杀了一场贼，却一无所得。"

这时璧城已有酒意，又想起伯高公然收取姚玉珰，自己便是收取小青娘，也可谓天理人情之至，于是趁势儿大笑道："仲明兄休这等说，俺虽没得什么名马、名剑，却得了个活跳跳美人儿，便是那小青娘。近来颇知洗心革面，并且她武功甚好，此等人才，咱这里正用得着。俺定当纳为妾媵，一俟伯高兄回头，俺便当向他请求。诸兄且准备吃俺一场喜酒如何？"说罢，擎杯四顾，甚是得意。

这一来，闹得大家相视而笑。玉林为人深沉，自不肯说什么。世兴是老世故，只有心中暗笑。仲明虽是长气，然而在主人之列，不便拨掉璧城的面孔，只得微笑道："蒋兄若欲纳宠，何愁没有美女子，何必这贼妇小青娘呢？"璧城登时双眉一挑，道："人各有所好，此理也就难说。俺想伯高兄，一定是允俺之请的。"

这时昭达见璧城居然脸厚如此，又想起那会子阮老蛋一番话，不由气往上撞。他却强勉着压下去，便连连举杯道："蒋兄眼力不差，那小青娘扭扭捏捏，乔眉画眼，果然煞好儿的。若是俺老孔捉得她，马上便快活她一下子。"璧城听了，不觉略怔。昭达暗笑，又接说道："蒋兄，你却忍到这时节才说这话，这股子忍劲儿，俺总算佩服你的。如今闲话少说，俺们且预吃你的喜酒吧！"说着，便拉仲明拇战一阵。

大家见他越喝越犯起劲，连脖子带脸便如红虫一般，正在暗暗好笑，只见他一瞪眼儿，向璧城道："蒋兄，俺且领教你一句话。譬如有人无端地血口喷人，轻轻的几句话，就叫你充不得朋友，当不得人物，你道这毁谤人的人，该怎样处置他呀？"

璧城哪识昭达之意，于是便笑道："像这等人，从痛快处说，简直地就该杀掉。"昭达拍膝道："哦！这就是了。"说着，霍地站起，径自跄踉而出。大家只当他酒多了，自去寻静处卧一霎儿，欢饮之下，也没在意。

良久良久，正在彼此酬酢之间，忽听昭达在帘外哈哈大笑道："蒋兄慢饮，你且瞧俺这份贺喜的礼物何如？"

声尽处，啪嚓一家伙，抛进一物。大家一望，登时大乱。正是：

一笑能教惊四座，当筵忽见美人头。

欲知后事如何，且听下回分解。

第十回

诸暨县伯高显名
万泉山昭达访友

且说大家见抛进之物，却是小青娘的首级一颗，长发交绾，鲜血淋漓，骨碌碌滚向案前。大家不由呼一声，各自离座。那璧城是面色铁青，浑身乱抖，一声怪叫，猛可地提起那头之间，恰好昭达雄赳赳提刀闯入，于是璧城大怒，嗖一声，飞头打去。昭达忽闪，噗的一声，却打在板帘上。

这里世兴等忙叫"且慢动手"的当儿，只见璧城抄起座椅，向昭达当头便掷。昭达横刀一格，因来得势猛，啪的声，将那椅撞回丈把远，但听砰啪哗啦，一阵响亮，接着便碟翻碗碎，酒流满地。那酒案之上，却登时加了个大高座儿。

璧城怒极，一个箭步蹿过去，方伸手要抓昭达，却被玉林赶过去，拦腰抱住。这时仲明也便赶到，先横身拦在昭达面前，一下子先夺过那把刀，抛向院中。这里璧城力挣道："姓孔的欺人太甚，你等不必管这事，今天不是他，便是我，他这不是活糟蹋朋友吗？"

玉林忙道："无论怎的，咱有话慢讲，却不可动手伤和。"因顾昭达道："孔兄，你便是撒酒疯，也不该如此闹法。一来，小青娘须待伯高兄处置，二来，蒋兄既有收取她之意，你倒跑去将她杀掉，怎怪蒋兄怒不可解呢？"

昭达听了，却如没事人一般，忽地向璧城长揖道："古语云：君子受人以德。俺此举，正是成全朋友处。俺想杀那小娘儿，久有此意，且待俺说明缘故，大家便知俺此举，正是成全蒋兄处。"

璧城听了，只是连连冷笑。昭达便向大家正色道："你想蒋兄这等一个金山似的人，那小青娘挟着被捉之恨，竟敢诬造丑言，要败坏蒋兄的行止，她愣敢说她被捉之后，便当时交运，竟被蒋兄那么着了一大顿。"

璧城猛闻，不由彻耳根价满面通红。昭达也不瞅他，却接说道："你想她这等话，哪个能信？可笑她还说得有鼻子有眼，就像真有这么回事一般。她说蒋兄和她在旋沙冈地面，地藏庵庙中一段光景，甚是写意，又说蒋兄许以不死等语。"璧城听到这里，气愧之下，不由暗笑道："此事昭达怎便晓得？"只得故作愕然之状，向大家道："这真是岂有此理了！"

昭达道："岂有此理，自不消说，但是俺风闻得小青娘此等诬造之言，一向只闷在心里，委实地替蒋兄气她不过。虽如此说，俺又想她早晚是该死的人咧，所以不去理她。不想如今蒋兄却马马虎虎的，真有收她之意。若真个那么一办，岂不坐实了她那片诬造之语吗？所以俺方才赶赴监押所，给她个一刀了账。蒋兄，请你细想，俺这不是为成全朋友吗？"

璧城听了，只是呼呼冷笑，却又不便再发作，一张脸子由红而青，由青而白，简直地回黄转绿，顷刻一色。这时玉林等也便瞧科，因趁势儿道："小青娘有此诬造之言，这一杀殊不为过。她因被捉之恨，竟丑诋蒋兄至于如此，好生可恶。俺想蒋兄，是因孔兄擅杀之故，心下不能释然，岂有护惜那贼妇之理？如今话既讲明，莫耽搁咱们吃酒吧。"说着，一望厅中，不由大笑。只见满地上酒菜狼藉，案歪椅倒，一塌糊涂。小青娘那颗首级还在靠门当地上。于是命左右匆匆整理毕，又换上一席酒来。

这时璧城哪有心情吃酒，然而却又不便推辞，只得气愤愤饮过两杯，托词而去。这里昭达冷笑着向大家一述阮老蛋所说的一番话，仲明听了，抚掌大笑道："不想璧城兄竟如此好色不堪，却偏偏又被你这促狭鬼兜根子搜着。你瞧你多么损，一席鬼话，竟叫璧城兄开口不得。"世兴、玉林却沉吟道："孔兄做事，终是不加三思，此事如待伯高兄回回头，推个事故，斩掉小青娘，不比你这么一杀，不露痕迹吗？"

昭达道："你们晓得什么，就伯高兄疏脱性儿说，他怕不就跷一跷，将小青娘送与蒋兄，做个人情儿吗？不如俺这么一下子，便一天鸟事完毕咧。"

不提这里大家依然地谈笑饮酒。且说璧城托故出席，一气儿趱向监押所。一瞧小青娘所居的精致室内，兀自地溅残血，那没头的香躯，已经徐得标掩埋过咧。当时璧城一见徐得标，便怒喝道："俺前曾吩咐于你，仔细一切，你见孔昭达无故地提刀撞来，你怎不先通知小青娘，使她防备一切呢？"得标战抖抖地道："小人哪知孔爷前来杀人，他只背着手儿，没事人似趱到这里，一见小青娘没带手械，他便喝道：'这等监押的重犯，你怎如此大胆疏忽？'立逼着小人与她带上手械，便命俺登时退出。哪知还没展眼之间，忽闻小青娘一声惨叫，已被孔爷杀掉咧。"璧城听了，唯有连连顿足。当时璧城愤痛之下，万分不乐。

且说伯高到城中晤会某绅，帮助着料理一切善后之事。不多几日，新官到来，问知伯高保境却贼前后的一切情形，十分起敬，便一面价整理地面，一面价行文上宪，详叙伯高捍御之功，更一面连日置酒，大家联欢。

　　正在款洽之间，忽然四城门上现出一种匿名揭帖，上面言辞凶悖，大概是三打包村，专寻伯高复仇之意。伯高见了，付之一笑。因本村事务忙碌，即便向官绅告辞，当时大家恭送出城。

　　伯高领众上马，一路上风光荣耀，自不消说。到得村中，和玉林等大家厮见，伯高知得了小青娘已被昭达酒后杀掉之事，颇怪昭达鲁莽。及探知璧城和小青娘一段事，反倒哈哈地笑向昭达道："孔兄，也特煞的孩子气，你为什么做这搅屎的棍子，惹人不悦呢？"于是登时想将姚玉珰送与璧城，以慰其意。世兴道："如此一来，倒落痕迹，显着你似形容他好色一般，不如大家莫再提此事为妙。"伯高听了，甚是有理，于是便依世兴的话，见了璧城，只谈些近来城中光景，并贼党暗撒揭帖等事。

　　哪知这一来，倒引起璧城疑心，以为昭达杀掉小青娘，说不定便是伯高授意，不然，怎会不提小青娘一字呢？于是姑且狠狠地咽下这口恶气，无聊之中，不消说是瞅空儿只寻金钱花消遣，这也不在话下。

　　过得数日，村中大定，伯高等威名越发哄传遐迩。一个小小包村，不但当时发匪提起来都皱眉头，便是当时提兵剿贼的诸将帅，也无不深知伯高是个知兵的奇男子。一时间四方郡邑，都视包村为长城、为乐土，奔了来避难的，也就日增日多。又搭着伯高这次破贼，盛有掳获，竟闹得士饱马腾。加以玉林等教练有方，又新添许多团丁，真是锦上添花，十分气概。不多日，由县中发下上宪的奖札功牌，伯高等人都得千总的虚衔儿，并特奖给伯高匾额一方，上书"为国干城"四字。当时吹吹打打，抬了匾额，由县官率领合城士绅，一径送赴包村。

　　伯高等列队出迎，酒筵款待，一时的风光热闹，自不必说。伯高又连日置酒，大犒团众，村中各户也都分段醵资，担酒牵羊，齐来贺喜。直闹过十来日，方才稍静下来。

　　这时大家都兴高采烈，唯有璧城却忽忽不乐。昭达明知璧城是为小青娘一件事，却肚内暗笑不已。

　　这日，大家聚谈起教练新团丁之事，伯高道："如今马匹人众早已都备，就差着军器尚缺，少待两天，孔兄也该去寻许矮子去咧。"昭达笑道："正是哩。若不是蓝大炮那狗头来此一番胡闹，早已将许矮子撮来多时咧。"因顾玉林道："那么邹兄，明天便同俺去游玩一趟吧！"

　　玉林听了，方在含笑点头，伯高又道："如今咱教练新团丁，虽有蒋、

221

邹两兄分任其事，但是未免特煞辛苦，怎的咱再物色一位教师来方好。"世兴便道："是的，但是这教师人才，一时哪里便有，也只好蒋、邹两兄偏劳点儿咧。"璧城听了，冷然一笑，即便逡巡起出。

大家正在相视一笑，昭达便道："你瞧蒋兄，为了个贼婆娘，总是心下不舒齐，随便价就摆脸子给人瞧，就仿佛教练新团丁，非仰仗他不可似的。俺若有邹兄的本领，便赌气子自家都教了，难道没的屠户，便连毛吃猪不成！"大家听了，都各一笑，玉林却正色道："孔兄不要只管儿戏咧，俺正有鄙意，要向伯高兄说。凡朋友的芥蒂久存，或至竟生嫌怨，今蒋兄既因小青娘之事总是不悦，包兄分属主人，当设法去此芥蒂才是。包兄何不选购佳丽，奉赠蒋兄，以悦其意呢？不然，朋友间有所芥蒂，却非所宜。"伯高听了，正在点头，昭达却大笑道："哈哈，听话听音儿，莫非邹兄也儿女情动，属意佳丽吗？伯高兄既赠蒋兄，焉有叫邹兄向隅的道理呢！"大家听了，不由拊掌大笑。

正这当儿，忽包宅仆人来请伯高，说是二姨娘暴得病症。当时伯高匆匆回宅，自有一番忙碌。

且说次日里，昭达、玉林结束停当，各带了防身刀剑，一径地别过伯高等，方要拔步，伯高却皱眉道："俺闻那万泉山中，村人们发售一种益母草的膏药，善治妇人气虚血亏诸症，孔兄等回头时，可以酌带些来。因为二小妾昨天不知怎的，忽然下血不止哩。"昭达唯唯，便和玉林厮趁而出。

不提这里伯高，百忙里料量药物，服侍爱宠。且说昭达、玉林出得包村，直奔余姚。百余来里路程，不消日落时光，早到那万泉山麓。便就村居中歇息一宵，次晨起行，直奔山口。

这万泉山景致极妙，松竹之外，便是以流泉擅胜，随路上乱泉喷涌，玲珑戛玉，故所以万泉名山。内有挂月岩、回云涧诸名胜，山中村户约有数百家，依林背涧，自成墟落，便如世外桃源一般。居人们耕种之外，还以采药为业，因为地处清虚，多产各种草药。每当春秋佳日，药香满谷，便是妇人孺子也都提篮的提篮，荷锄的荷锄，嘻嘻笑语于岚光云影之中。山外远客乍睹此景，往往诧为异境。

那昭达到过山中，还不觉怎的，唯有玉林，忽睹此景，不由啧啧称羡。越进山口数里之遥，那山景越发幽秀，但见万峰飞舞，空翠扑人，一处处流泉界道，一层层竹树攒云，忽而路转峰回，忽而花明柳暗。再望到人家村落，高高下下，映带于山坳树隙之间，虽然明是人寰，却带三分仙气。

玉林久困风尘，多攫患难，至此不由心胸一爽，便叹道："孔兄，你瞧如此境界，真令人世念全消，意气都尽。俺生平好友二人，一死一逃，此恨绵绵，讵有尽期！如今对此风景，真令人飘然有世外之想哩。"

昭达笑道："邹兄，你又着了魔了咧！俺想你对景感怀，准是又想起诸一峰来咧。但是死者虽不可复生，安见逃者便不可再遇呢？如今闲话少说，且随俺玩玩山景，比什么都强。逛万泉山，是属看西湖景的，你且往后瞧吧。"于是彼此一笑，厮趁前进。

趱过两处岭头，那风景果然越走越妙，并且隐闻山村中鸡鸣狗吠，杂以儿童叱犊声、溪女浣衣声、村塾读书声。玉林这时心旷神怡，不由放下一切，便欣然随了昭达，大步前进。

昭达素知许矮子所居，名为东谷村，便沿着一处坡坨，穿入一带巢林，折而向东。这时果林中半生熟的山果儿青青红红，十分有趣，并有被山禽啄的，一个个滚置于草石之间。昭达跑得有些饥渴，方伸手向树头要摘果儿，却闻土冈后有人笑道："哈哈，俺今天可捉住你咧！都因俺天天丢果儿，吃了俺娘两顿好打，如今你就乖乖地赔俺果儿吧！"

声尽处，跳出一个浑实实的小厮，方要去拉昭达，却见玉林雄躯佩剑，威实实的，只吓得啊呀一声，回头便跑。于是昭达大笑，忙赶去唤住他道："小哥，你不要错赖好人，俺们才到此地，如何会偷你果儿呢？你便卖与俺些果儿如何？"说罢，和玉林歇坐树下，由腰中掏出数百文钱，递与小厮。

须臾，小厮摘到数十个鲜亮亮的半熟果儿。昭达等正当奔驰渴燥，入口一尝，好不甘美。昭达随手把给小厮两个果儿，因指着前面一丛烟树道："小哥，你瞧那所在，不就是东谷村吗？"

小厮笑道："你老瞧差了，那是西谷村，东谷村还在那厢。离东谷村还有七八里远近哩。"说着，向偏左一指。玉林望去，果见远远的烟树依微，似有村落。昭达笑道："小哥，不错的，俺还是往年间到过此地，如今竟有些模糊咧。小哥，我且问你，你可知那东谷村中，有个叫许矮子的吗？"

小厮道："知道的，你问的许矮子，不是胖胖身材，红脸膛儿，成日价醉乜乜的，又似个无事忙，到处乱串的吗？"昭达道："正是，正是。他如今在村中哪里住哇？"小厮听了，便举手遥作指画之势，道："你进得村去，只这么一拐，再这么一转，又这么趱过一个胳膊肘的弯儿，那门首有棵歪脖槐树的，便是他家。"说着，嚼完果儿，跳跃而去。

玉林因口燥，多吃了几个果儿，又因泉水清澈，掬饮了几口，一时间凉沁心脾，这才将焰腾腾的火气煞将下去。两人歇息良久，瞧瞧日色，还未及午，于是依那小厮话，偏左行去。不多时，便到东谷村，只见村墟幽静，风景如画，果然好个隐僻所在。

两人进得村口，又依那小厮话，一径地转弯抹角，直寻到许矮子门首。抬头一看，果然有株歪脖槐树，低垂清阴，小小的白板静掩。昭达笑道："你瞧许矮子，这怪僻散漫的性儿，有了钱钞，都把去吃酒养婆娘，自己居处，却这样的窄巴巴的。"说着，向前啪啪地一叩门。

这里玉林方就对门儿一家檐下，少为伫望，只听许家门里边，有妇人橛声橛气地道："谁呀？又是哪个毛头小厮，没事价来消遣老娘哪？"昭达道："快些开门，俺是特来寻许矮子爷的。"里面妇人听了，忽地哈哈哈一阵冷笑，道："哦，这就是咧！你且站稳了，等着吧。"说着，木棍响动，似乎是拉下门闩，接着便吱扭一声，门儿大启。

这里昭达，方在眼光一瞬，便见嗖一声，一条枣木门闩当头打来，正是：

  方拟言欢将握手，不虞棒喝忽当头。

欲知后事如何，且听下回分解。

224

第十一回

开福寺良朋巧遇
皖南地大侠埋名

　　且说昭达，猛见一条挺粗的门闩，冷不防地飞向当头，当时不暇去瞅来人，赶忙向旁一闪。便见那人趁势儿连环进步，一面向自己赶打，一面噪道："我把你们这群酒色浪荡鬼都打煞，也解不过我的恨来！今天也找许矮子去吃酒，明天也找许矮子去嫖你的妈，引诱得他亡魂落魄，丢得老娘孤鬼似的，在家活挨活受，缺米少柴。如今你们这干天杀的，竟敢登门来寻他？你别瞧你们带着刀剑，老娘还是满不在乎！"说着，横三竖四地舞动门闩，竟将昭达打得乱蹿乱跳。

　　这时玉林惊笑站起，便见昭达乱噪道："你这婆娘，好没道理！俺们远来寻许爷，自有正经事。况且许爷便是吃酒嫖娘儿，干你甚事？难道许爷是你……"妇人噪道："许矮子是俺汉子，怎的不干俺事呢？"

　　昭达听了，仔细向前一认识，便笑道："我的妈，你不是王氏嫂嫂吗？咱们多年不见，你这套见面礼儿，倒来得不错。"那妇人一听，登时挂闩呆望。这时玉林将妇人细一端相，不由好笑。只见她面黄肌瘦，猱头撒脚，穿一身补绽裤褂，便如丐婆儿一般。忽地细望昭达，失声道："哟，可了不得！这是怎么说呢？你不是包村的孔老弟吗？咱姐儿们许久没见面，你倒胖胖大大的，发了福咧。咳！你看嫂嫂我，就提不得咧。俺也是被你大哥气糊涂咧，方才多多得罪，快请进细谈吧。但是你许大哥，却没在家，提起他来，真恨得人牙痒痒。"

　　昭达忙道："那么许大哥哪里去咧？"妇人冷笑道："他自有好所在去，且进来谈吧。"说着，望望玉林，便笑道："这位想是同你来的朋友吗？"昭达听了，便替玉林代通姓名，然后大家厮趁进内。只见小小院落中十分狼藉，那妇人一面前导，一面回顾昭达道："你瞧你许大哥，本就是个钻进脑袋不顾屁股的性儿，如今越发地不成模样。他也没心情和我过日子咧。"说着，肃客入室。

昭达一瞧里面四壁萧然的光景，暗想道："这许矮子，准是近况不佳，所以又去出门奔走。由此看来，这倒是个机会。他那怪僻性儿，只要手头宽裕，他就不愿应人之情，去卖手艺的。"于是一面沉吟，一面向妇人一述来意。

妇人冷笑道："孔老弟，你莫怪我说，依我的话，你二位趁早回去，另请高才去打造军器吧。他这当儿，又被一个小狐狸精迷住，终日价缠在那里，你便用八抬轿夫抬他，保管他还不高兴去哩。"说着，以手抚胸道："孔老弟，人要讲良心。你说你许大哥，抛得我好……"昭达忙笑道："原来俺许大哥又犯了老毛病咧。他如今现在哪里？等俺去捉他来，先给嫂嫂赔个不是。怎么家鸡不爱，单爱野鸡呢？"

妇人听了，登时颦眉低叹道："你可说罢，总是人家有爱人之处。"昭达绷着面孔道："不然，俺瞧嫂嫂就怪爱人的。"玉林听了，几乎失笑，便见妇人笑唾道："你别胡嚼蛆咧，我就不信你有本事捉他来。他如今现在西谷村，恋着一个私门头婊子，诨号儿'孙巧娇'的哩。好在距此七八里地，你二位且安置下，用过中饭去吧。"

昭达一瞧那四壁萧然的光景，便道："不须咧，俺们先去寻他要紧。"说着，和玉林厮趁踅出。那妇人送到门首，又说明赴西谷村的路径，方才太息而回。

且说昭达等踅出那条街坊，方要直奔西谷村，不想玉林因食生果、饮泉水，一时间腹内辘辘，只管要泻。于是两人只得暂就一处村店中，安置下，索性地吃过中饭再去。哪知玉林腹泻，还是不止，昭达便道："邹兄既不舒服，不如在此静待，俺便自寻许矮子去吧。"玉林唯唯。

不提昭达匆匆地整理衣冠，自行去了。且说玉林见昭达去后，自就榻歪卧一霎，一时间神思困倦，沉沉睡去。及至醒来，却通身微微作汗，病已霍然。望望天色，业已日西，又吃了两杯茶，登时神清气爽，于是信步出店，踅过街坊，到林木空虚处游玩一回。

这当儿夕阳斜照，射到远近峰头上，青翠红紫，如张锦屏，一处处烟岚映带，草木微馨，更有牧儿驱犊，点缀于野径芳塍之间。

玉林赏玩之下，不由却暗叹道："光阴真快，俺自漫游以来，不觉已屡更岁月。回想当日，和诸、徐携手郊游时，真似弹指流光。但是俺三人死别生离，也就可念得紧。"感叹间，穿过一带竹林，忽见村北头从竹树萧疏中，隐隐露红墙一角。疏钟响处，沉韵满空。玉林猛闻，顿觉心神俱寂，一面负手向红墙徐步踅去，一面暗想道："俺忆得当日和诸、徐在塾读书时，岱云师课俺诗句，有什么'山钟摇暮天'之句。俺因奇怪那

226

'摇'字下得别致，苦问岱云师，一定作怎么讲解。岱云师但拈髭微笑道：'此等诗境，不可言传。如遇其境，或能会心了。'如今俺方知古人用此'摇'字，真能将眼前景物都收摄入一字中哩。"

思忖间，红墙已近，却是很高大的一处寺院。院门首通有小桥，寺前是松杉杂植，含烟笼雾，十分静悄。正有一个破衲僧佣持帚扫地。玉林过桥，瞻望那庙额，上写"开福寺"三字。正想步入山门，却闻庙西偏院中有童子们喧哗蹦跳，又接着拍掌道："杀杀杀！"即闻追逐之声，便如万马奔腾。

玉林听了，略为驻足，恰好那僧佣持帚进庙，玉林便道："和尚，你这寺院静地，怎容儿童们玩耍呢？"僧佣皱眉道："俺寺中有借地上学的猴儿学生们，是没法说的。今天先生没在塾中，所以学生们又都猢狲开锁咧。"

玉林听了，微微一笑，便随那僧佣踅入山门，就大殿上随喜一番。僧佣山野，也不晓得殷勤款客，自去忙碌他的。玉林转入殿后，行近西偏院的角门儿，却又听得里面儿童们你当里国人，我当外国人地乱成一片。玉林至此，忽想起自己当年和窗友顽皮时许多光景。一笑之下，信步儿踅入角门，只见那院落颇为宽敞，坐北是五间正房，便是书塾。塾门左右，药栏花圃，位置得宜，并有一株偃蹇古松，凌空拔起，如伟丈夫端然耸立。院中一片广场，正有一群猴儿学生，分作两阵的模样，手中各执秫杖，一声呐喊，即便飞舞冲锋，顷刻间，秫杖如林，打作一团。虽是胡乱击刺，然而回旋进退间，却颇颇不乱行列。玉林见了，好笑之下，却又暗暗纳罕。

正这当儿，一队中的首领学生一跤栽倒，玉林正在扑哧一笑。那首领学生爬起来，便喝道："你这鸟人，笑什么？俺们这阵仗，料你不懂。"玉林笑道："小哥不要生气，难道这噗的一跤，也在阵仗中吗？"众学生听了，齐噪道："哈哈，你竟敢笑话俺们，你能破得俺的阵仗吗？"玉林笑道："你们游戏罢了，称得什么阵仗，俺若破你们，或手重伤了你们，却不方便。"众学生哪里肯听，便秫杖齐举，呼一声，列作一队，一齐大叫道："来来来，哪个要逃走的，就是这个。"说着齐伸五指，做个乌龟形儿。

这时玉林左右是暇逸不过，又见他们活泼有趣，因随手由一学生手中接过一根秫杖，却笑着使个旗鼓，道："喂，你们只管来吧。"众学生见状，登时又互相诧异道："怪呀，怎么他的手法，就绝像咱们先生呢！不要管他，且毁了他再说。"于是哈的一声，踊跃齐上。虽然是乱扎乱打，却也颇颇勇猛。

这里玉林一摆秫杖，先自护住面门，接着随势进步，用一个拨云望月式，将手中秫杖横插入众学生杖中，只这么轻轻一搅，但听扑通、扑通，众学生纷纷倒地，顷刻蛆虫似的一阵乱滚。

玉林大笑掷杖，方要去一一扶起，早被两个学生跳起来捉住，道："你这客人，真有两手儿呀，且到室内，吃杯茶再去吧。"玉林笑道："你先生没在塾中，你们就如此跳闹，难道不怕先生回头知得了责打吗？"一生道："你不晓得，这是俺先生叫俺们如此游戏的。每当下半晌时光，功课毕后，便如此游戏一番。他说是活动筋脉，是与身体有益的。今天俺先生出去采药，所以俺们越发玩得起劲哩。"

玉林随口道："你先生姓什么呀？"一学生道："俺家先生姓朱，是从上年方才到此。初来时，只以采药糊口，寓居寺中，后来大家见他文学不错，又和气异常，所以便给他攒了个书塾。"

说话间，大家入室。玉林瞧那书塾，是三间明着，摆列着学生座位，里间儿垂着布帘，想是先生的住室。诸学生虽是顽皮，到这当儿，归坐的归坐，让客的让客。玉林从容四顾，居然是当年岱云学塾的光景。正在触目生感，惘然若失的当儿，只见一个大些的学生回顾一声道："你快向里间，拿先生的茶具来，与客人倒茶。"

那学生唯唯跑去，只一掀里间帘儿之间，这里玉林眼光一瞥，登时哟了一声，直立起来。不容分说，三脚两步抢入里间，只管向着东壁上呆呆怔望。原来那壁上悬着一幅古画，却正是那年张小酉送与诸一峰的那幅《庄生说剑图》。当时玉林猛然神痴，竟至面色有异，后面跟进来的学生却笑道："原来客人是好看古画的，这画儿是俺先生把来避邪的。因为这几间老房子初开学塾时，到夜里很不安静，不是户窗自开，便是器具自动，大约是些狐黄白柳之类。依着庙中和尚，想弄幅朱砂判子（即钟馗像）来挂上。俺先生却不知从哪里寻得这幅画，挂上咧。"

玉林听了，一时间思潮起落，竟不知怎样才好。暗想一峰亡命，一切都弃掉，断没心情独携此画，怎的此画却落在这里？这倒要从这先生根问此图的来历，或能得一峰的踪影，也未可知。想至此，忙问道："那么你先生去采药，几时回头呢？"学生道："这个却没一定，他都是傍晚方回，也有时被村人邀留闲谈，就须深夜转来。"玉林瞧瞧日光，已是将落，便道："既如此，俺且稍待你先生。"那学生唯唯，让玉林落座，斟了一杯茶，自行退出。

这里玉林凝视那幅画，正在万感如潮，只见外间众学生业已闹得锅滚豆烂。原来村塾规矩，先生出去，便是大学长摄行其政。这当儿正散学背书。那大学长舰起面孔，高据师位，拍得夏楚一片山响，但是众学生，依然是嬉皮笑脸。须臾，众学生各挟书包，纷纷自去。那大学长虽然强勉陪客，却是屁股上也如起刺一般，并且苍然暮色业已压将下来。玉林见此光景，不便久留，只好明日再来寻访，便起身向那学生道："此时令师没转来，俺也不便久待咧。"学生笑道："你明天早些来吧。"于是一径地送客出厅。

那玉林循行来路，方趑出数步，忽闻学生在背后唤道："喂！客人慢走，你瞧俺先生转来咧。"玉林回望，那学业已跑到跟前，向庙左一条坡坨窄径上一指，道："你瞧那里，影绰绰荷着药笼的人儿，准是俺先生。除了他，不会那么慢条斯理地走路哩。"

玉林望去，果见距足下数十步外，暮烟深处，从短林边于然趑来一人。这时暮霭沉沉，望不清来人面目，但见他长袍缓带，意态翛然，用药锄捎着药笼儿，枝叶纷披，飘然入画。玉林回顾那学生，将有所语，哪知他已自趑去。

这里玉林急忙回头，方要迈步去迎来人。只见来人业已距自己咫尺之间，却忽地一个踉跄，倒退两步，似乎是猛惊之下，身形一晃，啪的声，药笼落地。玉林趁暮光隐约，细望来人，只见他清癯面目，十分面善，却又百忙中想不起他是哪个。

正这当儿，只见他悄手蹑脚，直往前凑，并且两手拽锄，似有扑打之势。这一来，玉林大疑，以为蓝大炮贼众们方败散不久，或有匿迹山中，亦未可知。于是隐起戒心，忙回手就腰下去摸剑柄，叫声苦，不知高低。原来出店时，竟忘带来。

这时那来人已越凑越近，双眸闪闪，放出一片神光。玉林顾不得再端相他，只得一面倒退，一面捻定拳头，但是逡巡之间，彼此驻步，便如小儿瞅笑面一般，对伫良久，却忽地一齐失声道："啊呀！"玉林这里是泪如雨下，那人却力掷药锄，哈哈大笑。一个虎势扑上来，抱住玉林，只挣出一个"邹"字，便登时气噎连连。那两点英雄热泪，早从满面笑容中直滚下来。

原来那来人正是玉林踏破铁鞋无觅处的诸一峰。因一峰久困亡命，将一副雄壮面目已变清癯。玉林亦连年久踏风尘，那面目也未免苍老许多，彼此在此相值，又出乎意念之外，所以一时间竟不敢遽认起来。

当时两人悲喜交集，玉林先跺脚道："诸兄，你累俺寻得好苦！"一峰慨然道："俺梦想不到会在这里得遇老弟。此间非讲话之所，且至塾内细谈吧。"于是转身去拾起药笼。这里玉林也随手拾起药锄，却叹道："诸兄隐迹此间，想是以采药消遣闷怀吗？"一峰道："俺的行踪，说起来也自话长哩。"说着两人厮趁入庙。业已掌灯时分，恰好那僧佣入塾，来送晚饭，一峰便邀玉林同食。

玉林一面用饭，一面先述说自己和一峰相别后的一切情形，并累年价寻访一峰的光景，直至寄迹包村，并和昭达到此之故。听得一峰惊惊喜喜，唯有连连太息，便也滔滔汨汨，将自己杀人亡命后许多情形一一述出。

原来一峰自出亡之后，也曾北游齐鲁燕蓟之间。初时节屡变姓名，逐处流转，颇爱山东地面人性豪爽，曾在济东、太武一带勾留年余。那时节，山东地面因南中发匪日盛，骎骎有北犯之势。于是群县豪民，往往结团自保，领其事者，号称团总，其中尽多豪侠者流。其时长清地面有一处马家寨，地近灵岩山，形势扼要。团总马孟周，好交游，尚意气，的确是个讲打熬气力的好男子。

一日，道经某镇，忽见一群青皮光棍各执刀枪棍棒，赶杀一个外路男子。那男子却空着双手，不慌不忙，便侧身猱进，钻入锋刃丛中，略一回旋，众青皮已纷纷仆地。孟周大惊，便上前喝退众青皮，一问那男子姓名，男子道："小人姓朱名岱生，南省人氏，方才因资斧缺乏，偶然在此地卖艺糊口，叵耐这厮们却横来胡闹。"

孟周道："足下抱此绝技，为何落拓江湖？如蒙不弃，何妨到敝寨盘桓小住呢？"说着，命从人带过两骑马，便和岱生并辔归寨。一时间酒筵款待，自不必说。宾主款谈之下，又讲论起各种武功。喜得孟周什么似的，便登时侪岱生于上宾之列，一切供给，十分优渥。

过得个把月，恰值邻邑有土寇窃发，孟周应邻邑之请，率领团众，前去剿逐。不想更有别股小匪久恨孟周，只苦无隙可乘，今见此机会，便黉夜呼啸而至。一声喊，撞破马宅大门，明火露刃，火杂杂直杀入去。不料方到前庭，早见一道白森森剑光破空飞来，一转眼间，四五盗溅血仆地。余盗见势不妙，顷刻间披靡而逃，这才保全了马孟周一家性命。这剑光你道是哪个所发？不消说是易名岱生的诸一峰了。从此，孟周越发地敬重一峰。一峰本是随处寄迹，又过得个把月，倒也颇颇相安。不想事出无端，竟闹得一峰又复飘然而去。

原来孟周的妻子陆氏，便是县中陆刑书的女儿，生得妖妖娆娆，很不安静。陆刑书因慕孟周声望，便盛具奁资，将女儿嫁与孟周。你想孟周只顾了打熬气力，哪里有心情在女人身上用功夫，因此陆氏颇为郁郁。既见一峰客在家中，她未免便有偷寒送暖之意，但是苦于没缝可钻。及至一峰

230

御盗之后，那陆氏不由心头暗喜，亲见一峰，没口子感激伸谢，自不消说。又不时与一峰制衣服，做精膳，都遣小婢玉儿与一峰送去。

那玉儿是个十六七岁的煞利丫头，十分乖角，即暗识主母的用意。她便见了一峰，尽力子逞头上脸，一峰以为她一团孩子气，也没在意。

一日夜漏三下，一峰正在客室静坐，忽听窗外呼的一声，一峰回望，却是小玉戳破一块窗纸，露着漆黑的眼珠儿向内直瞅，一面笑道："好来，好来。果然朱爷还没困哩。"一峰以为她又来送什么茶点，便笑道："俺这会子不用什么食物，你也就转去吧。"小玉低笑道："好叫朱爷得知，俺不是来送茶点，却是请你去吃酒。因俺家主母想起朱爷来，便感激得什么似的，常向俺道：'那天夜里贼强盗进宅，若不亏了朱爷，咱娘儿们被贼强盗光溜溜地背了去，还了得吗？'今晚俺主母趁俺主人没在家，特地设筵内室，请朱爷去消个夜儿，无非是拉个科儿（谈天之意）罢了。"说着，笑嘻嘻跑将进来，不容分说，扑上去，一手挽住一峰的脖儿，登时嫩腮上晕得粉棠花一般，却向榻上一努嘴道："如今她洗浴未毕，恨不得搓掉一层皮。咱待一霎儿，再去不晚，咱且到榻上歇歇吧。朱爷，你可晓得，少时你和俺主母吃过酒，还有点儿小事，须费气力哩。"说着，飞起眼儿，身儿一歪，竟自扑入一峰怀中。

这一来，一峰既惊且笑，略一沉吟，只得就势儿香了小玉个面孔，然后慢慢将她推开，道："就是吧！承你主母美意，少时俺就进内领情。你这妮子，不可在此耽搁，恐你主母起疑，快去复命为是。"

小玉一丢眼儿，道："你倒是个老行家哩，就能八面都顾到。既如此，咱两个明天再算账。这种腿子，大概没有白跑的。"说着，含笑而去。

不提这里一峰自定行止，并那浪荡陆氏，只等半夜。且说那马孟周，次日回得家来，忽然不见一峰。自己累次所馈的衣服金资一概也没动，只从案上砚角下寻出一张字简，上写"岱生告辞"四字。孟周摸头不着，诧异了两日，也便抛开。从此一峰依然地逐处流转。

其时皖南北一带官军甚盛，诸将帅大事招募，颇求奇才异能之士，果有殊物勇力者，将予以不次之赏擢。一峰暗念久困亡命，终非了局，果能以军功荣显，未尝不是个脱罪出头的法儿。于是慨然应募，便隶在某军门麾下，做了一名哨长。

你想一峰武功自然是能冠一军，某军门甚为刮目，自不消说。其时皖南有一股骁悍发匪，拥众万余，久与某军门相持不下。贼中首领绰号儿"罗刹女"何姑姑，生得长大白皙，善用一口双手带的马刀。每当临阵，装束奇丽，领一队大脚广西婆，每人一柄尺五长刀，跳跃如飞，凶悍异常。她本是颖州一带的女监枭出身，曾手刃其夫，又火并过别股枭匪，真是个杀人不眨眼的女魔头。自为发匪以来，名闻官军。这当儿雄踞皖南，屡遣偏队来扰官军，某军门甚以为虑。

恰好有一日，官军的一批饷项道经某地，冷不防地又被罗刹女领众劫去，并杀伤官军数百人。某军门中夜得报，正在大怒，不想次日大营前，又得了罗刹女的一张揭帖，上写"谨谢厚赐"四字。于是某军门忍无可忍，便登时下令军中道："有能奋勇破贼，或刺取得贼首首级者，当有不次之赏擢。"此令一下，顷刻间震动全军。但是都惧怕罗刹女的厉害，哪里有人敢去尝试。

于是一峰慨然请行，并献策于军门，请自选二百人为冲锋健队，然后大军继进，誓当一鼓破敌。当时陈说之下，意气慷慨。某军门见状，不由愕然动容，便立允其请，假一峰以便宜行事，大列全军健锐，命一峰自为选择。

须臾，得人二百，都是百炼劲卒。挑选既毕，某军门预犒的牛酒亦至。于是一峰大陈酒肉，命大家各自痛饮大嚼一阵，然后慨然誓众道："诸位此去，不必犹疑，自有俺朱某当先开路。诸位目光但注定俺后脊，尽力杀贼就是。彼虽有千万之众，不过如蝼蚁屯聚，遇风即散罢了。"大家听了，都各踊跃嗷应。

不提这里一峰率众上马，一阵风似的直奔贼营。且说那何姑姑，这日下午时分正在中帐内缓却结束，和一班男妾们吃酒作乐，忽闻营门外喊声大震。须臾人报道："今有二百多官军前来劫营。"

何姑姑怒喝道："二百余人，什么大事！"便令前队头目小心抵挡，说罢，厮抱男妾，依然地饮酒如故。但是这时被抱的男妾未免心头乱跳，有些个变貌变色。何姑姑三不知探下手去，登时一挑眉头，霍地站起来，拉了那男妾一只胳膊，只这么向外一甩，但听嘣嚓一声，血溅满地，那男妾头触帐柱，登时死掉。原来这何姑姑凶淫异常，凡男妾有不适其意的，便顷刻拗项拉胁，或用脚踢其肾囊，立时了账。此等光景，原是常事。

当时何姑姑余怒未息，正双撑玉臂，目注余人，众男妾一齐低头的当儿，只听帐外马蹄如雷，那冲突之势，简直地如排山倒海。何姑姑叫声"不好"，嗖一声，提刀跃出帐。

方上得马，早见一片刀矛光景，麻林似直裹将来。正是：

　　　　将军跃马从天下，罗刹称雄无地逃。

欲知后事如何，且听下回分解。

第十二回

诸一峰流寓寄身
许矮子闭门拒客

　　且说何姑姑方上得马，早见一队官军，便如生龙活虎，直从血雨四溅中抢将进来。为首一人，跃马如飞，手使一柄青锋长剑，不容分说，向自己当头便斫。何姑姑惊怒之下，急忙挥刀交战。可笑何姑姑，狃于官军没甚能为，以为他们虽来劫营，也没甚打紧。哪知敌人一柄剑，神出鬼入，上下翻飞，还没转眼之间，已将自己弄得手忙脚乱。何姑姑大惊，方尽力子跳出圈子，想要逃走，只见敌人喝声"着"，一剑刺去，却中自己的后胯。当时何姑姑大叫一声，栽落马下。

　　不提官军队中拥上数人，活活捉得。且说一峰既破贼营，随后某军门的大队亦到，这一阵大杀大斫，并贼众们死伤逃窜，投械乞降，也都不必细表。单说一峰这当儿领了二百健卒，并协同本营营官某人，正在贼营左右，穷搜逃亡，忽见一个黄衣贼目铲骑着一匹马，领了百余个败残贼众，气急败坏地由深草地内撞出。一峰喝一声，当先赶去，一瞧那贼目，不由心下恻然，便猛喝道："你这人被掳贼中，还不脱下贼衣，快些逃命！"那人会意，向一峰点点头儿，急忙脱却黄衣，向深草地内匆匆逃去。正这当儿，某营官一马赶到，一面命手下捉缚余贼，一面向一峰问知所以。

　　原来那黄衣贼目却是马孟周，不知他因何事故，竟自当了发匪。一峰想起畴昔的一番周旋，所以将他放掉。当时某营官听了，十分不悦。原来这位某营官本是某军门的嬖幸出身，忮性异常，并且最好人的溜哄奉承敬。一峰虽有绝人的本领，无奈这一套本领却没学得。某营官见一峰大刺刺的，以为他是轻视自己，早就心怀不悦咧。

　　当时一峰一战破贼，大获全胜。某军门大悦之下，奖谕有加，不但一峰自料着当得殊擢，便是全军中人也以为殊勋重赏，是没含糊的咧。不想直过得数月后，通没下文。一峰暗暗地一探询，不由付之一笑。原来是某营官进谗于军门，说一峰擅自放掉贼目，这其间情有可疑，难保没有通贼等情，不如且缓赏擢，以觇后效。偏偏那位某军门又是个棉花耳朵，听了此话，居然将赏擢之事搁置起来，并且每见一峰时，也不似从前面目。

你想一峰投军，本没为功名起见，今见仕途龌龊如此，倒惹了一肚皮牢骚感慨，于是自请出伍，飘然又去。流转萍踪，直来至浙中万泉山，爱其风土清嘉，民性淳朴，所以便寓居下来。

当时一峰述罢，玉林听了，自然有一番感慨。须臾饭毕，两人秉烛相对，互述相别后的一切琐事，彼此价太息一回，欢笑一回，便如梦寐一般。不多时，村柝三敲，玉林忽失笑道："俺只顾与兄叙旧，却忘掉还有事体。不知这当儿孔昭达已邀得许矮子来不曾，俺便当回店去望望才是。"

不提一峰唯唯，送得玉林去后，喜慰之下，十分感慨。且说玉林出得庙来，一路上心胸开爽，真是数年以来所未曾有。大悦之下，忽想起伯高卜卦，颇颇有验，真个就巧遇一峰。又想到此后的一峰行止，便以同赴包村为是。倘一峰执意不欲去时，自己定当辞却伯高，与一峰同落江湖，倒也十分自在。一时间思潮起落，进得店中，一瞧昭达兀自没转来，连忙命店人掌灯烹茶，歇息一回，想要就榻少息。

说也奇怪，往时是就枕便着，这当儿不知怎的，却只管翻来覆去，也不知心头是惊是喜，就像遗落什么物件一般。睡魔未至，酒思忽生，便索性爬起来，命店人温酒独酌。你想小店深夜，哪里有下酒之物，那店人寻了半晌，只寻了半碟水渍咸豆儿，玉林拈两颗入口一尝，非常甘美。自己一想，不由好笑，原来那会子和一峰用饭，只顾了欣喜畅谈，虽盛了一碗饭，却没动箸，所以这会子泛上饿来，倒合了"饥者易为食"的古语咧。

当时玉林连举两杯，当不得饥腹雷鸣，正思量唤店人寻取挡口的食物，只听昭达在窗外哈哈地笑道："邹兄倒自在，俺奔驰半天，倒惹了一肚子闷气来咧。哈哈，许矮子这个宝贝真难得弄，这件事怎么办呢？"说着，急匆匆入得室来，先端起玉林的酒杯，一饮而尽，然后噪道："俺正也没用晚饭，咱且快叫店家整治饭食，等俺细说说许矮子撇扭情形，咱们想个主意才是。"说着，一屁股坐在玉林对面。忽见玉林面有喜色，一面价大吃水豆，一面拎起酒壶，嘴对嘴便是一气。昭达见玉林向来不会如此高兴，正在怔望之间，玉林便笑道："好叫孔兄得知，你去寻许矮子，虽不知怎的闹了一肚皮闷气，俺却因泻肚没去，倒撞着点儿喜气哩。"于是哈哈大笑，将巧遇一峰之事一说。

昭达听了，只乐得连连打跌道："啊呀！这真是天大喜事，可见人生遇合有定，也不枉邹兄巡访一场。如今一峰兄既在这里，邹兄快领俺去认识一下子。"说着，径自站将起来，玉林笑道："孔兄且坐，咱明天再去未

234

晚。只是你去寻许矮子，怎的惹了气呢？"昭达顿足道："你瞧许矮子，真没有的，等我细说情形，咱大家想个计较。"于是手舞足蹈，说出一片话来。

原来昭达一径地趱赴西谷村，七八里路少时便到。但是一入村口，就是一怔。只见那村墟高高下下，零零星星，许多住户，便如屁嘣的一般，东一攒，西一簇，自成畦径，并没的整段街坊。

昭达一面逡巡回望，一面暗想道："这所在要寻许矮子，只怕还不一定有人晓得，只好且探听那孙巧娇的住址，倒是个方便法儿。"怙慅间，恰好趱经一家门首，有个老太婆在当门草棚儿下，一面看守着一个茶桌儿，一面闲做针线。见昭达经过，便笑道："客官吃茶吗？何不歇歇腿再走呢？"说着欠欠身儿，让出半段长凳来。

昭达正跑得口燥，便过去落座，吃得两杯茶，随口道："妈妈，俺向你探问一个人，你这里有个住家娘儿们，诨号儿叫孙巧娇的，她哪里住哇？便烦指引则个。"老妈妈听了，登时抿嘴而笑，从新将昭达打量一回，却笑道："那娘儿却距此不远，你老想是没走过，头一次去开心吗？但是你却来得不巧，不是俺拦你高兴的话，你不去倒也罢了，你若去时，一定闹一场没意思来。"

昭达笑道："这是为何呢？莫非那娘儿不做生意咧？"老妈妈道："你不晓得，如今那娘儿现有人论月包占，休说是不接生客，便连大门儿都不敢出。因为她那包客下作异常，便如一只护食的狗一般，将那娘儿护得牢牢的哩。"

昭达听了，料那包客定是许矮子，暗笑之下，又随口道："如此说，那小娘儿一定是个美人儿似的，所以才弄得那包客颠三倒四！"老妈妈一撇嘴儿道："什么美人呀，不过你们男人家眼睛馋，特能将就罢了。依我看并不怎的，不过是个庄户中的煞利娘儿，仗着年轻，会打扮，又会说会笑，能拿那股子肉麻劲儿。这才几天的工夫，她不再村中挎大篮，给人缝穷，如今走一步运气，也扎括得光头利脚，画眉抹嘴，说起话来，娇声浪气，倒也像个怪俊的人儿。她本是村中李哑巴的老婆，当那李哑巴在家时，也是管得她头紧脚紧，如今却没法说咧。但是那客人据我看来，将来还怕是自寻苦恼。那李哑巴虽不会说话，却性粗气暴，动不动和人打架，便讲白刀子进去，红刀子出来。他因赌输了，打伤了人，方才跑掉。近来还有人传说，他居然也当了长毛咧。你老想，倘若那李哑巴回头，撞着那客人，不是场大大麻烦吗？总言之，此等玩笑场，究竟是是非之地，你老不去倒也罢了。"

昭达笑道："你这妈妈说话，也过点火儿，一个哑巴家有甚能为，有什么可怕呢？"老妈妈道："哟，你可别小看人家，那李哑巴生得精精壮壮，很好的外貌儿。不怕你老恼的话，他那眉目面孔下，并前影后影，竟有些像你老哩。"

昭达听了，不由哈哈大笑，便起身付过茶钱，从那妈妈问明孙巧娇的住址，一径地奔将去。到门一望，只见双扉紧闭，矮矮的蛎粉花墙儿，小小的一处房舍，掩映于竹树清虚之中。昭达暗笑道："这矮厮倒会快活，清清静静，钻在这里偎小娘儿，真也是个乐儿哩。"思忖间，方要叩门，便闻里面有人用箸击瓯，哑着嗓儿曼声低唱，并有妇人笑语之声。

昭达听那唱音，正是许矮子，于是啪啪啪一阵叩门，便闻许矮子低语道："你瞧瞧去，莫非俺家里的寻来了吗？"昭达听了，不由好笑。

正这当儿，门启处，趱出一个妖娆妇人。昭达料是孙巧娇，便道："借问娘子一声，你这里可有一位许爷吗？俺性孔，是由包村来的，有要事特来寻他。"那妇人听了，一面端相昭达，一面口中嗫嚅，并且有些花容失色。

昭达正要拔步直闯，便见许矮子哈哈大笑，由里面蹦跳而出，一把拖住昭达道："怪道俺听得语音厮熟，原来却是孔爷。但是俺闻你正在包村，和包爷忙碌异常，怎有空儿到此呢？怎便知俺在此呢？"昭达笑道："兔子会钻窟，也避不得饥鹰眼目。俺今奉包爷之命，正来抓你，咱且进内细谈吧。"

许矮子听了，眼睛一转，登时毛着腰子，连连咳嗽，道："包爷要寻我，谅无别事，无非叫我去吃现成的庆功酒罢了。但是俺近来正因犯了酒病，所以在这静悄所在养养神儿。俺若还似往年壮健时，早跑去向包爷、孔爷讨喜酒吃咧，哪里还用孔爷巴巴地来寻俺呢！"昭达听了，便知矮子用意狡狯，当时一笑，大家厮趁入内。

昭达一脚踏入正房，便闻一股酒炙馨香。细瞧那正室三间，是一明两暗。明间内，靠北大案上，却摆着很整齐的酒菜，都用罗罩儿盖好。东间门上，软帘深垂，料是妇人的卧室。这时那妇人一面斜眼儿瞅着昭达，一面揭起西间帘儿，却向矮子略一挤眼，道："你晚上吃的药，少时俺岔空儿煎出来吧，不省得到晚上忙手忙脚吗？"矮子听了，又连忙空嗽两声，然后点点头。

这里昭达暗笑两人做作之间，许矮子业已让客就座。彼此寒暄过，由妇人泡上茶来，昭达便笑道："许兄，不瞒你说，俺如今是无事不登三宝地，俺的来意，大概你也瞧科一二。刻下包爷正在恭候台驾，便请随俺同赴包村吧。"于是将伯高奉邀他打造军器之意一说。

许矮子笑道："原来为此。本来呢，包爷和俺是甚等交情，如今又重以孔爷之命，俺本当马上从命，但是俺近来常常患病，精神技艺，简直地不成功咧。像包爷那等的大工造，俺哪里料理得来？没的倒误了包爷应用。便请孔爷转达，另请高手吧。"

昭达笑道："老许莫作笑谈，像现在偎着小娘儿，直寻快活，如何推说患病呢？"矮子道："别提咧！俺哪有心情寻快活，不过借她这里养养静罢了。"昭达道："岂有此理！要说别人借地养静，俺还信些。你老哥那下作脾气，还瞒得了我吗？外间里整齐酒菜都已停当，你还说没心情寻快活哩。"

许矮子道："那酒菜有个缘故，是这娘儿因俺病许的愿供。今天晚上，方去请神道纸马，所以摆在那里。"

正说着，妇人趑入，便笑向矮子道："既是这位爷台有正事相邀，你便爽爽快快去一趟，不结了吗？你若不肯去，不惹得人家说你恋在这里吗？"矮子道："不成，不成。要技艺全仗精神，俺这病恹恹的光景，便是去了，也是无用。没的倒误俺养病。"说着，又是一阵干咳。

许矮子这种撇扭性气，在昭达原是素来晓得的，只要他意有所恋，或一时间不高兴要手艺，你便拿黄金万两去请他，并说得天花乱坠，想他点头应允，势比登天还难。当时昭达知他性儿如此，便索性地不再硬掐脖儿，只好先寻些闲话讲讲，以便趁空儿再为劝驾。于是两人品茗道故，嘻嘻哈哈，十分款洽。但是每逢昭达词锋要书归正传，许矮子便登时用话头儿岔开。

少时，那妇人也趑来凑趣，一面价和矮子挤眉弄眼，一面价只管将苦酽酽的清茶不断地端来。昭达越是心头烦躁，不得主意，越觉口吻发渴，不知不觉，便灌了一肚皮苦茶。堪堪日色将落，闹得昭达通没作理会处。再瞧矮子时，索性地咳嗽大作，歪卧于榻，连那妇人也躲得没影儿。

好笑昭达，这当儿已被苦茶灌得饥肠辘辘，偏搭着明间内酒炙扑鼻，当时不由暗想道："可恨这矮子，明放着现成酒菜，他却说是愿供。不要管他，俺且混顿饭吃，再作道理。"想罢，依然地逡巡不去。哪知许矮子更来得老气，直待那妇人掌上灯烛，又换过一遍苦茶，他却笑道："孔爷，不是俺逐客的话，你不差什么，也该回去咧。既有那位邹爷和您做伴，只管叫人家在店呆等，什么意思呢？老实说，俺不能从命，就烦您回见包爷，替俺致意吧！"说罢，径自慢慢站起，大有送客之意。

昭达没奈何，只得搭趁告辞，方出得大门，回头道："许老哥，咱的事体，明天再议，难道你真不去吗？"许矮子哈哈一笑，还没搭腔，那妇人已笑嘻嘻将矮子拖进，嘣一声，关了大门。

这里昭达方略发怔，却闻那妇人笑唾道："好丧气！这个鸟客的贼形儿，活像俺那个天杀的。那会子俺去开门，吓了俺老大一跳。如今且喜祸害离门，少时咱歇息够了，再吃酒吧。"

昭达听了，又气又笑，只好姑且回店，再作道理，于是一气跑将回来，恰值玉林欣然独酌。

当时昭达匆匆述罢许矮子一番情形，只管大眙两眼，并且乱唤店人，快寻食物。只见玉林略一沉吟，忽然鼓掌道："孔兄不必着急，咱这就去捉那许矮子，你道好吗？"于是低低数语。

昭达一听，直跳起来。正是：

　　　　慢以正言频劝驾，且从诡处出奇谋。

欲知后事如何，且听下回分解。

本集上海大星书局 1928 年 10 月出版。估计即为初版。

第 八 集

第一回

玉林衔杯戏许矮
昭达裸舞会一峰

且说孔昭达听罢玉林之语，不由跳起大乐道："好计，好计！原来邹兄安详详、不慌不忙的，肚儿内更有道儿。事不宜迟，咱马上就去吧。"玉林笑道："如今咱去装模作样，且待俺多吃两杯，盖盖厚脸儿。"昭达大笑道："你这却发呆咧，许矮子那里正有好体面的酒食，咱为甚不理直气壮地去嚼他呢？若迟了，被他两个受用了，岂不可惜！"

不提玉林一笑，当即和昭达匆匆改扮，一径地离却寓所，直奔那西谷村中。且说许矮子送得昭达去后，便向那妇人笑道："这是哪里说起！无端地被他来搅了半晌，连咱很整齐的夜饭儿都耽搁到这会子，如今祸害离门，咱可要自在乐一下子咧。"

妇人一瞟眼道："也没见你这人，没正经，老膏药似的贴上人，抠剜不动。现放着人家来聘请你，若去了，至不济也能得些馈赠，抓些钱钞，回头咱吃咱用，哪些不好？你却只管在这里缠人。左右咱这是偷摸勾当，将来那哑厮撞回来时，我看你怎么着！"

许矮子笑道："你别得了便宜卖乖，假如俺跟了孔昭达去了，你这会子又该哭天抹泪咧。那哑子撞回来，不过向人打阵哇哇罢了，难道他敢把我许爷怎么样不成？"妇人道："哟，你可别把话说满了。俗语说得好：哑子愣怔瞎子狠。那哑厮性儿本就是生牛野马，近来俺闻他又混入长毛中，你说能叫人不怙惓他吗？"

许矮子听了，只是憨笑，便道："你别只管说败兴话，俺老许也不是什么好惹的。那哑厮不来便罢，他若来时，你瞧着我一绳捆翻他，叫他眼睁睁瞧咱两个那么着哩！"妇人一撇嘴儿道："呸！你那王八撩脚子的能为，凡事是有前劲、没后劲，俺算是晓得的咧。"

许矮子嗄嚅道："哈哈！你还记着昨晚上咱那篇闲账哩。对不住，那当儿俺真是后来稀松，没别的，少时咱再找补吧。"妇人听了，也不理他，自取食榼，将外间的酒馔提入厨下，一件件蒸热起来。

这里许矮子闲得没干，便就东间拂拭桌凳，安放杯箸，特地点上两只高烛，照得满室中雪洞似明亮。再衬着一阵阵的脂香粉气，妇人香榻上是角枕锦衾，灿烂生辉。许矮子马马虎虎就榻歪倒，跂脚而卧。头才着枕，已闻得一股甜甘甘的汗发香气，熨帖帖的，直由鼻孔中散入四肢百节，只觉千万毛孔，都习习然，舒适得说不得。于是他瞧着眼前风光，忆着昨宵情趣，不由暗笑道："干鸟吗？俺放着这快活所在，谁耐烦跟老孔赴包村去忙碌呢？"

正在得意，只见妇人笑吟吟提入食榼，一样样将看馔摆好，却向榻上一努嘴，道："哟，你这孩儿倒乖，不等娘来，就歪倒咧。"

这时，许矮子瞧妇人又已新上晚妆，鬓云倭堕，脂粉薄施，搓猱得两片嫩腮便如海棠花瓣一般。正在榻上眯齐双眼，哈哈大笑，只听厨下呼的一声。妇人忙道："我的妈！只顾说话，酒都跑（俗谓酒经热而冒也）咧。"于是细碎莲步，花蝴蝶似的直跑出去。

许矮子情不自禁，即便鼓腹高唱道：

忆娘行，初见在山溪下，眉横远翠，脸赛朝霞。
颠不剌见过千万，那似她瑶草仙葩？
咱把眼儿瞅着她，她把口儿笑着咱，从此两下生牵挂。
咱心坎上有个她，她心坎上有个咱。
啊呀，天哪，好叫人难舍难拿，是你那白个肉儿黑个头发。

许矮子唱到高兴处，倏地坐起来，一阵价颠头播脑。

正这当儿，那妇人提了酒壶，含笑踅入。一面抿抿鬓角，一面道："你倒会自在，只叫人家跑进跑出，你就张了嘴等人来喂。如今酒馔都备，你还肉儿头发地闹什么呀？"说着一丢眼儿道："不害臊！也不知昨晚是哪个大孩子似的，猴在人身上，顾了上头，顾不了下头。如今还觍着脸子，唱痒痒腔哩。"

这里许矮子再瞧妇人，想是在厨下咂了酒，粉淡淡的薄晕业已透出眉梢眼角，一屁股坐在椅上，斟酒便吃。许矮子便笑嘻嘻偎坐对面，不错眼珠价瞅定人家的俏庞儿，道："你笑俺唱得不好，那么你且唱支曲儿，与俺下酒如何？"妇人笑道："你别快活过分了。这会子，酒到嘴边还不吃，倘再有人来打搅，你想吃还不成哩。"许矮子道："没事，没事。老孔这会子，不会来起腻咧。"

242

妇人听了，微微一笑，即便脚尖点地，曼声唱道：

郎君三寸高，进除沟，插雉毛。
怕逢龙伯，喜见僬侥。
梨园檀板棺材料，认白菜，作芭蕉。
半夜里忽然不见，掉在那海子（俗谓鞋也）内，一命难逃。

妇人一面唱，一面斟酒，喜得个许矮子俔过来，一把抱牢，方含了一口酒，想去对嘴哺送，忽闻大门上擂鼓也似叩了两记，接着便砰砰两脚。

这里两人方在一怔，便闻有人响亮亮地大笑道："李兄不要鲁莽，吓坏俺嫂儿，什么意思呢？你不要听人瞎话，捕风捉影地就来捉对儿。什么许矮子，难道他吃了大虫心肝豹子胆，就敢霸占俺嫂儿不成？"

妇人听了，正在花容失色，便闻有人暴跳如雷，接着便哇哇两声，锵啷嘟刀环响亮。许矮子听了，顾不得再哺酒，一面战抖抖跳起，一面颤声道："坏了，莫非是他真个撞回吗？这……这……这便怎好呢？"妇人忙道："少说闲话，快向榻底藏一霎吧。"说着，揭起榻帏。

许矮子不管三七二十一，方才钻入，即闻啪嚓一声，似乎是大门踹落，一阵价奔腾脚步，直到房门。可笑许矮子，这当儿还怕妇人吃苦头，正在悄就帏缝，向外偷瞅，只听哇哇两声，李哑巴业已大踏步抢入，顶着鸡窝似一头长毛，短衣草鞋，露着半段光腿，手持一把泼风似长刀。进得门来，蹦蹦乱跳，似乎是气急模样，却又百忙里抄起桌上酒壶，嘴对嘴灌了一气，然后啪的声将刀击案，不容分说，一把拖过妇人，明晃晃长刀一举的当儿，却被背后一人架住胳膊道："李兄别忙，如今许某人还没见，这算怎么回事呢？"许矮子愣怔之中一瞧那人，不由越发地索索乱抖起来。

只见那人生得身材雄壮，剑眉虎口，威凛凛好个相貌。头裹花巾，腰佩短剑，虽是长毛打扮，却不挂一些儿贼气。便见他电也似眼光一闪，先一手推出妇人，然后拖了李哑巴，一径落座，便笑道："李兄莫烦恼，事情自有事情在。人家许矮哥既摆上酒馔，咱岂可辜负人的盛意？"说着斟酒自饮一杯，张得许矮子十分怙惙，急瞧李哑巴作何举动。

哪知李哑巴更不客气，早已一面连连举杯，一面大箸地夹起肉来。于是那人也便哈哈一笑，登时间酒馔齐进，狼吞虎咽，直至一桌酒馔已吃得不差什么。这里许矮子方在心下乱想道："这个鸟大汉，不消说，定是李哑巴约来的贼伴儿。只李哑巴一个人业已难缠，何况又加上一个呢？早知如此，那会子跟老孔去了，岂不干净！他们如今只顾吃酒，等我且悄悄溜他娘的。"想至此,暗暗伸脚,正要冷不防蹿将出去,只见那人啪的声,一蹾酒杯道:"李兄,你有什么事,也该办着咧。这件事不怨俺嫂儿,咱就料理那个吧。"

李哑巴一听,登时跳起,就要拉刀。那人却笑道:"你在这里一刀宰掉他,他倒爽快。咱不如捉他去,细细割片。这种人不够朋友,好端大架子,正该这般地消遣他哩。"

许矮子听了,正在越发迷离恍惚之中,便见李哑巴大步抢近榻,拖了自己向外便掷。却被那人一把扶起,一阵价滚撞之间,背后李哑巴凉渗渗的刀锋,早已搁在脖儿颈上。于是许矮子把心一横,只好由人家撮拽而去。但觉他两人左右价架定自己,步下如风。不多时,觉那路径竟已趱入东谷村。

这时许矮子惊吓已极,两脚乱画,冷不防足下一绊,一个趔趄,当即昏晕欲倒,便觉有人将他背起,也不知穿过几处街坊,忽然耳朵内似闻叩门声、妇人惊诧声,并那人和李哑巴哈哈大笑声。就这声里,自己似乎被人抛掷于榻。

须臾,许矮子悠悠醒转,睁眼一瞧,不由愣在那里。只见孔昭达和那佩剑的壮士对厮面价坐在靠北壁案前,自己的妻子却猱头撒脚地坐在自己身旁,一面给自己抚摩胸口,一面恨道:"像你这种贱毛病,真是牵着不走,打着倒退!人家孔叔叔大远地特来寻你,厮抬厮敬地请你赴包村,你却恋着那烂污货,和人家耍大鞋玩。总须叫人家装扮出李哑巴来,你也就驯羊似的跟来咧。"

矮子听了,恍然大悟,百忙中瞧着昭达点头道:"孔老弟,叫你自己说,你这促狭法好不歹毒!"昭达大笑,因顾那壮士道:"许老哥,你莫怨我,这都是俺这位邹老哥出的主意。"于是玉林大笑,连连向许矮子拱手道歉。当由昭达与两人彼此引见,又略述玉林定计之意,接着便谆谆地邀赴包村。

许矮子到此地步,只好干笑点头,急忙下榻和玉林重新见礼,又略问包村近状。正说着,忽然肚内咕噜噜一阵乱叫,招得昭达失笑道:"俺和邹兄不等你请,竟骗了你一顿体己酒馔,却有些不对哩。"于是三人拊掌大笑。

许矮子一瞧他妻子还坐在榻沿上发愣,便笑道:"你这婆子只顾傻听话,怎的连杯茶也不晓得泡来呢?"他妻子一听,登时眙起眼儿,恶狠狠地唾道:"你别只管血糊心窍咧!你自钻出去,将俺丢在家里,成月价影儿不傍,连根柴草通没的,如今还茶呀水地来问人。这不是孔叔叔等都在这里，俺这不就像个花子老婆吗!"说着便掉下泪来。

这一来，闹得许矮子十分上火，偏搭着破纸窗上飕飗飗地只管吹进夜风儿。他本来惊魂方定，肚内又空，当时不由一个寒战，缩缩脖儿。玉林见此光景，不便久坐，便向昭达笑道："咱如今胡闹半夜，也该回店歇息去啊。好在明天还有一日耽搁，咱就定在后日，来邀许兄同行吧。"

不提许矮子一旁听了，唯唯不迭，一面价送客，回头又被他妻子兜根掀底地数落了半晌，方才好歹地吃了些热水泡锅巴，胡乱歇卧。且说玉林等回得小店，业已将交四鼓。那昭达既喜闻诸一峰之事，又将邀请许矮子之事料理停当，心下高兴，和玉林说说笑笑，恨不得立刻天明，先去瞧瞧一峰才好。直乱至五鼓敲过，方才各自安歇。

这时昭达索性地睡个自在觉，便胡乱价一阵脱光，钻入被底。头才着枕，早已鼻息沉沉。俗语说得好：日有所作，夜有所梦。那昭达蒙眬沉甜之中，一会儿似和许矮子搅缠不清，一会儿又似见着了诸一峰，果然是个赛如金刚的汉子，一会儿又似仍在包村中酣战发匪，大呼陷阵，只杀得众贼人叫苦连天，头颅乱滚。自己正和伯高等跃马如龙，堪堪地捉住一个黄衣大贼目，忽地唰啦啦一声响亮，竟横不椰子刮起一阵灰黑色杂着血腥臭的歪风。其中似乎有个美貌赤体的女子和一个狰狞厉鬼，彼此价趁风腾踔，互相攫拿。再瞧那股风头，业已红渗渗的，变作血殷的败色，竟似一个绝大的绛纱罗罩一般，轰的一声怪响，猛可地直压包村，须臾竟化作一片烈火，蒸天价红。

这时的风声火势越来越凶，吓得自己正在目瞪口呆，忽地心头一模糊，再睁眼时，所见都杳，自己却仿佛散步于河堤之上。烟树深处，忽听得一片渔歌，竟似往年包村未经兵乱，太平气象一般。那昭达心下一爽快，也便忘掉一切，恍恍惚惚，一径地循着歌声，直寻将去。但是那歌声若近若远，忽断忽续，引得个昭达大步小步，便似掐头蟆似的乱撞。忽然足下一蹶，往后便倒。

正在失声大叫之间，却听得玉林笑道："孔兄敢是梦魇了吗？快些起，俺给你引见个朋友。"榻上昭达猛然醒转，一瞧室内，业已红日满窗，约莫有巳分时节。那玉林正和一位布衣洒洒、塾师模样的人就靠壁案边对坐快谈，一见自己醒转，都笑吟吟地站将起来。

昭达料那塾师定是一峰，当时大悦之下，蒙着两只睡眼，吶喊跳起，胡乱穿上鞋子，一跳丈把高，向玉林道："邹兄，你怎的这等厮文？这位朋友不消说，定是一峰兄，人家客来，俺却只管死睡，好生不恭得紧!"说着不待玉林来指引，径自向一峰唱个大喏。慌得一峰抿紧嘴儿，还礼不

245

迭之间，早被昭达把臂捉牢，一面端相着一峰面孔，向玉林一竖大指道："好的，错非邹兄，如何会有这等的好朋友呢！"说罢放了手，一阵价手舞足蹈，颇觉胯下有些郎郎当当。然而他却不理会，一屁股退坐榻沿，方要和一峰客气两句，忽见玉林笑面虎似的，一瞅自己胯下，却没事人似的，向一峰道："诸兄，古人说朋友交情，往往说'忘形'两字，如今看孔兄这番光景，方识古人措辞贴切哩。"

一峰听了，正在扑哧一笑，便见昭达啊呀一声，如飞地骗上榻去。正是：

肝胆论交方把臂，裸裎对客已忘形。

欲知后事如何，且听下回分解。

第二回

游万泉三侠待病友
送炸果婆子做蜂媒

　　且说昭达见一峰一笑，猛悟一身赤条条未着寸缕，于是如飞地骗上榻去。结束停当，这才重新下榻，和一峰彼此见礼，相与拊掌，当时两人一见如故。玉林邀一峰坐向外间，商量行止，这里昭达乱喊店人，忙着盥漱，却一壁价拉长耳朵，去听话儿。

　　须臾，玉林谈到邀请一峰同赴包村，一峰却长叹道："这件事还须斟酌。一来俺自遭忧患以来，一切世情看得雪淡；二来这村中父老，厚意难舍，便是那会子俺向这里来时，曾向父老等微露欲去之意，不但父老等坚意挽留，便是塾中群儿都吵着别放先生走掉。俺的性儿向热，邹兄有什么不晓得的！他们这么一来，竟闹得俺委决不下。好在包村距此非遥，邹兄既托身那里，咱两人趁暇时互相过访，不愁不常常晤言。再进一层说，包伯高兄既是邹兄的好友，不消说也就是俺的好友。如包村有警，俺定当锐身急难就是。"说着大笑道："人当凡事知足，不可太快意了。如今咱两点萍踪，忽然会合，业已是老天加惠了。若太求快意，必须同处一方，朝夕晤对，窃恐又遭造物之忌，不定又出什么岔子哩。邹兄，你想当日咱和徐玖弟同处欢聚时，谁又想到经此一番生离死别的风波呢！"

　　玉林听了，不由慨然太息，正要开口之间，却见昭达大睁怪眼，捻定两个油钵似的大拳头，从里间跳出，道："什么一大堆糟老头子，竟硬生生挽留诸兄？等俺去和他们交代，好便好，不好咱就打一场子。"玉林笑道："孔兄且坐，这不是一厮打的事。"因向一峰道："诸兄感慨之意，俺何尝不晓得？但是包伯高昆仲慕义如渴，确系我辈。今又屡为抗贼的豪举，此等人结识于他，似不可失之交臂。况且俺累年寻兄，今既相遇，岂可不图朝夕晤对？如诸兄决意不赴包村，俺只好辞却伯高，来此同居了。这万泉山中，山虚水深，正堪避地哩。"

　　一峰听了，正在踌躇，只见昭达向玉林愣了一会子，霍地跳起来道：

"邹兄，你不会劝人，啰里啰唆说了一大套，通不相干。你瞧我的，一句话都不须说，一峰兄，他就须跟着咱走哩。"说着，扑通一声，登时向一峰直撅撅地跪将下去。慌得一峰笑着挽挽道："我去，我去。"昭达这才蹦跳而起，一望玉林道："您看怎么样，俺不是吹大气吧？"于是三人鼓掌欢笑，重新落座畅谈。

在玉林是旧好重逢，在昭达是新知乍结，提往事则感慨唏嘘，叙近情则眉飞色舞，不知不觉，早已新茗两换。那昭达一张嘴，恨不得用勺儿向外掏话，没的顿饭工夫，已将包村累次杀贼之状，并伯高、仲明、璧城等的性情本领等事，和盘托出。须臾，又和一峰略谈武功，越发喜得他手舞足蹈。这时才将一峰细细一瞧，只见精神岳岳，顾盼炜然，较之玉林，另有一种沉毅之气。于是昭达大笑道："好笑邹兄，今日也盼一峰兄，明日也盼一峰兄，便如得了相思病一般。果然皇天不负苦心人，好端端的一峰兄，居然被邹兄盼了来咧。合该咱包村有造化，伯高兄正愁着新练团众少位教师，如今却好了，也不用蒋璧城兄只管拉足劲头儿，属卖切糕的扇方桌——端的好大架儿咧。"

玉林听了，忙笑瞟昭达道："孔兄这张嘴特煞的没遮拦。但是俺有句话嘱咐你，将来一峰兄到得包村，自有伯高兄酌量位置，咱不必挽言进语，你可晓得？"昭达耸肩道："哟，俺有什么不晓得！璧城兄那股子说不出的劲儿，好不来得十足哩。"一峰听了，早已略瞧科璧城为人。正说着，店人来进午饭，玉林等便邀一峰一同用罢。

不提一峰自行趱转开福寺，辞别父老，散却生徒，匆匆价准备行程。且说昭达和玉林闲谈了一会子，忽然想起伯高曾嘱买益母膏之事，便拉了玉林，向店人询明出卖此药的家儿，一径地出店寻购。哪知此药虽是山中出产，但都是一年按两季的大宗价批与外路的药客，偏巧此时各家儿都卖缺咧。两人信步徜徉，寻觅了大半日，方从一家老妈妈子手内购得一小罐儿。瞧瞧日色，业已转西，昭达便道："许矮子这家伙马马虎虎，属懒驴子的，你不逼紧他，他不上磨。咱不如这当儿就撮他来到店中，明早会着一峰兄，大家走清秋大路，岂不爽快？"玉林唯唯，于是两人一径地迤逦向西。

这时，一处处疏林夕照，更衬着草径平芜，远近间峰峦映带，如披画图。昭达心目间一开豁，忽然想起自己的一番梦境，便一面且说且行，倒招得玉林好笑不已。

方一脚踏入西谷村，昭达忽地一愣道："你瞧我好涂糊，伯高兄赠许矮子的安家费，俺还没交代哩。"玉林道："少时咱见了他，先提明了，然后与他送去就是。"说话间，转过一带村坊，便望见许家门户。

正这当儿，忽闻岔道上有人唤道："孔叔叔来得恰好，俺正要央人给你送信去哩，俺当家的去不得咧。"昭达忙望去，只见许矮子的妻子愁眉泪眼，苦得一张脸子待滴水，携着一只小篮儿，大步小步地踅来。一见昭达，便噪道："咳，真是晦气，他昨夜吃了惊吓，受了感冒，又吃俺没鼻子耷脸地一阵数落，胡乱价扒了两口饭锅巴，便没精打采地困下咧。准是暗含着上了点儿土鳖火儿，今早起来，便嚷着头沉眼涩，又想到出门之后，家中是东也没的，西也没的，未免又是一阵急躁。偏偏俺想起他有钱只顾嫖婊子，叫人生气，便好歹地又堵操他两句。不想他越发上火儿，登时病咧。"说着，一摇篮儿道："这不是俺方才从街坊家借了点儿米，就与他熬粥去哩。"

昭达跌脚道："这都怨我办事疏忽，人家包爷本有赠许兄的安家费，昨天俺们只顾了装模作样，便忘掉说与他咧。不然，他就许不上火儿咧。如今，咱快去说明了，许兄心下一开展，说不定登时病就好哩。"

妇人一听，不由得满面堆笑，便引了昭达等直入家门。只见许矮子正呻吟成堆地歪在榻上。玉林等瞧他病势，还不甚凶，这才放下心来。

不提昭达当时致过伯高之意，大家谈了几句话，只好另定行期，便和玉林匆匆回店，烦那店人将数十金安家费与许矮子送去。且说一峰当晚间，会着玉林等，知得许矮子一时动身不得，大家快谈半晌，也便别过。从此一连十余日，三人除相聚谈笑外，便是结伴游山。这十几日的闲处光阴，倒将偌大一座万泉山名胜游遍。

哪知闲者自闲，忙者自忙，只这十余日中，包村中伯高、璧城便各自忙出了一段小小事故。这事故虽不算大，却竟摇动了包村的根基，也可说是风起于青蘋之末了。原来伯高自送昭达等赴山之后，只顾了调治那爱妾的病状。不想好月难圆，彩云易散，那爱妾竟自一病死掉。伯高悼痛之下，一切的从丰殓葬，自不必说。正在郁郁无聊之间，恰好豆腐坊内的殷婆子闻得伯高新丧爱妾，忽然间心中一动，磕着指甲儿想了半晌，便特地烦那金钱花，亲手儿做了两样精巧炸食，用小提盒装了，又巴巴地扎括得光头净脸，便蝎蝎螯螯地蹭入包宅。一来与伯高道个恼儿，尽尽街坊情谊；二来瞧瞧伯高的那个爱妾，预料着多少也得点儿赏赐，总不会有亏吃；三来她还要瞧机会献个勤儿，一肚皮靠近发财希望。

当时殷婆子撅着小篆儿，一路价心口盘算，十分得意。迈动了半大金莲，正在嗖嗖前进，忽见远远地一骑马穿向横巷。殷婆子遥望马上人，却是璧城，不由向路旁人家檐下一闪。直待璧城马蹄声远，方才逡巡踅出，却不觉嘟念道："饶你奸似鬼，也须吃老娘的洗脚水。俺给你开门户，拉纤牵马，挡了东风，遮了西雨，由你和那媳妇子捣弄快活。你不说是在老娘跟前尽些孝意，还横虎似的向人吵骂。难道老娘手中有好货，没处出脱不成？你瞧俺显显手段，登时叫你丢掉猢猴，没的弄哩。"

正在胡噪，一抬头已过包宅。殷婆子笑了一声，方要转步，只听背后有人笑道："殷大娘，今天扎括得这般标致，是怎么回事呢？莫非高兴发作，来找我吗？"说着已到背后，一伸手，便够提盒。

殷婆子一瞧，却是包宅看门的仆人，叫四儿的。因笑道："你这猴儿，休要嚼蛆，正经的，俺来给包爷道个恼儿。如今包爷现在哪里，你就引我去吧。"四儿笑道："过关不纳税，哪里有这样便宜事！老实说，你与俺些炸果吃，俺便领你去。"殷婆笑道："馋嘴的猴儿。"于是揭开盒盖，拈了两枚珑玲炸果，把给四儿。四儿不吃，只管摆弄道："好精致炸果儿，不想你还有这手段。"殷婆道："你别俊样我咧，这是俺央俺家住房的金钱花手制的。"说话间，两人厮趁入宅。

那四儿一面吃，一面笑道："真个的哩，前两日，俺听说蒋教师在金钱花那里大发咆噪，竟将金钱花扇了两记耳光，又推了一大跤，后来连你都被他骂了个狗血喷头。这是怎么档子事呢？"殷婆笑道："猴儿精，你的耳朵倒长。说起这事来，蒋教师真不够角色。他虽在金钱花身上破些钱钞，花钱取乐，这本说不上什么恩意。人家金钱花又不是他买倒了的骨头肉，就不能像坐家娘儿似的大门不出。便是有一天，金钱花在门首闲望，恰好有两个拎画眉笼子的油滑少年从门前趱过。你想，你们这班男人家，见了怪俊的娘儿家，自然是直着眼睛，歪着脖子地闹丑形儿。"

四儿正色道："这却不然，怎么俺见了你这样的光光头儿，尖尖脚儿，还依然目不斜视呢？"一句话，招得殷婆子扑哧一笑。恰好趱至二门门槛边，殷婆子一不留神，蹶了脚尖子，只痛得鬓汗滴滴，因笑嚷道："该死的蛋蛋子，等着我的！"

四儿忙摇手吐舌，低语道："你吵什么？这里离俺主人近近的，这两天他只是独坐，很没高兴。要选个妙人儿，去补那死姨奶奶的缺儿，一时价又没中意的。昨天那邻村李媒婆，浪着来说她对门儿有个很俊样的大闺女，还抹了一鼻子灰去哩。"

殷婆一听，暗暗心喜，便随口道："可不是嘛，哪里就有现成的合适人儿呢！依我看，就是宅里那姚玉珰，模样儿也很不错，包爷要拿她去补缺儿，岂不方便？"四儿微笑道："快别提咧，说起姚玉珰，还有个笑话哩。便是包爷葬过那死姨奶奶之后，只管不乐，俺那位姨奶奶要讨好儿，有一天晚上，趁着包爷在她房中吃醉酒，安卧下咧，她便径叫姚玉珰，钻入包爷被中，也不知给她代理了什么事务。你想，俺主人醉梦颠倒，眼都睁不开，只要被窝中有个滑溜溜、香渍渍的人儿，一般的是恣意快活，哪里理会是旧人新人呢。及至早晨醒来，却气得他向俺那位姨奶奶闹了个沸反盈天。没奈何，只好收那姚玉珰，做个通房。至于补缺人儿，还是没有。"

殷婆听了，一面怙惚，一面笑道："只顾听你胡嚼念，便把俺的话头打断咧。当时那金钱花，见那油滑少年们贼形可笑，不由得瞅了他们两眼。偏偏事有凑巧，却被蒋教师三不知撞来张见咧。你说咧，蒋教师登时小脸儿一沉，便向金钱花发作醋意，两人一阵价越说越岔。你想那金钱花，本不是面剂似的女人，由人揉搓。又因近些日子，那蒋教师又臭又硬，每逢金钱花向他索要钱物，他不但没个爽快，并且拿出了教师的威风，吆吆喝喝，闹得金钱花很瞧他不着。当时金钱花气愤不过，未免嘴内滴滴剥剥，一句话也不让他。他气起来，便登时拳脚齐上。"说着长出一口气道："兄弟你想，我无论怎样，总是房东，难道由他两人吵打不成！当时俺跑去相劝，哈哈，想不到蒋教师立愣着眼睛，就□儿巴子的，冲着俺来咧。你说这场晦气，才冤枉冤哉哩。"

四儿笑道："该，该！谁叫你当初觉着蒋教师是块好吃的肉，想从他身上刮俏油水，如今你挨骂也不屈。"殷婆子笑道："你这喂不熟的狼羔子，嘴里炸果儿没咽净，又向人龇牙哩。"

两人一路说笑，踅入内院，从一个角门踅向院东一处精致小院。里面是花卉罗列，十分幽雅，原来是伯高暇时静坐之所。靠北面正房三间，湘帘罩地，静悄悄的。四儿向正房一努嘴道："殷大娘，你自家进去吧。他这两天，只是没好气，俺不如溜个边儿。"说着跳跃而去。

这里殷婆子整整食盒，拉拉衣衫，又略为仰天沉吟，然后微微一笑，却放重了脚步，直奔正房。一面道："包爷在吗？这是怎么说呢，俺这些日，没进来给奶奶们请安，不想就有这糟心的事。想起来，真叫人怪难受的，真是好人无长寿。"说着，趁势儿挤挤眼睛，已至阶下。正在举起手背儿，假作拭泪，便见伯高科头缓带，从室内掀帘儿而出，见殷婆子，便笑道："殷大嫂，少见哪！昨天小妾发殡，宅中忙碌，你也不来帮个忙儿，真是人在人情在了。"

殷婆忙笑道："可了不得！包爷这般说，却冤屈煞俺。俺就因穷忙，不大上街坊，所以宅上有这等大事，俺昨天才听人讲说。俺乍听了，真是兜头一杠子一般，要不是在街坊上，俺真有撞头大哭的心肠。您说像成仙

251

的姨奶奶，不用说容貌儿、性格儿，便是见了俺们那一团和气，体恤贫苦的好脾气，真是打着灯笼也没处找去咧。"

伯高微喟道："人已死掉，便是好，也不须提咧，没的倒招人伤心。但是今天甚风儿，却将你吹到呢？"说着自掀帘儿，和殷婆厮趁进室，彼此价随便落座。

那殷婆一面置下食盒，一面笑道："你瞧，包爷面目儿竟似清瘦了许多。俺料着包爷丢掉了心坎上的人，一定是心下发闷，所以俺胡乱弄些炸果儿，来凑个趣儿。只是粗粝得很，你老人家且尝两个吧。"伯高笑道："殷大嫂，来到就是，何必又费心呢！"

正说着，那殷婆已笑嘻嘻打开食盒，从内端出两个朱漆盘，置在案上。伯高一瞧，都是玲珑炸果，也有花朵形的，也有秋叶形的，也有连环方胜形的，也有螺蛤蝙蛛形的，一样样的甚是精致。伯高见了，不由拈起来，欣然赏玩。便随手由旁几上茗壶内斟起两杯茶，一杯递与殷婆，一杯自吃。便笑道："可喜殷大嫂的手儿越发妙相了，做这两盘炸果儿，怕不费半天工夫吗？"

一言未尽，只见殷婆子哈哈一笑。正是：

　　　　无限风波成一笑，个中情绪费疑猜。

欲知后事如何，且听下回分解。

第三回

趁归途忽遇李通海
闹包村大娶金钱花

且说殷婆子哈哈地笑道："包爷这等说俺，可是属屎壳郎戴花的，臭美咧！凭俺这两只钉耙似的笨手，会做什么炸食！您且猜猜，是哪个做的?"伯高笑道："殷大嫂可是怕我发闷，特地来打哈哈哩，这可是哪里猜去呢！咱村中茶食店，无非是妙香斋、四美盛两家最好，莫非是从那里定做的吗?"

殷婆摇头道："不是，不是。人家做这炸食的，是两只白白嫩嫩、春葱似的巧手儿。"伯高笑道："如此说，是个娘儿们了，这越发没处去猜咧。"殷婆子一听，咯咯一阵诡笑，道："包爷，你想俺院中还有什么娘儿们？那一天时，包爷扒着篱笆墙瞅什么来呀?"

伯高大笑道："你说话倒会绕弯儿，如此说，这是金钱花做的了，怪道如此精致。你瞧，俺宅中就没有这么巧手人儿。"说着，捡了一块炸食，只管笑吟吟赏鉴。殷婆料得有些意思，略为怙惚，便笑道："这是俺求她做的，您再猜她做着的当儿，说什么来?"说着注定伯高，只管抿嘴而笑。伯高笑道："你如此麻烦人家，人家一定说是像那粗粗鲁鲁的包伯高，吃俺这炸食，不赛如猪八戒吃人参果嘛!"

殷婆子忙笑道："可了不得，您可别冤屈人家！人家听俺说这炸食是送您吃的，便登时乐得一张小嘴再也合不来，便笑道：'今天俺可要显显手段咧。老实对你说，咱村中除了包爷，还没第二个人配食俺做的炸食哩。'"

伯高听了，不由哈哈大笑道："这小娘儿倒也精灵，难道她小心眼内还有个包伯高不成？但是她那景况也是可怜，少时殷嫂回头，与她带些银两去，替俺道谢就是。"

殷婆笑道："那倒不必，人家多是敬爱包爷为人。您说她精灵，俺看她倒挂些傻气。近来她景况拮据，简直地撑不住咧，很有心再踏一家门限儿（谓再嫁也）。她这口风刚一露，便来了好几处媒人撮合，哪知她一概不愿意。末后，却吃俺问得她说了傻话，哈哈，您猜怎么着？她说除了包爷之外，她一概相不中，您说她傻气不傻气？休说是包爷跟前有两个美人儿似的姨奶奶，便是如今缺了一位，料想也轮不着她来补缺哩。俺当时听她傻话，便怄她道：'你只管赔好儿吧，等俺有空儿瞧包爷时，捎带着与你透个意思，包爷前时节真有过话，嘱咐俺将你撮合进宅，你就安安稳稳准备做新姨吧。'您说呀，傻气人儿，她就信实，从此把她欢喜得了不得，不时地蝎蝎螫螫催俺进宅。便是俺方才出家门时，她还追了俺老远的，千叮万嘱哩。您说这傻□，多么笑话呀！如今闲话少说，您请静坐，俺也忙碌，等改日俺再来瞧望您吧。"说着站起来，拾了空食盒，趄趄着脚儿，却偷偷地瞧着伯高的面色。

只见伯高略为沉吟，忽地面有喜色，便笑道："殷大嫂，你轻易不来，忙什么呀！且到小妾房中坐坐，吃过中饭，再去不迟。"说着又哈哈地道："巧咧，俺还有点儿小事相烦，你方才叫俺一猜两猜，如今你也去猜个闷葫芦吧。"殷婆一听，早已瞧科，料得自己的来意十成有九成停当，于是笑道："俺可没才学猜您的心事，倒是望望姨奶奶去是正经。"

不提殷婆子满心欢喜，到得那姨奶奶房中，自有一番殷勤光景。且说伯高本是个疏阔性儿，既新丧爱妾，又无端地被殷婆子提起金钱花，不觉登时高兴，有意藏娇。当时约莫着殷婆子在爱妾房用罢中饭，便命人唤得爱妾来，将自己意思，命她去转嘱殷婆。那殷婆好不精灵，唯恐太易了，自家不显奇功，便笑道："既如此，俺且去向她商量。"说着匆匆告辞，一路上主意早定。

原来那金钱花，这当儿虽厌璧城，却怕他威势厉害。当时殷婆子一脚踏到家，便开门见山地向金钱花一说伯高之意。果然不出所料，那金钱花虽欣然愿从，未免又踌躇着璧城必不甘心。殷婆子正色道："你好发呆！姓蒋的虽然威实，他敢同包爷翻眼不成？你错非趁此机会，能脱开姓蒋的手吗？便是那一天，他把你拳打脚踢时，可还有一丝儿情分？如今，咱偏风风光光，气气那姓蒋的。等我去向包爷说，抬你入宅时，一般地须用鼓乐花轿，大筵贺客，越热闹越好，单叫那姓蒋的瞧个样儿，也显得咱们不是只会挨打骂的哩。"金钱花听了，也便欣然应允。

好笑殷婆子，真会做作，故意价向伯高花说柳道，直待跑过好几次，方才成功。当时世兴、仲明耳朵内颇微闻璧城和金钱花悄悄结识。仲明为人，一向不理会此等没相干的事，只有世兴颇颇有远虑深思，恐因此事失掉蒋璧城的欢心，此中关系倒也非浅，于是从容之暇，颇为谏阻。当不得事已议妥，伯高又正在兴头上，哪里以世兴之话为意！便登时价择日迎娶，飞柬召客。一面价收拾新房，悬灯挂彩，备精馔，订鼓乐，高高兴兴大闹起来。

你想伯高有此喜事，合村人众谁不来凑个趣儿？于是诸色的贺礼，分几路价流水似送入包宅。这当儿，暗含着早气坏了个蒋璧城。然而他究竟是和金钱花私下来往的勾当，本来管人家身体不着，虽是憋了一肚皮鸟气，无奈没法发作，只好伸伸脖子，瞪瞪眼，咕嗒声，暂且咽下这口气去，这且慢表。

如今且说孔昭达等游山尽兴，许矮子也便病愈，于是一峰走辞村中诸父老。诸人虽是恋恋，情知是拘留不得，便索性地各有馈赠，又命一庄汉与一峰挑了书剑行装，大家殷殷价送一峰等直出村口，黯然而别。

不提众父老望得一峰等都已去远，方才踅转。且说一峰等一路谈笑，随便价举步如风，还没的十来里，只听许矮子在后面老远地喊道："喂，你们这等走法，须不成功，敢情地俺这短腿儿吃亏不小。你们若一定这般跑，须轮替着背着俺哩。"大家驻足回望，只见许矮子趷趷踉踉，还在那庄汉屁股后头。于是昭达等哈哈一笑，即便驻脚。

须臾，许矮子赶到，便吵道："如今咱这么办吧，叫这位伙计在前走，方能制得住你们的快腿哩。"庄汉听了，真个的便为前驱，于是大家随后，迤逦行去。

这时满山中淑气清嘉，一处处林峦如画。玉林一面眺望，一面笑道："俺曾游历北方的山水，虽是颇有雄奇之势，但是所缺者泉树两样，便显得枯燥没趣。讲到山明水秀，自然还是这南方一带哩。"

一峰道："也不尽然。俺也曾游过燕蓟一带，也尽多大好山水。至于齐鲁间，名胜更多，那泰山自不消说，便是那长清之龙洞、邹平之长白，也自各有胜处。更有一山，风景虽平常，形势却佳，里面足藏数十万人，若守御得法，说什么铁瓮金镛！俺游历其中，爱其形势，曾粗绘山中险隘的地图儿，以记游踪。当此乱世，若得那所在，保众避兵，真是再好没有。那山便在肥城县境内，名为黄崖。俺在山中沉浮十余日之久，山中居民，朴质得很，也就犷悍得很，易于从善，也易于从恶，简直地是一条脖儿骨，棒打不回。俺又曾东游海滨，那登莱一带的山川风物之美，大有江浙诸省的光景。至于那崂山之胜，直然地一言难尽，雄丽幽邃，比起这万泉山来，真是胜强百倍。逛得俺流连其中，就想结庐隐居，至今还萦人寤寐哩。"

玉林欣然道："果然这么的好，将来咱得暇时，倒不可不去逛逛。"昭达道："正是，正是。将来世间太平了，咱大家都去逛逛，才有趣哩。"说话间，出得那万泉山，便奔来途的旧径。

许矮子脚力不佳，天晚时分，便宿在一家村店中。这店中院子很长，当时大家落在最后面三间客室中，各自安置罢，用过晚饭，许矮子和庄汉累了一日，早早安歇。玉林、一峰是娓娓话旧。

昭达自向院中徘徊一回，望望天色，日光将落，便信步出店，就村外转了一遭，慢慢踅回。方一脚踏进店门，却见一个短衣汉子背着脸儿，向店内探头探脑。便闻店人在柜房内道："你这人好生讨厌，俺这里不住没行李的客人，你只管麻烦怎的?"那汉子道："俺的确从包村来，因走得慌速，没带行李。左右俺店钱不缺就是咧，你方便一宿就是。"

昭达听得他语音厮熟，又是从包村来，正想踅去瞧瞧。恰好那汉子一回头，忽见昭达，顷刻间面色惊慌，就想拔步，早被昭达跑过去，一把捉牢，道："哈哈，你不是李通海吗? 你这小子，不好好地伺候蒋爷，鬼鬼祟祟跑到这里干吗呀? 不消说，是吃酒赌钱犯了团规。俺瞧你整天价鬼头鬼脑的，也有些大发咧。"

原来这李通海，还是伯高初却发匪时掳获的一名俘虏，因他情愿投降效力，又复性儿伶俐，伯高便允其所请，编入团队。他久在发匪中，颇谙情形，因此伯高也颇得其力。后来，因他是蒋璧城的乡人，便拨与璧城手下，一面升了个小队目，一面便伺候璧城，似乎个随身仆人一般。这通海虽是小小厮养，却很有胆气，性复警黠，因此璧城也十分喜他。这时却因一件没要紧的事，被璧城叱骂了两句，所以他气愤之下，竟要潜逃。

当时李通海只得逼定鬼似的站定，道："却怎的巧，不想在这里遇着孔爷。您不晓得，俺并非吃酒赌钱，犯了团规，皆因近些日，蒋爷只管没好气，恨不得一口吞个人，才是意思。前天晚上，从包爷宅中吃酒回头，醉醺醺的便如瘟神一般。偏俺活该晦气，跑去斟茶与他，一失手打碎茶杯。当时他怒骂之下，还要杖责，亏得好歹地劝住，吓得俺躲了一天，也没敢见他的面。后来俺越想越不是滋味，所以俺一径地逃到这里，如今孔爷也就放我去吧。"

昭达笑道："你这小子倒好狗性气，这点点狗屁不值的事，逃的是什么? 快随俺来，还吃旧锅粥去吧。"于是命店人将李通海引入一处耳房中，且自安置用饭。进得室内，和玉林说起来，大家笑了一回，却猜不出璧城为什么没好气。当晚一宿无话。

次晨起来，昭达寻那李通海一同上路，却已影儿不见。店人便道："那位李爷临去时留下话咧，说是先走一步儿，怕什么蒋爷万一寻他哩。

那当儿，不过刚敲过五更。"昭达听了，付之一笑，因距包村已不过四十余里，便索性地用过早饭，从容就道。

这日，许矮子脚力少健，居然能追逐庄汉。不多时，趱三十余里，大家稍息，又复起行。一峰初到生地，一路价高瞻远瞩。须臾，只见前面二三里外，隐隐现出好大的一片村圩，遥望去，雉堞森列，楼橹俨然，更加以树木苍苍，十分气概。只是那地势颇为平衍，虽靠近一道蜿蜒河流，却乏回环拢抱之势。并且村圩虽壮，细望去干枯窘燥，却甚乏葱茏旺气。

一峰见了，正在沉吟，便见昭达欣然前指道："诸兄，你瞧那村圩，气概不错吧？那便是包村的一带外圩。起初包村不过宽大就是咧，哪里有这等局势？这都是自闹贼匪以来，经伯高兄和大家胡乱布置的。少时，您到内圩再瞧瞧，玉林兄布置得更为细密哩。"

一峰愕然道："如此说，这便是那名震一时的包村了？地势虽然不错，却就是稍为窘燥，不见旺气。依俺愚见，那外圩之外，还须大大地布置一番，方衬得起全村气势。便是在防守上，也得力许多。不然形势孤单，却不甚妙。"昭达喜道："诸兄说得不错，将来诸兄消停下来，何妨便斟酌着，布置一下子呢。"

正说着，忽见庄汉回头道："不错的，那所在真须布置，不然孤丢丢的，冷不防叫人打了傻雁儿，可不老好的。"昭达惊笑道："难道你老哥也懂得觇形望气吗？这就奇极咧。"庄汉笑道："小人只知吃饭了不饿，谁晓得什么觇形望气。但是俺也悟会个浅理儿。因俺每当秋后，常到水边或野地里去摸鱼儿、打雀儿，往往见那成队的大雁群，每逢住宿下来，便如摆阵式似的，中间一大堆，团团偎集，头都外向；中团之外，还必有三两组小团儿，靠着大团，仿佛是取警卫之意，并犄角之势。比方说有人要袭取中团，那算是不能得手，因为靠近的小雁团，张见人来，早已乱叫乱啄起来。如今那外圩之外，须要布置，也就是这个道理了。"大家听了，不由都笑道："你悟会得真个有理。"

说话间，业已来至外圩旁，忽听圩内一阵鼓乐之声，大家听了，也没在意。这时昭达早抄向前面，匆匆引路。进得外圩门，趱得不远，却见各坊口颇有村众往来，一个个都衣冠齐楚，嘻天哈地，就仿佛村中有什么喜庆事，大家去当贺客一般，并且一行行都奔内圩。

正这当儿，恰好有两个团丁，各人手中提着酒肉，迎面趱来，望见昭达等，赶忙向道旁一站道："孔爷回来咧！如今诸位爷台来得正好，今天包爷宅中大排喜筵，少时也就上席，爷台们，正好去吃喜酒哩。"

大家听了，摸头不着，不由得略为驻足，向团丁一问缘故。两团丁道："便是孔爷等起程之后，包爷那位害病的姨奶奶，过了两天即便病殁。如今经人撮合，包爷却又新娶一位姨奶奶，今天正是喜日。"昭达听了，笑顾玉林道："伯高兄虽然失掉一个爱宠，今天却闹了个喜事重重，诸、许两兄都到，又恰有这般趣事，只是咱们寻购的益母膏却没用咧。咱快向团局安置罢，便去吃酒吧。"

玉林笑道："伯高兄纳此新宠，便这等爽利，想是新买的花枝儿吧？"昭达咪地一笑道："邹兄真是正神不管邪事，这一类的勾当都不留心。俺想这新姨非别个，巧咧，便是姚玉珰，不然哪有这么爽利，新姨儿拖来便是呢。"一峰和许矮子从一旁听了，是一字不懂，只好跟定昭达，匆匆前进。

既入内圩，街坊上村众来往，越发热闹。不多时，将到团局，忽听一处横巷口内，鼓吹喧阗，笙箫缥缈，即有许多的儿童妇女，从巷口涌将出来。后面是一班包宅的仆人，一个个青衣大帽，十字披红，提着猩红拜毡，并锦袱雕篓之类。十二名绣袍乐工，一色的软巾乌靴，腰系黄丝板带，一面吹打着《风光好》的喜庆调儿，一面簇定一乘彩球缨络的花花喜轿，慢慢抬来。于是满街上，观者如堵，顷刻间万头攒动。

那跟看的儿童妇女，早都跷着脚儿，跑到人家门阶高处，嘻着嘴乱望。其中妇女们，有的还相与啧啧道："人家这才是一步登天哩。这不比奉天承运的治家女出门子还风光吗？像那种晦气当二婚头的，半夜三更，偷偷摸摸，被人家弄辆破车来，一下子拉得去，到得人家，只有屁嗍似的一挂鞭来接你，进得新房黑洞洞，连个灯亮都没的，只等着剥下裤子，叫人家……那……"

一言未尽，却被她一个同伴赶忙地去掩住她嘴。招得昭达等正在含笑闪路，便见喜轿后又是三乘小轿，轿脸上也都扎着彩绸。前面轿中人是包宅两名仆妇，后面那轿中却端坐着豆腐坊中的殷婆子。这当儿光头净脸，插戴着满头花朵，身上缀一朵彩球儿，打扮得便如喜娘儿一般，舒眉展眼地坐在轿内，竟居然少相了三分。招得昭达甚是好笑，却又暗想道："准是今天包宅事忙，所以这婆子也来帮忙。看此光景，这位新姨娘或者不是姚玉珰，玉珰本在宅中，何必如此铺张呢？"思忖间，大家行抵团局。早有局内侍仆们来接行装，安置一切。

一峰不消说自与玉林同室。许矮子就在大厅后院一所静室中安置下。大家都在大厅上相与落座歇息，一面吃茶，一面命局中备饭，并赏赐那庄汉，打发他即行回去。

这里大家谈说之下，忽见昭达跳起来，拔脚想走。玉林道："孔兄哪厢去？少时，咱就去给包兄贺喜咧。"昭达道："俺想先去给包兄送个喜信，请他来邀请一峰兄，才是道理。"

玉林听了，尚未答语，便见一峰哈哈一笑，说出一片话来。正是：

　　相见何须拘末节，即看入座气如虹。

欲知后事如何，且听下回分解。

第四回

包伯高喜迎嘉客
蒋璧城醉打华堂

　　且说一峰笑道："孔兄何必白绕一趟，少时咱一同去贺喜就是。俺虽是乍到的生客，谅伯高兄必不嫌冒昧哩。"昭达大悦道："诸兄真是爽快！俺想蒋璧城兄这时必在包宅，咱索性到那里去厮见吧。"正说着，瞧瞧天色，业已过午。

　　不提这里昭达、玉林、一峰、许矮子，各整衣冠，便赴包宅。且说伯高在宅中正厅上，一面价陪着众客谈笑，一面命仆人等摆好筵席，就等着新姨入宅，即便饮酒。

　　这当儿，大厅上铺设得锦天绣地，更有许多的心爱古玩也都摆将出来，又衬着众客的贺喜屏联，挂得四壁上花花绿绿。众客们一面随意赏鉴，一面贺语如潮。那古玩中，却有一柄很古雅的匕首，短裁数寸，翠秀可爱。但是那锋尖莹莹，却又十分犀利。其中一客歪着脑袋，摩挲审视，便笑道："这柄匕首，莫非便是古来传说的鱼肠剑吗？"伯高笑道："好笑得紧。什么鱼肠哪，不过是近来的精工，仿古制造，曾用手法使生绿锈，便觉有些古雅。虽是件玩物，铁质还好，锋利得很哩。"

　　正说着，忽闻远远的鼓乐声动，伯高一瞧璧城还没到来，便笑向仲明道："你瞧璧城兄，那会子在这里坐了一会子，如今快要饮酒，他却又踅出去咧。莫非他上街坊瞧热闹去了吗？"说着，命一仆人速去寻觅。

　　正这当儿，宅门外喜鞭响动，从弦管嗷嘈之中，早拥进花花喜轿。张得众客呼一声，挤向厅门。便见那殷婆子扭扭地排众而前，当即偕同随轿的仆妇们，从喜轿中搀出个花不溜丢的新姨，一径地由厅边箭道踅向内院。这时那新姨免不得低垂粉项，羞答答莲步姗姗。众客们眼光一转，再瞧伯高时，早已大踱于厅廊之上，笑得一张大嘴急切间合不拢来。于是宾主会意，彼此大笑。就这声里，鼓乐声停，佩声亦远，便听得后院内莺娇燕妮，一阵价嬉笑吱喳，想那位旧姨，安排这位新姨。

不提包宅内外登时间忙碌一切，喜气洋洋。且说伯高大悦之下，匆匆地陪客入厅，一迭声地便唤开筵。左右道："如今蒋爷还没寻到，方才小人等又打发一人去寻咧。"伯高听了，只好暂待。但是众客们笑语之下，未免起起坐坐，有的趁向厅门，望望日影，有的嘟念道："今天蒋爷，想是公事忙吧。"更有两位古板老头儿，端然正坐地猴在那里，虽是不言不语，却是最叫主人过意不去的。就是彼此的肚儿内，辘辘不已。

　　伯高见不像回事，正要不待璧城，且自开筵。只见左右进报道："方才小人打发去寻蒋爷的人转来咧，说是各处寻遍，不见蒋爷。又有人说，那会子曾见蒋爷，大踏步地趱向豆腐坊左近，寻的人跑去找寻，也没影儿。"伯高沉吟道："这当儿，他向哪里去呢，莫非在团局内盹中觉儿吗？"

　　正说着，忽见院中仆人等一阵奔走，并吵道："来咧，来咧！"伯高只当是璧城到来，正要起迎，忽闻二门外有人大笑道："哈哈，真是来早了，不如来巧了。今天伯高兄是双喜临门，既纳新宠，又来快友。今天这席酒，只好算是起码儿，咱少说着，也须痛饮十来天哩。"声尽处，跄跄济济、高高矮矮地趱进四人。

　　伯高忙望去，前面手舞足蹈的那人是昭达，后随许矮子，后随玉林，唯有最后一位身材凛凛的壮士，伯高猛见，不由呀的声，直立起来。只见那壮士，生得精神岳岳，顾盼炜然，真是趋走间有龙虎之态，却又眉目耸秀，另有一番蕴藉沉毅之概。长袍棕笠，略带行尘，径自飘然而至。当时伯高惊异之下，忙趋下厅阶。

　　那昭达还未暇开口，只见玉林笑吟吟紧走两步，回顾那壮士，却向伯高道："好叫包兄得知，此行不但邀得许兄来，俺并且寻得敝友诸一峰来咧。"一言方尽，那壮士业已拱手趋进。于是，两下里把臂大笑，互相端相，便如两座奇峰，一时间峥嵘对峙，却又彼此地眉飞色舞，只是没的话讲。

　　百忙中，伯高只觉屁股后头，有个小小的人影儿晃来晃去，料是许矮子。正要转身周旋之间，忽闻二门外磔磔的一阵大笑，接着有人大喊道："喂，哪里不是吃酒，俺随意在野店中吃上几杯，也就是咧。你们这班人们，偏要捉逃犯似的将俺捉来，咱就再大大喝一场子。"声尽处，撞入两人，前面是那去寻璧城的仆人，业已跑得大汗满头，后跟璧城，红扑扑的脸儿已挂了八分酒意，双晴闪烁，时逗奇光，低着头儿，唇吻间微微掀动。

　　那仆人紧走几步，向伯高道："小人各处都寻到，却从豆腐坊左近一个村酒店中望见蒋爷。"伯高听了，大笑之下，便与蒋、诸两人互相指引。

261

一峰是欣然周旋，那璧城却眨起眼儿，略瞧一峰，转向玉林道："如今邹兄又有喜事，看来今天俺是非醉煞不可哩。"说着，目光一闪，十分尖厉，大踏步向厅便走。

这时昭达闪向一旁，方望着玉林，一咧嘴儿，只见伯高眼张失落地左右乱瞧，道："方才似乎是许兄见了一晃，却怎的不见呢？"一言方尽，只见许矮子却从自己胳肢窝下钻将过来，两下里各不提防，砰一声，碰个正着。偏偏许矮子脑袋一探，几乎夹入伯高胯下。这一来，招得厅内外上下人等都各大笑。于是伯高拍掌道："今天好巧，难得一峰兄竟和许兄双双并到，咱且进厅细谈吧。"说着，左携许矮，右拖一峰，正在逊行之间，只见厅门首众客一闪，璧城已昂然踅入，接着哈哈哈，又是一阵怪笑。就这笑声里，大家随后也便厮趁而入。一时间宾主纷纷，乱过一阵，然后又互相客气，次第落座。早有伶俐仆人，穿梭似送上茶来。

伯高方笑向一峰道："俺和诸兄虽是初会，却已久仰大名，今日……"一峰正在略欠身体，想张嘴儿，只见昭达绷着脸儿，便如背书一般，一气儿乱噪道："今日一见，果然名不虚传！这又该一峰兄说咧：'岂敢！伯高兄名闻四方，如雷贯耳，今接尊颜，真个是三生有幸！'你二位还有什么客气话，趁俺这张闲得没十的嘴，都替您说了吧。"大家听了，不由又哄堂大笑。

正这当儿，却闻得后院内仆妇们一阵价传呼酒饭，并有一仆妇高叫道："姚娘子，你便陪新姨娘用喜饭吧！今天好日子，大家多喝一盅儿，不打紧的。"一阵价嘻嘻哈哈，登时招得仲明跳起来道："孔兄，你瞧人家都要吃酒咧，咱这里好容易文武都齐，你快收起那猴相来，一面吃酒，一面讲话。并且玉林兄，怎的这么巧，就恰遇一峰兄？俺正要听个原委哩。"

昭达笑道："你不要忙，一客不烦二主，还是俺这张淡嘴来替他们说。这当儿不抓空来说，少时酒到，就腾不出嘴来咧。"于是娓娓地将玉林巧遇一峰之事，一气说出。伯高、仲明等听了，抃掌称快。

昭达又道："这桩快事是玉林兄的，大家都当痛饮三杯来贺他，如今且寄放在这里。但是俺还有一件快事，诸位也该贺俺三杯，今便趁俺这闲嘴，索性都说了吧。"说着，一瞟许矮子。许矮子正愣怔怔地听话儿，当时猛然省悟，便乱噪道："诸位不要听孔爷乱讲，他是诚心和我开玩笑。俺自承包爷见召，恨不得立时就跑了来。无奈病了几天，所以耽搁到今日，这是实话，并没有别的缘故，并没有别的缘故。"

大家听了，摸头不着，反倒一齐怔住。于是昭达大笑，便将撮弄许矮子一段事和盘托出。伯高不待辞毕，已大笑道："不想玉林兄还有这游戏举动。"因顾昭达道："孔兄这件事，依我看不算快事，既当哑巴，又当了一霎儿乌龟，少时，倒该罚你三杯，洗洗你的烂污哩。"一言未尽，全厅人哄然大笑。

正这当儿，却听得啪啪声动，一迭声地唤"拿酒来"。大家望去，却是璧城，正在那里拍案唤酒，面孔上却没的什么笑容。于是众仆人就厅中东西壁下，一阵摆好座位。须臾，酒馔齐进，真个是兰馐蜜醴，堆满春台。当由伯高、仲明分就东西，逊客落座。不消说一峰、许矮子都是新到之客，自然都坐了首席。于是杯箸纷纭，履舄交错，登时间大吃二喝起来。

须臾，酒至半酣，伯高、一峰不由得互相快谈，词锋飙起。讲一回武功，询一回包村累次破贼的情形，便如多年的旧友一般，望得众客都各暗暗称奇。昭达都不管，他便拉了仲明，一阵价捣战角酒。

玉林和许矮子慢慢饮酒，又向众客闲谈数语，只见一客向东壁下一望，却笑道："今天蒋爷端的酒兴不浅，这才是喝喜酒哩。"玉林停杯望去，只见璧城虎也似据在座上，面前列着三五只大杯，都斟得酒波潋滟，却向同席之客道："你们这等扭扭捏捏，你推我让，哪里是吃酒，简直是怄人哩。倒不如痛快快，俺替你喝。"说着，霍地跳起来，一足踏椅，弯腰就案，只这么嘴势一溜，哧的一声，三五杯酒登时都干。他却抬起头，电也似眼光一闪，直注伯高，接着便鼓掌大笑道："方才是哪位说俺会喝喜酒哇？来来来，咱且较量一下子。"

玉林见状，正在暗诧璧城，向来不曾有此酒德，今天为何大有醉意？正在置杯沉吟，便闻西壁下那贺客笑道："方才是俺夸蒋爷海量，俺可没胆子和您比量。"众客这时见璧城一张脸，赛如霜柿，两道浓眉，也便倏然挑起，忽地咯巴巴一捻拳头，大喝道："放你娘的驴子屁，俺几辈子没见过吃酒，你这厮，不是来消遣我吗！"说着，嗖一声，一个箭步直蹿过去，双拳一摆，正要去打那客。恰好邻席上有个倚拐杖的老客人，忙颤巍巍地站起来，举杖笑拦道："嗯呀，蒋教师真个怕是醉咧，如何就动起拳头来咧？来来来，且随老汉到别室内醒醒酒儿吧！"其余众客也便哄然站起，一齐笑拦。那璧城却瞪起眼睛，顺手儿抓住那老客的拐杖，只一搡，老客冷不防往后便倒。

这里众客一面乱着去扶老客，一面笑道："看此光景，蒋爷真个有些醉咧。"璧城听了，顷刻间一个趔趄，跌倒又起，即便硬着舌头乱笑道："哈哈！今天合该俺晦气，怎的众位都说俺醉了呢？没别的，俺且舞回拐杖，与大家瞧瞧。"说着，掣身退步，嗖嗖舞起。

你想那酒筵之前，能有多大所在？当时众客只觉嗖嗖杖影，不离脑袋，正在纷纷地且噪且躲，只听啪嚓一声，酒炙四溅，接着稀溜哗啦，砰轰扑哧，顷刻间人声鼎沸，满厅大乱。原来璧城舞得兴起，一下子掀起筵案，所有器皿一股脑儿碎在地下。这里东壁下伯高等望得且骇且笑，一面纷纷站起，一面忙唤道："蒋兄住手，如此玩法，不是耍处。"一声未尽，只见璧城杖势飞处，接着便是个云鹄摩空式，唰一声，跃起两丈余，杖势一挥，早又是个风旋落叶。这一来不打紧，只听满厅上一片的清脆声音，便如打翻瓷器店一般，和着些花红柳绿的零彩断木，满空飞腾。闹得各席上盏碎壶翻，一塌糊涂。其中客人胆小些的，早已呼一声，抱头乱躲。原来厅梁上面挂着许多精致的牛角玻璃花灯，都被璧城一拐杖儿包了圆儿咧。

当时昭达大怒，喊一声，方要去按捉璧城，却被玉林一把拖住。说时迟，那时快，就见璧城跳向正中喜案之前，一张酒脸子便如喷血一般，一个胡旋舞，随手抛杖，早如一根稻草似的飞出厅外。

这里伯高和一峰方在昂然并起，向璧城连连挥手。便见璧城哈哈哈一阵狂笑，猛地抢起喜案上那把匕首，又已风团似舞将起来。

这一来，满堂宾客奔避不迭，一片喧声中，夹着跌跌滚滚。有的按在碎玻璃上，手破血流；有的趴在整个的酱肘子上，咕唧一声，油腻满胸。便各蛆虫般乱搅之下，喊一声，就要卷堂大散。那璧城，却一溜歪邪，一面狂笑，一面越耍越起劲。忽地手法一变，便如宜僚弄丸一般，脱手飞刀，嗖嗖地且接且掷，登时闹得一片刀光翻飞上下。众客见状，越发地嚷避不迭。

伯高见不像话，正要出座，亲去挽阻。说时迟，那时快，就见璧城一声狂笑，用一个玉女投梭式，撒手一刀，一道寒光，径奔向自己咽喉。伯高大骇，赶忙一闪的当儿，好一峰真个是眼捷手快，一个箭步迎上去，徐伸二指，向那飞过的匕首柄儿上，只这么轻轻一夹。接着便一翻手腕，嗖一声，抛向厅梁，只听铮地一响，那匕首戳入寸余。于是，厅内外暴雷也似一个连环大彩。

就这声里，蒋璧城一个踉跄，翻身栽倒，趁势儿就地一滚，即便大呕大吐。慌得伯高、仲明双双地跑去挽扶。那璧城扎手舞脚，哪里肯起，已醉得眼睛都直，便如一只癫狗一般，只管卧着乱笑乱骂。末后还是昭达赶到，由厅外唤进几名仆人，不管三七二十一，硬将璧城架出厅去，且送向团局，安卧醒酒。那璧城还一路舞蹈，喧喧而去。

当时这场大乱，好端端满厅喜筵，被璧城一阵撒酒疯，打了个七乱八糟。好笑这时众客，一个个丢帽掉鞋，彼此相看，干盯一会子，又是一阵干笑。当由玉林一耸身形，先拔下梁上匕首，置向原处，逡巡间，只管沉吟。

伯高怔了一会子，便顿足道："今天也怪，璧城怎就醉到如此地步？若不是一峰兄手法神妙，俺这喉咙也就好险哩。"昭达却气撅撅地道："如今闲话少说，难道咱们这席酒，便被他一个人搅散不成！"一句话提醒伯高，立请众客暂就别室，一面连连地拱手道歉，一面检点众客，却不见了许矮子。

大家正在张望之间，只见一个桌围下，忽地钻出一个脑袋道："啊呀，我的老佛桌子，蒋爷去了吗？你说这是玩的吗！俺那会子一探头儿，几乎被飞刀戳个透脑壳哩。"大家望见，不由忙笑着去拖出许矮子，于是一哄价，都到别室。

这里厅上众仆人，也便七手八脚地收拾起来。须臾，扫地整理，重整酒筵，大家重新趋入厅，各就原位。当由伯高、仲明，又亲自斟过一巡酒，宾主这才杯来盏去地欢呼畅饮起来。但是大家说到璧城的醉态，未免又是笑，又是称赞一峰的手法神妙。唯有玉林，谈笑之下，却总挂着怙惂光景。

须臾酒罢，业已薄暮时分。不提众客谢酒，纷纷告辞，且说伯高兄弟，送客趱转，这才得暇和一峰畅谈一切。豪侠同气，自然是语语投机，喜得伯高只管额手道："如今合该咱包村兴旺，诸兄既辱临这里，咱越发地怕不着什么发匪了。"于是，又和许矮子商议回打造军器之事。

大家越谈越起劲，不知不觉业已更鼓两敲。于是昭达一拉许矮子，却笑道："矮老哥，别只管没眼色咧。你有本事，闲着再卖弄不迟，今晚人家新姨娘大好日子，咱只管不放伯高兄，不惹得人家心头暗骂吗？"说着大笑，拖起许矮子，一峰、玉林也便微笑站起。慌得伯高忙含笑相拦道："众位别忙，如今新房中正敬备茶点，专候众位，前去踏喜。众位若不肯赏脸，这就难免吃人家心头暗骂咧。"于是立命仆人先去知会。

少时仆人趱回，含笑相请。那昭达不管好歹，当头便走，随后玉林等斯趁跟去。一入内院，越发地灯火如昼，早见新房廊下簇拥着许多的盛妆仆妇。便是那姚玉珰，这当儿，也扎括得珠翠盈头，绫罗遍体，正靠坐在廊下一张躺椅上，一面向仆妇们吱吱喳喳，一面弯起一只腿儿来，捻定粉团似的小拳头，只管向膝盖下捶。望见昭达等人来，赶忙俏生生地站将起来，一伸手，揭起新房的绣帘儿。

这里伯高赶走两步，站向房门前，即便肃客入内。那昭达一步踏入，只眼光一转，不由登时一怔。正是：

　　　　适从何来遽集此，似曾相识却无端。

欲知后事如何，且听下回分解。

第五回

李通海教练枪弩队
诸一峰策划高戴村

　　且说昭达以为伯高新宠，定是一枝簇新的名花，不想一眼望去，却是那寓居本村，素来和璧城有一腿子的小娘儿金钱花。只见她丰容盛鬋，润脸如花，这当儿珠围翠绕，喜气盈盈，越发添了十分姿色。一面价含羞带笑，悄立榻前，一面价目注榻脚上的猩红拜毡，向身旁站的殷婆子微努嘴儿。

　　昭达见状，猛触起那会子璧城的醉态，正在略为一怔，背后玉林等一班人业已和伯高一拥而入。于是金钱花款折纤腰，先向大家深深万福。大家一阵价口称恭喜，连忙拱手之间，那殷婆子早笑嘻嘻就榻前，铺下拜毡。这里大家忙道不消。那金钱花早又插烛似的拜将下去，乐得个伯高只箕张两臂，拦大家不要还礼。于是仲明趱进，让大家纷纷落座的当儿，那殷婆子却鸡精似的向玉林等眼光一瞟，忽地似面有喜色，赶忙凑向金钱花耳朵边嘁喳两句。但见金钱花眉儿略蹙，抿嘴一笑，似嗔似喜地瞪了殷婆子一眼，即便亲自捧起旁几上的茶盘儿，给大家一一送过茶，然后低了头，姗姗地退出新房。

　　这时昭达只顾了心下怙悢，一峰、许矮子都是新客，自然没甚话讲。偏偏玉林这当儿也如昭达一般，不由暗想道："伯高此事，好生地大欠斟酌，难道便不知金钱花和璧城的一番事体不成？怪道璧城大逞酒性，并且那一匕首，也就鹘突得紧。璧城若是真醉，倒还没甚要紧，不然……"思忖间，恰好金钱花又来亲献糕点，大家起立，一阵客气。这当儿，昭达却趁空儿向玉林做个鬼脸儿，于是玉林等略为茗谈，即便兴辞而出。

　　不提伯高送客出门，归入新房，自有一番美妙风光。且说玉林等趱回团局，不见昭达，以为他定是回家歇卧去咧。大家谈过数语，许矮子困倦上来，自去安歇，这里玉林正和一峰联床话旧，只见昭达，匆匆跑入，道："邹兄，你那会子在新房中，只管怙悢的是什么呀？"玉林会意，便皱眉道："孔兄，你难道不怙悢吗？你瞧伯高兄这位新姨娘，原来就是她，偏偏他就那么一场大闹，你说不叫人心下怙愒吗？"

昭达拍手道："着哇！所以俺方才特地去瞧他，亏得他竟是真醉。"玉林忙道："怎见得呢？"昭达道："据李通海说起来，真也好笑，他被人搀入室内，还吐天刮地，横蹿乱蹦地闹过一阵，然后方沉睡得人事不省。俺方才从他那里来时，还又睡梦中醉呕一阵哩。大概是喝重了酒，又勾起别扭心事，所以竟醉闹一场。若说他借醉为由，别有用意，俺想还不至于此吧。"

玉林沉吟道："但愿他竟是真醉哩。然而伯高兄所为之事，也就大欠斟酌。假如咱们那当儿在村中时，一定要劝阻伯高兄的。"昭达笑道："总而言之，他们二位是见了长头发的便流口涎。其实，算回大不了的什么事呢！"

一峰在旁听了，摸头不着，当由昭达一述璧城和金钱花一番关系。一峰正色道："这'酒色'二字，虽是人所难免，然而最能误事。咱且不谈色之为害，便是蒋兄这番醉闹，不就是酒之所使吗？将来我辈是要以此为戒的。"昭达道："啊呀，不妙！堪堪讲到鄙人身上来了。可惜仲明没在这里，不然也叫他心头一跳哩。"于是三人哈哈大笑。昭达又谈笑一回，即便别过。

且说伯高次日里依然置酒，酬谢众客，一连价闹过三日。玉林留心璧城，只见他一般地逐队欢饮，也便放下心来。于是除和一峰谈笑之外，便时时地偕同伯高，瞧那许矮子监造军器。这时就团局左近，另辟一处打造的厂儿，召集了许多铁匠，开炉鼓铸，成日价赤焰熊熊，叮叮当当，好不热闹。每造一械，都由许矮子匠心独运，绘出了精细图儿，发给众匠，然后再指点一切。

一日伯高等谈起发匪惯用铁骑冲突，并且仿那连环拐子马的遗意，马身上都披极坚韧的厚牛皮甲，只露两眼，刀箭不入。五人为一联，奔开来，势如怒潮，甚难抵挡。许矮子笑道："这不打紧，欲破铁骑，自有相宜之利器。"说着，匆匆地绘成二图。一是踏地无声的连珠弩，形如猎人所用的机弩，却轻妙异常，一气儿能发十支短箭，专为射马目之用。用此弩，须有刀盾队，前为遮护，盾卒飞腾，后弩便发，全恃相互为用。一是攒丝倒须的钩连枪，比蛇矛略短些儿，专为钩却马足之用。此枪用法，便夹入斫刀队中，铁骑一倒，斫刀便上。

当时伯高瞧罢图儿，十分欢喜，便一面按图打造，一面酌选伶俐团丁，练习钩连枪、连珠弩两项。可巧那个李通海，往年时曾在著名发匪李秀成麾下混过些时，当时李秀成曾选拔身手矫捷的三百人作为卫卒，号为"飞虎队"，专习刀盾枪弩等灵妙军械。李通海在那三百人中颇称健者。于是璧城言之于伯高，便命通海领了这班新练习的枪手弩手。其余新添的若干团丁，便由伯高敬请一峰来任教练。一峰谊无可辞，只得慨然应允。

从此包村中又添一位大好教师，不但士马精妍，威名越震，便是玉林、一峰、璧城这三位教师，有时节联辔出入，远近人众凡望见的，哪一个不称赞包氏昆仲善能得士哩！因此左近郡县，想避乱的，都向包村，只管的源源不绝，这也不在话下。

且说伯高自得一峰，好生地喜出望外，那待遇之隆，自不消说。但是每逢伯高谈到法术等事，一峰便不以为然，但笑道："战阵之事，究竟以勇、略两样为主，法术之事却未可恃。"伯高听了，也不甚谓然，两人往往辩论至粗脖子红脸，然后一笑而罢。还有璧城，自那日醉闹之后，竟似变了一个人，不但向来的骄气都无，并且终日价笑哈哈的，和气异常。但是教练之暇，往往独自向豆腐坊后身儿树林之中徘徊良久，有时趄向豆腐坊左近村店中，独酌一回，倒似文士们学问忽进，意气都平一般。

那昭达是个直性人，见此光景，便悄问玉林道："合该咱包村兴旺，俗语云：和气致祥。你瞧璧城兄，居然也会这么和气咧。将来便是再有警动，咱大家齐心努力，还怕他甚鸟！"玉林听了，只好付之一笑。

一日伯高和一峰、玉林逍遥散步，顺便价引着一峰周览内圩、外圩的一切布置。一峰逐处留神，连连点头，知是玉林的计划，便笑道："圩内布置都已妥当，但是依我之见，那外圩之外还须酌为布置，方是万全之策。俺那日初来时，远望此村，略有所见。咱且向外圩外相度一番如何？"

伯高大悦，并跌脚道："诸兄既有所见，怎不早说？如今发匪蹚掠，专以飘忽无常，攻人不备。既有须布置之处，总以速速料理为是。"一峰笑道："这不过据俺的愚者千虑之意，还未知能合尊意与否，哪里便讲到料理咧！"伯高道："诸兄所见，定然不差。"

说话间，忽闻昭达在后面喊道："喂，包兄慢走，怪道俺寻你不着，原来却在这里哩。"说着，匆匆跑到，道："如今又有个小小风闻，看光景，不久咱又要杀贼咧。"伯高愕然道："怎见得呢？"

昭达道："便是前天，俺们渔户人们，有向禹王河地面去做生意的，想不到被当地村众捉住，几乎当贼中的奸细毁掉了。后经那渔户说明来历，村众便惊道：'原来你老哥是从包村来的，俺们又当是那话儿哩。你不晓得，俺们昨天曾因打了场没要紧的吵子，却捉了两个贼中细作，可惜都又跑掉咧。便是昨天傍晚时光，某家酒肆中忽来了两个鱼贩子，一个是凶眉暴眼，一个是猴头猴脑。两人一色的短衣小鬏儿，光着半段滋泥腿，进得肆门，置下鱼担，便立愣起大眼，拍台打凳的，一迭声地唤酒。那个猴相的还柔和些，但是一坐下来，便只管探听包村的长长短短。大家以为生意人，本是想各路生财的，探听包村，不过是为贩卖起见，当时也没在意。不想后来那个凶样的越吃越醉，肆伙们答应稍迟，他便胡骂乱卷。恰好旁坐上有个酒客看他不过，不知说了两句什么，他便大怒，上去便是一掌，并骂道：'瞎眼的死囚，你们的脑袋现在老子腰带上系着，好便好，不好，叫俺蓝总管早来两天，叫你们早死早脱生哩。'说着，便一跳丈把高，又张王爷、李王爷地乱喊起来。慌得那猴相的，赶忙去掩他的嘴。哪知醉鬼性儿是越挟越起劲，当时那凶相的掀翻酒案，索性地竟吵起什么'天兵十万，堪堪地就来洗屠包村，大报血仇'。当时俺们村众，见此光景，情知有异，便喊一声，众手齐上，登时将两人捉翻。吊打之下，问其来历。哪知小子不禁打，不消一阵鞭棍，早已吐出实话，果然他两个是贼中的细作。他说这股发匪是三路合成，声势浩大，由忠王李秀成总持其众。统领前锋，便是那先扰包村的蓝大炮，不久后便到禹王河，占据了，再相机进打包村。但是这番话，都是那凶相的说的，那猴相的，却咬紧牙关，愣不认账，只说他伙伴所说都是醉话。当时俺们因天色已晚，只好将他两个暂押起来，准备着明早送官。不想他们黉夜间瞅个冷子，竟自跑掉。如今你老哥又是个鱼贩儿，所以俺不能不问。'当时那渔户，只好自认晦气，踅回村来，方才向俺所说如此哩。"

伯高等听了，不由一怔，玉林便道："果如那细作所说，这场是非，定是那逃去的蓝大炮胡搬弄的。虽是风言，咱倒不可不备。"伯高一笑，忽地两膊一振，作个开弓势，却向一峰笑道："那贼人们果不怕死，再来胡闹，合该诸兄也要匣剑龙吟，发发利市哩。但是那李秀成虽然凶悍，现时方占据着苏常一带的富庶之区，如何能便到这里？这大半是蓝大炮穷无所之，故意价遣几名细作，各处价吹气冒泡。闹得人心慌动起来，他好再啸聚乌合，从事掠夺。若说他还有胆量，再打咱包村，此等风言，未可尽信。然而既有风言，便须仔细，回头咱便多出探子，向禹王河左近坐侦一切。如今且瞧一峰兄相度布置的地势吧。"说着，大家厮趁来至外圩外边，趋登一处高阜。

一峰举目一望，果然是全圩在览，但见那条河堤，形如半玦，围绕着圩东南面，甚是严密。东向望去，从树木苍莽中，便接着禹王河的来路。圩之西北面，却是一片旷荡荡的平原，距圩三二里外，斜吊角势，却有两处半大的村庄，地势虽佳，却没的圩围。

一峰端相良久，遥指道："这两处村庄人户多少？还富庶吗？"伯高道："那两处村庄，一名高垃，一名戴洼，屡经寇乱，哪里还能富庶？便是人户稍宽裕的，早大半移入包村，现在所剩人户，不过仗着人穷胆大，贼来时便入包村躲避，贼退后须回去，好歹地度日罢了。"

一峰沉吟道："这两处村庄，正是包村的犄角屏蔽，便当整理起来，与包村联络取势才是。"玉林笑道："诸兄此意，包兄亦曾想到，就因那两村中，一来人户贫乏，没法筹练团之费，二来便是没能事之人，所以因循着，不曾整理。"一峰道："若想他本村中兴办团练，与包村联络，未免不易。但是今有变通之策，似乎可为，便是请两村人户，速设法筑起圩围，便拨咱包村练众，为之驻守，如此，便集事必易。两村既有所庇，包村犄角之势亦成，一旦有警，那敌人势须顾忌，便没的遽然合围之虑了。"

昭达拍手道："妙，妙！既如此，事不宜迟，如今又有什么李秀成要来胡闹的风闻，这件事真须料理哩。"说话间，大家又复相度一回，即便慢慢踅回。信步儿到得教练场中，只见那李通海正在吆吆喝喝，教练钩连枪队，团丁们耸跃如飞，甚是矫捷。这时璧城却负着手儿，在场旁徐踱，一见伯高等，连忙迎上厮见。伯高便将那渔户所传的风闻一说，璧城听了，只淡淡地道："这风闻恐不甚确，蓝大炮那厮有甚能为，便勾得李秀成来？前些日，李通海还说起李秀成，现在占据着苏常一带，只顾了淫乐快活，便是萧、杨诸大酋，都调唤他不动哩。如今那蓝大炮，无端地去做申公豹，他岂肯舍了那富庶所在，来和咱厮拼？但是贼人们贪得无厌，他若想扰乱浙省，咱这包村，自是他眼钉目刺一般。或者竟听了蓝大炮的撺弄，也未可知。"

伯高道："李通海怎便晓得李秀成的近况呢？"璧城略为沉吟道："难道包兄不记得李通海往年时，曾在李秀成手下混过吗？他的朋友们就未免有与李通海通书问的，所以他略知李秀成的近状。"

正说着，教场中又尘土飞空，翻翻滚滚，练起一队刀盾连珠弩。那李通海一路价耸跃指挥，甚是得法，伯高见了，不觉打断话头。璧城却笑道："真是寸有所长，尺有所短，您瞧李通海，率领这枪弩两队，只怕比咱等率领还来得妙相些哩。"伯高道："不错的，人是量材酌用，以后这两队便归他率领就是。哈哈！"伯高这句话不打紧，哪知偌大包村，就此断送，此是后话慢表。

且说伯高当晚到局内，又和大家斟酌一番，便一面向禹王河地面发出坐探，如有警闻，火速来报，一面召集高垞、戴洼两村的首事人等，信言筑圩的计划，以为他们定欣然从事。哪知众首事一听伯高说罢，一个个面面相觑，半晌，也放不出一个屁来。呆瞪了半晌，有的嗷嚷道："有包村可以躲乱，还料理那穷气冒多高的村儿作甚？"有的冷笑道："俺们穷得只剩一根鸟，还怕贼来咬掉不成？两个破村子，由他去吧。"其中有些见识的，便

271

又道:"包爷所说的计划怕不有理,只是筑圩的这等大工程,又当屡遭贼抢之后,只靠俺们这些穷骨架,恐怕有些办不到哩。"又有愤然地道:"如今这种鸟年头,只好听天由命,混过一天,少两个半晌就是咧。那么大工夫去旋筑圩围,倘或一个守不牢,没的倒叫人家掏了整窝的家雀。"

一席话夹七杂八,胡噪了半夜,也没个所以然。末后,还是伯高等细为剖说厉害,又慨然捐助一大半筑圩之费,众首事方才强勉应允。但是,一时间兴此大工,未免先须遍谕两村人户,按户出丁。又须推举总理之人,并一切的鸠工庇村等事,都须会议斟酌。迁延之间,便是十来日的光景,好容易粗有头绪。

这日仲明因事赴城,日西时分,伯高、玉林等会同了两村首事,正在两村外踏定圩界。只见县城来路上,远远地行尘大起,一骑如飞。玉林眼明,便遮额遥望道:"包兄,瞧那来骑,颇似仲明,怎的来得这等慌忙呢?"伯高道:"怕不是吧,仲明今早才赴城,这时如何能转来呢?"

说话间,来骑闯到,谁说不是仲明呢!这里伯高等还未开口,只见仲明一面价翻身下马,一面叫道:"不好了!如今快回圩去,准备应敌。那发匪伪忠王李秀成,会合两股悍匪,共四五万众,现已火杂杂将到禹王河。刻下城中,业已发现了贼人狂橄咧。"

一言方尽,只见众首事啊呀一声,登时大乱。正是:

    防御未成匪警至,这回杀劫却临头。

欲知后事如何,且听下回分解。

第六回

禹王河坐探报发警
黄牛墅无赖戏村娘

　　且说众首事听得发匪将到，只吓得啊呀一声，顷刻大乱。亏得伯高等止住他们，细细地一问仲明。原来城中下午时分，四城门上忽发现了李秀成的谕降檄文，并且有人眼看着有两个不尴不尬的短衣汉子，从容容贴罢檄文，登城四望，然后方狂笑而去。既至官中知得，火速价闭城查拿，早已影儿都无。但是那檄文中除威吓谕降，并铺张贼众之盛外，却没涉及包村一字。

　　当时，伯高听了，十分诧异，因顾玉林道："贼众飘忽如此，真出人意料之外。但是那禹王河既有如此的警闻，为何咱发出去的坐探等人通没来报呢？"玉林听了，方在搔首，只听圩门边有人大笑道："哈哈！活该咱又要杀贼快活咧，好个杀不死的贼道蓝大炮，他竟敢作此大耗，领了什么狗娘养的李秀成来。"说着，又叫道："仲明兄吗？你怎么忽然转来了呢，难道你在城中已知信息了吗？"这里玉林等望去，却是孔昭达，一面雄赳赳地勒胳膊挽袖，一面大踏步而来，后跟一人，正是在禹王河的一个坐探。原来那会子探子到团局，去向伯高禀报一切，恰值昭达在局中，所以便引探子一径寻来。

　　当时伯高、玉林望见探子，即便飞步迎上。后面众首事虽是两条腿子都索索地抖着，但是也想听个底细，于是呼一声跟将去，登时围了个栲栳圈儿，将昭达、探子困在垓心。这时昭达跑得直端粗气，只用手指着探子道："你说，你说。"这里大家一齐倾耳之间，那探子早叉手不离方寸，说出一片话来。

　　原来那蓝大炮自从河中幸脱性命，水淋鸡子似的，由僻岸处爬将上来。惊定细想，好端端的大股兵马，一旦闹得孤丢丢剩了一人，这场颓气好不可恨！情知一时奈何包村不得，只好且寻安身之处，再作道理。他本素知李秀成占据苏常富庶之区，暗地里志不在小，尽力地收揽各股队的枭

273

雄，以拓展自己势力，有与萧、杨、石达开等人争雄之意。左思右想，只好且投李秀成，再看机会行事。于是只身踽踽，一径地便奔苏境。

可怜这时蓝大炮不名一钱，只穿着一身衣服。踅了两日，业已将外面长衣吃嚼入肚。没奈何，只得夹尾巴狗似的，一路撞去。偶遇着单身行客，不消说，便是他的饭东来到。只是这荒乱年光，行客们大半是持械结队，所以蓝大炮的饭缘儿，也只好有一顿没一顿的。

这日，行抵苏浙之交，真是又饥又渴。一望前面，却是一片苍茫山路，四面里荒村稀少，蓝大炮就树林里歇坐下来。正在饥肠辘辘，恰好从窄径上踅过一个扶杖的老头儿，手内携着一个小小的花包裹，一面走，一面叹气道："如今的日月，真没法过，这两件女衣、一副银钏，不知能够支撑几天。"

这时大炮已望得眼中发火，正悄悄站起，作出饥鹰搏兔之势。恰好那老头儿踅近林旁，大炮更不惊动他，只待他踅过几步，却嗖一声蹿向他背后。只这么一掐他脖儿，可巧那老儿脖项后生着一个很大的气瘤，这一来，痛彻心髓，两眼一翻的当儿，大炮已摔鸡子似的摔倒他。不容分说，先抢过那件花包，穿向臂腕。急得那老儿大叫道："你这好汉，真这么办，不透着损些吗？俺方从女婿家借了这票当头，一家生活都在这里。左右俺也是死，咱就豁着干吧！"说着，颤巍巍方想爬起，早被蓝大炮一脚踢倒，就势儿又剥了他的蓝布长袍。

不提那老儿逡巡爬起，眼睁睁见打杠子的老哥如飞跑去，只得泣骂着自行踅去。且说蓝大炮一气儿奔向山路，因这荒僻所在，不须顾忌什么，便索性地披上布袍。打开那花包一瞧，登时大悦，暗想道："合该今天俺老蓝也要闹顿饱咧。"原来包内是黄澄澄的一副包金细镯、簇新新的两件花布女衣。

当时大炮欢喜之下，不由又触动慨想，暗道："好没来由！当日俺坐拥股队时，金银细缎，只管瞧得人眼睛懒开。像这点点物事，今天竟闹得俺嘻唇笑嘴，也就可笑得紧。"怙惘间，转入山路，只见云峰四合，窄径盘迂。偶经山村，一色的萧条冷落，并且烧残的断垣败堵，还突兀于榛莽瓦砾之中，就仿佛曾经兵燹一般。

大炮觉得诧异，便向村人一问所以。村人叹道："客官，你不晓得，俺这片所在，名和阳下镇，周围聚积着数十村庄，本是个富庶安乐的所在。不想一月之前忽然祸从天降，有一班被苏境官军击窜来的发匪，那贼首领叫罗泽霖，生得黄面虬须，好生凶相，善使一杆浑铁枪，百数十人近他不得。此人原是淮南水路上的船户出身，不但陆地上武艺精通，水性功

274

夫更为了得，能入水无声，潜伏水底一昼夜之久，因此绰号儿又叫'混海鳅'。这个魔王忽地领了大股发匪，蝗虫似扑到这里，一阵烧杀抢掠，直盘踞了十余日，方率众东扰。"说着向东遥指道："你瞧东去百里之外，便是有名的和阳上镇，那魔王，刻下还驻队那里，一面价收招窜匪，一面准备着窜扰浙省。这一带经此扰乱，所以这般萧条。"

大炮听了，也没在意，依然地匆匆行去。只见那山径越走越僻，除了草树连天，便是乱石匝地。侧耳远听，连个鸡鸣犬吠都没的。约莫趱过十来里，转过一处平平的山岭，举目一望，只见前途隐隐地有片村落，短树如荠，影绰绰的，便如大大的一片乱坟上长着荒草一般。

大炮一面走，一面饥腹雷鸣，顷刻间四肢无力，不由暗道："不好！前面那村落，少说着也有八九里远近，及至蹭到那里，这肚皮也就饿塌腔咧，这便怎处呢？"思忖间，向偏东树深处一望，只见里把地外，居然有一缕炊烟，潏然冒起。大炮暗道："谢天地！既有炊烟，就不愁没的人家。"于是趋就偏东，一路价穿林拨草。

须臾，林影开处，果现出一片寥落荒村。仔细望去，只不过十来户家人，偏又屄嗍似的，东一家，西一舍，各不联属。那缕炊烟却在村尾一家儿，并且门首挑出支小小酒帘儿，衬着矮矮松棚，颇为幽雅。

大炮趱近，只见一个长长身量的妇人，穿一身深蓝布短裤褂，腰系围布，踹着尖翘翘鸦青小鞋儿，似乎是操作才罢模样。正背着脸儿，坐在一只矮脚凳上，嘴内咕咕地撒着米，喂那篱下的一群鸡雏儿。但见她低着脖儿，绾着一个漆光似的大髻子，秃着耳轮，也没坠儿，鬓上却斜插一枝野棠花儿，照眼得红如滴血。

大炮方要声唤，恰好鸡雏儿望见人来，扑啦一飞，那妇人回头一望，不由哟的声直立起来。一面翻着骨碌碌的眼睛，端相大炮并那布袍、花包，一面却咬着薄而且红的脂唇儿，略为逡巡。忽笑道："你这客人，敢是吃酒吗？"

这时大炮细瞧那妇人，生得白皙姣好，容长瘦脸儿，高高颧骨，两道细而蹙梢的眉，一双秀而露睛的眼，高鼻梁，小嘴儿，站在那里，拔起笔直的腰板儿，只管将自己看上看下。大炮不由暗想道："不想这等荒村中，竟有这煞利娘儿。那眉梢眼角间，颇有一二分和小青娘相似哩。"想到这里，便长吁一口气，然后笑道："俺行路饥困，正要吃酒，只是未免打扰娘子。"说着，斜眼一瞟。那妇人，也似有意无意地丢了一眼，便笑道："客官如何这等说？俺们开店，怎说得上'打扰'两字？只是小店中，只俺一个人儿，伺候得不周到罢了。"

大炮听了，心下暗喜道："活该俺又撞着好体面的饭东！且待俺吃饱喝足，抹抹嘴巴子，走他娘的。好便好，不好，俺还要快活一下子。然后再剥她个精光，前途的饭落儿，又算有在那里咧。"正在怡恍，那妇人又望得花包一眼，即便转身导客。

进得篱门，便是很干净的小小院落，客室草房儿也甚宽敞。于是大炮落座，一面价置那花包于案，一面笑道："你这位大嫂，爽利些吧。快快打发俺，你有什么汤儿水儿的，只管先舍出来。俺委实急巴巴的，有些等不得咧。"妇人听了，抿嘴一笑，却望着花包道："俺这里荒村小店，却没什么可吃的，你老不嫌粗粝薄酒之外，无非是盐豆儿、水渍腐块，再不然炒盘葫芦条儿，也好过饭。饭便是可以插筷子的糊涂粥。"

大炮皱眉道："听你这套数落，兀的不令人嘴里淡出鸟来，如此打发俺，却不成功。咱们这么办，方才那篱下的鸡子，你便给俺杀上两只，再有什么荤腥肉食，俺也可以将就过口。俺想大嫂你定有白馥馥、软绵绵、鼓腾腾、开花裂缝的大馒头，你只把出一个来，再加上些温汤热水儿，便足够打发俺的咧。"说着哈哈一笑，只做去拂案尘，早将那妇人扶案的手儿捻了一下。

那妇人并不理会，反倒哧地一笑道："你这套数落不打紧，又是鸡，又是肉，再加上你说得那么写意的大馒头，好倒是好，却有一件，你老不要见怪，俺这里照例地是现钱不赊，先给钱，后用酒饭。你若没的现钱，押当也罢。因为近来很有些抄白食的兔子小子，俺是上当上怕咧。"说着，冷不防拾过那案上花包，随手一掂，登时眉梢略挑，水灵灵眼光，又将大炮一瞟，然后笑道："便是这包儿，做个押当，你道好吗？"

这时大炮眯齐着一双色眼，暗想道："好笑这娘儿，还在俺跟前使乖觉，难道俺还怕你飞上天去不成！"于是点头笑道："便是如此，反正咱吃罢再算账就是。"说着索性地脱下布袍儿，一总儿递与妇人。

不提那妇人接过袍儿，顷刻间整整面孔，一扭纤腰，即便匆匆趸去。不大时光，已听得厢房厨下刀砧乱响。且说大炮见妇人去后，就草榻上歪了一会子，止不住一阵阵肚皮乱叫，便索性地跳起来，就室中来回大踱。正这当儿，那妇人笑吟吟地先送进一壶酽茶，却勒着半段雪白的胳膊，向自己一噘嘴儿道："都是你老想吃鸡子，方才俺捉那鸡雏儿，却被那老母鸡，死恨地叮了俺胳膊一口。"说着轻移俏步，竟将胳膊伸过。

这里大炮只作不安光景，一面道："哟，这是怎么说呢？为俺这嘴，却叫大嫂伤身。"说罢伸手一捻，不想那妇人哧地一笑，粉拳立握，胳膊上肉皮一紧，又硬又滑，便如冻鳅一般，哧一声，竟将大炮手指滑脱。这一来，大炮略怔，但是以为庄户娘儿们有些笨力气，当时也没理会，只笑嘻嘻瞅那妇人，跑回厨下，便一径地斟茶自饮。独坐之间，想一回自己败落的已往，揣一回此去投奔李秀成的未来，不知不觉，一壶酽茶逡巡入肚。

这一来不好了，不但登时刷得空肚皮，越发乱叫，并且一阵价内急起来。于是由客室穿堂，趑入后院，就墙角下小解已毕。只见那后院的三间正房，门儿虚掩，趑去就窗缝一瞅，里面是卧榻箱箧，颇颇整齐，并有一把带鞘的短刀挂在壁上。

大炮见状，暗喜道："合该俺撞着彩头，这箱箧必有资财，且待用过酒饭，抢他娘的。"思忖间，向西厢一瞅，却是通连的两间儿，门儿半开，遥望去，里面庋列着许多瓮缸之类，料是藏蓄米粮之所。不由暗想道："这小娘儿也就好大胆子，既有这些家计，愣敢孤单单住在这里。"逡巡间趑向西厢，方一脚踏入，忽有一阵又腥又咸的气息，腻腒腒钻入鼻孔。大炮暗笑道："这雌儿倒是个做家娘，不消说，陈年隔代的老咸菜还在瓮中。"于是信手儿掀起一只鬼脸青瓮盖一瞅，大骇之下，连忙急拭眼睛。

原来那瓮内黄花绿沫，盛着大半瓮盐水，泡着七八块连精带肥大肉，内有一块似乎肘膀一般，还微露白渗渗的大骨岔儿。那一股腥腻之气，简直地中人欲哕。你想蓝大炮当了好多年的凶贼，什么凶残奇异的东西没见过。当时他见盐水上浮起半圆的油花儿（俗谓人肉、猫儿肉，皆是半圆形的油花，不知信否，姑妄言之），料是人肉，只吓得掩盖不迭。这时，方猛醒那妇人给自己胳膊瞧，明是试自己本领如何，想到这里，就要去拿正室内那把短刀。忽一转念，不觉暗笑道："谅她一个妇人家有甚能为，且瞧她将俺怎的，没的自己先拿刀动杖。别的不打紧，这顿酒饭吃不成，哪里当得！"于是悄悄退出，径返客室。

方才落座，恰好那妇人也便端进酒饭，大炮望去，不禁馋涎早下。只见满案上山肴野蔬之外，便是肥嫩嫩一大盘清煮鸡子，衬着气蛤蟆似的高装馒头，雪叶似的千层蒸饼，两角酒，夹着一副杯箸，早已摆列停当。以外，还有一具带盖的瓷锅儿，妇人笑嘻嘻一掀那盖，道："合该你老有口福，这是新宰的黄牛肉，咱们是随吃随添。你老便请用酒，俺再与你炖热酒去。"

大炮一瞧那锅内脔切的肉块，不由暗笑，连忙道："大嫂辛苦！今天俺借花献佛，你何妨坐下同用呢。"妇人听了，眼睛一转，便笑道："如此说，主人嚼客，什么道理！且待俺瞧瞧厨下，你老请先用吧。"说着一瞟眼风，低鬟而去。

这里大炮暗笑，斟酒一看，颜色不差，闻闻各样食物，也没的什么异味，这才敢放心饮啖。须臾，妇人手持杯箸，笑嘻嘻踅来，即便坐向案左。先与大炮斟满一杯，然后自饮一杯，却笑道："荒村水酒，没的什么滋味，客官且多用两杯吧。"大炮听了，只是憨憨地笑，因端相着妇人道："俺看大嫂孤零零地住在这里，不发恐吗？万一半夜价来个愣头……"妇人一挑眉头道："怎么？"大炮笑道："怎么不怎么，不劳动你爬起歪倒地伺候酒客吗？"

妇人听了，也自心头暗笑道："这牛子死在眼前，还说歪话！既能在来路上那么着，就许在这里要这么着，少时倒要小心一二。"于是笑道："磨剪刀的吹喇叭，货郎挑儿摇小鼓，干什么说什么，酒客既到，就须伺候。"大炮笑道："这也罢了，那么此地何名呢？"妇人道："这里就叫黄牛墅，因为出得好肥牛子。"大炮道："这也罢了，那么大嫂贵姓哪？"妇人道："俺娘家姓白。"大炮笑道："妙得很，果然不黑。那么大嫂多大岁数呢？"

妇人一扭头儿道："好噜苏，你瞧着呢？"大炮乜起眼儿道："俺瞧大嫂，这一掐一股水的嫩模样，多说着也不过二十七八岁。"妇人笑道："偏不对，俺今年整年整月，恰恰地三十二岁。"大炮大笑道："妙，妙！如此说，大嫂恰是寡妇年纪（《打新春》俚曲中有"寡妇年长三十二"之句）了，那么，那么……"妇人笑唾道："好丧气，什么寡妇孀妇的呀！"

这时大炮业已狼吞虎咽，吃喝得不差什么，偷瞧妇人，只管拿眼睃那瓷锅儿。大炮恐她起疑，连忙用筷子夹出一块肉，方要入口，却又放在手碟儿内，道："那么大嫂小名儿叫什么呀？"

一句话倒招得妇人扑哧一笑，道："你这客人，真是拿丈母叫大嫂子，没话说话，俺是没的小名儿的。"大炮正色道："这还了得！俺乡中风俗都有小名，专叫些石头砖头、猫子狗儿。有的还起些刁钻古怪的名儿，为的是发生发旺，不拘谁都许叫，说是叫了能免罪过。不瞒你说，俺的小名儿就叫……"

正噪着，忽闻厨下呼的一声，妇人忙笑道："只管听你胡嘟念，酒都跑咧。"于是扭身站起，匆匆跑去。这里大炮暗忖着时会将到，即便留神，果见妇人又笑吟吟提来一角酒，一面瞅着自己的脚尖道："都是为着去抢酒，倒踽了人脚这么一下子。"大炮忙道："踽了哪里？待俺与你捻捻就好咧。"

妇人听了，也不理他，忙靠近案边，斟满一杯道："你瞧这酒，倒还不错。"大炮略瞧酒色，早知就里，一面按住案上一把旧壶，一面笑道：

"果然好的!"说着举杯在手,忽向厨下一望道:"哟,你瞧那厨下,怎的好大烟哪?"赚得妇人急忙回头,张皇四顾之间,这里大炮却故意价哧的一声,将酒入壶,一面咂嘴大赞道:"端的好酒。"说着一个趔趄。

恰好妇人扭身回头,正要双拍纤掌之间,哪知大炮两臂一张,拦腰便抱,一声"哈哈"没出口,早已顺案角仰面栽倒,却尽力子合着眼子,留一微缝。早见妇人一跺脚儿道:"该死的贼囚,你死临头上,还要犯你娘的那股子浪劲儿。你看老娘可是好吃的果儿?你在路上劫人断道,天报咧,叫你遇着老娘!"

大炮听了,方在暗诧劫夺那老头儿之事,她怎得知?便见妇人由客室里间内寻出一条挺粗的麻绳,挽了个活扣,套向自己双脚。不容分说,便如拖死狗般,一径地由穿堂后门,向后院便拽。大炮在她背后望得分明,便趁她折腰耸臂,正在用力的当儿,忽然潜气一沉,累得妇人向后倒退几步,接着便一煞腰儿,方使出吃奶的气力,这里大炮急地身体一松。

这一来,嗖的一声,妇人一时价收脚不住,竟自吭哧一声,闹了个狗吃屎。气得她跳起来,不管好歹,死活便拽。这时大炮又复暗中转气,挺得身儿实胚胚的,累得妇人粉汗浸淫,却咬着牙儿骂道:"这牛子,敢是死膛儿的吗?倒好多剥出膛油来哩。"说话间拽入东厢。

大炮悄悄一瞧,又是一惊,只见里面大锅长砧、刀锤刷镊之类一概俱全,地壁上点点斑斑,都是血痕,看光景是个屠坊。又有一方很宽大的油布卷置壁下。便见妇人抛下拖绳,先掀起衣襟来,抹抹额汗。这时大炮偏有闲心细瞧,但见妇人衣襟下是水红绸的中衣,丝带之上露出大红兜肚的下角,角两旁白馥馥的嫩小肚皮,亦在隐约之间。更衬着撒脚裤管,提得高高的,露着雪白的腿腕,并那尖翘翘的脚儿。

这一来不打紧,又搭着大炮酒后易动阳气,忽觉自己中枢之间大有翘然杰出、一柱擎天之势。慌得大炮连忙运气,捺之使平的当儿,便见妇人连抹热汗,脸儿上更显出粉润润的颜色,并骂道:"好沉重的死牛子,且待老娘细细来开剥他。"说着似乎热极,两手撩动前襟,只顾扇汗。忽又笑道:"我好发呆,脱却这衫儿,不省得溅血点吗?"这里大炮眼缝一睐之间,再瞧妇人时,早已卸却短衫,露出雪练似一身白肉,两只鼓蓬蓬的玉乳好不可爱。

这时大炮一面提气,一面暗中留神。只见妇人先由壁角下,掇到两个半大瓦盆,似乎准备接血,并盛放脏腑之用。然后又取到一块木板,不消说,是做齑切的预备。张得大炮正在夹脊上飕飕地直冒凉气,又听得哗啦声,刀环响动,那妇人已由壁上摘下一把大抹形的杀牛快刀,就那盆沿上，噌噌噌，一磨那风快的刀锋，白森森的刀光，简直地直曜过来。吓得大炮正要大呼跳起，忽见妇人双眉一蹙，一阵价龇牙咧嘴，忽地咔嚓声插刀木板，两手揉着小肚儿，一径地弯下腰去。正是：

未见桃花溅红雨，忽从幽谷溢温泉。

欲知后事如何，且听下回分解。

第七回

走穷途巧遇飞天鼠
衔杯酒演说李秀成

　　且说大炮忽见妇人一副形儿，正在诧异，只见她笑唾道："为这死牛子，忙得人连泡尿都没空撒，如今不消去弄碱水来打磨肠肚，简直地就用这个，也是一样。还不知哪个有口福的，来尝老娘的异味哩。"说着，正冲着大炮面孔，一径地蹲身褪裤，拉过一只瓦盆儿，哗哗哗，便如黄河开闸一般。

　　大炮没见过这种奇景，招得他几乎要笑，只得竭力忍住。趁着妇人仰起脸儿，似乎思忖，又似舒适的当儿，急忙大睁一眼，望向乌影影似乎胡子老哥嘴的所在。说也不信，大炮登时得计，便紧闭双睛，忽地哼了一声。

　　这一来出其不意，吓得妇人就这么滴水淋浪地直跳起来。一瞧大炮还昏睡如故，便骂道："贼死囚，等着我的！"于是系好裤，撮过盆儿，一径地取过油布，铺向大炮身旁，不容分说，弯倒腰，拉着大炮腿子，向布上便拉。于是大炮一面价挤眼偷瞅，一面价越发地潜运气力，不但瘪紧肚皮，向下面直煞身儿，并且索性地连那话儿力缩起来，怕的她胡拉胡拽，倘或抓坏肾囊，不是要处。

　　你想大炮也是内外功夫俱全之人，这么一来，便如将身儿钉在地上一般，不消片刻，早累得妇人粉汗淫淫，十分焦躁。忽地骂道："俺就不信撮你不起！"说着，玉股双分，一屁股坐向大炮腰胯，方张两手，要去掀起大炮的脖儿。这一来，不好了，忽觉自己要紧所在，有件热杵似的东西直触将来。

　　原来大炮故意价戏耍凑趣，只趁妇人一沾身儿，便登时现出原形，接着便两目忽张，哈哈大笑道："大嫂既有意见，何妨明说，难道俺还有负盛意不成！"于是一个鲤鱼打挺式，猛然坐起。那妇人身儿一仰，往后便倒，正在腿儿双分、两足朝天的当儿，这里大炮一下子骑将上去，却笑道："你这婆娘，无端地蓄意害人，俺且剥你个光光的，也叫你尝尝板刀滋味。"说着，拉脱她腰带。

那妇人死命地攥住裤儿，正在力挣，只听院中飞也似跑来一人，大叫道："喂，蓝爷吗？真是梦想不到，你老人家，怎一个人儿撞到这里呢？"大炮回头一望，不由也跳起来，大笑道："巧极，巧极！孙老弟来得正好，快帮俺料理这害人精的婆娘。但是你为甚也撞到这里呢？"那人笑道："说起来话长咧，且请蓝爷饶过俺老婆，咱慢慢细谈吧。"

原来这人姓孙名盛，因他捷足善走，生性伶俐，久在各股发匪中胡混，专任些侦谍之事。他不但侦谍官军，更能侦谍各股匪的秘密事由儿，装在肚里，准备着赶机会发卖。譬如甲股首领与乙股不睦，或想火并乙股，必要从他请教一切。乙股或想收拾甲股，也是如此。孙盛既擅此术，所得酬资甚多，未免小人得志，肆意骄侈。各股首领不但不敢得罪他，并且须向他跟前加以点缀，为的是免生是非。但是暗地里瞧他红眼的人，也就不少。因他调三唆四，里外生风，大家赠他个绰号，叫"飞天鼠"，言其有钻天啃地的本领。

也是这小子合该倒运，一日孙盛胡乱挥霍得手头紧上来，正怙悷着生财法儿，恰好有甲乙两股一旦失和。起初是孙盛侦甲报乙，后来又侦乙报甲，他却一手托两家，赚取两家的酬资。但是谁的秘密之事能有多少？这其间孙盛没的塞责，只好由他自己捏撰，哄取酬资。久而久之，甲乙两家都渐觉孙盛之话支支离离，有些离板儿咧。于是两家一掐算，倒登时开诚布公地互相面诘起来。这一来，孙盛诡谋和盘托出。亏得他早得消息，见事不妙，便给他个溜之大吉，一屁股撞到蓝大炮股队中。

他本是大炮的簧狐旧友，又搭着那时蓝大炮还是个小小股队，正要火并些别的股队，开拓势力。见他到来，十分欢喜，于是二憾既合。大炮以勇，孙盛以谋，不消数月，那大炮便如毒蛤蟆吸食小些的毒物一般，居然弄得股队一天天地大将起来。那孙盛恃功而骄，狂妄得没入脚处，整日价歪弄帽子，奔拉鞋，晃着膊儿，横行队中。见了各队目，高兴时，眈起眼儿，张上一眼，不高兴时，便觎起狗脸乱骂。甚而至于当着大炮置酒高会、大燕宴众目时，他便祖裼叫号，仰坐在座儿上，抬起一条黑毛腿，脱下臭袜，搔得那指缝中白渗渗的臭肤皮，盐面似的，只管向饮馔上飞，将一干队目都恨得牙痒痒。但是大炮依然地待他甚好。

一日孙盛酒后狂骂，不觉地惹恼众队目。大家不但将他打个臭死，并且集齐了，都向大炮道："若是咱股中还留此人，俺们只好一齐散掉。"大炮见不是事，这才厚给金资，将孙盛遣掉。从此，孙盛各处胡混，无非仍在各股队中来往厮缠。但是他那"飞天鼠"的大名，业已无人不晓，都怕他冷不防地咬上一口，大家只好敬而远之。

孙盛混了些时，摸不到什么大油水，未免心灰意懒，索性地离了股队，携了老婆白氏，一路上随缘度日。后来便来至这黄牛墅地面，瞧这所在虽是荒僻，却尽有生意可做，于是夫妇两人开了这爿野店。起初是打软杠，客人落店，若是老成的，便加倍地要店饭钱，若是不老成的，每到夜深，那白氏便扎括得狐狸精似的，三不知地钻入客人被内。这当儿，孙盛是绾好小鬏儿，提着泼风似快刀，早在客人窗下蹲伏停当，单等着老婆哼声颤动，他便大喝一声，踹门而入。不容分说，冰凉挺硬的刀锋，早已压在客人脖儿颈上。你想那客人到此地步，除倾囊赎命外，还有甚说的？

话虽如此说，出门当客的人，究竟是老成的多，所以那白氏只管不吝献宝，却往往遇着不识货的碧眼波斯，枉自干嬲一阵，还讨一场没趣。孙盛一想，既搭上一个老婆，人家鱼儿还不一定便自上钩，仔细算来，不如硬做的好。于是从此开市大吉，但遇客到，便是他的肥猪拱门。后来是算盘越打越精，便真个的拿人当猪子，居然学起十字坡前的把戏。不想今天，却巧遇大炮。

且说大炮一听孙盛说饶过他老婆，不由失声道："对不住，原来这就是弟媳妇吗？"说着弯腰伸手，忙去搀扶。哪知白氏业已从地下宛转爬起，因为两手死力地攥裤，一时间手麻上来。忙伸一手去甩挡大炮的当儿，这一只手一阵酥软，唰的声，裤儿便落。白羊似的身体正在一晃，早急得孙盛跺脚道："你这老婆，七乱八糟，到底是怎么档子事呢？"

白氏噪道："老娘整年打雁，今天却叫雁啄瞎眼，这牛子劫夺了俺爹的袍儿包裹，已经可恶，你看他还假吃药酒，诚心来戏弄老娘。难道老娘干干净净身体，还怕谁瞅不成！"孙盛急道："我的妈，你有什么话，不会穿上衣裤再说吗？难为你这两只瞎眼，怎连蓝爷都不认得咧？你忘咧，当年你过门时，人家蓝爷没去闹新房，还一定掀开你的裙子，瞅瞅脚吗？"

白氏听了，重新将大蓝一端相，这才恍然。便赶忙系裤披衫，一阵忙碌，却又笑道："不知者不作罪，俺只顾瞧见了那布袍包裹，谁知他是蓝爷呢！"大炮听得话中有因，及至问所以，不由羞愧满面，连连揖谢。

原来他在来路上所劫的那老头儿，便是白氏的父亲。刚由白氏处借了一票当头去，不想却巧遇大炮。当时孙盛见状，哈哈大笑，又向大炮唱个无礼喏，便索性让大炮直入自己卧室之内。一面命白氏去重整杯盘，一面自起瀹茗，和大炮彼此款谈起来。先由孙盛草草地将自己近状一说。大炮听了，便长叹道："孙兄，你的忍性倒也不错，你夫妻在此安居，天不束，地不管，没本钱的生意，只管做着，吃穿不愁，自由自在，人生一世，也就罢了。像俺似的，领了大股队众，赫赫扬扬，闹得乌烟瘴气。归根儿，叫人家一下子滚汤泼老鼠，只剩了个光杆儿。思想起来，端的颓气得紧。"于是咬牙切齿，将自己攻打包村，并全队覆没之事，细细一说。

孙盛听了，连连扼腕，少时却拍膝道："蓝爷，你莫怪我说，那包村是有名的坚根子、硬疙瘩，你手下股队虽众，哪里是人家对手？要打包村，非大作一场不可，少说着也须有三四大股队，合作一处。但是蓝爷无端地吃这个大苦，是忍一下子，甘吃这哑巴亏呢，是还有什么打算呢？"

大炮道："咳！俺如今也就像无头蠓咧，无非是瞎撞一气，也不晓得怎样才好。俺的意思，是从此且奔苏常，去投那李秀成，先寻一安身之处，再作道理。"孙盛鼓掌大笑道："你这打算却不见得好。如今那李秀成受人排挤，他自己在苏常地面，早晚间就许稳不住屁股，你还投他去作甚？"大炮愕然道："不至于吧？李秀成拥有大队，并不是善道神将，他会受人排挤吗？"

孙盛笑道："不瞒你说，俺虽是不在各队中混，但是他们的一切近事，俺也略知一二。那李秀成久据苏常富庶之区，久为那东王杨秀清所嫉视。近来李秀成又肆意声色，大起土木，在苏州虎阜山塘之间盖了一座撷芳园。里面是崇楼杰阁，曲室幽轩，真是有四时不谢之花、八节长春之景。又搜选苏台佳丽，就园中列屋而居。每值良宵佳月，秀成荒宴其中，往往地笙歌达旦。秀成有时高兴出游，便选诸美人，跨马相从。所过之处，罗绮从风，香闻里余，便如一片彩云般飘将过去。

"平心说，李秀成快活得也大发点咧，自然招得杨秀清越发地羡且嫉，便想去插一胳膊，一来挫挫他的骄气，二来自己也得些快活。于是亲作书札，遣了心腹人送与秀成。那书中大意，是说洪天王闻知秀成骄纵淫奢之状，十分震怒，当时便想传神父之命，杀却示众。却多亏自己从旁善言，天王方才息怒，所以自己特地函达秀成，命他检束一切。这一份高情大意，送了个十足。函中尚有副启，便是向秀成求美人数名、金资若干。这一小竹杠，又来得很不累赘。在秀清之意，以为这个敲山震虎的妙着儿，秀成至不济，也须点缀自己一下子。哪知秀成得悉，付之一笑，肝胆脾胃肾，一些儿也不客气，竟将使人摽出大门，连个回书都没的。

"这一来，秀清大怒。一计不成，又生二计，便向洪天王道：'李秀成久驻苏常，恐其队众日就弛堕，不如令其徇掠浙中，一来可作军气，二来也可免他久据财赋之区，驯致跋扈难制、尾大不掉之患。'洪天王一听此话，甚是有理，却又未免踌躇着苏常重地，须有接替相宜之人。这一层，秀清早已准备停当，于是趋势儿便将自己部下的某股健目荐将上去。洪天王哪知就理，便登时依言，连发下两道令去，一是命秀成即日率全队徇掠浙中，一是命某健目移驻苏常。这两道令忽然一下，李秀成有什么不晓得是秀清作祟？当时他怒气冲天，便想寻秀清厮并。亏得手下还有识轻重的人，便好歹地劝住他。但是李秀成哪里便舍得了苏常富庶？只管支吾着，一日日耽搁下来。那某健目也不敢便去接防。但是李秀成刻下光景，总算是地位不稳。你这当儿，还巴巴地投他作甚？话虽如此说，但是你若从此忍下包村那口鸟气，不想复仇，便从此投李秀成去，也使得的。反正他到哪里，还没有你的闲饭吃不成！"

大炮听了，正在面红过耳，只见白氏笑吟吟端进酒饭，道："这次蓝爷只许用饭，不许用酒，这酒内俺又下了蒙药咧。"于是三人都笑。白氏也便坐下来，一同用饭。

大炮便道："孙兄笑俺无志复仇，不知俺此去想投李秀成，虽说是暂寄枝栖，也为的是秀成股队雄强，俺好看机会，说动他去打包村。如今他又地位不定，这便怎样才好？"说着，愁眉双锁，一面注视孙盛，一面举壶便斟。

但见白氏咯咯地笑道："跑了，跑了！"正是：

满腹闷怀传眼底，一腔愁恨上眉头。

欲知后事如何，且听下回分解。

第八回

报亡兄双头祭墓
说忠王一客搬兵

　　且说大炮愁着一张苦脸子，斟酒满案，招得白氏咯咯乱笑。孙盛便道："蓝爷不必发闷，您若定想复仇，且不必先去投李秀成。你想你如今只剩了个光杆儿，便是到他那里，恐怕他未必重视，更不消说是言听计从了。你总须自己先设法儿联络些声势，并小股队，然后再说他去打包村，方能设成。

　　"俺如今却有一策，便是距此百余里之远，那和阳上镇地面，有一股队首领，名叫罗泽霖。此人甚是了得，并且和俺厮熟，他久有交结豪杰，联络大股队以振声势之意。又有邻县建霞山中，现隐藏着一条好汉，此人姓杨名大任，人称'白面二郎'，善使一口丧门剑，马上步下，凶猛异常。本是邻县某乡中一个富户，哥子杨大和，为人庸懦，整年价受人欺侮。去年时，某乡左近四十余村创办团练，其时那团总名叫钟山朗，十余岁时，本是个顽皮苦孩子。杨大和见他生得浑头愣脑，有把子笨气力，便将他收到家中，叫他放牛。又可怜他是个孽障孩子，不但令他丰衣足食，并且时常把与他零钱用，便是他放牛勤惰，也都不认真去考察他。

　　"哪知这小子不受抬举，起初两年，无非是和放牛伙伴们淘气打架，惹得人家都寻问杨家，放泼厮闹。后来他更人大胆大，不断地撞到三瓦两舍家，专寻那种青皮少年厮混，彼此学些三脚猫的拳脚，成日价踢天弄井。有时一窝疯狗似的撞向村坊，不是在酒坊中撩天日地（谓大言也），便是向寡妇们抛砖掷瓦，招得人家大骂出来，他们却把臂抱肩，嘴内打个挨骂不够的哨子，一阵跑掉。

　　"大任见他不成模样，便想即时逐掉。不想大和心慈，又恐他没的托身之处，未免混入败类群中，因问大任道：'钟山朗这个少厮，虽是放牛不着调（即不妥当之意），俺瞧他还总是孩子腔儿，所以他不知好歹，去亲近那班跳墙挂不住耳朵的角色。若这当赶掉他，未免可怜，左右咱宅后菜园子，还须寻个看园的，连着种菜，便叫他去试试工，好便好，不好咱再散掉。他年轻人儿，再大两年或知好歹，亦未可知。'大任见哥子如此说，也便点头。

"果然，那钟山朗从此便种菜园。那片园离宅子还有里把地，原先是打粮的场房，后来改作菜园。园左近都是些穷户人家，大和兄弟等闲价也踏不到那里。那山朗入园以后，除了一日两餐方赴杨宅，其余时竟不出园，三瓦两舍价也没他的踪迹。如此光景，居然过了个把月，将大和喜得什么似的。因那菜园毗连粮院，便索性都叫他稍带看管。但是大任究竟信山朗不过，因他变好太快，未免起疑。

"也是合当有事。一夜二更时分，大任偶从邻村夜饮回头，忽见两个青皮，一面从身旁趔过，一面笑道：'今天咱赌运不好，还是向老钟那里捞捞本吧。'说着，一路歌呼，直奔那菜园。这一来，大任大疑，便先到宅中换换衣服。本想就去觇察山朗，不想恰有客来，直闲谈了一个更次，方才走掉。大任更不怠慢，便一径地悄赴菜园。方到墙外，业已闻得山朗屋内唧唧哝哝，喊喊喳喳。倾耳听听，不像聚赌光景，但是纸窗上灯光明亮。少时，又窸窣有声，似乎有人低低笑语。

"大任怙憖之下，便悄悄跳入园去，鹤行鹭伏地就窗隙一张。不看时万事全休，这一张，登时将大任气怔。原来山朗草榻上，正搂抱着一对儿光溜溜的男女。那男子颠臀甩腰，正弄耸得十分起劲，一面用两肩高承女人的两脚，一面喘吁吁道：'俺就为你，才只管向老钟手里白送钱，你当俺真是怯手把吗？方才俺故意地输了两注，趁他们眼神不在，却溜出来寻你哩。'那女人一面摆动，一面唾道：'你没的说，俺不要你假送人情，你既为俺，怎不向俺家中去？如今俺给老钟看屋子，你却撞来胡闹。依我说，你偷偷吃个甜果儿，也便够了你输的本咧。停会子老钟撞来，什么意思呢？'说着，猛地伸手一推。

"但闻喷的一声，男子忙道：'哎哟，了不得！这是什么时光，你如何只管凑趣玩？这时老钟正在粮院内忙局不迭，哪里会就撞来？咱快活够了，睡他娘的一觉儿，都不打紧的。你这样怕老钟，难道他是你的包家儿吗？'妇人恨道：'他有钱，哪里肯都花在俺身上呢！像这园子左近的蔡旺媳妇，小石子他姊姊，还有那老不害臊的老贾他妈娘儿两个，这一群浪货儿，都是老钟的相好的哩。'男子笑道：'你这话，俺就不信，老钟虽是精精壮壮，就算他有这份精气神儿，但是他只靠聚赌抽头，抓些钱钞，能以供给得起这干老婆吗？'

"女人听了，一面颤笃笃，只管摆荡，一面笑道：'你这促狭鬼，单趁这当儿来逗人的话。俺要不说，又憋得慌，你只要叫俺爽利一会儿，俺说给你他的钱财来路。你不差什么，敲他个不轻不重小竹杠，都很现……现……现成哪。'说着猛地倒抽一口气。那男子肩上两脚，也便连连直耸。张得大任正在又气又笑，只见男子猛地一个虎势，直压下去，却喜得直抵两脚道：'真个的吗？你既说给俺生财法儿，要爽利，自然现成！'说着一阵子风狂雨骤，连着草榻岌岌动摇，下面女人，没口子连道爽利，顷刻间，声容并茂。

"这一来，闹得大任越发地气笑非常，但是要听个究竟，只好大睁着两眼，瞧他两人自在做戏。趁势儿细瞧那男子，便是那会子所遇的一个青皮。那女人生得白白致致，明眉大眼，仔细端相，却是菜园附近的一个贫妇。这里大任正在暗唾之间，只见他两个业已云收雨散，笑嘻嘻抱卧下来。

"女人便道：'俺如今说给你老钟的钱财来路，你却不可向别人说，倘被杨家晓得了，却大大的不妙。你以为老钟抓钱，只仗着聚赌抽头吗？那一壶子醋钱，济得甚事！如今杨家粮院里，积年的大粮囤，都已被他盗卖得要露底儿咧。他既犯了这一款，你慢慢地榨他的油水，岂不千妥万当吗？俺就恨他有钱，只填操那班浪货，所以俺背地里抖他的底。你可千万要口严，那小子，不是什么善良东西，倘被他晓得是俺说出来的，俺可惹他不起。'

"几句语不打紧，听得个大任顷刻间心头火发，忙悄然退出园来，一径地跃入粮院。只见最后面三间正房中灯火明亮，人影憧憧，低声喧闹作一片。便闻一人道：'老钟哪，明天有两个外路朋友，想来玩一场子，你的意思怎样呢？'老钟还未答语，又一人道：'我瞧老钟，他没的这么大的胆子。那两个外路人，虽是出手阔绰，俺瞧他总像是黑道上的朋友，说起话来，就是杀打割剥，你想老钟敢招揽他们吗？'正说着，忽闻啪的一声，似乎拍案，即又有人笑道：'噫，你瞧老钟这份猴相，唱得虽平常，做工儿倒不错。'于是老钟哈哈地冷笑一阵，却高声道：'你们不要小看俺，俺就好交朋结友，黑道上的朋友咱交结两个，怕他甚鸟！'

"大任听至此，再奈不得，便由窗隙向内一张，只见里面正围拢了六七个青皮赌徒，作局酣酣。那老钟正在旁案上高坐点筹，还有个左近贫妇，一面帮着串钱，一面向局上传递茶水。再瞧那靠西壁案上，大酒大肉、蒸饼馒头之类，业已准备停当，大概是局罢吃喝的散场儿。

"当时大任见状，盛怒之下，几乎一步闯入。仔细一想，又恐挤出事故，于是忍气跃出院，一径趱转。次日，向大和一述所见，大和虽是慈善，但是一闻粮囤被盗，这一下子委实耐不得咧。于是登时价齐集佣作，唤到山朗，拷问所以。那山朗一任敲扑，抵死不承，并且目如烟火，只管瞧视大和等，呼呼冷笑。在大和兄弟之意，明知他是一个穷小子，并没想他赔偿粮米，不过叫他说出实话，一棍撵离门，也就罢咧。今见山朗如此倔横，大任又想起自己养他数年之惠，今一旦忘恩负义，至于如此，不由得气冲顶门。于是喝令佣作鞭扑交下。

"哪知山朗被打得死去活来，却依然怒眦欲裂，一声不哼。后来大和瞧不过，只好长叹一声，一面放掉山朗，逐离门户，一面且去检点空囤。从此，山朗便日与青皮为群。过得年把，居然在左近青皮中混得小有声望。于是'老钟'两字，变为'钟爷'。俗语说得好：狗怕哄，人怕捧。山朗既为众所推，不知不觉，他也就臭疑惑着自己是个人物。渐渐地遇有小事，他便出头排解，又搭着他很会做作，外面朋友的光景，乡愚无知，无非是盲从瞎捧。久而久之，左近四十余村遇有大些的事体，也都烦山朗出头。于是山朗越发高兴，便索性地大干起来。历年价他设赌所得，并与人了事所得酬谢，算起来也很有几文臭钱。

"这小子时来运来，便登时置了田宅，娶了老婆，有时价鲜衣怒马，出入扬扬，望得一班乡人们啧啧叹羡。并有大赞的道：'像人家钟爷，真是光棍不怕出身低，这才几年光景，还在杨家当牛官，如今竟混得这么火爆，这才是白手成家，有本事的哩。'众乡人虽叹观止，哪知山朗却不甘自屈长才，从此又自延武师，大习技击。一面价联络村绅，走动官府，一面价报捐了个守备武职的头衔。往往入城，或赴四乡，不是官府请酒，便是绅董会茶。逢时望节，那城中书吏，并四乡地保，流水似向钟宅跑个不迭。山朗有时说声'某人不是善类'，只需一纸小条儿，立刻送向当官，登时便枷责示众。往往由城中半夜回村，你看他灯笼火把，照耀着舆马辉煌，一径地传呼入宅，便似什么阔官府一般。

"你想，乡下人们哪里见过这气势？于是大家见了山朗，都不知怎样溜溜沟子、舐舐眼子才好。那'钟爷'两字，不消说，自然是又从中间加了一个'大'字。从此，钟大爷居然在四十余村中，成了个跺跺脚四街乱颤的角色。

"那杨大任兄弟知得了，只落得个暗暗纳罕，也便不去理会他，且自兄弟同心，整理家务。大任更以暇时购置些货物等类，亲自行贩各县，一来是为理财，二来大任生性好武，不耐家居，便借行贩，到处里结纳些意气朋友。因他性儿爽快，颇颇疏财，久而久之，江湖间一辈人，也自都捧他的场，便群以'白面二郎'相呼。唯有那大和，虽是家业日富，他却老

289

而愈悭，瞧那一文钱，就有车轮大小，还依然当他的窝囊废样儿土财主。

　　"不想闭门家中坐，祸从天上来。一日，秋稼登场，大和督率佣作，在稼场中忙碌了一会子，弄得尘头土脸，一身灰扑扑的。方趄向家门，只听后面有人唤道：'喂，大先生慢走，俺家主人有事相商，请你马上就去哩。'大和回头望去，却是山朗家的一个庄汉，歪戴着帽子，挺胸腆肚地摇摆了来。手内拿着张纸单儿，向大和劈面一晃，道：'快走吧，如今四十余村各首事庄众都已到齐，就等着你咧。'

　　"大和摸头不着，便逡巡道：'你主人今天冷风冒热气，忽然请我作甚？'庄汉冷笑道：'自然有点儿不大不小、不冷不热的事由儿，不然，谁敢来劳动财主们的大驾呀！'大和听了，只得纳着气，问其所以。庄汉道：'像你这当财主的，真算罢了，只知道上炕搂着白脸的（谓妻子也），下炕眊着黑脸的（谓灶王也），外边什么事，就不晓得。如今县里下朱谕，命各墅下操办团练，防备着长毛们杀来。俺家主人蒙县官派充这四十余村的团总儿，这等风火加紧的大事，能不赶紧操办吗？第一样，是就地先筹款项，这没别的，自然须借重你们财主大爷咧。所以俺主人，今天招请各村众，商量摊筹此款。干脆，就是这点儿小事，外挂着还没啰唆。你老人家，听明白了，咱是闲话少说，您马上便屈尊一趟吧！'说着，一翻红眼皮，竟自横着膀子，不容大和进门。

　　"这时大和听得是叫他出钱的事，登时吓得没了主意，没奈何，赔笑道：'伙计，你可晓得，像俺家该摊多少款呢？'庄汉冷笑道：'你这话多么稀奇，俺又不是俺主人肚内的蛔虫，谁知他拿定什么主意呀！'大和道：'那么你先请回吧，俺少时吃罢午饭就去。'庄汉喝道：'你别只管摆你的财主臭架子，装使不得咧！这是俺主人办的县太爷的公事，你当是闲得没鸟弄，特来和你磨牙磕嘴玩吗？你去便去，不去时，等俺主人禀明县官，一条黑索子将你拴将去，你就浑身都舒服咧。怪不得人家都说你们臭财主，有一种挨日不挨剐的臭脾气，真是给脸不要，什么贱骨头呢！'说着，瞪起牛卵似的大眼睛，很透着八个不答应的样儿。

　　"大和见了，越发地没了主意。要说大和，虽是个土财主，一向也不曾遇事则迷，受人欺负，这当儿，是因一来大任没在家，自己一时价没了仗恃；二来，他早知钟山朗是个狠鬼子的性气，这一来，定然为意非善，所以仓促间竟自愣怔起来。但是当不得那庄汉只管催促，当时大和无奈，只好就这般灰扑扑跟他走去。

　　"一入山朗的大厅房，只见各村众果然到齐。那山朗正大马金刀地坐在炕桌旁，向众人刮刮地山哨，简直地是指名派款，村众们都吓得小鸡子似的，没口子唯唯不迭。那山朗一见大和入来，只略欠屁股，瞟得一眼，仍然是分派他的。须臾，各村众攒眉归座，面面相觑，都透着为难神气。其中一个老头儿沉吟一回，便和颜向山朗道：'本来呢，这团练是保卫地方的公事，又有钟爷总理其事，这真是地方之福。但是俺们庄户虽说是有碗粥吃，究竟是土里刨食的勾当，可否……请您向……'

"一言未尽，山朗冷笑道：'向什么？莫非你叫我向县官说，免你这份摊款吗？'老者忙赔笑道：'俺怎敢求免，不过，不过……'山朗眉毛一挑道：'不必说咧，你既迟疑，不算你这份也使得，但是你出头抗办，没别的，请你随我去见县官吧。'一句话不打紧，吓得各村众都默然无声。再瞧那老头儿时，早已含着满眶眼泪，低下头去。

"瞧得大和正在心头打鼓，便见山朗向自己狞笑道：'杨大和，如今派款都毕，就剩了你这份咧，三日后定须交清。若过了期限，你却莫怪，俺公事公办。'说罢，命左右取过一册簿籍。大和一瞧自己名下摊款数目，不由轰的一声，真魂都冒，便急煎煎地道：'这个数目，你不是诚心要俺的命吗？俺便立时出房卖地，也凑不来。'说着，只气得索索乱抖。原来那册上注了他'头等富户'和'派三千金'的字样。于是山朗哈哈大笑，道：'你凑来凑不来，莫向我说。如今县官定的款数，俺既当团总儿，不能不知会你罢了。干脆咱三日后再见吧。'说着，一甩袖子，径自转入屏后。这里大家面面相觑了一会子，也只得次第各散，都忍了肚子痛，且去张罗款项。

"唯有大和，趔回家来，只气急得一头病倒。偏偏这时兄弟大任方同了一班朋友远游他郡，想遣人寻他，来料理此事，又苦于不知他近来住址。逡巡之间，三日已过。那县官的虎狼差役早已到门，一条黑索拴得大和去，杖责之下，便是押追摊款。

"你想大和本是病体，又经这么一来，不消数日，已剩了奄奄一息。没奈何，倾家凑款，及至释放回家，偏那山朗又借事为由地登门辱骂了两次。大和想起他恩将仇报的行为，这口闷气，哪里还咽得下？于是和妻子们痛哭一场，只嘱咐待大任回头，务必与阿哥报仇。延了两日，恰好大任趔转，这时大和已是气弱如丝，言语不得，只大睁将枯之眼，望望兄弟，以手爬胸，惨号而死。

"大任向家人们问知一切情由，只尽力子踩踩脚，却是一声不哭。便赶忙草草地埋葬大和。没过得一七，又将家人等都悄悄地寄顿在远处好友家中，他却没事人似的，仍住村中。展眼间已是大和头七之日，乡中俗例，凡亡人亲友们，这日都来香楮祭奠，丧家例须杯酒酬宾。大任这日便就大和墓次，高搭白棚，罗列盛筵，特备了丰盛祭席，以荐亡兄。当时众客齐集，见大任业已换了一身伶俐劲装，只敞披一件长衫，正在那里指挥执事人，就大和墓前摆好祭席。却是并列着三张方桌，左右桌上是果品肴馔之类，唯有中间桌上却只铺着猩红毡子，上置一具白木长盘，似乎还有什么祭品一般。便是他所常用的那把丧门剑，也横置在木盘之上。众客见了，也不便问其所以，便依次行过奠礼。

"大任——回叩毕，却一张健臂，将众客拦就筵席。登时命左右进酒行炙，又自己亲斟过一巡酒，然后笑道：'今日辱诸公惠临，存殁均感。俺家祭不须忙得，且痛饮一番，再瞧俺大任痛哭亡兄何如？'说着，双眉轩动，哈哈哈，一阵大笑。恰值这当儿，长风飀然，刮得墓前化余的纸钱团团乱转。大任便斟满一大杯，跪洒墓前道：'大哥，你慈懦一生，一朝得祸，如今万事休提。你且陪众亲友吃杯酒儿，待兄弟去取一项祭品，然后再大家痛饮何如？'说罢，掷杯于地，霍地站起，唰一声，抄起那把丧门剑。

"众客见状，正在互相错愕，只见大任业已大踏步仗剑而起。这里众客慨叹之下，未免又是一番纷纷议论。有的道：'大任颜色不戚，没什么兄弟情肠。'有的猜疑是甚等祭品，便值得大任亲自去取。只又酒过数巡之间，早见大任笑吟吟提到一个大布包裹，鲜血殷然，直透里外。众客正猜疑是猪头三牲之类。那大任却一言不发，便奔那墓前案上的木盘，只提起包裹，向盘中一抖。这里众客啊呀一声，一个个腿子乱抖，大家一哄离座，争要拔脚纷纭之间，早已撞翻两个。原来包裹内却是乱发交绾的两颗人头，便是山朗夫妇。山朗所居，本离杨宅不远，所以大任竟一径地闯入其宅，刺取其首。

"当时众客这阵大乱，直然地蛆一般乱搅。大任都不管他，便一径地伏向墓前，放声大哭。既至起视众客，早已都溜之大吉。哪知杨大任浑身是胆，依然地从容祭罢，散掉执事人等，扬扬回家，索性地连大门都不开，只一个人儿悲吟叱咤。如此光景，直过了三四日，那官中捕健方才率领了数十人，一色的单刀铁尺，喊一声，闯进杨宅。只见大任凶神似的高坐堂上，只瞟得众人一眼，却大喝道：'俺不值得多伤你们的狗命，便借你的嘴，传语那狗官，他若再不知进退，早晚俺叫他丢了脑袋！'说罢，嗖一声跳出堂来，剑光一晃，早已跃登屋脊，顷刻间影儿不见。从此，大任便弃家亡命，为日不久，便啸聚了一班朋辈，不断地打家劫舍，累败官捕，越闹越凶。后来聚众两千余人，便占据了那建霞山。

"蓝爷你想，如今的年头儿，像这等好汉，他岂有不想大作之理？所以大任近来很有意联络那罗泽霖，投向他股队之中。俺今替蓝爷计划，你不如先去结交了杨大任，即便撺掇他去同投泽霖，由你引进一大帮队众，先显得你有气势。到泽霖那里，略站住脚，然后咱再撺掇泽霖，设法儿引得李秀成来，去扰浙中。这么一办，大小三个股队合在一处，自然是气力百倍。那包村便整个的是铜墙铁壁，还愁打它不下不成！蓝爷，你道俺此计如何？"

孙盛这一席话，指手画脚，只喜得蓝大炮颠头播脑。但是忽地低头，瞧瞧自己身上，不由又端着酒盅儿，只管发愣。招得白氏便笑道："你吃了半晌的酒，怎又发起含糊来咧？难道你还疑惑着有蒙药吗？"大炮失笑道："岂有此理！俺并非心疑发怔，俺是怙惙这杨大任，与俺素无一面之识，再搭上俺这落拓样儿，就恐他不肯接待哩。"

孙盛笑道："您就放心吧，此人与俺甚是相稔。今且吃酒，明日咱们一同去访他就是。至于您衣服不鲜明，更不足虑，咱……"那白氏登时抢说道："咱有的是各样衣服，明天由着您性儿穿，就是咧。"孙盛笑道："你这婆娘，就是个浅嘴碟子，有两件衣服，就支使得你浪吱喳。"大炮一听，情知他们是剥夺得过客的，不由拊掌大笑。

须臾饭罢，当日大炮宿在客室，喜遇孙盛，不觉心下少安。次日孙盛果然寻出一套簇新的衣，给大炮扎括起来。人靠衣衫马靠鞍鞯，这一来，大炮复其原状，颇显得凛凛一表。于是两人一径地相偕入山。

那建霞山距孙盛所居，不过数十里之遥，下午时分，便已暨入山口。只见层峰叠嶂，十分气概。这时大炮更不暇细看，只随了孙盛一路撞去。须臾行抵寨门，大炮仔细一瞧，心下暗笑，早打算了一片说动大任的言辞。原来大炮自己领过大股队众，纵横一时，像大任这区区局面，自然不入他目了。当时寨门守卒大半都认得孙盛，于是厮见之下，急忙引孙盛直入寨中，一面遣人去如飞通报。

不多时，内寨门启处，即有四五贼目，拥定大任，大踏步迎将出来，并且哈哈大笑道："有幸得紧！今天甚等好风，便吹得孙兄偕同了贵客来呢。"说着抱拳趋上，一把拖住大炮道："你老兄就是名闻四方的蓝爷吗？幸会，幸会！"这里大炮方在谦逊，孙盛连忙趋上，给他两人彼此价一为指引。于是你道久仰，我道渴慕的，鸟乱过一阵，然后宾主相逊，直暨入一座厅事，相与见礼落座，由传仆献上茶来。

这时大炮将大任仔细端相，果然是威风凛凛，金刚也似一条汉子。大家寒暄数语，大炮先致过慕访之意，并慨然略叙自己的行扰，不由赧然道："俺如今孤穷一身，特来冒昧晋谒，直是抱愧得很。"大任忙道："蓝爷快不要如此说，胜败本是常事，像蓝爷如此英雄，偶遭挫折算得什么！如承不弃，且在敝处屈尊些时如何？"孙盛趁势儿道："蓝爷来此之意，亦正如此，咱大家且慢慢细谈吧。"大任听了，十分欢喜。

当晚便大排筵宴，与大炮等接风洗尘。那大炮酒酣以往，纵谈兵事并武功等，大任已是闻所未闻。须臾，又稍谈此寨布置，未尽合法等事。大任听了，越发地佩服不已。孙盛见机会已到，便笑道："真个杨兄福气不小，你近来正有意去投罗泽霖，恰好蓝爷便到，俺今说个不怕你见怪的话，你虽然英雄了得，究竟没有率领股队的经验阅历，今得蓝爷相助为辅，俺管保不消数日，你手下人众必然精彩一变。若投到泽霖那里，怕他不刮目相待吗！"说着，竟举杯为大任称贺。那大任是个粗猛汉子，哪知大炮是来借重他。当时只乐得哈哈大笑，手舞足蹈，一席酒直吃到夜深，方才各自安歇。

次日孙盛自行辞去，从此大炮和大任十分相得。事有凑巧，还没过得十来日，恰值那罗泽霖遣人来招收大任之众，准备着去扰浙中。于是大炮投袂而起，便和大任略为商议，选了十余名精悍贼目，各跨了轻鞍骏马，大炮是全身结束，却不佩刀，一径地随了那使人，直赴泽霖处，前去报礼。名刺一投，罗泽霖不敢怠慢，便登时命军中奏乐，列队相迎。原来孙盛早又给大炮在泽霖眼前吹嘘了个十足啊。

当时两人厮见，叙罢客套，大炮便道："俺闻足下之意，是联合敝队出扰浙中。总计来不过万余人，深入生地，未免为势太孤。况且浙中官军，数虽不多，倘合力兜击起来，似亦可虑。为今之计，当再联络一雄厚股众，方为计出万全。"泽霖沉吟道："此层俺亦想到，只是仓促间哪里去联络雄厚股众呢？"大炮笑道："如今雄踞苏常的李秀成，可谓队众雄厚，足下何不去联络于他？"泽霖笑道："监兄这是笑谈了，李秀成据有名郡，他岂肯舍掉他去？"

大炮微笑道："足下不必虑此，蓝某不才，愿与足下任这使人之命。凭俺三寸不烂之舌，仗着足下一时声望，便能说得李秀成兵指浙中，亦未可知。"说着，将李秀成刻下不安于位的情形一说。泽霖大悦道："如此却是机会，便烦蓝兄辛苦一趟就是。"大炮见事机顺手，满心欢喜，便一面分一半手下人，去回报大任，一面和泽霖纵谈款洽。当晚，泽霖置酒，宾主间一番酬酢，自不消说。

次日泽霖果然盛具礼币，烦大炮去联络秀成。也是合该浙中一带并包村遭劫，当那蓝大炮抵苏之日，正是那杨秀清逼迫秀成加紧之时。秀成虽说是硬性跋扈，然而自揣势力，究竟难敌秀清，正在去留莫决，没作理会处的当儿，恰好大炮到来。相见之下，大炮便抵掌而谈，先致过泽霖遣他来联络之意，然后便谈到三股合势，去扰浙中之事。那大炮久扰浙中，熟知各郡邑怎的富庶，并所驻官军怎的弛懈。一番话滔滔汨汨，如数家珍。

你想李秀成这时正没着落，一听浙中是这等的繁富之区，怎会不色然而喜？当时大悦之下，不由一振两臂道："足下此来，合该咱三股相合。实不相瞒，俺如今正在这里和童养媳妇一般，受人家的鸟气，俺若早知浙中是如此的好所在，又是如此的棉花地（谓其民软懦也），也就早去扰乱咧。如今只需俺鞭鞘一指，靴尖一蹴，那克名城、据大郡，还不是马到成功吗？"说罢，一望帐下列卒，哈哈大笑。

大炮听了，略为沉吟，便趁势儿逡巡道："足下倒也不可小觑浙中，浙中虽是棉花地，独有一处，却如纯棉裹钢一般，不但硬，并且硬邦邦的，过分的扎实。俺今有句话嘱咐足下，将来咱兵入浙中时，如道经那所在，切记着须绕道而行，千万不可去撩那蜂窝为要。"

秀成愕然道："竟有这等所在？这一定是什么府州大县，再不然，或是省会重地吗？"大炮正色道："那所在，若是什么府州大县，倒不稀奇咧，最稀奇的，就是一片大大的村落。这村落，在诸暨地面，名叫包村，并无险阨要塞，亦无官军驻守，皆因村内有几个了得的硬汉，自领乡团把守，凡有股队去犯界，都吃了大苦头。便是俺蓝某，吃他们一场挫折，说起来真令人又羞又恨。"于是从头至尾，将自己在包村全队覆没之事一说，并说得包伯高等都如天神一般。少时，却大声道："足下入浙后，千万须回避他们，那包村，真正不是好惹的哩。"

一言未尽，只见秀成鼓掌大笑。正是：

遣将何如激将法，会看群寇闹包村。

欲知后事如何，且听下回分解。

第九回

李秀成合股陷诸暨
诸一峰定策挫贼氛

　　且说李秀成听罢大炮之语，不由大笑道："蓝兄如何只长他人志气，灭却自己威风？你是偶遭蜂虿之螫，未免谈虎色变。谅一个拳大包村，怎当咱大家数万之众？蓝兄，你若有意复仇，咱此去便先打包村何如？"大炮一听，正中下怀，但是他却正色道："俺一人私仇，倒提不在话下，为咱行军打算，却正宜先下包村。一来除去劲敌，可以纵横无忌；二来包村富庶非常，不要说他收没俺的军资一切，为数不资，便是距包村方圆数百里的巨室富家，无不捆载以行，尽室偕往。若破得包村，简直像挖得金窑一般，何曾还有准数目儿？足下如得包村，真是名利双收，拥此雄资，何愁不兵马强盛，气势日大！那时节，足下据有全浙，恐东王这番排挤，倒是作成于你了。"

　　一席话不打紧，恭维得秀成恍似身在云端一般，于是登时定议，克日启行，去会合罗、杨之众。鼓行入浙，便连日价召会众贼目，大排筵宴，款待大炮。大炮留神众贼目中，却有两人端的是秀成的好硬膀臂。一名崔文成，生得身长力大，善用一条熟铜棍，马上步下，腾踔如风。此人是太湖盐枭出身，率领帮队，不但官中奈何他不得，便是发匪初扰苏常时，那小些的股队，去犯太湖，都曾吃他老大的苦头。后来，官中有意招抚他，事还未就，却被李秀成厚赂金资，又推诚相待，文成感其意，即便率众入伙。那一人绰号"小飞狐"，因他生得短小精悍，机诈百出，故得此号。他姓袁名化，本是某县一个猎吏；因庇盗舞弊，被官中捕急，所以也混入贼中。此人久随秀成，秀成历来扰乱各处，往往问计于他。其余众贼目，无非是些驴球马蛋之类。

　　当时大炮流连数日，即便匆匆地先自回报罗、杨。这里秀成也便克日拔队。这一来，可怜苏常地面，简直地揭却一层地皮，那金资细软被贼众尽数卷去，自不消说，最可怜的是苏台佳丽，都被贼们成船成车地装去。

便是那座撷芳园，也便付之一炬。及至接防的贼众到来，于兵火劫灰之下，又是一番的大掠大扰，这都不在话下。

且说那李秀成领了大股贼众，便如可天的蝗虫一般，一路上烧杀淫掠，业难尽述。这日将到和阳上镇，早有人去飞报罗、杨。于是罗、杨、大炮等，率众出迎，自有一番风光热闹。大家厮见过，都是一班混世魔王，自然是情投意合。

当时大宴之下，便商量去先打包村。在势力说，自然是公推秀成，做个全队的头儿脑儿。那秀成却故意价让再让三，鸟客气了一阵，然后方慨然应允。便分全队作为三股，秀成为中队，泽霖为左队，大任为右队。秀成又抽拨其众若干人，属之大炮，使为先锋。分派已毕，先遣随路的探子，次第价分赴包村，探听一切，然后方商议定经行的路程。

那大炮又恐包村得信准备，便令贼众不许提及"包村"两字。直待那随路的头探回报包村近况，这里方才定日启行。当时大炮听得探子说包伯高又得一教师，名叫诸一峰，也没在意，及至听得伯高新纳金钱花之事，不由暗喜道："包伯高既恣意声色，怕不是累胜之后，骄气乘之。这次却合该俺老蓝得意咧！"于是便兴冲冲一路长驱，直抵那禹王河地面。一面价绵亘数里的连营结寨，一面传人赴城，暗张伪檄。但是檄文中是取县城，却不曾提到包村。

当时那坐探便如背书一般，一气儿报告已毕。昭达是揎拳捋袖，伯高昆仲是含笑沉吟，玉林却一拉一峰道："不想贼踪飘忽如此，诸兄这起筑两圩的计划，竟来不及咧。"一峰道："虽然如此，但是俺想趁势儿便擒蓝贼，他既为贼中先锋，定先来抢据这高垈、戴洼的。"于是如此这般一说计策，伯高等都各称善。

玉林便道："妙在蓝大炮不曾见过诸兄，但是还须安置一人，去打接应方妙。"正说着，恰好璧城也自闻信趱来。伯高便道："打接应，倒不虑那厮识得面目，便请蒋兄去就是。"于是向璧城一说一峰的计策。璧城听了，只点点头儿，又冷冷地问了那坐探两句话。

这当儿，却吓坏了高垈、戴洼两村的首事人，只战抖抖的，向着伯高等不知怎样才好。伯高便道："如今事不宜迟，诸位便赶快回村，连夜收拾，先命村众妇女等都移入圩中，至于日用粮米家具等却不必动。若村中太空虚了，须防贼人起疑。"

不提两村首事人如飞去了，登时闹得两村人鸡飞狗跳，立刻搬家。那各家妇女们更是呼姐唤姨，拿拿这个，又撩下那个。有的抱两个包裹，有的揣一包簪钏，还有捎一捆铺盖卷，便如驴子会（北方社火中有此会，形容骑驴游倡也）一般，大家闹嚷嚷挤向街头，无头蝇似的乱撞。一面价吱吱喳喳，张大妈、李二姐地乱招乱叫。气得各家汉子们跟着乱吵道："还不快走，少时贼们一阵风卷来，还了得吗！"

正乱着，只见一个白毛蹀躞的老太婆，拄着拐杖儿，颤巍巍地踅来，一面大骂道："真是国家无福民遭难，俺老来老来的，倒成了丧家狗咧。你们都去，俺一个人儿替你们看家，什么蓝大炮、紫大炮的贼杂种哪，他不乖乖的，你瞧我使拐棍子抢他个婊子生的。若这样怕起来，还有完咧？俺偌大年纪，下个蓝大炮都下得出，俺还怕他把我……"便有一妇道："哟，你老人家，可别倚老卖老，那没天理的贼们，可不管你是老是少，只要你有个那……"

那众妇听了，正在乱唾，忽地抬头一望，不由都哈哈地笑道："阮大嫂，你真是不要命咧，你一个人儿便带拉这一堆铃铛寿星，你还舍命不舍财，将你一份大家当都捐出来。"

各家汉子们一瞧阮大嫂那副形容，也便暂抛急躁，大笑起来。只见那位阮大嫂五短身材，肥头大脸，本就似压油墩一般，这时却将身儿做了衣架，穿了十几重男女各色的衣服。偏将一件她当新娘子时穿的绣花大袄套在外面，满怀上带的是怀镜、汗巾、香球、香袋、牙签、钥匙之类，还有孩子玩的小锣小鼓、纸人泥虎等物。一走一颤摆，花红柳绿，叮叮当当。右手提着个大麻袋，里面是盐酱米面、干菜咸蛋之类。左手提一个大包裹，鼓蓬蓬的，外面用条裤腰带系着。因为提晃得凶，那包裹已稍开一角，却露着葱绿色的鞋带儿。再望到她背上，还驮着一个龟盖似的新编的秫秸锅盖，用一条绳儿拴套在脖儿上，绳之一头还拴着笊篱，并一个半大鸡笼儿。这笼儿就戴向她头上，笊篱便垂在她脖儿颈后面。你看她墩搭墩搭，便如个扳不倒一般，一面引着个鼻涕横抹的孩子，一面向众人笑道："哟！你们倒会说风凉话儿，俺这点儿家当，都是孩子他爹黑汗白流挣的。俗语云，破家值万贯，你叫我舍了哪一样不心痛呢？偏是今天孩子他爹又没在家，俺不一个人儿捐出来，不都便宜了贼蛋蛋子吗！"

说着，恰好踅到众妇跟前，那孩子忽地叫道："娘啊，俺饿咧！"阮大嫂便骂道："没出息的崽子，才撂下饭碗就嚷饿，这会子逃命不迭，吃什么呀！"孩子听了，登时便打坠嘟噜，并嚷道："你那包裹里现有根挺粗挺长大黄瓜似的东西，只留着给你解馋儿，却不把给俺吃，你当俺没瞧见吗？那会子，你背着俺夹藏起来，这准是好吃的物儿。"说着，便一咧大嘴，就要撒泼。

阮大嫂忙笑喝道："你这崽子还胡说，还不快给我滚！"说着，置下包裹，方要去拉那孩子，早有个手快的媳妇子，一把拉过那包裹，一面解一面笑道："像阮大娘不发财，真须说是怨命，这抢抢夺夺的年头儿，还割舍不得给孩子东西吃哩。"

阮大嫂见了，忙丢下孩子赶来，道："可了不得！你快给我搁着，那里面都是俺背人的物儿，大街坊上，白不赤的，什么意思呢！"一言未尽，那媳妇儿手儿一抖，又招得众人哈哈大笑。原来包裹内是一条半新不旧的裤，裹着一双大红梭布的睡鞋子，少说着也有半尺来长，并且是绿提跟，花锁口。鞋子之外，又有两条蓝布，叠得宽带子似的物儿，又有一长圆破纸卷儿，果然像黄瓜长短，忙得个阮大嫂两手乱抓不迭，并向那媳妇挤挤眼儿道："你们年轻人儿真不知轻重，什么都瞎抓，当着许多大男人们……"

那媳妇道："孩子既嚷饿要吃，便给他吧，什么好东西，难道真留着与你偷偷地解馋吗？"说着，拾过纸卷，随手一抖，不由哟了一声，羞得脸儿通红，啪的声抛在地下，拔脚便跑。原来那纸卷内却是个房中物事儿。当时众妇忍着笑，替阮大嫂包上包裹，扶了她纷纷便走，一径地呼男唤女，都赴包村。

且说伯高等一行人匆匆地回得团局，一面遣坐探速回再探，一面价传下令去，全村警备。一时间分队设卡，又布置团丁，即刻严装登圩，分守各段。那河堤水门一带，自有昭达领渔户们防备一切，又另拨一队人照应安置高垞、戴洼两村来的男女。那一峰趁这当儿，也便率领了精锐团丁，各换衣装，暗藏器械，一哄价分赴两村，安置下来。当晚，包村是灯火如昼，彻夜喧阗，巡锣鼓角之声陆续不绝，闹得一夜，幸得安然。

次日伯高等准备都毕，方要分头遣人向禹王河、县城两处视察动静，只见昨天遣回禹王河的那坐探跑来报道："不好了！如今李秀成自率中队，直赴县城，因为蓝大炮趁夜里已得县城。不久李贼入城后，蓝贼便来攻打咱村。那禹王河地面，刻下有罗贼泽霖率领左队暂驻，那杨贼大任却领右队，直向咱村，现在驻扎在距咱村十余里之遥。看那光景，是等着李贼、蓝贼发动后，罗、杨两个即便也取包围之势哩。"

伯高等听了，不由且惊且怒，便一面挥退探子，令去再探，一面知会全村加意警备，便相与登圩瞭望，果见禹王河遥属县城的一路上，数十里之遥，尘埃处处，相续不绝，便如许多大旋风似的，一径地向县城卷去。伯高情知县城失陷，不由顿足道："可恨蓝大炮这厮引此巨贼，重祸吾邑。如今李秀成又据城池，看来此獠不是旦夕间可以退却的了。"

璧城只微微含笑，少时却道："包兄且不须远虑，只先顾咱村要紧。

李秀成这厮智勇兼备，又会合了罗、杨，率领了数万的悍匪，却非往次之匪可比。依俺看，这次战事，包兄却不可专以力敌，也须瞧形势，通权达变才好。倘若李秀成识得好歹，有意交结咱们，咱也可以稍与周旋，不必只管拉硬弓，只求能保全咱村就是。"正说着，恰好昭达、一峰双双趱到，昭达便噪道："岂有此理！蒋兄，你如何这般不济起来？一班虎狼凶徒，咱和他交结怎的？漫说是李秀成，便是洪秀全自己来，咱也怕不着他。"

正说着，只见沿县城一带，一处处尘埃弥天，并远望各路上，纷纷人众，就如蚁儿一般，风过处，已隐闻哭号之声。伯高等知是贼众沿途肆掠，见情形已急，哪敢怠慢，便忙和玉林等巡视圩上，命各团丁一律地偃旗息鼓，以示不测。

下午时分，只见由县城到包村的来路上，那逃难百姓，简直地漫山盖野，一片哭声，响震远近。少时，似见后路上征尘上起，伯高方诧异道："难道蓝大炮如此迅速，便向咱村发动吗？"一言未尽，昭达忽翘首东望，道："噫？你瞧那里，莫非就是探子说的杨大任驻队之所吗？"

伯高等一望，果见村东十余里外，猛可地尘埃抖乱，但是旋作旋止，且前且却。玉林笑道："此是虚张声势，故设疑兵，虽是如此，却牵掣咱村之势。但是这两路贼众如果都到，咱亦当小心一二。如今为势颇急，孔兄、诸兄先请各回防地吧。"昭达攘臂道："是的，俺在河堤水门一带，早准备了许多的叉，专等叉那软硬盖的贼王八咧。"说着，匆匆下圩。

这里一峰也便向璧城道："如果今夜间蓝贼闯来，占据高、戴两村时，蒋兄但瞧俺起火为号，速出接应。咱捉得那厮，先挫他一场锐气。"璧城听了，冷冷地略一点头，便自先行下圩。于是玉林又嘱咐一峰数语，并细述回大炮的状貌，一峰唯唯，下圩去了。

伯高等趱回团局，却不见璧城，一问左右，知是寻那李通海闲话去咧。大家听了，也没在意，便和世兴又谈论回警备之事。匆匆地用罢中饭，业已日色平西时分，玉林谈及高、戴两村筑圩不及，正在恨恨，只见世兴拈须沉吟，忽地直跳起来道："不好了！"大家听了，不由一怔，正是：

　　　　布局须争一着妙，休叫误却满盘棋。

欲知后事如何，且听下回分解。

第十回

温柔梦豪士逞闲情
庆功酒群贼肆淫乐

且说大家见世兴之状，正在一怔，世兴便道："如今咱还有紧要布置，就须斟酌料理。那高、戴两村，固然有一峰的妙计，却敌一时，但是却敌之后，立须草草地筑起栅垒，并须有大队驻守，不但免为敌人据此地势，并能与本村成为掎角，方能免得敌人合围近攻之患。如今事不宜迟，便当预派队众，准备筑栅垒，并须派定驻守之人。但俟一峰破敌后，便赴两村，以免临时仓促。"

伯高一听，甚是有理，便道："此话不差，那高、戴两村诚为重地，驻守之人，亦非同儿戏。吾欲请邹兄帮助仲明，同驻那里，再烦你老人家同去照料，敢怕就万无一失咧。至于咱本村，有一峰、璧城、昭达，大家伙儿帮助于我，也定能料理得来。"大家听了，都各唯唯。

恰好昭达由河堤一带照看了一会子，也自蹑来，劈头便问道："蒋兄还没回来吗？那会子俺见他在河堤一带徘徊散步，甚是暇逸哩。"于是伯高向他一述世兴的计划。昭达拍手道："妙，妙！还是上年纪人肚儿内道儿多。"因向仲明道："仲明兄，你当此大任，别的都不打紧，第一，你要少喝一盅儿，是正经的。"

大家听了，正在一笑，只见璧城一脚踏入，伯高又一述世兴的计划。璧城听了，正在随口唯唯，只见包宅中一个仆人蹑入，向伯高垂手一站，似乎要有所禀白，但是却又望望大家，似乎逡巡一般。于是伯高起入复室，那仆人也便跟入。人家但闻仆人低低数语，伯高却失笑道："俺当是什么事体，你却这等蝎蝎螫螫的，你回去叫她们都放心吧，不打紧的，这当儿俺哪有工夫回宅和她们细讲去呀！"说着，和仆人厮趁蹑出，那仆人自行去了。

这里昭达却不管三七二十一，便贸然问道："包兄，什么事呀？"伯高笑道："说来好笑，便是俺新纳的那个小妾，闻得警信，十分放心不下，特请俺回宅，问问底细。俺已命仆人传语她们不必害怕咧。"昭达听了，还未答语，璧城忽地微笑道："包兄转去，向宅中说说贼警情形，也是正理。局内有俺等照料一切，难道敌人顷刻便到不成！"

昭达笑道："咱说是说，笑是笑，依我看，咱快快地各执其事吧。真说不定那狗娘养的贼们，就许瞅个冷子闯来。"说着，和伯高一同踅出团局。这里世兴等一面抽派团队，准备筑那栅垒，一面分派今夜登圩守望之事，堪堪地日色渐晚，这且慢表。

且说伯高、昭达行至岔路，即便分手，昭达自赴河堤防备。伯高回向宅内，略向家人等一说贼警情形，即便踅向金钱花院内。原来伯高自纳金钱花之后，特收拾出一所精致院落，洞房曲室，真赛如迷香春洞，便命那姚玉珰同处其中。伯高事暇，日玩双艳，有时节一床三好，各无避忌，说不尽的美满风光，秘戏种种，也可说是英雄逸致了。

当时伯高慢步进院，早惊动了那花荫倦卧的小哈巴狗儿，猛可地金铃一响，直蹿过来，向伯高就地一滚。伯高恐踏着它，方一闪身，向阶前丛花深处一站，便见软帘一启，那姚玉珰却笑吟吟地从内踅出。撒脚裤管提得高高的，露着雪白的腿腕儿，双揎玉臂，端着一个漆红木的脚盆儿，里面是很清亮的兰汤，一径地置于廊下。自己却由窗下掇了个矮凳儿，坐向盆前，一面嘟念道："刚给她换进第二盆水去，她又困着咧，活该俺就势洗洗小腿儿吧。"说着，由怀中取出一方素巾，抛在盆内，一跷左腿，拄向盆沿。

这里伯高从丛花之后觇得分明，只见她藕也似一段小腿，衬着那尖生生的平底小鞋儿，不由登时逸兴大动，便悄拈一小小土块打去。便见玉珰猛地一怔，俏眼儿左右乱望，正在樱唇欲动之间，这里伯高却从花后蹦跳而出，一径趋就盆前，蹲将下去，不容分说，拈起盆内素巾，便向她小腿上搽抹起来。慌得玉珰咯咯乱笑，一面价吵着好热，一面道："俺再也没想到这会子爷会跑来，俺只当是檐雀蹬土，落在俺腿上，亏得俺没骂出来哩。"

这时伯高只顾了端相她的花容笑靥，一面含笑不语，一面只管引手向上，慌得玉珰急掌腿儿，并乱笑道："算了吧，俺不洗咧，你瞧湿漉漉的，要闹到裤裆里，什么样儿呢！"说着，身儿一侧，凳倒人翻，登时闹了个大面朝天。伯高赶忙扶她起来，不由大笑。

玉珰笑道："爷悄悄的吧。"说着向室内一指道："她刚才洗罢脚，困着咧。你瞧俺真没福气，方想就这盆水洗洗小腿，偏偏地爷又跑来。真个的！如今贼信究竟怎样？俺曾在贼中混过些时，还不怎的，却把个她吓坏咧。那会子一面洗脚,一面念诵,挑挑鸡眼,准备好跑反哩。"

伯高笑道:"快不要说丧气话,如果你们跑起反来,咱这包村,不完了吗?"一言未尽,只听啪嗒一声,落下一泡檐雀粪,正打在伯高左肩之上。招得玉珰一睃眼儿,伸出纤指,向伯高额上一点道:"该,该!谁叫你来使促狭,方才吓人一跳,如今却报应咧。人家都说雀粪落身,晦气来临哩。"说着,掩了小嘴儿,一扭头儿道:"你这粪气熏人的,俺不理你咧。"

伯高连日忙碌,没的闲心,今见玉珰媚态,不由兴致勃然,便蹩近一步,从她背后拦腰便抱,道:"如今趁她困着,咱也向屋内自在一霎儿吧。"那玉珰一回脸儿,方被伯高吻定她的香颊,喷的一声。哪知那哈巴狗儿猛见二人厮缠,它也一阵价晃头晃脑地扑上来。三不知被玉珰的小脚儿踏了爪子,只管汪汪不已。于是玉珰挣脱身,忙由盆中拧出素巾,与伯高搽净雀粪,携了手儿,双双入室。

伯高一眼便望见那金钱花侧着脸儿,娇躯斜舒,微拥香衾,正在春梦迷离。两腮上枕痕俨然,红红白白,便如海棠花瓣一般。一个松松的懒髻子,乌云似的斜堆枕畔,下面是罗襟半敞,衬着水红中衣,一双未沾尘土的新鞋儿置在身旁。再望到她足下,好笑伯高,这个金刚也似的汉子,竟登时洋洋软化,居然拿出了偷香窃玉的神情儿,悄步蹩去,竟闹了个香钩入握,并且搭上一只手,只管就人家赛雪欺霜的小腿上抚摸起来。

原来金钱花妖媚之至,她那罗袜向来是浓香熏透。如今是新洗过脚,束抹得越发俏丽,便如两弯玉钩新月一般,更加着奇馨扑鼻,所以引得伯高竟自颠倒起来。当时玉珰见状,只笑得什么似的,并且指抹腮儿,去羞伯高。

正这当儿,金钱花醒转,一瞧是伯高,只嫣然一笑,略转秋波,随即让出半个枕头。伯高会意,便登时登榻,和她并卧。金钱花道:"那会子仆人转来,传知你的话,俺才稍为放心。如今局内忙碌,你怎又巴巴回宅呢?"

伯高听了,微微一笑,一面握了她的手儿,一面笑道:"你不晓得,俺因事忙,连日不见你们,便觉没甚精神似的。所以俺趁空儿来瞧瞧你,一来叫你不必害怕,二来俺也长长精神,说不定何时,就须大战杀贼哩。"金钱花笑道:"你倒说得古怪,难道俺们女人家,是你们男人家的壮药吗,瞧瞧就长精神?"伯高笑道:"不知怎的,连我也莫名其妙,我只觉见了你们,就似精神加旺。"

玉珰忽地笑道:"哟,这个道理俺晓得了,俺想大爷好见女人们,就如二爷好喝盅儿一般。你瞧二爷，见了酒不是精神百倍吗?"说着蹭进榻沿，方想给伯高脱去靴儿，不想伯高猛地跳起，大笑道:"难为你说的，正如俺意中之语，真是有这怪道理，如今俺也闹一盅儿，长长精神吧。"说着抱定玉珰，向榻便按。闹得金钱花也便揭衾坐起，一面帮着按促玉珰，一面咯咯乱笑。三人这一阵厮皮翻滚，夹着金、玉两人的娇声浪气，听得隔院年轻仆妇们都相视而笑，咬着小指儿，红了脸儿，只管呆想。

这里玉珰却极力挣起，瞅个冷子，推倒金钱花，一面向伯高连连努嘴，一面便伸手去解她的裤带。笑得金钱花鬓发都乱，两脚直蹬，并笑道:"你这小蹄子，不是那晚上只管拉长耳朵，偷偷地听响声的形儿咧?如今却只管假撇清，还拉把人家。"玉珰笑唾道:"呸!不害臊的，也不知是哪个，爷只两三日没在家困，就急得她失神落魄，睡而不醒。那会子俺换进二盆水来，她就困着咧。"

两人这一斗嘴儿，不但红飞绿舞，并且莺娇燕姹。伯高瞧瞧这个，玉软得可怜，望望那个，又香温得有趣，不由捧腹大笑道:"你们别只管胡闹咧，俺好容易得此闲空儿，且容俺盹歇一霎，还须赶赴团局哩。"说着，重新登榻，搂过金钱花，并枕而卧，又命玉珰，偎坐在自己屁股后面，捏起美人拳，慢慢地捶着自己的腰胯。

不提伯高这里入温柔乡，得乐且乐。且说那蒋璧城见伯高回宅之后，自和玉林等在团局内料理了一会子。傍晚时光，又信步儿踅向豆腐坊左近，一面在树林里闲看落日，一面望着殷婆子那片豆腐坊，不由暗想道:"干鸟吗，俺和包伯高相交一场，又替他出过许多力气，再没想到，他竟夺人所爱。看起来，他待俺的隆情厚意，也不过是笼络人的手法罢了。俺蒋璧城如今却咬破这颗豆儿，凭俺一身本领，到得哪里不愁不得意，还只管在此恋恋作甚?"正在愤慨之间，忽见一大群野雀儿呼啦啦可天地飞鸣而过。璧城一瞧野雀儿的来向，却是由县城方向而来，正在心头怙惚着贼队发动，便闻圩上面微微喧动。

璧城大惊，赶快地踅向团局。距局门数武之遥，早见仲明、玉林，一色的劲装佩刀，率领一队卫卒，大踏步劈面迎来。一见璧城，玉林便叫道:"蒋兄来得正好，咱这就一同上圩吧。方才探子来报，蓝大炮和杨大任两路贼众，今夜不定早晚，准向咱村。"璧城忙道:"既如此，伯高兄呢?莫非还在局内吗?"仲明道:"方才已遣人赴宅内请他去咧。"璧城听了，不由微微一笑，便由卫卒手中接过一柄长刀，即便和玉林等一同拔步。

这时暮色已起，及至踅登外圩，早已夜色苍茫。遥望那县城来路并村东方向，但见一片暝色平铺大野，极目力所至，也望不见什么。却是侧耳静听，只觉远远地浑如怒涛汹涌，又如远聆市声一般，大家知是人骑蹴踏之声。正在圩上指挥团丁，依次价传递警备的口令，恰好伯高也便率众到来，于是大家就圩上巡视良久。直至初更敲过，那两路上还是没甚动静。玉林道："伯高兄不妨回局料理一切，蒋兄也便去准备打接应之事。圩上有俺和仲明兄，已足照料，贼众如到，定先扎驻，万无即刻攻圩之理。咱且看一峰兄仗剑杀贼吧。"

不提伯高、璧城如言下圩，这里玉林等依然地从容巡望。如今且说那蓝大炮，自昨夜袭得诸暨县城，好不有兴。这次是意存报复，当时杀掠之惨，并官绅百姓遭殃，自不必说。一面遣人去飞报秀成等，并速大驾，一面与秀成安置住居之所，直鸟乱到天明。那秀成传知就到的使人，也便到来。直至下午时分，秀成拥大队，一窝蜂似的到来。慌得大炮狗颠屁股，迎入大驾，好不得意。当时也有许多的贼排场，点验队众，大犒酒肉，依次价鸟乱毕。

依着秀成，还想歇息两日，再打包村。那大炮却自告奋勇，果然不出玉林所料，竟想乘夜里袭入高、戴两村，先占却那片地势。于是一面遣人去知会杨大任，明晨会面在包村圩外，一面点齐了自己的前锋队众，摩拳擦掌价专候前去厮杀，并向秀成道："足下只待俺捷音到来，便急速会合泽霖等围攻包村。说不定，就许一鼓而下哩。"秀成唯唯，即便设筵于广厅之中，亲自把盏，与大炮贺功。

不多时，大碗酒、大块肉堆满春台，又拉到几个愁红惨绿被掠的妇女，命她们侍筵劝酒。崔文成、小飞狐袁化，也都陪坐。大家一阵价欢呼畅饮，少时厅外又奏起军中得胜之乐。

这时大炮左顾右盼，俯仰大乐。这班贼们晓得什么体面，酒过数巡，各自忘形。先由秀成拉过一个妇人，抱置膝头，同杯共饮。大炮拍手道："好哇！足下这般独乐，却不公道。"说着，搂过一妇，嘴对嘴地交杯儿，也便敬将下去。崔、袁两人，究竟自觉是秀成的部下，虽瞧得眼热，却不便放肆。哪知大炮吃得已微带醉意，登时将所搂之妇推入秀成怀中，自己却另拉一妇。不想这妇人有些倔强，冷不防挣脱身，只管靠向屏角，低头揾泪。大炮大怒赶过去，便是一掌，吓得那妇掩面悲啼，只剩了抖衣而战。

那袁化见大炮闹酒，狂得不成模样，便微笑道："蓝爷今夜还有正事，且少吃酒吧。真个的，凡事有备无患，俺想你自去占据那高、戴两村，未免势孤些儿，倘包村略有准备，殊为大大不便。如承不弃，俺和你同去何

305

如？好歹也多个耳目。"

秀成听了，正在沉吟，哪知大炮疑惑袁化要来争功，便登时把酒大笑道："袁兄，你也特煞地过虑咧，俺想包村闻知咱大队压境，自顾本村尚且不暇，岂有余力顾及高、戴两村？来来来，咱且吃酒，请你专候俺的捷音吧。"说着，尽力子拉过倚屏的妇人，又推入袁化怀中。

那筵旁还有两妇，方要躲闪，早被大炮一手一个拖过来，重新入座，登时含了一口酒，来了个左挹右拍的形儿，次第价噙住人家的一点樱唇，将酒度下。他却砰的声，以拳拄案，哈哈大笑道："这次待俺斫得包伯高的头颅来，做个大酒杯，方才痛快！"那秀成本是个浑愣儿，一听此话，登时大赞。袁化却望着秀成，含笑不语。当时众贼各抱妇女，任意嫼戏，直吃到日色将暮，方才各散。

大炮醉醺醺的，自去检点部众，准备出发。这里袁化却悄向秀成道："俺看蓝某此去，毕竟不妥，不如末将随后率一队，遥作接应方妙。"一言方尽，只见秀成一笑，说出一片话来。正是：

袭敌端宜有后备，密谋殊不为争功。

欲知后事如何，且听下回分解。

第十一回

一峰当筵捉大炮
璧城伏路戏同人

且说秀成听罢袁化之语，便笑道："你此话不差，俺本想派你同去，帮助于他，恐他疑俺有命你去争功之意。如今你便待他走后，悄悄地领众随后接应就是。"

不提袁化领命，匆匆准备。且说大炮，当早晨时光，便差了探子，去探包村，这时，恰已转来。大炮问知包村，虽然警备，那高、戴两村，却只剩些逃不尽的老百姓们，听说是边马将到，都吓得什么似的。大炮得报大悦，便兴冲冲率领本队千余人，待至起更以后，出得县城，直奔包村。

一路上是马衔枚，人卷甲，偷偷地溜将去。大炮自领前队，踊跃而行，方近包村十来里之遥，只听开路队众一声喊，登时由道旁草地中捉出两个伏路的汉子。于是全队立驻，"捉拿细作""提防埋伏"之声，嚷成一片。大炮命将两个汉子带到马前，揭起篝灯一照，却是两个粗笨农夫，业已吓得抖衣而战。

大炮便喝道："你这厮伏路探望，准是探子。那包村左近有甚埋伏，快快从实说来，饶你不死。"两汉子道："小人并非什么探子，就是高坨村中的人，因为高、戴两村首事人等探知大王们兵马将到，曾向包村去求保护。不想包村人只顾了防备本村，无暇他顾，两村首事人见事不妙，便大家商议，准备下牛酒米面，单候着大王等万一到来，便跑献马前。无非是求大王高抬贵手，免去杀戮之意。但是小人们究竟是恐惧不过，所以夤夜逃将出来，不想却偏偏被捉。"大炮喝道："你们的话，哪里作得准？等前路见了埋伏时，俺立刻斫却你们的狗头。"于是喝令带在队里，依然前进。

不多时，包村在望，果听得圩上圩内铃梆乱响，传呼小心之声，远近不绝，但是却火燎寂然。唯见雄圩屹屹，突兀于苍茫夜色之中。再望到高、戴两村，虽是静悄悄的，却时露闪烁灯火，远近出没，又颇有呼唤相闻，并锉草屠豕之声。

这时已有三鼓之后，繁星满天，微月皎然。大炮马上暗自怙惙道："看此光景，莫非高、戴两村，真有迎献牛酒之意吗？不必管他，且自杀向前去。"于是顷刻间分队为三，大炮自领中队。一声喊，篝灯尽揭，火光烛天，正要两队包围、中队蹑进之间，只见那高垞村中火燎毕张，登时有一行人众，如飞地迎向队前。

大炮望去，却是十余个短衣草笠的村农，每人手内点着焰腾腾一股高香。后有一人，手持盘肉杯酒，那人头戴便帽，身穿长袍，年可三十余岁，很透着伶俐精神。背后还有一群庄汉，各携提灯之类。便见他吩咐执香之众，向自己一齐跪倒，他却迈众而前，左持盘肉，右执杯酒，直到马前，朗朗地说道："小人们都是高垞、戴洼两村的百姓，今逢大王大队到此，特献牛酒，以表微意。便请大王下令禁杀，容俺百姓们造饭喂马，伺候大队就是。"说着微微躬身，将酒肉直献上来。那跪地执香之众，也便一齐大呼："大王开恩！"

这一来，闹得大炮竟自略为一怔。但是他略为怙惙，顷刻间，却脸子一沉，大喝道："你这厮如此谎言，来哄哪个？俺等军威厉害，你百姓们有什么不晓得！今俺大队到来，你们不说是惊惶逃避，反如此纵容做作，你一个寻常百姓，哪里有此大胆？这其间情有可疑。不消说，你定是受了包伯高那厮的什么嘱咐，不知弄的什么奸计，却当俺面前来说鬼话，也就好大胆哩。"说着，喝命左右："都与我一齐拿下！"

随马步队一声喊，白刃齐露之间，那人却十分惊惶，战抖抖地道："大王不晓得，小人姓朱，便是高、戴两村的首事人。今承村众公推，来迎大王，无非求大王免却杀戮之意。事到临头，只得如此，并非俺有甚胆量。大王如不信，只管先遣人进村去探，便知分晓。"

大炮听了，不由哈哈大笑，便道："朱老哥，如此，俺是错怪了你咧！你既赏脸，俺如何不要呢。"说着，接过那杯酒，方要入唇，却忽然笑道："俺如今借花献佛，朱老哥，你喝俺这认识盅儿吧。"那人知大炮见疑，连忙接过，一饮而尽。大炮见状，登时色喜，便命左右，喝起众村农，他却只管向那人问长问短。

正这当儿，只见十来个贼卒由对面如飞跑来，向大炮道："那高、戴两村中，果然是家家敞开门，炰肉炊饭，专等着伺候大队。"原来大炮初见来迎之众，早已遣人去暗探咧。当时大炮得报，这才放下心来，便和颜向那人道："朱老哥，你却莫怪俺，乍到此地，总要小心。"于是立时传命，队众进村后，不得杀掠。

当时队众得令，一窝蜂似的直拥进村，纷纷地各占民居，顷刻都满。

虽说是不许掠夺，你想这班贼众，手痒素惯，哪里禁止得住。于是各民居中顷刻间天翻地覆。但是各民居中，只有米粮笨物，贼众们没的煞气，便又想搜寻妇女，哪知连茅厕中都搜到，一根媳妇毛儿都没的。偏偏那各家所有的庄汉们，也都倔头倔脑，虽是伺候殷勤，却不十分恐惧。贼众没奈何，也只得安静下来，无非是索酒要肉，闹个不休。有的吃喝已罢，倒头便睡，有的连兵器都横三竖四地乱丢，自去寻伙伴儿，赌博玩耍。

这当儿，那高垈村中有一处宽阔大宅，门前是十余贼众，荷戈值卫，一会儿相聚笑语，一会儿坐卧自如。宅内却喧哗笑语，载号载呶，又夹着村声俏气的俗歌俚曲。原来那个朱首事引着蓝大炮直入此宅，到一片敞厅上，歇息落座。那大炮略问朱首事两村的情形，便自向院前后搜查一遍，然后回厅落座。只见厅上又有两个村农老头儿，正在那里指挥庄汉，摆设酒筵。一见大炮，连忙上前叩见道："小人们都是村中首事，伺候不周，大王莫怪。"大炮却瞪起眼睛，喝道："朱首事哪里去了？"一个老头儿忙道："他方绕向外厢，去安置大王的卫队，正在忙碌摆酒设筵，少时就来陪侍大王。"

正说着，朱首事趄入，便向前赔笑道："大王部下人众，都已分头价歇住各家，吃罢酒饭，如今事体少暇，大王也就宽饮一杯，稍息鞍马吧！"说着，让大炮首坐，两个老头儿左右相陪。自起执壶，坐在主位，给大炮斟满一杯，却先自饮，然后又斟满，递将过去。于是大炮欣然饮毕，却笑道："朱老哥，你这人倒甚有趣。你这番准备伺候，倒也不错。等不久，待俺打下包村，咱们都是自己人了。"朱首事听了，连忙称谢，便又起身斟酒一巡。须臾，馔炙纷纶，传呼迭进，往来伺候的，都是精壮汉。

那大炮三杯落肚，想起夜袭两村这番功劳，并将来打破包村之乐，不由高兴得手舞足蹈，因笑道："你们伺候俺虽然周到，却有一件儿不曾准备。俺蓝某吃这样寡酒，却不成功，如今咱打开板壁说亮话，你们不拘向谁家，就给我寻俩小娘儿们去。不然，却莫怪俺吩咐手下，挨门去找。"那两个老头儿，忙笑道："大王，你不晓得，本村妇女自前两天，业已逃得罄净，漫说是住户妇女没的，便是连吃混饭的，都没的咧。"

大炮听了，不由啪的声一跷酒杯，正要发作。朱首事忙向两个老头儿道："你瞧你两个，真不会讲话，咱虽寻不到妇女，难道就没法儿叫大王欢喜，多吃两杯不成？你两个快去，将咱村中花鼓戏班中的金铃、玉琐叫了来，伺候大王，便叫他仔细上妆，准备歌舞。"因向大炮道："这两个子弟虽是男儿，却媚如妇女，少时大王倘假以颜色，他自能献其薄技。"大炮听了，哈哈一笑之间，两个老头儿相视一笑，即便逡巡起出。

这里朱首事一面殷勤劝酒，一面又向大炮恭维数语。那大炮却忽然问道："朱老哥，俺且问你，俺闻那包村中又新来一个姓诸的教师，此人本领，端的如何呢？"朱首事一听，哈哈地笑道："那等饭桶似的人，还值得大王道及于他？若论他的长相儿，就和小人差不了许多，他虽没甚大本领，却能当面拿贼，无论怎样狡猾的贼老哥，只要落在他眼睛里，便跑不了。因此之故，包村中才将他请来。"

正说得热闹，只见彩衣飘处，金铃、玉琐双双趱进，折倒腰肢，就筵前插烛也似拜将下去。少时盈盈站起，微敛红巾，即便含笑斟酒。大炮一瞧两人，一色的锦衣彩带，女装打扮，都有十八九岁，生得花嫣柳媚。金铃是长长身段，袅娜有余；玉琐是伶俐活泼，娇小可爱。两人一般的高髻盘云，修眉刷翠，并且顾盼之间，另有一番优爽俊俏之气。眼波溜处，竟是一对绝好的小官儿。这一来，喜得个蓝大炮竟自拍手叫妙。原来大炮这厮久在贼中，淫纵无状，正是个水旱并行的角色哩。

当时金玉斟罢酒，退立筵前，大炮便笑道："你等会甚曲儿，只管唱来，只要俺心中一喜，便是你等全村的造化。"朱首事听了，一面将案上满堂红的铜烛檠略为一移，随手剪剪烛花儿，光照满厅，一面道："正是，正是。你两人歌舞得好时，敢怕蓝爷还有重赏哩。不须赏别的，便是打破包村时，赏你们每人一个俊媳妇儿，也就够了。"大炮听了，越发欢喜，正在不待人劝，便连连举杯，只见金铃、玉琐一齐地撤身退步，彼此价一扭身段，红巾招展，即便流眄凝睇，慢启朱唇，款款地唱了个淮河调儿。果然是响可遏云，靡靡可听，乐得大炮摇头晃脑。

朱首事便道："你两个且去劝酒。"金、玉两个应声趋上，就大炮左右一站，一个提壶，一个把盏。那大炮左顾右盼，哈哈大笑之间，只听宅外哧哧的接连两声，接着便红光一曜，似乎是起火钻天。说时迟，那时快，又听得全村中微微喧呼，并稍有兵器相撞之声。大炮愕然道："这是哪里？咱且少迟吃酒，且去瞧瞧吧！"

朱首事笑道："不打紧的，这是俺们村众在那里宰杀猪子，伺候大王的部众，所以有磨刀欢呼之声。您且安坐吃酒，但是您部下人多，未免有酒后喧哗的，俺想从大王求借一物，出去镇压他们，不知大王肯见赐吗？"说着站起，一垂右手，搭入襟底，似乎是恭敬待命样儿。

这时金、玉两个已进罢酒，夹侍在大炮背后，四只眼睛都注定大炮两腨。便见大炮笑道："朱老哥，你这话就说远咧。只要俺蓝某有的物件，你说是借什么吧？"朱首事笑道："不过是件平常物儿，大王若能舍得，真算是慷慨朋友，俺别物都不借，就借你这颗脑袋用用。"好笑大炮，已吃

310

得酒有八分，一听此话，只认是朱首事做戏，因大笑道："朱老哥，莫说戏谈，俺今少斫你们多少脑袋，也就是咧，如何你倒向我借起脑袋来咧！"说着，趔趄站起，方一扬两臂，要去搂抱金、玉两人。只见金、玉大喝一声，每人抄定大炮一只胳膊，往后便拧。

这一来，大炮大惊，用一个排山摇岳式，铁臂一振，身形一抖，金、玉两个一声啊呀，方如两团彩云似的跌倒于地。这里朱首事衣襟开处，剑光如雪，一挥健腕，早向大炮当胸揸来。好大炮，真个捷疾，只大喝一声，侧身儿闪过剑势，随手抄起那满堂红的铜烛檠，一个箭步，蹿向筵前，不容分说，向朱首事当头便刺。恰好朱首事一挫身形，剑锋回掣，顺势儿又是个回风扫叶式。只听锵啷一声响，那大炮手势略慢，不但烛檠削落，仅剩了半尺来长的铜雁足，并且大拇指削落半段，鲜血淋漓。他惊愤之下，用那铜雁足向朱首事倏地打去。朱首事急忙一闪，略略地让出厅门。好大炮，究竟是惯家不忙，你看他猛可地就地一滚，反钻入桌围之下。

这里朱首事大喝进步，只剑锋才起之间，便听得哗啷啷一声响亮，顷刻间杯盘飞舞，余烛都灭，那一张八仙桌儿，早已凭空地飞将过来。光明之下，朱首事跟前一暗，方飞起一脚，踢落方桌，早见大炮影儿一闪，直奔厅外。于是朱首事大喝道："蓝贼休走，好叫你认得包村新来的诸教师！"一个箭步赶将去，剑光起处，早将大炮困在庭心。

这时大炮情知中计，但是他不曾会过一峰，又搭着自恃能为，转大怒道："原来你这厮，就是什么诸一峰。你行此诡计，将奈我何？你瞧蓝爷，且赤手擒你！"说着双拳一摆，直打入一片剑光之中。要说蓝大炮赤手夺刃的能为，端的不错，无奈今朝遇着个剑术高手的诸一峰，只三晃两晃之间，早已吓得他一身冷汗。原来看这剑术强弱，只看剑的光影多寡，剑锋起处，能闪出四五条光影，正是高手。何况一峰运剑所及，一片光影泼开来，简直地笼罩满院，所以大炮一见，便知是遇着劲敌。

当时大炮情知事坏，勉强招架四五合，方趁至院东壁角，正想越墙逃走，只听宅外街坊上一阵价喊声大起，大叫杀贼。登时间火燎四起，光照远近，并有许多的奔走哭号之声，夹着兵仗相摩，闹了个锅滚豆腐。须臾，有人大呼道："凡是长毛的脑袋，都须杀掉，如今咱高垞业已料理得不差什么，咱且向戴洼帮帮他们宰猪子去吧！方才包村里邹教师，业已领众去截杀杨大任那股贼众，此间自有诸教师能捉蓝贼，咱快些奔向戴洼才是。"

大炮听了，情知是自己队众都被人家一下子杀了家鞑子。正在心胆俱裂之间，便闻许多人轰雷似一声嗷应道："杀呀!"一片喊声，更分不出东街西坊。又有人飞马传呼道："诸爷有命，不许妄杀，凡贼众投械待命的，一概免死。"一声未尽，远近间大呼投降之声，即便纷纷四起。于是大炮更不怠慢，猛可地闪开一峰剑势，从斜刺里一耸身形，飞出墙头。

不提一峰随后仗剑赶去。如今且说蒋璧城，当时领了打接应的队众，屯聚在外圩门内。直至四鼓左右，方见那起火飞起，接着便闻高、戴两村中杀声大作。璧城仗剑，沉吟良久，不由暗想道："干鸟吗，好没来由，俺替包伯高卖这种傻气力，又待怎的? 但是诸一峰既约定俺，若不去走走，须不好瞧。"于是喝命开圩，率队直出，先分人去向戴洼，自己率队直向高垡。一声喊，抢将入去。只见满街坊上火光如昼，贼众被杀得正在纷纷乱窜。璧城一面挥手下人分头截杀，一面仗剑，大踏步直奔大炮所住之宅。方才到门，只见数十团丁簇拥了金铃、玉琐，匆匆趱出。一见璧城，众团丁便叫道："蒋爷不须进去咧，方才诸教师业已从宅内追下蓝贼。"说着，向县城方向一指。璧城听了，更不答话，一转身儿，施展开飞行步法，如飞赶去。这且慢表。

且说一峰一气儿追赶大炮，真个赛如猎犬逐兔。不消顷刻，业已距高垡七八里之遥。两人正在风驰电掣，恰趱近一处石桥跟前，后面一峰眼光略眨，忽地不见大炮。正在略为驻步，忽闻桥旁深草中有人冷笑道："呆朋友，那桥下藏不得，跑路是一鼓作气，你若歇息下来，就许坏咧。"声尽处，便见黑影一晃，唰一声，从桥下钻出，又奔前路。

一峰顾不得理会那说话的，急忙匆匆过桥，撒脚便赶。须臾，又是里把地，却见道旁黑魆魆的一片树林。这里一峰恐大炮闪入林里，没处寻找，正在脚上加劲，却又闻树林旁有人微笑道："呆朋友，快些来吧，这林里虽可歇脚，你可提防着人家大众到来，放火烧兔儿呀。"一峰听了，正在暗诧："这是哪个，他的脚步，也竟能追逐于俺，好生可怪。"趁着星光，方向语音来处匆匆一望，早又见大炮身影，似乎是方要入林，又重新地转奔前路。一峰不敢怠慢，依然地紧步相逐，瞬息之间，又是三四里。

一峰一面紧赶，一面遥望前面，隐隐地火光错落，有似繁星，似乎有兵队列幕一般。料是敌人的接应将至，正在心下着忙，极力追逐，忽又听得道旁丛莽中有人笑道："呆朋友，你跑只管跑，却要小心人家的暗器呀。"一句话提醒一峰，暗想道："这个人真是旁观者清，俺两人既相隔不远，俺何必定要苦追取胜呢。"于是猛然掏镖，觑准前面大炮的身影儿，抖手一扬，喝声："着!"只听当啷一声，眼前是火星乱爆，再瞧大炮，忽地影儿都无。

这里一峰正在一怔，忽闻丛莽后哈哈一笑，便有一人提剑闯来，正是：

　　　满拟飞镖歼穷寇，忽从伏莽遇同人。

欲知后事如何，且听下回分解。

第十二回

包伯高一桨护双将
诸一峰只手夺军旗

　　且说一峰一镖打去，哪知蓝大炮也被那人一句话提醒，当一峰镖去，恰好大炮镖来，嘡啷一声，却碰个正着。当时一峰望大炮不见，忽见丛莽中有人仗剑闯来，大笑道："如今已寒贼胆，古语云：'穷寇勿追。'况且前面似有贼人的接应，咱且转去，料理一切吧！"一峰定睛一瞧那人，却是璧城，不由心下好生怙惚，暗想道："此人好生没正经，怎的拿正事当作儿戏，既然赶来接应，却不合应兜捉，竟从暗中做此把戏，难道特地显他的飞行本领，和俺较胜吗？"沉吟之下，只得和璧城匆匆趓转。

　　书中交代，原来诸一峰假扮作朱首事，两村村民都是包村的团丁假扮，本想一下子捉获大炮，不想却被璧城有意无意地一阵儿戏，坏了事体。

　　且说一峰等回得高垟，业已天光大亮，只见仲明、世兴、伯高正在那里料理一切，各家中抬出贼的尸骸，堆向村外，纷纷掩埋，一面分头遣人安置俘获的贼众。正这当儿，玉林亦率众回头，一说昨夜堵截杨大任的情形，方知昨夜杨大任真个率众来会大炮，既探知玉林堵截，却驻众于距包村八里之外。当时璧城向伯高略报自己打接应之事，即便率众回垟。

　　大家这里一面忙碌，一面互相诧笑璧城胡闹。正这当儿，昭达跑来，一脚踏入，便向一峰大笑道："诸兄定得好计策，真个就将贼小子们玩了个滚汤泼老鼠，如今那勾引贼众，万恶不赦的蓝大炮在哪里？且等俺搠他几个透明窟窿再讲。"大家见状，都各一笑。一峰略述大炮跑掉的情形，昭达大跳道："哈哈，老蒋这不是诚心搅吗，你帮着兜捉，不结了吗？你却背地里闹裂拉腔儿，这不是脱了裤子，再放屁的勾当吗？等俺问他这算怎么回事。"说着，就要跑去，却被玉林一把拖住。

　　正这当儿，县城路上的探子来报："贼目袁化，接应得大炮转去。李秀成得知大炮全队覆没，十分大怒，便命大炮留守县中，自领大队，并会合了现驻禹王河的罗泽霖，两路价进攻咱村。小人来时，那前锋贼目崔文成业已鸣鼓吹角，就要拔队咧。"正说话间，恰好禹王河方面的坐探亦到，果然是罗泽霖催动部队，先向杨大任驻队之所，然后便会齐进攻包村。

伯高等听了，都各大怒，大家斟酌一回，便一面留仲明、玉林并世兴即驻守高、戴两村，登时价率领团丁，草草地起筑栅垒。好在是计划预定，人多物备，不至于忙乱抓瞎；一面伯高等匆匆回圩，准备防守。

不提一峰、昭达回得圩去，只顾了会同璧城，忙碌一切。且说仲明，自那日议定和玉林、世兴驻守两村，真个的便立绝杯酒，这时更精神奋发，督饬团丁，起筑栅垒。不消日午时分，业已栅垒俨然，十分齐整。仲明和玉林巡视一回，自然欢喜。这高、戴两村，相距着不过数十步，本是前后村的样儿，这时合作一处，又有栅垒助势，一时间旌旗鼓角，和包村遥遥相望，端的好个形势。

当时仲明一路察看，方趱到栅门边，和玉林指点徘徊。只见两个守门团丁望见自己趱来，一阵价互相挤眼，其中一个团丁，赶忙向胯下一探手儿，忽作肃立之势。仲明觉得诧异，偏向他一招手儿，那团丁不能不立刻趋前，只一迈步之间，啪嗒一声，却从他胯下掉落个小小的皮呷壶儿（皮酒壶也，俗又名为王八壶，可以随便揣携。吾乡村人喜赶集市解馋者，多用之。每当夕阳市散，必三五成群，箕踞街头，人手一壶，就着热鱼烂肉，痛饮之下，大谈篱落之掌故。然吾乡自奉直战祸以来，久不复见此景象。无怪昔人纪有唐末年之乱，以市有醉人为瑞征也。秉笔及此，感慨系之）。

仲明见状，不由大笑，便命那一团丁拾起壶儿来，揭盖一瞅，还有余酒。仲明没奈何，要作怒容，尽力子一沉面孔，无奈那眉梢眼角偏不给他做主，转闹得舒眉展眼，笑逐颜开，招得其余团丁简直地就要失笑。

正这当儿，仲明却向那挟壶的团丁喝道："你这厮好生大胆，这些日来，连俺都不敢吃酒，你却悄没声地快活起来。偏又掉在这里，来形容我。你快实说来，端的吃了几杯？"

玉林一听，觉得不像话，正要整起面孔，责那团丁。只见那团丁居然回道："小人没敢多吃，因为方才赶紧筑圩，委实倦乏，吃两杯接接气力，不过吃得三四盅的数儿罢了。"仲明点头道："好的，三四盅算在一块，就是七盅的数儿，如今俺责罚你，也照此数……"说着，扑哧一笑，却向那一团丁道："你快给我打他七个大嘴巴。"

那团丁当然应命，真个的左手持壶，抡开右手，噼噼啪啪，向那携壶团丁就是几个大嘴巴。哪知打得手溜，一下子过了数儿，却是九个。那团丁嚷道："二爷吩咐得明白，你如何多打俺两记呢？"一语未尽，招得众团丁都各掩口。仲明笑喝道："这不打紧，俺再许你吃上两杯。"那团丁虽说是挨了嘴巴，并不疼痛，因趁势儿又笑道："那么二爷便吩咐他，再多打俺十来记，索性地连那酒壶也赏还俺吧！"

这一来，招得玉林也忍不住扑哧一笑，赶忙拖着仲明走向他处。原来仲明性儿通脱自在，略无威仪，寻常价见了团丁们，再不会吹胡子瞪眼的，所以团丁们也都不大怕他。当时那携酒的团丁名叫徐柱儿，就是包宅的左右近邻。徐柱儿小时节，常常和伯高兄弟竹马嬉游，所以他越发地逞头上脸。

不提仲明等分驻两村，警备一切。且说包村当晚通宵巡望，直至四鼓左右，却听得县城、禹王河两路上人喊马嘶。伯高等知是贼众将到，一面价严防一切，一面遣人去知会仲明。乱到天明，大家登外圩一望，早见环包村三二里外，扎下了一片众星拱斗似的贼营。约计贼众足有数万，屯幕相望，便如乱坟，万灶烟升。趁着晨光杲杲，一处处旌旗翻影，鼓角怒号，这片气势，来得好不凶实。遥望去，居中是一大营，前分左右两翼，料是李秀成和罗杨两人的驻所。一峰慨然道："无端草寇，竟敢如此猖獗！今幸咱高、戴两村，掎角势成，料贼众不敢近逼合围。咱且以静制动，徐图破敌吧！"说着，大家趸下外圩，就近处公所，用饭歇息，并一面准备鞍马出战。

不多时，日色近午，忽闻圩外鼓吹大作，并圩上团丁们传呼警备之声。即有左右入报道："贼首李秀成，轻装简骑，绣旕黄盖，只命前锋悍目崔文成跨马跟随，一路价笑微微周巡圩外，方才又转向两村栅垒边去咧。"伯高听了，笑顾一峰、璧城道："且自由此贼恣肆一霎儿，但是俺闻这李秀成也是贼中健者。少时，俺倒要会会他哩。"

正说着，又闻圩外画角吹动，战鼓如雷，忽地圩上一声呐喊，即有人飞步入报道："如今李秀成亲自压阵，前来搦战，请令定夺。"璧城听了，正在冷冷地目视承尘，这里伯高业已霍地站起，因顾邹、蒋道："咱这便去杀贼吧！"于是左右嗷应，带过鞍马，唯有一峰只结束伶俐，抱剑便出。

须臾，战鼓三通，圩门大启。伯高等率领部下飞过吊桥，就平阳处列成阵式。抬头一望，早见对面阵中杀气森森，居中阵旗下，飞簇着绣旚黄盖，其下一人跨马佩刀，正在扬鞭顾盼，便是秀成。秀成生得雄伟白皙，浓眉大眼，绕颊短髭，年可四十余岁，正在壮年。头戴飞云软巾，身穿闹龙素缎箭袖长袍，腰束七宝鸾带，脚踹挖云战靴。虽是一片威风，总挂三分贼气。背后两个狡童，都是束发金冠，绣袍珠缨，跨马提枪，打扮得如优伶一般。原来这两童都是秀成的娈童崽子，一名韩珍，一名秦芳，在贼军中人称为"大小太保"，不但剽悍如风，并且狠鸷异常。那秀成每放边马，往往都派他两个，真是所过如洗，碧血殷天。秀成又命他两个各领一队孩儿军，都是十五六的勇猛儿童，披发红衣，每人一把泼风短刀，所过处如红云乱卷，专以出没倏忽，扰乱敌阵。

伯高等见状，正在沉吟，又见阵旗翻处倏地又闪出一人，横眉怒目，雄赳赳卓立在秀成马旁。此人生得身长八尺，面如蟹壳，两道扫帚眉，一双铜铃眼，趁着鹰鼻血盆口，攒腮短胡，赛如钢针。头裹青抹绿的包巾，巾角斜披，有如燕翅，浑身是青缎密扣的短衣，却光着两条黑毛胫，着一双多耳麻鞋，手持一根熟铜棍，就地一拄，很透着气势虎虎。此人便是崔文成。

这里玉林、璧城向左右一分，伯高纵辔，方要答话，便见秀成扬鞭大笑道："包伯高，俺闻你守此孤村，屡抗我军，端的也是一条汉子。但是俺大队到此，已成泰山压卵之势。俺替你算来，不如早早归降，免得全村溅血。"伯高喝道："你等跳梁鼠辈，便是再多来些，又有何妨！"说着纵马提槊，方要抢去，只见黄盖动处，秀成兜马退步，倏地大喝一声，双马齐出。那韩珍、秦芳的两条烂银枪，业已来了个二龙出水式，向伯高双管齐下。伯高大笑，舞动铁槊，即便接战，三匹马荡起征尘，登时杀了个翻翻滚滚。

这里玉林方暗笑伯高出手游戏，一条铁槊，盘旋得韩、秦两个如彩蝶翩翩一般，只见伯高用一个盘花盖顶式，奋起神威，向韩珍当头一击。那韩珍横枪忙架，这里伯高两膊着力，喝声："着！"韩珍大叫不好，登时价头歪身矬，堪堪压倒的当儿，秦芳飞马，嗖的一枪，刺向伯高左肋。一峰大怒，正要挺剑抢去，但见伯高槊势一旋，有似电掣，先将韩珍掠落马下，顺势儿槊杆一拨，拨开那枪。

秦芳枪势刺空，收马不住，只向前一扑，两个马头几乎相并。这里伯高轻舒猿臂，挟住他腰带之间，大喝一声，一翻手，早又掷落马下。两阵上一声喊，包队中健卒飞出，趁着伯高勒马一闪，早将韩、秦两个从地下捉了便走，望得贼众们正在发怔，便闻本队中霹雳似一声喊叫道："包伯高不要走，且和俺崔文成战个三百合！"声尽处，纵步如飞，不容分说，举起熟铜棍，飞舞而出。

这里璧城见了，正在微微含笑，那一峰已自挺剑便上。好笑那崔文成自恃气力，莽熊似的，抡动铜棍，嗖嗖嗖一阵开门炮儿，来得真个凶实。哪知一峰通似没瞧见一般，只给他个轻趋巧避，一面引得崔文成山嚷怪叫，越来越凶，那棍抡开了，简直似雨点起落，一面却暗运剑势，倏地寒光乱飚，化作一片冷森森的白气。两人步下来往，还没的数十回合，但见剑气到处，人影都无，竟将个山精似崔文成，一下子裹入剑锋霍霍之中。

但是文成恃勇之下，棍势越疾。两人又盘旋了三四合的当儿，这其间，却喜坏了个包伯高，不由一望璧城，却大赞道："你瞧诸兄剑法，就如邹兄一般，真是艺出同门，堪称双绝哩。"这里璧城方哼了一声，忽听两阵上震天价一声喊，贼阵上金声响亮，接着便阵旗飘动。急瞧那崔文成，业已左髁中剑，鲜血淋漓，一个跄跄，几乎跌倒。一峰赶去，一剑方下，他却嗖一声连滚带爬，直撞出数步之外。于是伯高大呼，正要飞马直取秀成，便见贼众一声喊，百十条长矛齐奋，一面价救回文成，一面价麻林似直向一峰。

但见一峰长啸一声，猛可地拨开矛林，耸身一跃，疾同鹰隼。贼阵上李秀成见文成被伤，急忙大呼："吾众且退！"绣旛黄盖，正和那面军旗乱扰作一团，不想一峰闪电般业已撞到。那秀成仓皇之下，霍地向后一兜那马，正要拔刀，便见一峰手起剑落，先砍翻那执军旗的队目，一径地夺了军旗，单手乱舞，并扬剑向后一招，大呼踊跃，火杂杂的一径地奔向自己。

要说李秀成本领不弱，又是积年老贼，什么阵仗也都见过，不至于被一峰一人竟自吓退。话虽如此说，无奈他当时见韩、秦被捉，已自一时气恺，又见文成负伤，更加了一层惊恺。这当儿见一峰又如此的纵横莫当，直闹得他惊恺之余，只疑惑一峰不是凡人起来。那战阵勾当，勇怯之间，只争顷刻。当时秀成心下一模糊，不由得手忙脚乱，回马便走，左右的旛盖等件乱抛了一世界。这一来，自己阵脚冲动，顷刻间队众反奔，势如山倒。后面伯高望得分明，即便和璧城怒马当先，挥众直追，但望着一峰的军旗飞处，潮水似直拥下来。

这当儿，全队团丁一个个小老虎似的，短刀长矛，望着贼众，便似切瓜斩菜，乱戳蛤蟆一般。这一阵排虀追奔，直将及贼营外垒，亏得罗、杨两翼队一阵乱弩，方才射住敌人冲突，眼睁睁见一峰舞着秀成的军旗，凯歌齐唱，大队回圩去了。秀成惊定，检点部下死伤甚重，又失了秦、韩两个。他冲冲大怒，誓灭包村。

且说伯高等得胜回头，依着一峰，便将韩、秦两个斩掉示威，伯高却爱其技勇，便留在左右，以供奔走。当日依然地登圩巡望，但见贼众纷纷布置，但取遥围全村之势，果然不敢近逼。那昭达见一峰得胜，意气百倍，登时便要会合仲明、玉林，反守为攻，却被伯高止住。当晚三鼓左

318

右，忽闻那高、戴两村间喊杀声动，须臾便静。少时人来报道："贼首罗泽霖乘夜率队，亲去夺栅，却被邹爷等杀退。"

次日早饭罢，伯高等正在外圩公所内商议战事，只见左右飞步入报道："不好了！如今圩外贼人白面二郎杨大任、小飞狐袁化，领了许多怪兽似的马队，黑压压地着地卷来。后面更有云梯队众，准备爬圩。"

伯高听了，还未开言，便见璧城大笑站起。正是：

攻坚将斗公输智，摧敌何妨铁骑驱。

欲知后事如何，且听下回分解。

第十三回

小飞狐忽逢李通海
赛温侯大战诸一峰

　　且说璧城闻报，大笑道："这不消说，定是敌人的皮甲铁骑，且待俺和李通海破他一阵何如？"说着立唤通海，准备率队出战。

　　这里伯高、一峰也便匆匆登圩，举目一望，也自骇然。只见两队铁骑，分趋圩下，那皮甲上都彩画着各种猛兽的毛纹，虎豹犀象、猊犼之类，一概都有。马上贼众都是奇装怪服，戴着狰狞面具，如一群恶魔一般，一色的大刀阔斧。一队首领便是白面二郎杨大任，跨一骑红棕卷鬣马，仗一口丧门剑，身披短铠，头裹黄巾。一队之前，却是一渺小汉子，生得黑黔黔的面庞儿，逗眉挤眼，很透着精神伶俐。跨一匹白颠马，持一杆苦竹枪，一面向圩上指顾嬉笑，一面踊跃直进，便是小飞狐袁化。张得伯高怒起，正要喝命放箭，只听本圩内鼓声起处，圩门大启，左有蒋璧城，右有李通海。各率一队钩镰枪、连珠弩的壮健团丁，如两条长蛇似的，突地飞出。那璧城大喝一声，骤马挺矛，便奔大任。

　　两阵上喊声起处，这里李通海从斜刺里一催坐骑，舞动长刀，也便直奔袁化。于是彼此大呼，踊跃接战。那大任一口丧门剑使开来，挥挥霍霍，疾如风雨，竟能敌得璧城三四十合，略无退让。望得伯高等正在暗暗称奇，便见小飞狐一声呼哨，回马便走。大任喊一声，突地挡开璧城矛锋，也便带转马头。这里蒋、李两人跃马大呼，正要赶去，只见贼阵上惨厉厉吹起几声海螺，接着便有领铁骑的贼目，都结束得如黄巾力士一般，手执红旗，一径地向本队霍霍挥动。这一来不打紧，顷刻间，万蹄翻动，蹴踏如雷，怒潮似两队铁骑，直冲过来。

　　这里蒋、李见了，也便举刀矛向后一招，分头应敌。真是一物降一物，卤水降豆腐，俗语儿再也不错。当时伯高等只见自己的钩镰枪、连珠弩，一时向贼队施展起来，枪弩到处，铁骑便倒，更加着刀盾团丁，跳跃如飞，不消顷刻，竟将敌人铁骑队搅得七零八落，满地上人仰马翻，自相践踏。从一片血光照地之中，蒋、李两人跃马如龙，依然地直取杨、袁。这当儿，高、戴两村栅垒内鼓角怒号，众团丁据垒呐喊助威，大有出而夹击之势。于是杨、袁大惊，一面应战，一面大呼："吾众且退！"

不提贼众一时价死伤如麻，汹汹崩溃。且说伯高等正在圩上望得高兴，只听水圩一带喊声大起，便有人来飞报道："罗泽霖自率大队，来攻水圩左右。"伯高大怒，便命一峰依然瞭敌，自己赶去一望。只见罗泽霖正短衣步下，腰内掖着两把明晃晃牛耳攮子，指挥着一队云梯贼众，业已拼命闯到圩边。一声鼓起，百道云梯齐竖，贼众大喊，已纷纷蚁附便上。那孔昭达却赤了两膊，提了长刀，嘴内是喊叫之中夹着乱骂，正指挥着手下渔队并守圩的团丁们，用灰瓶、滚木、矢石之类，乱哄哄地分头抵御。恰好有十来个穿水靠的悍贼，各持斧凿，拼命价闯向水圩门，扑通通跳下水去，便想斫门。圩上人大呼之间，昭达大怒，接连着飞下数支短叉，顷刻间白波流红，悍贼大惊，重新地纷纷退回岸上。

正这当儿，恰好伯高领众赶到，这一来，守圩团丁精神百倍，各自跳荡奋呼，极力抵御。那登梯贼众正在滚跌之间，恰好有个黄衣贼目，衔刀拥盾，循梯直上。团丁们见他来得势凶，略一逡巡，已被他一跃上圩。方在那里提刀大呼，招叫贼众，伯高一个箭步赶将去，趁势儿从他屁股后兜裆一脚。说也不信，只见那贼嗖一声，被踢起三四丈高，一个倒栽葱，翻落圩外，扑唧一声，一颗大脑袋摔得花瓜一般。这一来，贼众大骇，不由略退，却激得泽霖性起，立拔两攮，戳杀三四退众。正这当儿，昭达一叉摽去，却被泽霖健跳闪开。

不提这里彼此攻御，喊叫连天。且说璧城、李通海大破贼人铁骑，乘胜赶去，那大任只顾了收束余众，无心恋战。璧城因一战胜敌，在面子上已然够瞧，略为立马沉吟，那大任已趁势儿领了余众慢慢退去。不提璧城领队，先自趱转，知得水圩左右被攻，即便匆匆赶去助守。

如今且说那小飞狐袁化，被李通海追杀得模模糊糊，也顾不得去收本队余众，本要从斜刺里取道回营，一时仓促，竟自落荒跑去。偏偏后面李通海要建功劳，狠命地紧追不舍，八个马蹄，飞铍翻盏似赶了一程，却来至一片树林之旁。袁化且跑且想躲避之策，猛地坐下马前蹄一蹶，慢了数步，便闻后面敌人大喝道："贼人休走，叫你今天认得俺李爷！"说着，铃声响动，已到背后。袁化猛闻语音，有些厮熟，回头一望，不由兜转马站住，笑唾道："好没来由，俺当是哪个李爷，原来是小李你呀。你才脱了几天的贼腥气，就敢笑人！"说着，拍胸道："老哥哥就在这里，你割俺首级去请功吧！"

通海听了，仔细将袁化一瞧，不由也扑哧一笑，道："怪道俺瞧你似乎面善，你不是现世报袁老太吗？几时又称起什么小飞狐来咧？你真个作耗不浅。"于是两人下马，竟自执手欢笑。原来，这袁化和李通海当年为无赖贼时偷鸡摸狗，便有焦不离孟、孟不离焦之势。后来又同在股匪中胡混，越发地意气相得。及至通海被俘入包村，袁化却自投入李秀成股中，直至今日。

当时两人系马于树，相与入林，竟自闹了个班荆道故。各叙契阔之后，袁化便笑道："你这些年在包村，还得意吗？"通海道："什么得意，不过胡混罢了。不瞒你说，还是咱们那旧营生有趣儿，卖回气力，攻打下哪里来，真是论套穿衣服，上秤分金银，大碗酒，大块肉，搂着花不溜丢的小娘儿，尽性儿由咱快活。如今俺在包村，就不用提咧。虽是熬上个小队目，又算得什么！况且俺又伺候着一个蒋教师，有时没响的，还须瞧他的脸子屁股。"

袁化听了，不由眼睛一转，便道："那蒋璧城方才在阵上，果然本领了得，像个英雄，你在他手下也算罢了。"通海冷笑道："什么英雄哪，俺看他也是个酒色财气的角色，不过在包村中，被包伯高等用礼法拘得他像个人儿似的罢了。饶是如此，前些日还因一个浪婊子，他暗含着和包伯高很不对头哩。所以他这次防守包村，很不高兴出力。"因将璧城不悦伯高收金钱花之事一说。

袁化听了，一面点头，一面沉吟，又将玉林、一峰等略询数语。因话逗话，不由又询到包村圩内布置防守的一切情形，那通海却微笑不语。袁化觉得，因笑道："你这个鬼羔子，真还穿青衣抱黑柱哩，就不肯向老哥哥说。咱们彼此地在两处混，不过是混饭吃的勾当，你当是谁替谁打江山不成？"

通海笑道："话虽如此说，但是做此官，行此礼，俺今看故人之面，义释于你，也就是咧，你如何还想探俺村内的虚实呢！"袁化笑唾道："你说话真不嫌肉麻吗？既如此，咱就闲谈别的。"于是又略询通海的生活近况。

袁化却大笑道："你这人真是呆子，一月价吃姓包的三十天老米饭，拿他一两饷银，反没个升迁调补，便给他出这般死力气，冲锋打仗。仔细算来，真有些奏（俗谓作也）不着。你瞧老哥哥我，这些年跟着李秀成，业已创得名是名、利是利，家成业就，大把价抢金银，成对儿地说媳妇。再说个写意话，将来李秀成闹到金钟三响王登殿的时光，俺怕不弄个国公爷做做吗？像你这糊涂鬼，跟姓包的闹一遭儿，又算个什么呢？便是李秀

322

成，从苏常起程的时光，又委任了几个大总管的职分，不瞒你说，俺也在内。这总管职分，将来就可以领一路股队，好不威风阔绰。像你在包村，便是熬白了头发，能有这个指望吗？我看你不如跟我吃旧锅粥去，闹个总管做做，哪些不好？"

通海笑道："你是有名的现世报，向来说话，嘴内没是头。你不用给我老当上，咱如今闲话少说，两便着，改日见吧。"于是两人携手出林，道声珍重，径自上马，分头趱转，这且慢表。如今且说伯高等见璧城赶到助守，知贼众退去，铁骑都破，欣喜之下，越发的精神百倍。

那罗泽霖知得铁骑败退，也便无心再攻，便领了部下纷纷退却。伯高见状，便仍命昭达且守水圩，自和一峰、璧城趱回原处。只见李通海正在整队入圩，于是大家下得圩来，且自检点一切。只见钩镰枪、连珠弩两队队众，伤亡不到数十人，那圩外死亡的贼众，就有数百人之多，伤马军器，纵横枕藉。大家正料理间，玉林也自趱来，细询破敌情形，甚是欢喜，并言仲明近日真个的涓滴不饮。伯高大悦之下，便道："虽如此说，还须邹兄不时地监察舍弟，那里村防要紧，邹兄也便转去，告知舍弟小心在意吧。"玉林唯唯趱转，转语仲明一切情形。

且说伯高当日大获全胜，不消说是犒众庆功。那李通海自以为有破敌之功，但是伯高见了他，不过也是随大众价混同着奖励数语。通海虽然颇为不悦，但因璧城这当儿诸事退让，自己也便不敢自叙功劳。

包村中大家兴高采烈，这其间却气坏了个李秀成，愤怒之下，便连日价分队向包村并高、戴两村辱骂搦战。哪知两处都是劲敌，不但一些儿便宜没得到，反倒死伤了许多贼众。有一日，罗泽霖负气去攻高、戴两村，却被玉林剑伤了左肩一下，更难缠的，还有诸一峰。有一次，罗、杨、崔文成三个人环战一峰，也没取胜。又过了两日，不但不能进攻，并且须要自守，因为有一夜，一峰夜入营中，剑光闪闪，直到秀成帐下，亏得他觉察得早，方保全了自己一颗脑袋。这一来，全营震动，往往夜噪起来，大有草木皆兵之势。不怕是萤火偶飞，地鼠忽跳，大家便惊乱作一片，都嚷是一峰、玉林用飞剑来取首级，便是李秀成，也都禁止不得。

你想这班乌合的贼徒，既遂不了抢掠包村之愿，未免便七嘴八舌地抱怨起蓝大炮来。有的道："咱若不单找这块硬石头，这当儿，怕不打下几处的名城大郡。休要说金银满腰，便是花枝似的小娘儿，怕不每人背上几个吗？如今没来由，却耗在这里。"有的道："这都怨咱头子耳朵软，听那姓蓝的婊子生得掉枪花。他为自己出恶气，报前仇，却掇弄咱头子来，给他仗腰子。这才十来天的光景，咱们人众已死伤上千的人，若再耗上几天，咱营中吃喝儿倒省得多咧，这才是一百个合不着哩。"便是如此光景，沸沸扬扬，单等秀成出入巡营时，大家便相与挤挤眼儿，发这般的话，意在使之闻之，好撤队去攻打别处。

秀成听了，不由得甚是长气，便一面鼓励部众，不可气馁，一面唤得蓝大炮来，尽力子叱骂一顿。这一来，真将大炮的土鳖火儿骂上来咧，于是便愤然道："足下不须如此，俺蓝某凭仗着足下声威，且去用法术，擒那诸一峰如何？"秀成喝道："亏你不羞，你法术若有用时，上次还不致败在包伯高手下哩。你快不必显弄法术，惑乱俺的军心吧。"于是斥退大炮，立命备马，领了崔文成和袁化，三骑马引众出营，火杂杂奔到包村圩外，鼓声起处，摆开阵式，单搦一峰出战。

原来李秀成本是个富家子弟出身，好交结，精拳棒，马上步下的本领真也不弱。更善用一支錾银鎏金的豹尾戟，舞将起来，真有辟易万人之概。少年时，他裘马翩翩，出入闾巷，有时价从野外射猎回头，必命个关西大汉掮了那支戟，上悬狐兔之类，就马前后，驱走如风。人家见他那個傥俊伟之状，便赠他个"小温侯"的绰号哩。

当时圩门团丁报向伯高，恰值一峰、璧城都在座，玉林也因商量事务趱来。一峰、璧城两人正谈论起剑术之用。璧城以为剑之为用，若临阵战，究竟不若长枪大戟，可以得纵横决荡之势；一峰却以为剑能运用入神，更能以轻捷灵巧制胜。两人各持一论，都言之成理。招得伯高、玉林正相视而笑的当儿，恰好团丁来报，李秀成亲来搦一峰出战。于是一峰轩眉大笑道："此贼来得正好，蒋兄如不信俺的议论，且瞧俺步下运剑，刺取此贼何如？"伯高忙道："诸兄不可如此战法，那李贼马上武功，亦甚不弱，还是以马上胜他为是。"玉林却笑道："包兄不必多虑，一峰兄自有制胜之法。"

不提这里一峰结束提剑，同了伯高等匆匆出阵。且说秀成戴一顶白缎绣花飞云扎巾，额前镶一颗明珠，豪光四射，更衬着袅丝的大红绒球儿，秃秃乱颤。披一件烂银细砌柳叶短甲，腰束鸾带，足踹革靴，驰马摇戟，往来如风。背后阵旗下，左有崔文成，右有袁化，也都是全身披挂，各持长枪，立马瞭阵。

正这当儿，便见对面鼓声起处，圩门大启，先是两队刀盾团丁分燕翼风趋而出，一色的虎纹黄衣，抓地虎的薄底软靴，短刀一抱，赛如麻林，雄绰绰肃然列立。随后是伯高、玉林，佩刀带剑，按辔徐出。望得贼众们正在相与目语，便见伯高、玉林两骑马霍地分站在阵旗左右。居中是两个短衣壮士，大踏步提剑便出，便是璧城、一峰，一色的劲装伶俐，通体纯青。璧城驻步，就那里压住阵势之间，一峰业已笑吟吟趋临当场。

这里秀成望得分明，不由心下暗自怙惕道："怪道人都说包村中三个教师，剑术了得，果然各自有一番气象。少时战起，倒也不可轻敌。"于是骤马摇戟，向一峰大喝道："诸朋友，俺闻你颇通剑术，就不该弄些鼠窃伎俩，夜扰人营。俺李某今天特来会你，哪个要用人相助的，便不算什么男子好汉。"

一峰大笑道："俺这口剑，怕割不得你的头颅，还用人相助作甚？"说着略退步，荡开剑势，使个旗鼓。这里秀成大喝一声，骤马便上，方拧动那戟，分心刺去。只听唰啦一声，两阵上登时大喊。

李秀成急带转马，戟势未起之间，忽见眼前白光一闪，叫声："不好！"赶忙一低头儿。红光曜处，两阵上又是震天价一声呐喊。

秀成大惊，登时价冷汗直淋，忙磕马斜蹿出十来步外，这才惊魂少定。正是：

> 出手已堪夸剑势，会看一战挫凶锋。

欲知后事如何，且听下回分解。

第十四回

馈金珠说动蒋教师
示整暇大作盂兰会

  且说李秀成一戟刺去，就惊得斜蹿出十来步外。看官，你道是怎么回事呀？原来一峰因敌为用，特卖个轻妙解数，当秀成戟还未到，他早一挫身儿，疾同鹰隼，顺势儿倒掠剑锋，削落戟上的豹尾悬幡，一径地跃向秀成马后，举剑便剁。亏得秀成转马迅急，虽然马尻躲开，那秀成的头儿却几乎当灸。赶忙低头，向后略退，那额上的红绒球儿早被一峰削落。这便是剑术家出手不凡，轻妙作用。

  当时秀成惊魂甫定，即便挺戟复上。这里一峰还是从容应敌，两下里马步相交，各展能为，戟光到处，乱飏银花，剑影腾时，横飞虹彩。一个是天国名酋，一个是江南剑士，这一阵翻翻滚滚，对垒冲锋，直将两阵上的人都看得呆了。唯有伯高直然地目不暇瞬，两个眼珠儿跟着一峰剑光团团乱转。

  正这当儿，便见一峰剑势一变，一径地蹈瑕抵隙，就秀成马前后出没倏忽。不消十来回合，那秀成虽也荡开戟势，恍若一条游龙，隐现于一团剑光之中，究竟是胯下多了一匹马，不但不能得冲突之用，反倒须时时地照顾于它。两人又走了三两个照面，那秀成不觉汗喘交加，望得这里伯高、玉林正在互相啧啧，眉飞色舞。忽听一峰喝声："着！"嗖的声，跃起三丈余，倒提长剑，趁下落之势，向秀成当头便揸。

  贼阵上崔、袁两个一齐惊呼，方要纵马的当儿，便见秀成就马上一闪身躯，急转马头。说时迟，那时快，一峰一剑揸空，却趁势儿一点脚尖，巨跃而起。只就那马尾一奋，一峰早伸手抓牢几茎马尾。好一峰真是会家，惯能借力，只就此一托臂势，喝一声，方要跃登马尻，直擒秀成。哪知那马痛急，长嘶一声，几茎尾丝，立时拔脱。闪得一峰略为倒退之间，那马已如闪电般驮了秀成，直奔本阵。望得崔、袁两个挺枪大呼，纵辔齐出。方让过秀成马头，那秀成倒拖铁戟，急呼："快，快！"身影儿方一半儿闪入阵旗，后面一峰业已闪电似一步赶到，剑光一起，眼睁睁只离秀成后脊分寸之间，恰好崔、袁的两条枪交叉刺到。

好一峰奋起神威，掣回剑势，就两枪中间只这么一搅，贼阵上一齐大呼，顷刻大乱。那面阵旗突地摇动，两旁贼众便如波分浪裂，争先价掉转身躯，更不容崔、袁两个再去应战。就这般乱裹了他两人，没命地一阵乱噪，竟自纷纷地崩溃起来。原来一峰一剑削断了崔、袁的两枪，余势所及，又刺倒阵旗下的两个健卒，所以贼众骇其神勇，一时崩溃起来。

当时伯高、玉林等望得分明，举剑向后一招，双马齐出，领了两盾刀队直蹴贼众。这一阵大杀大斫，又加着本阵上擂鼓助威，直然地声动天地。那秀成已吓得亡魂落魄，只顾了逃命入营。亏得本营中罗、杨两个闻警赶到，方才好歹地抵住追兵，守住营垒。

不提秀成幸逃性命，讨了个大大没趣，且自咳声叹气的，自去检点死伤。且说伯高等这一阵又大获全胜，大家趱回圩内，无不夸赞一峰剑术之妙。唯有昭达更乐得不可开交，便噪道："原来李秀成也不过如此，咱何不趁此锐气，夤夜间便去劫营，早撵掉那厮们，不省得咱夜夜防贼吗？"

伯高笑道："俺看贼人伎俩已穷，早晚间必然退去，倒不必劳动咱们。连日来不得休息，今且小酌三杯，解解劳乏何如？但是仲明方在戒酒，咱也不可过于偏他，每人只润喉咙就是。"昭达笑道："斋僧不饱，不如活埋，既这样，别算着我吧。"玉林笑道："人家过屠门而大嚼，虽不得肉，还姑且快意，孔兄多少吃两杯，总比干着喉咙强得多哩。"

大家听了，都各一笑。便登时就团局大厅内，摆好饮膳，次第价坐下来，一面饮酒，一面谈笑。恰好那韩珍、秦芳，都扎括得玉娃娃似的，趱来待筵。原来伯高性儿疏阔，自收得韩、秦两个，便命他们做了随身俊仆，不但常在团局，并且出入包宅哩。当时伯高高兴之下，便命他两人就筵前对舞劝酒，一时间翩翩姿容，倒也有趣。那昭达只顾手滑，不知不觉，杯干壶馨。大家方望着他发笑，他却抢起玉林面前的半杯酒，一饮而尽，兀自眼张失落地去瞅酒壶，哪知早被仆人拿开。这一来，招得大家哈哈大笑。

不提伯高累胜之后，未免轻敌，防守之暇，还要到宅中寻金钱花打个趣儿。且说那李秀成，乘着一股锐气，听了蓝大炮一片话，来打包村，不想一些儿便宜没得着，反倒死伤了许多队众。这日闷想破村之策，通没作理会处，便召集了罗泽霖等大家商议。大家七嘴八舌，噪了半晌，也没个要领。秀成愤然道："既如此，咱在此相持无益，不如去他娘的，攻打他处吧。"

大家听了，正觉没趣，只见一人微微地笑于座中。秀成一瞧，却是袁化，因问道："袁兄为何发笑，难道你有个计较吗？"袁化道："力攻不克，只好智取，您怎的不晓此语呢？"秀成道："话虽如此说，但是究竟怎样个智取？伯高兄弟和三个虎也似的教师，同心合力，守得包村，像个没缝的蛋一般，咱用甚智计，可以钻进去呢？"袁化笑道："您莫着急，咱只按兵，软困他十来日，用俺袁化小小的一条计策，管保立破包村，易如反掌。您可知刻下包村，业已有缝可钻咧。"于是如此这般，一说自己的计策。

秀成大悦道："若果能招致得蒋璧城，做个内应，怕不功成八九。但是包仲明、邹玉林方扼守高、戴两村，和包村形成掎角，亦是一阻。"袁化道："不打紧的，只要包村有变，他那里自然动摇，只需拨一队去挡截他赴援之路。包村既破，其众自溃，更不须虑得。并且俺闻得仲明好酒，这其间咱又可施用妙计，酒困了仲明，只剩了玉林一人，他便有通天本领，也不足虑了。"大家一听，都各喜形于色。

不提秀成欣然从袁化之计，先准备金珠，以做钓鳌的香饵。且说那李通海，自那日遇见袁化之后，羡人家得意快活，未免不死的贼心又动动的。恰又见璧城近状，对于伯高十分不满，他伺候璧城日久，自然晓得璧城性儿，是个好酒色财气，可东可西的人，便想用话儿话恬璧城的意思。

一晚，璧城见伯高由团局回向宅中，自家闷坐良久，正在没好气，恰好李通海趑入送茶。璧城因顾通海，冷笑道："你瞧包爷枉自称是个汉子，这般警备的时光，偏有心情回宅作乐。便是咱们那日大破贼人铁骑，包爷对你也没什么奖慰，可见他为声色所迷，一切颠倒。"

通海趁势儿道："正是哩。蒋爷如今提起破那铁骑来，俺那天还遇见了个旧朋友，便是那领铁骑的袁化。他在李秀成处混得光景很好，刻下已是大总管的职分。他并说李秀成倒能用人，哪个有了功劳，不要说是金银赏赐，便是他心爱的美人名马，都不断地赐予人哩。"璧城听了，不由喟然而叹。通海虽不敢再说什么，但是已颇知璧城深怨伯高。

及至李秀成亲战一峰，大败之后，包村因贼营中连日价通没动静，也便警备稍松，不但和高、戴两村时相来往，并且许左近小贩们随便入村，做点儿生意。通海这时因璧城值守包村的南圩门，他替璧城巡望之暇，往往带领几个人出外下下卡道。

这日傍晚时光，通海督队回头，因贪看夕阳野景，落后了数十步。正趑过一片荒茔丛莽，只听后面撮唇一响，通海急忙拔刀回望，却不见人。正在发愣，只见突地由草中跳出一人，低叫道："喂！李兄这里来，咱且拉个体己话儿。"通海一瞧是袁化,不由笑着纳刀于鞘,便道:"原来是你这现世报,亏得俺没拿刀伤你。"于是两人握手,步入荒荦,就软草地上款坐下来。

那袁化更不客气,登时开门见山,由怀中掏出个锦缎包裹,打开一看,却是黄澄澄的金条、白花花的明珠,粗估去何止万金之价。通海一见,正在心下一跳,袁化却笑道:"不瞒你说,俺家头儿仰慕你是个朋友,特备此区区之物,遣俺来敬致于你。但是这其间,却没的别的意思,就请你痛快笑纳吧。"说着耸肩一笑。

通海听了,早略瞧科了三分,因笑道:"你别和我含着骨头露着肉的,你既乖觉,俺也不傻,咱简直地打开板壁说亮话。李秀成用这点儿物事,就想换个偌大的包村,他倒是会找便宜哩。老实说,俺办不到,就请你收回去吧。"

袁化笑道:"你瞧,你多么急性!俺的话还没开头儿,你吵的是什么?这点点物事,是专与你买杯茶吃的,不过叫你通个线索。实对你说,俺头儿是想将蒋璧城收为己用,就势儿取得包村。你若忖量着能办得到,俺头子还有厚馈与璧城。你若没这胆量,咱这番话就算白说如何?"通海笑道:"且别忙,俺就用这包金珠去逗逗蒋璧城。明早在此,你且听俺消息,你头子还有厚馈,留着与我就是。"袁化点头,当即趦去。

且说当晚李通海,俟至夜深人静,将金珠献于璧城,一述袁化之意。璧城听了,一面瞧着灿烂金珠,一面沉吟,忽然面色上若嗔若喜。少时忽站起,眉头深蹙,来回大踱。通海见状,正在心头打鼓,只见璧城忽地顿足道:"李通海,你不要上人家的当!那李秀成是有名的反复狡诈,事成之后,他若向咱们一翻面孔,岂非中他恶计?"通海见不成功,只好收了金珠,逡巡退出。但是这一夜,却闻得璧城只管辗转不寐。

次早趦向荒荦内,晤见袁化,还未开言,那袁化却由袖中取出秀成亲书的札委一纸,是委任蒋璧城总管的职分。当时通海一说璧城之状,袁化笑道:"如今有了这委任的职分,他一定信得及了。没别的,少时午后,俺且在此听你消息如何?"于是两人别过。

那通海回见璧城,又一述袁化之语,并呈上那纸委札。璧城见了,虽然色喜,但是还有踌躇之意。通海只得又去会袁化,袁化慨然道:"不料这蒋璧城竟如此多疑。既如此,且待俺回见李秀成,再作道理。"通海听了,也只好怏怏趦转。

当晚通海就南门巡瞭一回。时已三鼓,手下团丁分头归守泛地,自己也要趦回左近公所,暂为歇息。方踱到一条横巷口边,只听唰一声,由横巷内黑魆魆地闯出一人，短衣草履，像个小贩模样。通海一把抓去，那人反唬地一笑道："不须你来抓俺，俺正要寻你哩。"通海仔细一瞧，却是袁化，不禁骇然道："你好大胆！这若是遇着别个巡逻的，还了得吗？"

袁化道："俺因回见李秀成，一说蒋璧城不相信之意，秀成就想亲来寻你，领他去见璧城。一来示诚心之意，二来便面订破村之计。但是俺觉得他自家冒险入圩，终究不便，所以俺扮个小贩，悄悄混入，替秀成代达一切。如今你便领俺去见他，料他可以深信不疑了。"通海笑道："你这现世报，真不含糊，竟有这股子横劲儿。你去见他，却不方便，不如俺去请他来见你吧。"说着，引袁化趱入自己所居的公所，即便匆匆趱去。

须臾，领得璧城来，和袁化厮见之下，大家会意。三个人密语良久，那袁化已尽得包村的布置底细，沉吟一回，便道："那内圩的南门，既也归蒋爷值守，直是便当不过。唯有那正中警楼，却是全村耳目，蒋爷曾计较到此吗？"璧城笑道："俺岂但计较到此，便是包伯高肘腋之间，也正有人可用。等举事之时，由南门并水圩门两路齐进便了。"于是如此如此，细细一说。袁化大悦道："如此，俺就转去回报秀成，准备一切吧！"

不提当时彼此计定，从此时通消息，都是通海暗中作祟。且说伯高既累胜气傲，又见秀成连日价坚闭营垒，越发地警备稍歇。复因玉林扼守高、戴两村，心下坦然，于是防守之暇，不是和一峰、玉林闲谈消遣，便是趱向本宅歇息半晌。并且命韩珍去管内圩里的警楼，秦芳随侍身边，通无疑忌。

玉林只顾了和仲明严守两村，不过是偶到包村，会商事务，不暇尽闻小事。唯有一峰却劝伯高，不可大意价信任韩、秦。伯高笑道："此等竖子，顺人意旨，不过命其效奔走之用，安有他虑！"一峰听了，也不便再为坚劝。

正这当儿，璧城以为李通海所练的枪弩团丁甚是勇锐得力，便请于伯高，命通海去专守外圩的南门，自己却值守内圩南门一带，以便互相策应。伯高听了，也便应诺。当时，偶和一峰巡视全村，只见一处处森严布置，真赛如金城铁瓮。得意之下，哪里还把李秀成放在心上。

过了两日，只见李秀成还是坚闭不出，却又探得秀成因怒大炮，竟自将他逐去，另用悍目去守县城。又探得秀成因中元节近，往往令贼众们携了香楮，野哭死亡，那贼营四外甚是热闹。原来这当儿，已是七月十三日啊。

当时伯高闻得大炮被逐，更是心下畅快，便和一峰登圩一望。果见贼营四外，野祭纷然，那贼们都拉开喇叭嗓子大哭小号，声传远近，便如围着李秀成举哀一般。于是伯高大笑道："合该李贼晦气，如此被人哭号，便是授首之兆。但是贼死虽多，吾众死亡亦复不少，俺当开个盂兰大会，追荐吾众，并示贼好整以暇。一峰兄，你道如何？"一峰沉吟道："咱正在警备时光，此举似乎不必。"伯高笑道："你瞧贼众颓气如此，咱还怕他什么？咱且大家商议吧。"于是翾转团局，登时请得玉林、璧城，并合村父老等会议此事。

玉林之语，一如一峰，那璧城却拍手称妙，极力怂恿，并力言警备森严，不须多虑。伯高道："如今蓝贼已去，料无人识得法术，届时，俺还当稍用法术，以防万一。"玉林道："蓝贼已去一节，还须再探的确方是。"璧城笑道："那蓝贼已是咱手下败将，何足为虑？届时开会，邹兄但坚守自己的汛地，此间是万无一失的。"

伯高听了，好不高兴，便立时请得那长明和尚来，命他在庙中设坛搭棚，召集远近僧众，大开水陆道场，诵经施食，超度那护村死难的亡魂。一面价传知村众，就河中大放荷灯，务须整齐热闹，示贼暇逸。全村人众，除团丁各值警备外，其余者都许纵观盛会。

这一来，倒忙了个长明秃厮，一面派人在庙，准备一切，一面请伯高派队，护请外村的僧众。好笑包村男女，就像过太平年一般，居然都兴高采烈，准备嬉游看会。一来是因屡次却贼，大家都闹得胆儿大咧；二来是钦仰伯高等如天神一般，以为是不会有舛错的。只十四这一日中，闹得全村奔走，便是外来的小贩人等，虽经卡上盘查，还依然来者接踵。伯高又命团丁等加意防守。更有那凑趣的父老等人，扎了很华丽的彩船慈航，很峥嵘的冥判鬼卒，都次第价摆列在庙门之外。

就这纷纷扰扰之中，那通海、璧城值守得却一刻不懈。璧城有时还翾向警楼，吩咐韩、秦几句话。那通海更是抖起精神，不断地独自去巡外沪。这时一峰，是兼值东西两门，指挥两处的队目。昭达自值水圩门并靠北河堤一带。伯高见森严如此，越发地心下坦然，有时遥望贼众，还是坚闭不出，却野祭得越发忙乱。

不提那暗中袁化早将通海约会的一切计划告知秀成，大家摩拳擦掌价准备做事。且说十五这日，日西时分，包村中业已男女嬉游，纵观盂兰胜会。庙内外河堤两处，讽经唱梵，法器如雷。大家有的装置荷灯，有的赏玩彩船，一队队儿童妇女嬉笑往来，好不有兴。少时，数名团丁竟簇拥了伯高的两妾，由河堤一带慢步至庙。恰巧又遇着殷婆子，那金钱花竟拉了殷婆子的手儿，只管就庙门首指东说西，招得许多游人相与拥挤观望。

正这当儿，伯高、一峰巡至庙门，那殷婆子丢了金钱花，又向伯高上头扑脸地吱喳起来。忽望见璧城带队，由庙前巡过，殷婆子方笑了笑，自入庙中。一峰瞧得有些不耐烦，便趁势儿独自巡向庙左，信步儿转向河堤一带。只见疏林萧爽，始有秋意，那傍晚的残阳，却红得如待滴血一般。须臾，日脚下，忽起了一层薄霭，其色殷红，俨似绛纱，与那残阳互相辉映。又少时，霏微四布，笼罩全村，便如盖了一个红罗大幪。

一峰正在徘徊诧望，只听背后有人唤道："诸兄慢走，原来你在这里消遣哩。"一峰回头一望，不由笑逐颜开，正是：

秋林落日论怀处，谁识分襟顷刻中。

欲知后事如何，且听下回分解。

第十五回

陷包村双侠潜踪
藏秘籍两生异志

　　且说一峰回望，见是玉林，便驻足笑道："大哥几时抽暇到此的呀？"玉林道："俺那会子暗见伯高兄，说了几句话，无非是嘱咐他小心一切之意。又和许矮子谈了片时，因他一句话，钩起俺一段心事，所以俺特地寻兄谈谈。咱大家今晚上都要小心才是。"说着，与一峰就树旁借草而坐，便道："方才许矮子说，他曾两次张见李通海，鬼鬼祟祟的，独去巡卡，又和那韩珍、秦芳往往相与附耳，也不知喊喳的是什么。便是蒋璧城，近两日来也有些不尴不尬。依许矮子看来，恐怕趁此胜会时，或有意外的变故哩。"

　　一峰愕然道："那璧城兄亦是我辈，怕不至如此吧？"玉林沉吟道："这事殊难揣测，就伯高兄交友之挚、待人之厚看来，万不至有甚意外。但是璧城为人阴忮寡情，俺是晓得的。又因伯高兄纳得金钱花之事，俺瞧璧城总是心存芥蒂。莫非因此之故，他便不妥吗？"一峰大笑道："岂有此理！大哥不可如此度量人，俺想璧城万不至此。咱连日无暇畅谈，今且消遣消遣吧。"

　　正说着，只见那层薄霭趁着暮色转成红灰气色，十分难看。一峰因指示玉林，道："你瞧那气色，也可怪，莫非就是人家说的血光兵气吗？若是那怪气，却非佳兆。"玉林笑道："那会子伯高兄还说，今晚当作五里雾法，以助警备。莫非他已在施展法术，现此怪气吗？"一峰听了，不由大笑。须臾，却叹道："这些古怪事儿，若问起徐玖老弟来，他倒会晓得，因他多读古书。如今咱两个莽壮汉，是不成功的。"

　　玉林听了，怦然触动旧情，太息之下，便与一峰畅叙往事，娓娓欢笑起来。妙在一峰，也如和玉林多年契阔一般，不断地款款情话，直溯及当年和徐玖同塾读书，许多琐事。欢笑之中，却又有相对黯然之意。

　　须臾，暮色苍然，那河堤一带业已男女喧阗，等瞧荷灯。一峰忽恍然道："咱只顾长谈，却忘却正事，大哥也该转去瞧瞧咧。"说着相与站起。玉林不知不觉又跟一峰趄过数步，然后道："既如此，咱且别过，明日见吧。"一峰听了，不知怎的，忽觉心头怦怦乱跳，正眼望玉林，于于然趄出数步，忽见他又重新趄转。一峰惘惘然迎将上去，两人相对一笑，却又没的话讲。正这当儿，忽闻河堤上人众喝彩，灯光晃耀，业已放下数碗荷灯。一峰笑道："时光不早，咱真个明日再见吧。"

不提两侠分手，从此便一别茫茫。且说玉林回转高垞，业已初更敲过。和仲明巡望一回，遥望贼营中一无动静，也便放下心来，便自向栅垒边走了一周。遥闻得包村中梵唱凄情，和以钟铙法鼓，与团丁们巡锣警呼之声，闹成一片。玉林正暗想伯高逞性，究竟是多此一举，正怯惬间，忽见包村外圩之外，真个郁起一片白浓浓的大雾，便如釜气蒸腾。须臾，铺遍四外，笼罩全村。但是仰视天上，依然地星明月朗。玉林知是伯高作法，不由暗想道："可惜伯高这等个磊落义气男子，偏信法术，并好女色，这都是他瑜中之瑕，并且性太疏略。但愿许矮子那番话不作准才好。"沉吟一回，即便顺步儿趄向戴洼。原来玉林和仲明驻守以来，即便分村而居，有事会商，世兴是不离高垞，有时也到戴洼的。

当时玉林入室，解下那雌雄双剑来，秉烛独坐，略为歇息。不知怎的，就像心头有什么事体一般，一会儿思念伯高兄弟相待之情，一会儿念思与一峰会合之巧，一会儿又思念起自己身世之感，并此后的行踪。念念相续，没头没脑，反倒闹得自己一时间面烧耳热，嗒然呆坐。但见案上烛光秃秃，映着壁上自己的身影儿，黑魆魆的。听听巡柝，业已二记敲过，良久良久，自己不觉好笑起来，便剪剪烛花儿，将双剑摩挲一回。

起步院中，但见风雾清虚，银汉斜耿。忽见靠院墙高树之上黑影一闪，玉林喝道："是哪个？"说着，拾一石子打去。只听啪啦一声，接着便磔磔大笑，健翅一抖，竟自掠墙而过，原来却是只夜猫子。当时玉林唾了一口，静听一霎，栅垒内外，一无动静。

少时铃柝响亮，有两个巡丁由院墙踢踏而过，一个便道："喂，老二呀，你瞧咱本村今晚多么热闹，偏偏咱们被派在这里，不但热闹瞧不着，便想杯酒吃也没的，并且也不敢，因咱们二爷，方戒酒哩。"那老二便笑道："你虽摸不到酒吃，人家徐柱傍晚时却吃得乜了眼哩。"那一个道："不能吧，他哪里来的酒哇？"老二道："俺也曾如此问他，他说近些日常有外来的小贩，偷着卖酒，他说他还买了一大皮壶，预备着零碎解馋哩。"那一个笑道："徐柱那小厮就是个酒包，怎的叫他再撞着二爷，给他一顿嘴巴就好咧。"

玉林听了，也没在意。趄回室内，一时间神思盹倦，便就榻歪倒，略为蒙眬，耳边还隐闻包村梵唱，夜静中十分凄婉。玉林恍惚中如到一平原大野之间，四顾茫茫，莫知所适。但见林木丛茂中，许多的鸟雀儿聚族环巢，飞鸣自得。正这当儿，忽闻金鼓骇震，猎火腾空，便有一只大牛犊子似的青花白脸狼，咆哮奋掷，一径地引了一群狐兔之类，向林中扑来。惊得众鸟雀正在飞噪，便见一个金刚也似的壮大猎人，叱咤如雷，大踏步持枪赶到，不容分说，向那狼后尻便刺。那狼突地吼一声，扑地跳转，人立磨牙，两目中正发凶光，怒视壮士。玉林忙将那壮士仔细一瞧，说也不信，活脱的就是一峰。玉林大诧，忙一个箭步蹿过，去想助一峰搏取那狼，忽闻耳边喊杀连天。

　　玉林猛地醒将来，一揉双眼，霍地跳起，正在还疑是梦境，早听得栅垒一带人声如沸，并连着包村方向，喊杀如雷，声震半天。玉林大骇，忙佩起双剑，要抢去察看仔细。恰好左右喘吁吁地飞步入报道："不好了，如今蒋璧城、李通海通款贼中，业已由南圩门放入贼众。那罗泽霖是趁势儿由水圩门夹攻而入，便是那警楼的韩珍，随侍包爷的秦芳，都与璧城一气。如今警楼上暗号都无，全村团丁业已大乱，更有人说包爷已被秦芳刺杀，孔爷、诸爷都死于乱军之中哩。"

　　玉林听了，真赛如高楼失脚，正惊得一时怔住，又见一左右人匆匆来报道："邹爷快去吧，偏偏这当儿二爷忽然中酒不醒，方才高垲那里连着来人，请邹爷即刻就去哩。"玉林听了，更顾不得再问仔细，一径地抢出院，直奔高垲。已闻得栅垒一带，众团丁传呼有警，喊成一片。突地远远一股火光，已由包村腾踔而起，直烛半天。接着便喊杀声、男女哭号声、马蹄蹴踏声、兵刃相撞声，直然地闹得地动山摇。及至玉林奔至高垲，却又遥闻贼营方向，角声大作，似有全队出发之势。

　　当时玉林心慌意乱，方一脚踏入仲明室内，早见仲明正在酣然高卧，鼾声如雷，那世兴老头儿正连连顿足，在榻前团团乱转，并一面向仲明的一个仆人发急道："不但徐柱该死，连你都是该死的！你不敢劝二爷，你不会来找我吗？就叫他醉得这样儿，这还了得，这还了得！"一回头，忽见玉林，便抢上来道："邹兄，你瞧这事怎了？坏咧，坏咧！"

　　玉林匆忙中一问所以。原来仲明傍晚时出巡各处，因趄得足倦，恰趄到徐柱棚边，便随便入座少息。事有凑巧，忽闻得一股酒香，简直地使人当不得，仲明脱略素惯，便向徐柱笑喝道："你这厮，难道和我过不去不成？怎的单弄酒在此，形容俺呢？"

　　徐柱逡巡道："小人不敢吃酒，因上次挨了二爷的嘴巴，哪里还敢讨没意思。"说着，溜溜的眼光，只管向草铺下瞅。仲明大笑，一探手儿，早由铺下取出一大皮壶酒。揭盖一闻，且是清芬异常，估其分量，约有四五斤。仲明久不见酒，真口中淡出鸟来。

当时仲明举酒，连嗅两嗅，没奈何，放在案上，正在含笑搔首，还未发话，徐柱暗道："不好，看光景，俺这顿嘴巴又挨上咧！"惶悚间，忽然得计，便笑道："二爷不晓得，小人因久卧地铺，犯了老寒腿，这是配了点儿药酒。二爷不信，且尝上一杯，保管立时火炭似的暖气驱寒哩。"说着，取杯斟满，又从抽屉内取出两样佳肴，一是熏肉，一是卤虾，鲜亮亮地配了那杯老白干，置在仲明面前。

你说那以酒为命的包仲明，这个当儿，哪里还能整起面孔，责人吃酒？于是仲明自瞒自地笑道："真是药酒吗？这两天秋气乍到，俺也有些犯寒哩。"于是举杯一吸，说什么醍醐灌顶，妙在徐柱手儿更快，杯才亮底，即又斟满。于是仲明只顾吃得快活，直至静听不闻雷霆之声，熟视不睹太山之形，陶然醺然，直酣睡到这当儿哩。

当时玉林听罢，正没作理会处，那世兴张口结舌，方要说包村事坏，玉林顿足道："俺已尽知，如今快唤醒仲明，提防贼人，分队来攻。俺还须急赴包村哩。"世兴道："正是，正是，可恨蒋璧城，狼子……"一言未尽，只听栅垒外喧呼震天。

玉林料是贼人分队已到，更不暇再语，便抱撮仲明，连摇带唤。无奈仲明酒力方倦，略睁蒙眬醉目，却模糊道："好酒，好酒！徐柱，你这厮倒还知趣，且饶过你一顿嘴巴。"说着向后一仰，倒牵得玉林几乎跌倒。亏得世兴急中生智，便赶去，就仲明大腿上狠狠一咬。

这一来，仲明啊呀一声，呐喊跳起。一见玉林、世兴惊急之状，问知所以，不由霍地一跳，就是丈把高，跄踉一扑，几乎撞向案角。回转身，两目烟火，猛地抢起枕边宝剑，大怒道："蒋璧城负义如此，等俺去寻他拼命！"玉林忙道："这不是拼命勾当，你今且坚守此间，俺便去赴援伯高兄要紧。"说罢，慨然挥手。方要拔步，只见左右飞报道："如今蓝大炮既用法术，破了一天雾气，放李秀成闯入包村，又会合了杨大任来攻这里，现已顷刻要到了。"玉林听了，只道得一声"仲明兄仔细一切"，即便大踏步愤然而去。

不提这里醉酒郎当的包仲明，大呼大叫，跌跌撞撞，和一个颤巍巍的世兴老头儿，且自驰向栅垒，防御一切。且说邹玉林，心忙似箭，足快如飞，一径地奔出栅垒。叫声苦，不知高低，不但遥望包村圩内外一片通红，杀声动地，业已烧得火焰山一般，便是距栅垒半里之外，早又见火燎

336

如飞，卷到一标人马。须臾，来临切近，望得分明，为首一骑，正是蓝大炮，跨马提矛，正揽辔回头，似乎是招呼后众。后面数步之遥，又有一骑指挥队众，持一口丧门剑，却是那白面二郎杨大任。当时玉林猛见，真个是怒从心起，便用一个秋鹰搏空式，一道电光似奔过去，大喝道："蓝贼万段，叫你今天认得俺邹玉林！"声尽处，剑光飘起。

可笑那蓝大炮，搬兵钩众，闹了一场，这时竟不及回头，一颗大脑袋业已滚落马下。吓得杨大任大呼驻队，纷纭乱扰之间，玉林不暇多杀，早已暂然而去。大任惊怔一回，依然前进，少时就高、戴两村杀了个尸山血海。那仲明虽然英雄，无奈被困于酒，栅垒既破，和世兴都死于乱军之中。

且说玉林施展开飞行能为，及到圩门，业已成了通衢大路。贼众们人山人海，正潮水似向内直灌，一个个红着眼睛，逢人便杀。只那圩门内外村众，被杀的已如麻林。马蹄怒践，满地鲜血，一片喊杀哭号之声，上彻云霄。玉林不暇细看，双剑交舞，喊一声，直冲进去。妙在这时贼众都杀红了眼睛，连自家人都不大认得。就这大乱之中，玉林已一路价撞向内圩南门。但见各街坊上，处处火发，远近哭号，火燎腾处，许多的分队贼徒屠杀村众。但听这里刀环一响，那里大呼"爷爷饶命"，更有许多的长女少妇，都被贼们横刀驱过，略一逡巡号泣，登时尸横街坊。张得玉林正在气涌如山，便见那崔文成跃马领众，横驱而过，并一路传呼道："如今水圩门，罗爷已杀却孔昭达，领众直入，全村尽得，正追赶诸一峰，鏖战在警楼一带。李爷刻下督大队，同了蒋璧城，已入包宅歇马。方才下令，是明日封刀，众兄弟须要仔细呀。"贼众一听，尽力子一声欢呼。

这里玉林只惊气得一个跄踉，登时心如油沸。方模糊糊杀开血路，奔到内圩南门，却正遇秦芳，领了一队孩儿卒，横槊跃马，欢呼闯来。玉林一瞧那柄槊，竟是伯高常用的，情知事体不妙。

说时迟，那时快，秦芳忽望见玉林，刚喊得一声"快捉"，玉林喝一声，手起剑落，那秦芳半段尸身向下一栽之间，群贼望见，早已刀矛如林，裹将上来。好玉林，使开剑势，略一回旋，贼众头颅，纷纷落地。玉林心挂一峰，不敢恋战，嗖一声，从群贼头上飞闯出去，便奔警楼一带。只见贼众虽多，却没人对敌交战，只穿梭似出入各户，大烧大抢。

玉林就万众嚣腾中张皇四觅，哪里有一峰的影儿。这时玉林不由心头乱跳，不暇思索，一转身，直奔包宅。沿路火光中，却已见村中父老三四尸身横抛路侧，玉林都不管他，紧行几步，已近包宅。猛地抬头，登时心胆俱裂。只见包宅门外火燎如昼，贼众如林，贼的军旗业已矗立门外。可叹包伯高，伶俐俐一颗首级，业已高悬旗下。

当时玉林情知事体大坏，痛愤之下，正要杀进宅去，看个究竟。逡巡之间，已被贼众望见，呼一声，大呼拥来。玉林此时自料多杀无益，包村之事业已一败涂地，不如且转去帮助仲明，再作道理。于是剑光一摆，贼仆如麻，大喝一声，径自瞥然而逝。

不提这里贼众惊扰，飞报秀成，只这半夜的工夫，将个偌大包村，逐户屠杀，何止数万之众。且说玉林，从刀矛林中，飞身闯出包村。本想一径地奔回高垞，帮助仲明，哪知方出圩门，那两下的贼众业已混成一片。遥望那高、戴两村，又已火光烛天，并有数骑传呼，仲明、世兴都已被杀，杨大任队众，现已尽入两村。

这一来，玉林急怒之下，神智都迷，便不管三七二十一，舞动双剑，虹飞电掣，只向贼厚处乱杀起来。可怜这群贼众，无端地撞着玉林这阵急怒，顷刻间，血雨横飞，头颅乱滚。但是究竟人多势众，各路贼众一阵价围裹上来，密密层层，真是越杀越多。四外价火燎高张，都大呼道："休要走掉邹玉林哪！"于是玉林向东，众便向东，向西，众便向西。

玉林这时跳荡奋呼，一时间忽然清醒，自料多杀无济于事，恰值杀到一处高阜林木之旁，阜上面有一个山精似的长大贼目，正在提刀跳跃，指挥贼众，距玉林还有数丈之远。玉林喝一声，一个平地升雷式，跃上去，剑光一闪，那贼便倒，趁势儿一发剑光，俨似月晕，转瞬之间，又是四五个贼人仆地。下面贼众正在惊呼，玉林早已闪向林中，更不辨东西南北，拔步便走。

约莫蹓出数里之外，野风一吹，玉林恍似梦醒，便随意坐向草地。一阵价扶头沉吟，只管不信方才所经、所见、所闻、所为是真事起来，极力地瞑目定神，方才神智复常。一阵悲愤，不由慨然泪下。暗想璧城卖友，必须手刃他，以报伯高兄弟。忽又想到一峰本领，岂同寻常，万万不至被人杀掉，焉知他不和我一般，闯出贼中，暂匿他处。总须寻见他，再作道理才是。想到这里，心下稍宽，正要起身来辨辨方向，忽然晨鸡一声，东方始白，耳边又闻得溪声潺潺。

玉林从晓色霏微中望去，只见前面不远，是条搭板桥的小溪，溪那面树影依稀，现出个小小村落。这时晨气清爽，玉林精神虽健，因杀了一夜，未免饥渴交乘，便步向溪边，掬饮了几口水。忽见衣襟上鲜血斑斑，十分狼藉，便索性地拨团乱草，蘸水拭净，又将双剑擦净血迹，然后归鞘。仔细一瞧这所在，不由悄然暗想道："这所在，不就是距包村十余里的板桥聚吗？上次和昭达赴万泉山，寻许矮子，还走此地哩。"联想中，想起许矮子，料也是死于贼手。感叹中，逡巡度过板桥，没的一里路，已

338

近村头，只见人家数户，十分荒凉。恰好趄近靠林木孤单单一家儿的后门，门儿半掩，门里外都是泼洒的水迹，似乎是晨汲才罢。里面炊烟犹丝丝地摇曳上冒，似乎是早饭已熟。

好笑玉林，见此光景，登时便饥腹雷鸣。向衣袋中一摸，幸喜还有些散碎银两，便即驻足，暗想道："这一定是早起炊饭的农家，且待俺买些饭吃，再作去处。"想罢，轻轻用指一叩那门，却没人搭腔。玉林悄悄趁入院，只见里面柴草七横八竖，一柄扫帚也丢在当地，并有一朵旧纸花儿，也掺在里面，似乎是此家妇人，晨起忙碌的模样。

玉林欲待声唤，又觉冒昧。逡巡间，趁向正房后窗外，却听里面咕唧有声，又掺着一阵咕嗫，便闻有妇人软答答地笑道："啊哟，可累煞我咧！大清早晨，扫地做饭，业已累得人什么似的，偏又遇着你来胡闹。实对你说，俺今天这样打发你，是头一遭儿，俺不看你怪可怜的，便不能自己空着肚皮，先叫你受用。"说着，又是一阵咕唧之声。

玉林一听，只当是人家夫妇高兴，一早晨闹个把戏。正要转身退出，却闻有男子马马虎虎地道："大嫂子，再来一点儿，你左右是打发俺，就给人个痛快。你抬抬手儿，举举脚儿地劳动，再来上一点儿，俺就痛快咧。像这般戳戳点点，磨皮蹭痒的，倒叫人不饥不饱，不上不下。"玉林听了，几乎失笑。便闻妇人笑道："你这人真也罢了，得了锅台就上炕，从那会子你就歪缠，闹得人连花儿都掉在院中，如今俺占手占脚的，还由你性儿，尽力子填揍，还叫俺怎样打发你呀！"便闻那男子长叹一声。

玉林一听那声音，很似许矮子，忙趄就窗下，就隙一张，果然是许矮子猴在里面，正蹲在锅台前，持箸用饭，业已碗内空空。穿一身短衣裤，却光着两脚，秃着头儿，面额上带着伤痕，尚沾血迹。有个三十来岁的妇人，猱头撒脚，正坐在地上小凳儿上，就面盆中洗濯手巾，一面咕唧，一面笑道："你长吁短叹的怎的？锅内有的是粥，你盛吃就是，还总须俺打发你吗？"玉林听了，这才晓得，许矮子也和自己一样，特来此整治肚饥。且喜巧遇之下，不由竟大呼而入。

这一来不打紧，不但吓得许矮子只认是贼众寻来，丢下碗，只顾向草榻下乱钻，便连那妇人也吓得面容失色，两手一颤，登时盆翻水流。玉林忙道："你这娘子不要害怕，俺非贼人，是由包村来的。"一句话，钻入许矮子耳朵，从地下回望是玉林到来，说也不信，他竟顾不得站起来，就此大嘴一咧，放声大哭。玉林一见，不由也怆然涕下，于是赶上去扶起他来，彼此相看，唯有连连顿足。

原来许矮子当包村事变之起，初闻是璧城开门纳贼，继闻是韩珍毁掉警楼的号令，随着便闻罗泽霖攻入水圩门，昭达死掉，诸一峰不知去向。吓得他正在魂飞魄散，走投无路，便闻铸造场外有群贼大呼："包伯高业已被秦芳刺杀，悬首示众。"这一来，闹得他更不暇害怕，便硬着头皮抢出来，拼命价混入难民中，一路乱跑。中间几次遇险，却被他闪过。刚出东圩门，却栽了一跤，即有一队贼骑从旁风驰而过，并相与喧呼道："休叫跑掉诸一峰，方才有人见他，单身仗剑，从这里杀出去咧。"

许矮子骇极之下，不敢便起，只好装了两个更次的死人，方才趁贼人渐稀，一溜烟儿逃到此间。恰值这家妇人晨汲方回，掩着门儿，所以他一径钻入，特此乞食。那妇人只当他是寻常过客，便盛与他一碗粥吃，自去洗濯手巾。不想许矮子一碗不饱，只求妇人再打发他，正在磕牙，恰好玉林撞到。

当时许矮子拉了玉林，连说带哭，又夹着咬牙切齿。那妇人既见他疯魔一般，又听这血淋淋的杀斫事体，更不晓得伯高为谁，李秀成是哪一个，只认是一伙强盗，火拼打架败下来的，厮趁到这里。又望见玉林，雄赳赳佩着双剑，以为定是个强盗头儿。于是战抖抖地蹭上前，方要跪倒哀告，不想许矮子狠狠一踩脚，大骂道："好你个姓蒋的王八蛋哪！"声尽处，那妇人啊呀一声，往后便倒。原来一下子，正踩在她脚尖儿上。慌得玉林赶忙扶起妇人，道："娘子莫怕，俺们并非歹人。"于是一说来历。

妇人听了，这才放下心来，但是听到包村被屠，伯高兄弟都死，不由泪下。原来，她丈夫名叫李甲，当时很受过伯高推解之惠哩。正这当儿，恰好李甲从外面荷锄趄回，来用早饭。当时大家厮见，李甲问知一切，不由也泪落不已，便留玉林等用过早饭。依许矮子之意，想邀玉林暂赴万泉山中，慢慢访一峰下落。无奈玉林痛恨璧城，想得当以报伯高兄弟，便辞去许矮子，自去李甲家，勾留下来。一面价谋刺璧城，一面价探得包村被屠后情形，好不伤心惨目。原来包村十来万人，逃出者不过万余人。

玉林曾黄夜两入包村，都未得手。没过得四五日，李秀成虽在包村、县城两处盘踞，那蒋璧城竟受了簇新新的大总管职分，被秀城派往他处。玉林在李甲家耽搁月余之久，那一峰不但踪迹杳然，并且道路传闻，都说一峰也死于包村之难。

以上所述，便是那册《包村纪略》所记的事迹。啊呀，这段长篇的倒插笔儿，已累得作者笔秃墨干，出了几身大汗，但是细算起来，也不值得，想阅者诸公，一定都大开笑口，浮白叹赏咧。

闲话少说，如今这话且说回来吧。且说梁森、邬明山，在道济方丈中和寺众们阅罢那《包村纪略》，方晓得道济长老，竟是如此的绝世大侠。大家赞叹之下，也便议论纷纷。唯有梁森、明山两人，一对儿没的话讲。

梁森是翻弄那册子，一面感叹，一面沉吟；明山是低着脑袋，就案前来回大踱，却偷瞟眼光，去瞧梁森。少时，两人眼光一碰，梁森道："你瞧俺就没福，不曾见道济师临去的光景，你曾得闻道济师的遗言吗？不知他将剑术略示大概不曾？"

明山顿足道："别提咧！俺当时接过这书囊，以为定是记载剑术的书，哪知只是此册《纪略》。"说着，便扬扬趑出。梁森将那册很郑重地交与寺众，嘱为宝藏，也便太息回家，向意珠一说其事，夫妇又未免感叹一番。

转眼间，道济葬事办过。梁森为人多情，仍时向寺中踏脚，每见那支铁禅杖，便摩挲太息一番。唯有明山，却从此裹足不至，梁森有时寻他，也是十回九不遇。梁森为人疏阔，也没在意。

光阴迅速，过得三四月，一日梁森又去过访明山。恰值素娟恹恹地趑将出来，见梁森到来，忽地眼圈儿红红的，只问得一声："俺意珠姊近来好吗？"说着双泪忽落。梁森料他夫妇或又反目，因笑道："意珠好的，她也甚是惦念于你。明山在家吗？"素娟听了，不由迟迟疑疑地道："他在家虽在家，但是……"说着微笑道："此间非说话之所，且请进吧。"

于是两人趑入客室，素娟向室外望望，然后说道："他自三四月前，不知从哪里得了一本子宝贝书来，成日价坐卧不离，只管照那书上练习武功。差不多废寝忘食，只钻在后园中，无论谁来过访，只命家人说他不在家。"

梁森听了，不由恍然屡访不遇之故，正要询问是何宝书，素娟又道："俺曾趁他睡熟后，偷瞧那书，方看得书面上'剑术秘诀'四字，不想他忽然醒来。"说着，眼圈又红，却搭趁着抿抿鬓角，然后叹道："你说他当时光景，几乎没把俺吓煞，他登时夺过书去，大怒道：'你这婆娘，可要作死？你若将此书泄与于人，我就立时要你性命！'如今他现在后园中，想又正在练习。但是你若从此进去寻他，他必要迁怒于我，嗔着我不挡你的驾。你不若自向后园门去唤他，倒也方便。"说着，秋波乱闪，只管向室外瞅，光景是恐明山忽地撞来。

梁森见此光景，不敢逗留，只得别过素娟，转向后巷。一路价只顾了可怜素娟夫妇道苦，也没把明山忽得秘书之事十分注意。

须臾，到得那后园门，恰好门儿虚掩着，梁森从容步入，刚来至影壁角丛花前，抬头一望，便是一惊。正是：

　　　　入目忽惊身手异，个中消息费疑猜。

欲知后事如何，且听下回分解。

第十六回

据黄崖凶魔倡教乱
合双剑邪正两收场

且说梁森隐身丛花之后，一眼望去，只见明山正在那里试练拳脚，不但是熊经鸟伸，有异往时，并且矫健如飞，轻尘不起，起落间连点儿声息都无。这一来，梁森大诧，几乎失声喝彩，便想闯上去，问他得了什么宝书。但是略一沉吟，又恐素娟受累，逡巡间，明山一路拳脚已罢，一跺脚收住势子，仰望天空，十分得意。于是梁森轻唤道："老弟好兴致呀！真是士别三日，便须刮目相见，你从哪里得此神妙家数？快向俺说个仔细。"说着，大笑转出。

明山猛见梁森，似乎一怔，少时却笑道："什么神妙家数，不过俺这些日功夫熟些儿罢了。"梁森一面瞅着地下土痕，一面道："不然，你看这土痕，便是身轻之证。你总是得点儿异样传授，快不要瞒我，快说来，咱大家练习。"明山笑道："岂有此理！俺什么事瞒过梁兄来？熟能生巧，就是这点儿缘故。"说着让梁森入室，冷冷地谈笑一回。梁森几次价想问他得甚宝书，恐牵出素娟来，只得忍住。

须臾起别，一路上怙惆回头，方一脚踏进门首，只见范阿立的老婆俞大娘拎着只空提笼儿从内趱出，后面跟着意珠相送。俞大娘一见梁森，便笑道："梁相公，可是得着道济长老的宝贝书咧？便成日价去练功夫，连家中都不着脚咧。"梁森听了，正在摸头不着，俞大娘已笑着趱去。再瞧意珠，却只管瞅着俞大娘的身影儿发怔。

当时夫妇入内，意珠便道："那会子俞大娘送咱一笼菜蔬，闲谈了半晌，她无意中说起一件事，你听了准不舒服。你可知道济长老留下一册《剑术秘诀》，却被明山一人昧将起来吗？这话便是范阿立向她说的。原来道济那晚上付给明山书册时，阿立适在窗外经过，听得明明白白，一册是《包村纪略》，一册是《剑术秘诀》。你瞧明山，竟自昧将起来，看来此人……"

梁森不等意珠话毕，登时跳起道："这真是一百个岂有此理！怪不得他功夫有异。素娟向我说他得了一本宝书哩。他昧起来，俺就罢了不成？"于是一说方才去访明山之事，说着，气愤愤就要去寻明山。意珠忙道："明山既为人如此，俺看你去问他，也是枉然，没的倒生了芥蒂，还不如自己立志寻师学艺哩。"梁森气愤之下，哪里肯听。

不提他风风火火，径自趄去。且说明山见梁森去后，忙关了园门，又练了一回剑法。正在踌躇得意，只听园门上如擂鼓一般，启门一瞧，却是梁森霍地跳入，劈头便道："明山，你不对呀！道济长老给咱们的《剑术秘诀》，你如何自家昧起呢？快把出来。"明山猛闻此语，登时眼珠一转，忙正色道："什么《剑术秘诀》，你此话听哪个说的？"

梁森道："你休问我，你就把出书来吧，难道咱两人还犯彼此吗？"明山冷笑道："奇哩，那本子《包村纪略》，难道你和大家没见着，又有什么《剑术秘诀》呢？如若有时，难道我还瞒你？"梁森听了，哪里肯依，两人纠缠半晌。末后，明山却愤然道："俺若昧起书来，日后叫俺不得好死！"

梁森见他起誓，只得怙愗踅转。意珠问知情形，便叹道："明山为人，竟至于此。你也不必烦闷，只要立志学艺，也未见得没那秘诀，便不成功。"梁森愣了一会子，道："哈哈，俺不想邬明山如此褊狭。"意珠正色道："他岂但褊狭，俺看他将来还许走邪道儿哩。"夫妇谈论一回，也便抛开。

从此梁森果然锐志学艺，凡远近武功朋友，稍为知名之人，不惮裹粮去求教。那明山知得，好不暗笑，也不去理他，只暗暗按着秘诀，逐层练习，内外功一齐并进，真个是正传实学，不同寻常。只数月之工，早已震动了常州地面，在闾里游侠中，居然首属明山咧。这时明山意气，高可千丈，已自和梁森冷淡，另搭了一班浮薄少年，成日夜价歌呼饮博，无所不为。有时会见梁森，无非是意气自诩，可笑梁森不睁眼睛，还屡进朋友的忠告，明山只一笑置之。

一日，梁森新从邻县某武师处学得一套拳法，和明山谈将起来，明山冷笑道："俺劝梁兄，你从此不谈此道，倒也是藏拙之一法。那些江湖派有甚用处？"梁森不服，于是两人戏为较量，一搭手还没得四五合，明山一足腾处，梁森已仰跌于丈余之外。于是梁森大愧，从此便越发锐志学艺。自念左近名人，虽已访遍，究竟没甚奇处。便别过意珠，一径地出游远郡。

不提梁森且去漫游，且说意珠见梁森去后，十分惴惴，且喜明山不来登门，心下少安。但是为日不久，闻得明山日益无状，不但结交恶少，饮博酣嬉，并且包赌窝娼，打降滋事，居然是恶棍行为。久而久之，往往黑夜独出，远近间时有盗案，一时闹得满城风雨，但是都怕明山武功厉害，连官中捕健不但假作不知，并且望见明山，便屁滚尿流地趋奉不迭。饶是如此，有一日，明山被酒，竟闯入捕总宅中，将人家一顿拳头，打个臭死。意珠知得，好不惴惴。

又过得数月，忽闻素娟自缢死掉，意珠惊惋之下，莫名其故，又不敢去吊唁。隔了数日，恰好俞大娘来串门儿，意珠便托她随便访访素娟致死之故，俞大娘应诺去了。

过了两天，俞大娘气得红红的脸儿跫来，一见意珠，便拍手道："你瞧邬明山，竟不是人，原来素娟是被他辱磨煞的。他夫妇久已不睦，咱们都知。近数月来，明山越发无状，见了素娟，喜则只管肉麻轻薄，怒则随意呵斥。可怜素娟，简直地以泪洗面。"

意珠听至此，已然泪落不已。俞大娘又道："上月里明山夜出，不知从哪里弄了个浪老婆来咧，搁在家中，宠爱得五脊六兽，立逼素娟和那老婆姊妹相叙，夜来同床共宿。你想那浪货儿有甚羞耻，便当着素娟，叫明山那么着。可怜素娟只好装蒙头大睡，气苦之下，次晨起来，未免哭得眼睛桃儿似的。那老婆便一撇嘴儿，问明山道：'俺没的在此辱没了正经人，你行个好，快放俺去吧！不是你尽力子没人样，为甚招得人瞧不起呢！'"

意珠听了，正在哭笑不得，俞大娘却呸呸地唾了两口，然后道："你说邬明山，简直地不是人咧，他登时冷笑道：'你说她是正经人吗？俺且叫你瞧瞧正经人的样儿。'说着，拉抱素娟，便想当着那老婆，如此这般。你想素娟如何当得这阵羞愤，当时哭闹之下，被明山打了一顿，当日晚间，便自缢毙命哩。"当时意珠听了，只好暗叹素娟，痛哭一场。

不想过了些时，明山忽然踵门求见，却因山阴张七先生，有问候梁、邬两人的书札，所以明山特来致送。意珠没奈何，请入相见。那明山致过书札，略询梁森远游学艺的情形，便盛夸张七先生，近来在山阴怎的越发讲学，怎的结交豪侠，并与自己时通书问。虽是正容谈话，意珠总觉得他邪眉歪眼。好容易明山走后，意珠未免暗有戒心，只好盼梁森回头，再作道理。

哪知梁森一去两年，书问虽通，归期未定。盼得意珠正在眼穿，忽闻明山那里又出了件骇人之事，竟致官捕围墅，去捉大盗。原来这时明山也不知从哪里来的许多金资，除交朋结友，广通声气外，又在自己老宅左近购买空房，修筑了一所别墅，为接应宾客之所，取名为"投辖别墅"，以示好客之意。凡江湖朋友，不管什么驴球马蛋，明山一概酬应。

一日明山在墅，忽有一远客相访，随身只有短剑，自称为河南彭七郎，谈吐间甚为豪爽。问及剑术源流，更是如数家珍。于是明山大悦，待为上客。那彭七郎好为大言，自称剑术得少林之秘，又言生平踪迹，遍及南北，却不曾得遇真正豪杰。明山向他说起张七先生来，他只付之一笑。从此便寓居别墅，三两日一来，或十余日一来，行踪闪烁，本就可疑，并且身无长物，却挥金如土。于是在常州左近郡县，接连不断地大出盗案。那明山有甚不晓得，却只作不知。没过得个把月，早被官中捕健看在眼中。明知彭七郎是个江湖巨盗，却因碍着明山，不便去捕。

一日值明山偶出，捕健十余人，便黰夜去围别墅，一声喊，各执器械，跳墙而入。分明望见彭七郎正在一处敞厅上秉烛饮酒，左有短剑，右有一只大元宝，似乎是已知有人去捕他。当时众捕见此光景，不敢上前，只顾乱噪。便见彭七郎连举数杯，哈哈大笑道："朋友们，哪个吃酒，快上来闹一杯。"众捕见状，越发地乱成一片。

正这当儿，忽然厅上烛灭，便闻彭七郎大喝道："众位辛苦，且将此物去吃酒，咱们改日再会。"说着，嗖一声，冷风冲过。其中一个愣捕伙向前一抢，啊呀一声，额发连皮已自去了一块。

及至大家觅火到厅上，再寻彭七郎时，哪里还有影儿，只有案上那只大元宝，下压字柬，写着"菲敬"二字。众捕只得携了银柬，前去报官。官儿虽明知明山通盗，却不敢去拨撩他，就此含糊下来哩。

当时意珠闻得此事，情知明山已入邪途，想起他往年调逗之事，未免越发惴惴。又过得数月，且喜梁森踅转，自言出游以来，屡访名人，武功大进。意珠欢喜之下，便一述明山近两年一切情形。梁森叹道："不意明山，败行至此，这总是他自恃武功之过。素娟之死，更使人心下不快，但是他和俺交好一场，这朋友净过之谊，俺总要尽的。"意珠沉吟道："此等人，你就远着他吧。你便有忠言，他岂肯听？"于是将张七先生所致书札，与梁森瞧。

梁森看那书扎，除狂言怪语外，无非是寒暄话，因笑道："张七先生这人，总是这等怪僻可笑，明山专好和他兜搭。"说着，欣然道："好笑明山，昧起秘诀，自矜独得武功之要，哪知俺近两年，也自功夫大进哩。"

过了两日，梁森果然去访明山，两人久别乍见，也自欢喜。那梁森是直爽人，不会委婉，于是便直言奉上，大数明山之过。明山初闻，还含笑相谢，说几句"后当改之"的臊脾话，后来却板起面孔，微微冷笑。及闻到梁森责他夫妇情薄，不由双眉一挑，冷笑道："梁兄，你何必预人家事？俺明山有这一身本领，不是说句大话，即便纵横天下，又有谁将奈我何？

俺交结几个朋友，算得甚事？梁兄，你远游一回，怎么反倒越发地猥琐拘拘咧？可见你两年多岁月，全是虚抛，如今倒向俺婆婆妈妈的，说些个负气话，也就可笑得紧。"说着，霍地站起，捏捏拳头，又似送客，又似自矜。

梁森见他拒谏甘恶，已自长气，不由愤然道："明山，你不要太自矜夸，俺远游两年多，自然也本领大进哩。"明山听了，登时哈哈大笑。这一来，梁森大怒，便要和明山比试一番。明山也正在矜气发作，于是两人跳向院中，即便交手。还没十来合，明山一足蹴去，梁森便仰跌在地，那明山更不客气，径自挥手趄去。不想他这一脚，正踢中梁森胸膈，当时呕血两口，大怒趄回，险不曾吓坏意珠，忙碌了数日医药，梁森方才无恙。

于是梁森且愧且愤，这次定要远游学艺。意珠至此，不得不说往年明山调逗之事，便商量与梁森移居，以避明山。梁森至此，方恍然邬明山竟是这么个好朋友。夫妇商议之下，正踌躇移居哪里，事有凑巧，恰好那俞大娘有个姊子，嫁在山东肥城县，卧虎村里张姓家，因为新寡，富有田地，便寄书来招俞大娘夫妇，帮她种田过活，彼此都有个依靠。一日俞大娘前来串门，闻知意珠有移居之意，便笑道："那么你们跟俺向山东去，不好吗？那所在米粮又贱，人性质厚，且是好过活哩。并且梁相公喜欢学艺，那山东地面，惯出好体面武功能人，怎不碰碰去呢？"意珠听了，甚是合意，当即和梁森议定，从这日起，便折变田庐，摒挡一切。那明山虽微有所闻，因和梁森业已绝交，也便不来理会。

按下明山自恃剑术无敌，日益胡为，后来竟致名捕亡命。且说梁森，既和范阿立等到得那肥城卧虎村，只见那村儿靠近陶山，风景清幽，土田甘美，大悦之下，便草草筑室卜居，和俞大娘等结了一个芳邻。安置略毕，即便远近价寻访能人，不辞辛苦。这时山东地面业已捻乱初起，加以盗贼纵横，道路之上，甚是难险。那梁森学艺心切，都不理会，佩了那柄倚清剑，独身游行，也不知吃了多少风霜辛苦，经了多少险阻艰危，只是所遇之人，却没的惊人的本领。

一日，游至登莱地面，崂山之下，不由游兴勃然，一径地登山游览。只见一处处峰回路转，草木奇馨，便如仙境一般。少时趄近一片清雅山村，忽闻童子书声，起于隔溪。梁森逡巡望去，只见隔溪一片人家，参差映带，料是其中有的书塾，于是徘徊趄去。方趄上溪桥，忽觉一阵足倦，便就桥栏稍为歇坐。

这时已夕阳将落，梁森一面赏玩山景，怙惬宿处，一面感想到自己求师学艺之事，岁月徒增。正在有些出神的当儿，只见一班小学生各挟书包，视端形肃，由桥上从容而过。梁森暗想，小学生如此规矩，准是先生教法严正。思忖间，掣出倚清剑，摩挲一回，不由猛然感慨无端，暗想岁月空添，功夫不进，兀的不负却道济师赠剑之意吗？又想起明山忽入歧途，便是有辱那斫宁宝剑。想至此，手起剑落，斫向桥栏一个斗大石块。应手而落之间，只听背后有人喝彩道："端的好剑！只恐你坏掉石栏，人家要不答应哩。"

梁森回望，却是个须发皆白的老头，笑吟吟站向身后。那老者生得身似寒松，面如古月，一双老眼，赛若岩电，好一番精神气魄。秃着亮澄澄脑门，布袍布履，似乎是个塾师。梁森见了，连忙站起，正在提剑惶愧，那老者却笑道："老夫方才戏语，兄台不必介意，但是此剑真个锋利，可否借观吗？"梁森听了，连忙倒转剑，递上剑柄。

这一来不打紧，只见那老者一瞧剑柄，急拭老眼，忽地倒抽一口气，更不接剑，却一把拖住梁森，急问道："兄台，你此剑从何得来？这是俺生平好友邹玉林所藏。兄台莫非曾遇玉林？如今他现在哪里？"说罢，现出满面感慨之色。

梁森听了，不由大惊，再端相老者丰神，知非常人，他既称玉林为生平好友，或者便是诸一峰。于是惊喜之下，失口道："先生莫非便是与玉林齐名的大侠诸一峰先生吗？"老者笑道："老夫正是诸一峰，今欲急知兄台得剑之由，且请屈向敝塾细谈吧。"

一句话不打紧，喜得个梁森向一峰纳头便拜。一峰连忙扶起，携手过桥，不及百余步，便得一空阔书塾，其中草室木榻，十分整洁。宾主施礼落座，那梁森便滔滔汩汩，一述得来之由。从玉林寄迹常州起，直至示寂时赠书赠剑，听得个一峰忽悲忽喜，末后却怆然泪下，旋即哈哈大笑道："邹玉林如此归宿，倒也可喜。他又能手毙璧城，更是痛快，从今俺也可以放下这段心事了。"于是一说自己寄迹此间之故。

原来一峰当包村陷落之后，与玉林各不相谋地互相寻觅。后来一峰又闻人传说玉林已经遭难，所以他从此后，即便漫游各省。因慕东海崂山之胜，裹粮来游，爱此间山虚水深，自己又一身将老，便有终焉之志，于是出资筑屋，招了几个学童，远近间都称为一峰先生哩。

当时梁森听罢，细瞧一峰昂藏体态，未免又追怀玉林的仪貌，因怆然再拜，便请受业。一峰叹道："你既是玉林的弟子，俺自当传你剑术。但是此事也须郑重，如你所说，那邹明山得了玉林的《剑术秘诀》，反倒为济恶之用。你自揣不为明山，俺何惜传你剑术呢！"

梁森听了，连忙对天自誓，一峰才慨然应允，并笑道："俺料明山，虽得秘诀，至于那剑气合一的最上造诣，他终是得不到的。因为此事非文字所能传，非人口授不可，足下既有志于此，便请以五年为期何如？"梁森大悦，当即拜谢。一面寄书家中，详述一切，并嘱便寄金资，以为旅用，一面便寓居村中，朝夕价从一峰受业。

名师既得，又搭着锐志学习，不消两年，业已内外功一切都毕，以后便是运用罡气，呼吸导引的细工儿。又过得两年，已能运用罡气，随意所之，能以变化无方，取敌首于千里之外。

一峰至此，但时时调剂其温养火候，比及五个年头，果然炉火纯青，剑术大成。但是梁森这时也便性气大变，恂恂粥粥，竟似一无所能，武功家的矜张浮躁之习，一些儿也没的咧。于是一峰大悦道："足下气质如此，真堪学剑。但老夫亦技尽于此，此后但愿足下无负那柄倚清名剑就是。"过了数日，竟送梁森起程。梁森虽是恋恋，一峰却高兴异常，自喜剑术得有传人。

不提一峰送客回头，且说梁森回到家中，向意珠细说五年学剑的情形，夫妇欣慰，自不必说。从此梁森安居卧虎村中，爱玩艳妻，颇享家庭之乐。又因矜念全消，更绝口不谈剑术。每想到明山，反替他叹惜不已。春秋佳日，和范阿立有时巡行阡陌之间，俨然是一个朴质村农。但是每年价总要去存问一峰一次，直至后来一峰病殁方罢。

光阴如驶，转眼过得十余年，那山东地面捻乱越凶，梁森虽是自秘武功，无奈总有精光发越，久而久之，人都闻名。那远近郡邑，因时乱都讲习武，未免礼币纷来，敦请教授。梁森一想，借此添助生计，倒也甚好，于是慨应其请，分授各处的武社，稍出绪余，业已人人惊叹。于是梁武师之名大著，这也不在话下。

如今且说那位蛰居山阴故里的张七先生，此时因南省过乱，其兄继善久已由刑幕加捐知县，现方需次山东。于是他便带了许多的五颜六色的弟子宾客们，摇旗呐喊地寻将来。人马车辆挤了半条巷，夹着诡服异言之人，将"张夫子"喊成一片。继善相见之下，未免皱眉道："兄弟，这省垣之地，你如此玩法，却不成功。"继衷听了，一眙白眼，也没言语，从此忽影儿不见，只将一班弟子宾客丢在继善寓中，一连月余之久。

继善正急不可当，继衷却茫茫然归，向继善道："如今世乱，须得避乱之地，方能完俺讲学大业。俺今已觅得馆陶肥城之交，那片黄崖山中足堪避乱，并能收容难民，如再以兵法部勒一切，便是绝好险要之地。像你等官场这干行尸走肉，有此善地，却不知整理，安插难民，真正可笑。"继善知他性儿，只好由他，且图个眼前清净。

说也不信，那继衷真也有过人之才，自移居黄崖，开坛讲学，仗着悬河之口，闻者皆心悦诚服。远近来者，见那所在，重关叠隘，内容数十万众，不知不觉，归之者如流水。这时继衷，宾客中之健者，文有林孟侯，武有彭七郎、邬明山。

原来林、彭这时方混迹山东，自行投入，明山却因行劫被捕，三四年前已投向山阴，无意中将那《剑术秘诀》举示继衷，继衷却不理会剑术，却喜包伯高记录的法术一篇。他又偏能略解其意，于是于讲学之中，又杂以玄妙幻怪之说。听者所以越发莫窥其际，群惊以大圣复出。自继衷讲学黄崖，只三年间，四方之移居相从的，真是成市成都，何止数万人，又加以质悍山民悦服继衷，死心塌地，于是继衷大筑岩寨，整理得铁桶一般。

这其间，捻匪曾两次去犯黄崖，被继衷指挥彭、邬两人，率领民团杀了个落花流水。于是张夫子大名，不但妇孺皆知，便是齐鲁的士大夫，并省垣各官，按期听讲、执弟子礼的，也就实繁有徒。那继衷又倡言大道不分男女，于是妇女之被惑听讲者，联袂接踵。

这一来，简直地开了无遮大会，每逢讲期，男女杂沓。那继衷时而深衣幅巾，时而星冠羽衣，岸然登坛，更有妇女高弟十余人，都打扮得妖模怪样，侍坛左右。久而久之，闹得通国若狂。继衷但深藏不出，日事淫乐。那林孟侯、彭、邬等更是无所不为，招纳亡命，交结各处悍匪，甚至于入教之众，抗租拒粮，俨同化外。其时山东捻匪正盛，官中办贼不暇，只好姑且置之。

又过得几年，捻乱已平，这时山东巡抚为阎公敬铭，知得继衷情形，大为震怒，就要立予剿办。其时首府为汤公云昭，当年曾做过山阴令，继衷便是他任内中的秀才。当时云昭可怜黄崖无辜，便请阎公先驰谕檄散其众，再令张继善亲招其弟，待以不死。阎公从之。哪知继善入山，一去不回，驰谕的一位委员，几乎被继衷扣留杀掉，逃而得免。未几，省垣中又发现了继衷的揭帖，大骂阎公，言辞凶悖。于是阎公怒甚，决意剿办。其时抚标中军任国栋，拳勇绝伦，素与梁森相善，因向阎公道："继衷妖诞不足虑，独其死党有彭七郎、邬明山其人者，颇通剑术，须觅人以制之。公必欲用兵者，致梁武师以为用方可。"于是一述梁森之为人。

不提阎公首肯，一面价调集大军。且说梁森这日家居，正和意珠闲话，忽仆人入报国栋到来。梁森便笑向意珠道："俺料国栋此来，准为黄崖之事。"意珠叹道："本来张七先生等闹得也太不像话咧，但是你将何以处明山呢？"梁森道："他虽不仁，俺不能不义，吾将亲访明山，劝他远祸他去。彼如不听，也只好由他，不知他还有故人之意没有。"说罢趑向客室，与国栋相晤。

国栋致罢阎公敦请办贼之意。梁森道："那贼中健者邬明山，还是梁森一个故人，吾将自赴黄崖，命他转劝继衷，散众归命。如不得当，再为进剿何如？"

不提国栋复命，阎公静候消息。且说梁森送客去后，当即换了敝衣破帽，一径地直赴黄崖。到卡上投进名刺，求见明山。明山一见名刺，不由心下怦然，暗想道："梁森自远游移居，久无音问，不想他却流转到此，不知他光景何如？"想罢，居然倒屣出迎。一见梁森那穷困样儿，不由叹息不已。

这时，梁森一瞧明山，仍是一团骄横之气，心下也暗为感慨。于是两人各叙契阔，明山偶笑询剑术，梁森但谢不知。耽搁了四五日的光景，梁森留意全寨的险隘布置，都得大概，便从容向明山道："吾闻阎公不日有剿山之举，继衷自是天生怪人，你何必与之共祸呢？即今远引，方是正理。"

明山听了，但付之一笑，更置酒高会，盛陈姬乐，以夸梁森。梁森知不可为，临别之间却笑道："吾比年以来，亦得些小小剑术，且示故人如何？"于是鼓腹集气，口儿一张，突有寸许长一道白光飞出，寒威凛然，顷刻间风生四座。明山大骇，知是剑气合一的绝诣，正要拉梁森询问所以，忽闻声如裂帛，白光敛处，梁森亦杳。于是梁森偕国栋，驰禀阎公，克日督兵，进剿黄崖。

彭七郎战败逃去，孟侯、继衷积柴自焚，唯有明山，仗了一柄斫宁剑，纵横莫当，官军围之数重，势将兔脱，忽一道白光夭矫而入，登时断腕仆地，再瞧那斫宁剑时，已被梁森收得去了。

从此双剑合并，本书完毕。至于那黄崖百姓被戮之众，也就不必细述了。正是：

名剑终当归正士，双龙一旦会延津。

本集上海大星书局 1928 年 10 月出版。估计即为初版。

350

图书在版编目(CIP)数据

双剑奇侠传·第二部 / 赵焕亭著. — 北京：中国
文史出版社，2019.3

（民国武侠小说典藏文库·赵焕亭卷）

ISBN 978 - 7 - 5205 - 0832 - 2

Ⅰ. ①双… Ⅱ. ①赵… Ⅲ. ①侠义小说 - 中国 - 现代

Ⅳ. ①I246.5

中国版本图书馆 CIP 数据核字（2018）第 264674 号

点　　校：顾　臻　杨　锐

责任编辑：卢祥秋

出版发行　**中国文史出版社**

社　　址：北京市海淀区西八里庄 69 号院　邮编：100142

电　　话：010 - 81136606　81136602　81136603（发行部）

传　　真：010 - 81136655

印　　装：廊坊市海涛印刷有限公司

经　　销：全国新华书店

开　　本：720×1020　1/16

印　　张：22.5　　　　字数：390 千字

版　　次：2019 年 3 月第 1 版

印　　次：2019 年 4 月第 1 次印刷

定　　价：69.80 元

文史版图书，版权所有，侵权必究。

文史版图书，印装错误可与发行部联系退换。